中國古典名著

七俠五義

石玉崑　原著
俞　樾　改編
楊宗瑩　校注
繆天華　校閱

三民書局

國家圖書館出版品預行編目資料

七俠五義／石玉崑原著;俞樾改編;楊宗瑩校注;繆天華校閱.－－三版五刷.－－臺北市：三民，2018
面；　公分.－－(中國古典名著)

ISBN 978-957-14-3057-7　(平裝)

857.44

© 七俠五義

原著者　石玉崑
改編者　俞　樾
校注者　楊宗瑩
校閱者　繆天華

發行人　劉振強
著作財產權人　三民書局股份有限公司
發行所　三民書局股份有限公司
地址　臺北市復興北路386號
電話　(02)25006600
郵撥帳號　0009998-5
門市部　(復北店)臺北市復興北路386號
(重南店)臺北市重慶南路一段61號

出版日期　初版一刷　1979年11月
三版一刷　2008年6月
三版五刷　2018年6月
編號　S 851820
行政院新聞局登記證局版臺業字第〇二〇〇號

ISBN 978-957-14-3057-7　(平裝)

http://www.sanmin.com.tw　三民網路書店

七俠五義　總目

引言

楊宗瑩

七俠五義一書，以包公統領全篇，而引出一些俠義之士除暴安良的故事來。包公的故事，多半沿襲古來的傳說，諸如：奎星兆夢，狐狸報恩，審烏盆，審冤魂怨鬼，古今盆祈露醫睛，魘魔術害人，陰錯陽差，遊仙枕示夢，古鏡還魂等等，都是些超乎自然的現象，充滿神話的趣味。至於俠義的故事，則完全是作者的創新，是本書最成功的地方。中國小說史略說：「而獨於寫草野豪傑，輒奕奕有神，間或襯以世態，雜以詼諧，亦每令莽夫分外生色。」

書中寫得最出色的人物是白玉堂、蔣平和智化三人。錦毛鼠白玉堂是一個英俊少年，但為人陰毒，任性，驕傲，好勝。在第十三回，他剛出場不久，就削去苗秀之妻的雙耳，這表現出他的手段之狠毒。他為展昭得了御貓的封號，而覺得「五鼠」減色，便特地趕到京師找展昭鬥氣，大鬧開封府；他為了要皇上知道他的本領高強，而亂闖皇宮內院，有萬壽山殺命，忠烈祠題詩的舉動；他不顧盟兄任職開封府的情面，而智盜三寶；又在陷空島設下埋伏，生擒展昭……，這些故事都表現出他的驕傲、任性。但他也有可愛的一面。第三十三、四回，寫他改裝和顏春敏訂交的經過，十分詼諧有趣，其中穿插了一個伶俐的書童雨墨，而使故事更加靈活生動。

翻江鼠蔣平，胸懷豁達，相貌不揚，深沉而富於謀略，談吐風趣，機智過人。當他任職開封府後，趙虎以貌取人，而對他大為不滿，處處給他難堪。他毫不介意，並找機會與趙虎一同出公差，而使趙虎對他十分敬佩。為捉拿白玉堂，雙俠四鼠一齊出動，最後還是他把白玉堂擒住。又用激將法激使白玉堂自動上開封府領罪受職。第九十四回寫他無意間偷聽到水賊的談話，而有意救李平山，故意去搭賊船；後來見李行為不端，反而捉弄他，破了他的姦情，送了他的性命。從這些故事裏，都可以看出他的機智與風趣。

黑妖狐智化與蔣平有些相似，也是一個足智多謀的人物。他為了除惡務盡，栽馬朝賢一個百口莫辯的大罪，而定計盜珠冠。自己扮做乞丐，混在挖御河的工人中，偷進皇城的一段，算是書中最精彩的文字了。書中並不說他怎麼假裝，只從一群工人的對話中，烘托出他的老實憨厚。他幫內相上樹去捉猴子，內相為了答謝他，而送了一些吃食給他，他就很有技巧的從內相口中，探聽出藏珠冠的所在地四執庫來。

智爺一壁吃，一壁說道：「好個大廟！蓋的雖好，就只門口短個戲臺。」內相聽了笑道：「你難道沒聽見說過皇宮內院嗎？要是大廟，難道門口兒就不立旗杆麼？」智爺道：「那邊不是旗杆嗎？」內相笑道：「那是忠烈祠合雙義祠的旗杆。」智爺道：「這個大殿呢？」內相道：「那是修文殿。」智爺道：「那後高閣呢？」內相笑道：「什麼後高閣呢！那是耀武樓。」智爺道：「那邊又是甚去處呢？」內相道：「我告訴你，那邊是寶藏庫，這是四執庫。」智爺暗暗將方向記明，又故意的說道：「這些房子蓋的雖好，就只短了一樣兒。」內相道：「短什麼？」智爺道：「各房上全沒有煙筒，是不是？」（第八十回）

書中的人物，每人都有他獨特的性情，除了重要人物之外，一些小人物，也寫得入木三分。如第三十七回寫牢頭的嘴臉：

> 牢頭將雨墨叫將出來，在獄神廟前便發話道：「小夥子，你今兒得出去了，我不能替你耽驚兒。再者你們相公，今兒晚上也該受用受用了。」雨墨一聽不是話頭，便道：「賈大叔，可憐我家相公，負屈含冤，望大叔將就將就。」賈牢頭道：「我們早已可憐過了。我們若遇見都像你們這樣打官司，我們都餓死了。」雨墨……急得淚流滿面，痛哭不止，……忽見監門口有人叫：「賈頭兒，賈頭兒！快來呀！」……賈牢頭道：「什麼事這麼忙？難道弄出錢來，我一人使嗎？也是大家夥兒分。」那外邊說話的，乃是吳禁子頭兒。他便問道：「你又駁辯誰呢？」賈牢頭道：「就是顏春敏的小童兒。」吳頭兒道：「阿呀！我的大爺，怎麼你惹他呢？人家的照應到了。這位姓白，剛才到衙門口，略一點染，就是一百兩呢！少時就進來了。你快快好好兒的預備著，伺候著罷！」牢頭聽了，連忙回身，見雨墨還在那裏哭呢！連忙上前道：「老雨呀！你怎麼不禁嚇呢？說說笑笑，你怎麼就認起真來？我問你，你家相公可有姓白的朋友嗎？」雨墨道：「並沒有姓白的。」賈牢頭道：「你藏奸，你還惱著我呢！我告訴你，如今外面有個姓白的，瞧你們相公來了。」

前後態度的轉變，是多麼快啊！

俞樾重編七俠五義，刪去繁詞冗句，而使文詞更為簡潔流暢，但也間有小疵。如第四十三回回目是：「翡翠瓶污羊脂玉穢，太師口臭美妾身亡」，曲園先生將先月樓中吃河豚的一段，統統刪掉，以致只剩下

「美妾身亡」的故事，而不知回目上說些什麼。第六十四、五回中，將北俠遊誅龍橋的故事刪除，以致內容與回目不相符合。其他前後不能照應的地方還很多。今依據三俠五義，刪去繁詞一一補入，務必使故事前後連貫，首尾圓通。並校以其他善本，改正錯字，標點分段。更將較為難懂的詞語，略加注釋，附於當頁。

民國六十五年十一月校畢記

七俠五義考證

楊宗瑩

七俠五義的前身是三俠五義。三俠五義本名忠烈俠義傳，一百二十回，出於清光緒五年（西元一八七九年）。首署「石玉崑述」，而序則云問竹主人原藏，入迷道人編訂。

此書以包公統領全篇，包公以忠誠感化江湖豪傑，而引出諸人行俠仗義，除暴安良，為國立功的故事來。

包公名拯，字希仁，宋史三百一十六卷有一篇短傳，說他立朝剛毅，斷獄精明。大概在當時已深得民心，口碑載道，因此事跡愈傳愈神奇，甚至造出他「日斷陽事，夜斷陰事」的神話來。在元人的雜劇中，已經有許多包公的故事，如斷立太后、盆兒鬼等，到了明代，遂演變為小說，有雜記體的龍圖公案十卷，又名包公案，記包拯借私訪、夢兆、鬼語等以斷奇案六十三事，然文意拙劣。後來經增添潤飾，而演成大部章回體的龍圖公案。無論在故事上、文筆上、組織上，都較前進步。這龍圖公案就是三俠五義的藍本。問竹主人序說：

是書本名龍圖公案，又曰包公案。說部中演了三十餘回，從此書內又續成六十多本。雖是傳奇誌異，難免怪力亂神。茲將此書翻舊出新，添長補短，刪去邪說之事，改出正大之文；極讚忠烈之臣、俠義之事，……故取傳名曰：「忠烈俠義」四字，集成一百二十回。……

從這段話裏，可知問竹主人即是將龍圖公案改寫成忠烈俠義傳之人。至於石玉崑，中國小說史略說：「殆亦咸豐時說話人。」忠烈俠義傳即是他說話的底本。胡適則斷言：「問竹主人即是石玉崑。」書中除包拯、八王等少數人見於正史外，其餘都是作者創造的。在龍圖公案裏，鬧東京的五鼠是五個妖怪，玉貓是一隻神貓，經過「翻新」之後，五鼠成了五個俠義之士，玉貓成了御貓展昭。原來寫怪力亂神的書，變成了忠烈之臣、俠義之士的傳了。

又入迷道人序說：

辛未春（西元一八七一年），由友人問竹主人處得是書，而卒讀之。……草錄一部而珍藏之。乙亥（西元一八七五年）司榷淮安，公餘時從新校閱，另錄成編，訂為四函。年餘始獲告成。去冬（西元一八七八年），有世好友人退思主人者……攜去，……付刻於聚珍板。……

退思主人序也說：

戊寅冬（西元一八七八年），於友人入迷道人處得是書，知為友人問竹主人互相參合刪定，彙而成卷。

大概問竹主人即是石玉崑的別號。石玉崑是一位說書人，並沒有很好的文學修養，他所改寫的忠烈俠義傳，無論故事、人物、結構都好，但文字卻差，後來經過入迷道人的潤色，才成為後日的三俠五義。光緒五年，由退思主人付梓行世。十年後，俞樾又加以改編，並改名七俠五義問世。

當俞樾寓居吳下時，潘祖蔭自北京攜來此書，他最初以為只是尋常俗書罷了，及至閱畢，大為驚嘆。他在序裏說：

及閱至終篇，見其事蹟新奇，筆意酣恣，描寫既細入毫芒，點染又曲中筋節。正如柳麻子說「武松打店」，初到店內無人，驀地一吼，店中空缸空甏，皆瓮瓮有聲。閒中著色，精神百倍。如此筆墨，方許作平話小說；如此平話小說，方算得天地間另是一種筆墨。

他認為卷首「貍貓換太子」的故事，虛誕不經，乃「援據史傳，訂正俗說」，另寫了第一回，並改顏查散為顏春敏。又以為書中的南俠展昭，北俠歐陽春，雙俠丁兆蘭、丁兆蕙，已經是四俠了，非三所能包；加上黑妖狐智化、小諸葛沈仲元、小俠艾虎，因改名為七俠五義。於光緒己丑年（西元一八八九年）序而傳之，與三俠五義並行，在江浙特盛。

其年五月，復有小五義出現，十月又出續小五義，皆一百二十四回。序中說與三俠五義都是石玉崑的原稿，「本三千多篇，分上中下三部，總名忠烈俠義傳。原無大小之說，因上部三俠五義為創始之人，故謂之大五；中下二部五義即其後人出世，故謂之小五義。」小五義雖續上部，而自白玉堂盜盟單起，約當上部之百零二回。所以今日流行的七俠五義只一百回（第一百回相當三俠五義之第一百、一百零一回）。因後十九回與小五義重複，故刪去。

其後續集不斷出現，竟續至二十四集之多。這些續集，故事千篇一律，文辭多不通順，甚至一人之性格也前後不同，但從這件事實，就可以看出七俠五義受人歡迎的程度了。

小浮梅閒話論七俠五義中史實

俞樾

宋人之最著者，曰包龍圖，幾於婦豎皆知。所傳事實有徵乎？余曰：包孝肅之為人，宋史本傳，稱其性峭直，惡吏苛刻，務敦厚；雖甚嫉惡，而未嘗不推以忠恕。則與世所傳亦小異矣。惟史載其知天長縣時，有盜割人牛舌者，主來訴。拯曰：「第歸殺而鬻之。」尋復有來告私殺牛者。拯曰：「何為割牛舌而又告之？」盜驚服。則亦頗有鉤距之術。世所演為龍圖公案者，或即由此也。至元人百種曲，有斷立太后事，此乃借李宸妃事為之。考宋史，李宸妃，杭州人。初入宮，為章獻太后侍兒，真宗以為司寢。已而生仁宗，章獻以為己子。仁宗即位，妃默處先朝嬪御中，終太后世，仁宗不自知為妃所出。明道元年疾革，進位宸妃，薨年四十六。後章獻太后崩，燕王為仁宗言：「陛下乃李宸妃所生。」仁宗號慟，尊為皇太后。是李宸妃本末如是，安有如俗所傳者哉？直以為章獻所抑，當時本有死於非命之說；故傳至後世，猶有此紛紜之論耳。按王銍默記載：「有王氏女，自言得幸神宗，生子泠青，以繡抱肚為驗。趙概、包拯鞫得其奸詐狀，並處死。」則與世所傳適相反也。而默記又載：「張茂實，太尉章聖之子，尚宮朱氏所生。章聖畏懼劉后，凡後宮生皇子公主，俱不留；以與內侍張景宗，令養視，遂冒姓張。」又云：「厚陵為皇太子，茂實入朝，至東華門外。居民樊用者迎馬首連呼曰：『虧你太尉！』茂實惶恐，執諸有司，以為狂人而黥之。」是當時此等異說甚多，宜流傳至今以為口實也。

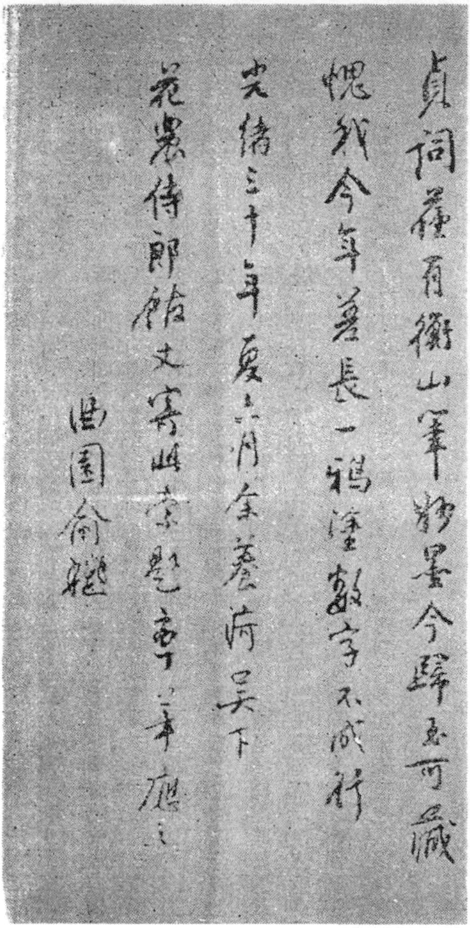
貞同蘿有衡山筆妙墨今歸亦可藏
愧我今年益長一鵠塗數字不成行
光緒三十年夏六月余養痾吳下
花農侍郎館文寄此索題率爾應之
曲園俞樾

俞樾墨蹟

回目

第一回　據正史翻龍圖公案　借包公領俠義全書

曲園先生小蓬萊謠二百首中之一首，託言有一得道不死之士，閱歷唐、宋、元、明四朝，當時名公鉅卿，一半是他的朋友，及至滄桑變換，史策流傳，看他傳中所載事實，與當日所見所聞，往往參差不合。照此看來，一部二十四史，竟無一部可信之史，又況稗官小說，委巷傳聞！從古以來，堯幽囚舜，野史太甲殺伊尹，黎山女為天子，諸如此類，三代以前已是不少。漢書藝文志所載，臣壽周紀七篇，虞初周說九百四十三篇，其中奇奇怪怪，無所不有，惜其書不傳耳！至於後世梨園子弟，扮演登場，商女盲詞，沿街彈唱，海市蜃樓，不可究詰。漢朝一個蔡伯喈，被人憑空揑造出牛相府招親，趙五娘尋夫，種種奇文，至今倒弄得孺婦皆知。陸放翁詩云：「身後是非誰管得，沿村聽唱蔡中郎。」正此謂也！到了宋朝，又有個包龍圖，至今日也是孺婦知名，有龍圖公案一書，衍說其事，說得包公晝治陽間，夜治陰間，竟是一個活閻羅。

謹按宋史第三百十六卷，有包公本傳。包公名拯字希仁，廬州合肥人，始舉進士，除大理評事，出知建昌縣，以父母老，辭不就，親亡廬墓終喪。久之赴調知天長縣，徙知端州，遷殿中丞，拜監察御史，歷三司戶部判官，出為京東轉運，徙陝西，又徙湖北。入為三司戶部副使，除天章閣待制、知諫院，除龍圖閣直學士、河北都轉運使，徙知瀛州。以喪子乞便郡知揚州，徙廬州，又知池州，徙江寧府，召權知開封府，遷右司郎中，又遷諫議大夫，權御史中丞，以樞密直學士權三司使，拜樞密副使，遷禮部侍郎。以疾卒，年六十四。包公一生宦跡如此，因曾除天章閣待制，故在當時稱之曰包待制，以曾除龍圖閣直學士，故後世稱之曰包龍圖，以曾權知開封府，故至今開封府中，猶得相傳有包公遺跡。其中包公歇歷中外，不止一處。其權知開封府亦不甚久，後世說他在開封府任內，有多少奇異之事。至於他始而知天長縣，終而知江寧府，全不說起。倒像他終身只做開封府尹者，由不考本傳之故也！本傳稱包公立朝剛毅，貴戚宦官為之斂手。京師為之謠曰：「關節不到，有閻羅包老。」此言其正色立朝，非謂其裝神弄鬼也。後世竟以包公為活閻羅，即以此訛傳。傳又稱包公惡苛刻，務敦厚，雖其嫉惡，而未嘗不推以忠恕。則知包公居官，並非專尚嚴明。惟知天長縣時，有人來告家中所蓄之牛，被人割去舌頭。包公道：「既割去舌頭，牛不能活，汝竟殺牛，而賣其肉，亦可得錢。」其人遵命而去。未幾，又有人來告，某人私宰耕牛。包公道：「你為什麼割他的牛舌，如今又來告他殺牛？」這人被包公一口道破，驚惶無措，叩頭服罪。此事見於正史本傳。即此一事，可見包公之善於斷獄，龍圖公案一書，即從此敷衍出來。至元人百種曲中，有包公「斷立太后」一事，此事「子虛烏有」，而亦非無因。考之宋史，李宸妃杭州人，初入宮，為章獻太后侍兒，真宗以為司寢，遂生仁宗。章獻太后以為己子。及仁宗即位，宸妃默然，退處先朝嬪妃之中，仁宗竟不知為宸妃之子。直至章獻太后崩，燕王始為仁宗言之。其時宸妃已薨逝多年。仁宗號慟，追尊為皇太后。李宸妃事，只是如此，何曾有狸貓換子之事？但以宸妃生前，為章獻所壓，當時本有死於非命之疑，故後人從而造此一重公案。據宋人王銍所作默記，載包公一事，正與相反。那默記中稱：「當時有王氏女，到官自言，曾經得幸，為英宗皇帝生下一子，名曰冷清，有舊日宮中繡抱肚一個，可以為證。包公細審，全然誣罔，因將他母子二人論死。」此事與李宸妃不相干，與元曲中「斷立太后」，事正相反。後人有詩嘆曰：

史策流傳已不真，稗官小說更翻新。李康子與李麻子，嚼爛古今多少人。

列公，為何今日將包公事實，表白一番？只因這部俠義傳，本名龍圖公案，正以包公為書中之主；而敘包公事又以審「狸貓換太子」一事，為最大一案。據說宋真宗皇帝，宮中有劉、李二妃，同時懷孕。適逢中秋佳節，天子與二妃在御園賞月，飲到半酣，天子十分高興，因說：「汝二人皆有孕，朕心喜悅。偏偏昨日司天監奏，天狗星犯御座，於儲君不利。朕今賜汝二人玉璽龍袱各一個，鎮壓天狗。再有金丸一對，內藏九曲明珠一顆，係無價之寶，如今賜汝二人，每人一枚。」說著將金丸解下，命太監陳琳拿到尚寶鑑，鐫刻劉、李二妃宮名。不多時陳琳到御前復命，呈上金丸。天子看時，一個刻著玉宸宮李妃，一個刻著金華宮劉妃，甚是精巧。即賞與二妃，二妃跪領，叩頭謝恩。天子又笑道：「二妃中有生太子者，即立為皇后。」天子酒後一言，那知劉妃就生了不良之心，回宮與總管都堂郭槐暗暗設計，要謀死李妃。旁邊有一宮人，名喚寇珠，雖是劉妃名下宮人，卻為人正道，素懷忠義，知道此事，好生不樂，從此各處留神窺探。一日真宗在玉宸宮與李妃閒話，想起明日乃南清宮八千歲生辰，便命太監陳琳往御園辦理菓品，與八千歲祝壽。陳琳去後，李妃一時腹痛難禁，天子知要分娩，即起駕出宮，急召劉妃前來照料。劉妃一面遵旨前來，一面吩咐郭槐與守生婆尤氏，照先前所定計策行事。郭槐與尤氏捧著一個大盒，到玉宸宮來，眾人只知道盒中是產中應備之物，那知正是他們所定計策——盒中是隻剝皮的死狸貓。及至李妃臨盆分娩，劉妃、郭槐、尤氏趁忙亂中，將狸貓換去太子，把太子用龍袱包好裝入簾籃，命寇珠拋棄於金水橋下。寇珠到水邊，好生不忍，思與太子同死河中。卻好陳琳奉旨到御園辦理菓品，手捧金絲砌就的龍盒，迎面走來。寇珠喜道：「此人來了，太子有救矣！」乃將此事告知。二人商量，仍將太子用龍袱包裹裝入盒內，陳琳捧了，竟到八千歲府中，見了八千歲與狄娘娘，哭訴其事。

八千歲與狄娘娘大驚，且將太子暫留南清宮撫養，再做道理。當時劉妃將李妃生了妖孽奏聞，有旨將李妃貶入冷宮。幸得冷宮總管秦鳳為人極好，又有小太監余忠，作事豪俠，往往為人之事，奮不顧身。更有奇異之事，他的面目與李妃有七八分相像。李妃在冷宮，得他二人照應，暫且相安。及至劉妃十月滿足，生下太子，即立為皇后。那知太子到六歲上一病身亡，真宗鬱鬱不樂。八千歲入宮勸慰，天子問：「弟有幾子？」八千歲一一奏聞，並言：「第三子今年亦六歲，與太子同歲。」天子立刻召見。須知此子即是李妃所生之太子。父子相見，天心感動，自難分捨，便命留養在宮中。後來真宗賓天，此子嗣位，便是仁宗皇帝，這是後話。當日劉妃見了此子，初時也不在意，後來轉輾生疑，即召寇珠勘問。寇珠那肯說出真情，一任非刑拷打，觸階而死。劉后又想李妃尚在，總是禍根，便誣奏其在冷宮詛咒，奉旨賜死。秦鳳得信，慌忙報與李妃。余忠便慨然道：「奴婢情願代死。」當日不由李妃作主，移至下房，余忠即解髮挽個髻兒，穿了李妃衣服，臥在床。須臾報李妃已死，天子派孟彩嬪驗看。秦鳳接至偏殿，孟彩嬪到床前，約略一看，那辨真偽，便覆旨去了。余忠的屍首，照例埋葬，自不必說。李妃充作余忠，報了重病，立命移出。秦鳳將他送至陳州家內去了。後來秦鳳因與郭槐不對，亦為其所害而死。這一段事，便是「狸貓換子」的緣由，姑妄言之，姑妄聽之。惟八大王則實有其人。大王名元儼，太宗皇帝之子，真宗皇帝之弟，宋人王闢之所作澠池燕談錄稱：「慶曆中，皇叔燕王元儼薨，仁宗追悼尤深，特贈天策上將軍。王性嚴毅，威望著於天下，士民識與不識，呼之以八大王。」又沈淑所著諧史云：「富鄭公上河北守禦十二策，曰：『燕王威望著於北邊，燕薊小兒，每遇夜啼，其家必驚之曰，八大王來也！』」八大王威名如此，諸小說中，每稱道勿衰。然所謂狄娘娘者，又無可考。世傳狄青見姑娘，與秦叔寶見姑娘，同一荒唐。今俠義傳中，既無狄青事，則亦不必與辨矣！此書本為七俠五義諸人寫真，而以包公為七俠五義之主，立言頗為得體。今據正史，將包公一生宦跡表明；又照原書敘明狸貓換太子緣由，以後便徑接原書，不再刪改。正是：「小說原無青史筆，閒談聊慰白頭人。」

未知包公如何出場？且看下回分解。

第二回　奎星兆夢忠良降世　雷部宣威狐狸避難

話說江南廬州府合肥縣包家村，有一包員外，名懷，家資鉅富，天性好善，人人稱他「包百萬」。院君周氏，生有二子，長名包山，娶妻王氏；次名包海，娶妻李氏。包山生一子，尚未滿月，包海未有子女。那包山忠厚老誠，正直無私，王氏也是三從四德之人。包海尖酸刻薄，奸險陰毒，李氏卻也心地不端。幸老員外治家有法，大爺夫婦百般遜讓，因此一家尚為和睦。父子兄弟，春種秋收，務農為業，雖非詩書門第，卻是勤儉人家。不料這一年，老院君周氏，忽又懷起孕來。包員外想：「自家已有子有孫，又生出小兒女，反增一累；再者院君年近五旬，怎當得臨盆苦痛，哺乳的勤勞？」終日悶悶不樂。這日獨坐書齋，正躊躇此事，雙目困倦，伏几而臥。朦朧之際，只見半空之中，祥雲繚繞，瑞氣氤氳，猛然紅光一閃，而落下一個怪物來。頭生雙角，青面紅髮，巨口獠牙，左手拿一銀錠，右手執一硃筆，跳舞竟奔面前來。員外大叫一聲，醒來卻是一夢，心中尚覺亂跳。正自出神，忽見丫鬟掀簾而入，報道：「員外大喜了！方才安人產生一位公子，奴婢特來禀知。」員外聞聽，抽了一口涼氣，只嚇得驚疑不止。怔了多時，咳了一聲道：「罷了！罷了！家門不幸，生此妖邪，真是寃家到了。」急忙立起身來，一步一咳，來至後院看視。幸安人無恙，略問了幾句話，連小孩也不瞧，回身仍往書房去了。這裏伏侍安人的，包裹小孩的，殷實之家自然俱是便當的，不必細表。

單說包海之妻李氏，抽空回到自己房中，只見包海坐在那裏發呆。李氏道：「好好兒的『二一添作五』的家當，如今弄成『三一三十一』了。你到底想個主意呀！」包海答道：「我正為此事發愁。方才老當家的將我叫到書房，告訴我夢見一個青臉紅髮的怪物，從空中掉將下來，把老當家的都嚇醒了；誰知就生此子。我細細想來，必是咱們田地裏，西瓜成了精了。」李氏聞言，便攛掇❶道：「這還了得！若是留在家內，他必作耗❷。自古書上說，妖精入門，家敗人亡的多著呢！如今，何不趁早兒的告訴老當家，將他拋棄在荒郊野外，豈不省了擔心！就是家私，也省了『三一三十一』了。」包海連忙起身，來到書房。一見員外，便從頭至尾，說了一遍，不提起家私一事。誰知員外正因此煩惱，一聞包海之言，卻合了念頭，連連說：「好！此事就交付與你，快快去辦。將來你母親問時，就說落地不多時就死了。」包海領命，來至臥房，託言公子已死，急忙抱出，用茶葉簍子裝好，拿至錦屏山後。見一坑深草，便將簍子放下，剛要撂❸出小兒，只見草叢裏有綠光一閃，原來是一隻猛虎，眼光射將出來。包海一見，只嚇的魂不附體，連簍帶小孩，一同拋棄。抽身跑將回來，到自己房中，倒在炕上，連聲說道：「嚇殺我也！嚇殺我也！」李氏說道：「你這等見神見鬼的，莫不是妖精作了耗了？」包海定了定神，答道：「利害！利害！」一五一十說與李氏。李氏笑道：「這孩子這時候，管叫被虎吃去了。」誰知他二人在屋內說話，不防窗外賢人王氏經過，一一聽去。急忙回至屋中，細想此事，好生忍殘，不覺悲泣。大爺包山

❶ 攛掇：慫恿。

❷ 作耗：作亂。

❸ 撂：丟。

從外邊進來，見此光景，便問情由。王氏將此事一一說知。包山道：「原來有這等事！待我前去看看，再做道理。」說罷，立刻出房去了。王氏自丈夫去後，耽驚害怕，惟恐找不著三弟。

且言包山急急忙忙奔到錦屏山後，果見一片深草。正在四下尋找，只見茶葉簍子橫躺在地，卻無三弟。大爺著忙，連說：「不好！大約是被虎吃了。」又往前走了數步，只見一片草，俱各臥倒在地，足有一尺多厚，上爬著個黑漆漆，赤條條的小兒。大爺一見，滿心歡喜。急忙打開衣服，將小兒抱起，揣在懷內，轉身竟奔家來。王氏正在盼望，見丈夫抱了三弟回來，喜不自勝；連忙將自己衣襟解開，接過三弟，以胸膛偎抱。三弟到了賢人懷內，將頭亂拱，彷彿要乳食吃的一般。賢人即將乳頭放在三弟口內，慢慢的喂哺。包山在旁，便與賢人商議：「如今雖將三弟救回，但我房中，忽然有了兩個小孩，別人看見，豈不生疑麼？」賢人聞聽道：「莫若將自己才滿月的兒子，另寄別處撫養；妾身單單乳哺三弟，豈不兩全呢？」包山聞言大喜，便將自己孩兒抱去，寄於他處廝養。可巧就有本村的鄉民張得祿，因妻子剛生一子，未滿月已經死了，正在乳旺之時；如今得了包山之子，好生歡喜。光陰迅速，轉瞬過了六個年頭，三弟已到七歲，總以兄嫂呼為父母，起名就叫黑子。一日乃周氏安人生辰，王氏賢人帶領黑子與婆婆拜壽。行禮已畢，站立一旁。只見包黑跑到安人跟前，雙膝跪倒，恭恭敬敬，也磕了三個頭。把個安人喜的眉開眼笑，將他抱在懷內。因說道：「曾記得六年前，產生一子，正在昏迷之際，不知怎麼落地就死了。若是活著，也與他一般大了。」王氏聞言，見旁邊無人，連忙跪倒稟道：「求婆婆恕罪。此子便是婆婆所生。媳婦念婆婆年邁，擔不得哺乳勤勞；故將此子，暗暗抱至自己屋中撫養，不敢明言。今因婆婆問及，不敢不以實告稟。」並不提起李氏夫妻陷害一節。周氏老安人，連忙將賢人扶起，說道：

「如此說來，吾兒多虧媳婦撫養，真是天下第一賢德人了。但是我那小孫兒，現在何處？」王氏稟道：「現寄別處廝養。」安人聞聽，立刻叫將小孫兒領來。面貌雖然不同，身量卻無甚分別。急將員外請來，大家言明此事。從此包黑認過他父母，改稱包山夫妻，仍為兄嫂。安人是年老惜子，百般珍愛。改名為三黑。

又過了二年，包黑到了九歲之時，包海夫婦，心心念念要害包黑。這一日包海在家，便在員外跟前進了讒言，說：「咱們莊戶人，總以勤儉為本。現今三黑已九歲了，也不小了，應該叫他跟著村莊牧童，或是咱家的老周的兒子長保兒，學習牧放牛羊。一來學本事，二來也不喫閒飯。」一片話，說的員外心活，便與安人說明，猶如三黑天天跟著閒逛一般。安人應允，便囑長工老周加意照料。老周又囑咐長保兒：「天天出去牧放牛羊，好好兒的哄著三官人頑耍；倘有不到之處，我是現打不賒的。」因此三公子每日同長保兒出去牧放牛羊。或在村外，或在河邊，或在錦屏山畔。一日驅逐牛羊，來至錦屏山。只見陰雲四合，雷閃交加，知道必有大雨；急忙跑至山窩古廟之中。才走至殿內，只聽得「嘩喇喇」霹靂一聲，風雨驟至。包黑在供桌前盤膝端坐，忽覺背後有人一摟，將腰抱住。包黑回頭看時，卻是一個女子，滿面驚怕之態，令人可憐。包黑暗自想道：「不知誰家女子？想來是怕雷。」索性將衣服展開，遮護女子。外邊雷聲愈急，不離頂門。約有兩三刻的工夫，雨聲漸小，雷聲始止。不多時雲散天晴，日已夕暉。回頭看時，不見了那女子。走出廟來，找著長保驅趕牛羊。剛才到村頭，只見伏侍二嫂嫂的丫鬟秋香，手托一碟油餅，說道：「這是二奶奶給三官人做點心喫的。」包黑一見，便說道：「回去替我給嫂嫂道謝。」說著拿起要吃，不覺手指一麻，將餅落在地下。才待要檢，從後來了一隻癩犬，竟自啣餅去了。

長保在旁便說：「可惜一張油餅，卻被他喫了。這是我家癩犬，等我去趕回來。」包黑攔住道：「他既啣去，縱然拿回來，也喫不得了。咱們且交代牛羊要緊。」說著來到老周屋內。長保將牛羊趕入圈中，只聽他在院內喊道：「不好了！怎麼癩狗七孔流血死了？」老周聞言，同包黑出得院來，只見犬倒在地，七孔流血。老周看了，詫異道：「此犬乃服毒而死的。不知他吃了什麼了？」長保在旁插嘴道：「方才二奶奶叫秋香送餅與三官人喫，失手落地，被癩犬喫了。」老周聞言，心下明白。就請三官人至屋內，暗暗的囑咐：「以後二奶奶給你喫食務要留神，不可墮入術中。」包黑聽了，好生氣悶。過了幾天，只見秋香來請，說：「二奶奶有件要事。」包黑只得隨他來至二嫂屋內。李氏一見，滿面笑容說：「三叔，昨日嫂嫂到後園，把金簪掉落井中；恐怕安人見怪。若叫別人打撈，井口又小下不去。三叔，因你身量又小，下井將金簪摸出，以免嫂嫂受責。不知三叔你肯下井去麼？」包黑道：「這不打緊。待我下去，給嫂嫂摸出來就是了。」於是李氏叫秋香拿繩子，同包黑來到後園井邊。包黑將繩拴在腰間，手扶井口，叫李氏同秋香慢慢的鬆放。剛才放下一大半，只聽上面說：「不好，揪不住了。」包黑覺得繩子一鬆，身如敗絮一般，「撲通」一聲，竟自落在井底。且喜是枯井無水，卻未摔著。心中方明白，暗暗思道：「怪不得老周叫我留神，原來二嫂嫂果有害我之心。只是如今既落井中，別人都不知道，我卻如何出的去呢？」正在憂悶之際，只見面前有光明一閃，包黑不知何物，暗忖道：「莫非果有金釵放光麼？」向前用手一撲，並未撲著。光明又往前去。包黑詫異，又往前趕；越趕越遠，再也撲不著。連說：「怪事！怪事！井內如何有許多路徑呢？」不免盡力追去，看是何物。因此趕有一里之遙，忽然光兒不動。包黑急忙向前撲住，看時卻是古鏡一面。翻轉細看，黑暗之中再也看不出來，只覺得冷氣森森，透人心膽。走看之間，忽見前面明亮，忙將古鏡揣起，爬將出來，看時乃是場院後牆以外地溝。心內自思道：「原來我們後園枯井，竟與此道相通。不要管他，且回家便了。」

走到家中，好生氣悶。自己坐著，無處發洩這口悶氣，走到王氏賢人屋內，撅著嘴發怔。賢人問道：「老三你從何處而來？為著何事，這等沒好氣？莫非有人欺負你了？」包黑就將二嫂嫂賺入井中之事，一一說了一回。王氏聞言，心中好生不平；只得安慰，囑咐以後要處處留神。包黑連連稱是。說話間從懷中掏出古鏡，交與王氏說：「此鏡從井中得來的，嫂嫂好生收藏，不可失落。」包黑去後，賢人獨坐房中，心裏暗想：「叔叔嬸嬸所作之事，深謀詭秘，將來倘若弄出事端，如何是好？」正在嗟嘆，只見大爺包山從外而入，賢人便將方才之話，說了一遍。大爺聽了搖首道：「豈有此理！不可聽他。日後總叫他時時在這裏就是了，也免許多口舌❹。」大爺口雖如此說，心中暗自想道：「二弟從前所作所為，我豈不知？只是我做哥哥的，焉能認真？只好含糊罷了！若是明言，就傷了手足的和氣。」沉吟半晌，便向王氏道：「我看三弟氣宇不凡，行事奇異，將來必不可限量。我與二弟已然耽擱，自幼不曾讀書，如今何不延師教訓三弟？倘得一官半職，改換門庭，你道好也不好？」賢人聞言，點頭稱：「是。」又道：「公公前，須善為說詞方好。」大爺說：「我自有道理。」次日大爺料理家務已畢，來見員外，便道：「孩兒有一事要稟。」員外問道：「何事？」大爺道：「只因三黑並無營生❺，與其教他終日牧羊，在外遊蕩，也學不出好來，何不請個先生，教訓教訓呢？就是孩兒等自幼失學，雖後來補學一二，遇見

❹ 口舌：言語。
❺ 營生：事業；買賣。

為難的帳目，還有念不下去的，被人欺哄。如今請個先生，一來教三黑些書籍；二來有難的字帖，亦可向先生請教；再者三黑學會了，也可以管些出入帳目。」員外聽得可管些帳目之事，便說：「使得。但有一件，不必請飽學先生。只要教下三年五載，認得字就好了。」大爺見員外應允，心中大喜，即退出來，便託鄉鄰延請飽學先生。眾鄉聞得包百萬家要請先生，誰不獻勤？這個也來說，那個也來說。誰知大爺非名儒不請。可巧隔村有一寧老先生，此人品行端正，學問淵深。包山訪得明白，即親身往謁，見面敘禮。包山一見，真是好一位老先生，滿面道德，品格端方，即將延請之事說明。擇日上館，備席延請，遞贄敬束脩，一切禮儀，自不必說。即領了包黑，來至書房，拜了聖人，又拜老師。這也是前生緣分，師徒一見，彼此愛慕非常。並派有伴童包興。包興與包黑同歲，一來伺候書房茶水，二來也叫他學幾個字兒。這正是：「英才得遇春風人，俊傑來從喜氣生。」

未知後事如何？且看下回分解。

第三回　金龍寺英雄初救難　隱逸村狐狸三報恩

且說當下開館，節文已畢。寧老先生入了師位，包黑呈上大學。老師點了句讀，教道：「大學之道。」包黑就念了：「在明明德。」老師聞聽，甚為詫異，疑是在家中有人教他的，或是聽人家念學就了的，尚不在意。誰知到後來，無論什麼書籍，俱是如此。教上句便會下句，有如溫熟書的一般。把個老先生喜得樂不可支。自言道：「真是生就的神童，天下奇才，將來不可限量。」遂給包黑起了官印一個「拯」字，取意將來可拯民於水火之中；起字文正，取其意，文與正豈不是政字麼?言其將來理國政，必為治世良臣之意。不覺光陰荏苒，早過了五個年頭，包公已長成十四歲，學得滿腹經綸，詩文之佳，自不必說。先生每每催促遞名送考，無奈員外不允。又過了兩年，包公已長成十六歲了。這年又逢小考，先生實在忍耐不住，急向大爺包山說道：「此次你們不送考，我可要替你們送考了。」大爺聽了，又向員外跟前稟道：「這不過先生要顯弄他的本領。莫若叫三黑去這一次，若是不中，先生也就死心塌地了。」大爺說的員外心活，一時便就允了。大爺見員外應允送考，心中大喜，即來告知先生。先生當時寫了名字報送。到了考期，一切全是大爺張羅❶，員外毫不介意。大爺卻是諄諄盼望。到了揭曉之日，天尚未亮，只聽得一陣喧嘩，老員外以為是本縣差役前來，不是派差，就是拿案。正在游疑之際，只見院公進

---

❶ 張羅：招待，應付。直語補證：「俗以與人幹事曰張羅，取設法搜索之義。」

來報喜道：「三公子中了生員了。」員外一聽，倒覺愁容滿面，自己即藏於密室，連親友來恭賀他也不見；就是先生，他也不去謝一聲。多虧大爺求至再三，員外方才應允，定了日子，下了請帖，設席酬謝先生。是日請先生到客廳中，員外迎接，見面不過一揖；讓至屋內，分賓主坐下；坐了多時，員外並無致謝之言。然後擺上酒筵，將先生請至上座，員外主席相陪。酒至三巡，菜上五味，寧老先生見員外愁容滿面，深為納悶。忍耐不住，只得說道：「令郎天分聰明，若論刻下學問，慢說秀才，就是舉人進士，也是綽綽有餘了。將來不可限量！這也是府上的德行。」員外聽說至此，不覺雙眉緊蹙，發恨道：「什麼德行！不過家門不幸，生此敗家子。將來能保得住不家敗人亡，就是造化了。」先生聽了，不覺詫異道：「賢東何出此言？世上那有不望子孫發達作官之理呢？此話說來，真正令人不解。」員外無奈，只得將生包公之時，所做惡夢，說了一遍。如今提起，還是膽寒。寧公原是飽學之人，聽見此夢之形像，似乎奎星；又見包公舉止端方，更兼聰明過人，就知是有來歷的，將來必定大貴，暗暗點頭。員外又道：「以後望先生不必深教小兒。」寧公不悅道：「如此說來，令郎是叫他不考了。」員外連連說道：「不考了！不考了！」先生不由怒道：「當初你兒子不叫我教，原是由得你；如今是我的徒弟，叫他考卻是由得我的。以後不要你管，我自有主張。」說罷，怒沖沖不待席完，竟自去了。你道寧公為何如此說法？因員外是個愚魯之人，若是諫勸，他決不聽，而且自己學生，又保得必做臉❷，莫若自己攏來，一則不至誤了包公，二則也免包山跟著為難。這也是他一片苦心。到了鄉試年頭，全是寧公作主，與包山一同商議，硬叫包公赴試。叫包山都推在老先生身上。到了挂榜之期，誰知又高高的中了鄉魁。包山不勝歡

❷ 做臉：爭面子。

喜，惟有員外愁個不了，仍是藏著不肯見人。大爺備辦筵席，請先生坐了上座，所有賀喜的親友兩邊相陪，大家熱鬧了一天。諸事已畢，便商議叫包公上京會試，稟明員外。員外到了此時，也就沒的說了。只是不准多帶跟人，惟恐耗費了盤川❸，只帶伴童包興一人。包公起身之時，拜別了父母，又辭了兄嫂。包山暗加了盤川。包公又到書房，參見了先生。先生囑咐了多少言語。包興備上馬，包山送至十里長亭。兄弟留戀多時，方才分手。

包公上鐙乘騎，帶了包興，竟奔京師。一路上少不得饑餐渴飲，夜宿曉行。一日到了一座鎮店，主僕二人，找了一個飯店，包興將馬接過來，交與店小二喂好。找了一個座兒，包公坐在正面，包興打橫，雖是主僕，只因出外又無外人，爺兒兩個，就在一處喫了。堂官❹過來安放杯筷，放下小菜。包公隨便要了一角❺酒，兩樣菜。包興斟上酒，包公剛才要飲，只見對面桌上，來了一個道人坐下，要了一角酒，且自出神，似有心事的一般。後又從外邊進來一人，武生打扮，疊暴著英雄精神，面帶俠氣。道人見了連忙站起，口稱：「恩公請坐。」那人也不坐下，便從懷中掏出一錠銀子，遞給那人道：「將此銀暫且拿去，等晚間再見。」那道人接過銀子，爬在地下，磕了一個頭，出店去了。包公見此人，年約有二十上下，氣宇軒昂，令人可愛。因此立起身來，執手當胸道：「尊兄請了。若不嫌棄，何不請過來彼此一敘？」那人聞言，將包公上下打量了一番，便笑容滿面道：「既承錯愛，敢不奉命！」包興連忙站起，

---

❸ 盤川：旅費。
❹ 堂官：舊時稱茶坊、酒店接待顧客的職工為堂官。
❺ 角：飲酒的器具。

添了一分杯筷，又要了一角酒，兩碟菜，滿滿斟上一杯。包興便在一旁侍立，不敢坐了。包公與那人分賓主坐了。便問：「尊兄貴姓？」那人答道：「小弟姓展，名昭，字熊飛。」包公也通了姓名。二人一文一武，言語投機，不覺飲了數角酒。展昭便道：「小弟現有些小事情，不能奉陪尊兄，改日再會。」說罷會了錢鈔。包公也不謙讓，料不出他是什麼人。吃飯已畢，主僕乘馬登程。因在店內耽誤了功夫，不知路徑。忽見牧子歸來，包興便上前問道：「牧童哥，這是什麼地方？」童子答道：「由西南二十里，方是三元鎮，是個大去處。如今你們走差了路了。此是正西，若要繞回去，足足還有三十里之遙呢！」包興見天色已晚，便問道：「前面可有宿處麼？」牧童道：「前面叫做沙兒屯，並無店口，只好找個人家歇了罷！」說罷，趕著牛羊去了。包興回覆包公，竟奔沙兒屯而來。走了多時，見道旁有座廟宇，匾上書「敕建護國金龍寺」。包公道：「不若就在此廟住宿一宵。明日布施些香資，豈不方便！」包興便下馬叩門。裏面出來了一個僧人，問明來歷，便請進了山門。包興將馬拴好，喂在槽上，和尚讓至雲堂小院三間淨室，敘禮歸坐，獻罷茶湯。和尚問了包公家鄉姓氏，知是上京的舉子。包公便問和尚上下❻。和尚道：「小僧名叫法本，還有一個師弟，名叫法明，此廟就是我二人住持。」說罷，告辭出去。一會兒小和尚擺上齋來，不過是素菜飯。主僕二人用畢，天色已晚。包公即命包興，將傢伙送至廚房，省得小和尚來收。包興聞言，即忙把家伙拿起，出了雲堂小院。只見幾個年輕的婦女，花枝招展笑著說道：「西邊雲堂小院住下客了，咱們往後邊去罷！」包興無處可躲，只得退回，讓他們過去；才將廚房找著，把家伙送去，急忙回至屋內，告知包公。正說話間，只見小和尚左手拿一盞燈，右手提一壺茶來。走進

❻ 上下：此處指問釋家法名。

來賊眉賊眼，將燈放下；又將茶壺放在桌上，回頭就走。包興一見，連說：「不好！這是個賊廟。」急出來看時，山門已經倒鎖了，又看別處，竟無出路。急忙跑回說：「三爺，咱們快想出路才好！」包公道：「門已關閉，又無別路可出，往那裏走呢？」正說著，忽聽門外鐵環「嘩啷」一聲，彷彿砍掉一般，門已開了，進來一人。包興嚇了一跳！門拴已然落地！渾身亂抖，堆縮在一處。只見那人渾身是青，卻是夜行打扮。包公細看，不是別人，就是白日在飯店遇見的那個武生。包公猛然省悟，他與道人有晚間再見一語，此人必是俠客。原來列位不知，白日飯店中那道人，也是此廟中的。皆因法本、法明二人，搶掠婦女，老和尚嗔責，二人不服，將老和尚殺了。道人惟恐干連，又要與老和尚報仇，因此告之當官。不想凶僧有錢，常與書吏差役等人結交，買囑通了，竟將道人重責二十大板，作為誣告良人，逐出境外。道人冤屈無處可伸，來到林中欲尋自盡，恰遇展爺行到其間，將他救下，問得明白，叫他在飯店等候。他卻去暗暗探訪實在，方趕到飯店之內，贈了道人銀兩。不想遇見包公。同飲多時，他便告辭，回到旅館歇息。至天交初鼓，改扮行裝，施展飛簷走壁之能，來至廟門。從外越牆而入，悄地行藏，飛上寶閣；只見閣內有兩個凶僧，旁列四五個婦女，正在飲酒作樂。又聽得說：「雲堂小院那個舉子，等到三更時分，再去下手不遲。」展爺聽了，暗道：「我何不先救此人，然後再來殺他？還怕他飛上天去不成？」因此來到雲堂小院。用巨闕劍削去了鐵環，進來看時，不料就是包公。真是主僕五行有救⑦。展爺上前拉住包公，攜著包興道：「尊兄隨我來。」出了小院，從旁邊角門，來至後牽。由百寶囊中，掏出如意

---

⑦ 五行有救：「五行」是金木水火土。舊時命相家專講五行生剋，所以把五行代替命運。「五行有救」就是說命中應當有人前來搭救。

索來，繫在包公腰間；自己提了繩頭，飛身一躍，上了牆頭，騎馬勢將手輕輕一提，便把包公提在牆上。悄悄說道：「尊兄下去，速將繩子解開，待我再來救尊紀❽。」說罷，向下一放。包公兩腳落地，急急解了繩索。展爺提上去，又把包興救出。向外低聲說：「你主僕二人，就此逃走去罷！」只見身形一晃，就不見了。

包興扶著包公，那敢稍停？深一步淺一步，往前沒命的趕。好容易跑到一個村頭，天已五鼓。遠遠見一燈光，包興道：「好了，有了人家了。咱們暫且歇息，等到天明再走。」急忙上前叫門。柴門開處，裏面走出一個老者來，問是何人。包興道：「因我二人貪趕路程，起得早了，辨不出路徑。望你老人家方便，俟天明便行。」老者看了包公，是個儒流；又看了包興，是個書僮打扮，卻無行李，只當是近處的。便說道：「既是如此，請到裏面坐。」主僕二人，來至屋中，原來是連舍三間，兩明一暗。明間安一磨盤，並方羅桶等物，卻是賣豆腐生理。那邊有小小土坑，讓包公坐下。包興問道：「老人家貴姓？」老者道：「老漢❾姓孟，只有老伴，並無兒女，以賣豆腐為生。」包興道：「老人家有熱水討一杯吃。」老者道：「我這裏有現成的豆腐漿兒，是剛出鍋的。」包興道：「如此更好。」孟老拿了一個黃沙碗，盛了一碗白亮亮熱騰騰的漿，遞與包興。包興捧與包公喝。孟老又盛一碗，包興接過來，如飲甘露一般。他主僕勞碌了一夜，又受了驚嚇，今在草房之中，如到天堂，喝這豆腐漿，不亞飲玉液瓊漿。不多時，

❽ 尊紀：尊稱別人的奴僕。紀，「紀綱」的簡稱。左傳僖公二十四年：「秦伯送衛於晉者三千人，實紀綱之僕。」因此俗稱奴僕為「紀綱」。

❾ 老漢：老年男子自稱。俗稱男子為「漢子」，所以年老者稱「老漢」。

豆腐好了，孟老化了鹽水，又與每人盛了一碗。真是饑渴之下喫下去，肚內就暖烘烘的，好生快活。又與孟老閒談，問明路途，方知離三元鎮尚有二十里之遙。正在敘話之際，忽見火光沖天。孟老出院門看時，只見東南角上一片火光，按方向，好似金龍廟內走火。包公同包興也出來看望，心內料定必是那俠客所為。只得問孟老道：「這是何處走火？」孟老道：「天理昭彰，循環報應，老天爺是再不錯的。二位不知：這金龍寺自老和尚沒後，留下這兩個徒弟，無法無天，時常謀殺人命，搶掠婦女。他比殺人放火的強盜還利害呢！不想他今日，也有此報應。」說話之時，又進屋內歇了多時。只聽雞鳴，主僕二人，深深致謝；孟老兒送出柴扉外，指引了路徑，主僕執手告別。

出了村口，竟奔樹林而來。又無行李馬匹，連盤川銀兩俱已失落。包公卻不在意，就覺得兩腿酸痛，步履艱難，只得一步捱一步，往前款款行走。主僕二人，一邊走著說著話。包公道：「從此到京尚有幾天路程。似這等走法，不知道何時才到京呢？況且又無行李馬匹，連盤川都無，這便如何是好？」包興聽了此言，只得安慰道：「這也無妨。只要到了三元鎮，我那裏有個舅舅，向他借些盤川，再叫他備辦一頭驢子與相公騎，小人步下跟隨，多則十天半月的工夫，焉有不到京師之理？」包公道：「若是如此，甚好了，只是難為你了！」包興道：「這有什麼要緊？咱們走路彷彿閒遊一般，包管就生樂趣，也就不覺苦了。」這雖是包興寬慰他主人，卻是至理。主僕就說著話兒，不知不覺已離三元鎮不遠了。看看天氣，已有將午。包興暗暗打算：「真是我那裏有舅舅？已到鎮上，且同公子喫飯。先從我身上賣起，混一時是一時。只不叫相公愁煩便了。」一時來到鎮上。只見人烟稠密，鋪戶繁雜，包興不找那南北碗菜，應時小喫的大館，單找那家常便飯的二葷鋪。說：「相公，咱們在此喫飯罷！」包公那裏分得貴賤！只不過吃飯而已。主僕二人來到店內，雖是二葷鋪，卻是連脊的高樓。包興引著包公上樓，揀了個乾淨座兒。包公上座，包興仍是打橫。跑堂的過來放下杯筷，也有兩碟小菜，要了隨便的酒菜，登時主僕飽餐已畢。包興立起身來，向包公悄悄的道：「相公在此等候，我去找我舅舅就來。」包公點頭，包興下樓去了。只見鎮上熱鬧非常，先抬頭認準了飯店字號，是望春樓，這才邁步。原打算來找當鋪。到了暗處，將自己內裏青紬袷袍，蛇褪皮脫下來，暫當幾串銅錢，僱上一頭驢，就說是舅舅處借來的，且混上幾天，再作道理。不想四五里的長街，南北一直，卻只有一家當鋪，如今偏又止當候贖了。包興聞知，急的渾身是汗，便道：「罷咧！這便如何是好？」正在為難，只見一簇人，圍繞著觀看。包興擠進去，見地下鋪一張紙，上面字跡分明。忽聽旁邊有人念道：「告白四方仁人君子知之：今有隱逸村李老大人宅內，小姐被妖迷住；倘有能治邪捉妖者，謝紋銀三百兩，決不食言。謹此告白。」包興心中暗想道：「我何不如此如此。倘若事成，這一路上京便不吃苦了；即或不成，也混他兩天吃喝。」想罷上前。這正是：

「難裏巧逢機會事，急中生出智謀來。」

要知後事如何？且看下回分解。

第四回　除妖魅包文正聯姻　受皇恩定遠縣赴任

且說包興見了告白，急中生出智來。見旁邊立著一人，他便向那人道：「這隱逸村離此多遠？」那人見問，連忙答道：「不過三里之遙。你問他怎的？」包興道：「不瞞你們說，只因我家相公，慣能驅逐邪祟，降妖捉怪，手到病除。只是一件，我們原是外鄉之人，我家相公，他雖有神道，卻不肯露面，惟恐妖言惑眾，輕易不替人驅邪，必須來人至誠懇求。相公如說是不會降妖，越說不會，越要懇求。他試探了來人果是真心，一片至誠，方能應允。」那人聽了道：「這有何難！只要你家相公應允，我就是赴湯蹈火，也是情願的。」包興道：「既然如此，閒話少說。你把這告白收起，隨了我來。」兩旁看熱鬧之人，聽說有人會捉妖，不由的都要看看。包興帶了那人，來至二葷鋪門口，進了飯店，又向那人說道：「你先到櫃上，將我們錢會了，省得回來走時，耽延工夫。」那人連連稱是。來到櫃上，只見櫃內之人，俱各執手相讓說：「李二爺請了！許久未到小鋪了。」（誰知此人姓李名保，乃李大人宅中主管。）李保連忙答應說：「請了！借重借重！樓上那位相公，這位管家，吃了多少錢？寫在我帳上罷！」櫃上連忙答應，暗暗告訴跑堂的知道。包興同李保來至樓梯下，約以咳嗽為號，即上樓來懇求。李保答應，包興方上樓。誰知包公在樓上等的心焦，只見包興從下面笑嘻嘻的上來。包公一見，不由的動怒，嗔道：「你這狗才！往那裏去了？叫我在此好等！」包興上前悄悄的道：「我沒找著我母舅，如今倒有一事。

……」便將隱逸村李宅小姐被妖迷住，請人捉妖之事，說了一遍。「如今請相公前去，混他一混。」包公聞言，不由大怒，道：「你這狗才！……」包興不容分說，在樓上連連咳嗽。只見李保上得樓來，對著包公雙膝跪下道：「小人李保，奉了主母之命，延請法官以救小姐。方才遇見相公的親隨，說相公神通廣大，法力無邊，望祈相公搭救我家小姐！」說著磕頭，再也不肯起來。包公說道：「管家休聽我那小价❶之言！我是不會捉妖的。」包興一旁插言道：「相公你看他一片誠心，怪可憐的。沒奈何，相公慈悲慈悲罷！」包公聞言，雙眼一瞪道：「你這狗才！如何滿口胡言！」向李保道：「管家你起來！我還要趕路呢！我是不會捉妖的。」李保那裏肯放。便道：「相公如今是走不了的！小人已哀告眾位鄉鄰，在樓下幫助小人攔阻。再者眾鄉鄰皆知相公是法官，相公若是走了，倘被小人主母知道，小人實在吃罪不起。」說罷又復叩頭。包公被纏不過，只得暗恨包興。復又轉想道：「此事終屬妄言，如何會有妖魅？我包某以正勝邪，莫若且去看看，再作脫身之計便了。」想罷向李保道：「也罷！我隨你去看看就是了。」李保見包公應允了，滿心懽喜，叩了個頭，站起來在前引路。包公下得樓來，只見鋪子外人山人海，俱是看法官的。李保引路，包公隨著，後面是包興，一路來到村頭。李保先行稟報去了。

且說這李大人不是別人，乃是吏部天官李文業，告老退歸林下。夫人張氏，膝下無兒，只生一位小姐，因遊花園，偶中邪祟。夫人痛愛女兒的心盛，故差李保上各處覓請法師退邪，李大人只得應允。這日正在臥房，夫妻二人講論小姐之病。只見李保來稟說：「請到法師，是個少年儒流。」大人聽了，心中暗想：「既是儒流，讀聖賢之書，焉有攻乎異端之理？」叫李保請至書房。李保回身來至大門外，將

❶ 小价：對別人稱自己僕從的謙詞。

包公主僕引至書房。獻茶後，復進來說道：「家老爺出見。」包公連忙站起，見外面進來一位鬚髮皆白，面若童顏的長官。包公見了，不慌不忙，上前一揖，口稱：「大人在上，晚生拜揖。」李大人看見包公氣度不凡，相貌清奇，連忙還禮，分賓主坐下。便問貴姓仙鄉，因何來到敝處。包公便將上京會試，路中遭劫，毫無隱匿，合盤托出❷。李大人見他言語爽直，倒是忠誠之人。談話之間，便考問他學業，包公竟是問一答十。李大人不勝懽喜，暗想道：「看此子骨格清奇，又有如此學問，將來必為人上之人。」吩咐李保好生伏侍包相公，不可怠慢，晚間就在書房安歇。說罷回內去了。夫人暗裏差人告訴李保道：「此事必求法官，到小姐房內捉妖，如今已將小姐移至夫人房內去了。」李保便問法官要用何物？趕早預備。包興道：「要桌子三張，椅子一張，同桌圍椅披，在小姐房內設壇。所用硃砂新筆，黃紙寶劍香爐燭臺，俱要潔淨的。等我家相公定性養神，二鼓上壇便了。」李保答應去了。不多時回來告訴包興道：「俱已齊備。」包興道：「既已齊備，可拿到小姐房中去，大家幫著我設壇去。」李保聽了，即叫人抬桌搬椅。所有軟硬東西，俱是自己拿著，引了包興至小姐房中。只聞房內一股幽香。就在明間堂屋，先把兩張桌子拼了，然後搭了一張擱在前面桌子上，又把椅子放在後面桌子上，繫好了桌圍，搭好椅披，然後擺設香爐燭臺，安放紙墨筆硯寶劍等物。擺設停當，方同李保出來。二人來至書房，叫李保在外伺候，包興便進了書房，已有初更時候。誰知包公勞碌了一夜，又走了許多路程，困乏已極；雖未安寢，已經困的前仰後合。包興走到跟前，叫了一聲：「相公。」包公驚醒，見包興說：「你來得正好，伏侍我睡罷！」包興說道：「相公，咱們不是捉妖來了嗎？」包公道：「那是你這狗才幹的！我是不會捉妖

❷ 合盤托出：把內幕全部講出來。「合」也作「和」。

的。」包興悄悄道：「相公也不想想！小人費了許多心機，給相公找了這樣住處，又吃那樣美饌，喝那樣美酒。俗語道：『無功受祿，寢食不安。』相公若是如此，過意的去麼？咱們何不到小姐房中去看看？憑著相公正氣，或可勝了妖邪，豈不兩全其美呢？」包公無奈，自己又不信邪，只得說道：「由著你這狗才鬧罷了！」包興見包公立起身來。即喚：「快掌燈❸呀！」只聽外面連聲答應：「伺候下了。」包公出了書房，李保提燈在前引路，來至小姐臥房一看，只見燈燭輝煌，桌椅高搭，擺設齊備。心中早已明白，是包興鬧的鬼。邁步來至屋中，只聽包興吩咐李保道：「所有閒雜人，俱要迴避，最忌婦女窺探。」李保聞言，連忙退出藏躲去了。包興燒起香來，放在爐內，爬在地下，又磕了三個頭。包公不由暗笑。只見他上了高桌，將硃砂墨研好，蘸了新筆，又將黃紙撕了紙條兒。才要寫，只覺得手腕一動，像似有人把著他的一般。自己看時，上面寫的「淘氣淘氣！該打該打！」包興心中有些發毛❹。急忙在燈上燒了，忙忙的下臺。只見包公端坐在那裏。包興至跟前道：「相公與其在這裏坐著，何不上高臺上坐著呢？」包公無奈，只得起身上了高臺，坐在椅子上。只見桌子上面，放著一口寶劍，又有硃筆等物。包公心內暗想：「難為他想的週到！」因此不由的將筆提起，蘸了硃砂，鋪下黃紙。剛才要寫，不覺腕隨筆動，順手寫將下去。才要看時，只聽外面「噯呀」一聲，「咕咚」栽倒在地。包公聽了，即忙提起寶劍，下了高臺，至房外看時，卻是李保。見他驚惶失色，說道：「法官老爺，嚇死小人了！方才來至院內，只見白光一道，沖戶而出。是小人看見，不覺失聲栽倒。」包公也覺奇怪，進得屋來，卻不見了包興。與李

❸ 掌燈：點燈。

❹ 發毛：害怕。

保尋時，只見他在棹子底下，縮作一堆，見有人來，方敢出頭。卻見李保在旁，便遮飾道：「告訴你們，我家相公作法，不可窺探。連我還在桌子底下藏著呢！你們為何不遵法令？」一片謊言說得很像。李保道：「只因我家老爺夫人，惟恐相公深夜勞苦，叫小人前來照應，請相公早早安歇！」包公聞言，便叫包興打了燈籠，前往書房去了。

李保叫人來拆了法臺，見有個硃砂黃字紙帖，以為法官留下的鎮壓符，連忙拿了，到後堂稟道：「包相公已安歇了！這是寶劍，還有符一道。」丫鬟接進來。李保才待轉身，忽聽老爺說：「且住！拿來我看。」丫鬟將黃紙帖呈上，李老爺由燈下一看，原來不是符咒，卻是一首詩句，道：「避劫山中受大恩，欺心毒餅落於塵，尋釵井底將君救，三次相酬結好姻。」李老爺細看詩中隱藏事跡，不甚明白。便叫李保暗向包興探問其中事跡，並打探娶妻不曾，明日一早回話。李保領命。你道李老爺為何如此留心？只因昨日在書房見了包公，回到內宅，見了夫人，連聲誇獎包公人品好，學問好，將來不可限量。夫人聽了便道：「既然如此，他若把我孩兒治好，何不就與他結為『秦晉之好』呢？」老爺道：「夫人之言，正合我意。且看我兒病體如何，再作道理。」所以兩老口兒惦記此事；又聽李保說，二鼓還要上壇捉妖，因此不敢早眠。天交二鼓後，特遣李保前來探聽，不意李保拿了此帖回來，故叫他細細訪問。到了次日，誰知小姐其病若失，竟自大愈。老爺夫人更加喜悅，只見李保前來回話：「昨晚細問包興，說這字帖上的事跡，是他相公自幼兒遭的魔難，皆是逢凶化吉。並且問明，尚未定親。」李老爺聽了此言，滿心歡喜，心中已明白是狐狸報恩，成此一段良緣。便整衣襟，來至書房。李保通報，包公迎出。只見李老爺滿面笑容道：「小女多虧賢契救援，如今沉痾已愈，特為道謝。老夫只生此女，尚未婚配，意欲奉為箕箒，不知尊意如何？」包公答道：「此事晚生實在不敢自專，須要稟明父母兄嫂，方敢聯姻。」李老爺見他不允，便笑嬉嬉，從袖中掏出黃紙帖兒，遞與包公道：「賢契請看此帖便知，不必推辭了。」包公接過一看，不覺面紅耳赤，暗暗想道：「昨夜我恍惚之間，如何寫出這些話來？」又思道：「原來我小時山中遇雨見的那女子，竟是狐狸避劫。卻蒙他累次救我。」李老爺見包公沉吟不語，便道：「賢契不必沉吟，據老夫看來，並非妖邪作祟，竟是為賢契作紅線來了。不必過於拘泥。」包公聽了此言，只得答道：「既承大人錯愛，敢不從命！只是一件，須要稟明：候晚生會試以後，回家稟明父母兄嫂，那時再行納聘。」李老爺見包公應允，滿心歡喜。便道：「正當如此！大丈夫一言為定。老夫靜候佳音便了。」說話之時，排開桌椅，擺上酒飯，老爺親自相陪。飲酒之間，又談論些齊家治國之道。包公應答如流，說的有經有緯，把個李老爺樂的事不有餘❺，再不肯放他主僕就行，一連留住三日，又見過夫人。三日後，備得行李馬匹，衣服盤費，並派主管李保跟隨上京。包公拜別了，李老爺復又囑咐了一番。包興此時歡天喜地，精神百倍，跟了出來。只見李保牽馬垂鐙，包公上了坐騎，李保小心伺候。一日來到京師找尋了下處❻，只等臨期下場。

且說朝廷國政，自從真宗皇帝駕崩，仁宗皇帝登了大寶，就尊劉后為太后，立龐氏為皇后，封郭槐為總管都堂，龐吉為國丈，加封太師。這龐吉原是奸佞之臣，倚了國丈之勢，每每欺壓臣僚。又有一班趨炎附勢之人，結成黨羽，明欺聖上年幼，暗有擅自專權之意。誰知仁宗天子，自幼歷過多少魔難，乃

❺ 事不有餘：達到極點。

❻ 下處：旅客居住的地方。

是英明之主。先朝元老，左右輔弼，一切正直之臣照舊供職，就是龐吉，也奈何不得。因此朝政法律嚴明，尚不至紊亂。只因春闈在邇，奉旨欽點太師龐吉為總裁，因此會試舉子，就有走門路的，打關節❼的，紛紛不一。惟有包公仗著自己學問，考罷三場。到了揭曉之期，因無門路，將他中了第二十三名進士。翰林無分，奉旨榜下即用知縣，得了鳳陽府定遠縣知縣。包公領憑後，收拾行李，急急出京，回家先行見父母兄嫂，稟明路上遭險，並與李天官結親一事。員外安人又驚又喜，擇日祭祖，叩謝寧老夫子。過了數日，拜別父母兄嫂，帶了李保、包興，起身赴任。將到定遠縣地界，包公叫李保押了行李先走，自己卻同包興，改裝易服，沿路私訪。有話即長，無話即短。一日包公主僕，暗暗進了定遠縣城，找了飯鋪打尖❽，正在吃飯之時，只見從外面進來一人，酒保❾見了，招呼道：「大爺少會呀！」那個人揀了個座兒坐下，酒保轉身提了兩壺酒，拿了兩個杯子過來。那人便問：「我一人，如何要兩壺酒，兩個杯子呢？」酒保答道：「方才大爺身後面，一同進來有一個人，披頭散髮，血跡模糊，我只打量是你勸架，給人和事的呢！怎麼一時就不見了呢？——或者是我瞧恍惚了，也未可知。」

不知那人聞聽如何？且看下回分解。

❼打關節：使用賄賂。
❽打尖：出門人在途中休息吃飯。
❾酒保：酒店職工。

第五回　墨斗剖明皮熊犯案　烏盆訴苦別古鳴冤

且說那人一聞此言，登時驚惶失色，舉止失宜，大不像方才進來之時那等驕傲之狀。見他坐不移時，發了回怔，連那壺酒也未吃，便匆匆會了錢鈔而去。包公看此光景❶，因問酒保道：「這人姓什麼？」酒保道：「他姓皮名熊，乃十二名馬販之首。」包公記了姓名。吃完了飯，便叫包興到縣傳諭，就說老爺即刻到任。包公隨後出了飯鋪，尚未到縣，早有三班衙役書吏人等，迎接上任。到了縣內，有署印的官交了印信。包公便將秋審冊籍，細細稽察。見其中有個沈清，伽藍殿殺死僧人一案，情節支離。便即傳出諭去，立刻升堂，審問沈清一案。所有衙役三班，早知消息，老爺一路暗自私訪而來，就知這位老爺利害；一個個兢兢業業，早已預備齊全。一聞傳喚，立刻一班班進來，分立兩旁，喊了堂威。包公入座，標了禁牌，便吩咐：「帶沈清等。」不多時，將沈清從監內提出，帶至公堂，打去刑具，朝上跪倒。包公留神細看此人，不過三旬年紀，戰戰兢兢，匍伏在地，不像個行凶之人。包公看罷，便道：「沈清，你為何殺人？從實招來。」沈清哭訴道：「只因小人探親回來，時候太晚，天又下雨，因在縣南三里多地，有個古廟，暫避風雨。誰知此日天尚未明，有公差在路，見小人身後有血跡一片；公差便問小人從何而來。小人便將昨日探親回來，天色已晚，在廟內伽藍殿存身的話，說了一遍。不想公差攔住不放，

❶ 光景：情形；模樣。

務要同小人回至廟中一看。噯呀！太爺呀！小人同差役到廟看時，見佛爺之旁，有一殺死的僧人。小人實是不知僧人是誰殺的。因此二位公差，將小人解至縣內，竟說小人謀殺和尚。小人真是冤枉。求青天大老爺照察。」包公聽了便問道：「你出廟時，是什麼時候？」沈清答道：「天尚未明。」包公又問道：「你這衣服，因何沾了血跡？」沈清答道：「小人原在神廚之下，血水流過，將小人衣服沾污了。」包公聽了點頭，吩咐帶下，仍然收監。立刻傳轎，打道伽藍殿。包興乘馬跟隨。包公暗思：「他既謀害僧人，為何前身衣服無血跡，光有後身一片呢？再者雖是刀傷，彼時並無凶器。」一路盤算，來到伽藍殿。

包公下轎，吩咐跟隨人等，不准跟隨進去，獨帶包興進去。至殿前只見佛像殘朽，兩旁配像，俱已坍塌。又走到佛像背後，上下細看，不覺暗暗點頭。回身細看神廚之下，地上果有一片血跡。忽見那邊地下放著一物，便檢起看時，一言不發，攏入袖中，即刻打道回衙。來至書房，包興獻茶道：「李保押了行李來了。」包公便命他進來。李保進內，連忙給老爺叩頭。包公便叫包興，傳該值的頭目進來。包興答應，去不多時，帶了進來，朝上跪倒，說：「小人胡成給老爺叩頭。」包公問道：「咱們縣中可有木匠麼？」胡成應道：「有。」包公道：「你去多叫幾名來，我有緊要活計❷做，明早務要俱各傳到。」胡成連忙答應，轉身去了。到了次日，胡成稟道：「小人將木匠俱已傳到，齊在外面伺候。」包公又吩咐道：「預備矮桌數張，筆硯數副，將木匠帶至後花廳，不可有誤。」胡成答應，備辦去了。這裏包公梳洗畢，即同包興來至花廳，吩咐把各木匠帶進來。只見進來了九個人，俱各跪倒，口稱：「老爺在上，小的叩頭。」包公道：「如今我要做各樣花盆架子，務要式樣新奇。你們每人畫他一個，揀式樣好的用，並有重賞。」

❷ 活計：工作。

說罷，吩咐拿矮桌筆硯來。兩旁答應一聲，登時齊備。只見九個木匠，分在兩旁，各自畫那圖樣。包公在座上留神細看，不多時，俱各畫完呈遞。包公看到一張便問道：「你叫什麼名字？」那人道：「小人叫吳良。」包公吩咐眾木匠散去，把吳良帶至公堂。左右答應一聲，立刻點鼓升堂。包公入座，將驚堂一拍，叫道：「吳良！你為何殺死僧人？從實招來。」吳良聞言，吃驚不小，回道：「小人是極安分的，如何敢殺人呢？望太爺詳察。」包公道：「諒你這廝決不肯招。左右！速至伽藍殿將伽藍神好好抬來！」左右一聲答應，立刻去了。不多時，把伽藍神抬到公堂。百姓們見將伽藍神泥胎，抬到縣裏聽審，誰不要看看新聞？只見包公離了公座，迎將下來，似有問答之狀。重新入座道：「吳良，適才神聖言道：『你那日行凶之時，在神聖背上留下暗記。』你下去比來。」左右將吳良帶下去。只見那泥神背後，肩膀以下，果有左手六指的手印。誰知吳良左手，卻是六指兒，比上絲毫不差。吳良嚇的魂飛膽裂。左右的人，無不吐舌說：「這位老爺，真是神仙。」殊不知包公那日到廟驗看時，地下撿了一物，乃是個墨斗；又見伽藍神背上，有六指手血印，因此想到木匠身上。左右將吳良又帶至公堂跪下。只見包公把驚堂一拍，一聲喝說：「吳良！你真贓實犯，還不實說麼？」吳良忙道：「太爺不必動怒，小人實招就是了！小人原與廟內和尚交好，這和尚素來愛喝酒，小人也是酒鬼兒。因那天和尚請我喝酒，誰知他就醉了，我因勸他收個徒弟，以為將來收場結果。他便說：『將來收場結果，我也不怕。這幾年的功夫，我也積攢了有二十多兩銀子了。』他原是醉後無心話。小人便問他：『你這銀子收藏在何處呢？若是丟了，豈不白費了這幾年的功夫麼？』他說：『我這銀子，是再丟不了的，我放在伽藍神腦袋裏。』因小人一時見財起意，又見他醉了，用斧子將他劈死。攢了兩手血，因此上神桌，便將左手扶住神背，右手在神腦袋內掏出銀子，不意留下了個手印子。今被太爺神明斷出，小人實是該死！」包公聞聽所供是實，又將墨斗拿出，與他看了。吳良認了是自己之物，因抽斧子落在地下。包公叫他畫供，上了刑具收監。沈清無故遭屈，賞銀十兩釋放。

剛要退堂，只聽有擊鼓喊冤之聲。包公即命帶進來。但見從角門進來二人：一個年紀二十多歲，一個有四十上下；來到堂上，二人跪下。年輕的便道：「小人名叫匡必正，有一叔父開緞店，名叫匡天佑。只因小人叔父，有一個珊瑚扇墜，重一兩八錢，遺失三年，未有下落。不想今日遇見此人，他腰間配的正是此物。小人原要借過來看看，怕是認錯了。誰知他不但不借給看，開口就罵，扭住小人不放。請太爺詳察！」又只見那人道：「唔❸麼！是江蘇人，姓呂名佩。今日狹路相逢，遇見這個後生，將吾攔住，硬說吾腰間佩的珊瑚墜子是他的。青天白日，竟敢攔路打搶，求太爺與吾判斷！」包公聽了，便將珊瑚墜子要來一看，果然是真的，淡紅顏色，光潤無比。便向匡必正道：「你方才說此墜，有多少重？」匡必正道：「重一兩八錢。」包公又問呂佩道：「你可知此墜重彀多少？」呂佩道：「此墜乃友人送的，並不曉得多少分兩。」包公回頭叫包興，取戥子來平了。果重一兩八錢。包公便向呂佩道：「此墜若按分兩，理應是他的。」呂佩著急道：「嗳呀！太爺呀！此墜原是我的好朋友送我的，平什麼分兩呢！」包公道：「既是你相好朋友送的，他叫什麼名字？」呂佩道：「這朋友姓皮名熊。他是馬販頭兒，人所共知的。」包公猛然聽皮熊二字，觸動心事；吩咐將他二人帶下去，立刻出籤傳皮熊到案。包公暫且退堂，用了酒飯。不多時，人來回話，皮熊帶到。包公復又升堂。帶皮熊上堂，包公道：「聞你有個珊瑚

---

❸ 唔：我（吳語）。

扇墜，可是有的？」皮熊道：「現在小人家中。是三年前檢的！」包公道：「此墜可曾送過人麼？」皮熊道：「小人不知何人失落，何敢送給人呢？」包公便問道：「此墜尚在何處？」皮熊道：「現在小人家裏。」包公吩咐將皮熊帶在一旁，叫呂佩上來。包公道：「方才問過皮熊，他並未送給你，此墜如何到了你手？」呂佩一時慌張，便說出皮熊之妻柳氏給的。包公問道：「柳氏如何給你此墜呢？」呂佩便不言語。包公吩咐掌嘴。兩旁人役，剛要上前，只見呂佩搖手道：「唔說就是了。」便將與柳氏通奸，此墜是柳氏私贈的，說了一遍。包公立刻將柳氏傳到。誰知柳氏深恨丈夫在外宿奸，來到公堂，便說出丈夫與楊大成之妻畢氏通奸。「此墜由畢氏處攜來，交與小婦人收了二三年。小婦人與呂佩相好，私自送他的。」包公立刻出籤，傳畢氏到案。正在審問之時，忽聽得外面又有擊鼓之聲。暫將眾人帶在一旁，先帶擊鼓之人上堂。原來就是匡必正之叔匡天佑，因聽見有人將他姪兒扭結到官，故此急急趕來。稟道：「三年前，託楊大成到緞店取緞子，將此墜作為執照。過了兩日，小人到店時，並未見楊大成到店，亦未見此墜。因此小人到楊大成家內，誰知楊大成就是那日晚間死了，亦不知此墜的下落，只得隱忍不言。不料姪兒今日看見此墜，被人告到臺前，惟求太爺明鏡高懸，伸此冤枉。」說罷，磕下頭去。包公心中明白，叫天佑下去，即令皮熊、畢氏上堂。便問：「畢氏，你丈夫是何病死的？」畢氏尚未答言，皮熊在旁答道：「是心痛病死的。」包公便將驚堂一拍，喝聲：「該死的狗才！他丈夫心痛病死的，你如何知道？明是因奸謀命。快把謀害楊大成的情由從實招來！」兩旁一齊威嚇，皮熊驚慌說道：「小人與畢氏通奸是實，並無謀害楊大成之事。」包公聽了說：「你這狗才，曾記得你在飯店之中吃酒，後面跟著帶血之人。酒保說出，嚇的你酒也不敢吃，立刻會鈔而去。今日公堂之上，還敢支吾？左右！抬上刑來！」

皮熊只唬得心頭亂跳，諒也瞞不過去，莫若實說，也免得皮肉受苦。便道：「小人願招！只因小人與畢氏通奸，惟恐楊大成知道。因此定計將楊大成灌醉，用刀殺死，暗用棺木成殮，只說心痛暴病而死。彼時因見珊瑚墜，小人拿回家去，交與妻子收了，即此便是實情。」包公聽了叫他畫供。即將畢氏定了凌遲，皮熊定了斬決。將呂佩責四十大板釋放，柳氏官賣，匡家叔姪將珊瑚墜領回無事。因此人人皆知包公斷事如神，各處傳揚，就傳到個行俠尚義的老者耳內。

且說小河窩內，有一老者姓張行三，為人梗直，好行俠義，因此人都稱他為「別古」。——與眾不同謂之別，不合時宜謂之古。原是打柴為生，皆因他有了年紀，挑不動柴，眾人就叫他看著過秤，得了利息，大家平分。這也是他平日為人，拿好兒換來的。一日，閒暇無事，偶然想起：「三年前東塔窪趙大欠我一擔柴錢四百文，今日無事，何不討去呢？」於是拄了竹杖，鎖了房門，竟往東塔窪而來。到了趙大門首，只見房舍煥然一新，不敢敲門；問了一問左右之人，方知趙大發了財，如今都稱趙大官人了。老頭兒聞言，轉到大門，便用竹杖敲門。口中道：「趙大！趙大！」只聽裏面答應道：「是誰？這麼趙大趙二的！」說話間，門已開了。張三看時，只見趙大衣帽鮮明，果然不是先前光景。趙大見是張三，連忙道：「我道是誰？原來是張三哥！」張三道：「你先別合我論哥兒兄弟！你欠我的柴火錢，也該給我了！」趙大道：「什麼要緊！請到家裏坐。」正說著，裏面走出一個婦人。趙大道：「這是你弟媳。」又向婦人道：「這不是外人，是張三哥到了。」婦人便上前萬福。張三道：「恕我腰痛不能還禮。」趙大道：「請裏面坐罷！」張三只得隨著進來，只見一路一路的烏盆子，堆的不少，到屋來彼此讓坐。趙大叫婦人倒茶。張三道：「我不喝茶，你也不用鬧酸❹。欠我的四百多錢，纔要還我的，不用鬧這個軟局子❺。」趙大道：「張三哥你放心，我那裏就短欠你四百文呢？」說話間，趙大拿了四百文，遞與張三。張三接來揣在懷內，立起身來說道：「你把那小盆給我一個，就算折了欠我的零兒罷！」趙大道：「拿一個就是了。」張三挑了一個漆黑的烏盆，挾著烏盆，轉身就走出門去了。

這東塔窪離小河窩也有三里之遙。到了樹林之中，猛然間滴溜溜❻一個旋風，只覺寒毛眼裏一冷，不防將盆子掉在塵埃；在地下一轉，隱隱有悲哀之聲，說：「摔了我的腰了！」張三聽了，連連唾了兩口，檢起盆子，往前就走。只聽後面說道：「張伯伯，等我一等！」回頭不見人。自己怨恨道：「真是『時衰鬼弄人了』，我張三生平不做虧心之事，如何白日就會有鬼？想是我不久於人世了！」一邊想，一邊走；好容易奔至草房，急忙放下盆子，撂了竹杖，開了鎖兒；拿了竹杖，拾起盆子，進得屋來，將門頂好；覺得困乏已極。剛才坐定，只聽得悲悲切切，口呼：「伯伯！我死的好苦也！」張三聽了道：「怎麼？竟自把鬼闟到屋裏了。」別古秉性忠直，不怕鬼邪。便說道：「你說罷！我在這裏聽著呢！」隱隱說道：「我姓劉名世昌，在蘇州閶門外八寶鄉居住。家有老母周氏，妻子王氏，還有三歲的孩子，乳名百歲。本是緞行生理，只因乘驢回家，行李沉重。那日天晚，在趙大家借宿。不料他夫妻好狠，將我殺害，謀了資財；將我血肉，和泥焚化，冤沉海底。求伯伯替我在包公前，伸明此冤，報仇雪恨，感恩不盡。」說罷放聲痛哭。張三聽他哭得可憐，不由他動了豪俠的心腸，全不畏懼。便呼道：「烏盆！」只

---

❹ 鬧酸：擺文謅謅的架子。

❺ 鬧這個軟局子：即「鬧軟局子」。指用柔軟的手段騙人。

❻ 滴溜溜：靈活圓轉的樣子。

聽應道：「有呀！伯伯。」張三道：「雖則替你鳴冤，惟恐包公不能准狀，你須跟我前去。」烏盆應道：「願隨伯伯前往。」張三聽他應叫一聲，不覺滿心歡喜，道：「這一去告狀，不怕包公不信。只須將他姓名居住記清背熟方好。」於是從新背了一回，樣樣記明。老頭兒為人心熱，一夜不曾合眼，不等到天明，就挾了烏盆，拄起竹杖，鎖了屋門，竟奔定遠縣而來。及至到了定遠縣，天氣尚早，還未開門，只得找個避風的所在，席地而坐。喘息多時，只聽得一聲門響，門分兩扇，太爺升堂。張三拿起盆子，跪向前來喊冤枉。就有該值的回稟，立刻帶進。包公坐上問道：「有何冤枉？訴上來。」張三就把東塔窪趙大家討帳，得了一個烏盆，遇見冤魂自述的話，說了一遍，現在烏盆為證。包公聽了，就在座上喚烏盆，不見答應；又連喚兩聲，亦無影響。包公見別古年老昏聵，也不動怒，便叫左右攆出去便了。張老出了衙門，口呼：「烏盆！」只聽應道：「有呀！伯伯。」張老道：「你要我訴冤，你為何不進去呢？」烏盆說道：「只因門上門神攔阻，冤魂不敢進去。求伯伯替我說明。」張老聽了，又去喊冤。該值的出來嗔道：「你這老頭子，還不走，又喊的什麼？」張老道：「求你們回稟一聲，就說烏盆有門神攔住，不敢進見。」該值的無奈，只得替他回稟。包公聽了，提筆寫字一張，叫左右拿至門前焚化，仍將老頭子帶進來。再說張三抱了盆子，上了公堂，將盆子放下，他跪在一旁。包公吩咐左右聽著，兩旁人役應聲，側耳靜聽。包公在座上喚道：「烏盆！」仍不見答應，包公不由動怒，將驚堂一拍：「我把你這狗才！本縣念你年老之人，方才不責於你，如今還敢如此！本縣也是你愚弄的麼？」用手抽籤，吩咐將他重責十板，以戒下次。兩旁不容分說，將張三打了十板，鬧的老頭兒一拐一拐的，挾了烏盆，拿了竹杖，出衙去了。轉過影壁牆，便把那烏盆一放，只聽得「噯呀」一聲道：「碰了我的腳了。」張三道：「奇怪！你為何又不進去呢？」烏盆道：「只因我赤身露體，不敢見星主之面。沒奈何，再求伯伯替我伸訴明白。」張三道：「我已為你挨了十大板。如今再去，我這兩條腿不用長著咧！」烏盆又苦哀求。張三是個心軟的人，拿起盆子，又不敢喊冤，只得望角門裏便走。胡頭兒正在班房裏說笑此事，忽見老頭子又來了，連忙跑出來要拉，張三卻有主意，就勢坐在地下，叫起屈來。包公那裏也聽見了，吩咐帶上來；問道：「你這老頭子，為何又來？難道不怕打麼？」張三叩頭道：「方才小人出去，又問烏盆，他道：『赤身露體，不敢見星主之面。』懇求太爺賞件衣服，遮蓋遮蓋，他方敢進來。」包公聽了，叫包興拿件衣服與他。包興連忙取了件袷衣，交與別古。別古拿了出來，該值的也跟著他，怕他是拐子。只見他將盆子包好，拿起來不放心，又叫道：「烏盆！隨我進來！」只聽著應道：「有呀！伯伯，我在這裏！」張三聽見答應，這一回留上心了，便不住的叫著進來。到了公堂，仍將烏盆放在當中，自己在一旁跪倒。包公在座上大聲呼：「烏盆！」不想衣服內答應道：「有呀！星主。」眾人無不詫異。包公細細問了張老，張三將劉世昌之冤，滔滔說了一回。包公聽罷，叫他回去聽傳。立刻吩咐書吏，辦一角文書，行到蘇州調取尸親，前來結案。即行出籤拿趙大夫婦。登時拿到，嚴加訊問，並無口供。包公吩咐把趙大帶去，不准見刁氏；即傳刁氏上堂。包公道：「你丈夫供說陷害劉世昌，全是你的主意。」刁氏聞聽，惱恨丈夫，便說出趙大用繩子勒死的；並言現有未用完的銀兩。即行畫供，押了手印。立刻派人將贓銀起來。復又帶上趙大，叫他女人對質，那知這廝再也不招，言銀子是積蓄下的。包公大怒，請了大刑來，夾棍套了兩腿。問時仍然不招。包公一聲大喝，說了一個「收」字，不想趙大不禁夾，就烏呼哀哉了。包公見趙大已死，只得叫人抬下去。立刻辦文詳稟了本府，轉又行文上去，至京啟奏去了。此時尸親已到。包公將未用完的銀子，俱叫他婆媳領取訖。並將趙大家私，奉官折變，以為婆媳贍養。婆媳二人，感念張別古替他鳴冤之恩，就帶到蘇州養老送終。別古也因受了冤魂囑託，亦願照看孀居孤兒。因此商量停妥，一同起身，往蘇州去了。

要知後事如何？且看下回分解。

第六回　罷官職逢義士高僧　應龍圖審冤魂怨鬼

且說包公斷明了烏盆，雖然遠近聞名，這位老爺正直無私，斷事如神，未免犯了上司之嫉，又有趙大刑斃；故此文書到時，包公例應革職。包公接到文書，將一切事宜，交付署印之人，自己住廟。李保看此光景，竟將銀兩包袱收拾收拾，逃之夭夭❶了。包公臨行，百姓遮道，包公勸勉了一番，方才乘馬，帶著包興，出了定遠縣。在馬上思量道：「我包某自幼受了多少的艱險！好容易蒙兄嫂憐愛，聘請恩師，教誨我一舉成名。不想妄動刑具，致斃人命。雖是他罪應如此，究竟是我粗心浮躁，以致落了個革職！也無顏回家，莫如仍奔京師，再作計較❷。」只顧在馬上嗟嘆。來至一座山下，覺得凶惡，正在觀望，只聽一棒鑼鳴，出來了無數的嘍兵。當中一個矮胖黑漢，赤著半邊身的胳膊，雄糾糾，氣昂昂，不容分說，將主僕二人拿下，綑了送上山去。誰知山上還有三個大王，見縛了兩人前來，吩咐縛在兩旁柱子上，等四大王到來，再行發落。不一時，只見四大王慌慌張張，氣喘吁吁，跑了來喊道：「不好了！山下遇見一人，好本領！小弟才一交手，我便倒了。幸虧跑得快，不然吃了大虧了。那位哥哥出去會他？」只見大大王道：「四弟，待劣兄前往。」二大王說：「小弟奉陪。」於是二人下山，只見一人立在山坡上。

❶ 逃之夭夭：詩經周南桃夭篇有「桃之夭夭」句，小說中改「桃」為「逃」，借作「逃走」的意思。
❷ 計較：計畫。

大大王近前一看，不覺哈哈大笑道：「原來是兄長！請到山上敘話。」你道此山何名？名叫土龍崗，原是山賊窩居之所。只因張龍、趙虎誤投龐府，他見權奸之門，不肯逗留；偶過此山，將山賊殺走，他二人便作此山寨之主。後因王朝、馬漢去下武場，亦被龐太師逐出，憤恨回家，路過此山。張、趙二人即請到寨，結為兄弟。王朝居長，馬漢居二，張龍第三，趙虎第四。王、馬、張、趙四人，已表明來歷。

且說馬漢同那人來至山中，走上大廳，見兩旁柱上，縛了二人。走近一看，不覺失聲道：「呵呀！縣尊為何在此？」包公睜眼看時，說道：「莫不是恩公展義士麼？」王朝聞聽，連忙上前解開，立即請至廳上坐了。展爺問及，包公一一說了，大家俱各嗟嘆。展爺又叫王、馬四人，給包公陪了罪，分賓主坐下。立時擺上酒席，六人吃酒談心，甚是投機。包公道：「我看四位俱是豪傑，為何作此勾當？」王朝道：「我等皆因奸臣當道，借此安身。」展爺道：「我看眾兄弟皆是異姓骨肉，今日恰逢包公在此，雖則目下革職，將來朝廷必要擢用；那時眾位兄們，何不棄暗投明，與國出力，豈不是好！」王朝道：「我等久有此心。老爺倘蒙朝廷擢用，我們俱願效犬馬之勞。」包公只得答應。大家飲至四更方散。次日包公與展爺告辭，四人款留不住，只得送下山來。王朝素與展爺相好，又遠送幾里。包公與展爺戀戀不捨，無奈分別而去。

單言包公主僕二人，竟奔京師，一日來至大相國寺門前，包公頭暈眼花，竟從馬上跌將下來。包興一見，連忙下馬看時，只見包公二目雙合，牙關緊閉，人事不知。包興叫喚不應，放聲大哭，驚動廟中方丈❸。方丈乃得道高僧，俗家複姓諸葛，名遂，法名了然，學問淵深，以至醫卜星相，無一不精。聞

❸ 方丈：此處指廟中住持。下文則指廟中住持所居的房屋。

得廟外人聲，來到山門以外，近前診了脈息說：「無妨。」便叫眾僧幫扶，抬到方丈東間，急忙開方抓藥。包興煎好，吃不多時，至二鼓天氣，只聽包公「呵呀」一聲。睜開二目，見燈光明亮，包興立在一旁，那邊椅子上，坐著個僧人。包公便問：「此是何處？」包興便將老爺昏過多時，虧這位師傅慈悲，用藥救活的話，說了一遍。包公剛要掙扎起來致謝，和尚過來按住道：「不可勞動，須得靜養幾日。」過了數日，包公轉動如常，才致謝和尚。方知飲食用藥，俱是了然和尚的，心中不勝感激。了然細看包公氣色，心下明白。便問他年月八字，細算有百日之災，過了百日就好了，自有機緣。便留住包公廟內居住，將包公改作道人打扮，每日與了然不是下棋，便是吟詩，彼此愛慕。

將過了三個月，一日，了然求包公寫「冬季誦經，祝國裕民」八字。叫僧人在山門兩邊粘貼。包公無事，同了然出來，一旁觀看。只看那壁廂來一廚子，手提菜籃，走至廟前，不住將包公上下打量，瞧了又瞧。包公卻不在意，進廟去了。你道此人是誰？他乃是丞相府王芑的買辦廚子。只因王芑大人面奉御旨，賜圖像一張，乃聖上夢中所見，醒來時宛然在目，御筆親畫了圖像，特差王老大人暗暗密訪此人。丞相遵旨回府，又叫妙手丹青，照樣畫了幾張，吩咐虞候伴當❹執事人等，各處留神，細細訪查。不想這日買辦從大相國寺經過，恰遇包公，急忙跑回相府，找著該值班虞候，便將此事說了一遍。虞候聽了，不能深信，暗至廟中閒遊。看見方丈果有一道人，與老僧下棋。細看相貌，正是龍圖之人。急忙趕回相府，稟知相爺。王大人聞言，立刻乘轎至大相國寺拈香。不多時來至廟門，小沙彌急忙跑至方丈內，報與老和尚知道。了然迎出，接至禪堂，分賓主坐下。獻茶已畢，便問了然：「此廟有多少僧眾？多少道

❹ 伴當：僕從。

人？老夫有一願，施贈鞋襪，每人各一雙，須當面領去。」了然明白，即吩咐僧道出來，當下一一看過，並無此人。王大人問道：「完了麼？你廟中還有人沒有？」了然嘆道：「有是還有一人，只是他未必肯要大人這一雙鞋襪。如要見此人，大概還須大人以禮相待。」王大人聞聽，忙道：「就煩長老引見如何？」了然答應，領至方丈。包公隔窗一看，也不能迴避了，只得上前一揖道：「廢員參見了。」王大人舉目細看，形容與聖上御筆所畫的龍圖，分毫不錯，不覺大驚。連忙讓坐問道：「足下何人？」包公便道：「廢員包拯，曾在定遠縣因斷烏盆革職。」王大人道：「此案終屬妄誕，老夫實難憑信。」包公不由正色答道：「雖則理之所無，卻是事之必有。自古負屈含冤之魂，憑物伸訴者，不可枚舉，難道都是妄誕麼？只要自己秉公斷理民情，豈肯以妄誕二字就置之不問？豈不使怨鬼含冤於泉下嗎？」王大人見包公言語梗直，不覺滿心歡喜。立刻備馬，請包公隨至相府，留在書房安歇。次日早朝，乃將包公換了縣令服色，先在朝房伺候。淨鞭❺三下，天子升殿，王芑出班奏明。仁宗天子大喜，立刻召見。包公步上金階跪倒，山呼❻已畢。天子閃龍目觀看，果是夢中所見之人，滿心歡喜。便問：「為何革職？」包公便將斷烏盆，將人犯刑斃身死情由，毫無遮飾，一一奏明。王芑在班中著急，恐聖上見怪。誰知天子不但不怪，反喜道：「卿家既能斷烏盆負屈之冤魂，必能鎮皇宮作祟之邪鬼。現今因玉宸宮內，每夕有冤鬼哀啼，甚屬不淨。不知是何妖邪，特派卿前往鎮壓一番。」即著王芑在內閣聽候，欽派太監總管楊忠帶領包公至玉宸宮鎮壓。這楊忠素來好武，膽量甚大，因此人皆稱他為「楊大膽」。奉旨賜他寶劍一口，每

❺ 淨鞭：即「靜鞭」，一種儀仗。古時皇帝上朝時，內侍揮動淨鞭作聲，使百官肅靜無譁。

❻ 山呼：漢武帝登嵩山，群臣三呼萬歲。因此後來朝見皇帝時呼萬歲都叫山呼。

天在內巡邏。今日領包公進內，他那裏瞧得起包公呢！先問了姓，後問了名。一路稱為老黑，又叫老包。來到宣德門，說道：「進了此門，就是內廷了。想不到你七品前程，如此造化。」包公無奈，答道：「公公說的是。」說著話，進了鳳右門，只見有多少內侍，垂手侍立。內中有個頭領，上前執手道：「老爺今日有何貴幹？」楊忠道：「辛苦！辛苦！咱家奉旨，帶領此位包黑兒前到玉宸宮鎮邪。」說罷同著包公，竟奔玉宸宮。只見金碧交輝，光華燦爛，到了此地，不覺肅然起敬。連楊忠愛說笑的，到了此地，也就啞口無言了。來到殿門，楊忠止步，悄向包公道：「你是欽奉諭旨，理應進殿除邪。我在這門檻上照看便了。」

包公即輕移慢步，側身而入。來至殿內，見正中設有寶座，連忙朝上行了三跪九叩首之禮。又見旁邊設立座位，包公躬身入座。楊忠見了，心下暗自佩服道：「看不出小小官兒，竟知國禮。」又見包公如對君父一般，秉正端坐，凝神養性。二目不住四下觀看，另有一番凜然難犯的神色。不覺的暗暗誇獎道：「怪不得聖上見了他喜歡呢！」正在思想之際，不覺的譙樓上漏下矣。猛然間聽的呼呼風響，楊忠毛髮皆豎，坐在門檻之上發怔。只見丹墀之下，起了一個旋風，隱隱聽的風中帶著悲泣之聲。包公閃目觀看，只見燈光忽暗，楊忠在外撲倒；片刻工夫，只見他起來，嬝嬝婷婷走進殿來萬福跪下。此時燈光復又明亮。包公開言問道：「你今來此，有何冤枉？訴上來。」只聽楊忠嬌滴滴的聲音哭訴道：「奴婢寇珠，原是金華宮承御，只因救主遭屈，含冤地府。於今廿載，專等星主來臨，完結此案。」便將當初定計陷害的原委，哭訴了一遍。「因李娘娘不日難滿，故特來洩機由。星主細細搜查，以雪前冤，千萬不可洩漏。」包公聽了點頭道：「既有如此沉冤，包某必要搜查。但你必須隱形藏跡，恐驚聖駕，獲罪不淺。」冤魂說道：「謹遵星主臺命。」叩頭站起，轉身出去，仍坐在門檻之上。不多時，只見楊忠張嘴欠伸，彷彿睡醒的一般。看見包公，仍在那邊端坐，不由的悄悄問道：「老黑，你沒見什麼動靜，咱家怎生回覆聖上？」包公道：「鬼已審明，只是你貪睡不醒。」楊忠聽了詫異道：「什麼鬼？」包公道：「女鬼。」楊忠道：「女鬼是誰？」包公道：「名叫寇珠。」楊忠聽了，嚇得驚疑不止。暗自思道：「寇珠之事，算來將近二十年之久，他竟如何知道？」連忙陪笑道：「寇珠他為什麼事在此作祟呢？」包公道：「你是奉旨同我進宮除邪，誰知你貪睡！我已將鬼審明，只好明日見了聖上，我奏我的，你說你的罷了！」楊忠聽了，不由著急道：「呵呀，包拯先生，包老爺，我的親親的包大哥，你這不就把我毀透了麼？可是你說的，聖上命我同你進宮掃邪，我不知道這是什麼差使眼兒呢？怎麼了？可見你老人家就不疼人了！」包公見他央求可憐，方告訴他道：「明日見了聖上，就說：『審明了女鬼，是金華宮承御寇珠，含冤負屈，來求超度他的冤魂。臣等業已相許，以後再不作祟。』」楊忠聽了，記在心頭，並謝了包公。出了玉宸宮，來至內閣，見了丞相王苞，將審明情由，細細述明。少時聖上臨朝，包公合楊忠一一奏明，只說冤魂求超度，卻不提別的。聖上大悅，愈信「烏盆之案」，即升包公為開封府府尹，陰陽學士。包公謝恩。加封「陰陽」二字，從此人傳包公善於審鬼，白日斷陽，夜間斷鬼，一時哄傳遍了。包公先拜了丞相王苞，後又謝了了然，乃至開封府上任，每日查辦事件。便差包興回家送信，並具稟替寧老夫子請安。又至隱逸村投遞書信，一來報喜；二來求婚畢姻。包興領命，即日起身，先往包家村去了。

未知後事如何？且看下回分解。

第七回　得古今盆完婚淑女　收公孫策密訪奸人

且說包興奉了包公之命，寄信回家，又到隱逸村。這日包興回來，叩見包公，呈上書信。言：「老太爺、太夫人甚是康健，聽見老爺得了府尹，歡喜非常，賞了小人五十兩銀子。小人又見大老爺、大夫人，歡喜自不必說，也賞了小人三十兩銀子。惟有大夫人給小人帶了個薄薄兒包袱，囑咐小人好生收藏，到京時交與老爺。包袱內是一面古鏡，原是老爺井中檢的，因此鏡光芒生亮，大夫人掛在屋內。有一日二夫人使喚的秋香，走至大夫人門前，滑了一交，頭已跌破，進屋內就在挂鏡之處一照。誰知血滴鏡面，忽然雲翳開豁。秋香大叫一聲，回頭就跑，到二夫人屋內，按住二夫人，將右眼挖出。從此瘋癲，至今鎖禁，猶如活鬼一般。二夫人死去兩三次，現延醫調治，尚未痊愈。小人見二老爺，他無精打彩的，也賞了小人二兩銀子。」說著話，將包袱呈上。包公也不開看，吩咐好好收起。包興又道：「小人在家住了一天，即到隱逸村報喜投書。李大人大喜，滿口應承，隨後便送小姐來成親。賞了小人一個元寶，兩疋尺頭❶，並回書一封。」即把書呈上，包公接著看畢，原來張太夫人同著小姐，於月內便可來京。立刻吩咐預備住處。不多幾日，果然張太夫人帶領小姐，俱各到了。一切定日，迎娶事務，俱是包興備辦妥當。到了吉日，也有多少官員前來賀喜，不必細表。

❶ 尺頭：衣料。

包公自畢姻後，見李氏小姐幽嫻貞靜，儀態端莊，滿心歡喜。而且妝奩中有一寶物，名曰「古今盆」。上有陰陽二孔，甚稱希世奇珍。包公卻並不介意。過了三朝滿月，張太夫人別女回家，臨行又將自己得用的小廝，名喚李才，留下伏侍包公，包公一日放告坐堂。見有一個鄉民，年紀約有五旬上下，口稱「冤枉！」立刻帶至堂上。包公問道：「你姓甚名誰？有何冤枉？訴上來！」那人向上叩頭道：「小人姓張名致仁，在七里村居住。有一族弟名叫張有道，以貨郎❷為生；相離小人不過數里之遙。有一天小人到族弟家探望，誰知三日前竟自死了。問我小嬸劉氏，是何病症，為何連信也不送呢？劉氏回答：『是心疼病死的。因家中無人，故此未曾送信。』小人因有道死的不明，在祥符縣申訴情由，情願開棺檢驗。縣太爺准了小人狀紙。及至開棺驗屍，誰知並無傷痕！劉氏就放起刁來，說了許多誣賴的話。縣太爺將小人責了廿大板，討保回家。小人越想此事，張有道實是死的不明。無奈何，投到大老爺臺前，求大老爺與小人作主。」包公便問道：「你兄弟素來有病麼？」張致仁道：「並無疾病。」包公又問道：「你幾時沒見張有道？」致仁道：「弟兄素來和睦，小人常到他家，他也常來小人家。五日前尚在小人家中。小人因他五六天沒來，因此小人找到他家，誰知三日前竟自死了。」包公聽了想道：「五日尚在他家，第六天去探望，又是三日前死的，其中相隔一兩天，必有緣故。」包公想罷，准了狀子，立刻出籤，傳劉氏到案。暫且退了堂，來至書房。忽見外班手持書信一封道：「外面有一儒流求見。此書乃了然和尚的。」包興接過書信，進內回明，呈上書信。包公將書拆閱，原來是荐函，言此人學行兼優。包公看罷，即命包興去請。包興出來，便向那人道：「我家老爺有請。」只見那人斯斯文文，隨著包興進來，到了

❷ 貨郎：販賣雜貨的流動小商販。

書房。包興掀簾，只見包公立身起來，那人向前一揖，包公答了一揖，讓坐。包公便問：「先生貴姓？」那人答道：「晚生複姓公孫，名策，久困場屋，屢落孫山，流落在大相國寺，多承了然禪師優待，特具書信前來，望祈老公祖推情收錄。」包公見他舉止端詳，言語明晰，又問了些書籍典故，見他對答如流，包公大喜。

正談之間，只見外班稟道：「劉氏現已傳到。」包公吩咐伺候。便叫李才陪侍公孫先生，自己帶了包興，立刻升堂。入了公座，便命帶劉氏上堂。只見從外角門進來一個婦人，年紀不過二十多歲，面上也無懼色，嬝嬝婷婷，朝上跪倒。包公問道：「你就是張劉氏麼？」婦人答道：「小婦人劉氏，嫁與貨郎張有道為妻。」包公又問道：「你丈夫是什麼病死的？」劉氏道：「那一天晚上，我丈夫回家，吃了晚飯，一更之後便睡了。到了二更多天，忽然心裏怪痛的。小婦人嚇的了不得，急忙起身。便喊：『痛的利害！』誰知不多一會就死了。害的小婦人好不苦也！」說罷淚流滿面。包公把驚堂一拍，喝道：「你丈夫到底是什麼病死的？說來！」站堂喝道：「快講。」劉氏向前爬跪半步說道：「老爺，我丈夫實是害心痛病死的。小婦人焉敢撒謊！」包公喝道：「既是害病死的，你為何不給他哥哥張致仁送信？從實招來，免得皮肉受苦。」劉氏道：「給張致仁送信，一則小婦人煩不出人來，二則也不敢給他送信。」包公聞聽道：「這是為何？」劉氏道：「小婦人丈夫在日，他時常到小婦人家中，每見無人，他就言來語去，小婦人總不理他。就是前次，他到小婦人家內，小婦人告訴他兄弟已死，他不但不哭，反倒向小婦人胡說亂道，連小婦人如今直說不出口來。當時被小婦人連嚷帶罵，他才走了。誰知他惱羞成怒，在縣告了，說他兄弟死的不明，要開棺相驗。後來縣太爺到底檢驗，並無傷痕，才將他打了廿板。不想他不肯甘心，如今又告到老爺臺前！可憐小婦人丈夫死後，受如此罪孽，小婦人又擔醜名，實實冤枉。懇求青天老爺與小婦人作主。」說著就哭起來了。包公見他口似懸河，牙如利劍，說的有情有理。暗自思道：「聽他言語，決非良善。須得查訪實在情形，婦人方能服罪。」想罷，向劉氏道：「如此說來，你竟無故被人誣賴了！你且下去，三日後聽傳罷了。」劉氏叩頭下去。包公退堂之後，來到書房，便將口供呈詞與公孫策觀看。公孫策看畢，躬身說道：「據晚生看此口供，張致仁疑的不錯。只是劉氏言語狡猾，必須探訪明白，方能折服婦人。」包公道：「似此如之奈何？」公孫策正欲作進見之禮，連忙立起身來道：「待晚生改扮行裝，暗裏訪查，如有機緣，再來稟覆。」包公聽了道：「如此有勞先生了！」叫包興將先生盤川，並要何物件，急忙預備。包興答應，向公孫策問明白了，連忙辦理。不多時，俱各整齊。原來一個小小藥箱兒，一個招牌，還有絲縧鞋襪等物。公孫策通身換了，提起藥箱，連忙從角門，暗暗溜出，到七里村查訪。誰知鬧了一天，並無機緣。看看天晚，只得且回開封府，再作道理。

來到一處鎮店問時，知是榆林鎮，找了興隆店投宿，正要打算吃飯，只見來了一群人，數匹馬。內中有一黑矮之人，高聲喊道：「憑他是誰，快快與我騰出！」傍有一人說道：「四弟不可囉唣。」又向店主人道：「東人，你去說說看！皆因我們人多，兩下住著不便。」店主無奈，走到上房，向公孫策說道：「先生，說不得屈尊你老在東間房居住，把外面這兩間，讓給我們罷！」說罷，深深一揖。公孫策道：「這又何妨！給我一個單房住就是了。」正說之間，只見進來了黑凜凜一條大漢，滿面笑容道：「老先生，請自尊便罷！這外邊兩間，承情讓與我等足夠了。我等從人，俱叫他們下房居住，再不敢勞動了。」公孫策再三謙遜，那大漢只是不肯，只得挪到東間去了。那大漢叫從人搬下行李，揭下鞍轡，俱各安放妥帖，又見上人只有四個，其餘五六個俱是從人；又見黑矮之人，先自呼酒要菜。店小二一陣好忙，鬧的公孫策竟喝了一壺空酒，菜總沒來。忽聽黑矮之人道：「我不怕別的，明日到了開封府，恐他記念前仇，不肯收錄，卻如何是好？」又聽黑臉大漢道：「四弟放心！我看包公決不是那樣人物。」公孫策聽了此言，不由站起身來，出了東間，對四人執手道：「四位原來是上開封府的，小弟不才，願作引進之人。」四人聽了，忙立起身來。仍是那大漢道：「足下何人？請過來坐，方好講話。」公孫策謙遜再三，方才坐下，各通姓名。原來這四人，正是土龍崗的王朝、馬漢、張龍、趙虎四條好漢。聽說包公作了府尹，當初原有棄暗投明之話，故將山上嘍囉❸糧草金銀，俱各分散，只帶了得用伴當五六人，前來開封府投效。他們又問公孫策。公孫策答道：「小可現在開封府。目下有件疑案，故此私行探訪，不想在此得遇四位，實三生有幸！」彼此談論多時，真是文武各盡其妙，大家歡喜非常。惟有趙四爺粗俗。大家吃畢，閒談飲茶，到二更以後安歇。這正是：「只因清正聲名遠，致使英雄跋涉來。」

未知明日四人投奔開封府如何？且看下回分解。

---

❸ 嘍囉：小強盜。也作「僂儸」。

第八回　救義僕除凶鐵仙觀　訪疑案得線七里村

且說四爺趙虎因多貪了幾杯酒，放倒頭酣睡如雷。到了四鼓之時，他便一咕嚕爬起身來亂喊道：「天亮了，快些起來趕路。」又叫從人備馬，掮行李，把大家吵醒。誰知公孫策心中有事，尚未睡著，也只得隨大家起來。大爺將從人留下一個，騰出一匹馬，叫公孫策乘坐。叫那人將藥箱兒招牌，俟天亮掮在開封府，不可違誤。吩咐已畢。叫店小二開了門，大家上馬，趁著月色，迤邐而行。天氣尚未五更，正走之間，過了一帶松林，卻是一座廟宇。猛見人影在牆邊一愰；再細看時，卻是一個女子，身穿紅衣，到了廟門，挨身而入。大家看的明白，口稱奇怪。張龍說：「深夜之間，女子入廟，必非好事。天氣尚早，我們何不到廟看看呢？」馬漢叫從人將行李馬匹，在樹林等候。大家下馬，五位老爺，邁步奔山門而來。到了廟門，趁著月光，看的明白，匾上大書「鐵仙觀」。公孫策道：「那女子挨身而入，未聽他插門，為何門會關著？」趙虎上前掄起拳頭，在山門上就是三拳。口中喊道：「道爺！開門來！」口中嚷著，隨手又是三拳。只聽裏面道：「是誰？是誰？半夜三更，怎麼說？」只聽「嘩啦」一聲，山門開處，是個道人。公孫策連忙上前施禮道：「多有驚動了！我們一行人，貪趕路程，口渴舌乾，欲借寶剎歇息，討杯茶吃，自有香資奉上。望祈方便！」那道人聽了便道：「待我稟明白了院長，再來相請。」正說之間，只見走出一個濃眉大眼，膀闊腰粗，肌肉橫生的道士來。說道：「既是眾位要吃茶，何妨請進來！」眾人聞聽，一擁而入，來至大殿，只見燈燭輝煌。彼此遜坐。見道人凶惡非常，已知是不良之輩；並且酒氣噴人。張龍、趙虎悄地出來尋那女子。來至後面，並無蹤跡。又到一後院，只見一只大鐘，並無別物。行至鐘邊，只聽有人呻吟之聲。趙虎說：「在這裏呢！」張龍說：「賢弟，你去掀鐘。」趙虎挽挽袖子，單手抓住鐘上鐵爪，用力向上一掀，張龍就把鐘內之人拽了出來。細看此人時，卻是個老者，綑做一堆，口內塞著棉花。急忙掏出，鬆了綑綁。那老者乾嘔做一團，定了定神，方才說：「呵呀！苦死我也！」張龍便問：「你是何人？因何被他們扣在鐘下？」那老頭兒道：「小人名喚田忠，乃陳州人氏，只因龐太師之子安樂侯龐昱，奉旨前往賑濟。不想龐昱到了那裏，並不放賑，在那地方上，蓋造花園，搶掠民間女子。我主人田起元。主母金氏玉仙因婆婆染病，割肉煎藥。老太太病好，主母上廟還願，被龐昱窺見，硬行搶去；又將我主人送縣監禁。老太太一聞此信時，生生嚇死，是我將老主母埋葬了。想此事一家被害，非上京控告不可。因此貪趕路程，過了宿頭❶。於四更後，投至此廟，原為歇息。誰知道人見我行李沉重，欲害小人。正在動手，忽聽敲門，便將小人扣在鐘下，險些兒喪了性命。」正在說話間，只見那邊有一道人，探頭縮腦。趙四爺急忙趕上，一腳踢翻在地。不想這前面凶道，名喚蕭道智，在殿上張羅烹茶，不見了張、趙二人，叫道人去請，也不見回來，便知事有不妥。悄悄的退出殿來，到了自己屋內，將長衣卸去，手提一把明亮亮的樸刀，竟奔後院而來。恰入後門，就瞧見老者已放，趙虎按著道人，不由心中火起，手舉樸刀，便砍張龍。張龍手急眼快，斜刺裏就是一腿。道人將身閃過，一刀照定張龍面門削來。張龍手無寸鐵，全仗步法巧妙，身體靈便，頭一偏將刀讓過，順手就是一掌。惡道急待側身時，張龍下邊又是一掃腿。這惡道「金絲繞腕」讓過，回

❶ 宿頭：住宿的地方。

手反背又是一刀。究是「有兵刃的氣壯，無兵刃的膽虛」，張龍支持了幾個照面，看看不敵。正在危急之際，只見王朝趕近前來，虛幌一掌，飛起左腿，直奔脅下。惡道閃身時，馬漢在後又是一拳，打在背上。惡道往前一撲，急轉身來，趁手就是一刀。虧得馬漢眼快，歪身一閃。剛躲過，惡道「倒垂勢」又奔了王朝而來。王朝使個「推窗望月」勢，等刀臨近，將身一閃。惡道把身使空，身往旁邊一閃。後面張龍照腰就是一腳。惡道站立不住，「咕咚」跌倒在地，將刀扔在一邊。趙虎趕上一抬腿，用腿膝蓋按住胸膛。四個人一齊動手，將兩個道人綑綁。四人復又搜尋，並無人烟。後又搜至旁院之中，卻是菩薩殿三間，只見佛像身披紅袍。大家明白，紅衣女子，乃是菩薩現化。可見田忠有救，道人惡貫已滿，報應不爽。此時公孫策已將樹林內伴當叫來，拿獲道人。便派從人四名，將惡道交送至祥符縣內。祥符縣立刻申報到府。大家帶了田忠一同出廟，此時天已大亮，五人竟奔開封府而來。暫將四人寄在下處，公孫策進內參見包公，言訪查之事，尚未確實；今有土龍崗王、馬、張、趙四人投到；並鐵仙觀救了田忠，捉了惡道，交祥符縣，不日解到的話，說了一遍。復又立起身來道：「晚生還要去訪劉氏一案。」當下辭了包公至茶房，仍把藥箱招牌背了，從角門而去。

且說包公叫包興將田忠帶至書房，問他替主鳴冤一切情形。叫左右領至茶房居住，不可露面，恐走漏了風聲，被龐府知道。又吩咐包興，將四勇士暫在班房居住，俟有差聽用。且說公孫策離了衙門，復至七里村，沿途暗訪。出了七里村，忽然想起：「就是這麼走著，有誰知道是醫生呢？」連忙將鈴兒搖起，口中說道：「有病早來治，莫要多延遲。養病如養虎，虎大要傷人。凡有疑難大症，保管藥到病除，貧不計利。」正在念誦，可巧那邊有一個老婆子喚道：「先生這裏來。」公孫策聽了，向前問道：「媽媽喚吾麼？」那婆子道：「只因我媳婦身體有病，求先生醫治。」公孫策即跟那婆子走進柴扉；看時，卻是三間草房，一明兩暗。婆子請先生炕上坐了，便道：「我姓尤，丈夫早已去世，有個兒子，名叫狗兒，在陳大戶陳應杰家做長工。只因我的媳婦得病有了半月了，他的精神短少，飲食懶進，還有點午後發燒。求先生看看脈，吃點藥兒。」公孫策道：「令媳在那屋裏？」婆子道：「現在東屋裏呢！待我告訴他。」說著，立起身來，往東屋裏去了。只聽說道：「媳婦，我給你請個先生來，求他老看看，保管就好啊！」只聽婦人道：「母親，不看也罷！一來我沒有什麼大病；二來家無錢鈔，何苦妄費錢文！」婆子道：「呵呀！媳婦啊！你聽見先生說麼，『貧不計利』，再者『養病如養虎』。好孩子，請先生瞧瞧罷！你早些好了，也省得老娘懸心。我就是依靠你了，我那兒子，也不指望他了！」說至此，婦人道：「請先生過來，看看就是了。」婆子便出來請公孫策。公孫策跟定了婆子，來至東間，與婦人診脈。公孫策雖是私訪，他原有實學，所有醫理盡皆知曉。診完脈息，已知病源，站起身來，仍然來至西間坐下。說道：「我看令媳之脈，乃是雙脈。」尤氏聞聽道：「呵呀！何嘗不是！他大約有四五月沒見。」公孫策又道：「據我看來，病因由氣惱所致；鬱悶不舒，竟是氣裏胎了。若不早治，恐入癆症。必須將病由說明，方好用藥。」婆子聽了，不由的吃驚道：「先生真是神仙！誰說不是氣惱上得的呢？待我細細告訴先生：只因我兒子，在陳大戶家做長工，素日多虧大戶幫些銀錢。那一天，忽然我兒子拿了兩個元寶回來……」說至此處，只聽東房裏婦人道：「此事可不必說了！」公孫策道：「用藥必須說明。我聽的確，下藥方能見效。」婆子道：「孩子！你養你的病，這怕什麼？」又道：「我見元寶，不免生疑，便問他從何而來。我兒子說，只因大戶與七里村張有道之妻有染，這一天陳大戶到張家去了，可巧撞見他男人，因此大戶要害他男人。給我兒子兩個元寶……」說至此，東屋婦人又道：「母親不必說了！此事如何說得？」婆子道：「先生也不是外人，說明了好用藥呀！」公孫策道：「正是！若不說明，藥就不靈。」婆子接說道：「交給我兒子兩個元寶，是叫他找什麼東西的。原是我媳婦勸他不依，後來跪在地下央求。誰知我不肖的兒子，不但不聽，反將媳婦踢了幾腳，揣起元寶，賭氣走了。後來果然聽見張有道死了。因此我媳婦更加憂悶，這便是得病的原由。」公孫策聽畢，提起筆來，開了方子。與婆子道：「我這方是祕法奇方。用紅棉一張，陰陽瓦焙了成灰，老酒沖服，最是安胎活血的。」婆子聽了記下。公孫策又道：「你兒子做成此事，難道大戶也無謝禮麼？」他所以問此一層，是算定此案一明，尤狗兒必死，婆媳二人全無贍養，就給他婆媳二人，想出個主意。這也是公孫策妙用。且說婆子道：「他先許給我兒子六畝田。」公孫策道：「這六畝田可有字據麼？」婆子道：「那有字據呢！還不定他給不給呢？」公孫策道：「這如何使得！給他辦此大事，若無字據，將來你們如何養活呢？也罷，待我給你寫一張兒，倘若到官時，以此字和他要地。」真是鄉下人好哄，當時婆子樂了個事不有餘，說：「多謝先生！只是沒有紙，可怎麼好呢？」公孫策道：「不妨，我這裏有紙。」打開藥箱，拿出一張大紙來，立刻寫好，假寫了中保，押了花押❷，交給婆子。婆子深深謝了。先生揹起藥箱，拿了招牌，起身便走。婆子道：「有勞先生！又無謝禮，連杯茶也沒有吃，叫我好過意不去！」公孫策道：「好說！好說！」出了柴扉，此時快樂非常，竟奔開封府而來。這正是：「心歡訪得稀奇事，快意聽來確實音。」

未知後事如何？且看下回分解。

❷ 花押：文書契據末尾的簽名，因習慣用花字，避人冒簽，所以叫做「花押」。

第九回　斷奇冤奏參封學士　造御刑查賑赴陳州

且說公孫策回到開封府，見了包公，便將密訪的情由，細細的述了一遍。包公聞聽歡喜，暗想道：「此人果有才學。」便叫包興與公孫策更衣，預備酒飯，請先生歇息。又叫李才將外班傳進，立刻出籤，拿尤狗兒到案。不多時，前來回說：「尤狗兒帶到！」點鼓升堂，叫帶狗兒上堂跪倒。包公道：「你就是尤狗兒麼？」狗兒應道：「是！」包公說：「張有道冤魂告到本府臺前，說你陳大戶主僕，定計將他謀死。但此事皆是陳大戶要圖他的妻子劉氏，你不過上人差遣，概不由己。雖然受了兩個元寶，也是小事。你可要從實招來，自有本府與你作主，出脫❶你的罪名便了。」狗兒聽見冤魂告狀，不由得心中害怕；又見老爺和顏悅色的，說出脫他的罪名，與他作主，放了心了。即向上叩頭道：「老爺既施大恩，與小人作主，小人只得實說。因小人當家的，與張有道女人有交情。那一天被張有道撞見了，他跑回來，就想出個法子來，須得把張有道害了，方才遂心。故此將小人叫到跟前說：『我託你一件事，你須用心搜尋纔有。』我就問他找什麼？他說：『這件東西叫尸龜，彷彿金頭蟲兒，尾上發亮，有蠖蟲大小。』我就問這件東西，出在那裏？他說：『須在坟裏找，總要尸首肉多化了，獨有腦子未乾，纔有這蟲兒。』小人一聽，就為難了，可怎麼找法呢？他見小人為難，便給小人兩個元寶，叫小人且自拿著，事成之後，

❶ 出脫：開脫。

再給小人六畝田，不論日子，總要捉了來。白日也不做活❷，養著精神，夜裏好找。可是老爺說的：『上人差遣，概不由己。』因此小人每夜出去刨坟，刨到第十七個，好容易得了此蟲。晒乾了，研了末，或茶或飯，灑上必是心痛而死，並無傷痕，惟有眉攢中間，有小小紅點，便是此毒。後來聽見張有道死了，大約就是這東西害的。求大人與小人作主！」包公聽罷，書吏呈上供單，包公看了，叫拿下去，叫狗兒畫了招。立刻出籤，將陳應杰拿來。包公又吩咐狗兒道：「少時陳大戶到案，你可當面對質，我好與你作主。」狗兒應允。不多時陳應杰拿到，包公又命傳劉氏，並尤氏婆媳。先將陳大戶帶上堂來，包公問道：「陳應杰，你為何謀死張有道？從實招來！」陳大戶聞言，嚇得驚疑不止，連忙說：「並無其事呀！青天大老爺！」包公將驚堂木一拍道：「你這大膽的奴才！在本府堂上還要支吾❸麼？」叫左右將狗兒帶上堂來，與陳應杰當面對質。陳大戶只嚇得抖衣而戰，半晌，方說道：「小人與劉氏通奸是實，並無謀死張有道之事。這都是狗兒一片虛詞，老爺千萬莫信！」包公大怒，吩咐看大刑伺候。左右一聲喊，將三木往堂上一攢，把陳大戶嚇得膽裂魂飛。連忙說道：「願招！」便將狗兒找尋尸龜，悄悄的交與劉氏，叫他或茶或飯灑上，立刻心痛而死，並無一點傷痕，從頭至尾，說了一遍。包公看了供單，叫他畫了供。只見差役稟道：「劉氏與尤氏婆媳，俱各傳到。」包公吩咐先帶劉氏，只見劉氏得意洋洋，上得堂來，一見陳大戶，不覺朱顏更變，形色張皇，免不得向上跪倒。包公卻不問他，便叫陳大戶與他對質。陳大戶對劉氏哭道：「你我所幹之事，以為機密，再也無人知道；誰知張有道冤魂告到老爺臺前！事已

---

❷ 做活：工作。

❸ 支吾：以詭詐的言語來應付。

敗露，不能不招。我已畫供，你也畫了罷！免得皮肉受苦。」婦人聽了，罵了一聲：「冤家！想不到你竟如此濃包！沒能為！你既招承，我又如何推托呢？」只得向上叩頭道：「謀死親夫張有道是事實，再無別詞。就是張致仁調戲一節，也是誣賴他的。」包公叫畫了押，又將尤氏婆媳帶上堂來。尤氏哭訴前情，並言毫無贍養，「只因陳大戶曾許幾畝地，小婦人恐他誣賴，寫了一張字兒。」說著話，從袖中將字兒拿出呈上。包公一看，認得是公孫策筆跡，心中暗笑。便向陳大戶道：「你許給他地畝，怎不撥給他呢？」陳大戶無可奈何，並且原有此言，只得應許，撥給幾畝田與尤氏婆媳。包公便飭祥符縣辦理。包公將劉氏定了凌遲處死，陳大戶定了斬立決，狗兒定了絞監候。包公退了堂，來至書房，即起了摺底，叫公孫策謄清。公孫策剛寫完，包興進來，手中另持一紙，向公孫策道：「老爺說咧，叫把這個謄清，夾在摺內，明早隨著摺子，一同具奏。」先生接過一看，不覺目瞪口呆，心中好不自在。原來這夾片是為陳州放糧，不該信用椒房寵信之人，直說聖上用人不當，一味頂撞言語。公孫策焉有不耽驚之理？「寫只管寫了，明日若遞上去，怕是辭官表一道。總是我時運不順，偏偏遇著這些事，只好明日聽信兒，再為打算罷！」次日五鼓，包公上了朝，聖上見了摺子，初時龍心甚為不悅。後來一轉想，此正是直言敢諫，忠心為國之人，故而轉怒為喜，立刻召見。包公奏對之下，明係陳州放賑，恐有情弊，故此加封包公龍圖閣大學士仍兼開封府事務，前往陳州稽察放賑之事，並統理民情。包公跪奏道：「臣無權柄，不能服眾。難以奉詔。」聖上道：「賜卿御札三道，誰敢不服？」包公謝恩，領旨出廷。

且言公孫策自包公入朝後，他便提心吊膽，坐立不安。先見包興先自進來，告訴聖上加包老爺為龍圖閣大學士，派往陳州查賑。公孫策聽了，這一樂真是喜出望外。不多時，包公下朝，大家賀喜已畢，便對公孫策道：「聖上賜我御札三道，先生可替我細細參詳，不可大意，辜負聖恩。」說罷，進內去了。這句話，把個公孫策打了悶葫蘆❹，回至自己屋內，千思萬想，猛然省悟說：「是了！這是逐客之法。欲要不用我，又賴不過了然的面情，故用這難我。我何不如此如此，鬼混一番？一來顯顯我胸中抱負；二來也看看他膽量。左右❺是散夥罷咧！」於是研墨蘸筆，先度了尺寸，注寫明白。後又寫了做法，並分上、中、下三品，龍、虎、狗的式樣。他用筆畫成三把鍘刀，故意以「札」字做「鍘」字，「三道」做「三刀」，看包公有何語說。畫畢，來至書房，將畫呈上，以為包公必然大怒。誰知包公將畫一一看明，不由的春風滿面，稱讚先生，真天才也！立刻叫包興傳木匠，連夜盪出樣子來，明早恭呈御覽。公孫策暗道：「這是我畫著玩的！此時也改不過口來。」只得退出，將單子細細搜求，又如何包銅葉子，如何釘金釘子，如何安鬼王頭，又添上許多式樣。不多時，匠役人等來到，公孫策先叫看了樣子，然後叫他做法。眾人手忙腳亂，整整鬧了一夜，方才盪得。包公臨上朝時，吩咐用黃箱子盛著，抬至朝中，預備御覽。包公坐轎來至朝房，山呼已畢，出班奏道：「臣包拯昨蒙聖恩賜御鍘三刀。臣謹遵聖旨，擬得式樣，不敢擅用，謹呈御覽。」說著黃箱已然抬到，擺在丹墀。聖上閃目一看，原來是三口鍘刀樣子，分龍、虎、狗三品。包公又奏：「如有犯法者，各按品級行法。」聖上早已明白包公用意，是借「札」字之音，改作「鍘」字，改做三口鍘刀，以為鎮嚇外官之用。不覺龍顏大悅，准如所奏。包公謝恩，出朝上轎，剛到街市之上，見有父老十名，一齊跪倒，手持呈詞。包公在轎內看的分明，將腳一跺轎底，這

---

❹ 打了悶葫蘆：猜測不明不白的事。

❺ 左右：反正；橫豎。

是暗號，登時轎夫止步打杵。包興連忙將轎簾掀起，將呈子遞進。不多時，只見包公嗤嗤將呈子撕了個粉碎，說道：「這些刁民，叫地方❻將他等押出城外！」說罷起轎，竟自去了。這些父老，哭哭啼啼說道：「我們不辭辛苦，奔至京師，指望伸冤報恨。誰知這位老爺也是畏權勢的，我等冤枉，再也無處伸訴了！」說罷，又大哭起來。旁邊地方催促道：「走罷！哭也無益，何處沒有屈死的呢！」眾人聞聽，只得跟隨地方出城。剛到城外，只見一騎馬飛奔前來，卻是包興，跟定父老，至靜處方告訴他們道：「老爺不是不准呈子，因街市上耳目過多，走漏風聲，反為不美。老爺吩咐，你們俱在冷靜之地藏身，如今先叫兩個去。你們何人前去，可快出來，跟我到衙門，有話問呢！」眾人聞言，俱各歡喜。叫兩個父老，遠遠跟定包興，到了開封府。帶至書房，包公又細細問了一遍，吩咐他們在外，不可聲張❼，俟我起身，一同隨行便了。二老者叩頭謝恩，仍然出城去了。

且說包公自奏明御刑之後，便吩咐公孫策督工監造。便派王、馬、張、趙四勇士，服侍御刑；王朝掌刀，馬漢捲蓆綑人，張、趙抬人入鍘。公孫策與四勇士，操演規矩，定了章程禮法，不數日御刑打造已成。包公具摺請訓，便有無數官員前來餞行。包公將御刑供奉堂上，只等眾官員到齊，同至公堂之上，驗看御刑。眾人以為新奇，俱到公堂。只見三口御刑上面，俱有黃龍袱套；四位勇士，雄赳赳氣昂昂，上前抖出黃套，露出刑外之刑，法外之法。真是光閃閃，令人毛髮皆豎；冷颼颼，使人心膽俱寒；真是從古至今，未有之奇刑也！眾人看畢，也有稱讚的，也有說奇的，也有暗說過苛的，紛紛議論不一。大

❻ 地方：即地保。
❼ 聲張：大聲張揚。

家告別，所有內外執事人等，忙忙亂亂打點❽起身。包公又暗暗吩咐，叫田忠跟隨公孫策同行，沿途上叫告狀的父老，也暗暗跟隨。這日包公至三星鎮，忽聽喊冤之聲。卻是個婦人，頭頂呈詞跪倒。包興忙接過呈子，遞入轎內。包公看畢，對那婦人道：「你且先回去聽傳。待本閣到了公館，必與你審問此事。」那婦人磕了一個頭說：「多謝青天大老爺！」當下起轎，直投公館去了。

未知後事如何？且看下回分解。

❽ 打點：安排。

第十回 買豬首書生遭橫禍 扮化子勇士獲賊人

且說那告狀的婦人，娘家姓文，嫁與韓門為妻。自從丈夫死後，膝下只生一子，名喚瑞龍，年方一十六歲。在白家堡租房三間居住。韓文氏做些針指，訓教兒子讀書。將東間做書房，自在西間做活。娘兒兩個，將就度日。一日晚間，韓瑞龍在燈下讀書，到初更之時，恍惚見西間簾子一動，有一個珠履綠衫之人，進入屋內。韓生連忙趕至屋中，口叫母親，把韓氏嚇得一跳，說道：「你不念書，為何大驚小怪的？」韓生道：「孩兒方才見有一人進來，及至趕入屋內，卻不見了。」韓氏聞言，不覺詫異。倘有歹人窩藏，這還了得！「我兒持燈照看便了！」韓生接過燈來，在床下一照說：「母親，床下土為何高起許多呢？」韓文氏連忙看時，果是浮土。便道：「且把床挪開細看。」娘兒兩個，抬起床來，將浮土扒開，卻露出一只箱子，不覺心中一動。連忙找了鐵器，將箱蓋撬開，見滿滿一箱黃白之物，不由的滿心歡喜。說道：「母親，原來是一箱子金銀！必是上天憐我母子孤苦，故而有此財發。」文氏聽了便道：「胡說！明日買些三牲祭禮，謝過神明之後，再做道理。」韓生不勝歡喜，便仍將浮土掩上，又將木床安好，母子各自安寢。韓生那裏睡得著，見天發亮，急忙起來，稟明母親，前去買三牲祭禮。誰知出了門一看，只見月明如晝，天氣尚早，只得慢慢行走，來至鄭屠鋪前，見裏面卻有燈光，連忙敲門，要買豬首。忽然燈光不見了，半晌無人答應，只得轉身回來。剛走了幾步，只聽鄭屠門響，回頭看時，燈光復明。又聽鄭屠道：「誰買豬頭？」韓生應道：「是我！賖個豬頭。」鄭屠道：「原來是韓相公，既要買豬頭，為何不拿個傢伙來？」韓生道：「出門忙了，就忘了。奈何？」鄭屠道：「不妨，拿一塊墊布包了，明日再送來罷！」因此用墊布包好，交付韓生。韓生兩手捧定，走不多時便覺乏了，暫且放下歇息，然後又走。路遇更夫，便問：「是何物件？」韓生答道：「是豬頭。」說話氣喘，巡更人更覺疑心。一人彎腰打開布包驗看，裏面是一顆血淋淋，髮髻蓬鬆的女子人頭。韓生一見，只嚇得魂飛魄散。巡更之人不容分說，即將韓生解至鄞縣，俟天亮稟報。縣官見是人命，立刻升堂。帶上韓生一看，卻是個懦弱書生。便問道：「你叫何名？因何殺死人命？」韓生哭道：「小人叫韓瑞龍，到鄭屠鋪內買豬頭，忘拿傢伙，是鄭屠用布包好，遞與小人。後遇巡更之人追問，打開時，不想是個人頭。」說罷痛哭不止。縣官聽了，立刻出籤，拿鄭屠到案。誰知鄭屠拿到，供說：「不曾賣甚豬頭！」又問道：「墊布不是你的麼？」他又說：「墊布是三日前，韓生借去的。不想他包了人頭，移禍於小人。」可憐年幼的書生，如何敵得過這狠心屠戶！幸虧官府明白，見韓生不像行凶之人，不肯加刑。連屠戶一併收監，設法再問。不想韓文氏在三星鎮遞了呈詞，包公准狀。及至來到公館，縣尹已然迎接。包公即問韓瑞龍之案。縣官答道：「此案尚在審訊，未能結案。」包公吩咐將人證俱各帶至公館聽審。少時帶到，包公升座。先帶韓瑞龍上堂，見他滿面淚痕，戰戰兢兢，跪倒堂下。包公問道：「韓瑞龍，因何謀殺人命？訴上來！」韓生淚漣漣的道：「只因小人在鄭屠鋪內買豬頭，忘帶傢伙，是他用墊布包好，遞給小人。」包公道：「你買豬頭，遇見巡更之人，是什麼時候？」韓生道：「天尚未明。」包公道：「天未亮，你就去買豬頭何用？」韓生到了此時，不能不說，便一五一十回明，放聲大哭。包公暗想點頭，吩咐帶下去。便對縣官道：「貴縣可帶人役到韓瑞龍家查驗板箱，務要細查明白。」縣官答應去了。這裏包公又將鄭屠提出，帶上堂來。見他凶眉惡眼，知是不良之輩。問他時，與前供相同。包公大怒，打了他二十嘴巴，又責了三十大板；並無口詞，吩咐帶下去。只見縣官回來，上堂稟道：「卑職奉命前去韓瑞龍家驗看板箱，打開看時，卻是冥資紙錠。又往下搜尋，卻是一個無頭男屍。」包公吩咐再將韓生帶上，便問道：「韓瑞龍，你住的房屋，是祖遺，還是自己蓋造的呢？」韓生回道：「俱不是！乃是租賃的；並且住了不久。」包公又問：「先是何人居住？」韓生道：「小人不知！」包公聽罷，叫將韓生並鄭屠寄監，叫人將公孫先生請來，彼此參詳此事，俱無定見。公孫先生又要私訪，包公道：「得意不宜再往，待我細細思索便了。」公孫策退出，與王、馬、張、趙，大家參詳此事，也無頭緒。

公孫先生自回下處，四爺趙虎對三位哥哥道：「你我投至開封府，未立寸功，待小弟前去私訪一回。」三人聽了，不覺大笑說：「此乃機密細事，豈是你粗魯之人幹得的？」四爺臉上大下不來。回到自己屋內，倒是跟四爺從人有機變，向前悄悄對四爺耳邊說：「你老倒要賭賭氣，偏去私訪。必須巧妝打扮，叫人認不出來。若是訪著了，是你的功勞；就是訪不著，悄悄兒回來。你老想好不好？」四爺聽了大喜說：「好小子！你就替我辦去。」從人連忙去了，半晌回來道：「四爺！我為你這事，好不費事呢！好容易纔找了來了，花了十六兩五錢銀子。」四爺道：「什麼多少！只要辦的事情妥當就是了。」從人說：「管保妥當，咱們找個僻靜的地方，小人就把你老打扮起來。」四爺跟了從人，出了公館，來至靜處，打開包袱，叫四爺脫了衣服。包袱裏面卻是鍋烟子，把四爺臉上一抹，身上手上，俱各花花答答的抹了。然後拿出一頂開花兒的帽子，與四爺戴上；又拿一件破衣，與四爺穿上；又叫四爺脫了袴子鞋襪，又拿條破褲叉子，與四爺穿上；腿上貼了兩個膏藥；又有沒後跟的榨板鞋，叫四爺拉上；餘外又有黃磁瓦罐，一根打狗棒叫四爺拿定：當時把四爺打扮了個化子形像。臨去，從人說：「小人於起更時，仍在此地等候你老。」四爺答應，左手提罐，右手執棒，竟奔前村而去。走著自己想道：「既扮做化子，應當叫化才是！」便叫道：「可憐我一碗半碗，燒得黃的都好。」先前還高興，到後來見無人理他，自想道：「似此如何打聽出這事來！」未免心中著急。又見天色黑了，幸喜是月望之後，早有月光。走至前村，也是事有湊巧，只見一家後牆有個人影，往裏一跳。四爺心中一動，暗說：「纔黑如何有偷兒？不要管他，我也跟進去看看。」便放下瓦罐，摔了破鞋木棒，光著腳，一伏身往上一縱，縱上牆頭。看牆內有柴火垛一堆，就從柴垛順溜下去，見有一人爬伏在那裏，四爺上前伸手按住。只聽那人「呵呀」一聲。四爺說：「你喊我就捏死你。」那人道：「我不嚷，求爺爺饒命！」四爺道：「你叫什麼名字？偷的什麼？包袱放在那裏？」那人道：「我叫葉阡兒，家有八十歲老母，因無養活，我是頭次幹這營生呀！」四爺搜查細看，只見地下露著白絹條兒。四爺一拉，見是一雙小小金蓮；復又將腿纂住，用力一掀，原來是一個無頭的女屍。四爺一見道：「好呀！你殺了人，還合我鬧這個腔兒呢！實對你說，我乃開封府包大人閣下趙虎便是，因為此事，暗自私訪。」葉阡兒聽了，只嚇得膽裂魂飛，口中哀告道：「趙老爺！小人做賊情實，並沒有殺人。」四爺道：「誰管你？且綑上再說！」就拿白絹條子綑上。又恐他嚷，又將白絹條子撕下一塊，將他口內塞滿。方才說：「小子！好好在這裏，老爺去去就來。」四爺順著柴垛，跳出牆外，也不顧瓦罐竹棒與那破鞋，光著腳奔走如飛，直向公館而來。此時天交初鼓，只見從人正在那裏等候，瞧見四爺，連忙趕上去，說：「事幹得如何？」四爺說：「小子！好與頭得很。」說著話就往公館飛跑。恰遇包興，一伸手拉住，把個包興唬了一跳。黑暗中看不明白，只聽得說：「你替我回稟大人，就說趙虎求見。」包興方聽出聲音來：「呵呀！我的楞❶四爺，你唬殺我咧！」一同來至燈下，一看，四爺好模樣兒！不由好笑。四爺著急道：「你且別笑，快回老爺，你就說我有要緊的事求見。快著！快著！」包興連忙帶著趙虎，到了包公書房。包興進內回稟，包公立刻叫進來，見了趙虎這個樣子，也覺好笑。便問：「有什麼事？」趙虎便將如何私訪，如何遇著葉阡兒，如何見了無頭女屍之話，從頭至尾，細說了一遍。包公滿心歡喜。

未知後事如何？且看下回分解。

❶ 楞：傻氣。

第十一回　審葉阡兒包公斷案　遇楊婆子俠客揮金

且說包公聽趙虎拿住葉阡兒，立刻派差頭四名，著兩個看守屍首，派兩人急將葉阡兒押來。叫趙虎後面更衣，又極力誇說他一番。趙虎洋洋得意，退出門來。從人將淨面水衣服等，俱各預備，慢慢的梳洗安歇。

且言差頭去不多時，將葉阡兒帶到。大人立刻升堂，帶上葉阡兒，當面鬆綁。包公問道：「你叫何名？為何故殺人？講來！」葉阡兒回道：「小人名叫葉阡兒，家有老母，只因窮苦難當，方纔做賊。不想頭一次，就被人拿住。望求老爺饒命！」包公道：「你做賊已屬不法，為何又去殺人呢？」葉阡兒道：「小人做賊是真，並未殺人。」包公將驚堂木一拍：「好個刁惡奴才！左右拉下去，打二十大板。」只打二十下子，把個葉阡兒打了個橫迸，不由著急道：「我葉阡兒怎麼這個時運不順！上次是那麼著，這次又是這麼著。」包公聞聽，話裏有話。便問道：「上次是怎麼著？快講！」葉阡兒自知失言，因只得回道：「只因白家堡有個白員外，名叫白熊。他的生日之時，小人那日晚上，便偷他去了。……」包公說：「你方纔說這是頭次做賊，如今是第二次了？」葉阡兒回道：「偷白員外，是頭一次。」包公道：「偷了怎麼？講！」葉阡兒道：「他家道路，小人是認得的。就從大門溜進去，竟奔東屋內隱藏。這東廂房，便是員外的妾，名玉蕊住的。只聽得有人彈槅扇響，只見玉蕊開門，進來一人，卻是主管白安。

見他二人笑嘻嘻進了帳子，小人便悄悄的開櫃子一摸，摸著木匣子，甚是沉重，便攜出越牆回家。見上面有鎖，旁邊挂著鑰匙，小人樂的了不得。及至打開一看，罷咧！誰知裏面是個人頭！這次又遇著這個死屍！故此小人說上次是那們著，這次是這們著。」包公便問道：「匣內人頭，是男是女？」葉阡兒回道：「是個男頭。」包公道：「你將此頭去在何處去了呢？」葉阡兒道：「只因小人村內有個邱老頭子，名叫邱鳳，因小人偷他的倭瓜！被他拿住……」包公道：「偷倭瓜！這是第三次了！」葉阡兒道：「偷倭瓜纔是第一次呢！這邱老頭子恨極了，將井繩蘸水，將小人打了個扁飽！因此懷恨在心，將人頭擲在他家了。」包公便立刻出籤二枝，差役四名，二人拿白安，二人拿邱鳳，俱是明日聽審。將葉阡兒押下去寄監。

至次日，只見看守女屍差人回來一名，稟道：「小人昨晚奉命看守女屍，至今早查看，誰知道院子正是鄭屠的後院，前門封鎖。故此轉來稟報。」包公聞聽，心內明白。立刻升堂，先帶鄭屠。問道：「你這該死的奴才！自己殺害人命，還要拖累他人！你既不知女子之頭，如何你家後院，埋著女子之屍？從實招來！」鄭屠一時驚的木塑相似。半晌說道：「小人願招！只因那天五鼓起來，剛要宰豬，聽見有人叩門求救。小人連忙開門放入，點燈一看，卻是個年幼女子。小人問他因何黑夜逃出？他說：『名叫錦娘，只因身遭拐騙，賣入烟花。我是良家女子，不肯依從，得便逃脫出來。』小人見他美貌，又是滿頭珠翠，不覺邪心頓起。誰知女子喊叫不從。小人順手提刀，原是威嚇他；不想刀纔到脖子上，頭就掉了。小人見他已死，只得將外面衣服剝下，將屍埋在後院。回來正拔頭上簪鐶，忽聽有人叫門買豬頭，小人連忙把燈吹滅了。後來一想，我何不將人頭包了，叫他替我拋了呢？就將人頭用墊布包好，從新點上燈火，開門將買豬頭的叫回來，就是韓相公，可巧沒拿傢伙。因此將布包的人頭遞與他，他就去了。」包公便叫他畫招。剛然帶下去，只見差人稟道：「邱鳳拿到。」包公吩咐帶上來，問他何故私埋人頭。邱老頭不敢隱瞞，只得說：「那夜聽見外面『咕咚』一聲，連忙出屋看時，見是個人頭，不由害怕，因叫長工劉三拿去掩埋。誰知劉三不肯，合小人要二百兩銀子。小人無奈，給了他五十兩銀子，他纔肯埋了。」包公道：「埋在何處？」邱老說：「問劉三便知分曉。」包公立刻吩咐縣尹，帶領差役，押著邱老，找著劉三，即將人頭找來。剛然去後，又有差役回來稟道：「白安拿到。」立刻帶上堂。見他身穿華服，美貌少年。包公問道：「你便是白熊的主管白安麼？」應道：「小人是！」包公將驚堂木一拍：「好一個亂倫的狗才！為何與你主人侍妾通姦？」白安聞聽，不覺心驚道：「小人並無此事吓！」包公吩咐帶葉阡兒。葉阡兒來至堂上，見了白安說：「大叔不要分辨了！應了罷！我已然替你回明了。你那晚彈槅扇，與玉蕊同進了帳子，我就在那屋裏來著。後來你們睡了，我開了櫃，拿出木匣，以為發注財，誰知裏面是個人腦袋。到了這時候，你們主僕做的事兒，你就從實招了罷！」白安聽了，面目變色，包公又在上面催促，只得爬半步道：「小人招就是了！那人頭乃是小人家主❶的表弟，名叫李克明。因家主當初窮時，借過他紋銀五百兩，總未還他。那一天李克明到我們員外家討取舊債，我主人相待酒飯。李克明酒後失言，說他在路上遇一瘋癲和尚，名叫陶然公，給他一個遊仙枕，叫他給與星主。他又不知星主是誰。問我主人，我主人也不知是誰。因此要借他遊仙枕觀看。他說裏面閬苑瓊樓，奇花異草，奧妙非常。我主人一來貪看遊仙枕，二來又省還他五百兩銀子，因此將他殺死，叫我將屍埋在堆貨屋裏。我想

❶家主：主人。

我與玉蕊相好，倘被主人識破，如何是好？莫若將人頭割下，灌下水銀，收在玉蕊的櫃內，以為將來主人識破的把柄。誰知被他偷去！」包公又問道：「你埋屍首之屋，在於何處？」白安道：「自埋之後，將這三間屋子，另行打出，開了門，租與韓瑞龍居住。」包公聞聽，心內明白。叫白安畫了招，立刻出籤，拿白熊到案。此時縣尹已回，上堂來稟道：「卑職押解邱鳳先找著劉三，前去刨頭，卻在井邊。劉三指地基時，裏面卻是個男子之屍。驗過額角，是鐵器所傷。因問劉三，劉三方說道：『刨錯了！這纔是埋人頭的地方。』因此又刨。果有人頭——係用水銀灌過的男子頭。卑職不敢自專，將劉三一干人證，帶到聽審。」包公道：「貴縣辛苦，且歇息去！」叫帶劉三上堂。包公問道：「井邊男子之屍，從何而來？講！」兩邊威嚇：「快說。」劉三連忙叩頭說：「老爺不必動怒，小人說就是了。那男子之屍，是小人的叔伯兄弟劉四。只因小人得了當家的五十兩銀子，提了人頭，剛要去埋，誰知劉四跟在後面。他說：『私埋人頭，應當何罪？』小人許了他十兩銀子，他還不依。小人問他要多少呢？他說要四十五兩。小人氣他不過，於是假應叫他幫著刨坑。小人見他折腰撮土，就照著太陽上一鍬頭，就勢兒先把他埋了。然後又刨一坑，纔埋了人頭。不想今日卻指錯了。」包公叫他畫了招，且自帶下去。此時白熊業已傳到，所供與白安相符，並將遊仙枕呈上。包公看了交與包興收好。即行斷案：鄭屠與女子抵命，白熊與李克明抵命，劉三與劉四抵命；俱各判斬。白安以小犯上，定了絞頸罪；葉阡兒充軍；邱老兒私埋人頭，畏罪行賄，定了徒刑；玉蕊官賣；韓瑞龍不聽母訓，貪財生事，理當處責，姑念年幼無知，釋放回家；韓文氏撫養課讀，見財思義，教子有方，著縣尹賞銀二十兩；縣官理應聽參，姑念勤勞，辦事尚肯用心，照舊供職。包公斷明此案，聲名遠振。

且言常州府武進縣遇杰村，有俠客展昭，自從土龍崗與包公分手，獨自遨遊名山勝蹟。一日歸家，見了老母，晨昏定省，克盡孝道。一日老母心內覺得不爽，展爺趕緊延醫調治，衣不解帶，晝夜侍奉；不想桑榆暮景，竟自一命歸西去了！展爺呼天搶地，痛哭流血。所有喪儀一切，全是老僕展忠辦理，風風光光，將老太太殯葬了。展爺在家，守制遵禮，到了百日服滿，將家中一切事體，俱交與展忠照管，他便隻身出門，到處遊山玩水，一日遇一群逃難之人，攜男帶女，哭哭啼啼。展爺便問他們從何處而來。眾人同聲回道：「公子爺！我等都是陳州良民，只因龐太師之子安樂侯龐昱，奉旨放賑，到了陳州，原是為救飢民；不想他倚仗太師之子，不但不放賑，反將百姓中年輕力壯之人，挑去蓋造花園；並且搶掠民間婦女，美貌的作為姬妾，粗笨的充當服役。」說罷大哭去了。展爺一聽，暗說道：「我本無事，何妨往陳州走走。」主意打定，直奔陳州大路而來。這日正走之間，看見一座坟塋，有個婆子在那裏啼哭道：「原是好好的人家，如今鬧的剩下了我一個人，好不傷心！」展爺問道：「難道媽媽家中，俱遭了不幸麼？」婆子道：「若都死了，也覺死心塌地了，惟有這不死不活的，更加難受！」說罷又哭。展爺道：「媽媽有甚為難之事，何不對我說說呢？」婆子拭拭眼淚說道：「我婆子姓楊，乃是田忠之妻……」便將主人田起元夫妻遇害之事，說了一遍；又說丈夫田忠上京控訴，至今杳無信息。現今小主人在監受罪，連飯俱不能送。展爺聞聽，便道：「媽媽不必啼哭，我這裏有白銀十兩，暫且拿去使用。」說罷，拋下銀兩，竟奔皇親花園而來。

未知如何？且看下回分解。

第十二回　展義士巧換藏春酒　龐奸侯設計軟紅堂

且說展爺來至皇親花園，就在左近處租房住了。到了二更時分，英雄換上了夜行的衣靠，悄悄開門，飛上房，離了寓所，來到花園。（白晝間已然丈量過了。）約略遠近，在百寶囊中，掏出如意絲來，抛在牆頭之上，飛身而上。到了牆頭，將身爬伏，又在囊中取一塊石子，輕輕抛下，側耳細聽。此名為「投石問路」，下面或是有溝，或是有水，或是落在實地，再沒有聽不出來的。又把身子轉過，手攏絲絲，順手而下。將五爪絲絲收下來，裝在百寶袋中。躡足潛蹤，真有鷺浮鶴行之能。來至一處，見有燈光。細細看時，牕上透出人影，乃是一男一女，二人飲酒。展爺悄立牕下，只聽得男子說話，卻是南方口音。說道：「此酒吓，叫做藏春酒，若是婦人吃了，慾火燒身，無不依從。只因侯爺搶了金玉仙來，這婦人至死不從，侯爺急的沒法。是我在旁說道：『可以配藥造酒，保管隨心所欲。』侯爺聞聽，立刻叫我配酒。我說此酒大費周折，須用三百兩銀子。」那婦人便道：「什麼酒？費這許多銀子。」男子道：「娘子吾告訴你罷！配這酒，不過高高花上十兩頭。這個財是發定了！」說畢，哈哈大笑。又聽婦人道：「雖然發財，豈不損德呢！」男子說道：「吾是為窮之所使，不得已而為之。」正在說話間，只聽外面叫道：「臧先生。」展爺回頭見樹梢頭露出一點燈火，便閃身進入屋內，隱在軟簾之外。又聽男子道：「是那位？」一壁起身一壁說：「娘子，你還是躲在西間去，不要抛頭露面的。」婦人往西間去了。臧先生走出門來。這時展爺進入屋內，將酒壺提出。見外面案上，放著一個小小的玉瓶。只見那邊有個妃紅瓶。忙將壺中之酒，倒在紅瓶之內；拿起玉瓶的藏春酒，倒入壺中；又把紅瓶內好酒，傾入玉瓶之內，提起酒壺，仍然放在屋內，悄地出來，盤柱而上，貼在房檐，往下觀看。原來外面來的，是跟侯爺的家丁龐福，奉了主人之命，一來取藏春酒，二來是合臧先生講玩。這先生名喚臧能，乃是個落第窮儒，記了些偏方，投在安樂侯處做幫襯。當下出來，見了龐福問道：「主管到此何事？」龐福說：「侯爺叫我來取藏春酒，叫你親手拿去，當面就兌銀子。」臧能回來，進屋拿了玉瓶，關上門，隨龐福去了。那知南俠見他二人去後，盤柱而下，暗暗的也就跟將下去了。這裏婦人從西間屋裏出來，到了東間，仍然坐在舊處，拿起壺來，斟了一杯，慢慢的獨酌。誰知此酒入腹之後，藥性發作，按納不住，正在胡思亂想之際，只聽有人叫門，卻是臧能回來了。臧能見他女人，紅撲撲的臉，仍是坐在炕上發怔，心中好生不樂；便拿壺來斟上一杯，一飲而盡。便道：「弗好哉！奇怪的狠。」拿起壺來一聞，忙道：「快拿涼水來！」自己立起身來，急找涼水吃下，又叫婦人吃了一口，方問道：「你纔吃過酒來麼？」婦人道：「因你去後，我剛吃得一杯酒，你就回來了。」臧能道：「還好！還好！險些兒把個綠頭巾戴上。只是這酒在小玉瓶內，為何跑在這酒壺內來了？好生蹊蹺！」婦人方纔明白，纔吃的是藏春酒，不由得流淚道：「全是你用盡機謀，害人不成，反害了自己！」臧能道：「弗用道了，如今有了這三百兩銀子，明早託個事故，回咱老家便了。」

再說展爺隨至軟紅堂，見龐昱叫使女掌燈，自己手執白玉瓶往麗芳樓而去。南俠先至麗芳樓，隱在軟簾後面。只聽得那眾姬妾正在那裏勸慰金玉仙，說：「我們搶來，當初也是不從；後來弄得不死不活，無奈順從了。倒得好吃好喝的！」金玉仙不等說完，放聲大哭。只見丫鬟引著龐昱上樓來，笑容滿面道：「你既然不從，我這裏有酒一杯，吃了便放你回去。」說罷，執杯上前。金玉仙擘手奪過，擲於樓板之上。龐昱大怒，便要吩咐眾姬妾一齊下手。只見使女杏花上樓稟道：「太守蔣完有要緊話回稟，立刻求見。現在軟紅堂恭候著呢！」龐昱聞聽，太守黑夜而來，必有要緊之事。回頭吩咐眾姬妾：「你們吩咐這賤人，再要拗性，我回來定然不饒。」說著話站起身下樓，到軟紅堂坐定。太守參見已畢，龐昱問道：「太守深夜至此，有何要事？」太守回道：「卑府今早接得文書，聖上特派龍圖閣大學士包公前來查賑，算來五日內必到。卑府一聞此信，特來稟知侯爺，早為準備！」龐昱道：「包黑子為吾父門生，諒不敢不迴避我！」蔣完道：「侯爺休如此說！聞得包公秉正無私，御賜御鍘三口，甚屬可畏！侯爺所做之事，難道包公不知？」龐昱聽罷，有些發毛，便道：「這有何難？現在我手下有一名勇士，名喚項福。他會飛檐走壁之能。即可派他前去路上行刺，豈不完了此事！」太守道：「如此以速為妙。」龐昱忙叫龐福去喚項福，不多時把項福帶來，參過侯爺，又見過太守。此時南俠早在窗外竊聽明白了。不知項福是何等人物，便從窗外往裏偷看。見果然身體魁梧，品貌雄壯。只聽龐昱說：「你敢去行刺麼？」項福道：「小人受侯爺大恩，就是赴湯蹈火，也是情願的。」龐昱說：「太守！你將此人領去。應如何派往，務必妥貼機密些為妙。」蔣完連連稱是，告辭退出。太守在前，項福在後。走不幾步，只聽項福說：「我的帽子掉了。」太守只得站住。只見項福走出好幾步，將帽子拾起。太守道：「帽子如何落得這麼遠呢？」項福道：「想是樹枝一刮刮出去的。」說罷，又走幾步。只聽項福說：「好奇怪，怎麼又掉了？」回頭看又沒人。太守也覺奇怪。一同來至門首，太守坐轎，項福騎馬，一同回衙去了。你道項福的帽子連落二次，是何原故？這是南俠試探項福學業如何。頭次從路旁經過，即將帽子於項福頭上提了拋去，隱在樹後，見他毫不介意。二次走至太湖石畔，又將他帽子提了拋去，隱在石後；項福只回頭觀看，並不搜查左右。可見他粗心，學藝不精，就不把他放在心上。

未知如何？且看下回分解。

第十三回　安平鎮五鼠單行義　苗家集雙俠對分金

且說展爺離了花園回寓，天已五更。悄悄的進屋，換了夜行衣靠，倒頭便睡。次日別了店主，即往太守衙門私自窺探。影壁前拴著一匹黑馬，鞍轡鮮明。後面梢繩上，拴著一個小小包袱，又搭著個錢褡褳❶，有一個人拿著鞭子，席地而坐。便知項福尚未起身，即在對過酒樓之上獨酌。不多一會，只見項福出了衙門，上馬加鞭，往前邊去了。南俠下了酒樓，悄地跟隨。到了安平鎮地方，見路西有一座大酒樓，匾額上寫著「潘家樓」，項福拴馬進去打尖。南俠跟隨進去。見項福坐在南面座上，展爺便坐在北面，揀了一個座頭坐下。跑堂的搬上酒菜，展爺飲了幾杯，看見西面有一老者，昂然而坐，彷彿是個鄉宦。跑堂的端了酒菜來，安放定當。又見一人上來，武生打扮，眉清目秀，年少煥然；展爺不由得暗暗喝彩，好生的羨慕。那人纔要揀個座頭，只見項福連忙出席，向武生一揖，口中說道：「白兄，久違了！」那武生還禮答道：「項兄，闊別多年，今日幸會！」說著話讓至同席。項福將上座讓了那人，那人不過略推辭，即便坐了。展爺看了，心中好生不樂。暗想道：「可惜這樣一個人，卻認得他！真是天淵之別了。」一壁細聽他二人說些什麼。只聽項福說道：「自別以來，至今三載有餘，久欲到尊府拜望，偏偏的小弟窮忙。令兄可好？」那武生聽了，眉頭一皺，嘆口氣道：「家兄已去世了！」項福驚訝道：「怎

❶ 褡褳：一種長方形的布袋，中間開口，兩頭下垂，分裝錢物，大的可搭在肩上，小的可掛在腰帶上。

麼大恩人已故了？可惜！可惜！」又說些閒話。你道此人是誰？他乃陷空島五義士，姓白名玉堂，綽號「錦毛鼠」的便是。當初項福原是耍拳棒賣膏藥的，因誤傷了人命，多虧了白玉堂之兄白金堂，見他像個漢子，將他極力救出，又助了盤川，叫他上京求取功名。可巧路途之間，遇見安樂侯上陳州放賑，他打聽明白，先結交龐福，然後方薦與龐昱。龐昱正要尋覓一個勇士，助己為虐，把他收留在府內。閒言少敘。

且說項福正與玉堂敘話，見有個老者上得樓來，衣衫襤褸，形容枯瘦，見了西面老者，緊行幾步，雙膝跪倒，苦苦哀求。那老者仰面搖頭，只是不允。只見白玉堂過來問道：「你老人家為著何事？何不對我說來？」那老者口稱：「公子爺有所不知！因小老兒欠了員外之私債，員外要將小女抵償，故此哀求，員外只是不允。求公子爺與小老兒排解排解。」白玉堂聞聽，瞅了老者一眼，便道：「他欠你多少銀兩？」那老者答道：「原欠我紋銀五兩。三年未給利息，算來三十兩；共欠銀三十五兩。」白玉堂聽了，冷笑道：「原來欠銀五兩！」又向老者道：「當初他借時，至今三年，利息就是三十兩。這利息未免太輕些！」一回身便叫跟人秤三十五兩。向老者道：「當初有借約沒有？」老者聞聽立刻還銀子，不覺立起身來道：「有借約。」忙從懷中掏出，遞於玉堂。玉堂看了。從人將銀子秤來，玉堂接過，遞與老者道：「今日當著大眾，銀約兩交，卻不該你的了。」老者收過銀子，笑嘻嘻答道：「不該了！不該了！」拱拱手兒，立刻下樓去了。玉堂將借約交付老者道：「以後似此等利息銀兩，再也不可借他的了。」老者答道：「不敢借了！」說罷叩頭。玉堂拖起，那老者千恩萬謝而走。剛走至展爺桌前，展爺說：「老丈！這裏有酒，請吃一杯。」老者道：「素不相識，怎好叨擾！」展爺笑道：「一杯水酒，算什麼？請坐了！」那老者道：「如此承蒙你抬愛了！」便坐於下首。展爺與他要了一角酒吃著，便問：「方纔那老者，姓甚名誰？在那裏居住？」老兒說道：「他住在苗家集，他名叫苗秀，只因他兒子苗恆義在太守衙門內當經承，他便成了封君了。每每他欺負鄰黨，盤剝重利。小老不合借了他銀兩，以致如此！」展爺聽在心裏。老者吃了幾杯酒，告別去了。又見那邊白玉堂問項福的近況如何。項福道：「當初多蒙令兄抬愛，救出小弟，又贈銀兩，叫我上京求取功名。不想路遇安樂侯，蒙他另眼看待，收留在府。今特奉命前往天昌鎮，辦緊要公事。」白玉堂便問：「那個安樂侯？」項福道：「焉有兩個呢？就是龐太師之子安樂侯龐昱。」說罷，好生得意。玉堂聽了，登時怒氣嗔嗔，微微冷笑道：「你敢是投在他門下了？好吓！」急喚從人會帳，立起身來，一直下樓去了。

展爺看的明白，不由暗暗稱讚。又自忖道：「我何不就至苗家集走走呢？」想罷，會錢下樓去了。真是行俠作義之人，見了不平之事，他便放不下。到了晚間初鼓之後，改扮行裝，潛入苗家集，來到苗秀之家。見有待客廳三間，燈燭明亮。悄立牕下細聽，正是苗秀問他兒子苗恆義道：「你如何弄了許多銀子？我今日在潘家樓，得了三十五兩銀子。」便將替還銀子的話，說了一遍。說罷大笑。苗恆義亦笑道：「爺爺除了本銀，得了三十兩銀子的利息；如今孩兒一文不費，白得了三百兩銀子。」苗秀笑嘻嘻的問道：「這是什麼緣故呢？」苗恆義道：「昨日太守打發項福起身之後，又與侯爺商議一計。說項福此去，恐不成功，叫侯爺改扮行裝，私由東皋林悄悄入京，在太師府內藏躲；候包公查賑之後，有何本章，再作道理。又打點細軟箱籠，並搶來女子金玉仙，叫他們由觀音菴岔路上船，暗暗進京。因問本府沿途盤川銀兩多少，我好打點。本府太爺那裏敢要侯爺的銀子，便道：『些須小事，俱在卑府身上。』

因此回到衙內，立刻秤了三百兩銀子，交付孩兒，叫我辦理此事。我想侯爺所行之事，全是無法無天的。如今臨走還把搶來的婦人，暗送入京。到了京中，費用多少，合他那裏要。他若不給，叫他把細軟留下作押。爺爺想侯爺所作的，俱是暗昧之事，一來不敢聲張，二來也難考查。這三百兩銀子難道不算白得麼？」展爺在牕外暗自說道：「真是『惡人自有惡人磨』，再不錯的！」猛回頭，見那邊又有個人影兒一晃。及至細看，彷彿潘家樓遇見的武生。不由暗笑道：「白日替人還銀子，夜間就來討帳了。」忽然遠遠的燈光一閃，展爺惟恐有人來，一伏身盤柱而上，貼住房檐，往下觀看，卻又不見了那個人。等了一會，忽見丫鬟慌慌張張，跑至廳上說：「員外，不好了！安人不見了！」苗秀父子聞聽，吃了一驚，連忙一齊往後面跑去了。南俠急忙盤柱而下，側身進入屋內，見桌上放著六包銀子，外有一小包。他便揣起了三包，心中說道：「三大包與一小包留下，給那花銀子的，叫他也得點利息。」抽身出來，暗暗到後門去了。原來那個人影兒，果是白玉堂，先見有人在牕外竊聽，後見他盤柱而上，貼在房檐，也是暗暗喝彩說：「此人本領不在我下！」因見燈光，他便迎將上來，恰是苗秀之妻同丫鬟執燈前來登廁。丫鬟將燈放下，回身取紙。玉堂趁空，抽刀向著安人一晃，說道：「要嚷，我就一刀！」婦人嚇的骨軟筋酥，那裏嚷得出來！玉堂伸手將那婦人提出了茅廁，先撕一塊裙子，塞住婦人之口；好狠玉堂，又將婦人削去雙耳，用手提起，擲在廁旁糧食囤內。他卻在暗處偷看。見丫鬟尋主母不見，奔至前廳報信，聽得苗秀父子，從西邊奔入，他卻從東邊轉至前廳。此時南俠已揣銀走了。玉堂進了屋內，一看桌上剩了三封銀子，另一小包。心內一想：「必定是盤柱之人，拿了一半，留了一半給我。」暗暗承他的情，將銀子揣起，他就走之乎也。這裏苗家父子趕至後面，一面追問丫鬟，一面執燈找尋。至糧囤傍，聽見呻吟之聲，連忙攙起，細看渾身是血，口內塞著東西，急急掏出。甦醒了半晌，方纔「哎呀」出來。便將遇害的情由，說了一遍，這纔瞧見兩個耳朵沒有了。忙著丫鬟僕婦，攙入屋內，喝了點糖水。苗恆義猛然想起待客廳上，還有三百兩銀子。連說：「不好！中了賊人『調虎離山』之計了。」說罷向前飛跑。苗秀聞聽，也就跟在後面，到了廳上一看，那裏還有銀子咧！父子二人怔了多時，無可如何。

未知端底，且看下回分解。

第十四回　小包興偷試遊仙枕　勇熊飛助擒安樂侯

且說苗家父子丟了銀兩，因是暗昧之事，也不敢聲張。白玉堂揣著銀子自奔前程。展爺拿了銀子，一直奔天昌鎮去了。這且不表。

且說包公在三星鎮審完了案件，正是無事之時。包興記念著遊仙枕，心中想道：「今晚我悄悄的睡遊仙枕，豈不是好！」因此到晚間，伺候包公安歇之後，便囑咐李才說：「李哥，我連日未能歇息，今晚老爺要茶水時，你就伺候，明日我再替你。」李才說：「你放心去罷，有我呢！」包興回至自己屋內，又將遊仙枕看了一番，不覺困倦，即將枕放倒。頭剛著枕，便入夢鄉。出了屋門，見有一匹黑馬，兩邊有兩個青衣，不容分說，攙上馬去。來到一個所在，似開封府大堂一般。下了馬，心中納悶：「我如何還在衙門裏呢？」又見上面掛著一匾，寫著「陰陽寶殿」。正在悶悶，又見來了一個判官，說道：「你是何人？擅敢假充星主，前來鬼混！」喝聲：「拿下！」便出來了一個金甲力士，一聲大喝，將包興嚇醒，出了一身冷汗。暗自思道：「凡事皆有先成的造化。我連一個枕頭都消受不了！判官說我假充星主；將來此枕想是星主纔睡得呢！怪道李克明要送與星主。」左思右想，那裏睡得著！一聽方交四鼓，急忙到包公屋內，只見李才坐在椅子上打盹；又見桌上有個字帖兒。拿起一看，不覺失聲道：「這是那裏來的？」一句話將李才嚇醒，連忙說道：「我沒有睡呀！」包興說：「沒睡，這字帖兒打那裏來的？」李才尚未答言，只聽包公問道：「什麼字帖？拿來我看！」包興執燈，李才掀簾，將字帖呈上。包公接來一看，隨即起身，便叫李才去請公孫先生到來。包公便將字帖遞與他觀看。公孫策接來，只見上面寫道：「明日天昌鎮緊防刺客！分派眾人役作為兩路行：一路東皋林捉拿龐昱，一路觀音菴救貞烈婦人。要緊要緊！」旁有一行小字：「烈婦人即金玉仙。」公孫策道：「此字從何而來呢？」包公道：「何必管他的來歷？明日到天昌鎮，嚴加防範。再派人役，在兩路稽查便了。」公孫策連忙退出，與王、馬、張、趙四勇士商議。你道此字從何而來？只因南俠離了苗家集，奔至天昌鎮，見包公尚未到來，他便不辭辛苦，趕至三星鎮送這個信兒，仍回天昌鎮等候去了。且說次日包公到了天昌鎮，進了公館，前後左右搜查明白。公孫策暗暗吩咐步快馬快兩個頭兒，一名耿春，一名鄭平，二人分為左右，稽查出入之人。叫王、馬、張、趙四人，圍住老爺的住所，前後巡邏。自己同定包興、李才護持包公。倘有動靜，大家知會，一齊動手。分派已定，看看到了三更時候，卻是內裏王、馬、張、趙四人，磨拳擦掌，並無動靜。只見外面巡更的，燈光明亮，照徹牆頭。裏面趙虎，仰面各處觀瞧，至一株大榆樹下。趙虎忽然嚷道：「有人了。」只這一聲，王、馬、張三人，亦皆趕到外面。巡更之人，也舉起了燈，一齊往樹上觀看，果然有個黑影兒。大家一見，便覺鼎沸起來。只聽外面人道：「跳下去了。裏面防範著！」誰知樹上之人，趁著這一聲，趁勢落在耳房❶上面，一伏身往上一縱，便到了大房前坡。趙虎嚷道：「好賊！那裏走？」話未說完，迎面飛下一垛瓦來，楞爺急閃身躲過。只聽那人「哎喲」一聲，從房上滾將下來。四爺一翻身，急將他按住，大家上去，先拔去背上的單刀，方用繩子捆了，推推擁擁，來見包公。

❶ 耳房：堂屋兩旁的小屋，像人的兩耳，故稱「耳房」。

包公笑容滿面道：「好一個雄壯的勇士！」回頭對公孫策道：「先生你替我鬆了綁。」公孫先生假做吃驚道：「此人前來行刺，如何放得？」包公笑道：「我見了此等勇士，焉有不愛之理？況我與壯士無仇，他無非是受小人的捉弄。快些鬆綁！」公孫策對那人道：「老爺待你如此大恩，你將何以為報？」說罷，吩咐張、趙二人與他鬆了綁。王朝見他腿上釘著一枝袖箭，趕緊替他拔出。包公又吩咐包興看座。那人見包公如此光景，又見王、馬、張、趙分立兩旁，不由良心發現，暗暗誇道：「聞聽人說包公正直，又目識英雄，果不虛傳！」一翻身撲倒在地，口中說道：「小人冒犯欽差大人，實是小人該死！」包公連忙說道：「壯士請起！坐下好講。」那人道：「欽差大人在此，小人焉敢就坐。」包公道：「壯士只管坐了。」那人只得鞠躬坐下。包公道：「壯士貴姓尊名？何人命你到此？」那人見包公如此看待，不由的就順口答道：「小人名喚項福，只因奉龐昱所差。」便一五一十說了一遍：「不想大人如此厚待，使小人愧怍無地。」包公笑道：「這卻怪你不得！只是將來與安樂侯晤面時，壯士當面證明，庶不失我與龐太師師生之誼。」項福連忙稱是。包公便吩咐公孫策與壯士好好調養箭傷，公孫策領項福去了。包公暗暗叫王朝來，叫他將項福明是疎放，暗地拘留。王朝又將袖箭呈上說：「此乃南俠展爺之箭。」包公聞聽道：「原來展義士暗中幫助，前日三星鎮留下字柬，必也是義士所為。」心中不勝感羨！再說公孫先生叫馬漢帶領馬步頭目耿春、鄭平，前往觀音菴接救金玉仙，又派張龍、趙虎前往東皋林捉拿龐昱。單說馬漢帶著耿春、鄭平慌忙直奔觀音菴而來。只見駝轎一乘，直撲廟前去了。馬漢看見，飛也似的趕來。旁有一人叫道：「賢弟為何來遲？」馬漢細看，卻是南俠。展爺道：「劣兄已將駝轎截取，將金玉仙安頓在觀音菴內。賢弟來得正好！」說話間，耿春、鄭平亦到。一同進了山門，裏面出來一個年老的媽媽、一個尼姑，這媽媽乃是田忠之妻楊氏。眾人搭下駝轎，攙出金玉仙來。主僕見面，抱頭痛哭。原來楊氏也是南俠送信，叫他在此等候。南俠對楊氏道：「你主僕二人就在此處等候。候你家相公官司完了時，叫他到此尋你。」又對尼姑道：「師傅用心服侍，田相公來時，必有重謝！」吩咐已畢。便對馬漢道：「賢弟回去，多多拜上老大人。就說展昭另日再為稟見。金玉仙乃貞烈之婦，不必當堂對質。拜託！請了！」竟自揚長而去。馬漢也不敢挽留，只得同耿春、鄭平二人回稟包公。這且不言。

再說張、趙二人到了東皋林，毫不見一點動靜。趙虎道：「難道這廝先過去了不成？」正說間，只見遠遠有一夥人，乘馬而來。張龍帶領差役，隱在樹後。眾人催馬剛到此地，趙虎從馬前一過，栽倒在地。張爺從樹後轉出來，便亂喊道：「不好了！鬧死人了！」上前將龐昱馬環揪住，眾差役一齊擁上。眾惡奴發話道：「你這些好大膽的人，竟敢攔擋侯爺！」張龍道：「誰管他侯爺，只要把我們的人救活了便罷！」眾惡奴道：「好生撒野！此乃安樂侯，太師之子，改扮行裝，出來私訪。你們竟敢來阻去路。」趙爺在地下，聽準是安樂侯，再無舛錯；一咕嚕爬起身來，先將龐昱拿下馬來，差役掏出鎖來套上。眾惡奴見事不祥，俱各逃之夭夭了。張、趙也不追眾人，押解著龐昱，竟奔公館而來。

要知端的，且看下回分解。

第十五回　斬龐昱初試龍頭鍘　遇國母晚宿天齊廟

且說張、趙二人押解龐昱到了公館，將龐昱帶上堂來。包公連忙吩咐將鎖卸下。龐昱到了此時，不覺就要屈膝。包公道：「我與太師有師生之誼，你我乃年家弟兄，因有此案，要當面對質對質，務要實實說來，大家方有個計較。」說畢，叫帶上眾父老，並田忠、田起元及搶掠的婦女，立刻提到。包公按呈子一張一張訊問，龐昱因見包公言語，頗有護他的意思；又見和容悅色，「……必要設法救我。莫若我從實應了，或者看爹爹面上，也就沒事了。」想罷說道：「欽差大人！這些事體俱是犯官一時不明，做成此事，後悔也是遲了。惟求大人筆下超生，犯官感恩不盡！」包公道：「這些事既已招承，還有項福是何人所差？」惡賊聞聽，不由得一怔。半晌答道：「犯官不知。」包公吩咐帶項福。只見項福走上堂來，包公道：「項福！你與侯爺當面對質。」項福上前對惡賊道：「侯爺不必隱瞞！一切事體，小人俱已回明大人了。侯爺只管實說了，大人自有主見。」惡賊見項福如此，也只得應了。包公便叫他畫供。惡賊此時也不能不畫了。畫供後，只見眾人證俱到，包公便叫各家上前廝認：也有父認女的，也有兄認妹的，也有夫認妻的，也有婆認媳的，紛紛不一。嚎哭之聲，不堪入耳。包公吩咐叫他們在堂堵兩邊，聽候判斷，又派人去請太守速到。包公便對惡賊道：「你今所為之事，理應解京。我想道途遙遠，反受折磨。若聖上大怒，必要從重治罪。莫若本閣在此發放了，倒覺得爽快。」龐昱道：「但憑大人作主，犯官安敢不遵！」包公登時把黑臉放下，見虎目一瞪，吩咐：「請御刑！」只說三個字，兩邊差役一聲喊。只見四名衙役，將龍頭鍘抬至堂上。王朝上前，抖開黃龍套，露出金煌煌，光閃閃，驚心落魄的新刑。惡賊一見，膽裂魂飛。只見馬漢早將他揪翻在地。四名差役過來，與他口內銜了木嚼，剝去衣服，將蘆蓆鋪放。惡賊那裏還能掙扎！立刻捲起，用草繩束了三道。張龍、趙虎二人將他抬起，走至鍘前，放入鍘口，兩頭平均。此時王朝左手執定刀把，右手按定刀背，直瞧座上。包公將袍袖一拂，虎項一扭，口說「行刑」二字，王朝將虎軀一縱，兩膀用力，只聽「唗喳」一聲，將惡賊登時腰斬，分為兩段。四名差役忙將尸首拖於堂堦之下。田起元主僕，以及父老，並田婦村姑，見鍘了惡賊，無不駭然。包公吩咐：「換了御刑，與我將項福拿下！」聽了一個「拿」字，左右一伸手，便將項福抓住。此時，這廝見鍘了龎昱，心內已然突突亂跳；今又見拿他，不由得骨軟筋酥，悔之無及。左右上前照舊剝了衣服，將一張粗蓆捲好。此時狗頭鍘已安放停當。將這無義賊行刑過了，擦抹御鍘，打掃血跡，收拾已畢。只見傳知府之人上堂跪稟道：「小人奉命前去傳喚知府，誰知蔣完畏罪，自縊身死。」包公聞聽道：「便宜了這廝！」另行委員前去驗看。又吩咐將田起元帶上堂來，訓誨一番：不該放妻子上廟燒香，……以後家門務要嚴束。……並叫他上觀音菴接取妻子。又吩咐父老，各將婦女帶回，好好安分度日，眾人一齊叩頭。包公命公孫策寫本奏聞，一面出示委員，稽查戶口放賑，真是萬民感仰，歡呼載道。

包公放賑已完，各處訪查，便不從舊路，特由新路而歸。一日來至一個所在，地名草州橋。坐下之馬，忽然不走，包公連加兩鞭，那馬鼻翅一掀，反倒往後退了兩步。包公暗想：「莫非此地有甚冤枉之事？」叫包興喚地方。地方來到馬前跪倒。此人年有三旬上下，手提一根竹桿，口稱：「小人地方范宗華叩頭。」包公問道：「此處是何地名？」范宗華道：「叫草州橋。」包公又問道：「可有公館。」范宗華道：「沒有公館。」包公在馬上用鞭指著問道：「前面高大的房子，是何所在？」范宗華回道：「那是天齊廟。」包公吩咐打道天齊廟。不多時到了，廟中自有老道迎接。大人進內，包公在西廊坐下，吩咐眾人俱在門外歇息，獨留包興在傍。把范宗華叫到西廊，朝上跪倒，包公問道：「此處四面可有人家？」范宗華道：「南通大道，東有榆樹林，西有黃土崗，北邊是個破窰：共有不足二十家人家。」包公便著地方掮了高腳牌，上面寫「放告」二字，叫他知會各家，如有冤枉，前來天齊廟伸訴。范宗華應是，即掮了高腳牌，奔至榆樹林，又到黃土崗，各處喊叫，並無一人答應。來到破窰地方，咕噥道：「今有包大人在天齊廟宿壇放告。有冤枉的，只管前去伸冤！」一言未了，只聽有人應道：「我有冤枉！領我前去。」范宗華一看，說道：「呵呀！我的媽呀！你老人家有什麼事情，也要打官司呢？」誰知此位婆婆，范宗華他卻認得，可不知底裏；只知道他是秦總管的親戚，別的不知。這是什麼緣故呢？只因當初余忠替了娘娘殉難，秦鳳將娘娘頂了余忠之名，抬出宮來，派親信之人，送到家中，吩咐與秦母一樣侍奉。誰知娘娘終日思想儲君，哭的二目失明。那時范宗華之父，名喚范勝，當時眾人俱叫他「剩飯」，正在秦府打雜，為人忠厚，老實好善。娘娘因他愛行好事，時常周濟賞賜他，故此范勝受恩極多。後來秦鳳被害身死，秦母亦相繼而亡，娘娘在秦宅存身不住，故此離了秦宅。范勝欲留在他家，娘娘決意不肯。因此住在破窰，多虧他時常照拂。後來范勝臨危，還告訴范宗華道：「破窰內老婆婆，你要好好侍奉。」范宗華自父亡之後，真是遵依父訓，侍奉不衰。平時即以太太呼之，又叫媽媽。現今娘娘要告狀，故問：「你老人家有什麼事情，也要告狀呢？」娘娘道：「為我兒子不孝，故要告狀。」范宗華道：「誰是你老人家兒子?」娘娘道:「我這兒子,非好官不能判斷。我常聽見人說,這包公老爺,善於判斷陰陽,是個清正官兒。他既來了,我若不趁此時伸訴,還要等待何時呢?」范宗華聽罷,說:「既是如此,我領了你老人家去。」說著話,拉著竹杖,領到廟前。先進內回稟,然後將娘娘領進廟內,到了公座之下。娘娘說道:「大人!吩咐左右迴避,我有話說!」包公聞聽,便叫左右暫且退出。包公方說道:「左右無人,有什麼冤枉,訴將上來!」娘娘不覺失聲道:「呵呀!包卿,苦煞哀家❶了!」只這一句,登時包公黑臉也黃了!包興嚇得也呆了!暗說:「我的媽呀!鬧出哀家來咧!」

未知如何?且看下回分解。

❶ 哀家:太后或皇后自稱。

第十六回　學士懷忠假言認母　夫人盡孝祈露醫睛

且說包公見貧婆口呼「包卿」，自稱「哀家」，平人如何有這樣口氣？只見娘娘眼中流淚，便將已往之事，滔滔不斷，述說一番。包公前因寇珠冤魂告訴，胸有成竹。乃問道：「雖如此，不知有何證據？」娘娘從裏衣內，掏出一個小包兒；包興上前接過，連忙呈上。千層萬裹，裏面露出黃緞袱子來。打開袱子一看，裏面卻是金丸一粒，上刻著玉宸宮字樣，並娘娘名號。包公看罷，急忙包好，叫包興遞過，自己離了座位。包興會意，雙手捧定包兒，來至娘娘面前，雙膝跪倒，將包兒頂在頭上，遞將過去。然後一拉竹杖，領至上座。入了座位，包公秉正參拜。娘娘吩咐：「卿家平身！哀家的冤枉，全仗卿家了。」包公奏道：「娘娘但請放心！臣敢不盡心竭力！只是目下耳目眾多，恐有洩漏。望祈娘娘赦臣冒昧之罪，權且認為母子，不知鳳意如何？」娘娘道：「既如此，但憑吾兒便了。」包公又望上叩頭謝恩，連忙站起，暗自吩咐包興如此如此。包興便跑至廟外，恰巧見縣官到來。包興便傳包公之命：「立刻叫貴縣要新轎一乘，並伶俐丫鬟二名，並上好衣服簪環一分，急速辦來。再者公館要分內外預備。所有一切用度、花費的銀兩，叫太爺務必開清，候到京時，再為奉還。」又向范宗華笑道：「方纔你帶來的老婆婆，如今與大人母子相認了。老太太說，你素日很照應，還要把你帶進京去呢。你就是伺候老太太的人了。」范宗華聞聽，猶如入雲端的一般。包興又對縣官說：「大人吩咐，叫他隨著進京，沿途上伺候老太太。

那麼把他也打扮打扮纔好。」縣官連連答應。包興又道：「方纔分派的事，太爺趕緊辦了，就叫他押解前來就是。」縣官聞聽，趕忙去了。不多時丫鬟二名，並衣服首飾一齊來到，伏侍娘娘在雲堂小院沐浴更衣。不必細述。包公就在西殿內安歇，連忙寫了書信密密封好，叫包興乘馬先行進京。至次日將轎抬至雲堂小院的門首，丫鬟伏侍娘娘上轎，范宗華乘馬隨在轎後，包公步行有一箭多地，便說道：「母親先進公館，孩兒後隨即行。」娘娘說道：「吾兒不必多禮。」包公連連稱是，方纔退下。眾人見包公去後，一個個方纔乘馬起身。這樣一宗大事，別人可瞞過，惟有公孫先生心下好生疑惑，心中納悶。

單說包興連夜趕至開封。所有在府看守之人，俱各相見。馬夫將馬牽去，包興來到內衙，敲響雲牌；裏面婦女見是包興，連忙告訴丫鬟稟明李氏，李氏急忙傳進。夫人先問了老爺安好，包興急忙請安，答道：「老爺甚是平安，有書在此。」說著，雙手一呈，丫鬟接過，呈與夫人。夫人接來，拆開一看，上言在陳州認了太后李娘娘假作母子；即將佛堂東間，打掃潔淨，預備娘娘住宿；夫人以婆媳禮相見，遮掩眾人耳目。夫人看畢向包興道：「你回去迎接老爺，說我照書信所云，俱已備辦，不便寫回信了。」叫丫鬟把二十兩銀子賞他。包興連忙謝賞，又請了一個稟辭的安，方纔退出。自有相好眾人約他吃飯。包興一壁道謝，一壁擦面，然後大家坐下吃飯。未免提了些官事，路上怎麼防刺客，怎麼鍘龐昱。說至此，包興便問：「朝內老龐，有沒有什麼動靜吓？」夥伴答道：「原來參奏著。上諭甚怒，將他兒子招供摔下來，他倒請了一回罪。大約咱們老爺這個毒兒種得不小。將來總要提防便了。」包興聽罷，點了點頭兒，又將陳州認母一節，略述大概，以安眾心。吃畢，上馬加鞭，迎接包公去了。這裏照書信預備停當，每日敬候鳳駕。一日，聞報太夫人已然進城，離府不遠了，夫人帶領僕婦丫鬟，在三堂後恭候。

不多時大轎抬進至三堂，差役轎夫退出，掩了儀門，夫人方至轎前，雙膝跪倒，口稱：「不孝媳婦李氏，接見娘親，望婆婆恕罪！」娘娘說道：「媳婦吾兒起來！」眾丫鬟扶出轎，擁著到佛堂淨室。娘娘入座，夫人將丫鬟們打發出去，復又跪下，方稱：「臣妾李氏，願娘娘千歲！」太后伸手相攙，說道：「吾兒不可如此！以後婆媳相稱就是了。況且哀家姓李，媳婦你也姓李，你不是我媳婦，是我女兒了！」夫人連忙謝恩。娘娘又將當初遇害情由，悄悄述說一番，自言：「二目皆是思君想子哭壞了。到今乃諸物莫覩，這是怎麼好！」說罷又哭起來。夫人猛然想起一物，善能治目，「我何不試他一試？倘得娘娘雙目重明，豈不美哉！」想罷，跪下奏道：「臣妾有一古今盆，上有陰陽二孔，取接天露，便能醫目重明。待今晚臣妾叩求天露便了。」娘娘聞聽說道：「好一個賢德我兒！既如此，你就叩求天露。倘若至誠感天，二目復明，豈不大妙呢！」二人敘了一些閒話。晚膳已畢，方纔退出。看看掌燈以後，夫人洗淨了手，方將古今盆拿出，吩咐丫鬟秉燭，來至園中。至誠焚香禱告天地，然後捧定金盆，叩求天露。真是忠誠感動天地，起初盆內潮潤，猶如哈氣一般；後來漸漸大了，只見滴溜溜滿盆亂轉，彷彿滾盤珠相似，左旋右轉，皆流入陰陽孔內。夫人滿心歡喜，手捧金盆，擎至寢室，娘娘尚未安寢。夫人捧上金盆，娘娘伸玉腕蘸露洗目，只覺冷澈心肺，香透泥丸；登時兩額角微微出了點香汗，二目中稍覺轉動。閉目定神，不多時忽然心花開朗，胸膈暢然。眼乃心之苗，不由得將二目一睜，那知道雲翳早退，已然黑白分明。娘娘這一歡喜，真是非常。夫人更覺歡喜。娘娘見兩旁有多少丫鬟，只得說道：「虧我兒至誠感格，將老身二目治好，都是出於媳婦孝心。我如今俱各看見了，我的兒，你也歇息去罷。」夫人退出，叫丫鬟捧了金盆，並且囑咐眾人好生服侍，又派二個得用的丫鬟，前來幫替。吩咐已畢，自去安息。次日忽見包興前來稟道：「老爺已然在大相國寺住了，明日面了聖上，方能回署。」

未知如何？且看下回分解。

第十七回　開封府總管參包相　南清宮太后認狄妃

且說包公在大相國寺住宿。次日，入朝見駕，奏明一切。天子甚誇辦事正直，深為嘉賞。欽賜五爪蟒袍一襲，攢珠寶帶一條，四喜白玉班指一個，珊瑚豆大荷包一對。包公謝恩。早朝已畢，方回至開封府，退入內衙。夫人迎將出來，彼此見禮已畢。夫人在前，包公在後，來至淨室。包公便止步，夫人掀簾入內，奏明過了，然後包公跪倒塵埃，口稱：「臣包拯參見娘娘，願娘娘千歲！」說罷，匍匐在地。太后吩咐：「吾兒抬起頭來！」包公秉正跪起。娘娘先前不過聞聲，如今方纔見面。見包公方面大耳，闊口微鬚，生成福相，長就威嚴，跪在地上，還有人高。真乃是：「丹心耿耿沖霄漢，黑面沉沉鎮鬼神。」太后看罷，心中大喜，道：「哀家多虧你夫婦盡心。哀家之事，全仗包卿了！」包公叩頭奏道：「娘娘且免聖慮！微臣見機而作，務要秉正除奸，以保社稷。」娘娘點頭說道：「卿家平身，歇息去罷！」包公謝恩，退出外面。丫鬟見包公退出，方敢進來伺候。娘娘又說：「你家老爺剛然回來，你也去罷！不必在此伺候。」夫人只得退出，來至屋內，只見包公在那裏吃茶，彼此寒暄一番，方纔坐下。夫人便問一路光景，「為龐昱一事，妾身好生耽心！」又悄悄問如何認了娘娘。包公略略述說一番，夫人也不敢細問。包公到書房料理公事。到了次日，包公正在梳洗，忽見包興稟道：「南清宮寧總管特來給老爺請安，說有話要面見。」包公便叫包興將他讓在書房待茶，說我梳洗畢，即便出迎。包興奉命來請寧總管，說：

「我們老爺正在梳洗，略為少待，便來相見。請太輔❶書房少坐。」老寧聽見相見二字，樂了個眉開眼笑道：「有勞管家引路。」說著來至書房，李才連忙趕出掀簾。寧總管進入書房，見所有陳設，毫無奢華俗態，點綴而已，不覺得嘖嘖稱羨。包興連忙奉茶讓坐，下首相陪。正在攀話❷之際，忽聽老爺靴聲，連忙迎出，忙將簾子掀起。包公進屋，原來寧總管早已站立相迎，說：「咱家特來給大人請安。一路勞乏，辛苦辛苦。原要昨日就來，因大人勞乏的身子，不敢驚動，故此今早前來。」說罷，躬身一揖。包公連忙還禮道：「多承太輔掛念，未能奉拜，反先勞駕，心實不安。」說罷讓坐，從新點茶。包公便道：「太輔降臨，不知有何見教？望祈明示。」寧總管嘻嘻笑道：「咱家此來，不是什麼官事，只因六合王爺深敬大人忠正賢能，時常在狄娘娘跟前提及，娘娘聽了甚為歡喜。新近大人為龐昱一事，先斬後奏，更顯得忠心為國。我們王爺下朝，就把此事奏明娘娘，把個娘娘樂得了不得。我們王爺年輕，總要跟著大人學習，作一個清心正直的賢王呢！我們王爺，也是羡慕大人的狠呢！只是無故的又不能親近。咱家一想，目下就是娘娘華誕，大人何不備一分水禮，前去慶壽，從此親近親近。一來不辜負娘娘一番愛喜之心，二來我們王爺也可以由此跟著大人，學習些見識，豈不是件極好的事呢？故此今日我來，特送此信。」包公聞聽，暗道：「我本不接交朝內權貴。奈因目下有太后之事，當今那裏知道生母受如此之冤？莫如將計就計，如此如此。倘有機緣，倒省了許多曲折。六合王亦是賢王，就是接交他也何妨？」想罷問道：「不知娘娘聖誕，在於何時？」寧總管道：「就是明日壽誕，後日生辰，故此特來送信。」包公

❶ 太輔：對太監的尊稱。

❷ 攀話：吳人謂談話為「攀談」。攀話即攀談。

道：「多承太輔指教挂心，敢不從命！只是我們外官，是不能面叩的。現在家慈在署，明日先送禮，後日正期，家慈欲親身一往，未知可否？」寧總管聞聽：「呵呀！怎麼老太太到了！如此更好。咱家回去，就在娘娘前奏明。」包公致謝道：「又要勞動太輔了。」老寧道：「好說！好說！咱家就回去了。先替我在老太太前請安罷！等後日我在宮內，再接待他老人家便了。」包公又託咐了一回，家慈到宮時，還望照拂的話。包公送至儀門，寧總管再三攔阻，方纔作別而去。

包公進內見了夫人，細說一番，就叫夫人奏明太后。夫人領命，往淨室去了。包公又來到書房吩咐包興備一分壽禮，明日送往南清宮去。至次日，包興已辦成壽禮八色，與包公過了目，先叫差役挑往南清宮，自己隨後乘馬來至南清宮橫街。已見人夫轎馬，送禮物的，抬的抬，扛的扛，人聲嘈雜，擁擠不開。只得下馬步行至宮外。只見五間宮門，兩邊大炕上坐著多少官員。又見各處送禮的，俱是手捧名帖，低言回話。那些王府官們，還帶理不理的。包興從懷中掏出帖來說道：「有勞老爺們，替我回稟一聲！」只見那人將眼一翻，說道：「你是那裏的？」包興道：「我乃開封府……」纔說了三個字，忽見那人站起說：「必是包大人送禮來的。」包興道：「正是！」那人將包興一拉說：「好兄弟，辛苦辛苦！今早總管爺就傳諭出來，說大人那裏今日必送禮來，我這裏正等候著呢！咱們裏面坐罷！」回頭又吩咐本府差役：「開封府包大人的禮物在那裏，你們倒是張羅張羅呀！」只聽見有人早已問下去：「那是包大人禮物？挑往這裏來。」此時那王府官已將包興引至書房點茶，陪坐說道：「我們王爺今早就吩咐了：『大人若送禮來，趕緊回稟。』兄弟既來了，還是要見王爺還是不見呢？」包興道：「既來了，敢則❸是見

❸ 敢則：此處意為正是。

見好。只是又要勞動大老爺了。」那人聞聽道：「好兄弟！以後把老爺收了，咱們都是好兄弟。我姓王行三，我比兄弟齒長幾歲，你就叫我三哥。兄弟再來時，你問禿王三爺，就是我。」說罷一笑。只見禮物挑進，王三爺俱瞧過了。拿了帖，辭了包興，進內回話去了。不多時王三爺出來，對包興道：「王爺叫你在殿上等著呢！」包興連忙跟隨王三來至大殿。但見高捲簾櫳，正面一張太師椅，上坐著一位束髮金冠，蟒袍玉帶的王爺，兩邊有多少內輔❹伺候！包興連忙叩頭。只聽上面說道：「你回去上覆你家老爺：如此費心多禮，我領便了；改日朝中面見了再謝。」又吩咐內輔給他謝帖，賞他五十兩銀子。包興叩頭站起，仍隨王三爺，纔下銀安殿，只見那旁寧總管笑嘻嘻迎來，說道：「主管你來了麼？回去見了大人，就提我已在娘娘前奏明了。明日請老太太只管來。」包興答應，隨著王三爺出來。王三爺將帖子銀兩，交與包興。包興道了乏，直至宮門，請王三爺留步。王三爺務必瞅著包興上馬。馬已拉過，包興踏蹬上馬，加鞭後行。心內思想：「我們八色水禮，纔花了二十兩銀子，王爺倒賞了五十兩。真是待下恩寬。」不多時來至開封府，見了包公，將話一一回稟。包公點頭，來至後面，便問夫人見了太后啟奏的如何？夫人道：「妾身已然回明。先前聽了為難，說：『我去穿何服色？行何禮節？』妾身道：『娘娘暫屈鳳體，穿一品服色。到了那裏，大約狄娘娘斷沒有居然受禮之理。事到臨期，見景生情，就混過去了。倘有機緣，洩漏真情，明是慶壽，暗裏卻是進宮之機會。』娘娘想了一想，方纔應允。」包公聽見，不勝歡喜。便告訴夫人派兩個伶俐丫鬟跟去，外面再派人護送。至次日仍將轎子抬至三堂之上上轎。轎夫退出，掩了儀門。伺候娘娘梳洗已畢，及至換了服色之時，娘娘不覺淚下。夫人又勸慰幾句，吩咐

❹ 內輔：太監。

丫鬟等：「俱在三堂伺候去罷！」眾人散出。夫人重新叩拜道：「娘娘此去，見景生情，透了真實，不可因小節誤了大事。」娘娘點頭含淚道：「哀家二十載沉冤，多虧了你夫婦二人！此去若能重入宮闈，斷不忘此大功。」夫人同至三堂之上，伺候娘娘上轎。丫鬟放下轎簾。外面轎夫進來，將轎抬起，慢慢的出了儀門。卻見包公鞠躬伺候，上前手扶轎槓，跟隨出了衙署。娘娘看得明白，吩咐：「我兒回去罷！不必遠送了。」包公答應：「是！」止住了步。看轎子落了臺階，又見那壁廂范宗華，遠遠對著轎子，磕了一個頭。包公暗暗稱讚他有規矩，真乃福至心靈。只見包興打著頂馬，後面擁護多人，圍隨著去了。包公回身進內，來到後面見夫人，悄悄的又議論一番。

娘娘此去，不知見了狄后是何光景？且看下回分解。

第十八回　奏沉疴仁宗認國母　宣密詔良相審郭槐

包興跟隨太后，來到南清宮。至王府門下馬，卻見禿王三爺在那裏忙。執手上前道：「三老爺，我們老太太到了。」王三爺聞聽，飛跑進內。不多時，只見裏面出來了兩個內輔，對著門上眾人說道：「回事的老爺們聽著：娘娘傳諭，所有來的賓客，俱各道乏，一概迴避，單請開封府老太太會面。」眾人連聲答應。包興聞聽，即催本府的轎夫抬至宮門，自有這兩個內輔引進去了。然後王三爺出來張羅包興，讓至書房吃茶。今日見了，比昨日更覺親熱。單說娘娘大轎抬至二門，早見出來了四個太監，將轎夫換出；又抬至三門，方纔落平。早有寧總管來至轎前說道：「請夫人安。」自有跟來的丫鬟，攙扶下轎。娘娘也回問了一聲：「公公好。」寧總管便在前引路。來至寢宮，只見狄娘娘已在門外接待。遠遠的見了太夫人，吃了一驚，不覺心裏思想，覺得面善得很，只是一時想不起來。娘娘來至跟前，欲行參拜之禮。狄后連忙用手攔住說：「免禮！」娘娘也就不謙讓了，彼此攜手一同入座。娘娘看狄后，比當時面目蒼老了。狄后此時對面細看，忽然想起好像李妃，因已賜死，再也想不到卻是當今國母，只是心裏總覺不安。獻茶已畢，敘起話來，問答如流，把個狄后樂了個了不得，甚是投緣，便留太夫人在宮住宿，多盤桓幾天。此一留正合娘娘之心，即便應允。遂叫內輔傳出話來：「所有轎馬人等，不必等候了。娘娘留太夫人多住幾日呢！」跟役人等，俱各照例賞賜。這裏傳膳，狄后務要與太夫人並肩坐了，娘娘也不過讓。飲酒之間，狄后盛稱包公忠正賢良，「這皆是夫人教訓之德。」娘娘略略謙遜。狄后又問太夫人年庚，娘娘答言四十二歲。又問：「令郎年歲幾何？」一句話把個娘娘問的滿面通紅，無言可答。狄后看此光景，不便追問。便傳飯吃畢，散坐閒談，又到各處瞻仰一番。皆是狄后相陪。越瞧越像，狄后心中好生的犯疑，暗暗想道：「方纔問他兒子歲數，他如何答不上來，竟會急的滿面通紅？世間那有母親不記得兒子歲數之理呢？其中實有可疑。也罷！晚間叫他與我同眠，暗裏再細細盤詰他便了。」心中卻是委決不下。

到了晚間，吃畢晚膳，及至歸寢之時，所有承御之人（連娘娘丫鬟自有安排），非呼喚不許擅入。狄后因惦念不知兒子的歲數，便從此追問，語語究的甚是緊急。娘娘不覺失聲答道：「皇姐，你難道不認得哀家了麼？」雖然說出此語，已然悲不成聲。狄后聞聽，不覺大驚。道：「難道夫人是李后娘娘麼？」娘娘淚流滿面，那裏還說得出話來。狄后著急，催促道：「此時房內無人，何不細細言來？」娘娘止住悲聲，方將當初受害，怎麼佘忠替死，怎麼送住陳州，怎麼遇包大人假認母子，怎麼在開封府淨室居住，幸虧李氏叩求天露，洗目重明，今日來給皇姐慶壽，為的是吐露真情的話，細細述了一遍。狄后聽了，不覺也落下淚來道：「不知有何證據？」娘娘即將金丸取出，遞將過去。狄后接在手中，燈下驗明，連忙戰戰兢兢將金丸遞過，便雙膝跪倒。口稱：「臣妃不曉鳳駕降臨，實為冒犯。望乞太后娘娘赦宥！」李太后連忙還禮相挽，口稱：「皇姐，不要如此。如何能叫聖上知道方好！」狄后奏道：「娘娘放心，臣妃自有道理。」便將當日劉后與郭槐定計，用狸貓換出太子，多虧承御寇珠抱出太子，交付陳琳，用提盒送至南清宮撫養；後來劉后之子病夭，方將太后太子補了東宮之缺；因太子遊宮，在寒宮見了娘娘，母子天性，面帶淚痕；劉后生疑，拷問寇珠，寇珠懷忠，觸堦而死；因此劉后在先皇前，進了讒言，方將娘娘賜死情由，也說了一遍。李太后如夢方醒，更覺傷心。狄后再三勸慰，太后方纔止淚，問道：「皇姐如何使皇兒知道，使我母子重逢呢？」狄后道：「待臣妃裝起病來，遣寧總管奏知。當今聖上必然親來，那時臣妃吐露真情便了。」娘娘稱善。

到了次日清晨，便派寧總管上朝奏說：「狄后娘娘夜間偶然得病，甚是沉重。」誰知聖上夜間得一奇夢，見彩鳳一隻，翎毛不全，望聖上哀叫三聲。仁宗從夢中驚醒，心裏納悶。及至五鼓，只見仁壽宮總管前來啟奏說：「太后夜間得病，一夜無眠。」天子聞聽，以為應了夢兆，即至仁壽宮請安，便悄悄吩咐不可聲張，恐驚了太后，輕輕邁步進了寢殿。忽聽見太后說：「寇宮人，你竟敢如此無禮！」天子側身進內，來至御榻之前，劉后猛然驚醒，見天子在旁，便說：「有勞皇兒掛念！哀家不過偶受風寒，沒有什麼大病，且請放心。」天子問安已畢，立刻傳御醫調治，安慰幾句，即便退出。方至分宮樓，只見南清宮總管跪倒，奏：「狄后娘娘夜間得病甚重，奴婢特來啟奏。」仁宗聞聽，吃了一驚，吩咐親臨南清宮。只見六合王迎接，聖上先問了狄后得病的光景，六合王含糊奏對：「此時略覺好些。」聖上便吩咐隨侍的俱各在外伺候，單帶陳琳跟隨，六合王前導，引至寢宮。只見靜悄悄寂寞無聲，連個承御丫鬟一個也無有。又見御榻之上，錦帳高懸，狄后面裏而臥。仁宗連忙上前問安。狄后翻轉身來，猛然間問道：「陛下！天下至重至大者，以何為先？」天子道：「莫過於孝。」狄后歎了一口氣道：「既是孝字為先，有為人子，不知其母存亡的麼？又有人子為君，而不知其母在外飄零的麼？」只兩句語，問得天子茫然不懂。便道：「皇娘何出此言？望乞明白垂訓。」狄后轉身從帳內拉出一個黃匣來，便道：「陛下可知此物的來由麼？」仁宗接過，打開一看，見是一塊玉璽龍袱，上面先皇親筆御記：「鎮壓天狗沖犯。」仁宗看罷，連忙站起。誰知老公公陳琳在旁覩物傷情，想起當年，早已淚流滿面。天子猛回頭，見陳琳啼哭，更覺詫異，便追問此袱的來由。狄后方將郭槐與劉后圖謀正宮，設計陷害李妃，其中多虧了兩個忠義之人：一個是金華宮承御寇珠，一個是陳琳。寇珠奉劉后之命，將太子抱出宮來，那時就用此袱包裹，暗暗交付陳琳。仁宗聽至此，又瞅了陳琳一眼。此時陳琳已哭的淚人一般。狄后又道：「幸虧陳琳經了多次艱險，方將太子抱出，入南清宮內，在此撫養六年。陛下七歲時，承嗣與先皇，補了東宮之缺。那時陛下見了寒宮母親落淚，又惹起劉后疑忌，生生把個寇珠處死，又要賜死母后。其中又多虧了兩個忠臣：一個小太監余忠，情願替太后殉難，秦鳳方將母后換出送往陳州；後來秦鳳死了，家中無主，母后不能存留，只落得破窰乞食；幸喜包卿在陳州放糧，由草橋認了母后，假稱母子，掩人耳目，一同來京。」仁宗聽罷，不勝驚駭，淚如雨下。道：「如此說來，朕的皇娘，現在何處？」只聽得罩壁後，悲聲切切，出來了一位一品服色的夫人。仁宗見了發怔。太后恐天子生疑，連忙把金丸取出，付與仁宗。天子接來一看，正與劉后金丸一般，只是上面刻的是玉宸宮，下書娘娘名號。仁宗搶行幾步，雙膝跪倒，道：「孩兒不孝，苦煞皇娘了。」說至此，不由放聲大哭。母子抱頭悲痛不已。狄妃已然下床來，跪倒塵埃，匍匐請罪。連六合王及陳琳，俱各跪倒在旁，哀哀相勸。母子傷感多時，天子又叩謝了狄妃，攙扶起來，復又拉住陳琳的手哭道：「若不虧你忠心為國，焉有朕躬！」陳琳已然說不出話來，惟有流淚。仁宗說道：「皇娘如此受苦，孩兒枉為天子，何以對滿朝文武！」狄后在旁勸道：「聖上還朝降旨，即著郭槐、陳琳，一同前往開封府宣讀，包學士自有辦法。」仁宗准奏。又安慰了太后許多言語，然後駕轉回宮。立刻御筆草詔，密密封好，欽派郭槐、陳琳，往開封府宣讀。郭槐以為必是加封包公，欣然同定陳琳，竟奔開封府而來。

且說包公自昨日包興回來說：「狄后把太夫人留下，要多住幾日，小人抬空轎回來。」包公心中歡喜。到次日方纔用完早飯，忽報聖旨到了，包公忙換朝服迎接。只見郭槐在前，陳琳在後，手捧聖旨。郭槐宣讀聖旨，展開御封。包公山呼已畢，郭槐便念道：「奉天承運，皇帝詔曰：今有太監郭……」剛念至此，他看見自己的名字，便不能向下念了。旁邊陳琳接過來宣讀道：「今有太監郭槐，謀逆不端，奸心叵測。先皇乏嗣，不思求祚之忠誠；太后懷胎，遽遭興妖之暗算。懷抱龍袱，不遵鳳詔，寇宮人之志可達天；離卻北闕，竟赴南清，陳總管之忠堪貫日。因淚痕生疑忌，將明朗朗一個寇珠，立斃杖下；假詛咒進讒言，把氣昂昂一個余忠，替死梁間。至今堂堂國母，廿載沉冤，受盡了背井離鄉之苦。若非耿耿包卿，一腔忠赤，焉得有還珠返璧之期？似此滅倫悖理，宜當嚴審細推；按詔究出口供，依法剖其心腹。事關國典，理重君親。欽交開封府，嚴加審訊。」包公口呼萬歲，立起身來接聖旨。吩咐一聲：「拿下。」只見王朝、馬漢將郭槐衣服冠履打去，提到當堂，向上跪倒。上面供奉聖旨，包公向郭槐說道：「你快將已往之事，從實招來！」

未識郭槐招與不招？且看下回分解。

第十九回　巧取供單郭槐受戮　明頒詔旨李后還宮

且說包公將郭槐拿下，入了公座。旁邊又設了個側座，叫陳琳坐下。包公便叫道：「郭槐！將當初陷害李后，怎樣抵換太子，從實招來！」郭槐說：「大人何出此言？當初係李妃產生妖孽，先皇震怒，纔貶冷宮；焉有抵換之理呢？」陳琳接著說道：「既無有抵換，為何叫寇承御抱出太子，用裙絲勒死，丟在金水橋下呢？」郭槐聽聞道：「陳總管你為何質證起咱家來？倘然少刻太后懿旨到來，只怕你也吃罪不起！」包公聞聽，微微冷笑道：「郭槐，你敢以劉后欺壓本閣麼？你不提劉后便罷，既已提出，說不得，可要得罪了！」吩咐拉下去重責二十板。左右答應，一聲吶喊，將他翻倒在地，打了二十。只打得皮開肉綻。郭槐到了此時，豈不知事關重大？橫了心再也不招。說道：「當日原是李妃產生妖孽，自招愆尤，與我郭槐什麼相干？」包公道：「既無抵換之事，為何又將寇承御處死？」郭槐道：「那是因寇珠頂撞了太后，太后方纔施刑。」陳琳在旁又說道：「此話你又說差了！當時拷問寇承御，還是我掌刑杖。劉后追問他，將太子抱出，置於何地，你如何說是頂撞呢？」郭槐聞言，將雙眼一瞪，道：「既是你掌刑，生生是你下了毒手，將寇珠打得受刑不過，他纔觸階而死。為何反來問我呢？」包公聞聽說：「好惡奴！竟敢如此的狡猾！」吩咐左右：「與我拶起來！」左右又一聲喊，將郭槐雙手並齊，套上拶子，把繩往左右分。只聞郭槐殺豬也似的喊起來。包公問道：「郭槐你還不招認麼？」郭槐咬定牙根：

「這沒有什麼招的！」見他汗似蒸籠，面目更色。包公吩咐鬆放拶子。郭槐哀聲不絕，神魂不定，只得暫且收監，明日再問。先叫陳琳覆旨。包公退堂，來至書室，便叫包興請公孫先生。不多時公孫策來到，已知此事的底裏，參見包公已畢，在側坐了。包公道：「今日聖旨到來，宣讀之時，先生想來已明白此事了。只是郭槐再不招認，他又擱不住大刑，故請了先生來，設想一個法子，叫他招承。」公孫策道：「待晚生思索。」說罷退出，來至自己房內，籌思多時。偶然想起，來到書房稟道：「晚生思得新刑，有圖樣在此。」包公接來一看，上面註明尺寸，彷彿大熨斗相似，卻不是平面，上面皆是垂珠圓頭釘兒，用鐵打就。臨用時將炭燒紅，把犯人肉厚處烫炙，再也不能損傷筋骨，止是皮肉受傷而已。包公看了問道：「此刑可有名號？」公孫策道：「名曰『杏花雨』。」包公即著公孫策立刻傳鐵匠打造，次日已完工。到了第三日，包公升堂，提審郭槐。且說郭槐在監牢之中，暗自思道：「我如今在此三日，為何太后懿旨還不見到來？想必太后欠安，此事尚未得知。我是咬定牙根，橫了心再不招承。既無口供，包黑他也難以定案。」正在思想之際，忽然聽得提審，不覺得心內突突的亂跳。隨著差役上了公堂，只見紅焰焰的一盆炭火，內裏燒著一物，卻不知是何作用；只得朝上跪倒。包公問道：「郭槐！當初因何定計害了李后，用物抵換太子？從實招來，免得皮肉受苦！」郭槐道：「實無此事，叫咱家從何招起？若果有此事，慢說遲滯，這些年保管早已敗露了，望祈大人詳察！」包公聞聽，不由怒髮沖冠，將驚堂木一拍，道：「惡賊！你的奸謀業已敗露，連聖上皆知，尚敢推諉？」吩咐左右將他剝去衣服。四個差役，剝去衣服，露出脊背，左右二人把住。只見那邊一人，從火盆內提起木把，拿起「杏花雨」，站在惡賊背後。只聽包公問道：「郭槐你不招麼？」郭槐橫了心，並不言語。包公吩咐用刑，只見「杏花雨」往下一落，登時皮膚皆焦，臭味難聞，只疼得惡賊渾身亂抖。先前尚有哀叫之聲，後來只剩得發喘了。包公見此光景，只得吩咐住刑，容他喘息再問。左右將他扶住，郭槐那裏還掙扎得來呢！包公便叫搭下去。公孫策早已設下機謀，叫搭在獄神廟內。郭槐到了獄神廟，只見提牢手捧蓋碗，笑容滿面，到跟前悄悄的說道：「太輔老爺受驚了！小人覓得定疼丸藥一服，特備黃酒一杯，請太輔老爺用了，管保益氣安神。」郭槐見他勸慰殷勤，不由得接過來道：「生受你了！咱家倘有出頭之日，咱決不忘你便了。」提牢道：「老爺何出此言？果離了開封府，那時求太輔老爺，略一伸手，小人便受賜多多矣！」一句話奉承得惡賊滿心歡喜，將藥並酒服下，立時覺得心神俱安。提牢搬過酒來，殷勤相勸。郭槐問道：「你這幾日，可曾聽見朝中有什麼事情？」提牢道：「聽見說太后欠安，因寇宮人作祟，如今愈了。聖上天天在仁壽宮請安。大約不過遲一二日，太后必然懿旨到來，那時太輔老爺必然無事。」郭槐聽至此，心內暢然，連喫了幾杯，不覺二目矇矓，登時醉醺醺起來。提牢見此光景，便將酒撤去，自己也就迴避了。

只落得惡賊一人，踽踽涼涼，正在胡思亂想，覺得一陣陣涼風，習習塵沙，簌簌落在窗櫺之上。猛見前面似有人影，郭槐一見，不由心中膽怯起來。纔要喚人，只見那人影來至面前說道：「郭槐！你不要害怕。奴非別人，乃寇承御，特來求太輔質對一言。昨日與太后已在森羅殿證明。太后說，此事皆是太輔主裁，故此放太后回陽。並且查得太后與太輔，尚有陽壽一紀。奴家不能久在幽冥，今日特來與太輔辨明當初之事，奴便超生去也！」郭槐聞聽，毛骨悚然。又見面前之人，披髮滿面血痕，已知是寇宮人顯魂，正對了方纔提牢之語。不由得答道：「寇宮人，真正委屈死你了！當初原是我與尤婆定計，用狸貓剝去皮換出太子，陷害李后。你彼時並不知情，竟自含冤而死！如今我既有陽壽一紀，倘能出獄，我請高僧高道超度你便了。」又聽女鬼哭道：「郭太輔，你既有此心，奴家感謝不盡！少時到了森羅殿，只要太輔將當初之事說明，奴家便得超生。」剛言至此，忽然鬼語啾啾，出來了兩個小鬼，手執追命索牌，說：「閻羅天子升殿，立召郭槐的生魂，隨屈死的怨鬼，前往質對！」說罷，拉了郭槐就走。惡賊到了此時，不因不由❶，跟著來到一座殿上，陰慘慘也辨不出東南西北。惡賊連忙跪倒，聽得上面道：「郭槐，你與劉后所作之事，理應墜入輪迴；奈你陽壽未終，必當回生陽世。惟有寇珠冤魂，你須將當初之事，訴說明白，他便從此超生。事已如此，不可隱瞞了。」郭槐聞聽，連忙朝上叩頭，便將當初劉后圖謀正宮，用剝皮狸貓抵換太子，陷害李妃的情由，述說一遍。忽見燈光明亮，上面坐著的正是包公，兩旁衙役森列，真不亞如森羅殿一般。早有書吏將口供呈上。又有獄神廟內書吏一名，亦將郭槐與女鬼說的言語，一並呈上。包公一同看了，吩咐拿下去，叫他畫供。惡賊到了此時，只得把供畫了。你道女鬼是誰？乃是公孫策暗差耿春、鄭平到春欄院，將妓女王三巧喚來，多虧公孫策多多教演，便假扮女鬼，套出真情。此時包公仍將郭槐寄監。等次日五鼓上朝，奏明仁宗，將招供謹呈御覽。仁宗袖了供招，便往仁壽宮而來。劉后昏沉之間，見天子立在面前，便道：「郭槐係先皇老臣，望皇兒格外赦宥！」仁宗聞聽，也不答言，從袖中把郭槐的供招，向劉后前一擲。劉后看此光景，拿起一看，登時膽裂魂飛，一嚇竟自嗚呼哀哉了！仁宗吩咐將劉后抬入偏殿，按妃禮殮殯了。傳旨即刻打掃宮院。次日升殿，群臣山呼已畢。聖上宣召包卿說道：「劉后已驚懼而亡。就著包卿代朕草詔，頒行天下，匡正國典。」從此，黎民內外臣宰，方知國母太后姓李卻不姓劉，當時聖上著欽天監揀了吉日，齋戒沐浴，告祭各廟。然後

---

❶ 不因不由：無緣無故。

排了鑾輿，帶領合朝文武，親至南清宮迎請太后還宮。太后娘娘坐了御輦，狄宮賢妃也乘了寶輿，跟隨入宮。此時王妃命婦，俱各入朝，排班迎接鳳駕。太后入宮升座，受賀已畢，起身更衣，傳旨宣召龍圖閣大學士包拯之妻李氏夫人進宮，重加賞賜。仁宗亦有酬報，不必細表。外面眾臣朝賀已畢，天子傳旨，將郭槐立剮，此時尤婆已死，照例戮屍，又傳旨在仁壽宮壽山福海地面，丈量妥協，左邊敕建寇宮人祠堂，名曰「忠烈祠」；右邊敕建秦鳳、余忠祠堂，名曰「雙義祠」。此時王苣告老，即將包公加封為首相，封公孫策為主簿，四勇士俱賞六品校尉，仍在開封府供職。又奉太后懿旨，封陳琳為都堂，范宗華為承信郎，將破窰改為廟宇，欽賜白銀千兩，香火地十頃，就叫范宗華為廟官，春秋兩祭，永垂不朽。

未知後事如何？且看下回分解。

第二十回　受魘魔忠臣遭大難　殺妖道豪傑立奇功

且說包公自升為首相，一日朝罷回來，走進書房，寫了一封書信，叫差役備厚禮一分，外帶銀三百兩，往常州府武進縣遇杰村聘請南俠展熊飛；又寫了家信，一並前去。剛然去後，只見值班頭目稟道：「外面有男女二人，口稱冤枉，前來伸訴。」包公吩咐點鼓升堂，立刻帶至堂上。包公見男女二人，皆有五旬年紀，先叫將婆子帶上來。婆子上前跪倒，訴說道：「婆子楊氏，丈夫姓黃，去世已久。有兩個女兒，長名金香，次名玉香。我這小女兒，原許與趙國盛之子為妻，昨日他家娶去。誰知我的大女兒卻不見了。各處尋找，並無下落。婆子又是急，又是傷心；正在啼哭，不想趙國盛到來，反說我把女兒抵換了。彼此分爭不清，故此前來求老爺判斷。」包公聽罷問道：「你家可有常來往的親眷沒有？」楊氏道：「慢說親眷，就是街坊鄰舍，無事也是不常往來的。」包公吩咐把婆子帶下去，將趙國盛帶上來。趙國盛上前跪倒，說道：「小人趙國盛，原與楊氏是親家。他有兩個女兒：大的醜陋，小的俊俏。小人與兒子定的是他小女兒；娶來一看，卻是他大女兒。因此急急趕到他家，與他分爭，為何抵換？不料楊氏他倒不依，說小人把他兩個女兒都娶去了。因此求老爺剖斷。」包公問道：「趙國盛，你可認明是他大女兒麼？」趙國盛說：「怎麼認得不明呢？當初未做親時，他兩個女兒，小人俱是見過的。」包公聽罷，便叫他二人且自回去，聽候傳訊。老爺退堂，來至書房，將此事揣度。包興倒過茶來，送至包公面前。只見包公坐在椅上，兩眼發直，忽然把身子一挺，說道：「好血腥氣吓！」往後便倒，昏迷不醒。包興急急扶著，口中亂叫老爺。外面李才等一齊進來，幫他攙扶，抬至床榻之上。一時傳到裏面，李氏聞聽，連忙來至書房看視。只見包公躺在床上，雙眉緊皺，二目難睜，四肢全然不動，一語也不發。夫人急得沒了主意。包興在牕外道：「啟上夫人！公孫主簿前來與老爺診脈。」夫人聞聽，只得帶領丫鬟迴避。包興同著公孫先生來至書房榻前，公孫策細細搜求病源，診了左脈，連說無妨；又診右脈，便道怪事。包興在旁問道：「先生看相爺是何病症？」公孫策道：「據我看來，相爺六脈平和，並無病症。彷彿睡著的一般。」包興將剛纔的形景，述說一遍。公孫策聞聽，便覺納悶，並斷不出病從何處起的。只得先叫包興進內安慰夫人一番，並稟明須要啟奏。自己並寫了告病摺子，來日五鼓上朝呈遞。天子聞奏，欽派御醫到開封府診治，也看不出是何病症。一時太后也知道了，又派老公公陳琳前來看視。無奈包公昏迷不醒，飲食不進。幸虧公孫先生頗知醫理，不時在書房診脈照料。包興、李才晝夜不離左右。公孫策與四個勇士，個個短嘆長吁，竟無法可施。誰知一連就是五天！公孫策看包公脈息漸漸微弱起來，大家不由著急。只見前次派去常州的差役回來言：「展熊飛並不在家，老僕說：『我家官人早晚回來，必然趕赴開封。』」又說：「家信也送到了，現有帶來的回信。老爺的府上，俱各平安。」包興把家信接過，送進去了。信內無非是平安二字。

再說南俠自截了駝轎，將金玉仙送至觀音菴與馬漢分別之後，他便朝遊名山，暮宿古廟。聞得人人傳說，當今國母原是姓李，卻不姓劉，多虧了包公訪查出來；現今包公入閣，拜了首相；當作一件新聞，處處傳說。南俠聽在耳內，心中暗暗歡喜道：「我何不前往開封探望一番呢？」一日午間，來至榆林鎮，上酒樓獨坐飲酒。正在舉杯欲飲，忽見面前走過一個婦人來。年紀約有三旬上下，面黃飢瘦，憔悴❶形容，卻有幾分姿色。及至看他身上穿著，雖是粗布衣服，卻又極其乾淨。見他欲言不言，半晌說道：「奴家王氏，丈夫名叫胡成，現在三寶村居住。因年荒歲旱，家無生理。不想婆婆與丈夫俱各病倒。萬分出於無奈，故此小婦人出來乞化，望乞貴君子周濟一二。」說罷深深萬福，落下淚來。展爺見他說的可憐，在肚兜中，摸出半錠銀子，放在桌上道：「既是如此，將此銀拿去，急急回家，買點藥餌；餘者作為養病之資，不要沿街乞化了。」婦人見是一大半錠銀子，約有三兩多，卻不敢受。便道：「貴客方便，賜我幾文錢足矣！如此厚賜，小婦人實不敢領的。」展爺道：「豈有此理！我施捨於你，你為何拒而不納呢？」婦人道：「貴客有所不知！小婦人將此銀拿回家去，惟恐婆婆丈夫反生疑忌，那時負貴客一番美意。」展爺聽罷，甚為有理。堂官在旁插言道：「你只管放心！這位既然施捨，你便拿去。若你婆婆丈夫見怪時，只管叫你丈夫前來見我，我便是個見證。」展爺連忙稱是。道：「你只管拿去罷！」婦人又向展爺深深萬福，拿起銀子下樓去了。不料那邊有一人，名喚李屢兒，為人譎詐多端，極是個不良之輩。他向展爺說道：「客官不當給這婦人許多銀子，他乃故意作生理的。前次有個人贈銀與他，後來被他丈夫訛詐，說調戲他女人了，逼索遮羞銀一百兩，方纔完事。如今客官給他銀子，惟恐少時，他丈夫要來訛詐呢！」展爺聞聽，雖不介意，不由的心中輾轉道：「他要果真訛詐，我卻不怕他。惟恐別人就要入了他的騙局了。我原是無事，何不到三寶村走走？若果有此事，將他處治一番，以戒下次。」想罷，吃了酒飯，會錢下樓，向三寶村而來。相離不遠，見天色甚早，路旁有一道士廟，叫做通真觀，展爺便在

❶ 憔悴：消瘦。

此廟作了下處。因老道邢吉有事拜壇去了，觀內只有兩個小道士，名喚談明、談月。就在廟二門內西殿裏住下。天交二鼓，展爺換了夜行衣服，離了西殿，向後面而行，意欲越後牆出去。悄步經過跨所內，偶見燈光閃灼，一時多事起來，便飛身上了牆頭。見人影照在牕上。彷彿小道士談月光景，忽又聽見婦人說道：「你我雖然定下此計，但不知我姐姐頂替去了，人家依與不依？」又聽得小道士說：「他縱然不依，自然有我岳母答覆他，怕他怎的？你休要多慮！」展爺剛轉身，忽又聽見婦人說道：「你說龐太師暗害包公，此事到底是怎麼樣了？」展爺聽了此句，連忙縮腳側聽。只聽談月道：「你不知道，我師傳此法，百發百中。現今在龐太師花園設壇，於今業已五日了。趕到七日，必然成功。那時得賞銀一千兩，我將此銀偷出，咱們遠走高飛，豈不是長久夫妻嗎？」展爺聽了，連忙落下牆來，趕到前面殿內，收拾包裹，也不告辭，竟奔汴梁城內而來。不過片時工夫，已至城下，把爬城索子取出依法安好，上得城來；將爬城索收好，直奔龐太師府而來。來至花園牆外，跳進花園，只見高搭法臺，點燭焚香，有一老道披著髮在上面作法。展爺暗暗步上高臺，在老道身後，悄悄的抽出劍來……

不知老道性命如何？且看下回分解。

第二十一回　擲人頭南俠驚佞黨　除邪祟學士審虔婆

且說邢吉正在作法，忽覺得腦後寒光一縷，急將身體一閃。已然看見展爺目光炯炯，殺氣騰騰，一道陽光，直奔瓶上。所謂「邪不侵正」，只聽得「拍」的一聲響亮，將個瓶子，炸為兩半。老道見他法術已破，不覺「啊呀」了一聲，跌下法臺。展爺跳下臺來，手起劍落，將老道斬了，重新上臺來細看。見桌上污血狼籍，當中有一個木頭人兒，連忙輕輕提出。低頭一看，見有桌圍，便扯了一塊，將木頭人兒包裹好了，揣在懷內。下得臺來，提了人頭，竟奔書房而來。且說龐吉正在書房，說道：「今天天明，已是六日，明日便可成功。只是便宜他全屍而死。」剛說至此，只聽得「呲嚓」的一聲，把窗戶上大玻璃打破，擲進一個血淋淋的人頭來。龐吉猛然吃這一嚇，幾乎在椅子上跌倒。旁邊龐福嚇得縮作一團。遲了半晌，并無動靜，龐賊主僕方纔仗著膽子，拿燈看時，卻是老道邢吉的首級。龐吉道：「這必是開封府暗遣能人前來殺了老道。」即叫家人四下裏搜尋，那裏有個人影！只得叫人打掃了花園，埋了老道屍首，撤了法臺，忿忿悔恨而已。

且說南俠離了花園，直奔開封府而來。公孫先生同四勇士一併迎將出來。剛纔見面，展爺便道：「相爺身體欠安麼？」公孫先生道：「吾兄何以知之？」展爺道：「且到裏面細講。」大家來至公所，彼此遜坐，獻茶已畢。南俠道：「眾位賢弟，且看此物！」懷中掏出一物，連忙打開，卻是一塊桌圍片兒，裏面裏定一個木頭人兒。公孫策接來，與眾人在燈下仔細端詳，不解其故。公孫策又細細看出，上面有字，彷彿是包公的名字與年庚，不覺失聲道：「呵呀！這是使的魘魔❶法兒罷？」展爺道：「還是老先生大才！猜的不錯。」眾人便問展爺此物從何處得來？展爺纔待要說，只見包興從裏跑出來道：「相爺已然醒來，今已坐起，現在書房喝粥呢！派我出來說，與展義士一同來的。」展爺連忙站起。包興只樂得心花開放。便道：「果然展爺來了，我們相爺在書房恭候呢！」此時公孫先生同定展爺立刻來至書房，參見包公。包公連忙讓坐，展爺告坐，包公道：「本閣屢叨義士救護，何以酬報！即如今若非義士，我包某幾乎一命休矣！」展爺連說：「不敢！不敢！」公孫策在旁答道：「前次相爺曾差人到尊府去，聘請吾兄，恰值公出未回。不料吾兄今日纔到！」展爺道：「小弟萍蹤無定。因聞得老爺拜了相，特來參賀。不想在通真觀聞得老爺得病原由，故此連夜趕來。果然老爺病體全愈，也是相爺洪福所致。」包公與公孫策聞聽展爺之言，不甚明白。問：「通真觀在那裏？如何在那裏聽得信呢？」展爺道：「通真觀離三寶村不遠。」便將夜間在跨所，聽見小道士與婦人言語，因此急急趕到龐太師花園，正見老道拜壇，瓶子炸了，將老道殺死，包了木人前來，滔滔不絕，述說了一遍。包公聞聽，如夢方醒。公孫策在旁道：「如此說來，黃寡婦一案，也就好辦了！」一句話提醒包公，說：「是呀！前次那婆子，他說不見了女兒，莫非是小道士偷拐去了不成？」公孫策連忙稱是。包公道：「明日先生辦一本參奏的摺子：一來恭請聖安，銷假謝恩；二來參龐太師善用魘魔妖法，暗中謀害大臣。即以木人，并殺死的老道邢吉為證。我於後日五鼓上朝呈遞。」包公吩咐已畢，展爺起身告辭。包公便叫公孫策好生款待。二人作別，離了

❶ 魘魔：舊時一種迷信的害人方法。例如在木人或草人身上寫了別人的生辰，向人詛咒等等。

書房，此時天已黎明。展爺與公孫先生、王、馬、張、趙等，各敘闊別之情。只見伴當人等，安放杯筷，擺上酒餚，卻是四勇士與展爺接風洗塵。彼此大家慶賀，換盞傳杯，高談闊論。

且說包公吃了點心，便立刻出籤，叫往通真觀捉拿談明、談月，合那婦人。並傳黃寡婦、趙國盛一齊到案。眾人聽見相爺升堂，大家不敢多飲。不多時，談明、談月，並金香、玉香，以及黃寡婦、趙國盛，俱各傳到。包公立刻升堂，吩咐先帶談明。即將談明帶上堂來，雙膝跪倒。見他有三旬以上，形容枯瘦，舉止端詳，不像個作惡之人。包公問道：「你就是叫談明的麼？快將所做之事報上來！」談明向上叩頭道：「小道士談明，師傅邢吉，在通真觀內出家。當初原是我師徒二人。我師傅邢吉，每每行些暗昧之事；是小道時常諫勸，不但不肯聽勸，反加責處；因此小道憂思成疾。不料後來小道有一族弟——他賭博蓄娼，無所不為，鬧的甚是狼狽——前來借貸。誰知被師傅聽見，立刻將他叫去。不知怎麼，三言二語，也出了家了。登時換了衣服鞋襪，起名叫作談月。呵呀老爺呀！自談月到了廟中，我師傅如虎生翼。他二人做的不尷不尬❷之事，難以盡言！後來我師傅被龐太師請去，卻是談月跟隨。忽一日，談月帶了個少年小道士一同進來，至次日小道到跨所，進去一看：誰知不是道士，卻是個少年女子，在那裏梳頭呢！老爺想：小道素來受他挾制，還能管他麼？只求其不加害於我，便是萬幸了。自那日為始，他每日又到龐太師府中去，他便將跨所封鎖；回來時便同那女子吃喝耍笑。不想今日他剛要走，就被老爺這裏人拿獲。這便是實。」包公聽罷，暗暗點頭道：「看此人不是作惡之人，果然不出所料！」便吩咐帶在一旁。

❷ 不尷不尬：「尷尬」的反語。意為不上不下。

便帶談月。只見談月上堂跪倒，老爺留神細看：見他約有二旬年歲，生得甚是俏麗；兩個眼睛露出，是個不良之輩；又見他滿身華裳，更不像出家的形景。老爺將驚堂木一拍道：「奸人婦女，私行拐帶，這也是你出家人作的麼？」談月情知難賴，只得據實招道：「小道談月，因從那黃寡婦門口經過，見他女兒玉香，生得俊俏，從此留意。後來漸漸的熟識，彼此有眷戀之心，便暗定私約，悄從後門出入，不想被黃寡婦撞見。是小道多用金帛買囑，黃寡婦便應允了。誰知後來趙家要迎娶，便定了計策，趁著忙亂之際，將玉香改妝私行逃走，彼時已與金香說明頂替去了。到了那裏，生米已成熟飯了，他也就反悔不來了。心想是個巧宗兒❸，誰知今日犯在當官！」說罷往上磕頭。包公道：「你用多少銀子，買囑了黃寡婦？」談月道：「紋銀三百兩。」包公問道：「你一個小道士，那裏有許多銀子呢？」談月道：「是偷我師傅的。」包公道：「你師傅那裏有許多銀子呢？」談月道：「我師傅原有魘魔神法，百發百中。若要害人，只用桃木做個人兒，上面寫來名姓年庚，用污血裝在瓶內。我師傅做起法來，只消七日，那人便氣絕身亡。只因老爺與龐太師有殺子之仇，龐太師懷恨在心，將我師傅請去，言明做成此事，謝銀一千五百兩。我師傅先用五百兩，下次一千兩，等候事成再給。」包公聽罷，便道：「將他二人帶將下去。」吩咐帶黃寡婦母女上堂。

不知如何審判？且看下回分解。

❸ 巧宗兒：取巧的事。

第二十二回　金鑾殿包公參太師　耀武樓南俠封護衛

且說包公吩咐把黃寡婦母女二人帶上堂來。包公便問：「黃寡婦，你受了談月白銀三百兩，藏於何處？」黃寡婦已知談月招承，只得稟道：「現藏在家中櫃底內。」包公立刻派人前去起贓。將他母女每人拶了一拶，發在教坊司：母為虔婆❶，暗合了貪財賣奸之意；女為娼妓，又遂了倚門賣俏之心。金香自慚貌陋，無人聘娶，情甘身入空門為尼。贓銀起到，賞了趙國盛銀五十兩，著他另行擇婿。談明素行謹慎，即著他在通真觀為觀主。談月定了個邊遠充軍，候參奏下來，再行起解。包公退堂，來至書房，公孫先生已將摺底辦妥請示。包公看了，又把談月的口供，敘上了幾句，方叫公孫策繕寫，預備明日五鼓參奏。至次日天子臨朝，包公出班俯伏金階，仁宗一見包公，滿心歡喜，便知他病體全愈，急速宣上殿來。包公先謝了恩，然後將摺子高捧，謹呈御覽。聖上看畢，又有桃木人兒作證，不覺心中輾轉道：「怪道包卿得病，不知從何而起？原來暗中有人陷害！」又一轉想：「龐吉，你乃堂堂國戚，如何行此小人暗昧之事？豈有此理！」想至此，即將龐吉宣上殿來，仁宗便將參摺擲下。龐吉見龍顏帶怒，連忙捧讀，那裏全是自家私事，只是連連的磕頭。天子終是仁慈，便降旨道：「龐吉本應治罪；姑念舊人，革職留任。義民展昭，著包拯帶領引見於耀武樓，考較武藝。」包公謝恩回署，請展爺到書房，即將今

❶ 虔婆：指妓院的鴇母。

日聖上旨意說明。展爺到了此刻，只得應允，辭謝了包相來到公所之內。此時公孫策與四勇士，俱已知展爺明日引見，一個個見了，未免就要道喜。大家又聚飲了一番。

至次日五鼓，包公乘轎，展爺乘馬，一同入朝面聖。駕幸耀武樓，合朝文武扈從。天子來至耀武樓，升了寶座。包公便將展昭帶往丹墀，跪倒參駕。聖上見他有三旬之內年紀，氣宇不凡，舉止合宜，龍心大悅。略問了問家鄉籍貫，展昭一一奏對。天子便叫他舞劍，展爺謝恩，下了丹墀。早有公孫策與四勇士，俱各暗暗跟來，將寶劍送過。展爺抱在懷中，步上丹墀，朝上叩了頭。先使「開門式」，只見光閃閃，冷森森，一縷銀光，翻騰上下。起初時身隨劍轉，還可以注目留神；到後來竟使人眼花撩亂。合朝文武眾人，無不暗暗喝采。展爺這裏施展平生學藝，著著用意，處處留心，將劍舞完，仍是「懷中抱月」的架式收住。復又朝上磕頭。見他面不改色，氣不發喘，天子大樂。便向包公道：「真好劍法！他的袖箭，又如何試法？」包公奏道：「展昭曾言，夜間能打滅香頭之火；如今白晝，只好用較射的木牌，上面糊上白紙，聖上隨意點上三個硃點，試他的袖箭。不知聖意如何？」天子道：「甚合朕意！」誰知包公早已吩咐預備下了。自有執事人員，將木牌拿來。天子驗看，上面糊定白紙，提起硃筆，隨意點了三個大點。叫執事人員隨展昭去，該立於何處，任他自便。展昭隨執事人員下了丹墀，斜行約二三十步遠近，叫人把木牌立穩。左右俱各退後。展昭又在木牌之前，對著耀武樓遙拜。拜畢，立起身來，看準紅點，翻身竟奔耀武樓，跑來約有二十步。只見他左手一揚，右手即便遞將出去，只聽木牌上「拍」的一聲，他便立住腳，正對了木牌。又是一揚手，只聽那邊木牌上又是一聲「拍」。展爺此時卻改了一個「臥虎勢」，將腰一躬，頸項一扭，從夾肢窩內，將右手往外一推。只聽得「拍」，將木牌打得亂晃。展爺一伏身，來到丹墀之下，往上叩頭。此時已有人將木牌拿來，請聖上驗看，見三枝八寸長短的袖箭，俱各釘在硃紅點上；惟有末一枝，已將木牌釘透。天子看了，甚為罕然，連聲稱道：「真絕技也！」包公又奏：「啟上吾主！展昭第三技，乃縱躍法，須脫去長衣，方能靈便。就叫他上對面五間高閣，我主可以登樓一望，看的始能真切。」天子准奏。便傳旨：「所有大臣，俱各隨朕登樓，餘者立在樓下。」天子憑欄入座，眾臣環立左右。

展昭此時已將袍服脫卸，紮縛停當，向耀武樓上叩拜。起來他便在平地上，鷺伏鶴行，徘徊了幾步。忽見他身子一縮，腰背一躬，「颼」的一聲猶如雲中飛燕一般，早已輕輕落在高閣之上。這邊天子驚喜非常，道：「卿等看他！如何一展眼間就上了高閣呢？」眾臣宰齊聲誇讚。此時展爺弄顯本事，走到高閣柱下，雙手將柱一摟，身子一飄，兩腿一飛，順柱倒爬而上。到了椽頭，用左手把住，左腿盤在柱上，將虎體一挺，右手一揚，做了個「探海勢」。天子看了，連聲讚好，群臣以及樓下人等，無不喝采。又見他右手抓住椽頭，滴溜溜身體一轉——眾人嚇了一跳——他卻轉過左手，抓住了椽頭，腳尖兒登定櫳瓦隴，平平的，將身子翻上房去。天子看至此，不由失聲道：「奇哉！奇哉！這那裏是個人？分明是朕的『御貓』一般！」誰知展爺在高處，業已聽見，便就在房上與聖上叩頭。只因聖上金口說了「御貓」二字，南俠從此就得了這個綽號，人人稱他為「御貓」。此號一傳，不大緊要，便惹起了多少事來！當下仁宗天子親試了展昭的三藝，當時駕轉還宮，立刻傳旨，展昭為御前四品帶刀護衛，就在開封府供職。包公帶領展昭，望闕叩頭謝恩。

諸事已畢，回轉府中。包公進了書房，立刻叫包興備了四品武職服色，送與展爺。展爺連忙穿起，隨著包興來到書房，與包公見禮。退出來至公所，公孫策與四勇士，俱各上前道喜，彼此遜讓一番，大家入座。不多時，擺上富盛酒餚——這是眾人與展爺賀喜的。共敬三杯，展爺領了，謝過眾人，彼此就座。正在飲酒之際，只見包興進來，大家讓坐。包興道：「實實不能相陪！相爺叫我來請公孫先生來了。」眾人便問何事。包興道：「方纔相爺進內，吃了飯出來，便到書房，叫請公孫先生。不知為著何事。」公孫策向眾人告辭，同包興進內，往書房去了。不多會，只見公孫策出來，大家便問：「相爺呼喚，有何臺諭？」公孫策道：「不為別的。一來給展大哥辦理謝恩摺子；二來為前在修文殿召見之時，聖上說了一句，幾天沒見咱家相爺，如失股肱。相爺因想起，國家總以選拔人材為要；況有太后入宮大慶之典禮，宜加一科，為國求賢。叫我打個條陳摺底兒，請開恩科。」展爺道：「這也是一件極好的事。」酒飯已畢，略為歇息。至次日五鼓，包公帶領展爺到了朝房，伺候謝恩。眾人見了展爺，無不誇讚。及至聖上升殿，展爺謝過恩後，包公便將加恩科的本章遞上。天子看了甚喜，硃批依議，發到內閣，立刻抄出，頒行各省。所有各處文書一下，人人皆知。

不識後文如何？且看下回分解。

第二十三回　洪義贈金夫妻遭變　白雄打虎甥舅相逢

且說恩科文書，行至湖廣，便驚動了一個飽學之人，乃湖廣武昌府江夏縣安善村居住，姓范名仲禹，妻子白氏玉蓮，孩兒金哥年方七歲，一家三口度日，家道艱難，止於糊口。一日會文回來，長吁短歎，悶悶不樂。白氏一見，不知丈夫為著何事，便向前問道：「相公今日會文回來，為何不悅呢？」范生道：「娘子有所不知！今日與同窗會文，見他們一個個裝束行李，張羅起身。我便問他如此的忙迫，要往那裏去？同窗朋友道：『如今聖上額外曠典，加了恩科，文書早已行到本省。范兄若到京考時，必是鼇頭獨占了。』是我聽了此言，不免掃興而歸。」白氏道：「妾身亦有此意！我自別了母親，今已數年之久。原打算相公進京赴考時，妾身意欲同相公一同起身，亦可順便探望母親。無奈事不遂心，也只好置之度外罷了！」至次日清晨，正在梳流，忽聽有人叩門。范生連忙出去開門，一看，卻是個知己的老朋友劉洪義，不勝歡喜。二人攜手進了茅屋。因劉洪義是個年老之人，白氏娘子也不迴避的，便上前與伯伯見禮，金哥亦來拜揖，劉老好生歡喜。遜坐烹茶。劉老道：「當今額外曠典，加了恩科，賢弟可知道麼？」范生道：「昨日會文去方知。」劉老道：「賢弟既已知道，可有什麼打算呢？」范生歎道：「兄看！室如懸罄，叫小弟如之奈何！」說罷不覺慘然。劉老一見便道：「賢弟不要如此！但不知赴京費用須得多少呢？」范生道：「此事說來尤其叫人為難。」便將昨日白氏欲要順便探母的話，說了一遍。劉老聞聽道：「這也是該當的。如此說來，約須幾何？」范生答道：「至少也得需七八十兩。一時如何措辦得來呢？」劉老聞聽，沉吟了半晌，說道：「既如此，待我與你籌畫籌畫去，倘得事成，豈不是件好事麼？」范生連連稱謝。劉老道：「容我早早回去，張羅張羅。」范生送出柴門，劉老又道：「明日賢弟務必在家中，等我的信息。」說畢執手而去。到了次日，天將交午，只見劉老拉進一頭黑驢，進來說道：「好黑驢！許久不騎他，他就鬧起性來了！一路上累得老漢通身是汗。」說著話一同到屋內，坐下說道：「幸喜事已成就，竟是賢弟的機遇。」一面說著，將驢上的錢袋兒，從外面拿下來，放在屋內桌上；掏出兩封銀子，又放在床上，說道：「這是一百銀子。賢弟與弟婦，帶領姪兒，可以進京了。」范生此時真是喜出望外，便道：「不知老哥如何借來？望乞指示明白！」劉老笑道：「賢弟不必多慮！此銀也是我相好借來的，並無利息；縱有利息，有我一面承管，賢弟只管拿去。」范生聽了此言，惟有銘感而已。劉老又道：「賢弟起身，應用何物，亦當辦理。」范生道：「如今有了銀子，便好辦理。」劉老道：「既如此，賢弟便計慮明白。我今日也不回去了，同你上街辦理行裝。明日極好的黃道日期，就好起行了。」范生便同劉老牽定黑驢，出柴門，竟奔街市，製辦行裝；白氏在家中，亦收拾起行之物。到了晚間，劉老與范生回來，一同收拾行李，直鬧到三鼓方歇。所有粗細的傢伙，以及房屋，俱託劉老照料。劉老上了年紀之人，如何睡得著？范生又惦念著明日行路，也是不能安睡；二人閒談，劉老便囑咐了多少言語，范生一一謹記。剛到黎明，車子便來，急將行李裝好。白氏拜別了劉伯伯，母子二人上車。劉老指著黑驢道：「此驢乃我蓄養多年，因他是個孤蹄，恐妨主人。我今將此驢奉送賢弟，遇便將他賣了，另買一頭，騎上京去便了。」范生道：「既蒙兄賜，不敢推辭。賣是斷斷不賣的。人生窮通有命，顯晦有時，皆有定數；豈有畜類而能妨人者？兄勿多疑！」劉老聽了歡喜道：「吾弟真達人也！」范生拉了黑驢出柴門，二人把握，不忍分離。劉老道：「賢弟請乘騎。恕我不遠送了！」說罷，竟自進了柴門，范生只得含悲去了。這裏劉老封鎖門戶，照看房屋。這且不表。

且言范生一路赴京，無非是曉行夜宿，飢餐渴飲。到了京都，找了住所，安頓家小❶。范生料理科考，投文投卷。到場期已近，卻是奉旨欽派包公首相的主考，真是正直無私，諸弊全消。范生三場完竣，甚為得意。因想妻子同來，原為探望岳母；況他母子分別數載之久！於是備上黑驢，覓了車輛，言明送至萬全山即回。夫妻父子三人，鎖了寓所的門，一直竟奔萬全山而來。到了萬全山，將車輛打發回去，便同妻子入山找尋白氏娘家。以為來到，便可以找著，誰知問了多少行人，俱各不知。范生不由煩躁起來，後悔不該將車打發回去，便叫妻子帶同孩兒，在一塊青石之上歇息，將黑驢放青齕草。自己便放開腳步一直出了東山口。逢人便問，並無一個知道白家的。心中好生氣悶，只得慢慢踱將回來。及至來到青石之處，白氏娘子與金哥，俱各不見了，這一驚真急得眼如鸞鈴，四下瞭望，那裏有個人兒呢！高聲呼喚，卻有誰來答應？他就坐在石上放聲大哭。正在悲恐之際，只見那邊來了個年老樵人，連忙上前問道：「老丈你可曾見有一婦人，帶領個孩兒麼？」樵人道：「見可見個婦人，並沒有小孩子。」范生即問道：「這婦人在那裏？」老人搖首道：「說起來凶的很呢！足下你不曉得，離此山五里遠，有一村名喚獨虎莊。中有個威烈侯，名叫葛登雲。此人凶悍非常，搶掠民間婦女。方纔見他射獵回來，見馬上馱著一個啼哭的婦人，竟奔他莊內去了。」范生聞聽，忙忙問道：「此莊在山下何方？」樵人道：「就在

❶ 家小：妻子。

東南方。你看那邊遠遠一叢樹林，那裏就是。」范生聞聽一看，也不作別，飛跑下山，投莊中去了。

你道金哥為何不見？因葛登雲帶了一群豪奴，進山搜尋野獸，不意從深草叢中，趕起一隻猛虎。虎見人多，他便跑下山來，恰恰從青石經過，他就一張口，把金哥啣去，就將白氏嚇的昏暈過去。正遇葛登雲趕下虎來，一見這白氏，他便令人馱在馬上，回莊去了。那虎往西去了，連越兩小峰。不防那邊樹上有一樵夫，正在伐柯，忽見猛虎啣一小孩，也是急中生智，將手中板斧，照定虎頭拋了下去，正打在虎背之上。那猛虎被斧擊中，便將小兒落在塵埃。樵夫見虎受傷，便跳下樹來，手急眼快，拉起扁擔，照著虎的後胯，就是一下，力量不小。只聽「吼」的一聲，那虎攛過嶺去。樵夫忙將小兒扶起，抱在懷中，見他還有氣息。看了看雖有傷痕，卻不甚重，呼喚多時，漸漸的甦醒過來，不由的滿心歡喜。急急摟定小兒，先尋了板斧，提了扁擔，步下山來，一直竟奔西南，進入八寶村。走不多會，到了自己門首，便呼道：「母親開門。」裏面走出一個半白頭髮的婆婆來，將門開放道：「呵呵！你從何處抱了個小兒？」樵夫道：「母親！且到裏面，再為細述。」將小孩輕輕放在床上道：「母親！可有熱水？取些來。」婆婆連忙拿過一盞。樵夫將小兒扶起，叫他喝了點熱水，方纔回過氣來，呵呵一聲道：「嚇死我了！」那邊婆婆來看見，視他眉清目秀，心中疼愛。樵夫便將從虎口救出之話，說了一回。那婆婆聽了，又不勝驚駭，便撫摩著小兒道：「你是虎口餘生，將來造化不小。休要害怕！慢慢的將家中住處，告訴於我。」小兒道：「我姓范名叫金哥，年方七歲。」婆婆見他說話明白，又問他可有父母沒有？金哥道：「父母俱在，父名仲禹，母親白氏。」婆婆聽了，不覺詫異道：「你家住在那裏？」金哥道：「我乃是湖廣武昌府江夏縣安善村居住。」婆婆聽了，連忙問道：「你母親莫非乳名叫玉蓮麼？」金哥道：「正是。」

婆婆聞聽，將金哥一摟道：「呵呀！我的乖乖呀！你也疼煞我了！」說罷就哭起來了。金哥怔了，不知為何。旁邊樵夫道：「我告訴你，你不必發怔。我叫白雄，方纔提的玉蓮，乃是我的同胞姐姐，這婆婆便是我的母親。」金哥道：「如此說來，你是我的母舅，他是我的外祖母了。」說了，將小手兒要婆婆一摟，也就痛哭起來了。

要知如何？且看下回分解。

第二十四回　受亂棍范狀元瘋癲　貪多杯屈鬍子喪命

且說金哥認了母舅與外祖母，摟抱痛哭。白雄含淚，勸慰多時，方纔住聲。白老安人道：「既是你父母來京，為何不到我這裏來？」金哥道：「皆因為尋找外祖母，我纔被虎銜去。」便將父母來京赴考，母親順便探望；「今日至萬全山下，誰知問人俱各不知；因此我與母親在青石之上等候；爹爹出東山口尋找去了。就在此時，猛然出來了一隻猛虎，就把我銜著走了。只是我父母不知此時哭到什麼地步呢？」說罷，又哭起來了。白雄道：「外甥不必啼哭！今日天氣已晚，待我明日前往東山口，尋找你父母便了。」說罷，忙收拾飯食。又拿出刀傷藥來，白老安人與他揮塵梳洗，將藥敷了傷痕。到了次日黎明，白雄奔萬全山而來，忽見那邊來了一人，頭髮蓬鬆，血漬滿面，左手提著衣襟，右手執定一隻朱履，舉起鞋來，照著白雄便打，說道：「好狗頭呀！你打得老爺好！你殺得老爺好！」白雄急急閃過，仔細一看，卻像姐夫范仲禹的模樣，及至問時，卻是瘋癲的言語，並不明白。白雄忽然想起，我何不回家，背了外甥來，叫他認認呢？他就直奔八寶村去了。

你道那瘋漢是誰？原來就是范仲禹，只因聽了老樵人之言，急急趕到獨虎村，便向威烈侯門前，要他的妻子。可恨葛賊，暗用穩軍計，留下范生，到了夜間，說他無故將他家人害殺。一聲喝令，一頓亂棍，將范生打的氣斃而亡。他卻叫人弄個箱子，把范生裝在裏面，於五鼓時抬至荒郊拋棄。不想路上遇著一群報錄的人，將此箱劫去。這些報錄的，原是報范生點了頭名狀元的；因見下處無人，封鎖著門；問人時，說范生合家俱往萬全山探親去了。因此他等連夜趕來，偶見二人抬定一隻箱子，以為必是貪夜偷來的；又在曠野之間，倚仗人多，便將箱子劫下。抬箱子人跑了，眾人算發了一注外財。抽去繩槓，連忙開著，不料范生死而復蘇，一挺身跳出箱來，拿定朱履，就是一頓亂打。眾人見他披髮帶血，情景可怕，也就一鬨而散。他便踉踉蹌蹌，信步來至萬全山，恰與白雄相遇。再說白雄回到家中，對母親說知，背了金哥急往萬全山而來。及至來到，瘋漢早已不知往那裏去了。白雄無可如何，只得背了金哥，回到家裏。他卻不辭辛苦，問明了金哥在城內何方居住。從八寶村，要到城中，也是四十多里，一直竟奔城中而來。到了范生下處一看，卻是仍然封鎖，真是乘興而來，敗興而返。忽聽街市之上，人人傳說，新科狀元范仲禹，不知去向。他一聽見，滿心歡喜，暗道：「他既中了狀元，自然有在官人役訪查找尋，必是要有下落的了。且自回家見了母親，備述一切。」

白雄去尋這一天便有許多事故在內，你道何事？原來城中鼓樓大街西邊，有座興隆木廠，卻是山西人開的。兄弟二人，哥哥名叫屈申，弟弟名叫屈良。那屈申人皆稱他為「屈鬍子」，他最愛杯中之物，每日醺醺。他雖然好喝，卻與正事不誤，又加屈良幫助，把個買賣做得興旺。因萬全山南，便是木商的船廠，這一日屈申與屈良商議道：「聽說新貨已到，樂（老）子要到那裏看看！」屈良也甚願意。便拿褡褳錢軟袋，裝上四百兩紋銀，備了一頭醬色花的叫驢，此驢最愛趕群，路上不見驢，他不好生走，若見了驢，他就追，也是慣了的毛病兒。屈申接過銀子褡褳，搭在驢鞍上面，乘了驢竟奔萬全山南。到了船廠，木商彼此相熟，看了多少木料，行市全然不對。買賣中的規矩，「交易不成仁義在」❶，雖然木料沒批，酒餚是要預備的。屈申一見了酒，左一杯，右一杯，直飲到日色平西，他連忙說道：「樂子還要進城呢！天晚咧！天晚咧！」說著話便起身作揖，急忙拉了醬色花驢，竟奔萬全山而來。他越著急，驢越不走；左一鞭，右一鞭，正在叫罵，忽見那驢兩耳一支，「楞嗎」的一聲，就叫起來，四個蹄子，亂跳飛跑。屈申知道他的毛病，必是聽見前面有驢呼叫，他必要追；因此攏住扯手，由他跑去。果然前面有一頭驢。他這驢一見，便將前蹄揚起，連縱帶跳。屈申坐不住鞍心，順著驢屁股，掉將下來。連忙爬起，用鞭子亂打一回，只得揪住嚼子，將驢帶轉，拴在那邊一株小榆樹上。過來一看，卻是一頭黑驢，鞍轡俱全。——這便是昨日范生騎來的黑驢，放青齦草，迫促之際，將他撇下。黑驢一夜未吃麩料，信步由轠出了東山口外，故仍在此處齦青。

屈申看了多時，便嚷道：「這是誰的黑驢？」連嚷幾聲，並無人應。自己說道：「好一頭黑驢！」又瞧了瞧口，纔四個牙，膘滿肉肥，而且鞍轡鮮明。暗暗想道：「趁著無人，樂子何不換他娘的！」即將錢褡子拿過來，搭在黑驢身上；一扯扯手，翻身上去，卻是飛快的好走兒。屈申心中歡喜，以為得了便宜。忽然見天氣改變，狂風驟起，一陣黃沙，打的二目難睜。此時已有掌燈時候。屈申心中躊躇道：「見這光景，城是進不去了。我還有四百兩銀子，這可怎的？只好找個人家借借宿兒。」心裏想著，只見前面，有一個山坡兒，南坡上忽有燈光；屈申便下了黑驢，拉到坡上，來到門前。忽聽裏面有婦人說道：「嫁漢嫁漢，穿衣吃飯。有把老婆餓起來，你倒灌喪黃湯子了？」男子道：「誰叫你不喝呢？」婦人道：「我要會喝，我早喝了。」屈申聽了，便用鞭子敲戶，道：「借光兒！尋個休兒！」裏面婦人道：

❶ 交易不成仁義在：這是商業場中的話，意思是：交易雖不成功，交情還是要保持的。

「你等等。」遲了半天，見有個男子出來，打著一個燈籠問道：「做什麼的？」屈申作個揖道：「我是個走路兒的；因天晚難以行走，故此驚動借個休兒。明兒重禮相謝。」男子道：「原來如此！這有什麼呢？請到家裏坐。」屈申道：「我還有一頭驢。」男子道：「只管扯進來，將驢子拉在東邊樹上。」便持燈引進來，讓至屋內。屈申提了錢袋子，隨在後面，進來一看，卻是一明兩暗，三間草房。屈申將褡子放在炕上，重新與那男子見禮。那男子還禮道：「茅屋草舍，掌櫃的不要見笑。」屈申道：「好說！好說！」你道這男子是誰？他就是李天官派了跟包公上京赴考的李保，後因包公罷職，他以為包公再沒有出頭之日，因此將行李銀兩拐去逃走。每日花街柳巷，花了不多的日子，便將行李銀兩用盡，流落至此，投在李老兒店中。李老兒夫妻見他勤謹小心，膝下又無兒子，只有一女，便將他招贅，作了養老的女壻。誰知他舊性不改，仍是嫖賭吃喝，生生把李老兒夫妻氣死。他便接過店來，更無忌憚。李氏也是個好吃懶做的女人，不上一二年，便把店關了。後來鬧的實在無法，就把前面傢伙等項，典賣與人，又將房屋拆毀賣了，只剩了三間草屋，到今日落得一貧如洗。偏偏遇見倒運的屈申，前來投宿。

當下二人通了姓名。李保見燈內無油，立起身來，向東間掀起破布簾子，進內取油。只見他女人，悄悄問道：「方纔他往炕上一放，『咕咚』一聲，是什麼？」李保說：「是錢褡子。」婦人歡喜道：「活該咱家要發財。」李保道：「怎見得？」婦人道：「我把你這傻兔子！他單單一個錢褡子，而且沉重，那必是硬頭貨了。你如今問他會喝不會喝；他若會喝，此事便有八分了。有的是酒，你盡力的將他灌醉了，自有道理。」李保會意，連忙將油罐拿了出來，添上燈，撥的亮亮兒的。他便大哥長，大哥短的問話；說到熱鬧之間，便問：「屈大哥，你老會喝不會？」一句話，問的個屈申口角流涎，纔不可解。答道：「這時半夜三更的，那裏討酒喝呢？」李保道：「現成有酒。實對大哥說，我是最愛喝的。」屈申道：「對勁兒！我也是愛喝的！咱兩個竟是知己的好朋友了。」李保說著話，便溫起酒來，彼此對坐。一來屈申愛喝；二來李保有意；一讓兩讓便把個屈申灌的酩酊大醉。此時李氏已然出來，李保悄悄說道：「他醉是醉了，只是有何方法呢？」婦人道：「你取繩子來！」李保道：「要繩子做什麼？」婦人道：「將他勒死，就完了事咧！」李保搖頭道：「人命關天，不是頑的。」婦人發怒道：「既要發財，卻膽小！難道老娘就跟你挨餓不成？」李保到了此時，也顧不得天理昭彰了，便將繩子拿來，婦人已將破炕桌兒挪開。惡婦便將繩子奪過來，扣住屈申的頸項，兩個人往兩下裏一勒，只見屈申手腳扎煞❷，不多時便不動了。這惡婦連忙將錢褡子抽出，伸手掏時，見一封一封的，卻是八包，滿心歡喜。

未知如何？且看下回分解。

❷ 扎煞：攤開。

第二十五回　白氏還魂陰差陽錯　屈申附體醉死萝生

且說李保夫婦將屈申謀害，把銀子藏了。婦人道：「乘此夜靜無人，背至北上坡，拋於廟後，又有誰人知曉？」李保無奈，將屍首背上；婦人悄悄的開門，左右看了看說道：「趁此無人，快背著走罷！」李保背定，即奔北上坡而來。剛然走了不遠，忽見那邊個黑影兒一幌，李保覺得眼前金花亂迸，汗毛皆豎，身體一閃，將死屍拋於地下，他便不顧性命的跑了回來。連忙道：「快關門罷！」婦人道：「門且別關，還沒有完事呢！」李保問道：「還有什麼事？」婦人道：「那頭驢怎麼樣？留在家中，豈不是個禍胎麼？」李保聞聽，連忙到了院裏，將偏韁解開，拉著往外就走。驢子到了門前，再不肯走。好狠婦人，提起門閂，照著驢子的後胯，就是一下。驢子負痛，便跑下坡去了。惡夫婦進門，這纔將門關好。李保還是心跳不止，倒是婦人坦然自得。到了明早，路上已有行人，有一人看見北上坡有一死屍首，便慢慢的積聚多人。就有好事的，給地方送信。地方聽見本段有了死屍，連忙跑來，見顇頸有繩子一條，卻是極鬆的，並未環扣。地方看了道：「原來是被勒死的。」正在看時，只見屍首拳手拳腳動彈；連忙將他扶起，盤上雙腿。過了半晌，只聽得「呵呀」一聲，氣息甚是微弱。地方正對面蹲下，便道：「朋友！你甦醒甦醒！有什麼話？只管對我實說。」只見屈申微睜二目，看了看便道：「吓！你等是什麼人？為何與奴家對面交談？是何道理？還不與我退後些！」說罷，將袖子把面一遮，聲音極其嬌細。眾人看了不覺笑將起來。地方道：「朋友你被何人謀害？是誰將你勒死的？只管對我說。」只見屈申羞羞慚慚的道：「奴家是自己懸樑自盡的，並不是被人勒死的。」地方道：「朋友！你為什麼事上吊呢？」只聽屈申道：「奴家與丈夫兒子，探望母親，不想遇見什麼威烈侯，將奴家搶去，藏閉在後樓之上，欲行苟且。奴假意應允，支開了丫鬟，自盡而死。」頭兒聽了，向眾人道：「眾位聽見了？」便伸個大拇指頭來，「其中又有這個主兒！這個事情怪呀！看他的外面，與他所說的話，有點底臉兒不對呀！」

正在詫異，忽然腦後有人打了一下。回頭一看，見是個瘋漢，拿著一隻鞋，在那裏趕打眾人。地方埋怨道：「大清早起，一個倒臥鬧不清，又挨了一鞋底子，好生的晦氣！」忽然屈申說道：「那拿鞋打人的，便是我的丈夫。求眾位老爺們，將他攏住。」正在說著，忽見有兩個人扭結在一處，一同拉著花驢，高聲亂嚷：「地方！地方！我們是定要打官司了。」那地方只得上前說道：「二位鬆手，有話慢慢的說。」你道這二人是誰？一個是屈良；一個是白雄。只因白雄昨日回家，一到黎明，又到萬全山，出東山口各處尋找范爺。忽見小榆樹上，拴著一頭醬色花驢，白雄以為是他姐夫的驢子。——只因金哥沒說是黑驢，他也沒問是什麼毛片。——有了驢子，便可找人，因此解了驢子，牽著正走，恰恰的遇見屈良。屈良因哥哥一夜未回，又有四百兩銀子，甚不放心。因此等城門一開，急急的趕來，要到船廠詢問，不想遇見白雄，拉著花驢——正是他哥哥屈申騎坐的。他便上前一把揪住道：「你把我們的驢拉著到那裏去？我哥哥呢？我們的銀子呢？」白雄聞聽，將眼一瞪道：「這是我親戚的驢子。我還問你要我的姐夫姐姐呢？」彼此扭結不放，是要找地方打官司呢！恰恰巧遇地方。他只得上前說道：「二位鬆手！有話慢慢的說。」不料屈良一眼瞧見他哥哥席地而坐，便說道：「好了！好了！這不是我哥哥麼？」將手一鬆，連忙過來說道：「我哥，你怎的在此呢？脖子上怎的又拴著繩子呢？」忽聽屈申道：「哇！你是甚等樣人？竟敢如此無禮，還不與我退後。」屈良聽他哥哥竟是婦人聲音，也不是山西口氣，不覺納悶道：「你這是怎的了呢？咱們是山西人，是好朋友，你這個光景，以後怎的見人呢？」忽見屈申向著白雄道：「你不是我兄弟白雄麼！呵呀！兄弟呀！你看姐姐好不苦也！」倒把個白雄聽了一怔。

忽然又聽眾人說道：「快閃開！快閃開！那瘋漢又回來了。」白雄一看，正是前日山內遇見之人。又聽見屈申高聲說道：「兄弟！那邊是你姐夫范仲禹，快些將他攏住。」白雄到了此時，也就顧不得了；將花驢偏韁，交給地方，他便上前將瘋漢扭了個結實，大家也就相幫纔攏住。地方便道：「這個事情，我可鬧不清！你們二位也不必分爭，只好將你們一齊送到縣裏。你們那裏說去罷！」剛說至此，只見那邊來人，地方便道：「牌頭❶！你快快的找兩輛車來！那個是被人謀害的不能走，這個是瘋子，還有他們兩個俱是事中人。快快去罷！」那牌頭聽了，連忙轉去，不多時，果然找了兩輛車來。便叫屈申坐車，屈申偏叫白雄攙扶，白雄卻又不肯。還是大家說著，白雄無奈，只得將屈申攙起。見他兩隻大腳兒，彷彿是小小金蓮一般，扭扭捏捏，一步挪不了四指兒的行走；招的眾人大笑。屈良在傍看著，實在臉上磨不開❷，無可奈何，只得跟著車在地下跑，竟奔祥符縣而來。正走之間，忽然來了個黑驢，花驢一見就追。地方在驢上緊勒扯手，那裏勒得住？幸虧屈良步行，連忙上前將嚼子揪住。道：「你不知道這個驢子的毛病兒！他慣聞騷兒，見驢就追。」說著話，見後面有一黑矮之人，敞著衣襟，跟著一個伴當，緊

❶ 牌頭：公差。
❷ 磨不開：下不去。

跟那驢往前去了。

你道此人是誰？原來是四爺趙虎。只因包公為新科狀元失蹤，入朝奏明，天子即著開封府訪查。剛然下朝，只見有個黑驢，鞍轡俱全，並無人騎著，竟奔大轎而來，板棍擊打不開。包公暗暗道：「莫非此驢有些冤枉麼？」吩咐不必攔阻，看他如何。兩旁執事，左右一分，只見黑驢奔至轎前。可煞作怪，他將兩隻前蹄一屈，望著轎將頭點了三點。包公便道：「那黑驢！你果有冤枉，你可頭南尾北，本閣便派人跟你前去。」那黑驢站起，轉過身來，果然頭南尾北。包公心下明白，即喚趙虎：「跟隨此驢前去查看，有何情形異處，稟我知道！」老趙下來，只見那黑驢在前引路，楞爺緊緊跟隨。剛然出了城，趙爺已跑的吁吁帶喘，只得找塊石頭，坐在上面歇息。只見自己的伴當，從後面追來，滿頭是汗，喘著說道：「四爺！兩條腿隨著四條腿跑，如何趕得上呢？」正說著，只見那黑驢又跑了回來。四爺便向黑驢道：「呀！呀！呀！你果有冤枉，你須慢著些兒走，我老趙方能趕的上。不然，我騎你幾步，再走幾步如何？」那黑驢果然抿耳攢蹄的不動，四爺便將他騎上，走了幾里，不知不覺，就到萬全山。見是廟的後牆，黑驢站著不動。此時伴當已趕到了，四面觀看，並無形跡可疑之處。主僕二人，心中納悶，忽聽見廟牆之內，喊叫救人。四爺聽後，忙叫伴當蹲伏著身子，四爺登定肩頭；伴當將身往上立，四爺把住牆頭，將身一縱，上了牆頭。往裏一望，只見一口薄木棺材，棺蓋倒在一傍。那邊有一個美貌婦人，按著老道廝打。四爺便跳下去，趕至跟前問道：「你等如何混纏廝打？」只聽婦人說道：「樂子被人謀害，圖了我的四百兩銀子。不知怎的，樂子就跑到這棺材裏頭來了。」趙爺道：「既如此，你且放他起來，待我問他。」那婦人一鬆手，站在一傍。老道爬起道：「此廟乃是威烈侯的家廟。昨日抬了一口棺材來，說是主管葛壽之母病故，叫我即刻埋葬。只因目下禁土，暫且停於後院。今日早起，忽聽棺內亂響，是小人連忙將棺蓋撬開；誰知這婦人出來，就將我一頓好打。不知是何原故？」趙虎聽老道之言，又見那婦人，卻是像男人的口氣。四爺聽了不甚明白。便道：「俺老趙不管你們這些閒事，隨我到開封府去。」說罷，便將老道束腰絲絲解下，就將老道束上，拉著就走。叫那婦人後面跟隨，繞到廟的前門，拔去門，開了山門。此時伴當已然牽驢來到。

不知出得山門，有何事體？且看下回分解。

第二十六回　聆音察理賢愚立判　鑒貌辨色男女不分

且說四爺趙虎出了廟門，便將老道交與伴當，自己接過驢來。忽聽後面婦人說道：「那南上坡站立那人，彷彿是害我之人。」一直跑至南上坡，在井邊揪住那人，嚷道：「好李保吓！你將樂子勒死！你把我的四百兩銀子，藏在那裏？樂子是貪財不要命的，你趁早兒還我就完了。」只聽那人說道：「你這婦人，好生無禮！我與你素不相識，誰又拿了你的銀子咧？」趙爺聽了，不容分說，便叫從人將拴老道的絲絲那一頭兒，也將李保兒拴上；帶著就走，竟奔開封府而來。此時祥符縣因有狀元范仲禹，他不敢質訊，親將此案人證，解到開封府。略將大概情形，回稟了包公。包公立刻升堂，先叫將范仲禹帶上堂來，差役左右護持。只見范生到了公堂，便胡言亂語，瞎說起來。公孫主簿在傍，看出他是氣迷風痰之症，便回了包公，必須用藥調理於他。包公點頭應允，叫差役押送至公孫先生那裏去了。包公又叫帶上白雄來。白雄稟道：「小人白雄，在萬全山西南八寶村居住，打獵為生。那日從虎口內救下小兒，細問姓名家鄉住處，才知是自己的外甥；因此細細盤問。說我姐夫乘驢而來，故此尋至東山口外。見小榆樹上，拴著一花驢，小人以為是我姐夫騎來的；不料路上遇見個山西人，說此驢是他的；還合小人要他哥哥并銀子。因此我二人去找地方，卻見眾人圍著一人。這山西人一見，說是他哥哥，向前相認；誰知他哥哥，卻是婦人的口音，不認他為兄弟，反將小人說是他的兄弟。求老爺與小人作主！」包公問道：「你姐夫叫什麼名字？」白雄道：「小人姐夫，名叫范仲禹，湖廣武昌府江夏縣人氏。」包公聽了，正與新科狀元籍貫相同；點了點頭，叫他且自下去。帶屈良上來，屈良在下稟道：「小人叫作屈良，哥哥叫屈申，在鼓樓大街開一座興隆木廠。只因我哥哥帶了四百兩銀子上萬全山南批木料，去了一夜，沒有回來，是小人不放心，等城開，趕到萬全山東山口外，只見有一個人，拉著我哥哥的花驢；小人向他要驢，他不但不還驢，要小人還他的什麼姐夫。因此我二人去找地方，卻見我哥哥坐在地下。不知他怎的改了形景，不認小的是他兄弟，反叫姓白的為兄弟。求老爺與我們明斷！」包公問道：「你認明花驢是你的麼？」屈良道：「怎的不認得呢？」包公叫他也暫且下去，叫把屈申帶上來。左右傳道：「帶屈申，帶屈申。」只見屈鬍子他卻不前。差役只得催著說道：「大人叫你上堂呢！」只見他羞羞慚慚，扭扭捏捏，走上堂來。臨跪時先用手扶地，彷彿嬝娜的了不得。兩邊衙役看此光景，不由得要笑，又不敢笑。只聽包公問道：「你被何人謀死？訴上來。」只見屈申稟道：「小婦人白玉蓮。丈夫范仲禹上京科考，小婦人一同丈夫來京，順便探親。就於場後，帶領孩兒金哥前往萬全山，尋找我母親住處，我丈夫便進山訪問去了。我母子在青石之上等候，忽然來了一隻猛虎，將孩兒啣去。小婦人正在昏迷之際，只見一群人，內有一官長，連忙說『搶』，便將小婦人拉拽上馬。到他家內，閉於樓中。是小婦人投繯自盡。恍惚之間，覺得涼風透體，睜眼看時，見圍繞多人，小婦人改變了這般模樣。」包公看他形景，聽他言語，心中納悶，便將屈良叫上堂來問道：「你可認得他麼？」屈良道：「是小人的哥哥。」又問屈申道：「你可認得他麼？」屈申道：「小婦人並不認得他是什麼人。」包公叫屈良下去，又將白雄叫上堂來問道：「你可認得此人麼？」白雄答道：「小人並不認得。」忽聽屈申道：「我是你嫡親姐姐。」白雄惟有發怔而已。

包公便知是魂附錯了體了，只是如何辦理呢？只得將他們俱各帶下。

只見楞爺趙虎上堂，便將跟了黑驢，查看情形，述說了一遍。所有一干人犯，俱各帶到。包公便叫將道士帶上來。道士上堂，跪倒稟道：「小道乃是給威烈侯看家廟的，姓葉名苦修，只因昨日侯爺府中，抬了口薄皮材來，說是主管葛壽的母親病故，叫小道立刻埋葬。小道因目下禁土，故叫他們將此棺放在後院裏……」包公聽了道：「你這狗頭，滿口胡說！此時是什麼節氣？竟敢妄言禁土！左右，掌嘴！」道士忙說道：「老爺不必動怒，小道實說。因聽見是主管的母親，料他棺內必有首飾衣服。小道一時貪財心勝，故謊言禁土，以為撬開棺蓋，得些東西。不料剛將棺材起開，那婦人他就活了，把小道按住，一頓好打。他卻是一口的山西話，並且力量很大。小道又是怕，又是急，無奈喚叫救人。便見有人從牆外跳進來，就把小道拿了來了。」包公便叫他畫了招。立刻出籤，拿葛壽到案。道士帶下去，叫帶婦人。左右一疊連聲道：「帶婦人，帶婦人。」那婦人卻動也不動。還是差役上前說道：「那婦人，老爺叫你上堂呢！」只聽婦人道：「樂子是好朋友，誰是婦人？你不要頑笑呀！」便大叉步兒走上堂來，咕咚一聲跪倒。包公道：「那婦人你有何冤枉？訴上來！」婦人道：「我不是婦人，我名叫屈申。只因帶著四百兩銀子，到萬全山批木頭去，不想買賣不成，因回來晚咧！在道兒上，見個沒主兒的黑驢，又是四個牙兒；因此我就把我的花驢，拴在小榆樹兒上，我就騎了黑驢以為得個便宜。誰知刮起大風來了，天又晚了，就在南坡上一個人家尋休兒。這個人名叫李保兒，他將我灌醉了，就把我勒死了。正在緩不過氣兒之時，忽見天光一亮，卻是一個道士，撬開棺蓋——我也不知怎麼，跑到棺材裏面去了。我又不見了四百兩銀子，因此把這老道打了。不想剛出廟門，卻見南坡上有個汲水的，就是害我的李保兒，我便將他揪住，一同拴了來了。」包公聽了，叫把白雄帶上來道：「你可認得這個婦人麼？」白雄一見，不覺失聲道：「你不是我姐姐玉蓮麼？」只聽婦人道：「誰是你姐姐？樂子是好朋友哇！」白雄聽了，倒反嚇了一跳。包公叫他下去，把屈良叫上來，問婦人道：「你可認得他麼？」婦人說道：「噯呀！我的兄弟呀，你哥哥被人害了！千萬想著咱們銀子要緊。」屈良道：「這是怎的了！我幾曾有這樣兒的哥哥呢？」包公吩咐一齊帶下去。心中早已明白是男女二魂，錯附了體了，必無疑矣！

又叫帶李保上堂來，包公一見，正是逃走的惡奴；已往不究，單問他為何圖財害命。李保到了此時，看見相爺的威嚴，又見身後包興、李才，俱是七品郎官的服色；自己悔恨無地，惟求速死；也不推辭，他便從實招認。包公叫他畫了招，即差人前去取贓，並帶李氏前來。剛然去後，差人稟道：「葛壽拿到。」包公立刻吩咐帶上堂來，問道：「昨日抬到你家主的家廟內那一口棺材，死的是什麼人？」葛壽一聞此言，登時驚慌失色道：「是小人的母親。」包公道：「你在侯爺府中當主管，今年多大歲數了？」葛壽道：「今年三十六歲。」包公道：「你母親多大年紀了？」一句話問的他張口結舌，半天說道：「小人不記得了。」包公怒道：「滿口胡說！天下那有人子不記得母親歲數之理？可見你心中無母，是個忤逆之子。拉下去打四十大板。」葛壽聽了忙道：「相爺不必動怒，小人實說！實說！」惡奴到了此時，無可如何，只得說道：「回老爺，棺材內那個死人，小人卻不認得。只因前日我們侯爺打獵回來，在萬全山看見一個婦人，在那裏啼哭，頗有姿色。便將那婦人搶到家中，閉於樓上，派了兩僕婦，勸慰於他。不料後來有個姓范的，找他的妻子。將姓范的請到書房，好好看待，到三更時分，著家丁一同來到書房，一頓亂棍就把他打死了，又用一個舊箱子，將屍首裝好，趁著天未亮，就抬出去拋於山中了。」包公道：

「這婦人如何又死了呢？」葛壽道：「這婦人被僕婦丫頭勸慰的卻允了，誰知他是假的，眼瞅不見，他就上了吊咧！我們侯爺一想，未能如意，枉自害了兩條性命；因用棺木盛好女屍，假說是小人之母，抬往家廟埋葬。這是已往從前之事，小的不敢撒謊。」包公便叫他畫了供。所有人犯，俱各寄監。惟白氏女身男魂，屈申男身女魂，在女牢分監，不准褻瀆相戲。又派王朝、馬漢，帶領差役，前去捉拿葛登雲，務於明日當堂聽審。分派已畢，退了堂，大家也就陸續散去。此時惟有地方最苦，自天亮時，整整兒鬧了一天。

且說包公退堂用了飯，便在房中思想此案，明知是陰錯陽差，卻想不出如何辦理的法子來。包興見相爺雙眉緊縐，二目頻翻，竟自出神，口中嘟嚷嘟嚷說道：「陰錯陽差，陰錯陽差，這怎麼辦呢？」包興不由的跪下道：「此事據小人想來，非到陰陽寶殿查去不可。」包公問道：「這陰陽寶殿，在於何處？」包興道：「在陰司地府。」包公聞聽，不由的大怒，大喝一聲：「哇！好狗才，為何滿口胡說？」

未知如何？且看下回分解。

第二十七回　仙枕示夢古鏡還魂　仲禹掄元熊飛祭祖

且說包公聽見包興說在陰司地府，便厲聲道：「你這狗才，竟敢胡說！」包興道：「小人如何敢胡說？只因小人去過，才知道的。」包公問道：「你幾時去過？」包興便將在三星鎮，偷試遊仙枕，到了陰陽寶殿，說小人冒充星主之名，被神趕了回來的話，說了一遍。包公聽了「星主」二字，便想起當初審烏盆，後來又在玉宸宮審鬼冤魂，皆稱我為星主；如此說來，竟有些意思。便問：「此枕現在何處？」包興道：「小人收藏。」連忙退出，不多時，將此枕捧至。包公細看了一回，彷彿一塊朽木，上面有蝌蚪文字，卻也不甚分明。包公看了，點了點頭。包興早已心領神會。捧了仙枕，來到裏間屋內，將帳鉤掛起，把仙枕安放周正，回身出來，又遞了一杯茶。包公坐了多時，便立起身來，包興連忙執燈，引至屋內。包公見帳鉤掛起，把仙枕已安放周正，暗暗合了心意，便上床和衣而臥。包興在外伺候。包公雖然安歇，無奈心中有事，再也睡不著；不由翻身向裏。頭剛著枕，只覺自己在丹墀之上，見下面有二青衣，牽著一匹黑馬，鞍轡俱是黑的。忽聽青衣說道：「請星主上馬。」包公便上了馬，一抖絲韁，誰知此馬迅速如飛。只見前面有座城池，雙門緊閉，那馬竟奔城門而來。包公心內著急，說是不好，必要碰上；一轉瞬間，城門已過，進了個極大衙門，到了丹墀，那馬便不動了。只見有兩個紅黑判官迎出來，說道：「星主升堂。」包公便下了馬，步上丹墀，見大堂上有匾，大書「陰陽寶殿」四字。又見公位桌椅等項，俱是黑的。包公不暇細看，便入公座，只見紅判遞過一本冊子，包公打開看時，上面卻無一字。纔待要問，只見黑判官將冊子拿起翻上數篇，便放在公案之上。包公仔細看時，只見上面寫著恭恭正正八句粗話。起首云：「原是丑與寅，用了卯與辰；上司多誤事，因此錯還魂。若要明此事，井中古鏡存；臨時滴血照，磕破中指痕。」當下包公看了，並無別的字跡，剛然要問，忽然驚醒叫人。包興連忙移燈近前。包公問道：「什麼時候了？」包興回道：「方交三鼓。」包公道：「取杯茶來。」忽見李才進來稟道：「公孫主簿求見。」包公便下了床，包興打簾，來至外面。只見公孫參見道：「范生之病，晚生已將他醫好。」包公聽了大悅道：「先生用何方醫治好的？」公孫回道：「用桑、榆、桃、槐、柳，五木熬湯，放在浴盆之內，將他搭在盆上，趁熱洗浴，然後用被蓋好，上露著面目，通身見汗為度。他的積痰瘀血化開，心內便覺明白，現在惟有軟弱而已。」包公聽了讚道：「先生真妙手奇方也！即煩先生好好將他調理便了。」公孫領命退出。

包興遞上茶來，包公便叫他進內，取那面古鏡；又叫李才傳外班，在二堂伺候。包興將鏡取來，包公升了二堂，立刻將屈申並白氏帶上二堂。此時包公已將照膽鏡懸挂起來，包公叫他二人分男左女右，將中指磕破，把血滴在鏡上，叫他們自己來照。屈申聽了，咬破右手中指，以為不是自己指頭，也不心疼，將血滴在鏡上；白氏到了此時，也無可如何，只得將左手中指咬破些，亦將血滴在鏡上。只見血到鏡上，滴滴溜亂轉，將雲翳俱各趕開，霎時光芒四射，照的二堂之上，人人二目難睜，各各心膽俱冷。包公吩咐男女二人，對鏡細看。及至二人看時，一個是上吊，一個是被勒，正是那氣堵咽喉，萬箭攢心之時。那一番的難受，不覺氣悶神昏，登時一齊跌倒。但見寶鏡光芒漸收，眾人打了個冷戰，卻仍是一面古鏡。包公吩咐將古鏡並遊仙枕古今盆，俱各交包興好好收藏。再看他二人時，俱各還了本相。包公吩咐將屈申交與外班房，將白氏交內茶房婆子，好生看待。包公退堂歇息。

至次日公孫策帶領范生慢慢而來，到了書房，向前參見，叩謝大人再造之恩。包公看他形容雖然憔悴，卻不似先前瘋癲之狀。包公大喜，吩咐看座。公孫策與范生俱告了坐，略述大概。又告訴他妻子無恙，只管放心調養，叫他無事時，將場內文字抄錄出來，「……待本閣具本保奏，包你不失狀元就是了。」范生聽了，更加歡喜，深深的謝了包公二人辭出外面去了。只見王朝、馬漢，進來稟道：「葛登雲今已拿到。」包公立刻升堂訊問。葛登雲仗著勢力人情，自己又是侯爺，就是滿招了，諒包公也無可如何。便即氣昂昂的，一一招認，毫無推辭。包公叫他畫了供。相爺登時把黑臉沉下來，好不怕人！說一聲：「請御刑！」王、馬、張、趙早已請示明白了。請到御刑，抖去龍袱，卻是虎頭鍘。此鍘乃初次用，想不到拿葛登雲開了張了。此時葛賊已經面如土色，後悔不來，竟死於鍘下。又換狗頭鍘，將李保鍘了，葛壽定了斬監候；李保之妻李氏定了絞監候；葉道士盜屍，發往陝西延安府充軍；屈申、屈良，當堂將銀領去；因屈申貪便宜換驢，即將他的花驢入官；黑驢申冤有功，奉官餵養；范生同白氏玉蓮，當堂叩謝了包公，同白雄一齊到八寶村居住，養息身體，再行聽旨。至於范生與兒子相會，白氏同母親見面，自有一番悲痛歡喜，不必細表。

且說包公完結此案，次日即具摺奏明：威烈侯葛登雲，作惡多端，已請御刑處死；並聲明新科狀元范仲禹，因場後探親，遭此冤枉，現今病未痊癒，懇恩展限十日，著一體金殿傳臚，恩賜瓊林筵宴。仁宗天子看了摺子，甚是歡喜，深嘉包公秉正除奸，俱各批了依議。又有個夾片，乃是御前四品帶刀護衛展昭，因回籍祭祖，告假兩個月，聖上亦准了他的假。且說南俠展爺，既已告下假來，他便要起身。公孫策等等給他餞行，又留住幾日，才束裝就道。出了城門，到了幽僻之處，依然改作武生打扮，直往常州府武進縣遇杰村而來。到了門前，剛然擊戶，聽得老僕將門放開，見了展爺道：「原來大官人回來了。」展爺同伴當進了門坐下，展忠端了一碗熱茶來，展爺吩咐伴當接過來，口中說道：「你也歇歇去罷！」展忠說道：「前月開封府包大人那裏打發人來請官人，又是禮物，又是聘金。老奴答言官人不在家，不肯收禮。那人那裏肯依？他將禮物放下，他就走了，還有書信一封。」說罷，從懷中掏出，遞過去說：「官人看書作何主意？」南俠接過書來，拆開看了一遍，道：「我已然在開封府作了四品的武職官了。」展忠道：「官人做官，如何還是這等服色呢？」展爺聞聽道：「你不信，看我包袱內的衣服，就知道了。我告訴你說，只因我得了官，如今特的告假，回家祭祖。明日預備祭禮，到墳前一拜。」展忠歡喜非常，笑嘻嘻道：「大官人真個作了官了！待老奴與官人叩喜頭。」展爺連忙攙住道：「你乃是有年紀之人，不要多禮。」展忠道：「官人既然作了官，總以接續香煙為重，從此要早畢婚姻，成立家業要緊。」南俠趁口說：「我也是如此想，前在杭州有個朋友，曾提過門親事；過了明日，後日我還要杭州去聯婚姻呢！」展忠聽了道：「如此甚好！老奴且備辦祭禮去。」他就歡天喜地去了。到了次日便有多少鄉親鄰里，前來賀喜幫忙，往墳上搬運祭禮。及至展爺換了四品服色，騎了高頭大馬到墳前，便有男女老少，俱是看熱鬧的鄉黨。展爺連忙下馬步行，伴當接鞭牽馬，在後隨行。這些人看見展爺衣冠鮮明，像貌雄壯，誰不羨慕！誰不歡喜！你道如何許多人呢？只因昨日展忠辦祭禮去，樂的他在路途上，逢人便說，遇人便告。說：「我們官人，作了皇家四品帶刀的御前護衛了，如今告假回家祭祖。」因此一傳十，十傳百，所以聚集多人。且說展爺到了墳上禮拜已畢，又細細週圍看視了一番，見墳塚樹木，俱各收拾齊整，益信老僕的忠義持家。留戀多時，方轉身乘馬回去。便吩咐伴當，幫著展忠張羅這些幫忙鄉親。展爺回家後，又出來與眾人道乏。展爺在家一天，倒覺得分心勞神，定於次日起身上杭州。到了第二日，將馬扣備停當，又囑託了義僕一番，出門上馬，竟奔杭州而去。

未知如何？且看下回分解。

第二十八回　許約期湖亭欣慨助　探細底酒肆巧相逢

且說展爺他那裏是為聯姻？特為玩賞西湖的景緻；這也是個性之所愛。一日來到杭州，離西湖不遠，將從者馬匹留在五柳居，他便慢慢步行，至斷橋亭上徘徊瞻眺，真令人心曠神怡。正在暢快之際，忽見那邊堤岸上，有一老者，將衣撩起，把頭一蒙，縱身跳入水內。展爺見了不覺失聲道：「噯呀！不好了！有人投水了！」自己又不會水，急的他在亭子上，搓手跺腳，無法可施。猛然見有一隻小小漁舟，猶如弩箭一般，飛也似趕來，到了老兒落水之處。見個少年漁郎，把身體向水中一縱，彷彿把水刺開的一般；雖有聲息，卻不咕咚。展爺看了，便知此人水勢精通，不由的凝眸注視。不多時，見少年漁郎將老者托起身子，浮於水上，蕩悠悠竟奔岸而來。展爺滿心歡喜，下了亭子，繞至那邊堤岸之上。那少年漁郎，將老者雙足高高提起，頭向下控出多少水來！展爺且不看老者性命如何，他細細端詳漁郎：見他年紀不過二旬光景，英華滿面，氣度不凡，心中暗暗稱羨。又見少年漁郎，將老者扶起，盤上雙膝，在對面慢慢喚道：「老丈醒來！老丈醒來！」此時展爺方看老者，見他白髮蒼蒼，形狀枯瘦，半日方哼出了一聲，吐了好些清水，「噯喲」一聲，甦醒回來。那少年便問：「你老人家何故輕生？」只聽老者道：「小老兒姓周名增，原在中天竺開了一座茶樓。只因三年前，冬天大雪，忽然我鋪子門口，倒了一人。是我慈心一動，叫夥計們將他抬至屋中，煖被蓋好，又與他熱薑湯一碗，他便甦醒過來。自言姓鄭名新，父母俱亡，又無兄弟，因家業破落，前來投親，偏又不遇。而且肚內無食，遭此大雪，故此臥倒。老漢見他說的可憐，便將他留在鋪中，慢慢的將養好了。誰知他又會寫，又會算，就在櫃上幫著我辦理，頗是殷勤。——也是老漢一時錯了主意。老漢有個女兒，就將他招贅為壻，料理買賣頗好。不料去年我女兒死了，又續娶了王家姑娘，就不像先前光景，也還罷了！後來因為收拾門面，鄭新便向我說：『女壻有半子之分，惟恐將來別人不服，何不將「周」字改個「鄭」字？將來也免得人家訛賴。』老漢一想也可以使得，就將周家茶樓改為鄭家茶樓。誰知自改了字號之後，他們便不把我放在眼內，說老漢白喫他們了。與他分爭，無奈他夫妻二人口出不遜，就以周家賣給鄭家為題，說老漢訛了他了。因此老漢氣忿不過，在本處仁和縣將他告了一狀，他又在縣內打點通了，反將小老兒打了二十大板，逐出境外。漁郎你想，似此還有個活頭兒麼？不如死了，在陰司把他再告了來出出這口氣。」

漁郎聽罷笑道：「老丈！你錯打了算盤了。一個人既斷了氣，可還能出出氣呢？依我倒有個主意，莫若活著，合他賭氣。你說好不好？」周老道：「怎麼合他賭氣呢？」漁郎說：「再開個周家茶樓氣氣他，豈不好麼？」周老聞聽，把眼一瞪道：「老漢衣不遮體，食不充饑，如何還能開個茶樓呢？你還是讓我死了好！」漁郎笑道：「老丈不要著急！我問你若要開這茶樓，可要用多少銀子呢？」周老道：「縱省儉，也要耗費四百多銀子。」漁郎道：「這不打緊！多了不能；這三四百銀子，小可還可以巴結的來。」展爺見漁郎說了此話，不由心中暗暗點頭道：「看這漁郎好大口氣！竟能如此仗義疎財！真正難得。」連忙上前對老丈道：「周老丈你不要狐疑。如今漁哥既說此話，決不食言。你若不信，在下情願做保，何如？」只見那漁郎將展爺上下打量了一番，便道：「老丈你可曾聽見了？這位公子爺諒也不是謊言的！

咱們就定於明日午時，千萬千萬，在那邊斷橋亭子上等我，斷斷不可過了午時。」說話之間，又從腰內掏出五兩一錠銀子來，托於掌上道：「老丈，你先拿去做了衣食之資。你身上衣服皆溼，難以行走。我那邊船上有乾淨衣服，你且換下來；待等明日午刻，見了銀子，再將衣服對換，豈不是好？」周老兒連連稱謝不盡，那漁郎回身一點手，將小船喚至岸邊，便取衣服，叫周老換了；將身一縱，跳下了小船，搖向那邊去了。周老拿了五兩銀子，向大眾一揖，也往北去了。

展爺回身往中天竺租下客寓，問明鄭家樓，便去踏看門戶路徑。走不多路，但見樓房高聳，茶幌飄揚。來至切近，見匾額上寫：一邊是「興隆齋」；一邊是「鄭家樓」。展爺便進了茶鋪，只見櫃堂竹椅上，坐著一人：頭戴搯巾，身穿華氅，一手扶住磕膝，一手搭在櫃上；又望臉上一看，卻是形容枯槁，尖嘴縮腮，一對賊縫眼，兩個扎煞耳朵。他見展爺瞧他，他便連忙站起拱手道：「大爺欲喫茶請登樓。」展爺道：「甚好。」至樓上一望，見一排五間樓房，甚是寬敞，揀個座兒坐下。茶博士❶過來，端了一個方盤，上面蒙著紗罩，打開看時，卻是四碟小巧茶菓，四碟精緻小菜，極其整齊乾淨。安放已畢，方問道：「爺是喫茶是飲酒？」展爺道：「我要喫杯茶。」茶博士聞聽，向那邊摘下個水牌來，給展爺道：「請爺吩咐喫什麼茶？」展爺接過水牌，且不點茶名，先問茶博士何名，博士道：「小人名槐，無非是『三槐』『四槐』，若遇客官歡喜，『七槐』『八槐』，都使得！」展爺道：「少了不好，多了不好，我就叫你『六槐』罷。」博士道：「『六槐』，極好的！」展爺又問道：「你東家姓什麼？」博士道：「姓鄭，爺沒看見門上匾額麼？」展爺道：「我聽見說，此樓原是姓周，為何姓鄭呢？」博士道：「以前原是周

❶ 茶博士：茶坊職工。

家的，後來給了鄭家了。」展爺道：「我聽見說周、鄭二姓，還是親戚呢！」博士道：「爺不知道底細！他們是翁壻，只因周家的姑娘沒了，如今又續娶了。」展爺道：「續娶的可是王家的姑娘麼？」博士道：「何曾不是呢？」展爺道：「想是續娶的姑娘不好；假如好的，如何他們翁壻會在仁和縣打官司呢？」博士聽至此，便不做聲。展爺道：「你們東家住於何處？」博士道：「就在這後面五間樓上。」展爺道：「但不知他家內，還有何人？」博士暗想道：「此位是喫茶來咧？還是私訪來咧？」只得答道：「家中並無多人，只有東家夫妻二人，還有個丫鬟。」展爺道：「方纔進門時，見櫃前竹椅兒上，坐的那人，就是你們東家麼？」博士道：「正是！正是！」展爺道：「我看他滿面紅光，準要發財！」博士道：「多謝老爺吉言。」展爺忙看水牌，點了「雨前」，茶博士接過水牌，仍扛在原處。

方待下樓去泡一壺「雨前」來，忽聽樓梯響處，又上來了一位武生公子，衣服鮮豔，相貌英華，在那邊揀一座，卻與展爺斜對。博士不敢怠慢，顯靈機，露熟識，便上前擦抹桌子道：「公子爺一向總沒來，想是公忙？」只聽那武生道：「我卻無事，此樓我是初次才來。」茶博士見言語有些不相合，也不言語，便向那邊也端了一方盤，安放妥當道：「請問公子爺是喫茶是飲酒？」那武生道：「且自喫杯茶。」茶博士便向那邊摘下水牌來，遞將過去道：「公子爺喫什麼茶？」那武生道：「『雨前』罷！我還沒問你貴姓？」茶博士道：「小人姓李。」武生道：「大號呢？」茶博士道：「小人豈敢稱大號呢！無非是『三槐』『四槐』，或『七槐』『八槐』，爺們隨意呼喚便了。」那武生道：「少了不可，多了也不妥，莫若就叫你『六槐』罷？」茶博士道：「『六槐』就是『六槐』，總要公子爺合心。」那武生道：「你們東家，原先不是姓周麼？為何又改姓鄭呢？」茶博士聽了，心中納悶道：「怎麼今日這二位喫茶，全是問這些的呢？」說道：「本是周家的，如今給了鄭家了。」那武生道：「周、鄭兩家，原是親戚，不拘誰給誰都使得。大約續娶的這位姑娘，有些不好罷？」茶博士道：「公子如何知道這等詳細？」那武生道：「若是好的，他翁壻如何會打官司呢？」茶博士道：「這是公子爺的明鑒。」那武生道：「你們東家住在那裏？」茶博士暗道：「怪事！我莫若告訴他，省得再問。」便將後邊還有五間樓房，並家中無有多人，只有一個丫鬟，合盤的全說出來。那武生道：「我方纔進門時，見你們東家滿面紅光，準要發財！」茶博士含糊答應，搭訕❷著下樓，望了望展爺。

未知下文如何？且看下回分解。

❷ 搭訕：此處指無話找話以為應酬。

第二十九回　丁兆蕙茶鋪偷鄭新　展熊飛湖亭會周老

且說那邊展爺，自從那武生一上樓時，看去便覺熟識；後又聽他與茶博士說了許多話，恰與自己問答的，一一相同；細聽聲音，再看面龐，恰就是救周老的漁郎。心中躊躇道：「既是武生，為何又是漁郎哩？」忽見那武生立起，向展爺一拱手道：「仁兄請了。」展爺連忙放下茶杯，答禮道：「兄臺請了，若不嫌棄，何不屈駕這邊一敘。」那武生道：「既承雅愛，敢不領教。」於是過來，彼此一揖。展爺將前首座兒，讓與武生坐了，自己在對面相陪。茶博士送茶，見二人坐在一處，方才明白，他兩個敢是一路來的，怪不得問的話語相同呢！笑嘻嘻將他一壺兩前茶，一個茶杯，也放於那邊。那邊八碟兒外敬，算他白安放了。剛然放下茶杯，只聽武生道：「六槐我們要上好的酒，拿兩角來。菜蔬不必吩咐，只要應時配口的拿來就是了。」六槐連忙答應下樓去了。那武生便問展爺道：「仁兄貴姓？仙鄉何處？」展爺道：「小弟常州府武進縣姓展名昭字熊飛。」那武生道：「莫非新陞四品帶刀護衛，欽賜御貓，人稱南俠展老爺麼？」展爺道：「惶恐！惶恐！請問兄臺貴姓？」那武生道：「小弟松江府茉花村姓丁名兆蕙。」展爺驚訝道：「莫非大兄名兆蘭，人稱為雙俠丁二官人麼？」丁二爺道：「慚愧！慚愧！賤名何足掛齒！」展爺道：「久仰賢昆令譽，屢欲拜訪，不意邂逅相逢，實為萬幸！」丁二爺道：「家兄時常思念吾兄，原要到常州地方，未得其便，不料今日在此幸遇；實慰渴想！」說至此，茶博士將酒餚俱已擺上。丁二爺提壺斟酒，展爺回敬，彼此略為謙遜，飲酒暢敘。展爺便問：「丁二兄，如何有漁郎裝束？」丁二爺笑道：「小弟奉母命，來靈隱寺進香，行至湖畔，見此名山，對此名泉，一時技癢，因此改扮了漁郎。原為遣興作樂，無意中救了周老，也是機緣湊巧，兄臺休要見笑。」正說之間，忽見有個小童上得樓來，便道：「方才大官人打發人來，請二官人早些回去。現有書信一封。」丁二爺接過來看了道：「你回去告訴他說，我明日就回。」展爺見他有事，連忙道：「吾兄有事，何不請便！難道以小弟當外人看待麼？」丁二爺道：「其實也無什麼事；既如此暫且告別，請吾兄明日午刻，千萬到橋亭一會。」展爺道：「謹當從命。」丁二爺便將六槐叫來道：「我們用了多少，俱櫃上去算帳。」展爺也不謙遜，當面就作謝了。丁二爺執手告別，下樓去了。展爺自己又獨酌了一會，方才慢慢下樓，在左近處找了寓所。歇至二更以後，佩了寶劍，悄悄出寓所，自鄭家後樓，到了樓簷之下。見窗上燈光有婦人影兒，又聽杯箸聲音。忽聽婦人問道：「你請官人，如何不來呢？」丫鬟道：「官人與茶行兌銀兩呢！兌完了也就來了。」又停一會，婦人道：「你再去看看！天已三更，如何還不來呢？」丫鬟答應下樓。忽又聽得樓梯口，有人嘮叨道：「沒有銀子，要拿銀子；及至有了銀子，他又說夤夜之間難拿，暫且寄存，明日再拿罷。——可惡的很，上上下下❶叫人費事。」說著話，只聽得「唧叮咕咚」一陣響，是將銀子放在桌上的光景。展爺便臨窗牖偷看，見此人，果是白晝在竹椅上坐的那人。又見桌上堆定八封銀兩，俱是西紙包妥，上面影影綽綽有花押。只見鄭新一壁說話，一壁開那邊的假門兒，口內說道：「我是為交易買賣，娘子又叫丫鬟屢次請我；不知有什麼要緊事？」手中卻一封一封，將銀收入槅子❷裏面，仍將假

❶ 上上下下：在上者與下者之總稱，多指團體中眾人言。

門兒扣好。只聽那婦人道：「我想起了一種事來，故此請你。」鄭新道：「什麼事？」婦人道：「就是為那老厭物。雖則逐出境外，我細想來，他既敢在縣裏告下你來，就保不住他在別處告你。——或府裏或京控，俱是不免的。那時怎麼好呢？」鄭新聽了，半晌，歎道：「若論當初，原受過他的大恩。如今將他鬧到這步田地，我也就對不過我那亡妻了！」說至此，聲音卻甚慘切。展爺在窗外聽，暗道：「這小子尚有良心！」忽聽有摔筷箸，墩❸酒杯之聲，再細聽時，又有抽抽噎噎之音，敢則❹是婦人哭了。只聽鄭新說道：「娘子不要生氣！我不過是那麼說。」婦人道：「你既惦著前妻，就不該叫他死吓！也不該又把我娶來吓！」鄭新道：「這原是因話提話。人已死了，我還惦記作什麼？」說著話，便湊過婦人那邊去，央告道：「娘子，是我的不是，你不要生氣。明日再設法出脫那老厭物便了。」又叫丫鬟盪酒，與你奶奶換酒。一路緊央告，那婦人方不哭了。

且說丫鬟奉命盪酒，剛然下樓，忽聽「嗳呀」一聲，轉身就跑上樓來。只嚇得他張口結舌，驚慌失措。鄭新一見便問道：「你是怎麼樣了？」丫鬟氣喘吁吁的說道：「了……了不得，樓……樓底下，火……火球兒，亂……亂滾……」婦人聽了，便接言道：「這也犯得上嚇得這個樣兒？這別是財罷！想來是那老厭物積下的私蓄，埋藏在那裏罷！我們何不下去瞧瞧？記明白了地方兒，明日慢慢的再刨。」說的鄭新貪心頓起，忙叫丫鬟點燈籠；丫鬟他卻不敢下樓取燈籠，就在蠟臺上見有個蠟燭頭兒，拔在手裏，

❷ 槅子：上半部裝有槅眼的落地長窗。
❸ 墩：把東西用力放下去。
❹ 敢則：莫非；大概。

拿著在前引路；婦人後面跟隨，鄭新也隨在後面下樓來。此時窗外展爺滿心歡喜，暗道：「我何不趁此時，撬窗而入，偷取他的銀兩呢？」剛要抽身，忽見燈光一幌，卻是個人影兒，連忙從窗牖孔中一望，只樂了個事不有餘；原來不是別人，卻是救周老兒的漁郎到了。暗暗笑道：「敢則他也是向這裏挪借來了！只是他原不知放銀之處，這卻如何能告訴他呢？」心中正自思想，眼睛卻往裏留神，只見丁二爺也不東瞧西望，他竟奔假門而來；將手一按，門已開放，只見他一封一封，一連拿了九封，往懷裏就揣。展爺在外頭記數兒，見他一連揣了九次，仍然將假門兒關上。展爺心中暗想：「銀子是八封，他卻揣了九次；不知那一包是什麼？」正自揣度，忽見樓梯一陣亂響，有人抱怨道：「小孩子家，看不真切，就這們大驚小怪的！」正是鄭新夫婦，同著丫鬟上樓來了。展爺在窗外不由的暗暗著急道：「他們將樓門堵住，我這朋友，他卻如何脫身呢？他若是持刀威嚇，那就不是俠客的行為了！」忽然眼前一黑。再一看時，屋內已將燈吹滅了。展爺大喜，暗暗稱妙。忽聽鄭新「噯喲」道：「怎麼樓上燈也滅了？你又把蠟燭頭兒擲了，燈籠也忘了檢起來，這還得下樓取火去。」展爺在外聽的明白，暗道：「丁二官人真好靈機，就借著滅燈，他就走了；真正的爽快！」忽又自己笑道：「銀兩業已到手，我還在此做什麼？」將身一縱，早已跳下樓來，復又上了牆角，落在外面，暗暗回到下處去了。再說鄭新叫丫鬟取了火來一看，槅子門彷彿有人開了。自己過去開了一看，裏面的銀子，一封也沒有了。忙嚷道：「有了賊了！」他妻子便問：「銀子失了麼？」鄭新道：「不但才拿的八封不見了；連舊存的那一包，二十兩銀子，也不見了！」夫妻二人又下樓找尋了一番，那裏有個人影兒！兩口子就只齊聲叫苦，這且不言。展熊飛直睡至紅日東昇，喫了早飯，方慢慢的往斷橋亭而來，剛到亭上，只見周老兒坐在欄杆上，見是展爺，連忙道：「公子爺來了！老漢久等多時了。」展爺道：「那漁哥還沒來麼？」周老道：「尚未來呢！」正說間，只見丁二爺帶著僕從二人，竟奔亭上而來。展爺道：「送銀子的來了。」周老兒見時，卻不是漁郎，也是一位武生公子。周老兒見禮。丁二爺道：「展兄早。」又對周老道：「老丈！銀子已有在此，不知你可有地基麼？」周老道：「有地基！就在鄭家樓前一箭之地，有座書畫樓，乃是小老兒相好孟先生的。因他年老力衰，將買賣收了，臨別時就將此樓託咐我了。」丁二爺道：「如此甚好！可有幫手麼？」周老道：「有幫手！就是我外甥烏小乙，當初原是與我照應茶樓，後因鄭新改了字號，就把他攆出了。」丁二爺道：「既如此，這茶樓是開定了！這口氣也是要賭准了！如今我將我的僕人留下，幫著與你料理一切事體；此人是極可靠的。」說罷，叫小童將包袱打開。展爺在旁，細細留神。

不知改換的如何？且看下回分解。

第三十回　濟弱扶傾資助周老　交友投分邀請南俠

且說丁二爺叫小童打開包袱，仔細一看，卻不是西紙，全換了桑皮紙；而且大小不同，仍舊是八包。丁二爺道：「此八包分兩不同，有輕有重，通共是四百二十兩。」展爺方明白晚間揣了九次，原來是饒了二十兩來。周老兒歡喜非常，千恩萬謝。丁二爺道：「若有人問你銀子從何而來，你就說鎮守雄關總兵之子丁兆蕙給的，在松江府茉花村居住。」展爺也道：「老丈！若有人問誰是保人，你就說常州府武進縣遇杰村，姓展名昭的保人。」周老一一記了。丁二爺又叫小童將昨日的漁船喚了來，將周老的衣服，業已洗淨曬乾，叫他將漁衣換了。又賞了漁船上二兩銀子。就叫僕從幫著周老兒拿銀兩，隨同去料理。周老兒便要跪倒叩頭，丁二爺與展爺連忙攙起，又囑咐道：「倘若茶樓開了之後，再不要粗心改了字號。」周老兒連說：「再不改了！」隨著僕人，歡歡喜喜去了。此時展爺從人已到，拉著馬匹在一邊伺候。丁二爺問道：「那是展兄的尊騎麼？」展爺道：「正是。」丁二爺道：「昨日家兄遣人來喚小弟，小弟叫來人帶信回稟家兄，說與吾兄巧遇；家兄欲見吾兄，如渴思漿。弟要敦請展兄到敝莊盤桓幾日，不知肯光顧否？」展爺想了一想，自己原是無事，便道：「小弟久已要到寶莊奉謁，未得其便。今既承雅愛，敢不從命！」便教過從人來告訴道：「我上松江府茉花村丁大員外、丁二員外那裏去了。我們乘舟，你將馬匹俱各帶回家去罷！不過五六日，我也就回家了。」從者奉命，拉著馬匹，各自回去不提。且說展爺與丁二爺，帶領小童一同登舟，竟奔松江府。——水路極近。——與丁二爺說說笑笑，情投意合，彼此方敘明年庚。展爺大兩歲，便以大哥呼之；展爺便稱丁二爺為賢弟。因敘話間，又提起周老兒一事，展爺問道：「賢弟奉伯母之命，前來進香，如何帶許多銀兩呢？」丁二爺道：「原是要買辦東西的。」展爺道：「如今將此銀贈了周老，又拿什麼買辦東西呢？」丁二爺道：「弟雖不才，還可以借得出來。」展爺笑道：「借得出來更好；若借不出，必然將燈吹滅了，便可借來。」丁二爺聽了，不覺詫異道：「展大哥，此話怎講？」展爺笑著，便將昨晚之事說明，二人鼓掌大笑。

說話間，舟已停泊，搭了跳板，二人棄舟登岸。丁二爺叫小童先由捷徑回家去送信，他卻陪定展爺，慢慢而行。展爺見一條路徑，俱是三合土壘成，一半是天然，一半是人力，平平坦坦，兩邊皆是密林，樹木叢雜，中間單有引路。每樹下各有一人，但是濃眉大眼，闊腰厚背；頭上無網巾，髮挽高綹，戴定蘆葦編的圈兒；身上各穿著背心，赤著雙膊，青筋暴露，抄手而立；卻赤著雙足，也有穿著草鞋的，俱將褲褪捲在膝蓋之上。不言不語，一對樹下有二個人。展爺往那邊一望，一對一對的，實在不少。心中納悶，便問丁二爺道：「賢弟！這人俱是做什麼的？」二爺道：「大哥有所不知！只因江中有船五百餘隻，每每的械鬥傷人。因在江中蘆花蕩分為交界，每人各管船二百餘隻。每十船一小頭目，百船一大頭目；又有一總首領，奉府內明文。蘆花蕩是歸我弟兄二人掌管，除了府內的官用魚蝦，其下定行市開秤，惟聽我弟兄命令是從。這些人俱是頭目，特地前來，站班朝見的。」展爺聽罷，點了點頭。走過土基的樹林，又有一片青石魚鱗路，方是莊門。只見廣梁大門，左右站立多少莊丁伴當；臺階之上，當中立著一人；後面又圍隨著多少小童執事之人。展爺臨近，見那人迎將下來，卻倒把那展爺嚇了一跳。原來兆蘭弟兄，乃是同胞雙生。兆蘭比兆蕙大一個時辰，因此面貌相同。從小時兆蕙就淘氣，莊前有賣喫食的來，他喫了不給錢，抽身就走。少時賣喫食的等急了，在門前亂嚷，他便同哥哥兆蘭一齊出來，叫賣喫食的廝認；那賣喫食的，竟會認不出來是誰喫的。再不然他兄弟二人，倒替喫了，卻也分不出個是誰多喫，是誰少喫；必須賣喫的著急央告，他二人方把錢文付給，以博一笑而已。如今展爺若非與丁二官人同來，也竟分不出來。彼此相見，歡喜非常，攜手剛至門前，展爺從腰間把寶劍摘下來，遞給旁邊一個小童。三個人至待客廳上，彼此又重新見禮。展爺要與丁母太君請安，丁二爺正要進內請安去，便道：「大哥暫且請坐，小弟必替大哥在家母面前稟明。」說罷進內去了。廳上丁大爺相陪，又囑咐預備洗面水，烹茗獻茶，彼此暢談。

丁二爺進內，有好久工夫，方才出來。說道：「家母先叫小弟問大哥好，讓大哥歇息歇息；少時還要見面呢！」展爺連忙立起身來，恭敬答應。丁二爺便問展爺道：「可是吓大哥！包公待你甚厚，聽說你救過他多少次，小弟要領教。」展爺道：「其實也無要緊！」便將金龍寺遇凶僧，土龍崗逢劫奪，天昌鎮拿刺客，以及龐太師花園沖破邪魔之事，滔滔說了一回。二爺道：「也倒有趣，聽著怪熱鬧的。」又問道：「大哥又如何面君呢？聽說耀武樓試三絕技，敕賜御貓的外號兒；這又是什麼事情呢？」展爺道：「此事是包相爺的情面了。」復又將包公如何遞摺，聖主如何見面，「至於演試武藝，言之實覺可愧。」二爺道：「大哥休出此言！還要求大哥的寶劍一觀。」展爺道：「方才交付貴价了。」丁二爺回首道：「你們誰接了展老爺的劍了？拿來我看！」只見一個小童將寶劍捧過來呈上。二爺接過，將劍抽出，隱隱有鐘磬之音。連說：「好劍！好劍！但不知此劍何名？」展爺要試試他的目力如何，便道：「此劍乃先父手澤。雖然佩帶，卻不知是何名色。正要在賢弟跟前領教。」二爺暗道：「這是難我來了！倒要細細看看。」瞧了一會道：「據小弟看來，彷彿是『巨闕』。」說罷，遞與展爺。展爺暗暗稱奇道：「真好眼力！不愧他是將門之子。」便道：「賢弟說是巨闕，想來是巨闕無疑了。」便要將劍入鞘。二爺道：「好哥哥，方才聽說舞劍，弟不勝欽仰！大哥何不試舞一番，小弟也長長學問。」展爺是斷斷不肯，二爺是苦苦相求，丁大爺在旁，並不攔擋，卻就說道：「二弟不必太忙，讓大哥喝杯酒，助助興再舞不遲。」說罷吩咐道：「快擺酒來。」左右連聲答應。展爺見此光景，不得不舞，再要推托，便是小家氣❶了。只得站起身來，將袍襟掖了一掖，袖子挽了一挽。說道：「劣兄劍法疏略不到之處，望祈二位賢弟指教為幸。」大爺、二爺連說：「豈敢！豈敢！」一齊出了大廳，在月臺之上，展爺便舞起劍來。丁大爺在那邊恭恭敬敬，留神細看；丁二爺卻靠著廳柱，跳著鞋兒觀瞧；見舞到妙處，他便連聲叫好。展爺舞了多時，煞住腳步道：「獻醜！獻醜！」丁大爺連聲道好稱妙。二爺道：「大哥劍法雖好，惜乎此劍有些押手。弟有一劍，管保合式。」說罷，便叫過一個小童來，密密吩咐數語，小童去了。

此時丁大爺已將展爺讓進廳來，見桌前擺列酒餚，丁大爺便執壺斟酒，請展爺至上面坐，弟兄左右相陪。剛飲了幾杯，只見小童從後面捧了劍來。二爺接過來，「噌楞」一聲，將劍抽出，便遞與展爺道：「大哥請看！此劍也是先父遺留，弟等不知是何名色。請大哥觀看，小弟領教。」展爺暗道：「二爺真正淘氣，立刻他就報仇，也來難我來了！倒要看看。」接過來彈了彈，顛了顛，便道：「好劍！此乃『湛盧』也！未知是與不是？」丁二爺道：「大哥所言不差。但不知此劍舞起來，又當何如？大哥還肯賜教

❶ 小家氣：不大方。

麼？」展爺聽了，出了席，來至月臺，又舞了一回。二爺接過來道：「此劍大哥舞著喫力麼？」展爺滿心不樂，答道：「此劍比劣兄的輕多了。」二爺道：「大哥休要多言！輕劍即是輕人。此劍卻另有個主兒，只怕大哥惹他不起。」一句話激惱了南俠，便道：「任憑是誰的，自有劣兄一面承管，怕他怎的？你且說出這個主兒來！」二爺道：「大哥悄言，此劍是小妹的。」展爺聽了，瞅了二爺一眼。大爺連忙遞酒。忽見丫鬟出來說道：「太君來了。」展爺聞聽，連忙出席參拜。丁母只略略謙遜，便以子姪禮見畢。丁母坐下，又細細留神，將展爺相看了一番。見展爺一表人材，不覺滿心歡喜，開口便以賢姪相稱。這卻是二爺與丁母商酌明白的：若老太太看了中意，就呼為賢姪；倘若不願意便以貴客呼之。二爺見母親稱呼展爺為賢姪，就知老太太是願意了。他便悄悄兒溜出，竟往小姐繡房而來。

未知說些什麼？且看下回分解。

第三十一回　展熊飛比劍定良緣　鑽天鼠奪魚甘陪罪

且說丁二爺到了院中，見小姐正在炕上弄針黹呢！二爺問道：「妹子做什麼活計❶？」小姐說：「鎖鏡邊上頭口兒呢！二哥，前廳有客，你怎麼進了裏面來了呢？」丁二爺佯問道：「妹子如何知道前廳有客呢？」月華道：「方纔取劍，說有客要領教，故此方知。」丁二爺道：「再休提劍！只因這人乃常州府武進縣遇杰村，姓展名昭，表字熊飛，人皆稱他為南俠，如今現作皇家四品帶刀的護衛。哥哥久已知道此人，但未會面；今日見了，果然好人品，好武藝。未免才高必狂，藝高必傲，竟將咱們家湛盧劍貶的不成樣子。哥哥就告訴他是妹子的，他便鼻孔裏一笑道：『一個閨中弱秀，焉有本領？』……」月華聽至此，把臉一紅，便將活計放下了。丁二爺暗說：「且待我再激他一激！」又說道：「我就說：『我們將門中，豈無虎女？』他就說：『雖是這麼說喲，未必有真本領。』妹子！你若真有膽量，何不與他較量較量呢？倘若膽怯，也只好由他去說罷了！現在太太也在廳上，故此我來對妹妹說說。」小姐聽畢，怒容滿面道：「既如此，二哥先請，小妹隨後就到。」二爺來到前廳，只見丫鬟報道：「小姐到。」丁母便叫：「過來！與展爺見禮。」展爺心中納悶道：「功勳世冑，如此家風！」只得立起身來一揖，小姐還了萬福。展爺見小姐莊靜美秀，卻是一臉的怒氣；又見丁二爺轉過身來，悄悄的道：「大哥！都是

❶ 活計：此處指女紅針黹。

你褒貶人家劍，如今小妹出來，不依來了。」展爺道：「豈有此理！」丁二爺又到小姐身後，卻悄悄道：「展大哥要與妹子較量呢！」小姐點頭首肯。二爺又轉到展爺身後道：「小妹要領教大哥的武藝呢！」展爺此時更不耐煩了，便道：「既如此，劣兄奉陪就是了。」

誰知小姐已脫去外面衣服，穿著繡花大紅小襖，繫定素羅百摺大裙，頭罩百摺玉色綾帕，更顯得嫵媚娉婷；懷抱寶劍，搶在東邊上首站定。展爺此時也是無可奈何，但勉強掖袍挽袖。二爺捧過寶劍，展爺接過，只得在西邊下首站了。說了一聲：「請！」便各拉開架式。兆蘭、兆蕙，在丁母背後站立。才對了不多幾個回合。丁母便道：「算了罷！劍對劍，俱是鋒鋩，不是頑的。」二爺道：「母親放心，且再看看不妨事的。」只見他二人比併多時，不分勝負。展爺先前不過搪塞虛架，後見小姐頗有門路，不由暗暗誇獎，反倒高興起來。來來往往，忽見展爺用了個「垂華勢」，斜刺裏將劍遞進，即便抽回，就隨著劍尖，滴溜溜落下一物。見小姐用了個「風吹敗絮」勢，展爺忙把頭一低，將劍躲過，才要轉身，不想小姐一翻手腕，又使了個「推窗撵月」勢，將展爺的頭巾削落。南俠一伏身，跳出圈外聲言道：「我輸了！我輸了！」丁二爺過來拾起頭巾，撣去塵土。丁大爺過來檢起先落的一物，看卻是小姐耳上之環。便上前對展爺道：「是小妹輸了，休要見怪！」二爺將頭巾交過，展爺挽髮整巾，連聲讚道：「令妹真好劍法也！」丁母差丫鬟即請展爺進廳，小姐自往後邊去了。丁母對展爺道：「此女乃老身姪女，自叔叔嬸嬸亡後，老身視如親生女兒一般。久已聞賢姪名望，就欲聯姻，未得其便；不意賢姪今日降臨寒舍，實乃綵絲繫足，美滿良緣。又知賢姪此處並無親眷，又請誰來相看？必要推諉；故此將小女激誘出來比劍，彼此一會，令賢姪放心。非是我世冑人家，毫無規範也！」丁大爺亦過來道：「非是小弟在旁不肯攔阻，皆因弟等與家母已有定算，故此多有褻瀆。」丁二爺亦陪罪道：「全是小弟之過。惟恐吾兄推諉，故用此詭計誆❷哄仁兄，望乞恕罪！」展爺到此時方才明白，也是姻緣，更不推辭，慨然允許。便拜了丁母，又與兆蘭、兆蕙，彼此拜了。就將湛盧、巨闕二劍，彼此換了，作為定禮。二爺手托耳環，提了寶劍，一直來到小姐臥室。小姐正在納悶：「我的耳環何時削去，竟不知道，也就險的狠呢！」忽見二爺笑嘻嘻的，手托耳環道：「妹子耳環在這裏。」擲在一邊，又笑道：「湛盧劍也被人家留下了。」小姐才待發話，二爺連忙說道：「這都是太太的主意，妹子休要問我。少時間太太便來，大約妹子是大喜了。」說完放下劍，笑嘻嘻的就跑了。小姐心下明白，也就不言語了。丁二爺已來至前廳，此時丁母已然回後去了。他三人重新入座，彼此說明，乃論舊交，不論新親。大爺、二爺，仍呼展爺為兄。不覺展爺在茉花村住了三日，就要告別。丁氏昆仲，那裏肯放？展爺再三要行，丁二爺說：「既如此，明日弟在望海臺設一席，你我弟兄賞玩江景，暢敘一日。後日大哥再去如何？」展爺應允。

到了次日早飯後，三人出了莊門，繞到山嶺之上。上面蓋了高臺五間，甚是寬闊，遙望江面船隻往來，絡繹不絕。不多時擺上酒餚，慢慢暢飲，正在快樂之際，只見來一漁人，在丁大爺旁邊，悄語數言，大爺吩咐：「告訴頭目辦去罷！」不多時，又見來一漁人，甚是慌張，向大爺說了幾句。二爺聽了就道：「這還了得！」對那漁人道：「你把他叫來我瞧瞧。」展爺問道：「二位賢弟為著何事？」丁二爺道：「我這松江的漁船，原分兩處，以蘆花蕩為界。蕩南有一個陷空島，島內有一個盧家莊，當初有盧太公在日，樂善好施，家中巨富。待至生了盧方，此人和睦鄉黨，人人欽敬。因他有爬桿之能，大家送了他

❷ 誆：欺騙。

個綽號，叫做『鑽天鼠』。他卻結了四個朋友，共成『五義』：大爺就是盧方；二爺乃黃州人，名叫韓彰，是個行伍出身，會做地溝地雷，因此他的綽號，叫做『徹地鼠』；三爺乃山西人，名叫徐慶，是個鐵匠出身，能探山中十八孔，因此綽號兒叫『穿山鼠』；至於四爺，身材瘦小，形如病夫，為人機巧伶便，智謀甚好，是個大客商出身，乃金陵人，姓蔣名平字澤長，能在水中居住，開目視物，綽號人稱『翻江鼠』；惟有五爺，少年華美，氣宇不凡，為人陰險狠毒，卻好俠作義，就是行事刻毒，是個武生員，金華人氏，姓白名玉堂，因他的形容秀美，文武雙全，人呼他綽號為『錦毛鼠』。」展爺聽說白玉堂，便道：「此人我卻認得，愚兄正要訪他。」丁二爺問道：「大哥如何認得他呢？」展爺便將苗家集之事，述說一回。正說時，只見來了一夥魚戶，其中有一人，怒目橫眉，伸出掌來，說道：「二位員外看見了。他們過來搶魚，咱們攔阻，他就拒捕起來了。搶了魚不算，還把我削去四指，光光剩了一個大拇指頭了，這纔是好朋友呢！」丁大爺道：「你等急喚船來，待我等親身前往。」眾人「唿」的一聲，俱各飛跑去了。展爺道：「劣兄無事，也可一同前往。」丁二爺道：「如此甚好。」三人下了高臺，一同來至莊前，只見從人伴當伺候多人，各執器械。丁家兄弟、展爺，俱各佩了寶劍，來至停泊之處。只見大船兩隻，是預備二位員外的。大爺獨上了一隻大船，二爺同展爺上了一隻大船，其餘小船，紛紛亂亂，不計其數，竟奔蘆花蕩而來。

才到蕩邊，見一隊船，皆是蕩南的字號，便知是搶魚的賊人。丁大爺催船前進，二船緊緊相隨。來至切近，見那邊船上立著一人，凶惡非常，手托七股魚叉，在那裏靜候廝殺。大爺的大船先到，便說：「這人好不曉事，我們素日舊規，以蘆花蕩為交界，你如何擅敢過蕩，搶了我們的魚，還傷了我們的漁戶？是何道理？」那邊船上那人道：「什麼交界不交界，我全不管。只因我們那邊魚少，你們這邊魚多，今日暫且借用。」丁大爺聽了便問道：「你叫什麼名字？」那人道：「咱叫分水獸鄧彪，你問咱怎的？」丁大爺道：「你家員外那個在此？」鄧彪道：「我家員外，俱不在此。此一隊船隻，是咱管領的，你敢與咱合氣❸麼？」說著話就要托七股叉刺來。丁大爺才待拔劍，只見鄧彪翻身落水；這邊漁戶，立刻下水，將鄧彪擒住，托出水面，交到丁二爺船上。二爺卻跳在大爺船上前來幫助。你道鄧彪為何落水？原來丁大爺問答之際，二爺船已趕到，見他出言不遜，卻用彈丸，將他打落水中。你道什麼彈丸？這是二爺自幼練就的。用竹板一塊，長夠一尺八寸，寬有二寸五分，厚五分，上面有個槽兒，用黃蠟攙鐵渣子，團成核桃大小，臨用時安上，在數步中打出，百發百中；這才是真本領呢。且言鄧彪雖然落水，他原是會水之人，雖然被擒，不肯服氣，連聲喊道：「好吓！好吓！你敢用暗器傷人！萬不能與你們干休。」展爺聽說至此句——說用暗器傷人——方才留神細看；見他眉攢裏腫起一個紫泡來了。便說道：「你既被擒還喊什麼？我且問你，你家五員外，他可姓白麼？」鄧彪答道：「姓白怎麼樣？他如今已下山了。」展爺問道：「往那裏去了？」鄧彪道：「數日之前，上東京找什麼御貓去了。」展爺聞聽，不由的心下著忙。只聽得那邊一人嚷道：「丁家賢弟呀！看我盧方之面，恕我失察之罪！我情願認罰呀！」眾人抬頭一看，只見一隻小船，飛也似趕來。嚷的聲音漸近了，展爺留神細看來人：見他一張紫面皮，一部好鬍鬚，面皮光而生亮，鬍鬚秀而且長，身量魁梧，氣宇軒昂。丁氏兄弟亦拱手道：「盧兄請了。」盧方道：「鄧彪乃新收頭目，不遵約束，實是劣兄之過！違了成約，任憑二位賢弟吩咐。」丁大爺道：「他

---

❸ 合氣：鬥氣。

既不知，也難譴責，此次乃無心之過也！」回頭吩咐將鄧彪放了。這邊漁戶便道：「他們還搶了我們好些魚罟呢！」丁二爺連忙喝住：「休要多言！」盧方聽見，急急吩咐：「快將那邊魚罟，連我們魚罟，俱給送過去。」這邊送人，那邊送罟。盧方立刻將鄧彪革去頭目，即差人送往府裏究治。丁大爺吩咐：「是我們魚罟收下，是那邊的，俱各退回。」兩下裏又說了多少謙讓的言語，彼此方執手而別，各自回莊去了。

未知後事如何？且看下回分解。

第三十二回　夜救老僕顏生赴考　晚逢寒士金客揚言

且說丁氏兄弟，同定展爺，來至莊中；賞了削去四指的魚戶十兩銀子，叫他調養傷痕。展爺提起鄧彪，他說：「白玉堂不在山中，已往東京找尋劣兄去了。刻下還望二位賢弟備隻快船，我須急急回家，趕赴東京方好。」丁家兄弟應允，便於次日備了餞行之酒，殷勤送別。展爺真是歸心似箭。這一日天有二鼓，已到了武進縣，以為連夜可以到家。剛走到一帶榆樹林中，忽聽有人喊道：「救人吓！有人打扛子的了。」展爺順著聲音迎將上去，卻是個老者，背著包袱，喘的連嚷也嚷不出來。又聽後面有人追著喊道：「有人搶了我的包袱去了。」展爺心下明白，便道：「老者，你且隱藏，待我攔阻。」老者纔往樹後一隱。展爺便把那人一把按住，解下他腰間的搭包，寒鴉兒拂水的，將他捆了。將老者喚出問道：「你姓甚名誰？家住那裏？慢慢講來。」老者從樹後出來，先叩謝了。此時喘已定了，道：「小人姓顏，名叫顏福，在榆林村居住。只因我家相公，要上京投親，差老奴到窗友金必正處，借了衣服銀兩。多承相公一番好意，留下小人喫飯，臨走又交付老奴三十兩銀子，是贈我家相公作路費的。不想剛走到榆樹林之內，便遇見這人一聲斷喝，要什麼『買路錢』。小人一路好跑，喘的氣也喘不上來了，幸虧大老爺相救。」展爺聽了便道：「榆林村乃我必由之路，我就送你到家如何？」顏福復又叩謝。展爺對那人道：「你這廝夤夜劫人，還嚷人家搶了你的包袱去了！我也不加害於你，你就在此歇歇罷！」說罷，叫老者背了包袱，出了林子，竟奔楡林村。到了顏家門首，老者道：「此處便是了！請老爺裏面待茶。」展爺道：「我也不吃茶了，還要趕路呢！」說畢，邁開大步，竟奔遇杰村而來。

單說顏福的小主人，乃是姓顏，名春敏，年方二十二歲。寡母鄭氏，連老奴顏福，主僕三口度日。因顏老爺在日，為人正直，作了一任縣尹，兩袖清風，一貧如洗。如今家業零落。顏生素有大志，總要克紹書香，故學得滿腹經綸。屢欲赴京考試，無奈家道艱難，不能如願。因明年就是考試的年頭，鄭氏安人想出個計較來，便對顏生道：「你姑母家道豐富，何不投託在彼？一來可以用功；二來可以就親，豈不兩全其美呢？」顏生道：「姑母處已有多年不通信息。自父親亡後，遣人報信，並未見遣一人前來弔唁；恐到那裏，也是枉然！況且盤費短。」母子正在商議之間，恰巧顏生的窗友金生名必正特來探望。彼此相見，顏生就將母親之意，對金生說了。金生一力擔當，慨然允許，便叫顏福跟了他去，打點進京的用度。安人聞聽，感之不盡，母子又計議了一番。鄭氏安人親筆寫了一封書信，娘兒兩個，獃等顏福回來。天已二更，尚不見到，顏生勸老母安歇，自己把卷獨對青燈。等到四更，心中正自急躁，顏福方回來了，交了衣服銀兩。顏生大悅，叫老僕且去歇息。到了次日，顏生將衣服銀兩，與母親看了，正要商議如何進京，顏福進來說道：「相公進京，敢是自己去麼？」顏生道：「家內無人，你須要好好侍奉老太太，我是自己要進京的。」老僕道：「相公若是一人進京，是斷斷去不得的。」顏生道：「卻是為何？」顏福便將昨晚遇劫之事說了一遍。鄭氏安人聽了顏福之言，說：「是吓！若要如此，老身是不放心的。莫若你主僕二人同去方好。」顏生道：「孩兒帶了他去，家內無人，母親叫誰侍奉？」

正在計算為難，忽聽有人叩門。老僕答應開門看時，見是一個小童，問他來此何事？小童道：「我們金相公，打發我來見顏相公的。」老僕聽了，將他帶至屋內，見了顏生又參拜了安人。顏生便問道：「你做什麼來的？你叫什麼？」小童答道：「小人叫雨墨。我們金相公知道相公無人，惟恐上京路途遙遠不便，叫小人特來服侍相公至京。又說這位老主管有了年紀，眼力不行，可以在家伺候老太太，照看門戶，彼此都可以放心。又叫小人帶來十兩銀子，惟恐路上盤川不足，是要餘富些的好。」安人與顏生聽了，不勝感激。安人又見雨墨說話伶俐明白，便問：「你今年多大了？」雨墨道：「小人十四歲了。」安人道：「你小兒家，能彀走路嗎？」雨墨笑道：「小人自八歲上，就跟著小人的父親在外貿易，差不多的道兒，小人都知道。至於上京，便是熟路了。為何我們相公，就派我來跟相公呢？」安人聞聽，更覺歡喜放心。將親筆寫的書信，交與顏生道：「你到京中祥符縣，問雙星巷，便知你姑父的居址了。」顏生便拜了老母。雨墨在旁道：「祥符縣南，有個雙星巷，又名雙星橋，小人認得。」安人道：「如此甚好！你要好好服侍相公。」雨墨道：「不用老太太囑咐，小人知道。」顏生又吩咐老僕顏福一番，暗暗將十兩銀子，交付顏福供養老母。雨墨已將小小包袱背起來，主僕二人出門上路。

顏生是從未出過門的，走了一二十里，便覺兩腿酸疼，問雨墨道：「我們自離家門，如今走了也有五六十里路程了？」雨墨道：「共總走了沒有三十里路。」顏生噢驚道：「如此說來，路途遙遠，竟自難行的很呢！」雨墨道：「相公不要著急！走道兒有個法兒，必須不緊不慢，彷彿遊山玩景一般的，就走的多了。」顏生真果沿途玩賞，不知不覺，又走了一二十里。覺得腹中有些饑餓，便對雨墨道：「我此時雖不乏力，只是腹中有點空空兒的，可怎麼好？」雨墨用手一指說：「那邊不是鎮店麼？到了那裏買些飯食喫了再走。」又走了一會，到了鎮市。顏相公見個飯鋪，就要進去。雨墨道：「這裏喫不現成。

相公隨我來！」把顏生帶了二葷鋪裏，主僕二人，用了飯再往前走。到了天晚，來到一個熱鬧地方，地名雙義鎮。雨墨道：「相公，咱們就在此處住了罷！」顏生道：「既如此，就住了罷！」雨墨道：「住是住了；若是投店，相公千萬不要多言，自有小人答復他。」顏生點頭應允，及至來到店門，擋槽兒的❶便道：「有乾淨房屋！天氣不早了，再要走可就太晚了。」雨墨便問道：「有單間廂房沒有？或有耳房也使得。」擋槽兒的道：「請升進去看看就是了。」雨墨道：「若是有呢，我們好看哪！若沒有，我們上那邊住去。」擋槽兒的道：「請進去看看何妨？不如意再走如何？」顏生道：「咱們且看看就是了。」雨墨道：「相公不知！咱們若進去，他就不叫出來了。店裏的脾氣，我是知道的。」正說著又出來了一個小二道：「請進去。」顏生便向裏走，雨墨只得跟隨。店小二道：「相公請看，很好的，正房三間，又乾淨，又豁亮。」雨墨道：「不進來，你們緊嚷，及至進來，就是上房三間。我們告訴你，除了單廂房，或耳房，別的我們不住。」說罷回身就要走。小二一把拉住道：「我的二爺，上房三間，兩明一暗，你們二位住那暗間，我們就算一間房錢好不好呢？」顏生道：「我們就是這樣罷！」雨墨道：「我們先說明了，我可就給一間房錢。」小二連連答應。主僕二人來進上房，到了暗間，將包袱放下，小二便用手擦了外間桌子，道：「你們二位在外間用飯罷，不寬闊麼？」雨墨道：「你不用誘。就是外間吃飯，也是住這暗間，也是給你一間的房錢。況且我們不喝酒，早起喫點心還飽呢；我們不過找補點就是了。」那小二聽了光景，沒有什麼大來頭，便道：「開一壺香片茶兒來罷！」雨墨道：「路上灌的涼水，這時候還滿著呢！不喝。」小二道：「點個燈燭罷！」雨墨道：「怎麼，你們店裏沒有油燈嗎？」小二道：

❶ 擋槽兒的：酒保。

「有啊！怕你們二位嫌油烟子氣。」雨墨道：「你只管拏來。」小二取燈，取了半天，方點了來。問道：「二位喫什麼？」雨墨道：「給我們一個燴鍋炸，就帶了飯來罷。」店小二估量著，沒有什麼想頭，抽身就走了，好半歇不來。

忽聽外面嚷道：「你這地方，就敢笑看人麼？小菜碟兒，一個大錢，吾是照顧你，賞你們臉哪！你不容我住，還要凌辱斯文，這等可惡！吾將你這狗店，用火燒了。」雨墨道：「該這人替咱們出了氣了。」又聽店東道：「都住滿了，真沒有屋子了；難道為你現蓋嗎？」又聽那人高聲道：「放狗屁！你現蓋也要吾等得吓！你就敢凌辱斯文？你打聽打聽，念書的人，也是你們欺負得的呢？」顏生聽至此，不由的跨出了門外。雨墨道：「相公別管閒事！」剛然攔阻，只見院內那人，向著顏生道：「老兄你評評這個理！他不叫吾住使得，就將我這等一推，這不豈有此理麼？還要與我現蓋房屋，這等可惡！」顏生答道：「兄臺若不嫌棄，何不將就在這邊屋裏同住呢？」只聽那人道：「萍水相逢，為何打攪呢？」雨墨一聽，暗說：「此事不好，我們相公要上當。」連忙迎出，見相公與那人已攜手登階，來至屋內，就在明間彼此坐了。

未知如何？且看下回分解。

第三十三回　真名士初交白玉堂　美英雄三試顏春敏

且說顏生同那人進屋坐下，兩墨在燈下一看：見他頭戴一頂開花儒巾，身上穿一件零碎藍衫，足下穿一雙無根底破皂靴頭兒，滿臉塵土，實在不像念書之人，倒像個無賴子。正思想卻他之法，又見房東親來陪罪。那人道：「你不必如此。大人不記小人過，饒恕你便了。」店東去後，顏生便問道：「尊兄貴姓？」那人道：「吾姓金名懋叔。沒領教兄臺貴姓？」顏生也通了姓名。金生道：「原來是顏兄，失敬！失敬！請問顏兄用過了飯了沒有？」顏生道：「尚未。金兄可用過了？」金生道：「不曾，何不共桌而食呢？叫小二來。」此時店小二拿了一壺香片來，放在桌上。金生便問道：「小二，你們這裏有什麼飯食？」小二道：「上等飲食八兩，中等飯六兩，下等飯……」剛說至此，金生攔道：「誰喫下等飯呢？就是上等飯罷。吾且問你，這上等飯是什麼餚饌？」小二道：「兩海碗，兩鏇子，六大碗，四中碗，還有八個碟兒。無非雞鴨魚肉海參等類調度的，總要合心適口。」金生道：「這魚是鮑魚吓，還是漂魚呢？」小二道：「是漂兒，那裏是鮑魚！」金生道：「可有活鯉魚麼？」小二道：「要活鯉魚，是大的一兩二錢銀子一尾。」金生道：「既要吃，不怕花錢！吾告訴你，鯉魚不滿一斤重的叫做『拐子』，過了一斤的，纔為鯉魚。不獨要活的，還要尾巴像那個胭脂瓣兒相似，那才是新鮮的呢！你拿來吾看。」又問：「酒是什麼酒？」小二道：「不過隨便常行酒。」金生道：「不要那個！吾要喝陳年女貞陳紹。」

小二道：「有七年蠲下的女貞陳紹，就是不零賣。那是四兩銀子一罈。」金生道：「你好貧哪！什麼四兩五兩？不拘多少，你搭一罈來，當面打開，吾嘗就是了。吾告訴你說，吾要那金紅顏色濃濃香，倒了碗內，要掛碗，猶如琥珀一般，那才是好的呢！」小二道：「搭一罈來，當面試嘗，不好不要錢如何？」金生道：「那是自然的。」說話間，已經掌上二枝燈燭，此時店小二歡喜非常，小心殷勤，自不必說。少時端了一個腰子形兒的木盆來，裏面亂碰亂跳，足一斤多重的鯉魚。說道：「爺請看，這尾魚如何呢？」金生道：「魚卻是鯉魚。你必要用這半盆水叫那魚躺著，一來顯大，二來水淺，他必撲騰，算是活跳跳的；賣這個手法兒。你不要拏著走，就在此處開了膛，省得抵換。」小二只得當面收拾。金生又道：「你收拾好了，把他鮮爖著；可是你們加什麼作料呢？」店小二道：「無非是香菌口蘑，加些紫菜。」金生道：「吾是要『尖上尖』的。」小二卻不明白。金生道：「怎麼你不曉得『尖上尖』？就是那青筍尖兒上頭的尖兒，總要嫩切成條兒才好。」店小二答應，不多時，又搭了一罈酒來，拿著錘子倒流兒，並有個磁盆。當面錐通，下上倒流兒，撤出酒來，果然美味真香。先斟一杯，遞與金生，嘗了嘗，道：「也還罷了。」又斟了一杯，遞與顏生，嘗了嘗，自然也說好。便倒了一盆，灌入壺內，略燙一燙，二人對面消飲。小二放下小菜，便一樣一樣端上來。金生連筯也不動，只於就佛手疙疸慢飲，盡等吃活魚。二人飲酒閒談，越說越投機，顏生歡喜非常。少時大盤盛了魚來，金生便拿起筯子來，讓顏生道：「魚是要喫熱的，冷了就要發腥了。」佈❶了顏生一塊，自己便將魚脊背，拿筷子一劃，要了薑醋碟，喫一塊魚，喝一杯酒，連聲稱贊：「妙哉！妙哉！」將這面喫完，筯子往魚腮裏一插，一翻手就將魚的那面翻

❶ 佈：向客人敬菜。

過來。又佈了顏生一塊，仍用筯子一劃，又是一塊魚，一杯酒，將這面也喫了。然後要了一個中碗來，將蒸食雙落一對掰在碗內——一連掰了四個，舀了魚湯喝了。又將碟子扣上，將盤子那邊支起，從這邊舀了三匙湯喝了。便道：「吾喫飽了！顏兄自便。」顏生也飽了。二人出席。金生吩咐：「吾們就只一個小童，該蒸的，該熱的，不可與他冷喫。想來還有酒，他若喝時，只管給他。」店小二連連答應。說著話，他二人便進裏間屋內去了。

雨墨此時見剩了許多東西，全然不動，明日走路又拿不得，瞅著又是心痛，他那裏喫得下去！喝了兩杯悶酒，連忙來到屋內。只見金生張牙欠口，已有困意。顏生道：「金兄既已乏倦，何不安歇呢？」金生道：「如此，吾就要告罪了。」說罷，往床上一躺，不一會兒，已然呼聲震耳。顏生也就悄悄睡了。雨墨那裏睡得著？好容易睡著，忽聽有腳步之聲，睜眼看時，天已大亮。見相公悄悄從裏間出來，低言道：「取臉水去。」雨墨取來，顏生淨了面。忽聽屋內有咳嗽之聲。雨墨連忙進內，忽聽他口中念道：「大夢誰先覺，平生我自知。草堂春睡足，窗外日遲遲。」念完了咕嚕爬起來道：「略略歇息，天就亮了。」雨墨道：「店家！給金相公打臉水。」金生道：「吾是不洗臉的，怕傷水。叫店小二開了我們的帳，拿來我看。」雨墨暗想：「倒有意思，他竟要會帳！」只見店小二開了單來，上面共銀十三兩四錢八分。金生道：「不多！不多！外賞你們小二灶上連打雜的二兩。」店小二謝了。金生道：「顏兄我也不鬧虛❷了，咱們京中再見。吾要先走了。」「他拉他拉」，竟自出店去了。這裏顏生便喚雨墨，叫了半天，才答應：「有。」顏生道：「會了銀兩走路。」雨墨又遲了多會，賭氣子拿了銀子，到了櫃上，爭

❷ 鬧虛：假客氣。

爭奪奪，連外賞給了十四兩銀子，方同相公出了店來。

走到村外無人之處，便說：「相公，看金相公是個什麼人？」顏生道：「是個念書的好人咧！」雨墨道：「如何？相公還是沒有出過門，不知路上有許多奸險呢！有誆嘴喫的，又有拐東西的，有設下圈套害人的！奇奇怪怪的樣子多著呢！相公如今拿著姓金的當好人，將來必要上他的當。據小人看來，他只不過是個篾片❸之流。」顏生正色嗔怪道：「休得胡言！小小的人，造這樣的口過。我看金相公，斯文中含著一股英雄的氣概，將來必非等閒之人。你不要管！縱然他就是誆嘴，也無非多花幾兩銀子，有甚要緊？你休再來管我。」雨墨聽了相公之言，暗暗笑道：「怪道人人常言『書獃子』，果然不錯。我原來為好，倒嗔怪起來。只得暫且由他罷了！」走不多時，已到打尖之所。雨墨賭氣子，要了個熱鬧鍋炸，喫了早飯。又走到了天晚，來到興隆鎮，又住宿了，仍是三間上房，言給一間的錢。這個店小二，比昨日的卻和氣多了。剛然坐下，未煖席，忽見店小二進來，笑容滿臉問道：「相公是姓顏麼？」雨墨道：「不錯，你怎麼知道？」小二道：「外面有一位金相公找來了。」顏生聞聽說：「快請！快請！」雨墨暗暗道：「這不得了！他是喫著甜頭兒了！我們花錢，他出主意，未免太冤。今晚我何不如此如此呢？」想罷，迎出門來道：「金相公來了很好，我們相公在這裏恭候著呢！」金生道：「巧極！巧極！又遇見了。」顏生連忙執手相讓，彼此就坐。今日更比昨日親熱了。

說了數語之後，雨墨在旁道：「我們相公尚未喫飯，金相公必是未曾，何不同桌而食？叫了小二來，先商議叫他備辦去呢！」金生道：「是極！是極！」正說時，小二拿了茶來放在桌上。雨墨便問道：「你

❸篾片：即幫閒。幫著紈袴子弟尋歡作樂的人。

們是什麼飯食？」小二道：「等次不同。上等是八兩，中等是六兩，下等飯……」剛說了一個「下」字，雨墨就說：「誰喫下等飯？就是上等罷！我也不問什麼餚饌，無非雞鴨魚肉翅子海參等類。你們這魚是鮑魚吓？是漂兒呢？必然是漂兒！漂兒就是鮑魚。我問你，有活鯉魚沒有呢？」小二道：「有，不過貴些。」雨墨道：「既要喫，還怕花錢嗎？我告訴你，鯉魚不過一斤叫『拐子』，總要一斤多，那才是鯉魚呢！必須尾巴要像胭脂瓣兒相似，那才新鮮呢，你拿來我瞧就是了。——還有酒，我們不可要常行酒，要十年的女貞陳紹，管保是四兩銀子一罈。」店小二說：「是，要用多少？」雨墨道：「你好貧哪！什麼多少？你搭一罈來，當面嘗。先說明我可要金紅顏色，濃濃香的，倒了碗內要掛碗，猶如琥珀一般。錯過了，我可不要。」小二答應。不多時點上燈來，小二端了魚來，雨墨上前便道：「魚可卻是鯉魚！你務用半盌水躺著，一來顯大，二來水淺，他必撲騰騰，算是亂碰亂跳，賣個手法兒。你就要在此處開膛，省得抵換。把他鮮爔著。你們作料，不過香菌口蘑紫菜，可有『尖上尖』沒有？你管保不明白，這尖上尖，就是青筍尖兒上頭的尖兒，可要切成嫩條兒的。」小二答應，又搭了酒來錐開。雨墨舀了一口，遞與金生說道：「相公嘗，管保喝得過。」金生嘗了道：「滿好。」雨墨便灌入壺中，略盪盪拿來斟上。只見小二安放小菜，雨墨道：「你把佛手疙疸放在這邊，這位相公愛喫。」金生瞅了雨墨一眼道：「你也該歇歇了！他這裏上菜，你少時再來。」雨墨退出，單等魚來。小二往來端菜，不一時拿了魚來，雨墨跟著進來道：「帶薑醋碟兒。」小二道：「來了。」雨墨提起酒壺，站在金生旁邊，滿滿的斟上了一杯道：「金相公，拿起筷子來。魚是要喫熱的，冷了就要發腥了。」金生又瞅了他一眼。雨墨道：「先佈我們相公一塊。」金生道：「那是自然的。」果然佈過一塊。剛要用筷子再夾，雨墨道：「金相公還沒有用筷子一劃呢！」金生道：「吾倒忘了。」重新打魚脊背上一劃，方夾到醋碟一口喫了，端起杯來，一飲而盡。雨墨道：「酒是我斟的，相公只管喫魚。」金生道：「妙極！妙極！吾倒省了事了。」仍是一塊魚，一杯酒。雨墨道：「妙哉！妙哉！」金生道：「妙哉得很！」雨墨道：「又該把筷子往腮裏一插了。」金生答道：「那是自然的了。將魚翻過來，吾還是佈你們相公一塊，再用筷子一劃，省得你又提撥❹吾。」雨墨見魚剩了不多，便叫小二拿一個中碗來。小二將碗拿到，雨墨說：「金相公，還是將蒸食雙落兒掰上四個，泡上湯。」金生道：「是的！是的！」雨墨便將碟子扣在那盤子上，那邊支起來道：「金相公，從這邊舀三匙湯，喝了也就飽了，也不用陪我們相公了。」又對小二道：「我們二位相公喫完了，你瞧該熱的，該蒸的，檢下去，我可不喫涼的。酒是有在那裏，我自己喝就是了。」小二答應，便望下檢。忽聽金生道：「顏兄這個小管家，叫他跟吾倒好，我倒省話。」顏生也笑了。今日雨墨可想開了，就在外頭盤膝穩坐，叫小二服侍，喫了那個，又喫這個。喫完了，來到屋內，便在明間坐下，竟等呼聲。少時聽呼聲震耳，進裏間將燈移出，也不愁悶，竟自睡了。

至次日天亮，仍是顏生先醒，來到明間，雨墨伺候淨面水。忽聽金生咳嗽，連忙來到裏面，只見金生伸懶腰，打呵欠。雨墨急念道：「大夢誰先覺，平生我自知。草堂春睡足，窗外日遲遲。」金生睜眼道：「你真聰明，都記得好好的。」雨墨道：「不用給相公打臉水了，怕傷了水。叫店小二開了單來算帳。」一時開上單來，共用銀十四兩六錢五分。雨墨道：「金相公，十四兩六錢五分不多罷？外賞他們小二灶上打雜的二兩罷？」金生道：「使得的。」雨墨道：「金相公管保不鬧虛了，京中再見罷！有事

❹ 提撥：指點。

只管先請罷！」金生道：「說的是！說的是！吾就先走了。」便對顏生執手告別，出店去了。雨墨暗道：「一斤肉包的餃子，好大皮子！我打算今日攬他的，誰知反被他攬去。」正在發笑，忽聽相公呼喚。

未知如何？且聽下回分解。

第三十四回　定蘭譜顏生識英雄　看魚書柳老嫌寒士

且說顏生見金生去了，便叫雨墨會帳。雨墨道：「銀子不彀了。短的不足四兩呢！我算給相公聽：咱們出門時共剩了二十八兩有零；兩天兩頓早尖，連零用共費了一兩三錢；昨晚吃了十四兩；再加今日的十六兩六錢五分，共合銀三十一兩九錢五分。豈不是短了，不足四兩麼？」顏生道：「且將衣服典當幾兩銀子，還了帳目；餘下的作盤費就是了。」雨墨道：「出門兩天就當當。我看除當這幾件衣服，今日當了，明日還有什麼？」顏生也不理他。雨墨去了多時，回來道：「衣服通共當了八兩銀子。除還飯帳，下剩四兩有零。」顏生道：「咱們走路罷！」雨墨道：「不走還等什麼呢？」出了店門，雨墨自言道：「輕鬆靈便，省得有包袱背著怪沉❶的！」顏生道：「你不要多說了！事已如此，不過多費去銀兩，有什麼要緊？今晚前途，任憑你的主意就是了。」雨墨道：「這金相公也真真的奇怪，若說他是誆嘴的，怎麼要了那些菜來，他連筷子也不動呢？就是愛喝好酒，也犯不上要一罈來，卻又酒量不很大；一罈子酒，喝不了一零兒，就全剩下了，也便宜了店家。就是愛噢活魚，何不竟要活魚呢？說他有意要冤❷咱們，卻又素不相識，無仇無恨。饒❸白噢白喝，還要冤人，更無此理。我測不出他的什麼意思來。」顏

❶ 沉：很有些重量的樣子。
❷ 冤：冤枉；哄騙。

生道：「據我看來，他是個瀟灑儒流，總有些放浪形骸之外。」主僕二人途次閒談，仍是打了早尖，多歇息歇息，便一直趕到宿頭。雨墨便出主意道：「相公！咱們今晚住小店喫頓飯，每人不過花上二錢銀子，再也不得耗費了。」顏生道：「依你！依你！」主僕二人竟投小店。

剛然就坐，只見小二進來道：「外面有位金相公找顏相公呢！」雨墨道：「很好！請進來！咱們多費上二錢銀子。這個店小，也沒有什麼出主意的了。」說話間，只見金生進來道：「吾與顏兄，真是三生有幸，竟會到那裏就遇得著。」顏生道：「實實小弟與兄臺緣分不淺。」金生道：「這麼樣罷！咱們兩個結盟拜把子❹罷！」雨墨忙上前道：「金相公要與我們相公結拜，這個小店備辦不出祭禮來；只好改日再拜罷！」金生道：「無妨，隔壁太和店，是個大店口，什麼俱有。莫說是祭禮，就是酒飯，回來也是那邊要去。」雨墨暗暗頓足道：「活該！活該！算是喫定我們爺兒們了。」金生也不喚雨墨，就叫本店的小二將隔壁太和店的小二叫來，便吩咐如何先備三牲豬頭祭禮，立等要用；又如何預備上等飯，要鮮爐活魚；又如何搭一罈女貞陳酒：仍是按前兩次一樣。雨墨在旁，惟有聽著而已。又看那顏生與金生，說說笑笑，真似同胞兄弟一般，毫不介意。雨墨暗說：「我們相公真是書獃子！看明早這個饑荒❺，怎麼打算？」不多時，三牲祭禮齊備，序齒燒香。誰知顏生比金生大兩歲，理應先燒香。雨墨暗道：「這個定了，把弟喫準了把兄咧！」無奈何在旁服侍。結拜完了，焚化錢糧後，便是顏生在上首坐了，金生

---

❸ 饒：讓。

❹ 拜把子：結拜兄弟。

❺ 饑荒：困難。

在下面相陪，你稱仁兄，我稱賢弟，更覺親熱。雨墨在旁聽著，好不耐煩。少時聽至菜來，無非還是前兩次的光景。雨墨也不多言，只等二人喫完，他便在外盤膝坐下，道：「喫也是如此，不喫也是如此，且自樂一會兒是一會兒。」便叫：「小二，你把那酒抬過來。我有個主意：你把太和店小二也叫了來，有的是酒，有的是菜，咱們大夥兒同喫，算是我一點敬意兒，你說好不好？」小二聞聽，樂不可言。連忙把那邊的小二也叫來了，二人一壁服侍雨墨，一壁跟著喫喝，雨墨倒覺得暢快。喫喝完了，仍然進來等著，移出燈來，也就睡了。

到了次日，顏生出來淨面，雨墨悄悄道：「相公昨晚不該與金生結義。又不知道他家鄉何處，卻道他是什麼人？倘是個篾片，相公的名頭不壞了麼？」顏生忙喝道：「你這大膽奴才。休得胡說！」雨墨道：「非是小人多言，別的罷了！回來店裏的酒飯銀兩，又當怎麼樣呢？」剛說至此，只見金生掀簾出來，便叫小二開了單來我看。雨墨暗道：「不好，他要起翅。」只見小二開了單來，上面寫著：「連祭禮共用銀十八兩三錢。」雨墨遞給金生，金生看了道：「不多！不多！也賞他二兩；這邊店裏沒有什麼，賞他一兩罷！」說完便對顏生道：「仁兄吓……」旁邊雨墨喫驚不小，暗道：「不好！不好！他要說『不鬧虛了』。——這二十多兩銀子，又往那裏算去？」誰知金生今日卻不說此句，他卻問顏生道：「仁兄吓！你這上京投親，就是這個樣子，難道令親那裏，就不憎嫌麼？」顏生嘆氣道：「此事原是奉母命前來，愚兄卻不願意。況我姑父姑母，又是多年不通音信的，恐怕到了那裏，未免要費些唇舌呢！」金生道：「事前須要打算打算著方好。」雨墨暗道：「他倒是真關心呢！結了盟，就另有一個樣兒了。」正想著，只見外邊走進一個人來。雨墨才要問找誰的，話未說出，那人便與金生磕頭道：「家老爺打發小人前來，恐爺路上缺少盤費，特送四百兩銀子，叫老爺將就用罷。」此時顏生聽的明白。見來人身量高大，頭戴鷹翅大帽，身穿皂布短袍，腰束皮鞓帶❻，足下登一雙大曳拔靸鞋，手裏還提著馬鞭子。只聽金生說道：「吾行路焉用多少銀兩？既承你家老爺好意，留下了二百兩銀子，剩下的仍然帶回，替吾道謝。」那人聽了，放下馬鞭子，從褡褳叉子裏，一封一封，掏出四封，擺在桌上。金生便打開一包，拿了兩錠銀子，遞與那人道：「難為你大遠的來，賞你喝茶罷！」那人又爬在地下，磕了個頭，提了褡褳、馬鞭子才要走時，忽聽金生道：「你且慢著，你騎了牲口來了麼？」那人道：「是！」金生道：「很好，吾還要煩你辛苦一趟。」那人道：「不知爺有何差遣？」金生便對顏生道：「仁兄！興隆鎮的當票子，放在那裏？」顏生暗想道：「我當衣服，他怎麼知道了？」便問雨墨。雨墨此時已經看獃了。忽聽顏生問他當票子，他便從腰裏掏出一個包兒來，連票子和那剩下的四兩多銀子俱擱在一處，遞將過來。金生將票子接在手中，又拿了兩錠銀子，對那人道：「你拿此票到興隆鎮，把他贖回來，除了本利，下餘的，你作盤費就是了。你將這個褡褳子放在這裏，回來再拿。吾還告訴你，你回來時，不必到這裏了，就在隔壁太和店，吾在那裏等你。」那人連連答應，竟拿了馬鞭子，出店去了。

金生又重新拿了兩錠銀子，叫雨墨道：「你這兩天，多有辛苦，這銀子賞你罷！吾可不是篋片了。」雨墨那裏還敢言語呢？只得也磕頭謝了。金生對顏生道：「仁兄呀！咱們上那邊店裏去罷！」顏生道：「但憑賢弟。」金生便叫雨墨抱著桌子上的銀子，小二拿了褡褳，主僕一同出了小店，來到太和店。真正寬闊，雨墨也不用說，竟奔上房而來。顏生與金生，在迎門兩張椅子上坐了，這邊小二殷勤，泡了茶

❻ 鞓帶：皮帶。

來。金生便出主意與顏生買馬，治簇新的衣服靴帽，全是使他的銀子；顏生也不謙讓。到了晚間那人回來，將當交明，提了褡褳去了。這一天喫飯飲酒，也不像先前那樣；止揀可喫的要來喫。剩的不過將夠雨墨喫的。到了次日，這二百兩銀子，除了賞項、買馬、贖當、治衣服等，並會了飯帳，共費去銀八九十兩，下剩仍有一百多兩，金生便都贈了顏生。顏生那裏肯受，金生道：「仁兄只管拏去，吾路上自有相知應付。還是吾先走，咱們京都再會罷！」說罷執手告別，出店去了。顏生倒覺依戀不捨。此時雨墨的精神百倍，裝束行囊，將銀兩收藏嚴密，只將那剩的四兩有餘，帶在腰間，叫小二把行李搭在馬上，扣備停當，請相公騎馬。——登時闊起來了。顏生也給他僱了一頭驢，沿途代腳。

一日來至祥符縣，竟奔雙星橋而來。到了雙星橋，略問一問柳家，人人皆知，指引門戶。主僕來到門前一看，果然氣象不凡，是個殷實人家。原來顏生的姑父，名叫柳洪，務農為業，為人固執，有個慳吝毛病。他與顏老爺雖然郎舅，卻有些水火不同爐❼。只因顏老爺是個堂堂的縣尹，以為將來必有發跡，故將自己的女兒柳金蟬，自幼兒就許配了顏春敏。不意後來，顏老爺病故，送了信來，他就有些後悔，還關礙著顏氏安人。誰知三年前顏氏安人又一病嗚呼，續娶馮氏，又是個面善心毒之人。柳洪每每提起顏生，便瞎聲嘆氣，說當初不該定這門親事，已露出有退婚之意。馮氏有個姪兒，名喚馮君衡，與金蟬小姐年紀相仿。他打算著把自己的姪兒作為養老的女壻，就是將來柳洪亡後，這一分家私，也逃不出馮家之手。因此他卻疼愛小姐，又叫姪兒馮君衡時常在員外跟前獻些殷勤。員外雖則喜歡，無奈馮君衡的相貌不揚，又是一個白丁，因此柳洪總未露出口吻來。一日柳洪正在書房，偶然想起女兒金蟬，年已及

---

❼ 水火不同爐：彼此不能相容。

笄，顏生那裏孤苦伶仃，聞得他家道艱窘，難以度日，惟恐女兒過去受罪，怎麼想個法子，退了此親方好。正在煩思，忽見家人進來稟道：「武進縣的顏姑爺來了。」柳洪聽了，問道：「是什麼形相來的？」家人道：「穿著鮮明的衣服，騎著高頭大馬，帶著書僮，甚是齊整。」柳洪暗道：「顏生必是發了財了，特來就親。」忙叫家人快請，自己也就迎了出來。只見顏生穿著簇新大衫，又搭著俊俏的容貌，後面又跟著個伶俐小童，拉著一匹潤白馬，不由得心中羨慕，連忙上前相見。顏生即以子姪之禮參拜，柳洪那裏肯受？謙讓至再至三，才受半禮。彼此就坐，敘了寒暄，家人獻茶已畢，顏生便漸漸的說到家業零落，特奉母命投親，在此攻書，預備明年考試，並有家母親筆書信一封。說話之間，雨墨已將書信拿出來，交與顏生。顏生呈與柳洪，又奉了一揖。此時，柳洪就把那黑臉放下來，不似先前那等歡喜。無奈何將書信拆閱一畢，更覺煩了。便吩咐家人，將顏相公送至花園幽齋居住。顏生還要拜見姑母，柳洪道：「拙妻這幾日有些不爽快，改日再見。」顏生看此光景，只得跟隨家人，上花園去了。幸虧金生打算，替顏生治辦衣服馬匹，不然柳洪絕不肯納❽。

不知柳洪如何主意？且看下回分解。

❽ 納：收容。

第三十五回　柳老賴婚狼心難測　馮生聯句狗屁不通

話說柳洪便袖了書信來到後面，憂容滿面。馮氏問道：「員外為著何事，如此的煩悶？」柳洪便將顏生投親的原由，說了一遍。馮氏聽了，便假意歡喜，給員外道喜。說道：「此乃一件好事，員外該當做的。」柳洪聞聽，不由的怒道：「什麼好事？你往日明白，今日糊塗了！你且看他書信上面，寫著叫他在此讀書，等到明年考試，這個用度須耗費多少？若不中，就叫我這裏完姻，過一月後，叫我這裏將他小兩口子送往武進縣去，你打算打算看，這注財要耗費多少銀子？落個人財兩空，你還說做得麼？」馮氏道：「若依員外，此事便怎麼樣呢？」柳洪道：「也沒有什麼主意！不過是想把婚姻退了，省得女兒過去受罪。」馮氏見柳洪吐出退婚的話來，便道：「員外既有此心，暫且將顏生在幽齋冷落幾天。我保不出十日，管教他自己退婚，叫他自去。」柳洪聽了大喜，兩個人在屋中計議，不防隨小姐的乳母田氏，從窗外經過，這些話一一完全聽了。他急急的奔到後樓來，到香閨見了小姐，一五一十，俱各說了。便道：「小姐！此事關係非淺，早早拿個主意。」小姐道：「總是我那親娘去世，叫我向誰申訴呢？」田氏道：「我倒有個主意。他們商議，原不出十天；咱們就在這三五日內。小姐！顏相公不論夫妻，仍論兄妹，寫一字柬，叫繡紅約他在內書房夜間相會，將原委告訴明白了顏相公，小姐將私蓄贈些與他，叫他另尋安身之處。俟科考後，功名成就，那時再來就親，大約員外無有不允之理。」小姐聞聽，尚然不肯，還是田氏與繡紅，百般解勸，小姐無奈，才應允了。

且說馮君衡這小子，自從聽見他姑媽有意將金蟬小姐許配於他，他便每日跑破了門，不時的往來。若遇見員外，他便卑躬下氣，假作斯文。那一宗脅肩諂笑，便叫人忍耐不得。員外看了，總不大合心。若是員外不在跟前，他便合他姑媽，百般的央告，只要求馮氏早晚在員外跟前玉成其事。一日恰值金蟬小姐給馮氏問安，娘兒兩個正在閒談，這小子他就一步兒跑進來了。小姐躲閃不及。馮氏便道：「你們是表兄妹，皆是骨肉，是見得的。彼此見了。」小姐無奈。見馮君衡把袖子整了一整，便作下一揖去，半天直不起腰來。那一雙賊眼，直勾勾❶的瞧著小姐。旁邊繡紅看不上眼，擁簇著小姐回繡閣去了。他便謀求的很了，恨不能立刻到手，天天來至柳家探望。這一天剛進門來，見院內拴著一匹白馬，便問家人道：「此馬從何而來？」家人回道：「是武進縣顏姑爺騎來的。」他一聞此言，只驚得目瞪口呆，魂飛天外。暗想：「此時卻怎麼處？」只得來到書房，見了柳洪。見員外愁眉不展，他想道：「必是為此事發愁。想來顏生必然窮苦之甚！倒要見見他。如若真不像樣，何不當面奚落他一場，也出了我胸中惡氣。」便對柳洪言明，要見顏生。柳洪無奈，只得將他帶入幽齋。誰知見了顏生，衣冠鮮明，而且像貌俊美，談吐風雅，反覺得跼蹐不安，自慚形穢，連一句整話也說不出來。柳洪在旁觀瞧，也覺得媸妍自別。暗道：「據顏生相貌才情，堪配我女；可惜他家道貧寒，是一宗大病。」又看馮君衡，聳肩縮背。柳洪倒覺不好意思，搭訕著道：「你二人在此攀話，我料理我的事去了。」說罷，就走開了。

馮君衡見柳洪去了，他便略坐一坐，也回書房去了。一進門來，自己便對穿衣鏡一照，自己叫道：

❶ 直勾勾：盯緊了瞧的樣子。

「馮君衡你瞧人家是怎麼長來著？你是怎麼長來著？也不至於見了人說不出話來？」自己怨恨一番，忽又想道：「顏生也是一個人，我也是一個人，我又何必怕他呢？」到了次日，喫畢早飯，便上幽齋而來。見了顏生，彼此坐了。顏生問道：「馮兄在家作何功課？」馮君衡道：「我家也有個先生，他教給我作什麼詩，五個字一句，說四句是一首，還有什麼韻不韻的；我那裏弄的上來呢？後來作慣了，學得順溜了，就只能作半截兒。有一遭兒❷，先生出了個『鵝群』叫我作，我如何作的下去呢？好容易作了半截兒……」顏生道：「可還記得麼？」馮君衡道：「我記得是：『遠看一群鵝，見人就下河。』」顏生道：「底下呢？」馮君衡道：「說過就作半截兒，如何能夠滿作了呢？」顏生道：「待我與你續上半截，如何？」馮君衡道：「那敢則好。」顏生道：「白毛分綠水，紅掌蕩清波。」馮君衡道：「似乎是好！念著卻怪有個聽頭兒的！還有一遭，因我們書房院子裏有棵枇杷樹，先生以此為題。我作的是：『一棵枇杷樹，兩個大槎枒。』」顏生道：「我也與你續上罷：『未結黃金菓，先開白玉花。』」馮君衡見顏生又續上了，他卻不講詩，便道：「我是愛對對子。顏大哥！你出個對子我對。」顏生暗道：「今日重陽，而且風鳴樹吼。」便寫了一聯道：「九日重陽風綠葉。」馮君衡看了半天，猛然想起，對道：「『八月中秋月照臺。』顏大哥你看我對的如何？」他見顏生手中，搖著扇子，上面有字。便道：「顏大哥，我瞧瞧扇子。」顏生遞過來，他就連聲誇道：「好字！好字！真寫了個龍爭虎鬥！」又翻看那面，卻是素紙。連聲道：「可惜！這一面如何不畫上幾個人兒呢？顏大哥！你瞧，我的扇卻是畫了一面，那一面卻沒有字。求顏大哥的大筆，寫上幾個字兒罷！」顏生道：「我那扇子，是相好朋友，寫了送我的；現有雙款

❷ 一遭兒：一回；一次。

為證，不敢虛言。我那拙筆，惟恐有污尊搖。」馮君衡道：「我那扇子，也是朋友送我的。如今再求顏大哥一寫，更成全起來了。我先拿了顏大哥扇子去，俟寫好時再換。」顏生無奈，將他的扇子插入筆筒之內。馮君衡告辭轉身回到書房，暗暗想道：「顏生他將我兩次詩句，不用思想，開口就續上了。他的學問，那比我強多咧！而且相貌又好。他若住在此處，只怕我表妹要被他奪了去。這便如何是好？」思前想後，總要把顏生害了，纔合心意。翻來覆去，一夜不曾合眼，再也想不出計策來。到了次日，喫畢早飯，又往花園而來。

不知後事如何？且看下回分解。

第三十六回　園內贈金丫鬟喪命　廳前盜屍惡僕忘恩

且說馮君衡來至花園，忽見迎面來了繡紅，心中陡然疑惑起來。便問道：「你到花園來做什麼？」繡紅道：「小姐派我來採花兒。」馮君衡道：「採的花兒在那裏？」繡紅道：「我到那邊看了花兒，尚未開呢！因此空手回來。你查問我做什麼？這是柳家花園，又不是你們馮家花園，用你多管閒事。」說罷去了。氣得個馮君衡一言不發，心中更加疑惑，急忙奔至幽齋。偏偏的雨墨呢，又進內烹茶去了。顏生拿著個字帖兒，正要開看；猛抬頭，見了馮君衡，連忙讓坐，順手將字帖兒，掖在書內，彼此閒談。馮君衡道：「顏大哥可有什麼淺近的詩書，借給我看看呢？」顏生因他借書，便立身起來，向書架上找書去了。馮君衡便留神，見方才掖在書內字帖兒，露著個紙角兒，他便輕輕抽出，暗盜在袖裏。及至顏生找了書來，急忙接過，執手告別。回轉書房，袖中掏出字兒一看，只嚇得驚疑不止。暗道：「這還了得！」原來此字，正是前次乳母與小姐商議的，定於今晚二鼓，在內角門相會，私贈銀兩；偏偏的被馮賊偷了來了。他便暗暗想道：「今晚他們若相會了，小姐一定身許顏生，我的姻緣，豈不付之流水？如今字兒已落吾手，大約顏生恐我識破，他決不敢前去。我何不於二鼓時，假冒顏生，倘能到手，豈不仍是我的姻緣？即便露出馬腳，他若不依；就拿著此字，作個見證。就是姑爺知道，也是他開門揖盜，卻也不能奈何於我？」心中越想越妙，不由的滿心歡喜。

且說金蟬小姐，暗暗打點了私蓄銀兩，並首飾衣服，到了臨期，卻派了繡紅持了包袱銀兩去贈顏生。繡紅持了包袱銀兩，剛來到角門以外，見個人傴僂而來，細看形色，不是顏生，即問道：「你是誰？」只聽那人道：「我是顏生。」細聽語音，卻不對。忽見那人向前就要動手，繡紅見不是的，嚷道：「有賊！」馮君衡著忙，急伸手本欲蒙嘴，不意蠢夫使的力莽，丫鬟軟弱，往後便倒。惡徒收手不及，撲跌在丫鬟身上，以致手按在繡紅喉間一擠。及至強徒起來，丫鬟已氣絕身亡，包袱銀兩棄於地上。馮賊見丫鬟已死，急忙立起身來，檢起了銀兩包袱兒，將顏生的扇子，並字帖兒，留於一旁，竟回書房去了。

小姐與乳母在樓上，等繡紅不見回來，好生著急，乳母便要到角門一看。誰知此時走更之人，見丫鬟倒斃於角門之外，早已稟知員外安人了。乳母聽了此信，魂飛天外，回轉繡房，給小姐送信。只見燈籠火把，僕婦丫鬟，同著員外安人，竟奔內角門而來。柳洪將燈一照，果然是繡紅，見他旁邊擱著一把扇子，又見那裏地上有個字帖兒，連忙俱各檢起，打開扇子，卻是顏生的，心中已然不悅；又將字帖兒一看，登時氣沖牛斗，竟奔小姐的繡閣。見了小姐，便說：「你幹的好事！」將字帖兒就當面擲去。小姐此時知道繡紅已死，又見爹爹如此，真是萬箭攢心。虧得馮氏趕到，見此光景，忙將字帖兒檢起來，看了一遍，說道：「員外！員外！你好糊塗！焉知不是繡紅那丫頭幹的鬼呢？他素來筆跡原與女兒一樣，女兒現在未出繡閣，他卻死在角門以外，你如何不分皂白，就埋怨女兒來呢？只是這姑爺，既已得了財物，為何又將丫鬟掐死呢？」一句話提醒了柳洪，便把一天愁恨，俱擱在顏生身上。他就連忙寫一張呈子，說顏生無故殺害丫鬟——並不提私贈銀兩之事——把顏生送往祥符縣內。可憐顏生，睡在夢裏，連個影兒也不知。幸喜雨墨機靈，暗暗打聽明白，告訴了顏生。顏生聽了，他便立了個百折不回的主意。

且說馮氏安慰小姐，叫乳母好生看顧他；便在柳洪跟前，竭力攛掇，務將顏生置之死地。柳洪等候縣尹來相驗了繡紅，實在扣喉而死，並無別的情形。柳洪卻咬定牙關，說是顏生謀害的，總要顏生抵命。縣尹回至衙門，立刻升堂，將顏生帶上堂來，仔細一看，卻是個懦弱書生，不像那殺人的凶手，便有憐惜他的意思。問道：「顏春敏，你為何謀害繡紅，從實的招來。」顏生答道：「只因繡紅素來不服呼喚，屢屢逆命，昨又因他口出不遜，一時氣憤難當，將他趕至後角門，扣喉而死。這也是前世冤纏，做了今生的孽報。望祈老父母早早定案，犯人再也無怨的了。」道罷，向上叩頭。縣宰見他滿口應承，毫無推諉，不由的心下為難，暗暗思忖道：「看此光景，決非行凶作惡之人，難道他素有瘋癲不成？或者其中別有情節，礙難吐露，情甘就死，亦未可知。此事本縣倒要細細訪查，再行定案。」想罷，吩咐將顏生帶下去寄監。縣官退入後堂，另有一番思索。你道顏春敏為何情甘認罪？只因他憐念小姐一番好心，不料自己粗心，失去字帖兒，致令繡紅遭此慘禍，已然對不過小姐；若再當堂和盤托出，豈不壞了小姐名節嗎？莫若自己應承，免得小姐出頭露面。

且說雨墨從相公被人拿去之後，他便暗暗揣了銀兩，趕赴縣前，悄悄打聽。聽說相公滿口應承，當堂全認了，只嚇得他膽裂魂飛，淚流滿面。後來見顏生入監，他便苦苦上前哀求禁子，並言有薄敬奉上。禁子與牢頭相商明白，容他在內服侍相公。雨墨便將銀兩交付了牢頭，囑託一切俱要看顧。牢頭見了銀兩，滿口應承。雨墨見了顏生，痛哭抱怨，說：「相公不該應承了。」顏生微微含笑，毫不介意。此時柳洪那裏，俱各知道顏生當堂招認了，老賊方得滿心歡喜，只苦了金蟬小姐，一聞此言，只道顏生決無生理，仔細想來，全是自己將他害了。他若無命，我豈獨生？莫若以死相酬。將乳母支出去烹茶，他便閉了繡閣，投繯自盡身亡。及至乳母端了茶來，見門戶關閉，就知不好。便高聲呼喚，也不見應。再從門縫看時，見小姐高高懸起，嚇得他骨軟筋酥，踉踉蹌蹌，報與員外安人。柳洪一聞此言，也就顧不得了。先帶領家人，一竟奔到樓上，打開繡房，上前便把小姐一把抱住，家人忙上前解了羅帕。此時馮氏已然趕到。夫妻二人打諒還可以解救，誰知香魂已渺，不由的痛哭起來。更加著馮氏數數落落，一壁裏哭小姐，一壁裏罵柳洪道：「都是你這老烏龜，老殺才！不分青紅皂白，生生的要了你的女兒命了！那一個剛才送縣，這一個就上了吊了。這個名聲傳揚出去，纔好聽呢！」柳洪聽了此言道：「幸虧你提醒我，似此事如何辦理？且先想個主意要緊。」馮氏道：「還有別的什麼主意嗎？只好說小姐得了個暴病，有些不妥，先著人悄悄抬個棺材來，算是預備後事，與小姐沖沖喜。卻暗暗的將小姐盛殮了，浮厝在花園敞廳上。候過了三朝五日，便說小姐因病身亡，也就遮了外面的耳目。」柳洪聽了，再也想不出別的高主意，只好依計而行。馮氏與乳母，已將小姐穿戴齊備，所有小姐素日惜愛的簪環、首飾、衣服，俱各盛殮了，便叫家人暗暗抬至花園，停放敞廳。員外安人，惟有悲泣而已。停放已畢，惟恐有人看見，便將花園門倒鎖起來，所有家人，每人賞了四兩銀子，以壓口舌。

誰知家人之中，有一人姓牛，名喚驢子，他爹爹牛三，原是柳家老僕，只因雙目失明，柳家念他出力多年，便在花園後門外，蓋了三間草房，叫他與他的兒子，並媳婦馬氏，一同居住；又可以看守花園。這日牛驢子拿了四兩銀子回來，馬氏問道：「此銀從何而來？」驢子就一五一十說了一遍。又言：「小姐盛殮的東西，實在的不少；什麼鳳頭釵，又是什麼珍珠花、翡翠環……」這個那個說了一遍。馬氏聞言，暗暗垂涎道：「可惜了兒的這些東西。你就是沒有膽子！你若有膽量，到了夜間，只隔著一段牆，偷偷兒的進去盜了，半生喫喝不盡。」只聽那屋牛三道：「媳婦！你說的這是什麼話？柳家員外遭了此事，已是不幸。人要天理良心，報應要緊。驢兒，此事是斷斷做不得的。」驢子聽了，暗暗叫他女人，預備飯喫。喫喝完了，便在院內找了一把板斧，掖在腰間，等到將有二鼓，他直奔花園而來。

未知如何？且看下回分解。

第三十七回　小姐還魂牛兒遭報　幼僮侍主俠士揮金

且說牛驢子於起更時來至花園，扳住牆頭，縱身上去。他往裏一跳，竟奔敞廳而來。見棺材停於中間，猛然想起柳小姐入殮之時形景，不覺駭怕起來。暗暗說：「不好。」說時只覺得身子發軟，就坐在敞廳欄杆踏板之上，略定了定神。來到敞廳之上，對了棺木，雙膝跪倒，暗暗祝道：「牛驢子實在窮苦，小子今日暫借小姐的簪環衣服一用，如日後充足了，我再多多的給小姐燒些紙錁罷！」祝畢起來，將板斧放下，只用雙手從前面托住棺蓋，盡力往上一起，那棺蓋就離了位了，他更往左邊一跨。又繞到後邊，也是用雙手托住，往上一起，他卻往右邊一跨。那材蓋便斜橫在棺上。才要動手，忽聽「哎呀」一聲，便嚇的半晌出不出氣來。又見小姐掙扎起來，口中說道：「多承公公指引。」驢子喘息喘息，想道：「小姐他會還了魂了？」又一轉念：「他縱然還魂，正在氣息微弱之時，我這再上去將他掐住咽喉，他依然是死。我照舊發財，有何不可呢？」想至此，煞神又附體，立起身來，從老遠就將兩手比要掐的式樣。尚未來到棺材，忽有一物飛來，正打在左手之上。驢子又不敢哎呀，只疼得他咬緊牙，摔著手，在廳下打轉。只見從太湖石後，來了一人，身穿夜行衣服，竟奔驢子而來。瞧著不好，剛然要跑，已被那人一腳跌倒在地。驢子道：「爺爺饒命！」那人便把驢子按在地上，用刀一晃道：「我只問你，棺木內死的是誰？」驢子道：「是我家小姐。昨日吊死的。」那人喫驚道：「你家小姐是為何吊死？」驢子道：「只因顏生當堂招認了，我家小姐就吊死了。不知是何緣故。只求爺爺饒命！」那人道：「你初念貪財，還可以饒恕；後來又生殺人之心，便是可殺。」刀已落將下來，登時驢子入了湯鍋了。你道此人是誰？他便是改名金懋叔的白玉堂，自從贈了顏生銀兩之後，他先到祥符縣，將柳洪打聽明白，已知道此人慳吝，必然嫌貧愛富。後來打聽顏生到此，甚是相安，正在思疑，忽聽得顏生被祥符縣拿去，很為詫異，故此夤夜到此，打聽個水落石出。已知顏生負屈含冤，並不知小姐又有自縊之事。適才問了驢子，方才明白。既將牛驢子殺了，又見小姐還魂，就高聲叫道：「你們小姐還了魂了，快來救人吓！」又向那角門「噹」的一腳，連門帶框俱各歪在一邊。他卻飛身上房，竟奔柳洪的住房去了。

且說巡更之人，原是四個，前後半夜掉換。這前半夜的二人正在巡更，猛聽得有人說：「小姐還了魂了。」又聽「哐啷」一聲響亮，兩個人嚇了一跳。連忙順著聲音打著燈籠一照，見花園角門連框子，俱各歪在一邊。二人放著膽子，進了花園，趁著月色，先往敞廳上一看，見棺材蓋橫在棺上。連忙過去細看，見小姐坐在棺內。二人見了，悄悄說道：「誰說不是活了呢？快報員外安人去。」剛然回身，只見那邊有一塊黑忽忽的，不知是什麼，打過燈籠一照，卻是一個人。一個說道：「夥計，這不是牛驢子麼？他如何躺在這裏呢？」又聽那人道：「這是個什麼稀濘的，躧了我一腳？阿呀！怎麼他脖子上有個口子呢？敢則是被人殺了。──快快報知員外，說小姐還魂了。」柳洪聽了，即刻叫開角門。馮氏也連忙起來，喚齊僕婦、丫鬟，俱往花園來。誰知乳母田氏一聞此言，預先跑來，扶著小姐呼喚；柳洪、馮氏見了小姐果然活了，不勝歡喜，大家攙扶出來。田氏轉身背負著小姐，僕婦幫扶，左右圍隨，一直來到繡閣，安放妥協，又灌薑湯少許，漸漸的甦醒過來。容小姐靜一靜，定定神。只有乳母田氏與安人小丫鬟等，在左右看顧，柳洪就慢慢的下樓去了。只見更夫仍在樓門之外伺候，柳洪便道：「你二人在此作甚？」二人道：「等著員外回話。咱們花園躺著一個死人呢！」柳洪聞聽大驚道：「如何有死人呢？」二人道：「員外隨我來看看，就知道了。不是個生人，卻是個熟人。」柳洪跟更夫進了花園，來至敞廳，更夫舉起燈籠照著，柳洪見滿地是血，戰戰兢兢。看了多時道：「這不是牛驢子麼？他如何被人殺了呢？」又見棺蓋橫著，旁邊又有一把板斧，猛然省悟道：「別是他前來開棺盜屍罷？如何棺蓋橫過來呀？」更夫說道：「員外爺想的不錯。只是他被何人殺死呢？難道他見小姐活了，他自己抹了脖子？」柳洪無奈，只得派人看守，準備報官相驗。先叫人找了地保來，告訴他此事。地保道：「日前掐死了一個丫鬟，尚未結案；如今又殺了一個家人，此事就說不得了。只好員外爺辛苦辛苦，同我走一趟。」柳洪知道是故意的拿捏，只得進內取些銀兩給他們就完了。不料來至房間屋內，見銀櫃的鎖頭落地，蓋已開了，這一驚非同小可。連忙查對散碎銀兩，俱各未動，單單整封銀兩，短了十封。心裏這一陣難受，不知如何是好。發了會子怔，叫丫鬟去請安人，一面秤了一兩六錢的銀子，算是二兩，央求地保呈報。地保得了銀子，自己去了。

柳洪急回身來至屋內，不覺淚下。馮氏便問：「叫我有什麼事？女兒活了應該喜歡，為何倒反哭起來了呢？」柳洪便將銀子失去十封的話，說了一遍，「如今意欲報官，故此請你來商議商議。」馮氏聽了，也覺一驚。後來聽柳洪說要報官，連說：「不可！不可！現在咱們家有兩條人命的大案，尚未完結，如今為丟銀子又去報官——別的都不遺失，單單的丟了十封銀子，這不是提官府的醒兒嗎？可見咱家積蓄多金。他若往歪裏一問，只怕再花幾十封，也未必能結案。依我說，這十封銀子，只好忍個肚子痛，算是丟了罷！」柳洪聽了此言，深為有理，只得罷了。

且說馬氏攛掇丈夫前去盜尸，以為手到成功；不想呆呆的等了一夜，未見回來。看看天已發曉，忽聽有人敲門道：「牛三哥。」婦人問：「誰？」將門開了一看，原來是檢覔的李二。李二一見馬氏便道：「驢子姪兒，不知為何被人殺死在那花園子裏面了。你們員外報官了，少時就要來相驗了。」牛三已在屋內聽見，道：「好呀！你們幹的好事呀！有報應沒有？昨日那們攔你們，你們不聽，到底兒遭了報了。這不叫員外受累麼？李老二你拉了我去，等著官府來了，我攔驗就是了。」說著話，拿了明杖。叫李二拉著他，竟奔員外宅裏來。見了柳洪，便將要攔驗的話說了，員外甚是歡喜。又教導了好些話，又將裝小姐的棺木，挪在閒屋，算是為他買的壽木。及至官府到來，牛三攔驗，情願具結領屍，不必細表。

且說顏生在監，多虧了雨墨服侍，不致受苦。自從那日過下堂來，至今並未提審，反覺得心神不定。忽聽得牢頭將雨墨叫將出來，在獄神廟前便發話道：「小夥子，你今兒得出去了，我不能替你耽驚兒。再者你們相公，今兒晚上也該受用受用了。」雨墨一聽不是話頭，便道：「賈大叔，可憐我家相公，負屈含冤，望大叔將就將就。」賈牢頭道：「我們早已可憐過了。我們若遇見都像你們這樣打官司，我們都餓死了。」雨墨見他如此神情，心中好生為難，急得淚流滿面，痛哭不止，恨不得跪在地下哀求。忽見監門口有人叫：「賈頭兒，賈頭兒！快來呀！」賈牢頭道：「是了，我這裏說話呢！」那人又道：「你快來，有話說。」賈牢頭道：「什麼事這麼忙？難道弄出錢來，我一人使嗎？也是大家夥兒分。」那外邊說話的，乃是吳禁子頭兒。他便問道：「你又駁辯誰呢？」賈牢頭道：「就是顏春敏的小童兒。」吳頭兒道：「阿呀！我的大爺，怎麼你惹他呢？人家的照應到了。這位姓白，剛才到衙門口，略一點染，就是一百兩呢！少時就進來了。你快快好好兒的預備著，伺候著罷！」牢頭聽了，連忙回身，見雨墨還在那裏哭呢！連忙上前道：「老雨呀！你怎麼不禁嚇呢？說說笑笑，你怎麼就認起真來？我問你，你家相公可有姓白的朋友嗎？」雨墨道：「並沒有姓白的。」賈牢頭道：「你藏奸，你還惱著我呢！我告訴你，如今外面有個姓白的，瞧你們相公來了。」說話間，只見該值的頭目，陪著一人進來：頭帶武生巾，身穿月白花氅，內襯一件桃紅襯袍，足登官靴，另有一番英雄氣概。雨墨見了，很像金相公，卻不敢認，只聽那武生叫道：「雨墨你敢是也在此麼？好孩子，真正難為你。」雨墨聽了此言，不覺的落下淚來，連忙上前參見。道：「誰說不是金相公呢？」暗暗忖道：「如何聲音也改了呢？」他卻那裏知道金相公就是白玉堂呢？白玉堂將雨墨扶起道：「你家相公在那裏？」

不知雨墨如何回答？且看下回分解。

第三十八回　替主鳴冤攔輿告狀　因朋涉險寄柬留刀

且說白玉堂將雨墨扶起道：「你家相公在那裏？」賈牢頭不容雨墨答言，他就說：「顏相公在這單間屋內，都是小人們伺候。」白五爺道：「好！你們用心服侍，我自有賞賜。」賈牢頭連連答應。白五爺來至屋內，見顏生蓬頭垢面，且刑具加身，已然形容憔悴了。連忙上前執手道：「仁兄！如何遭此冤枉？」說至此，聲音悲切。誰知顏生他卻毫不動念。顏生便說道：「嗐！愚兄愧見賢弟，賢弟到此何幹？」那白五爺見顏生並無憂愁哭泣之狀，惟有羞容滿面，心中暗暗點頭，誇道：「顏生真乃英雄也！」便問此事因何而起？顏生道：「賢弟問他怎麼？」白玉堂道：「你我知己弟兄，非泛泛可比；難道仁兄還瞞著小弟不成？」顏生無奈，只得說道：「此事皆是愚兄之過。」便說：「繡紅寄柬，愚兄並未看見柬上是何言詞。因有人來，便將柬兒放在書內，誰知此柬遺失。到了夜間，就生出事來。柳洪便將愚兄呈送本縣，後來多虧雨墨打聽明白，方知是小姐一片苦心，全是為顧愚兄。愚兄自恨遺失柬約，釀成禍端。兄若不應承，難道還攀扯閨閣弱質，壞他的清白？愚兄惟有一死而已。」白玉堂道：「仁兄知恩報恩，舍己成仁，原是大丈夫所為；獨不念老伯母在家懸念乎？」一句話卻把顏生的傷心招起，不由的淚如雨下。半晌，說道：「事成不改，命中所造，自料難逃。愚兄死後，望賢弟照看家母，兄在九泉之下，亦得瞑目。」說罷，痛哭不止。雨墨在旁亦落淚。白玉堂道：「仁兄且寬心！凡事還要再思。雖則為人，也當為己。聞得開封府包相斷事如神，何不到那裏申訴冤呢？」顏生道：「賢弟此言差矣！此事乃是兄自行承認的，又何必向包公那裏分辯去呢？」白玉堂道：「仁兄雖如此說，小弟惟恐本縣詳文若到開封府，只怕包相就不容仁兄招認了；那時又當如何？」顏生道：「書云：『匹夫不可奪志也』，況愚兄乎！」白玉堂見顏生毫無回轉之心，他便另有個算計了。便叫雨墨將禁子牢頭叫進來，白五爺叫伴當拿出四封銀子，對他二人說道：「這是四封銀子；賞你二人一封，散給眾人一封，餘下二封，便是伺候顏相公的。從此後，顏相公一切事體，全是你二人照管。倘有不到之處，我若聞知，卻是不依的。」二人屈膝謝賞，滿口應承。白五爺又對顏生道：「這裏諸事妥協，小弟要借雨墨隨我幾日，不知仁兄叫他去否？」顏生道：「他在此也無事，賢弟只管將他帶去。」雨墨欣然叩謝了顏生，跟隨白五爺出了監中。

到了無人之處，雨墨便問白五爺道：「老爺將小人帶出監來，莫非叫小人瞞著我家相公，上開封府呈控麼？」一句話問的白五爺滿心歡喜，道：「你小小年紀，竟有如此聰明，真正罕有。我原有此意，但不知你敢去不敢去？」雨墨道：「小人若不敢去，也就不問了。自從那日我家相公招承之後，小人就要上京內開封府控告去。只因監內無人伺候，故此耽延至今。今日又見老爺話語之中，提撥我家相公；我家相公毫不省悟。故此方才老爺一說要小人跟隨幾天，小人就明白為著此事。」白五爺哈哈大笑道：「我的意思竟被你猜著了。我告訴你，你家相公入了情魔了，一時也化解不開。須到開封府去，方能打破迷關。你明日就到開封府，就把你家相公，無故招承認罪原由，申訴一番，包公自有斷法。我在暗中給你安置安置，大約你家相公就可脫離此災了。」說畢，便叫伴當給他十兩銀子。雨墨道：「老爺前次賞過兩個錠子，小人還沒使呢！老爺改日再賜罷！」白五爺點頭道：「你今日就往開封府去，在附近處住下，明日好去伸冤。」雨墨竟奔開封府去了。誰知就是此夜，開封府出了一件詫異的事。包公每日五更上朝，包興、李才預備伺候，一切冠帶袍服，茶水羹湯，俱各停當；只等包公一呼喚，便諸事齊整。這日二人正在靜候，忽聽包公咳嗽，包興連忙執燈掀起簾子，來至裏屋來。剛要將燈往桌上一放，不覺駭目驚心，失聲道：「哎呀！」包公在帳子內便問道：「什麼事？」包興道：「這是那裏來的刀呀！」包公聽見，急披衣坐起，撩起帳子一看，果是明晃晃的一把鋼刀，橫在桌上，刀上還壓著柬帖兒。便叫包興將柬帖拿來我看。包興將柬帖從刀下抽出，持著燈遞給相爺一看，見上面有四個大字，寫著「顏春敏冤」，包公忖度了一會，不解其意。只得且自上朝，俟朝散之後，再慢慢的訪查。

到了朝中，諸事已完，便乘轎而回。剛至衙門，只見從人叢中，跑出個小孩子來，在轎旁跪倒，口稱冤枉。卻好王朝來到，將他拿住。包公立刻升堂，便說：「帶那小孩子。」王朝進了角門，將雨墨帶上堂去，雨墨便跪倒，向上叩頭。包公問道：「那小孩子叫什麼名字，為著何事？訴上來。」雨墨道：「小人名叫雨墨，乃武進縣人。只因同我家主人，到祥符縣投親……」包公道：「你主人叫什麼名字？」雨墨道：「姓顏名春敏。」包公聽了顏春敏三字，心中暗想道：「原來果有顏春敏。」便問道：「投在什麼人家？」雨墨道：「就是雙星橋柳員外家，員外柳洪，他是小主人的姑父。誰知小主人的姑母，三年前就死了，此時卻是續娶的馮氏安人。只因柳洪膝下，有個姑娘，名叫金蟬，是從小兒就許與我家相公為妻。小人的主人，原奉母命前來投親，一來在此讀書，預備明年科考；二來為的是完姻。誰知柳洪將我主僕二人，留在花園。他不懷好意，說我主人將丫鬟繡紅掐死在內角門以外。小人與主人，時刻不離左右，並未出花園的書齋，如何會在內角門，掐死了丫鬟呢？不想主人被縣裏拿去，竟滿口應承，說情願抵命，不知是什麼緣故？因此小人到相爺臺前，懇求相爺作主。」說罷，復又叩頭。包公聽了，沉吟半晌，便問道：「你可知道小姐那裏，除了繡紅，還有幾個丫鬟呢？」雨墨道：「聽得說，小姐那裏，就只一個丫鬟繡紅，還有個乳母田氏。這個乳母，便是個好人，小人進內取茶飯時，就向小人說：『園子空落，你們主僕在那裏居住，恐有不測之事，須要小心。依我說，莫若過一兩天，你們還是離了此處好。』不想果然就遭了此事了。」包公暗暗的躊躇道：「莫非乳母曉得其中原委麼？何不如此如此，看是如何。」想罷，便叫將雨墨帶下去。立刻吩咐差役，將柳洪並他家乳母田氏，分別傳來，不許串供。又吩咐到祥符縣，提顏春敏到府聽審。包公暫時退堂。

用飯畢，正要歇息。只見傳柳洪的差役回來稟道：「柳洪到案。」老爺吩咐伺候升堂。將柳洪帶上堂來，問道：「顏春敏是你什麼人？」柳洪道：「是小老兒內姪。」包公道：「他來此作什麼了？」柳洪道：「他在小老兒家讀書，為的是明年科考。」包公道：「聞聽得他與你女兒自幼聯姻，可是有的麼？」柳洪暗暗納悶道：「怪不得人說包公斷事如神，我家裏事，他如何知道呢？」至此無奈，只得說道：「是從小兒定下的婚姻。」包公道：「你可曾將他留下？」柳洪道：「留下在小老兒家居住。」包公道：「你家丫鬟繡紅，可是服侍你的女兒麼？」柳洪道：「是從小兒跟隨小女的。」包公道：「為何死的？」柳洪道：「就是顏春敏扣喉而死的。」包公道：「什麼時候死的？死於何處？有何見證？」柳洪道：「及至小老兒知道，已有二鼓之半，卻是死在內角門以外。死屍之旁，落下把扇子，卻是顏生的名款，因此才知道是顏生所害。」包公聽了，思想了半晌，見差役回道：「乳母田氏傳到。」包公叫將柳洪帶下去，即將田氏帶上堂來。田氏那裏見過這樣堂威，已然嚇得魂不附體，渾身抖衣而戰。包公問道：「你就是柳金蟬的乳母麼？」田氏道：「婆子便是。」包公道：「丫鬟繡紅，為何死的？從實說來。」田氏到了此時，那敢撒謊？便把如何聽見員外安人私語要害顏生，自己如何與小姐商議要救顏生，如何叫繡紅私贈顏生銀兩等話說了。「誰知顏姑爺得了財物，不知何故竟將繡紅掐死了，偏偏又落下一把扇子，連那個字帖兒。我家員外見了，氣的了不得，就把顏姑爺送了縣了。誰知我家小姐，就上了吊了。……」包公聽至此，不覺愕然道：「怎麼柳金蟬竟自死了麼？」田氏道：「死了之後又活了。」包公又問道：「如何又會活了呢？」田氏道：「皆因小姐裝殮了，停放後花園內敞廳上。誰知半夜裏，有人嚷說：『你們小姐還了魂了。』大家夥兒聽見了，過去一看，誰說不是活了呢？棺材蓋也橫過來了，小姐在棺材裏坐著呢！」包公道：「棺材蓋如何會橫過來呢？」田氏道：「聽說是宅內的下人牛驢子偷偷兒盜屍去，他見小姐活了，不知他又怎麼抹了頸子了。」包公聽畢，暗暗思想道：「可惜金蟬一番節烈，竟被無良的顏生辜負了！可恨顏生，既得財物，又將繡紅掐死，其為人的品行，就不問可知了。」便叫帶雨墨，左右即將雨墨帶上公堂來，包公把驚堂一拍道：「好狗才！你說你主人並未離過書房，他的扇子如何又在內角門以外呢？」

不知雨墨回答什麼言語？且看下回分解。

第三十九回　鍘斬君衡書生開罪　石驚趙虎俠客爭鋒

且說包公一聲斷喝：「哇！你這狗才就該掌嘴！你說你主人並未離了書房，他的扇子，如何又在內角門以外呢？」雨墨道：「相爺若道扇子，其中有個情節。只因柳洪內姪，名叫馮君衡，他是現在馮氏安人的姪兒。那一天合我主人談詩對對子，後來他要我主人扇子瞧，卻把他的扇子，就求主人寫。我家主人不肯寫，他不依；就把我主人的扇子拿去，等他寫好了再換。相爺不信，打發人取來，這時仍在筆筒內插著的扇子，就是馮君衡的。小人斷不敢撒謊。」忽見包公哈哈大笑，立刻出籤，捉拿馮君衡到案。此時祥符縣已將顏春敏解到。包公便叫將田氏帶下去，叫雨墨跪在一旁，將顏生的招狀看了一遍，已然看出破綻。便叫帶顏春敏。顏生此時鐐鎖加身，來至堂上，一眼看見雨墨，心中納悶道：「他到此何幹？」左右上來去了刑具，顏生跪倒。包公道：「顏春敏抬起頭來！」顏生仰起面來，包公見他雖然蓬頭垢面，卻是形容俊美，良善之人。便問：「如何將繡紅掐死？」顏生便將在縣內口供，一字不改，訴將上去了。包公點一點頭道：「繡紅也真正的可惡！你是柳洪的親戚，又是客居他家，他竟敢不服使喚，口出不遜，無怪你憤恨。我且問你，你是什麼時候出書齋？由何路徑到內角門？什麼時候掐死了繡紅？他死於何處？講來。」顏生聽包公問到此處，竟不能答。暗暗的道：「好利害！我如何說得出來？」正在為難之際，忽聽雨墨在旁哭道：「相公此時還不說明，真個就不念老安人在家懸念麼？」顏生一聞此言，觸動肝腑，又是著急，又是慚愧，不覺淚流滿面。向上叩頭道：「犯人實實罪該萬死，惟求相爺筆下超生。那日繡紅送柬之後，犯人剛然要看，恰值馮君衡前來借書，犯人便將此柬掖在案頭書內，誰知馮君衡去後，徧尋不見，再也無有。犯人並不知有內角門之約。」那包公聽了，便覺了然。只見差役回道：「馮君衡拿到。」包公便叫顏生主僕下去，立刻帶馮君衡上堂。包公見他兔耳鷹腮，蛇眉鼠眼，已知是不良之輩。把驚堂木一拍道：「馮君衡快將假名盜財，因姦致命，從實招來。」左右連聲催嚇：「講！講！講！」馮君衡道：「沒有什麼招的。」包公道：「請大刑。」左右將三根木望地下一撂，馮君衡害怕，只得口吐實情。將如何換扇，如何盜柬，如何二更之時，拿了扇柬，冒名前去；只因繡紅要喊，如何將他扣喉而死；又如何撇下扇柬，提了包袱銀兩，回轉書房；從頭到尾，述說一遍。包公問明，叫他畫了供，立刻請御刑。王、馬、張、趙，將狗頭鍘抬了來，還是照舊章程，登時將馮君衡鍘於丹墀之下，只嚇得柳洪、田氏，以及顏生主僕，誰敢仰視。剛將屍首打掃完畢，御刑仍然安放堂上。忽聽包公道：「帶柳洪。」這一聲，把個柳洪嚇得膽裂魂飛，爬至公堂之上。包公道：「我把你這老狗！顏生受害，金蟬懸樑，繡紅遭害，驢子被殺，以及馮君衡遭刑，全由你這老狗嫌貧愛富而起。今將你廢於鍘下，大概不委屈於你罷！」柳洪聽了，叩頭碰地道：「望相爺開天地之恩，饒恕小老兒，改過自新，以贖前愆。」包公道：「你既知要贖罪，聽本閣吩咐：今將顏生交付與你，就在你家攻書，所有一切費用，你要好好看待，俟明年科考之後，中與不中，即便完姻。倘顏春敏稍有疎虞，我便把你拿來，仍然廢於鍘下。」柳洪道：「小老兒願意。」包公便將顏春敏、雨墨叫上堂來道：「你讀書要明大義，為何失大義，而全小節？自今以後，必須改過。務要好好讀書，按日期將窗課❶送來，本閣與你看視。倘得寸進，庶不負雨墨一片為主之心。」顏生向上叩道：「謹遵臺命。」三個人又重新向上叩頭。柳洪攜了顏生的手，顏生攜了兩墨的手，又是歡喜，又是傷心，下了丹墀，同了田氏一齊回家去了。

此案已結。包公退堂，來至書房，便叫包興請展護衛。你道展昭幾時回來的？他卻在顏春敏、白玉堂之先，只因騰不出筆來，不能敘寫。如今顏春敏之案已完，必須要說一番。展爺自從救了老僕顏福之後，那夜便趕到家中，見了展忠，將茉花村比劍聯姻之事，述說一回。彼此換劍，作為定禮，便將湛盧寶劍，給他看了。展忠滿心歡喜。展爺又告訴他，現在開封府有一件緊要之事，故此連夜趕回家中，必須早赴東京。展忠說：「作皇家官，理應報效朝廷。家中之事，全有老奴照管，爺自請放心。」展爺便叫伴當收拾行李備馬，立刻起程，竟奔開封府而來。及至到了開封府，便先見了公孫先生，與王、馬、張、趙等，卻不提白玉堂來京。不過略問了一問：「一向有什麼事故否？」大家俱言無事。又問展爺道：「大哥原告兩個月的假，如何恁❷早回來？」展爺道：「回家祭掃完了，在家無事，莫若早些回來，省得臨期匆忙。」也就遮掩過去。他卻參見了相爺，暗暗將白玉堂之事說了。包公聽了，吩咐嚴加防範，設法擒拿。展爺退回公所，自有眾人與他接風洗塵，一連熱鬧幾天。展爺卻每夜的防範，並不見什麼動靜。不想由顏春敏案中，生出「寄柬留刀」之事，包公雖然疑心，尚未知虛實。如今此案已經斷明，果係「顏春敏冤」，應了柬上之事。包公想起留刀之人，便退堂後來至書房請展爺。展爺隨著包興進了書房，參見包公。包公便提起寄柬留刀之人，行蹤詭密，令人可疑，「護衛須當嚴加防範才好。」展爺道：「卑

❶ 窗課：窗是「書窗」。舊時稱書塾為書窗。「窗課」是書塾中的功課，即詩文之類。

❷ 恁：如此；這般。

職前日聽見主管包興述說此事，也就有些疑心，這明是給顏春敏辨冤，暗裏卻是透信。據卑職想，留刀之人，恐是白玉堂了。卑職且與公孫策計議去。」包公點頭，展爺退出，來至公所，已然秉上燈燭。大家擺上酒飯，彼此就坐。

公孫先生便問展爺道：「相爺請吾兄有何見諭？」展爺道：「相爺為寄柬留刀之事，叫大家防範些。」王朝道：「此事原為顏春敏明冤。如今既已斷明，顏生已歸柳家去了，此時又何必防什麼呢？」展爺此時卻不能不告訴眾人，白玉堂來京找尋之事。便將在茉花村比劍聯姻；後至蘆花蕩，方知白玉堂進京來找御貓等情由說了一遍。「故此劣兄一聞此言，就急急趕來。」公孫先生猛然省悟道：「此人來找大哥，卻要與大哥哥合氣的。」展爺道：「他與我素無仇隙，與我合什麼氣呢？」公孫策道：「大哥你自己想：他們五人號稱『五鼠』，你卻號稱『御貓』；焉有貓兒不捕鼠之理？這明是嗔大哥號稱『御貓』之故。」展爺道：「賢弟所說有理！但我這『御貓』，乃聖上所賜。他若真個為此事而來，劣兄甘拜下風，從此不稱御貓，亦有何不可。」趙虎拿著酒杯，立起身來道：「大哥這『御貓』二字，乃聖上所賜，如何改得？倘若是那個什麼『白糖』，他若來時，我燒一壺開開的水，把他沖著喝了！……」剛說至此，只聽「拍」的一聲，從外面飛進一物，不偏不歪，正打在趙虎擎的那個酒杯之上，只聽「噹啷啷」一聲，將酒杯打了個粉碎。展爺嚇了一跳，眾人無不驚駭。只見展爺早已出席，將燈吹滅，便把外衣脫下，暗暗將寶劍拿在手中，卻把槅扇假做一開，只聽「拍」一聲，又是一物打在槅扇上。展爺這才把槅扇一開，一伏身躥將出去，只覺得迎面一股寒風，「颼」的就是一刀。展爺將劍扁著，往上一迎，隨架隨招。兩目在星光之下，仔細觀瞧：見來人穿著青色的夜行衣靠，腳步伶俐，依稀是前在苗家集見的那人。見他刀刀逼緊，門路精奇。南俠想到：「這朋友好不知進退！難道我還怕你不成？」便把寶劍一橫，等刀臨近，用個「鶴唳長空」勢，用力往上一削，只聽「哧」的一聲，那人的刀已分為兩段，不敢進步。只見他將身一縱，已上了牆頭。展爺一躍身，也跟上去，那人卻上了耳房。展爺又躍身而上，及至到了耳房，那人卻上了大堂的房上。展爺趕至大堂房上，那人一伏身，越過脊去。展爺不敢緊追，恐有暗器，卻退了幾步，從這邊房脊，剛要越過。瞥見眼前一道紅光，忙說：「不好！」把頭一低，剛躲過面門，卻把頭巾打落。那物落在房上，「咕嚕嚕」滾下去，方知是個石子。展爺往脊後的那邊一望，那人早已去了。此際公所之內，王、馬、張、趙，帶領差役燈籠火把，各執器械，俱從角門繞過，遍處搜查，那裏有個人影兒呢？惟有楞爺趙虎怪叫吆喝，一路亂嚷。展爺已從上房下來找著頭巾，同到公所穿了衣服，與公孫先生來找包興。恰遇包興奉了相爺之命，來請二人。二人即便隨同包興一同來至書房參見，展爺便說方才與那人交手情形，「未曾拿獲，實卑職之過。」包公說：「黑夜之間，焉能一戰成功？據吾想來，惟恐他別生枝葉，要囑咐闔署務要小心。」展爺與公孫先生連連答應。二人退出，來至公所，大家計議。惟有趙虎嘓著嘴，再也不言語了。自此夜之後，卻也無甚動靜，惟有小心而已。

未知後事如何？且看下回分解。

第四十回　思尋盟弟遣使三雄　欲盜贓金糾合五義

且說陷空島盧家莊，那鑽天鼠盧方，自從白玉堂離莊，算來將有兩月，未見回來，又無音信，甚是放心不下。每日坐臥不安，雖有韓、徐、蔣三人解慰，無奈盧方實心忠厚，再也解釋不開。一日兄弟四人同聚於待客廳上，盧方道：「自我弟兄結拜以來，朝夕相聚，何等快樂！偏是五弟少年心性，好事逞強，務必要與什麼『御貓』較量。至今去了兩月有餘，未見回來，劣兄好生放心不下！」四爺蔣平道：「五弟未免過於心高氣傲，而且不服人勸。小弟前次略略說了幾句，險些兒與我反目。據我看來，惟恐五弟將來要從這上頭受害呢！」徐慶說：「四弟！那日不是你說他，他如何會賭氣，私自走了呢？全是你多嘴的不好！」盧方道：「五弟此去，倘有疎虞，那時怎了？劣兄意欲親赴東京，尋找尋找；不知眾位賢弟以為何如？」蔣平道：「此事又何必大哥前往，莫若小弟去尋他回來就是了。」韓彰道：「四弟去不得！五弟這一去，必要與姓展的分個上下。倘若得上風，那還罷了；他若拜了下風，再想你的前言，如何還肯回來？你是斷去不得的。」徐慶接言道：「待小弟前去如何？」盧方聽了，卻不言語，知道徐慶為人粗魯，是個混楞，他這一去，不但不能找回五弟，倒要鬧出事來。韓彰心中明白，便道：「三弟要去，待劣兄同去如何？」盧方答言道：「若得二弟同去，劣兄稍覺放心一點。」蔣平道：「此事因我起見，如何二哥、三哥辛苦，小弟倒安逸呢？莫若小弟也同去走一遭如何？」盧方道：「若得四弟同去，劣兄更覺放心。明日就與三位賢弟餞行便了。」

忽見莊丁進來稟道：「外面有鳳陽府柳家莊柳員外求見。」盧方聽了便道：「此係何人？」蔣平道：「弟知此人。他乃金頭太歲甘豹的徒弟，姓柳名青，綽號『白面判官』，不知他來此為著何事？」盧方道：「三位賢弟且先迴避，待劣兄見他。」吩咐莊丁快請，盧方也就迎了出去。見他身量，卻不高大，衣服甚是鮮明，白馥馥一張面皮，暗含著惡態，疊暴著眼睛，明露著鬼計多端。彼此相見，各通名姓。盧方便執手讓至待客廳上，就坐獻茶。盧方便問道：「久仰芳名，未能奉謁。今蒙降臨，有屈臺駕。不知有何見教？敢乞明示。」柳青道：「小弟此來，不為別事，只因仰慕盧兄行俠尚義，故此斗膽前來。只因敝處太守孫珍，乃兵馬司孫榮之子，卻是太師龐吉之外孫。此人淫慾貪婪，剝削民脂，造惡多端。刻下為與龐吉慶壽，他備得松景八盆，其中暗藏黃金千兩，以為趨奉獻媚之資。意欲將此金劫下。非是小弟貪愛此金，因敝處連年荒旱，即以此金賑濟，以抒民困。奈小弟獨力難成，故此不辭跋涉，仰望盧兄幫助是幸！」盧方聽了，便道：「弟蝸居山莊，原是本分人家。至行劫竊取之事，不是我盧方所為。足下此來竟自徒勞。」說罷一執手道：「請了。」柳青聽盧方之言，只羞的滿面通紅，把個「白面判官」竟成了「紅面判官」了。暗道：「盧方原來是這等人！如此看來，義在那裏？我柳青來的不是路了。」站起來也說二個請字，頭也不回，竟出門去了。誰知莊門卻是兩個相連，只見那邊莊門出來了一個莊丁，迎頭攔住道：「柳員外暫停貴步，我們三位員外到了。」柳青回頭一看，只見三個人走那邊過來。仔細留神，見三個人高矮不等，胖瘦不一，各具一種豪俠氣概。柳青只得止步。蔣平向前道：「柳兄不認得小弟了麼？」蔣平指著二爺、三爺道：「此是我二哥韓彰，此是我三哥徐慶。」柳青道：「久仰！久仰！

失敬！失敬！請了。」說罷回身就走。蔣平趕上前說道：「柳兄不要如此！方纔之事，弟等皆知。非是俺大哥見義不為；只因這些日子，心緒不定，無暇及此，誠非有意拒絕。尊兄望乞海涵，弟等替大哥陪罪。」說罷，就是一揖。柳青見蔣平慇懃勸慰，只得止步轉身道：「小弟原是仰慕兄長的義氣干雲，故此不辭跋涉而來；不料令兄竟如此固執，使小弟好生的抱愧。」二爺韓彰道：「實是大兄長心中有事，多有得罪！柳兄不要介懷，弟等請柳兄在這邊一敘。」柳青只得轉身進了那邊的莊門，也有五間客廳。韓彰將柳青讓至上面，三人陪坐，莊丁獻茶。蔣平又問了一番鳳陽太守的過惡，又問：「柳兄既有此舉，但不知用何計策？」柳青道：「小弟現有師傅的蒙漢藥❶、斷魂香。到了臨期，只須如此如此，便可成功。」蔣爺、韓爺點了點頭，惟有徐爺鼓掌大笑，連說：「好計！好計！」大家歡喜。蔣爺又對韓、徐二位道：「此事須要瞞著大哥。如今你我俱在這邊，惟恐大哥又要煩悶。莫若小弟去到那邊，只說二哥、三哥在這裏打點行裝。小弟在那裏陪著大哥，二位兄長在此陪著柳兄，庶乎兩便。」韓彰道：「四弟所言甚是。你就那邊去罷！」蔣爺卻別了柳青，與盧方解悶去了。這裏柳青便問道：「盧兄為著何事煩惱？」韓彰就把白五弟要會御貓的話，說了一遍。「不想兩月有餘，毫無信息。因此大哥又是思念，又是著急。」柳青聽至此，嘆道：「原來盧兄是這樣愛友的朋友，小弟幾乎錯怪了。——然而何不前去呢？」徐慶道：「何嘗不是呢？原是俺要去找老五。」韓爺道：「幸喜柳兄前來，明日正好同往。一來為尋五弟，二來又可暗辦此事。豈不是兩全其美麼？」柳青道：「既如此，二位兄長，就打點行裝，小弟在前途恭候。」說罷，立起身來。韓爺、徐爺也不強留，定準了時候地方，執手告別。

❶ 蒙漢藥：迷藥。蒙是蒙昧，即昏迷的意思。蒙漢藥，就是能使漢子昏迷的藥物。

到了次日，盧方預備了送行的酒席，兄弟四人吃喝已畢。盧方又囑咐了許多的言語，方將三人送出莊門。親看他們去了，立了多時，才轉身回去。他三人趲步向前，竟赴柳青的約會去了。他等只顧劫取孫珍的壽禮，未免耽延時日。不想白玉堂此時在東京，鬧了出類拔萃的亂子來了。自從與南俠比試之後，悄悄回到旅店，思忖道：「我看姓展的本領，果然不差。當初我在苗家集，曾遇夜行之人，至今耿耿在心。今見他步法形景，莫非苗家集遇見的就是此人？若真是他，則是我意中朋友。想那御貓之號，原不是他出於本心，乃是聖上所賜。聖上只知他的技藝巧於貓，如何能彀知道我錦毛鼠的本領呢？我既到了東京，何不到皇宮內走走？倘有機緣，略略施展施展，一來使當今知道我白玉堂；二來也顯顯我們陷空島的人物；三來我做的事，聖上知道，必交開封府，再沒有不叫南俠出頭的。那時我再設個計策，將他誆入陷空島，奚落他一回，是貓兒捕了耗子，還是耗子咬了貓？縱然斧鉞加身，也不枉我白玉堂虛生一世。但只一件，我在店中存身，不大穩便，待我明日找個很好的去處，隱了身體，那時叫他們望風捕影，也知道姓白的利害！」他既橫了心立了此志，就不顧什麼紀律了。

單說內苑的萬壽山，有個總管，姓郭名安，他乃郭槐之姪。自從郭槐遭誅，深恨陳琳，以為陳琳有意與郭門作對，「當初我叔叔是都堂，他是總管，尚且被他置之死地。何況如今他是都堂，我是總管，以大壓小更是容易。怎麼想個法子，將他害了，一來與叔叔報仇；二來也免得日夜擔心。」一日晚間，正在思想，忽見小太監何常喜端了茶來，雙手捧至郭安面前。郭安接茶慢飲。這何太監年紀不過十五六歲，極其伶俐，郭安素來最喜歡他。他見郭安默默不語，搭訕著說道：「前日雨前茶，你老人家喝著沒味兒。今日奴婢特向都堂那裏，合夥伴們尋一瓶上用的龍井茶來，給你老人家泡了一小壺兒。你老人家喝著這個如何？」郭安道：「也還罷了！只以後你倒要少到都堂那邊去。他那裏黑心人多，你小孩子家，懂的什麼？萬一叫他們害了，豈不白白把個小命送了麼？」何常喜聽了，暗暗輾轉道：「聽他言語之內有因，他別與都堂有什麼過不去？敢則這們著麼！」便道：「若不是你老人家教導，奴婢那裏知道呢？但只一件，他們是上司衙門，往往的掐個短兒，你老人家還擔的起；若是奴婢，那裏還擱得住呢？一來年輕；二來又不懂事。時常去到那裏，叔叔長，大爺短，合他們鬼混；明是附他們好兒，暗裏卻是打聽他們的情事。就是他們定著壞心，也不過仗著都堂的威勢，欺人罷了！」郭安聽了，心中猛然一動。便道：「你常去可聽見他們有什麼事呢？」何常喜道：「卻倒沒有聽見什麼事！就是昨日奴婢尋茶去，見他們拿著一匣人參，說是聖上賞都堂的。因為都堂有了年紀，神虛氣喘，嗽聲不止，未免是當初操勞太過，如今百病乘虛而入，因此賞參。要加上別的藥味，配什麼藥酒，每日早晚喝些，最是消除百病，益壽延年。」郭安聞聽，不覺發恨道：「他還要益壽延年！恨不能他立刻傾身，方消我心頭之恨。」

不知郭安怎生謀害陳琳？且看下回分解。

第四十一回　忠烈題詩郭安喪命　開封奉旨趙虎喬妝

且說何太監聽了一怔道：「奴婢瞧都堂為人行事，卻是極好的，而且待你老人家不錯，怎麼這樣恨他呢？想來都是他跟人不好，把你老人家鬧寒了心咧！」郭安道：「你小人家不懂得聖人的道理。聖人說：『父母之仇，不共戴天。』他害了我的叔叔，就如父母一般。我若不報此仇，豈不被人說笑？我久懷此心，未得其便。如今他是用人參做酒，這是天賜其便。」何太監道：「他用人參，乃是補氣養神的，你老人家，怎麼倒說天賜其便呢？」郭安道：「我待你如何？」常喜道：「你老人家愛我，如父子一般，誰不知道呢？」郭安道：「既如此，我這一件事，也不瞞你。你若能幫我辦成了，我便另眼看待於你。咱們就認為義父子，你心下如何呢？」何太監聽了連忙跪下道：「你老人家若不憎嫌，兒子與爹爹叩頭。」郭安見他如此，真是樂的了不得。便忙扶起來道：「好孩子！真令人可疼，往後必要提拔於你。只是此事必須嚴密，千萬不可洩漏。」何太監道：「那是自然！何用你老人家囑咐呢？」郭安道：「我有個漫毒散的方子，也是當初老太爺在日，與尤奶奶商議的。沒有用著，我卻記下這個方子。此藥最忌是人參。若吃此藥，誤用人參，不出七天，必要命盡。——這都是『八反』裏頭的。如今將此藥放在酒裏，請他來吃。他能吃了回去，再一喝人參酒，毒氣相攻，必然七日便死，不露痕跡。你說好不好？」何太監說：「此事卻用兒子做什麼呢？」郭安道：「若請吃酒用兩壺斟酒，將來有個好歹，他們必疑惑酒裏有了毒了，那還了得麼？如今只用一把壺斟酒，這可就用著你了。」何太監道：「一把壺裏，怎麼能裝兩樣酒呢？」郭安道：「你進閣子上，將那洋鏨填金的銀酒壺拿來。」

何常喜果然拿來，在燈下一看，見此壺比平常酒壺略微粗些，底兒上卻有兩個窟窿。打開蓋一瞧，見裏面中間，卻有一層隔膜圓桶兒。看了半天，卻不明白。郭安道：「你瞧不明白，我告訴你罷！這是人家送我的頑意兒。若要灌人的酒，叫他醉了，就用這個了。此壺名叫『轉心壺』，待我試給你看。」將方才喝的茶，還有半碗，揭開蓋灌入左邊；又叫常喜舀了半碗涼水，順著右邊灌入，將蓋蓋好，遞與何常喜，叫他斟。常喜接過，斟了半天，也斟不出來。郭安哈哈大笑，接來道：「我先斟一杯水。」將壺一低，果然斟出水來。又道：「我再斟一杯茶。」將壺一低，果然斟出茶來。常喜半天納悶道：「這是什麼緣故呢？好老爺子，你細細告訴孩兒罷！」郭安笑道：「你執著壺靶，用手托住壺底，要斟左邊，你將右邊窟窿堵住；要斟右邊，將左邊窟窿堵住。再沒有斟不出來的。千萬要記明白了，我就寫個帖兒，你此時就請去，明日十五，約他在此賞月。」何常喜答應，拿了帖子，便奔都堂這邊來了。剛過太湖石畔，只見柳陰之下，驀然來了一人，手中鋼刀一晃，光華奪目。又聽那人說道：「你要嚷就是一刀。」何常喜嚇做一團，那人悄悄道：「俺將你綑縛好了，放在太湖石畔，柳樹之下。若明日交三法司，或開封府，你可要直言伸訴。倘若隱瞞，我明晚割你的首級。」何太監連連答應，束手就縛。那人輕輕一提，將他放在太湖石畔，又叫他張口，填了一塊棉絮，執著明晃晃的刀，竟奔郭安屋中。

這裏郭安獃等小太監何常喜。忽聽腳步聲響，以為是他回來，便問道：「你回來了麼？」外面答道：「俺來也！」郭安一抬頭，見一人持利刀，只嚇得嚷了一聲「有賊！」誰知頭已落地。外面巡更太監，忽聽嚷了一聲，不見動靜，趕來一看，但見郭安已然被人殺死在地。這一驚，非同小可，急去回稟了。執事太監，不敢耽延，回稟都堂。陳公公立刻派人查驗。又在各處搜尋，於柳樹之下，救了何常喜，鬆了綁背，掏出棉絮，容他喘息。問他，他卻不敢說。止於說：「綁我的那個人曾說來，叫我到三法司，或開封府，方敢直明實說。若說錯了，他明晚還要取我首級呢！」眾人見他說的話內有因，也不敢追問，便先回稟了都堂。都堂添派人好生看守，待明早啟奏便了。次日五更，天子尚未臨朝，陳公先進內，請了安，便將萬壽山總管郭安，不知被何人殺死，並將小太監何常喜被縛；一切言語，俱各奏明。仁宗聞奏，不由的詫異道：「朕之內苑如何敢有行凶動手之人？膽量也就不小呢！就將何常喜交開封府審訊。」陳公公領旨，才待轉身，天子又道：「今日望日，朕要到忠烈祠拈香，老伴伴隨朕一往。」陳琳領旨，出來先傳了將何常喜交開封府的旨意，然後又傳聖上到忠烈祠拈香的旨意。掌管忠烈祠的太監，知道聖上每逢朔望，必來拈香，早已預備。聖上龍駕到忠烈祠，天子朝上禱祝，拈香，至誠的很呢！拈香已畢，仰觀金像，猛回頭見西山牆上白粉之上，字跡淋漓。心中暗道：「此處卻有何人寫字？」不覺移步近前仰視。老伴伴見聖上仰面觀視，心中也是狐疑，「此字是何人寫的呢？」幸喜字體大，看的真切，卻是一首五言絕句詩。寫的是：「忠烈保君王，哀哉杖下亡。芳名垂不朽，博得一爐香。」詞語雖然粗俗，筆氣極其縱橫。聖上便問道：「此詩何人所寫？」陳琳道：「奴婢不知，待奴婢問來。」轉身將管祠的太監喚來，詢問此詩來由。這人聽了，嚇得驚疑不止。跪奏道：「奴婢等知道今日十五，聖上必要親臨，昨日帶領多人細細撣掃。拂去浮塵，各處留神，並未見有此詩句。如何一夜之間，竟有人擅敢題詩呢？奴婢實係不知。」仁宗猛然省悟道：「朕卻明白此事！你看題詩之處，非有出奇的本領之人，再也不能題寫。題詩的，即是殺人的；殺人的，即是題詩的；且將首相包卿宣來見朕。」

不多時，包公來到，參見了聖駕。天子便將題詩殺命的原由說了一番。包公聽了，只得啟奏：「待臣慢慢訪查。」卻又踏看了一番，再無形跡，便護從聖駕還宮。然後急急乘轎回衙，立刻升堂，將何常喜審問。何太監便將郭安定計，如何要謀害陳琳，現有轉心壺，還有茶水為證。便將捆他的人如何形相、面貌、衣服，說的是何言語，一字不敢撒謊，從實訴將出來。包公聽了，便回轉書房，請了展爺、公孫策來，大家商議一番。二人也說此事必是白玉堂所為無疑，須要細細訪拿才好。次日包公入朝，將審何常喜的情由奏明。天子聞聽，便覺歡喜，稱讚道：「此人雖是暗昧，他卻秉公除邪，卿家必須細細訪查。不拘時日，務要將此人拿住，朕要親覽。」包公領旨到了開封，又傳與眾人。誰不要建立此功？趙虎又想起當初扮化子的興頭，如今何不照舊，再走一遭呢？叫小子又備了行頭，此次卻不隱藏，改扮停當，就從開封府角門內，大搖大擺的出來，招的眾人無不嘲笑，三三兩兩，在背後指指戳戳。後來跟的人多了，真是可厭得很咧！

要知端的，且看下回分解。

第四十二回　以假為真誤拿要犯　將差就錯巧訊贓金

且說趙虎扮做化子，見跟的人多了，一時性發，他便拽開大步，飛也似的跑了二三里之遙。看了看，左右無人，方將腳步放緩了，往前慢走。就覺著一陣陣的涼風，先前還掙扎的住。後來日色西斜，金風透體，那裏還擱的住呢！望見那邊廂有一破廟，山門倒壞，殿宇坍塌，東西山牆孤立；便奔到山牆之下，蹲下身體，以避北風。自己未免後悔，不該穿著單寒行頭。只見那邊來了一人，衣衫襤褸，與自己相同，卻夾著一團乾草，竟奔到大柳樹之下，揚手將草往裏擲一擲；卻見他扳住柳枝，將身一縱，鑽在樹窟窿裏面去了。趙虎瞧見那人，覺得比自己暖和多了。忽見那裏又來一人，也是襤褸不堪，卻也抱著一團乾草，也奔向這棵枯柳而來。到了跟前，不容分說，將草往裏一抛。只聽裏面人阿呀道：「這是怎麼了？」探出頭來一看道：「你要留點神呀！為何鬧了我一頭乾草呢？」外邊那人道：「老兄，恕我不知，敢則是你早來了。沒奈何，勻便勻便，咱二人將就在一處，又暖和，又不寂寞。我還有話合你說呢！」說著，就將樹枝扳住，身子一縱，也鑽入樹窟之內。只聽先前那人道：「我一人正好安眠，偏偏的你又來了，說不得只好打坐便了。」又聽那人道：「大廈千間，不過身眠七尺。咱二人，雖則窮苦，現有乾草鋪墊，又溫又暖，也算罷了！此時管保還有不如你我的。」趙虎聽了，暗道：「好小子！這是說我呢！我何不也鑽進去，作個不速之客呢！」剛然走到樹下，又聽那人道：「就是開封府堂堂的首相，他也有時竟一夜睜著眼睛，不能安睡。難道他老人家還短了暖床熱被麼？」又聽這個問道：「相爺為什麼睡不著呢？」那人又道：「怎麼你不知道麼？只因新近宮內，不知什麼人在忠烈祠題詩，又在萬壽山殺命。奉旨將此事交開封府查問細訪。你說這個無影無蹤的事情，往那裏查去呢？」忽聽這個道：「此事我雖知道，我可沒那們膽子上開封府。」那人道：「這怕什麼呢？你還丟什麼嗎？你告訴我，我幫著你，好不好？」這人道：「既是如此，我告訴你。前日咱們鼓樓大街路北，那不是吉升店麼？來了一個人，年紀不大，好俊樣兒，手下帶著從人，騎著大馬，將他們一個大店滿佔了，說要等他們夥伴，聲勢很闊。因此我暗暗打聽，後來聽說此人姓孫，他於宮中有什麼拉攏，這不是這件事麼？」趙虎聽見，不由的滿心歡喜，把冷付於九霄雲外。一口氣便跑回開封府，立刻找了包興，回稟了相爺，如此如此。

包公聽了，不能不信，只得多派差役跟隨趙虎；又派馬漢、張龍，一同前往，竟奔吉升店門。將差役安放停當，然後叫開店門。店裏連忙開門，只見楞爺趙虎當先便問道：「你這店內，可有姓孫的麼？」小二含笑道：「正是前日來的。」四爺道：「在那裏？」小二道：「現在下房居住，業已安歇了。」楞爺道：「我乃開封府，奉相爺鈞諭，前來拿人。逃走了惟你是問。」店小二聽罷，忙了手腳。楞爺便喚差役人等，將上房門口堵住，叫小二叫喚，說有同事人找呢！只聽裏面道：「想是夥計趕到了，快請！」只見跟從之人，開了槅扇，趙虎當先來到屋內，那人剛纔下地，衣服尚在掩著，趙爺急上前來一把抓住道：「好賊呀！你的事犯了。」只聽那人道：「足下何人？放了手有話好說。」趙虎道：「奉相爺鈞諭，特來拿你，有什麼話說，只好上堂去說罷！」將那人往外一拉，喝聲細了。又吩咐各處搜尋，卻無別物，惟查包袱內有書信一包；趙爺卻不認得字，將書信撂在一邊。此時馬漢、張龍知道趙爺成功，連忙進來，正見趙爺將書信擱在一邊，張龍忙拿起燈下一看，上寫「內信二封」，中間寫「平安家報」，後面有年月日，「鳳陽府署密封」。張爺看了，就知此事有些舛錯，當著大眾不好明言，暗將書信揣起，押著此人，且回衙門，再作道理。

眾人來到開封府，急速稟了相爺，立刻升堂。趙虎當堂交差，當面去縛。張龍卻將書信呈上。包公看了，便知此事錯了。只得問道：「你叫何名？因何事來京？」左右連聲催喝，那人回道：「小人乃鳳陽府太守孫珍的家人，名喚松福，奉了我家老爺之命，押解壽禮，給龐太師上壽。」包公道：「什麼壽禮？現在那裏？」松福道：「乃是八盆松景。小人有個同伴，名喚松壽，是他押著壽禮，尚在路上，還沒到呢！小人是前站，故此在吉升店住著等候。」包公聽了，已知此事拿錯無疑，只是如何開放呢？此時趙爺聽了松福之言，好生難受。忽見包公將書皮往復看了，便問道：「你家壽禮內，可有什麼夾帶？從實訴上來！」只此一問，把個松福嚇得形色愴惶。包公是何等樣人，見他如此光景，把驚堂木一拍道：「好大膽的狗才！你還不快說麼？」松福連連叩頭道：「相爺不必動怒，小人實說便了！」心中暗暗道：「好利害！不如實說了，省得皮肉受苦。」便道：「實係八盆松景內，暗藏著黃金萬兩，惟恐路上被人識破，故此埋在花盆之內。不想相爺明察秋毫，小人不敢隱瞞。相爺不信，看書信便知。」包公便道：「這裏面書信二封，是給與何人的？」松福道：「一封是小人的老爺給老太爺的；一封是給龐太師的。——我們老爺原是龐太師的外孫子。」包公點頭，叫將松福帶下去，好生看守。包公回轉書房，便叫公孫先生急繕奏摺，連書信一併封入，次日進朝奏明聖上。天子因是包公參奏之摺，不必交開封府審訊，只得著大理寺文彥博訊問。包公便將原供並松福俱交大理寺。文彥博過了一堂，口供相符，便派差役人等，前去要截鳳陽太守的禮物，不准落於別人之手。立刻抬至當堂，將八盆松景，從板箱抬出一看，卻是松針紮成的「壽比南山，福如東海」八個大字；卻也做得新奇。此時也顧不得松景了，先將「福」字拔出一看，裏面並無黃金，卻是空的。隨即逐字看去，俱是空的，並無黃金。惟獨「山」字盆內，有一個象牙牌子，上面卻有字跡。一面寫著「無義之財」；一面寫著「有意查收」。文大人看了，便知此事詫異。即將松壽帶上堂來，問他路上卻遇何人？松壽稟道：「路上曾遇四個人，帶著五六個伴當，說是開封府六品校尉王、馬、張、趙，我們一處住宿，彼此投機，同桌吃飯飲酒；不知怎麼沉醉，人事不知，竟被這些人將金子盜去。」文大人問明此事，連牙牌子回奏聖上。仁宗天子又問包公。包公回奏：「四勇士天天隨朝，並未遠去，不知是何人托言詭計。」聖上又將此事交包公訪查，並傳旨內閣發抄，說：「鳳陽府知府孫珍，年幼無知，不稱斯職，立刻解職來京。松福、松壽，即行釋放，著無庸議。」龐太師與他女壻孫榮，知道此事不能不遞摺請罪，聖上一概寬免。惟獨包公又添上一件為難事件，暗暗訪查，一時如何能得？

誰知龐吉生辰之日，不肯見客，獨自躲在花園先月樓中，所有客來，全托了他女壻孫榮照料。自己思想前後，嘆氣嗐聲，暗暗道：「這包黑真是我的對頭。好好一樁事，如今鬧的萬金失去，還帶累外孫解職。真也難為他，如何訪查得出呢？實實令人氣他不過。」正在暗恨，忽見小童上樓稟道：「二位姨奶奶，特來與太師爺上壽。」老賊聞聽，不由的滿臉堆下笑來，問道：「在那裏？」小童道：「小人方纔在樓下看見，剛過蓮花浦的小橋。」龐賊道：「既如此，他們來時，就叫他們上樓來罷！」小童下樓，自己卻憑欄而望，果見兩個愛妾——姹紫、嫣紅——俱有丫鬟攙扶。他二人打扮的嬝嬝娜娜，整整齊齊，又搭著滿院中花紅柳綠，更顯得百媚千嬌。老賊手舞足蹈，登時心花大放。不多時二妾來到樓上，丫鬟攙扶，步上扶梯，先向太師萬福，又道：「你老人家會樂呀！躲在這裏來了，叫我們兩個好找，讓我們歇歇再行禮罷！」老賊哈哈笑道：「你二人來了就是了，又何必行什麼禮呢？」說話間，丫鬟已將紅氈鋪下，二人行禮已畢。立起身來又稟道：「今晚妾身二人，在水晶樓備下酒餚，特與太師爺祝壽。千萬不可辜負了我們一片忠誠。」老賊道：「又叫你們費心！我是必去的。」二人見太師應允必去，方纔在左右坐了，彼此嬉笑戲謔，弄的老賊醜態百出。正在歡樂之際，忽聽小童樓下咳嗽，扶梯響亮。

但不知小童何事前來？且看下回分解。

第四十三回　翡翠瓶污羊脂玉穢　太師口臭美妾身亡

且說小童手持著一個手本，上得樓來，遞與丫鬟，口中說道：「這是咱們本府十二位先生，特與太師爺祝壽，並且求見。要親身覿面行禮，還有壽禮面呈。」丫鬟接來呈與龐吉。龐吉看了，便道：「既是本府先生前來，不得不見。」對著二妾道：「你二人只好下樓迴避。」丫鬟便告訴小童，先下樓去，叫先生們躲避躲避，讓二位姨奶奶走後再進來。這裏姹紫、嫣紅立起身來，向龐吉又叮囑一回水晶樓之約。龐賊看著二妾下樓去遠，方叫小童去請師爺們。自己也不出去迎，在太師椅上端然而坐。不多時，只見小童引路來至樓下。打起簾櫳，眾位先生衣冠齊楚，鞠躬而入；外面隨進多少僕從虞候。龐吉慢慢立起身來，執手道：「眾位先生光降，使老夫心甚不安，只行常禮罷！」眾先生又謙讓一番，只得彼此一揖。復又各人遞各人的壽禮，也有一畫的，也有一對的，也有一字的，也有一扇的，無非是秀才人情而已。老龐一一謝了。此時僕從已將座位調開，仍是太師中間坐定，眾師爺分列兩旁。左右獻茶，彼此敘話，無非高抬龐吉，說些吉祥話頭。談不多時，擺上菓品，眾先生又要與龐吉安席敬壽酒，還是老龐攔阻，酒過三巡之後，未免脫帽露頂，舒手豁拳。正飲在半酣之際，只見僕從搭進一個盆來，說是孫姑老爺孝敬太師爺的河豚魚，極其新鮮，並且不少。眾先生聽說是新鮮河豚，一個個口角垂涎，俱各稱讚道：「妙哉！妙哉！河豚乃魚中至味，鮮美異常。」龐太師見大家誇獎，又是自己女婿孝敬，當著眾人頗有得色。吩咐：「搭下去。叫廚子急速做來，按桌俱要。」眾先生聽了個個喜歡。

不多時，只見從人各端了一個大盤，先從太師桌上放起，然後左右挨次放下。龐吉便舉箸向眾人讓了一聲：「請呀！」眾先生俱各道：「請，請。」只聽杯箸一陣亂響，風捲殘雲，立刻杯盤狼藉。眾人咂嘴咂舌，無不稱妙。忽聽那邊「咕咚」一聲響。大家看時，只見麴先生連椅兒栽倒在地，俱各詫異。又聽那邊米先生嚷道：「哇呀！了弗得！河豚有毒，河豚有毒。這是受了毒了。大家俱要栽倒的，俱要喪命呀！怎麼一時吾就忘了有毒呢？」旁邊便有插言的道：「如此說來，吾們是沒得救星的了。」米先生猛然想起道：「還好，還好。有個方子可解：非金汁不可。如不然，人中黃也可。若要速快，便是糞湯更妙。」龐賊聽了，立刻叫虞候僕從：「快快拿糞湯來。」一時間下人手忙腳亂，抓頭不是尾，拿這個不好，動動那個不妥。還是有個虞候有主意，叫了兩個僕從將大案上擺的翡翠碧玉鬧龍瓶，兩邊獸面啣著金環，叫二人抬起；又從多寶閣上拿起一個淨白光亮的羊脂白玉荷葉式的碗交付二人。叫他們到茅廁裏即刻舀來，越多越好。二人來到糞窖之內，握著鼻子，閉著氣，用羊脂白玉碗連屎連尿一碗一碗舀了，往翡翠碧玉瓶裏灌。足足灌了個八分滿，二人提住金環，直奔先月樓而來。

虞候上前先拿白玉碗盛了一碗，奉與太師。龐吉若要不喝，又恐毒發喪命；若要喝時，其臭難聞，實難下咽。正在猶豫，只見眾先生各自動手：也有用酒杯的；也有用小菜碟的；儒雅些的卻用羹匙；就有鹵莽的，扳倒瓶，嘴對嘴，緊趕一氣用了個不少。龐吉看了，不因不由，端起玉碗，一連也就飲了好幾口。米先生又憐念同寅，將先倒的麴先生令人扶住，自己蹲在身旁，用羹匙也灌了幾口，以盡他疾病扶持之誼。遲了不多時，只見麴先生甦醒過來，覺得口內臭味難當。只道是自己酒醉，出而哇之。米先生便問道：「麴兄，怎麼樣呢？」麴先生道：「不怎的。為何吾這口邊糞臭得緊哪？」米先生道：「麴兄，你是受了河豚毒了。是小弟用糞湯灌活吾兄，以盡朋友之情的。」那知道這位麴先生爬起來道：「哇呀！怪道——怪道臭得很！臭得很！吾是羊角瘋呀，為何用糞湯灌吾？」說罷，嘔吐不止。他這一吐不打緊，招的眾人誰不惡心？一張口洋溢泛濫。登時之間，先月樓中異味撲鼻，米先生不好意思，抽空兒溜之乎也。鬧的眾人走又不是，坐又不是。老龐終是東人，礙不過臉去，只得吩咐：「往芍藥軒敞廳去罷。大家快快離開此地，省得聞這臭味。」眾人俱各來在敞廳，一時間心清目朗。又用上等雨前喝了許多，方覺的心中快活。龐賊便吩咐擺酒。大家痛飲，直喝至二鼓方散。

龐賊醺醺酒醉，踏著明月，手扶小童，竟奔水晶樓而來。龐吉道：「二位姨奶奶等急了，不知如何盼望呢！——你看那邊為何發亮？」小童道：「前面是蓮花浦，那是月光照的水面。」說話間過了小橋。老龐又噢驚道：「那邊好像一個人。」小童道：「太師爺忘了，那是補栽的河柳，趁著月色搖曳，彷彿人影兒一般。」到了水晶樓，剛到樓下，見槅扇虛掩，不用竊聽，已聞得裏面有男女的聲音。連忙止步。只聽男子說道：「難得今日有此機會，方能遂你我之意。」又聽女子說道：「趁老賊陪客，你我且到樓上歡樂片時，豈不美哉？」隱隱聽見嬉嬉笑笑上樓去了。龐吉聽至此，不由的氣沖牛斗。暗叫小童將主管龐福喚來，叫他帶領虞候，準備來拿人。自己卻輕輕推開槅扇，竟奔樓梯。上得樓來，見滿桌酒餚，壺中尚有餘酒；回頭一看，見綉帳金鉤掛起，裏面有男女二人相抱而臥。老賊看了，一把無明火往上一攻，見壁間懸掛寶劍，立刻抽出，對準男子用力一揮，頭已落地。嫣紅睡眼朦朧，才待起來，龐賊又揮了一劍，可憐兩個獻媚之人，遭此無故摧折。誰知男子之頭落在樓板之上，將頭巾脫落，卻也是個女子。

仔細看時，卻是姹紫。老賊「啊呀」了一聲，「噹啷啷」寶劍落地。此時樓下有龐福帶領多人，俱各到了，聽得樓上「啊呀」，連忙跑上樓來一看，見太師殺了二妾，已然哀不成音了。這老賊哭的也不像人，讓他這裏哭一會兒，騰出筆來，說個理兒。姹紫、嫣紅，死的冤屈之中，不很冤屈；龐吉氣的糊塗之中，卻極糊塗。何以見得呢？原來二妾因老賊不來，這姹紫與嫣紅，假扮男女，來至繡帳，才將金鉤掛起，同上牙床，相抱而臥。姹紫將龐吉的軟巾戴上，彼此戲耍，便自昏沉睡去，這便是招殺的由頭❶。至於龐吉的糊塗，雖係酒後，亦不應如此冒失。你就要殺，也該想想，方纔來到樓下，剛聽見二人纔上樓，如何就能彀沉睡呢？不論情由，他便手起劍落，連傷二命，這豈不是他極其糊塗麼？龐吉哭彀多時，吩咐龐福將二妾收拾盛殮。立刻派人請他得意門生，乃烏臺御史，官名廖天成，急速前來商議此事。自己帶了小童，離了水晶樓，來至前邊大廳之上，等候門生。

及至廖天成來時，天已三鼓之半。見了龐吉，師生就坐。龐吉便將誤殺二妾的情由，說了一遍。這廖天成原是個諂媚之人，立刻逢迎道：「若據門生想來，多半是開封府與老師作對。他那裏能人極多，必是悄地差人探訪，見二位姨奶奶，酒後戲耍甜眠，他便生出巧智，特妝男女聲音，使人聞之。叫老師聽見，焉有不怒之理？因此二位姨奶奶喪生。此計也就毒得很呢！」這幾句話，說的個龐賊咬牙切齒，憤恨難當。氣忿忿的問道：「似此如之奈何？怎麼想個法子，以消吾心頭之忿！」廖天成想了多時道：「依門生愚見，莫若寫個摺子，直說開封府遣人殺害二命，將包黑參倒，以警將來。不知老師鈞意如何？」龐吉聽了道：「若能參倒包黑，老夫生平之願足矣！即求賢契大才。此處不方便，且到內書房去說罷！」

❶ 由頭：由來，原因。

師生立起身來，小童持著燈，引至書房。現成筆墨，廖天成拈筆搆思。難為他憑空立意，竟敢直陳，真個是糊塗人對糊塗人，辦得糊塗事。不多時已脫草稿，老賊看了，連說：「妥當！就勞賢契大筆一揮。」廖天成又端端楷楷，繕寫已完。後面又將同黨之人，派上五個，算是聯名參奏。龐吉一壁吩咐小童，快給廖老爺倒茶。小童領命，來至茶房，用茶盤托了兩碗現烹的香茶，剛進月亮門，只聽竹聲亂響，仔細看時，卻見一人蹲伏在地，懷抱鋼刀。這一嚇非同小可，丟了茶盤，一疊連聲嚷道：「有了賊了！」就往書房跑來。龐賊聽了，連忙放下奏摺，趕出院來。廖天成也忙趕出來，便問小童：「賊在那裏？」小童道：「在那月亮門內竹林之下。」龐吉與廖天成竟奔月亮門而來。此時僕從人等，已然聽見，即同龐福，各執棍棒趕來。一看，雖是一人，卻是綑縛停當，前面腰間，插著一把屠刀，彷彿抱著相似。大家向前將他提出，再一看時，卻是本府廚子劉三，問他不應，止於仰頭張口。連忙鬆了綁縛，他便從口中掏出一塊手巾來，乾嘔了半天，方才轉過氣來。

龐吉便問道：「卻是何人將你綑綁在此？」劉三對著龐吉叩頭道：「小人方才在廚房裏磕睡，忽見『颼』的一聲，進來一人，穿著一身青靠，年紀不過二十歲，眉清目朗，手持一把明晃晃的鋼刀。他對小人說：『你要嚷，我就是一刀。』因此小人不敢嚷。他便將小人綑了，又撕了一塊搌布，給小人塞在口內，把小人一提捺來在此處。臨走他在小人胸前把這刀插上，不知是何緣故？」廖天成聞聽，忽然心機一動道：「老師且回書房要緊。」老賊不知何故，只得跟了回來，進了書房，廖天成先拿奏摺，逐行逐字細細看了筆畫，並未改訛，也未沾污。看罷說道：「還好！還好！幸喜摺子未壞。」即放在黃匣之內。龐吉在旁誇獎道：「賢契細心，想的周到。」又教各處搜查，那裏有個人影兒？不多時天已五鼓，與廖天成一同入朝，將本呈上。仁宗一看，知道包、龐二人不對，偏偏今日此本，又是參包公的，何故他二人冤仇再不解呢！心中雖是不樂，又不能不看，見開筆寫著：「臣龐吉跪奏，為開封府遣人謀殺二命事……」後面敘著二妾如何被殺，仁宗看到殺妾二命，更覺詫異。因此反覆翻閱，看見背後忽露出個紙條兒來。……

抽出看時，不知上面寫著是何言語？且看下回分解。

第四十四回　花神廟英雄救難女　開封府眾義露真名

且說仁宗天子細看紙條上面寫道：「可笑可笑！誤殺反誤告；胡鬧胡鬧！老龐害老包。」共十八個字。天子看了，這明明是自殺，反要陷害別人。又看筆跡，有些熟識，猛然想起忠烈祠牆上的字體，卻與此字相同。真是聰明不過帝王。暗道：「此帖又是那人寫的了！他屢次做的俱是磊磊落落之事，又為何隱隱藏藏，再也不肯露面呢？實在令人不解。」便將摺子連紙條兒俱各擲下，交大理寺審訊。龐賊見聖上從摺內翻出個紙條兒，已然嚇得魂不附體。聯銜之人，俱各暗暗耽驚。一時散朝之後，龐賊悄向廖天成道：「這紙條兒從何而來？」廖烏臺猛然省悟道：「是了是了！他綑劉三者，正為調出老師與門生來。他就於此時，放在摺背後的。實在門生粗心之過。」龐吉道：「賢契不要多心，此事如何料得到呢？」及至到了大理寺，龐吉惟求文大人婉轉復奏。文大人只得將他畏罪的情形，代為陳奏。聖上傳旨，龐吉著罰俸三年，聯銜的罰俸一年。聖上卻暗暗傳旨包公，務必要題詩殺命之人，定限嚴拿。包公奉了聖旨，回轉開封府，便與展爺、公孫策先生計議，叫王、馬、張、趙四處訪查，那裏有個影響？轉瞬間，又過新春，到了二月光景。幸虧聖眷優渥，尚未嗔怪。一日王朝與馬漢商議道：「莫若咱二人悄悄出城，看個動靜。賢弟以為何如？」馬漢道：「出城雖好，但不知往何處去呢？」王朝道：「咱們信步行去，自然在熱鬧叢中暗訪，難道反往幽僻之處去麼？」二人說畢，脫去校尉服色，各穿便衣，離了衙門，竟往城外而來。

沿路上見了許多人，帶著香袋，不知是那裏去的？及至問人之時，原來花神廟開廟，熱鬧非常，正是開廟正期。二人滿心歡喜，隨著眾人，來至花神廟，各處遊玩。卻見後面有一空地甚是寬闊，搭著極大的蘆篷，內中擺設許多的兵器架子，那邊單有一座客棚，裏面坐著許多人。內中有一少年公子，年紀約有三旬，橫眉豎目，旁若無人。王、馬二人見了，便向前暗暗打聽，方知此人姓嚴名奇，他乃是已故威烈侯葛登雲的外甥，極其強梁霸道，無惡不作。因他愛眠花宿柳，自己起了個外號，叫「花花太歲」。又恐有人欺負他，便請了無數的打手，自己也跟著學了些三角毛兒，以為天下無敵。因此廟期熱鬧非常，他在廟後便搭一蘆篷，比試棍棒拳腳。誰知設了幾日，並無人敢上前比試，他更心高氣傲，自以為絕無敵手。二人正在觀望，只見外面多少惡奴，推推擁擁，卻見一個女子哭哭啼啼，被眾人簇擁著過了蘆篷，進了後面敞廳去了。王、馬二人心中納悶，不知為了何事。忽又聽從外面進來一個女子，嚷道：「你們這夥強盜，青天白日就敢搶人家女子！好好還我便罷，你們若要不放，我這老命，就合你們拚了！」眾惡奴一面吆喝，忽見從棚內又出來兩個惡奴，說道：「方纔公子說，這女子是府中丫鬟，私行逃走，拐了些好東西。今日既然遇見，把他拏住，還要追問拐的東西。你這老婆子，趁早兒走罷！倘若不依，就把你送縣。」婆子聞聽，只急的嚎啕痛哭。又被眾惡奴往外面拖拽，這婆子腳不沾地往外去了。王朝見此光景，便與馬漢送目。馬漢會意，即便跟下去，打聽細底。二人隨後也就出來，剛走到二層殿內夾道，只見迎面進來一人，迎頭攔住道：「有話好說！這是什麼意思？請道其詳。」聲音洪喨，身軀高大，紫面皮，黑髭鬚，軍官打扮。王、馬二人見了，便暗暗喝采。忽聽惡奴說道：「朋友，這個事你別管！趁早兒請別討沒趣兒！」那軍官聽了冷笑道：「天下人管天下事，那有管不得的道理？」忽聽婆子道：「軍官爺爺，快救婆子性命呀！」旁邊凶奴順手就要打那婆子。只見那軍官把手一隔，惡奴倒退了好幾步。王、馬二人看了，暗暗歡喜。又聽軍官道：「媽媽不必害怕，慢慢講來！」那婆子哭著道：「我姓王，這女兒乃是我街坊。因他母親病了，許在花神廟燒香。如今他母親雖然好了，尚未復原，因此求我帶了他來還願。不想竟被他們搶去。求軍官爺搭救搭救！」說罷痛哭。只見那軍官聽了，把眉一皺道：「媽媽不必啼哭，我與你尋來就是了。」誰知眾惡奴見那人手頭兒凶，便一個個溜了，來到後面，一五一十，俱告訴花花太歲。

這嚴奇一聽，便氣沖牛斗，一聲斷喝引路，眾惡奴狐假虎威，來至前面嚷道：「公子來了！公子來了！」眾人見嚴奇來到，一個個俱替那軍官擔心。此時那軍官早已看見，撇了婆子，便迎將上去。嚴奇發話道：「你這人好生無禮，誰叫你多管閒事？」只看那軍漢抱拳陪笑道：「非是在下多管閒事，因那婆子哭得可憐。惻隱之心，人皆有之。望乞公子貴手高抬，開一線之恩，饒他們去罷！」說罷，就是一揖。嚴奇若是有眼力的，就依了此人，從此做個相識，只怕還有個好處。誰知這惡賊惡貫已滿，他見軍官謙恭和藹，又是外鄉之人，以為可以欺負，登時把眼一翻道：「好狗才！誰許你多管？」「颼」的就是一腳，迎面踢來。這惡賊原想著，是著暗算，趁著軍漢作揖時，不能防備。那知那軍漢不慌不忙，一揚手在腳面上一拂，口中說道：「休得無禮！」只見公子「啊呀」，半天掙扎不起。眾惡奴嚷道：「你這廝竟敢動手？」一齊擁上，手中棍木，就照軍漢劈面打來。軍漢見來勢凶猛，將身往旁邊一閃。不想嚴奇剛剛的站起，恰恰的太歲頭上就受了此棍，「吧」的一聲，打了個腦漿迸裂。眾惡奴發了一聲喊道：「了不得了！公子被軍漢打死了，快拏呀！」早有地保地方併本縣官役，一齊將軍漢圍住。那軍官道：「眾位不必動手，俺隨你們到縣就是了。」眾人齊說道：「好朋友！好朋友！敢作敢當，這纔是漢子呢！」忽見那邊走過兩個人來道：「眾位！事要公平。方纔原是他用棍打人，誤打在公子頭上；難道他不隨著赴縣麼？理應一同解縣纔是。」眾人聞聽，講得有理，就要拏那使棍的人。那人將眼一瞪道：「俺史丹不是好惹的，你們誰敢前來？」眾人嚇得倒退，只見兩個人之中，有一人順手一掠，將他那棍也就逼住；攏過來，往懷裏一帶，這史丹滾在一邊。那人上前按住，對保甲道：「將他鎖了。」這二人原來是王朝、馬漢。又聽軍漢說道：「只是怎樣救那女子纔好？」王、馬二人聽了，滿口應承：「此事全在我二人身上。朋友！你只管放心。」軍漢道：「既如此，就仰仗二位了。」說罷，隨眾人赴縣去了。

這裏王、馬二人，帶領婆子到後面，此時眾惡奴見公子已死，也就一鬨而散，誰也不敢出頭。王、馬二人一直進了敞廳，將女子領出，交付婆子，護送出廟，問明了住處姓名，方叫他們去了。二人即奔祥符縣而來。到了縣裏，說明名姓，門上急忙回稟了縣官，立刻請二人到書房坐了。王、馬二人將始末情由說了一遍，「貴縣不必過堂，此事解往開封府便了。」正說間，見外面拏進此案的名單：死的名嚴奇，軍漢名張大，持棍名史丹。縣官將節略遞與王、馬二人，就吩咐將一干人犯，派差役立刻解往開封府。王、馬二人先到了開封府，見了展爺、公孫先生，便將此事說明。公孫策尚未開言，展爺忙問道：「這軍官是何形狀？」王、馬二人將臉盤兒身體兒說了一番。展爺聽了：「如此說來，別是他罷！」對著公孫先生，伸出大拇指頭。公孫策道：「既如此，少時此案解來，先在外班房等候，悄悄叫展爺看看。若然不是那人，也就罷了；倘若是那人冒名，展兄不妨直呼其名，使他不好改口。」眾人聽了此言，俱各稱善。王、馬二人稟了包公，深讚張大的品貌，行事豪俠。王、馬又將公孫策先生，叫南俠偷看，也回明了。包公點了點頭。不多時此案解到，俱在外班房等候。展爺已到，便掀起簾縫一瞧，不由的滿心歡喜。一掀簾子進來道：「小弟打量是誰？原來是盧方兄到了。久違了久違！」說著，王、馬二人進來，展爺引見道：「二位賢弟，你不認得麼？這位便是陷空島盧家莊，號稱鑽天鼠，名盧方的盧大員外。二位賢弟快來見禮。」王、馬急速上前，展爺又向盧方道：「盧兄，這便是開封府四義士之中的王朝、馬漢兩位老弟。」三個人彼此執手作揖，盧方到了此時，也不能隱瞞，問展爺道：「足下何人？為何知道盧方的賤名？」展爺道：「小弟名喚展昭，曾在茉花村蘆花蕩為鄧彪之事，小弟見過尊兄。終日渴想至甚，不想今日幸會。」盧方聽了，方纔知道是南俠。他見展爺人品氣度，和藹之甚，毫無自滿之意。便陪著笑道：「原來是展老爺。就是這二位老爺，方纔在廟上多承垂青看顧，我盧方感之不盡。」三人聽了，不覺哈哈大笑道：「盧兄太外道了，何得以老爺相呼？顯見得我等不堪為弟了。」盧方道：「三位老爺，太言重了！盧方乃人命重犯，那敢以弟兄相稱麼？」展爺道：「盧兄過於能言了。」王、馬二人道：「此處不是講話的所在，請盧兄到後面一敘。」盧方道：「犯人尚未過堂，如何敢蒙如此厚待？斷難從命！」展爺道：「盧兄放心，全在小弟等身上。請到後面，還有眾人等著，要與老兄會面。」盧方不能推辭，只得隨著三人來到後面公廳，早見張、趙、公孫三位降階而迎。展爺便一一引見，歡若平生。來到屋內，大家讓盧方上座，盧方斷斷不肯，總以犯人自居。趙虎道：「彼此見了，放著話不說，且自鬧這些個虛套子，盧大哥，你是遠來，你就上面坐。」說著把盧方拉至首座。盧方見此光景，只得從權坐下。王朝道：「還是四弟爽快！盧兄！從此什麼犯人咧！老爺咧！要免免纔好。」盧方道：「既是眾位兄臺抬愛，拿我盧某當個人看待，我盧方便從命了。」左右伴當獻茶已畢，還是盧方先提起花神廟之事，王、馬二人道：「我等俱在相爺臺前回明，小弟二人，便是見證。凡事有理，斷不能難為我兄。」只見公孫先生和展爺彼此告過失陪，出了公所，往書房去了。

未知後事如何？且看下回分解。

第四十五回 義釋盧方史丹抵命 誤傷馬漢徐慶被擒

且說公孫先生同展爺去不多時，轉來道：「相爺此時已升二堂，特請盧兄一見。」盧方聞聽，只打諒要過堂了，連忙立起身來道：「盧方乃人命要犯，如何這樣見得相爺？」展爺連聲道：「好。」一回頭吩咐伴當，快看刑具。少時刑具拿到，連忙與盧方上好，大家圍隨，來至二堂以下。王朝進內稟道：「盧方帶到。」忽聽包公說道：「請。」這一聲，連盧方都聽見了。隨著王朝來至公堂，雙膝跪倒，匍匐在地。忽聽包公一聲斷喝道：「本閣著你去請盧義士，如何用這刑具？快快卸去！」左右連忙上前，卸去刑具。包公道：「盧義士有話起來請講。」盧方那裏敢起來？連頭也不敢抬，便道：「罪民盧方，身犯人命重案，望乞相爺從公判斷，感恩不盡。」包公道：「盧義士！花神廟之事，本閣盡知，你乃行俠仗義，濟弱扶傾。就是嚴奇喪命，自有史丹對抵，與你什麼相干？本閣即將史丹定了誤傷的罪名，完結此案。盧義士理應釋放。無事只管起來，本閣還有話講。」展爺向前悄悄道：「盧兄休得辜負相爺一片愛慕之心！快些起來，莫要違悖鈞諭。」那盧方到了此時，勢不由己朝上叩頭。展爺將他順手扶起。包公又吩咐看座，盧方那裏敢坐？鞠躬侍立。偷眼向上觀看，見包公端然正坐，不怒而威，心中暗暗誇獎。忽見包公含笑問道：「盧義士因何來京？請道其詳。」盧方道：「罪民因尋盟弟白玉堂，故此來京。」包公又道：「是義士一人前來，還是幾人？」盧方道：「上年初冬之時，罪民已遣韓彰、徐慶、蔣平，三個盟弟，一同來京。不料一去至今，杳無音信。罪民因不放心，故此親身來尋。今日方到花神廟。」包公聽他直言無隱，便知此人忠厚篤實。遂道：「原來眾義士都來了。義士既以實言相告，本閣也就不隱瞞了。令弟五義士，在京中做了幾件出類拔萃之事，連聖上還誇他是個俠義之人，欽派本閣細細訪查。如今義士既已來京，肯替本閣訪查否？」盧方連忙跪倒道：「白玉堂年幼無知，惹下滔天大禍，致干聖怒，理應罪民尋找，擒拿到案。」包公見他應了，便叫展護衛同公孫先生好生款待。「……留去但憑義士，不必拘束。」盧方聽了，復又叩起頭來。

同了展爺出來，到了公所之內，只見酒餚早已齊備，卻是公孫先生預先吩咐的。仍將盧方讓至上座，眾人左右相陪。飲酒之間，便提此事。盧爺是個豪爽忠誠之人，應了三日之內，有與無，必來復信。酒也不肯多飲，便告別了眾人。眾人送出衙外，彼此一執手，盧方便揚長而去。展爺等回至公所，又議論盧方為人忠厚豪爽。公孫策道：「盧方雖然誠實，惟恐別人卻不比他。方才聽盧方之言，說那三義弟已於客冬時來京，想來也必在暗中探訪。今日因神廟之事，人人皆知解到開封府，他們如何能知道立刻就把盧方釋放了呢？必以為人命重案，寄監收禁。他們若因此事黌夜前來淘氣，卻也不可不防。」眾人聽了，俱各稱是。「似此如之奈何？」公孫策道：「說不得大家辛苦些，出入巡邏，第一保護包相要緊。」此時天已初鼓，展爺先將裏衣扎縛停當，佩了寶劍，外罩了長衣，同公孫先生竟進書房去了。這裏四勇士，也就各各防備，暗藏兵刃，俱各留神小心。

單言盧方離了開封府之時，已將掌燈時候。又不知伴當避於何處，自己雖然應了尋找白玉堂，又不知他落於何處。心中一路思索，忽見迎面來了伴當，滿心歡喜。伴當見了盧方，反倒一怔。悄悄問道：

「員外如何能彀回來？小人已知員外解到開封府，故此急急進城，找了下處，安放了行李，帶上銀兩，特要到開封府去，與員外安置。不想員外竟會回來了。」盧方道：「且到下處再講！」伴當在前引路，主僕二人，來到下處。盧方揮塵淨面之時，酒飯已然齊備。盧方入座，一壁飲酒，一壁對伴當悄悄說道：「開封府遇見南俠，給我引見了多少朋友！真是人人義氣，個個豪傑。多虧他們在相爺跟前，竭力分晰，全推在那姓史的身上。我是一點事兒沒有。」又言：「包公相待甚厚，義士長義士短的稱呼，賜坐說話。我便偷眼瞧相爺，真好品貌！真好氣概！實在是國家的棟樑。後來問話之間，就提起五員外來了。相爺當面吩咐，託我尋找，我焉有不應之理？後來大家又在公所之內，設了酒餚，眾朋友方纔說出五員外許多事來。我應了三日之內，找得著找不著，必須回信。你想！那知五員外下落？往那裏去找呢？」伴當道：「小人尋找下處之時，遇見了跟二爺的人。小人便問他眾位員外在那裏居住？他便告訴小人，說在龐太師花園後樓，名叫文光樓，是個堆書籍之所，同五員外都在那裏居住呢！小人已問明了龐太師的府第，卻離此不遠。出了下處，往西一片樹林，高大的房子便是。」盧方聽了滿心暢快，連忙用畢了飯，此時天氣已有初更，盧方便穿上了夜行衣靠，悄悄的竟奔了龐太師的花園文光樓而來。

到了牆外他便施展飛牆走壁之能，上了文光樓，恰恰遇見白玉堂獨自一人在那裏。見面之時，不由的長者之心，落下幾點忠厚淚來。白玉堂卻毫不介意。盧方述說了許多思念之苦，方問道：「你三個兄長，往那裏去了？」白玉堂道：「因聽見大哥遭了人命官司，他們上開封府去了。」盧方聽了，大吃一驚。想道：「他們這一去必要生出事來。」好生著急，直盼到交了三鼓，還不見回來。你道韓彰、徐慶、蔣平為何去得好久不回呢？只因他等來到開封府，見內外防範甚嚴，便越牆從房上而入。剛跨到那廚房之上，恰巧包興由茶房而來，猛一抬頭，見有人影，不覺失聲道：「房上有人。」展爺早已看見，拔出寶劍，一伏身斜刺裏一個健步，躥房上一望，見一人已到簷前。展爺看的真切，從囊中一伸手掏出袖箭，反背就是一箭，只見那人，站不穩身體，一歪掉下房來。外面王、馬、張、趙，已然趕進來了，趙虎趕緊按住那人，張龍上前幫助縛了。展爺正要縱身上房，忽見房上一人，把手一揚，向下一指。展爺見一縷寒光，竟奔面門來，知是暗器，把頭一低，剛剛躲過。不想身後馬漢肩頭之下，已中了弩箭。展爺一飛身，已到房上，竟奔了使暗器之人，那人用了個「風掃敗葉」勢，一順手就是一樸刀。南俠忙用劍往上一削，只聽「噹」的一聲，樸刀卻短了半段。只見那人一轉身，越過房脊，又見金光一閃，卻是三稜鵝眉刺，竟奔展爺眉攢而來。展爺將身一閃，一伏身起來，再一看時，連個人影兒也不見了。

展爺只得跳下房來，進了書房，參見包公。此時已將綑縛之人，帶至屋內。包公問道：「你是何人？為何黌夜至此？」只聽那人道：「俺乃穿山鼠徐慶，特為救俺大哥盧方而來。不想中了暗器遭擒，只要叫俺見大哥一面，俺徐慶死也甘心瞑目。」包公道：「原來三義士到了。」即命左右鬆了綁看座。徐慶也不致謝，也不遜讓，便一屁股坐下。順手將袖箭拔出道：「是誰的暗器？拿了去。」展爺過來接去，徐慶道：「你這袖箭，不及俺二哥的弩箭，他那弩箭有毒，若是著上，藥性一發，便不省人事。」正說著，只見王朝過來，稟道：「馬漢中了弩箭，昏迷不醒。」徐慶道：「如何？千萬不可拔出，還可以多活一日，明日這時候也就嗚呼了！」包公聽了連忙問道：「這可有解藥？」徐慶說道：「有呵！卻是俺二哥帶著，從不傳人。受了此箭，總在十二個時辰之內，用了解藥即刻回生；若過了十二個時辰，縱有解藥，也不能好了。這是俺二哥獨得的奇方，再也不告訴人的。」包公見他的說話，是直爽之人，堪與趙虎稱為伯仲。徐慶忽又問道：「俺大哥盧方在那裏？」包公便說：「昨晚已然釋放，盧義士已不在此了。」徐慶聽了，哈哈大笑道：「怪道人稱包老爺是個好相爺，忠正為民，如今果不虛傳。俺徐慶，要找盧方去。」包公見他天真爛漫，便道：「三義士，你看外面已交四鼓，黃夜間那裏去找？暫且坐下，我還有話問你。」徐慶卻又坐下。包公便問白玉堂所作之事，楞爺徐慶一一招承。「……惟有劫黃金之事，卻是二哥、四弟，並有柳青，假冒王、馬、張、趙之名，用蒙漢藥酒，將那群人藥倒，我們盜取了黃金。」眾人聽了，個個點頭。只見差役進來稟道：「盧義士在外求見。」

不知盧方來此為了何事？且看下回分解。

第四十六回　設謀誆藥氣走韓彰　遺興濟貧忻逢趙慶

且說盧方在文光樓上，盼到三更之後，韓彰、蔣平方回，二人見了盧方，更覺詫異。便問道：「大哥如何能在此呢？」盧方便將包相以恩相待，釋放無事的情由，說了一遍。蔣平聽了，對著韓、白二人道：「我說不用去，三哥務必不依。這如今鬧得不成事體了！」韓彰把到了開封府，彼此對壘情由，說了一遍。盧方聽了，歎了口氣道：「千不是，萬不是，全是五弟不是。」蔣平道：「此事如何抱怨五弟呢？」盧方道：「他若不找什麼姓展的，咱們如何來到這裏？」韓彰聽了卻不言語。蔣平道：「事已至此，也不必抱怨了。難道五弟有了英名，你我作哥哥的，豈不光彩麼？只是如今依大哥怎麼樣呢？」盧方道：「再無別說，只好劣兄將五弟帶至開封府，一來懇求開封府的相爺，在聖駕前保奏；二來當與南俠陪個禮兒，也就沒事了。」玉堂聽了，登時氣的二目圓睜，怒道：「大哥此語，小弟至死也是不從的。」蔣平聽了，在旁讚道：「好兄弟！好志氣！真與我們陷空島爭氣。」盧方道：「據五弟說來，你與南俠有仇麼？」玉堂道：「並無仇隙。」盧方道：「既無仇隙，為何恨他到如此地步呢？」玉堂道：「小弟也不恨他；只恨有個『御貓』，便覺『五鼠』減色。是必將他治倒方休。如不然，大哥就求包公回奏聖上，將南俠的『御貓』二字去了，小弟也就情甘認罪。」盧方道：「五弟！你這不是為難劣兄麼？劣兄受包相知遇之恩，應許尋找五弟。如今既已見著，我卻回去，求包公改御貓二字，此話如何說得出口來？」

白玉堂聽了，微微冷笑道：「哦！敢則是大哥受包公知遇之恩，既如此，就該拿了小弟去請功候賞呀！」只這一句話，把個仁義盧方，噎的默默無言。站起身來，出了文光樓，躍身下去，便在後面大牆以外，走來走去。暗道：「我盧方交接了四個兄弟，不想為此事，五弟竟如此與我翻臉。轉想包公相待的那一番情義，自己對眾人說的話，更覺心中難受。」左思右想，把腳一跺道：「噯！莫若死了，由著五弟鬧去，也省得我提心吊膽。」一抬頭，只見從那邊牆上斜插一枝枒杈，甚是老幹，從腰間解下絲縧，往上一捺，竟被樹收上去了。盧方怪道：「可見『時衰鬼弄人』了，怎麼絲縧也會活了呢？」正自思忖，忽見順著枝幹下來一人，卻是蔣四爺，說道：「五弟糊塗了，怎麼大哥也背晦❶了呢？」盧方見了蔣平，不覺滴下淚來道：「四弟你看，適纔五弟是何言語？叫劣兄有何面目，生於天地之間！」蔣平道：「五弟此時一味的心高氣傲，難以治服。不然小弟如何肯隨和他呢？須要另設別法，折服他便了。此時你我上開封府，就算大哥方纔聽見我等到了，故此急急前來陪罪。——再者也打聽打聽三哥下落。」盧方只得接過絲縧，將腰束好，一同竟奔開封府而來。

見了差役，說明來歷，便見南俠迎了出來。彼此相見，又與蔣平引見，隨即來到書房。見包公穿著便服，上面端坐，連忙雙膝跪倒，口中說道：「盧方罪該萬死。」蔣平也就跪在一旁。徐慶在那裏坐著，見盧方與蔣平跪倒，他便順著座兒，一溜也就跪下了。包公見他們豪俠義氣，連忙說道：「盧義士！他等前來，也為義氣而來，本閣也不見罪。只請起來，還有話說。」盧方等聽了，只得向上叩頭，立起身來。包公見蔣平骨瘦如柴，形如病夫，便問：「此是何人？」盧方一一回稟，包公方知就是善會水的蔣

❶ 背晦：糊塗，昏瞶。

澤長，忙命左右看座。連展爺與公孫策，俱各坐了。包公便將馬漢中了毒藥藥箭，昏迷不醒的話，說了一遍。依盧方就要回去，向韓彰取藥。蔣平攔道：「大哥若取藥，惟恐二哥當著五弟，總不肯給的。莫若小弟使個計策，將藥誆來，再將二哥激發走了，剩了五弟一人，孤掌難鳴，也就好擒了。」盧方聽說，便問：「計將安出？」蔣平附耳便說道：「如此，如此！二哥焉有不走之理？」盧方聽了道：「這一來你二哥與我，豈不又分散了麼？」蔣平道：「目下雖然分別，日後自然團聚。現在外面已交五鼓，事不宜遲，且自取藥要緊。」連忙向展爺要了紙墨筆硯，提筆一揮而就，摺疊了，叫盧方打上花押，便回稟包公，仍從房上回去。

蔣爺來至文光樓，還聽見韓彰在那裏勸慰白玉堂。蔣平見了二人道：「不想三哥中了毒藥袖箭，大哥背負到前面樹林，再也不能走了，只得二哥與小弟同去。」韓爺聽了，連忙離了文光樓。蔣平便問：「二哥藥在何處？」韓彰從腰間摘下個小荷包來，遞與蔣平。蔣平接過摸一摸，卻有兩丸，急忙掏出。將衣邊鈕子咬下兩個，咬去鼻兒，將方才寫的字帖，裹了裹塞在荷包之內，仍遞與韓彰。他便抽身竟奔開封府來。這裏韓爺只顧奔前面樹林，四下裏尋覓，並不見大哥、三弟，四弟也不見了。只得仍回文光樓來。見了白玉堂，說了此事，未免彼此狐疑。韓爺回手又摸了摸荷包道：「呀！這不像藥。」連忙叫白玉堂敲著火種，隱著亮光一看，原來是字帖兒，裹著鈕子。忙將字帖兒打開觀看，卻有盧方花押，上面寫著叫韓彰絆住白玉堂，作為內應，方好擒拿。白玉堂看了，不由的設疑道：「二哥就把小弟綁了罷！交付開封府就是了。」韓爺急道：「五弟休出此言！這明是你四哥用此反間之計。好！好！好！這是結義的好弟兄們呀！我韓彰也不能作內應，也不能幫扶著五弟，俺就此去了。」說罷，出了文光樓，躍身去了。

這時蔣平詎了藥，回轉開封府，已有五鼓之半，連忙將藥研好一丸，灌將下去，不多時，馬漢回轉過來，吐了許多毒水，大家也就放心了。到了次日晚間，蔣平又暗暗到文光樓，誰知玉堂卻不在，不知投何方去了。盧方又到下處，叫伴當將行李搬來，從此開封府又添了陷空島的三義，幫扶著訪查此事。卻分為兩班：白日卻是王、馬、張、趙，細細緝訪；夜晚卻是南俠同著三義，暗暗搜尋。不想這一日，趙虎因包公入闈，閒暇無事，扮了個客人的模樣，悄悄出城，信步行走。正走著，覺得腹中饑餓，便在村頭小飯館內，叫些點心。只見那邊桌上，有一個老頭兒，卻是外鄉形景，滿面愁容，眼淚汪汪瞅著趙爺。趙爺見他可憐，便問道：「你這老頭兒，瞧俺則甚？」那老者見問，忙立起身來道：「非是小老兒敢瞧客官。只因腹中饑餓，缺少錢鈔，見客官這裏飲酒，又不好啟齒。」趙虎道：「這也何妨呢？你便過來，我二人同桌而食。」那老兒聽了歡喜。趙爺叫了點心鑽鑽叫他吃，他卻一壁吃著，一壁落淚。趙爺見了，心中不悅道：「你這老頭兒，你說餓了，俺給你吃，你又哭什麼呢？」老者道：「小老兒有心事，難以告訴客官。」趙爺道：「原來你有心事！這也罷了。我且問你，你姓什麼？」老兒道：「老兒姓趙。」趙虎道：「噯呀！原來是當家子❷。」老者又接著道：「小老兒姓趙名慶，乃是仁和縣的承差。只因包三公子，太原進香，他故意的繞走蘇州，一來為遊山玩景；二來為勒索州縣的銀兩。我家老爺，派我預備酒飯，迎至公館款待。誰想三公子說：『鋪墊不好，預備的不佳。』他要勒索程儀三百兩。我家老爺乃是一個清官，並無許多銀兩。包三公子將我吊在馬棚，這一頓馬鞭子，打的卻不輕。小老兒一時無法，因此逃脫，意欲到京，尋找一個親戚。不想投親不著，只落得有家難奔，有國難投。衣服典當

❷ 當家子：族人。北方人稱同姓叫當家。

已盡，看看不能餬口；將來難免餓死呀！」說罷痛哭。趙爺道：「你老人家負此沉冤，何不寫個訴呈，在上司處分析呢？」

未知趙慶如何對答？且看下回分解。

第四十七回　錯遞呈權奸施毒計　巧結案公孫雪奇冤

且說趙虎暗道：「我家相爺赤心為國，誰知他的子姪，如此不法！我何不將他指引到開封府，看我們相爺如何辦理？」想罷道：「你正該寫個呈子分析。」趙慶道：「小老兒上京投親，正為遞呈分析。」趙虎道：「包太師辦事，極其公道，無論親疏，總要秉正除奸。若在別人手裏告了，或者官府做個人情，那倒有的。你若在他本人手裏告了，他便秉正辦理，再也不能偏向的。」趙慶聽說有理，便道：「既承指教，明日就在太師跟前告就是了。」趙虎道：「如今相爺在場內。約於十五日後，你再進城攔轎呈訴。」當下在肚兜內，摸出半錠銀子來道：「這還有五六天工夫呢，拿去做盤費用罷！」趙慶道：「小老兒既蒙賞吃點心，如何還敢受賜銀兩呢？」趙虎道：「這有什麼要緊？你只管拿去。」趙慶千恩萬謝去了。趙虎見趙慶去後，自己又飲了幾杯，纔出了飯鋪，便往舊路歸來。心中暗暗盤算，今日回開封府，可千萬莫露風聲。那裏知道，凡事不可預料。他若是將趙慶帶至開封府，倒是不錯，誰知他又細心起來了，這纔鬧的大錯特錯呢！

趙虎在開封府等了幾天，卻不見趙慶鳴冤，你道趙慶為何不來？只因他過了五天，這日一早趕進城來，正走到熱鬧叢中，忽見兩旁人一分，嚷道：「閃開！閃開！太師爺來了。」趙慶聽見「太師」二字，便煞住腳步，等著轎子臨近，便高舉呈詞，雙膝跪倒，口中喊道：「冤枉呀，冤枉！」只見轎已打杵，有人下馬接過呈子，遞入轎內。不多時，只聽轎內說道：「將這人帶至府中。」左右答應一聲，轎夫抬起轎來，如飛的竟奔龐府去了。你道這轎內是誰？卻是太師龐吉，這老奸賊得了這張呈子，如拾珍寶一般，立刻派人請女壻孫榮與門生廖天成來到。老賊將呈子與他等看了，只樂得手舞足蹈，以為此次可將包黑參倒了。又將趙慶叫到書房，好言語細細的問了一番，便大家商議，繕起奏摺。至次日，聖上臨殿，龐吉出班，將呈子謹呈御覽。聖上看了，心中有些不悅，立刻宣包公上殿。便問道：「卿有幾個姪兒？」包公上殿奏道：「臣有三個姪男。長次俱務農，惟有第三個，卻是生員，名叫包世榮。」聖上又問道：「你這姪男，可見過沒有？」包公道：「微臣自在京供職以來，並未回家。惟有臣的大姪兒見過，其餘二姪、三姪俱未見過。」仁宗天子點了點頭，便叫陳伴伴將此摺遞與包公看。包公恭敬捧過一看，連忙跪奏道：「臣子姪不肖，理應嚴拿，押解來京，嚴加審訊。臣有家教不嚴之罪，亦當從重究治。仰懇天恩，依律施行。」奏罷，便匍匐在地。聖上道：「卿家日夜勤勞王事，並未回家，如何能勾知家中事體？卿且平身，俟押解京來，朕自有道理。」包公叩頭，平身歸班。聖上即傳旨意，立刻行文著該府州縣，無論包世榮行至何方，立即押解來京。此抄一發，如星飛電轉，迅速已極。不一日，便將包三公子押解來京，剛到城內熱鬧叢中，見那壁廂一騎馬似飛的跑來，相離不遠，將馬收住，滾鞍下馬，便在旁邊屈膝稟道：「小人包興，奉相爺鈞諭，求眾押解略留情面，容小人與公子微述一言。求稍停一會。」押解的官員，聽說是包太師差人前來，只得將馬勒住道：「你就是包興麼？既是相爺有命，容你與公子見面就是了。」那包興就在這邊飯鋪與三公子三言兩語。此時看的人，誰不知包相爺的人情到了。不多會，便見出來，包興謝過了押解老爺，抓鬃上馬，如飛的去了。這裏押解三公子到大理寺聽候綸音。誰知龐吉於此時奏明聖上，就交大理寺額外添派兵馬司、都察院，三堂會審。聖上准奏，你道此賊又添此二處為何？只因兵馬司，是他女壻孫榮；都察院，是他門生廖天成，全是老賊心腹。惟恐文彥博審的袒護，故此添派二處。

不多時孫榮、廖天成來到大理寺，與文大人相見，文大人居了正位，孫、廖二人兩旁侍坐。喊了堂威，便將包世榮帶上堂來，便問他如何勒索州縣銀兩。包三公子因在飯鋪聽了包興之言，便道：「生員奉祖母之命，太原進香。聞得蘇、杭名山秀水極多，莫若趁此進香，就便遊玩。只因路上盤川缺少，先前原是在州縣借用。誰知後來他們俱送程儀❶，並非有意勒索。」孫榮便道：「你一路逢州遇縣，到底勒索了多少銀兩？」包世榮道：「隨來隨用，也記不清了。」正問至此，只見進來一個虞候，卻是龐太師寄了一封字兒，叫面交孫姑老爺的。孫榮接來看了道：「這還了得！」文大人便問道：「孫大人卻是為何？」孫榮道：「就是此子勒索的數目。家岳已令人暗暗查來。」文大人道：「請借一觀。」孫榮便遞將過去。文大人見上面有各州縣的消耗數目，後面又見有龐吉囑托孫榮極力奏參包公的話頭。看完了，也不遞給孫榮，便籠入袖內。望著來人說道：「此係公堂之上，你如何擅敢妄傳書信？本當重責，念是太師的虞候，權且饒恕。左右！與我用棍打出。」左右一喊，連忙逐著下堂去。文大人對孫榮道：「令岳做事，太率意了。此乃法堂，竟敢遣人送書，於理說不過去罷！」孫榮連連稱是，字柬兒也不敢往回要了。廖天成知理曲，卻搭訕❷著，問包世榮道：「方纔押解官回稟，包太師曾命人攔住馬頭，要見你

---

❶ 程儀：送人家出門的路費。
❷ 搭訕：此處指找話頭借以開始交談。

說話，可是有的？」包世榮道：「有的！無非告訴生員，不必推諉，總要實說，求眾位大人庇佑之意。」廖天成道：「那人叫什麼名字？」包世榮道：「叫包興。」廖天成立刻吩咐差役，傳包興到案。暫將包世榮帶下去。不多時，包興傳到，孫榮一肚子悶氣，無處發揮，如今見了包興，卻作起威來道：「好狗才！你如何擅敢攔住欽犯，傳說信息？該當何罪？」包興道：「小人只知伺候相爺，不離左右。此事實實不知。」孫榮喝道：「好狗才！還敢強辯！拉下去重打二十。」可憐包興無故遭此慘毒。心中想道：「我跟了相爺多年，從未受過這等重責，今日活該我包興遇見對頭了。」孫榮又問道：「包興快快招上來！」包興道：「實實沒有此事，小人一概不知。」孫榮聽了，怒上加怒，吩咐左右請大刑。只見左右將三根木往堂上一攢，包興是看慣了，全然不懼。反冷笑道：「大人不必動怒！大人既說小人攔住欽犯，私傳信息，也該把我家公子帶上堂來對質。」孫榮道：「那與你閒講！左右！與我夾起來。」文大人在上，實實聽不過，看不上，便叫左右把包世榮帶上堂來，當面對證。包世榮上堂，見了包興，看了半天道：「生員見的那人雖與他相仿，卻是黑瘦子，不是這等白胖。」孫榮聽了，自覺著有些不妥，忽見差役稟道：「開封府差主簿公孫策齎有文書，當堂投遞。」文大人便叫領進來。公孫策當下投了文書，站立在一旁。文大人當堂拆封，將來文一看，笑容滿面，對公孫策道：「他三人俱在此麼？」公孫策道：「現在外面。」文大人道：「著他們進來。」公孫策轉身出去，文大人方將來文與孫、廖二人看了，兩個賊登時就目瞪口呆。

不多時，領進來三個少年，俱是英俊非常，第三個尤覺清秀。三個人向上打恭。文大人立起身道：「三位公子免禮。」大公子包世恩，二公子包世勳，卻不言說。獨有三公子包世榮道：「家叔多多上覆文老伯，就叫晚生親至公堂，與假冒名的，當堂質對。此事關係生員的聲名，故敢冒昧直陳，望乞寬宥。」不料大公子一眼看見當堂跪的那人，便問道：「你不是武吉祥麼？」那人見了三位公子到來，已是嚇得魂不附體，那裏還答應的出來呢？文大人聽了，問道：「怎麼？你認得此人麼？」大公子道：「他是弟兄兩個：他叫武吉祥，他兄弟叫武吉安，原是晚生家僕從。只因他二人不守本分，因此將他二人攆出去了。不知他為何又假冒我三弟之名前來。」文大人又看了看武吉祥面貌，果與三公子有些相仿，心中早已明白。便道：「三位公子請回衙署。」又向公孫策道：「主簿回去，多多上覆閣臺，就說我這裏，即刻具本覆奏。並將包興帶回，且聽綸音便了。」三位公子又向上一躬，退下堂來。公孫策扶著包興，一同回開封府去了。且說包公那日被龐吉參了一本，知三公子在外胡為，又氣又恨。氣的是大老爺養子不教；恨的是三公子年少無知，在外闖此大禍，此後有何面目，忝居相位呢？後來又聽三公子解到，聖上派了三堂會審，更覺心上難安，偏偏又把包興傳去，不知為著何事？正在躊躇不安之時，忽見差役帶進來一人。那人朝上跪倒道：「小人包旺與老爺叩頭。」包公聽了，暗道：「他必是為三公子之事而來。」問道：「你來此何事？」包旺道：「小人奉了太老爺、太夫人之命，帶領三位公子，前來與相爺慶壽。」包公聽了，不覺詫異道：「三位公子現在那裏？」包旺道：「少刻就到。」包公便叫李才同著包旺在外立等，少時只見李才領了三位公子進來。包公一見，滿心歡喜。三位公子參見已畢，包公攙扶起來，請了父母的安好，候了兄嫂的起居。又見三人之中，惟有三公子相貌清奇，更覺喜愛。便叫李才帶領三位公子進內，給夫人請安。包公既見了三位公子，便料定那個是假冒名的了。立刻請公孫先生來告訴了此事，速辦文書，帶領三位公子到大理寺當面質對。此時展爺與盧義士四勇士，俱到書房與相爺稱賀。包公此時把連日悶氣登時消盡，見了眾人進來，更覺歡喜。問了問這幾日訪查的光景，俱各回言，並無下落。盧方道：「恩相若遇聖上追問之時，且先將盧方等三人奏知聖上，一來且安聖心；二來理當請罪。如能轂討下限來，豈不又緩一步麼？」包公道：「盧義士說的也是，且看機會便了。」正說話間，公孫策帶領三位公子回來，到了書房，參見包公。

未知後事如何？且看下回分解。

第四十八回　訪奸人假公子正法　貶佞黨真義士面君

且說公孫策與三位公子回來，將文大人之言一一稟明。大公子又將認得冒名的武吉祥也回了。惟有包興一瘸一拐，見了包公，將孫榮鑾打的情節述了一遍。包公叫他且自安歇將養。眾人見了三位公子，也就告別了。相爺同定夫人，與三位姪兒敘天倫之樂。單言文大人具了奏摺，連龐吉的書信，與開封府的文書，俱各隨摺奏聞。天子看了，又喜又惱。喜的是包卿子姪並無此事，惱的是龐吉與包卿作對，總是他的理虧。「……如今索性與孫榮等，竟結成群，全無顧忌，這不是有意要陷害大臣麼？叫朕也難庇佑了。」便將原摺案卷人犯，俱交開封府訊問。包公接到此旨，看了案卷，陞堂略問了問趙慶，將武吉祥帶上堂來，一鞫即服。便問他同事者多少人？武吉祥道：「小人有個兄弟名叫武吉安，他原假充包旺，還有兩個伴黨。不想風聲一露，他們就預先逃走了。」包公因有龐吉私書，上面有查來的各處數目，不得不問。果然數目相符。又問他：「有包興曾給你送信，卻在何處說的？是何言語？」武吉祥便將在飯鋪內說的話，一一回明。包公道：「若見了此人，你可認得麼？」武吉祥道：「若見了面，自然認得。」包公叫他畫招，暫且收監。包公問道：「今日當值的是誰？」只見下面上來二人跪稟道：「是小人江樊、黃茂。」包公看了，又添派馬步快頭耿春、鄭平二人。吩咐道：「你四人前往龐府左右，細細訪查。如有面貌與包興相仿的，只管拿來。」四個領命，來到龐府。分為兩路，細細訪查。只見來了個醉漢，旁邊有一人用手相攙，恰恰的彷彿包興。四人喜不自勝，就迎了上來，一同獲住，套上鐵鍊，拉著就走。這人嚇得面目焦黃，叫道：「做什麼？」四個人也不理他。及至來到開封府，著二人看守，二人回話。包公聽了，立刻陞堂，命將那人帶上。包公問道：「你叫什麼？」那人道：「小人叫龐光，在龐府做家人。」包公看了，果然有些彷彿包興，把驚堂木一拍道：「龐光你把假冒包興的情由訴上來。」龐光道：「並無此事呀！」包公叫提武吉祥上堂，當面認來。武吉祥見了龐光道：「與小人在飯鋪說話，正是此人。」龐光聽了，心下慌張。包公吩咐帶下去，重打二十大板，打得他叫苦連天，不能不說。便將龐吉與孫榮、廖天成如何定計，「恐包三公子不應，故此叫小人假扮包興，告訴三公子，招承自有相爺解救，別的小人一概不知。」包公叫他畫了供，同武吉祥一併寄監，候參奏下來再行釋放。包公仍來至書房，將此事也敘入摺內，定了武吉祥御刑處決，「至於龐吉與孫榮、廖天成，私定陰謀，攔截欽犯，傳遞私信，皆屬挾私陷臣，不敢妄擬罪名，仰乞聖聰明示，睿鑒施行。」此本一上，仁宗看畢，心中十分不悅。即明發上諭：「龐吉屢設奸謀，頻施毒計，挾制首相，讒害忠良，宜貶為庶民，以懲其罪。姑念其在朝有年，身為國戚，著仍加恩賞給太師銜，給食全俸，不准入朝從政。倘再不知自勵，暗生事端，即當從重治罪。孫榮、廖天成，附和龐吉，結成黨類，實屬不知自愛，俱著降三級調用。餘依議。欽此。」聖旨一下，眾人無不稱快。包公奉旨用狗頭鍘，將武吉祥正法，龐光釋放。趙慶賞銀十兩，仍然在役當差。

此案已結，包公便慶壽辰，聖上與太后俱有賞賚。至於眾官祝壽，凡送禮者，俱是璧回。過了生辰，即叫三位公子回去。惟有三公子，包公甚是喜愛，叫他回去稟明了祖父、祖母與他父母，仍來開封府在衙內讀書。次日入內遞摺請安，聖上召見，便問：「訪查的那人如何？」包公乘機奏道：「那人雖未拿獲，現有他不同夥三人，自行投到，臣已訊明，他等是陷空島內盧家莊的五鼠。」聖上聽了問道：「何以謂之五鼠？」包公奏道：「是他五個人的綽號，第一是盤桅鼠盧方，第二是徹地鼠韓彰，第三是穿山鼠徐慶，第四是混江鼠蔣平，第五是錦毛鼠白玉堂。現今惟有韓彰、白玉堂，不知去向，其餘三人俱在臣衙內。」仁宗道：「既如此，卿明日將此三人帶進朝內，朕在壽山福海御審。」包公聽了，心中早已明白。這是天子要看看他們的本領，故意的以御審為名。若果要御審，又何必單在壽山福海呢？包公為何說盤桅鼠、混江鼠呢？恐說了「鑽天」、「翻江」，有犯聖忌，故此改了。這也是憐才的一番苦心。

當日早朝已畢，回到開封府俱將此事告訴盧方等三人，並著展爺與公孫先生等，明日俱隨入朝，為照應他們三人。到了次日，盧方等絕早的披上罪裙罪衣。包公上轎入朝，展爺等一群英雄，跟隨來至朝房，照應盧方等三人。盧方到了此時，惟有低頭不語，蔣平也是暗自沉吟，獨有楞爺徐慶東瞧西望，問了這裏，又打聽那邊，連一點安頓氣兒也沒有。忽見包興從那邊跑來，口內打「哧」，又招手兒。展爺已知是聖上過壽山福海那邊去了。連忙同定盧方等三人，隨著包興，往內裏而來。包興又悄悄囑咐盧方，不要害怕，聖上問話時，總要據實陳奏。盧方暗暗點頭，剛來至壽山福海，只見宮殿樓閣，金碧交輝。丹墀之上，文武排列。忽聽鐘磬之音嘹喨，一對對提爐，引著聖上升了寶殿。頃刻肅然寂靜，卻見包相抱牙笏而上，捧定一本，卻是盧方等名字，跪在丹墀。聖上宣至殿上，略問數語，就出來了。老伴伴陳琳，來至丹墀之上，道：「旨意帶盧方、徐慶、蔣平。」此話剛完，早有御前侍衛，即將盧方等一邊一個架起胳膊，上了丹墀。任你英雄好漢，到了此時，沒有不動心的。兩邊的侍衛，將他等一按，悄悄的說道：「跪下。」三人匍匐在地，聖上叫盧方抬起頭來。盧方秉正向上，仁宗看了，點了點頭，問道：「居住何方？作何生理？」盧方一一奏罷。聖上又問他因何投到開封府？盧方連忙叩首，奏道：「罪民因白玉堂年幼無知，惹下滔天大禍，全是罪民素日不能規箴，致令釀成此事。仰懇天恩，將罪民重治其罪。」奏罷叩頭。

仁宗見他情甘替白玉堂認罪，真不愧結盟義氣，聖心大悅，忽見那邊忠烈祠旗桿上黃旗，被風刮的「嘩喇喇」亂響。又見兩旁的飄帶，有一根卻裹住滑車。聖上即借題發揮道：「你為何叫盤桅鼠？」盧方奏道：「只因罪民船上篷索斷落，罪民曾爬桅結索，因此叫做盤桅鼠。」聖上道：「你看那旗桿上，飄帶纏繞不清，你可能彀上去解開麼？」盧方跪著，扭頸一看，奏道：「罪民可以勉力。」陳琳將盧方帶下丹墀，脫去罪衣罪裙，來到旗桿之下。他便挽掖衣袖，將身一縱，蹲在夾桿石上，只用手一扶旗桿，兩膝一拳，猶如猿猴一般，迅速之極，早已到了掛旗之處。先將繞住旗桿上的飄帶解開，只見用腿盤了旗桿，將身子一探，卻把滑車上的飄帶也就脫落下來。此時聖上與群臣看的明白，無不喝采。忽又見他伸開一腿，只用一腿盤住旗桿，將身體一平，雙手一伸，卻在黃旗一旁，又添上了一個順風旗。眾人看了，無不替他耽驚。忽又用了個「撥雲探月」架式，將左手一甩，將那一條腿，早離了桅。這一下，把眾人嚇了一跳。及至看時，他用左掌單挽旗桿，又使了個「鳳凰單展翅」，下面自聖上以下，無不喝采連聲。猛見他把頭一低，滴溜溜順將下來，彷彿失手的一般，卻把眾人嚇了一跳。一齊說聲「不好」，再一看時，他卻從夾桿石上跳將下來。天子滿心歡喜，連聲讚道：「真正不愧『盤桅』二字。」陳琳仍帶盧方上了丹墀，跪在旁邊。又看第二名的叫徹地鼠韓彰，不知去向。聖上即看第三個，名叫穿山鼠徐慶。

便問道：「徐慶……」徐慶抬起頭來道：「有。」他這聲音答應的極為洪喨，天子把他一看，見他黑漆漆一張面皮，光閃閃兩個環睛，鹵莽非常，毫無畏懼。

不知仁宗看了，問出什麼話來？且看下回分解。

第四十九回　金殿試藝三鼠封官　佛門遞呈雙烏告狀

話說仁宗天子見那徐慶鹵莽非常，因問他如何穿山。徐慶道：「只因罪民在陷空島連鑽十八孔，故此人人叫我穿山鼠。」聖上道：「朕這萬壽山，也有山窟，你可穿得過去麼?」徐慶道：「只要是通的，就鑽得過去。」聖上又派了陳琳將徐慶領至萬壽山下。徐慶脫去罪衣罪裙，陳琳囑咐他道：「你只要穿過山窟，即便出來，不要耽延工夫。」徐慶只管答應。誰知他到了半山之間，見個山窟，把身子一順，就不見了。足有兩盞茶時，不見出來。陳琳著急道：「徐慶你往那裏去了?」忽見徐慶在南山尖之上應道：「唔！俺在這裏。」這一聲連聖上與群臣俱各聽見了。盧方在一旁跪著，暗暗著急，恐聖上見怪。誰知徐慶應了一聲，又不見了。陳琳更自著急，等了多時，方見他從山窟內穿出。陳琳連忙招手呼他下來，此時徐慶已不成模樣，滿身青苔，滿頭塵垢，陳琳仍把他帶在丹墀，立在一旁。聖上連連誇獎：「果真不愧『穿山』二字。」又見單上第四名混江鼠蔣平。天子往下一看，見身材渺小，再搭著匍匐在地，更覺葳蕤❶。及至叫他抬起頭來，卻是面黃肌瘦，形如病人。仁宗一見有些不悅。暗想道：「看他這光景，如何配稱混江鼠呢?」無可奈何問道：「你既叫混江鼠，想是會水了?」蔣平道：「罪民在水間，能開目視物，能水中整個月住宿，頗識水性，因此喚作混江鼠。這是罪民的小技。」仁宗聽說「頗識水

❶ 葳蕤：委靡不振，提不起精神來的樣子。

性」四字，也就喜悅，立刻吩咐備船。叫陳琳進內，「取朕的金蟾來。」少時，陳伴伴取到，天子命包公細看，只見金漆木桶之中，有一個三足蟾，寬有三寸，按三才；長有五寸，遵五行。兩個眼睛，如琥珀一般，一張大口，恰似胭脂，碧綠的身子，雪白的肚兒，更趁著兩個金睛圈兒，週身的金點兒，實實好看，真正是稀奇寶物。包公瞧了讚道：「真乃奇寶。」天子命陳琳帶著蔣平上一隻小船。卻命太監提了木桶，聖上帶領首相，及諸大臣，登在大船之上。

此時陳琳看蔣平光景，惟恐他不能捉蟾，悄悄告訴他道：「此蟾乃聖上心愛之物。你若不能捉時，趁早言語，我與你奏明聖上，省得吃罪不起。」蔣平笑道：「公公但請放心！不要多慮。有水靠求借一件。」陳琳道：「有，有。」立刻叫小太監拿幾件來，蔣平揀了一身極小的，脫了罪衣罪裙，穿上水靠。只聽聖上那邊大船上太監，手提木桶道：「蔣平，咱家就放金蟾了。」說罷，將木桶口兒向下，底兒朝上，連蟾帶水，俱各倒在海內。只見那蟾在水波之上，三足一幌，就不見了。蔣平方向船頭，將身一順，連個聲息也無，也不見了。天子那邊眼睜睜，往水中觀看，半天不見影響。天子暗說：「不好！看他懦弱身體，如何禁的住在水中許久？別是他捉不住金蟾，畏罪溺死了罷！」忽然水上起波，波紋往四下裏一開，從當中露出人來，卻是蔣平，在水面跪著，兩手上下合攏。將手一張，只聽金蟾在掌中「呱呱」的亂嚷。天子大喜，「真是個混江鼠，不愧其稱。」連忙吩咐太監，將木桶另注新水，蔣平把金蟾放在裏面，跪在水波之上，恭恭敬敬，向上叩了三個頭。聖上及眾人無不誇讚。見他仍然踏水，奔至小船，脫了衣靠。陳琳更喜，仍把他帶到金鑾殿來。此時聖上已回殿內。包公進殿，天子道：「朕看他等技藝超群，豪傑尚義，國家總以鼓勵人材為當。朕欲加封他等職銜，以後也令有本領的，各懷向上之心。卿家以為何如？」包公道：「聖主神明，天恩浩蕩，從此大開進賢之門，實國家之大幸也！」仁宗大悅，立刻傳旨，賞了盧方等三人，也是六品校尉之職，俱在開封府供職。又傳旨務必訪查白玉堂、韓彰二人，不拘時日。包公帶領盧方等謝恩，天子駕轉回宮。

包公散朝來到衙署，盧方等三人，重新又叩謝了包公。公孫策、展爺與王、馬、張、趙，俱各與三人賀喜，獨有趙虎心中不樂，暗自思道：「我們辛苦多年，方纔爭得個校尉。如今他三人，不費一刀一槍，便也是校尉，竟自與我等為伍。若論盧大哥，他的人品軒昂，為人忠厚，武藝超群，原是好的。就是那徐三哥，直直爽爽，就合我趙虎脾氣一樣，也還可以。獨有那姓蔣的，三分不像人，七分不像鬼，瘦的那個樣兒，尖酸刻薄，怎麼配與我老趙同堂辦事？」心中老大不樂。因此每每談聚飲食之間，趙虎獨獨與蔣平不對，蔣爺也不介意。耽延了一個月的光景，這一天包公下朝，忽見一個烏鴉隨著轎呱呱亂叫，再不飛去。包公心中有些疑惑。又見有個和尚迎轎跪倒，雙手舉呈，口呼「冤枉」。包興接了呈子，隨轎進了衙門。包公立刻升堂，將訴呈看畢，把和尚帶上來，問了一堂。原來此僧名法明，為替他師兄法聰辨冤。即刻命將和尚帶下去。忽聽烏鴉又來亂叫。及至退堂，來到書房，那兩個烏鴉，又在簷前呱呱亂叫。包公出書房一看，仍是那兩個烏鴉。包公暗暗道：「這烏鴉必有事故。」吩咐李才將江樊、黃茂喚到書房，包公就差他二人，跟隨烏鴉前去看看有何動靜。江、黃二人忙跪下稟道：「相爺叫小人跟隨烏鴉往那裏去？」包公喝道：「好狗才！你便跟去，無論是何地方，但有形跡可疑的，即便拿來見我。」說罷轉身進了書房。

江、黃二人不敢多言，只得站起，對烏鴉道：「往那裏去？走呀！」可煞作怪！那烏鴉便展翅飛起，出衙去了。二人那敢怠慢，趕出了衙門。卻見烏鴉在前，二人不分高低跟著。不多時，已到城外曠野之地，二人吁吁帶喘。江樊道：「好差使！你我兩條腿，跟著帶翅兒的跑。」黃茂道：「再要跑，我就要暴腕了。你瞧我混身汗全透了。」那鴉忽又向著二人亂叫，又往南飛去了。江樊道：「真奇怪！」黃茂道：「別管他！咱們且跟他到那裏。」二人趕步向前，剛然來至寶善莊，烏鴉就不見了。見二個穿青衣的，一個大漢，一個後生。江樊猛然省悟道：「夥計，二青吓！」黃茂道：「不錯，雙皂吓！」二人說完，尚在猶疑，只見那二人從小路岔走。大漢在前；後生在後，趕不上大漢，一著急卻跌倒了，把靴子脫落了一隻，卻露出尖尖金蓮來。那大漢看見，回轉身來，將他扶起，又把靴子抬起，叫他穿上。黃茂早趕過來道：「你這漢子，要拐那婦人往那裏去？」一伸手就要拿人。那知大漢眼快，反把黃茂一攏，就順水推舟爬下了。江樊過來，纔要動手，那大漢一拳把江樊打的倒退了幾步，身不由己的躺下了。他二人罵不絕口，又不敢起來，合他較量。只聽那大漢對後生說：「你順著小路過去，過了樹林，就看見莊門了。你告訴莊丁們，叫他們前來綁人。」那後生忙順著小路去了。不多時，果見來了幾個莊丁，手執短棍鐵尺，口稱：「主管，拿什麼人？」大漢用手指道：「將他二人綑了，見員外去。」莊丁聽了，一齊上前，綑了就走。纔過樹林，果見一個廣梁大門——江、黃二人，正要打聽——一直進了莊門，大漢道：「我回員外去。」不多時，員外出來，江、黃二人一見，只嚇得驚疑不止。

不知為了何事？且看下回分解。

第五十回　徹地鼠恩救二公差　白玉堂智偷三件寶

話說那員外迎面見了兩個公差，誰知他卻認得江樊，連忙吩咐家丁，快快鬆了綁縛，請到裏面去坐。你道這員外，卻是何等樣人？他姓林單名一個春字，也是個不安本分的。當初同江樊他兩個人原是破落戶出身，只因林春發了一注外財，便與江樊分手。江樊卻又上了開封府當差，暗暗的熬上了差役頭目。林春久已聽得江樊在開封府當差，就要仍然結識於他。誰知江樊見了相爺，秉正除奸；又見展爺等英雄豪俠，心中羨慕，頗有向上之心，他竟改邪歸正。不想今日被林春主管雷洪拿來。林春見了連聲恕罪，即刻將江樊、黃茂，讓至待客廳上。獻茶已畢，林春欠身道：「實實不知是二位上差，多有得罪！望乞看當初的分上，務求遮蓋一二。」江樊道：「你我原是同過患難的，這有什麼要緊，但請放心。」說罷，執手別過頭來，就要起身。林春道：「江賢弟且不必忙。」便向小童一使眼色。小童連忙端出一個盤子，裏面放定四封銀子。林春笑道：「些許薄禮，望乞笑納。」江樊道：「你這就錯了。似這點事兒，有甚要緊？難道用這銀子，買囑小弟不成？斷難從命。」林春聽了，登時放下臉來道：「江樊！你好不知時務，我好意念昔日之情，賞給你銀兩，你竟敢推卻。想來你是仗著開封府，藐視於我。好！好！」回頭叫聲：「雷洪，將他二人吊起來，給我著實拷打。立刻叫他寫下字樣，再回我知道。」雷洪即吩咐莊丁，綑了二人，帶至東院，甚是寬闊。卻有三間屋子，是兩明一暗。正中柁上有兩個大環，將二人吊在上邊。

吩咐莊丁用皮鞭將二人輪流抽打。江、黃二人罵不絕口。雷洪聽了，向莊丁手內，接過皮鞭來，又抽了幾下。此時日已銜山，將有掌燈時候，只聽來喚吃飯；雷洪叫莊丁等，皆喫飯去。自己出來，將門帶上，扣了吊兒，同小童出去。

這屋內，江、黃二人聽了聽，外面寂靜無聲，忽見裏間屋內，一人啼哭。江樊問道：「你是什麼人？」那人道：「小老兒姓竇，只因同小女上汴梁投親去，就在前面莊邊打尖。不意這員外由莊上回來，看見小女，就要搶掠。多虧了一位義士，姓韓名彰，救了小老兒父女二人，又贈了五兩銀子。不料不識路徑，竟自走入莊內，卻就是這員外莊上。因此被他仍然搶回，將我拘禁在此。——尚不知我女兒性命如何？」正說至此，忽聽了門吊兒❶一響，將門閃開一縫，卻進來了一人。火扇一晃，江、黃二人見他穿著夜行衣靠，一色是青。忽聽竇老兒說道：「原來恩公到了。」江、黃二人聽了此言，知是韓彰，慌忙道：「二員外爺，你快來救我們！」韓彰道：「不要忙。」從背後抽出刀來，將繩索割斷，又把鐵鍊鉤子摘下；江、黃二人，已覺痛快；又再放了竇老兒。那竇老兒因綑他的工夫大了，又有了年紀，一時血脈不能流通。韓彰便將他等領出屋來，悄悄道：「你們在何處等等，我將林春拿住，交付你二人好去請功。再找竇老兒女兒在何處。」忽見西牆下，有個極大的馬槽扣在那裏。韓彰道：「你們就藏在馬槽之下如何？」江樊道：「叫他二人藏在裏面罷，我是悶不慣的。我一人藏在別處罷！」說著話，就將馬槽掀起，黃茂與竇老兒進去，仍然扣好。

二義士卻從後面上房，見各屋內燈光明亮。他卻伏在簷前，往下細聽。忽有婆子說道：「安人！你

❶ 門吊兒：門上的搭鉤。

這一片好心，每日燒香念佛的，只求保佑員外平安無事罷！」安人道：「但願如此，只是再也勸不過來，奈何！今日又搶了一個女子來，還鎖在那邊屋裏呢！不知又是什麼主意？」婆子道：「還有一件最惡的呢！咱們莊南有個錫匠，叫什麼季廣，他的女人倪氏，合咱們員外不大清楚。因錫匠病纔好，咱們員外就叫主管雷洪定下一計，叫倪氏告訴他男人說，他病時，曾許下在寶珠寺燒香。這寺中有個後院子，是一塊空地，並坵著一口棺材。咱們雷洪先到那裏等候。倪氏燒完了香，就要上後院子小解。解下裙來，搭在坵子上。及至小解完了，就不見了，他就回家了。到了半夜有人敲門嚷道：『送裙子來了。』倪氏叫他男人出去，就被人割了頭去了。倪氏就告到祥符縣，說廟內昨日失去裙子，夜間夫主就被人殺了。縣官聽罷，就疑惑廟內和尚身上，即派人前去搜尋。卻於廟內後院坵子旁邊，見有浮土一塊，刨開看時，就是那條裙子包著季廣的腦袋呢！差人就把本廟的和尚法聰拿了去了，用酷刑審訊。誰知法聰有個師弟，名叫法明，募化回來，聽見此事，他卻在開封府告了。咱們員外聽見此信，恐怕開封府問事利害，萬一露出馬腳來，不大穩便。因此又叫雷洪拿了青衣小帽，叫倪氏改裝，藏在咱們家裏——就在東跨院所，聽說今晚成親。」

韓爺聽畢，便繞至東跨院，輕輕落下。只聽屋內說道：「我今日來時，遇見兩個公差，偏偏的又把鞋子掉了，露出腳來。喜的好在拿住了，千萬不要把他們放走了。」林春道：「我已叫雷洪三更時，把他們結果了就完了。」韓二爺用手輕輕掀起簾子，來至堂屋之內。見那邊放著軟簾，走至跟前，猛然的將簾一掀，口中說道：「嚷，就是一刀。」林春這一嚇不小，見來人身量高大，穿一身青靠，手持明亮的刀，便跪倒哀告道：「大王爺饒命！」韓彰道：「且先把你綑了再說。」一回頭，看見絲縧放在那裏，就將他綑了個結實。又見有一條絹子，叫林春張開口，給他塞上。又把那婦人提將過來，卻把拴帳鉤的絛子割下來，將婦人綑了。又割下一副帶子，將婦人的口也塞上。正要回身出來找江樊等，忽聽一聲嚷──卻是雷洪到東院去殺人，卻不見江樊、竇老，連忙呼喚莊丁搜尋，卻在馬槽下，搜出黃茂、竇老，獨不見了江樊，只得來稟員外。韓爺早迎至院中，二人碰著便鬥。韓爺技藝雖強，喫虧了力軟；雷洪的本領不濟，便宜力大。韓爺看看不敵，猛見一塊石頭飛來，正打在雷洪的脖項之上，不由的向前一栽。韓爺手快，反背就是一刀，打在脊梁骨上。這兩下纔把小子鬧了個嘴吃屎❷。卻是江樊上前，將雷洪綁了。原來江樊見雷洪呼喚莊丁搜查，他卻隱在黑暗之處。後見拿了黃茂、竇老，雷洪吩咐莊丁：「好生看守，待我回員外去。」江樊卻在後邊，暗暗跟隨。因無兵刃，揀了一塊石頭兒，在手內拿著，可巧遇韓爺同雷洪交手，他卻暗打一石。韓爺又搜出竇女，交付與林春之妻，吩咐候此案完結之後，好教竇老兒領去。復又放了黃茂、竇老。韓爺把竊聽謀害季廣、法聰含冤之事，一一敘說明白。江樊又說盧方等已經受職。韓爺聽了，卻不言語，轉眼之間，就不見了。江、黃二人卻無奈何，只得押解三人，來到開封府。把二義士解救，以及拿獲林春、倪氏、雷洪，並韓彰說的謀害季廣、法聰含冤之事，俱各稟明了。包公先差人到祥符縣提法聰到案，然後立刻陞堂，帶上林春、倪氏、雷洪，一干人犯，嚴加審訊。他三人皆知包公斷事如神，俱各一一承認。包公命他們畫招，具結收禁，按例定罪。

此案已結，包公來至書房，用過晚飯。將有初鼓之際，忽聽院內「拍」的一聲，不知是何物落下。包興連忙出去，卻拾進一個紙包兒來，上寫著「急速拆閱」四字。包公拆看時，裏面包一個石子，有個

❷ 嘴吃屎：面向下仆倒。

字柬兒，上面寫著：「我今特來借三寶，暫且攜歸陷空島，南俠若到盧家莊，管教御貓跑不了。」包公看罷，便叫包興前去看視三寶，又令李才請展護衛來。不多時展爺來至書房，包公將字柬給與展爺看了。展爺忙問：「相爺可曾差人看三寶去沒有？」包公道：「已差包興看視去了。」展爺不勝驚駭道：「相爺中了他『投石問路』之計了！」包公問道：「何以謂之『投石問路』之計呢？」展爺道：「他本來不知道三寶在於何處，故寫此字，令人設疑。若不使人看視，他卻無法可施，如今已差了人，這是領了他去了。此三寶必失無疑矣！」正說至此，忽聽那邊一片喧嚷，展爺吃了一驚。

不知所嚷為何？且看下回分解。

第五十一回　尋猛虎雙雄陷深坑　獲凶徒三賊歸平縣

且說包公正與展爺議論石子來由，忽聽一片聲喧，乃是西耳房走了火了。展爺連忙趕至那裏，早已聽見有人嚷道：「房上有人。」展爺借火光一看，果然房上瞧見一人，連忙放出一枝袖箭，只聽「噗哧」一聲。展爺道：「不好，又中了計了。」一眼瞧見包興，在那裏張羅救火。急忙問道：「印官看視三寶如何？」包興道：「方纔看了絲毫不動。」展爺道：「你再看看去。」正說話間，三義四勇，俱各到來。此時耳房之火，已然撲滅。只見包興慌慌張張跑來說道：「三寶真是失去了。」展爺飛身上房，盧方等亦皆上房，四個人四下搜尋，並無影響。下面卻是王、馬、張、趙，前後稽查，亦無下落。展爺與盧爺等，仍從房上回來。卻見方纔用箭射的，乃是一個皮人子；腳上用雞爪釘扣定瓦攏，原是吹膨了的，因用袖箭打透，冒了風，也就攤在瓦上了。楞爺徐慶看了道：「這是老五的。」蔣爺捏了他一把。展爺卻不言語。盧方聽了，好生難受，暗道：「五弟心腸太陰毒了。你知我等現在開封府，你卻盜去三寶，叫我等如何見相爺？如何對得起眾位朋友？」四人下得房來，一同來至書房。此時包興已回稟包公，說三寶失去。包公叫他不用聲張，卻好眾人進來參見包公，俱各認罪。包公道：「三寶亦非急需之物，有甚稀罕？你等莫要聲張，俟明日慢慢訪查便了。」眾英雄見相爺毫不介意，只得退出，來至公所之內。

盧方還要前去追趕，蔣平道：「知道五弟向何方而去？這不望風撲影麼？」展爺道：「五弟回了陷空島了。」盧方問道：「何以知之？」展爺便把方纔字柬上言語念出，盧方聽了，慚愧滿面。半晌道：「五弟做事太任性了。還是我等趕了去為是。」展爺問道：「大哥去不得的。請問大哥趕上五弟，合五弟要三寶，他給了便罷，他若不給，難道真個反臉，就義斷情絕麼？我想此事，還是小弟去。」蔣平道：「展兄！你去恐有些不妥。五弟做事，令人難測，陰毒得很，他必要設下埋伏。一來陷空島大哥路徑不熟；二來知道他設下什麼圈套？莫若小弟先找我二哥，回至陷空島，將他穩住，做為內應，大哥再去，方是萬全之策。」公孫策道：「四弟言之有理。展大哥莫要辜負四弟一番好意。」展爺見公孫先生亦如此說，只得應允，心中卻暗暗不平。到了次日，蔣平見了相爺，回明要找韓彰去；並因趙虎每每有不合之意，要與張龍、趙虎同去。包公問：「向何方去找？」蔣平回道：「就在平縣翠雲峰。因韓彰的母親墳墓在此峰下，年年韓彰必於此時拜掃，故此要到那裏尋找一番。」包公甚喜，就叫張、趙二人同往。

一日打尖吃飯，剛然坐下，趙虎就說：「咱們同桌兒吃飯，各自會錢，誰也不必攪誰。你道好麼？」蔣爺笑道：「很好！如此方無拘束。」因此各自要的各自吃，我也不吃你的，你也不吃我的。幸虧張龍周旋打和兒。及至吃完，堂官算帳，趙虎務必要分算。及到上櫃問時，櫃上說：「蔣老爺已經都給了。」卻是蔣老爺的伴當進門時，就把銀包交付櫃上了。天天如此，張龍覺得過意不去。蔣平一路上聽閒話，受作踐，不一而足。到了翠雲峰，半山之上有個靈佑寺。蔣爺卻認得廟內和尚，因問道：「韓二爺來了沒有？」和尚笑道：「卻未到此掃墓。」蔣平聽了，滿心歡喜，以為必遇韓彰無疑。就與張、趙二人商議，在此廟內居住等候。

趙虎前後看了一回，見雲堂寬闊豁亮，就叫伴當將行李安放在雲堂，同張龍住了。蔣平就在和尚屋內同住。廟內和尚俱各吃素，趙虎叫伴當打酒買肉，合心配口而食。伴當這日提了竹筐，拿了銀兩，下山去了。不多會，卻又轉來。趙虎見他空手回來，不覺發怒道：「你這廝向何方去了多時？酒肉尚未買來！」伴當道：「小人方纔下山，走到松林之內，見一人在那裏上吊。小人問他為何上吊，他說名叫包旺，奉了太老爺、太夫人之命，特送三公子到開封府。昨晚就在前面客店中住下，因月色頗好，出來頑賞，行至松林，猛然出來了一隻猛虎，就把他相公背了走了。……」趙虎聽至此，不由怪叫。張龍道：「賢弟，不必著急。」叫伴當將包旺快叫進來。不多時伴當領進，趙虎一看包旺，果是不錯。包旺又將送三公子上開封府，……被虎背去的話，說了一遍，說罷痛哭。張、趙二人聽說虎能背人，事有可疑。他二人便商議道：「今日晚間在松林搜尋下落。」此時伴當已將酒肉買來，收拾妥當，叫包旺一處吃飯畢。張龍脫去外面衣服，將搭包勒緊；趙虎也紮縛停當；各持利刃。叫包旺在此等候。他二人下了山峰，來到松林之內，趁著月色，一路訪尋。趙虎大呼小叫道：「虎在那裏？虎在那裏？」左一刀，右一刀，亂砍亂晃。忽見那邊樹上跳下二人，就往西飛跑。原來有二人在樹上，看見張、趙二人奔入，手持利刃，口中亂嚷。這兩個人害怕，暗中計較道：「莫若如此如此。」因此跳下樹來，往西飛跑。張、趙二人緊緊追來，卻見前面有壞屋二間，牆垣倒塌，二人奔入屋內去了。張、趙二人亦隨後追來。楞爺不管好歹，也就進了屋內，又無門窗戶壁，四角俱空，那裏有個人影。趙虎道：「怪呀！明明有人進了屋子，為何不見了呢？莫不是見了鬼咧。」東瞧西望，忽聽得「嘩啦」一聲，蹲下身來一摸，卻是一個大鐵環，釘在木板上邊。張龍亦進屋內，忽聽趙虎說：「有了，他藏在這下邊呢！」張龍道：「賢弟，如何知道？」

趙虎說：「我揪住鐵環了。」張龍道：「你就在此看守。我回到廟內，將伴當喚來，多拿火亮，好拿個穩當的。」趙虎道：「兩個毛賊，有甚要緊！且自看看，再作道理。」說罷，一提鐵環，將板掀起，裏面黑洞洞看不見。用刀往下一試探，卻是土基臺階。張龍道：「賢弟且慢！……」此話未完，趙虎已然下去。張龍惟恐有失，也跟將下去。誰知下面臺階狹窄而直，趙虎兩腳收不住，竟自滑下去了。裏面的二人，早已備下繩索，登時綑了個結實。張龍在上面聽見趙虎連說不好，心內一慌，也就溜下去了。裏面二人，又把張爺綑縛起來。這且不言。

再說包旺在廟內，自從張、趙二人去後，他方細細問明伴當，原來還有蔣平，他三人是奉相爺之命，前來訪查韓二爺的。因問：「蔣爺現在那裏？」伴當便說：「趙爺與蔣爺不睦，一路上把蔣爺欺負，到此還不肯同住。幸虧蔣爺全不計較，故此自己在和尚屋裏住了。」包旺聽了，心下明白，直等到天有三更，未見張、趙回來，對伴當道：「你看已交半夜，他二人還不回來，其中恐有差池❶，莫若你等與我同見蔣爺去。」伴當即領包旺來見蔣爺。蔣爺聽說包旺來到，又聽張、趙打虎未回，連忙起來細問一番。自思：「他二人此來，原是我在相爺跟前攛掇。如今他二人若有失誤，我卻如何覆命呢！」慌忙束縛停當，背後插了三稜鵝眉刺，吩咐伴當：「好生看守行李，千萬不准去尋我等。」別了包旺，來至廟外，一縱身，先步上高峰。四圍寂靜，萬籟無聲。蔣爺側耳留神，隱隱聞得西北上犬聲亂吠，必有村莊。連忙下了山峰，按定方向奔走而去，果是小小村莊。留神細看，見一家門首，站定二人。他卻隱在一棵大樹之下。忽聽開門，裏面走出一人道：「二位賢弟，夤夜至舍何幹？」只聽那二人道：「小弟等在地窖

---

❶ 差池：此處指意外。

子裏，拿了二人。問他卻是開封府的校尉。我等聽了，不得主意。還是放好，還是不放好呢？故此特來請示大哥。」又聽那人說：「哎呀！竟有這等事！那是斷然放不得。莫若你二人同去，將他們結果，急速回來，咱三人遠走高飛，趁早離開此地要緊。」二人道：「既如此，大哥就收拾行李。我們先辦了那件事去。」說罷，回身竟奔東南。

蔣平卻暗暗跟隨。二人慌忙的竟奔破屋而來。此時蔣爺從背後拔出剛刺，見前面的已進破牆，他卻緊趕一步，照著後頭走的這一人後心窩，就是一刺。那人站不穩，跌倒在地。蔣爺卻又攛入牆內，只聽前面的那人問道：「外面什麼響？」話未說了，蔣平鋼刺已到，躲閃不及，右脅上已然刺著，「噯呀」一聲，栽倒在地。蔣爺趕上一步，解他腰帶綑縛好了，將他提到屋內。腳卻掃著鐵環，即用手提環，掀起木板，先將那人往下一捺，側耳一聽，只聽摔的「噯呀」一聲，無甚動靜。方用鋼刺試步而下，到了裏面，卻有一間房子大小，那壁廂點著一個燈掛子。見張、趙二人，綑在那裏。張龍羞得一言不發，趙虎卻嚷道：「蔣四哥，你來的正好，快快救我二人吓！」蔣平卻不理他，把鋼刺一指，問那人道：「你叫何名？共有幾人？快說！」那人道：「小人叫劉豸，上面那個叫劉獬，方才鄧家窪內那一個叫武平安：原是我們三個。」蔣爺又問道：「昨晚你等假扮猛虎，背去的人，放在那裏？」劉豸說：「那是武平安背去的，小人們不知。昨晚上他親姐姐死了，我們幫著抬埋的。」蔣平問明此事，只聽那邊趙虎大喊道：「蔣四哥，小弟從此知道你了。我們兩個人，沒有拿住他一個，你一個人拿住他二人。四哥真有本事，我老趙佩服你了。」蔣平就過來，將他二人放了。張、趙二人，連忙叩謝，蔣平道：「莫謝！莫謝！還得上鄧家窪去。二位老弟隨我來。」三人出了地窖，又把劉獬提起也捺在地窖之內，將板蓋上，又壓上一塊石頭。蔣平在前，張、趙在後，來至鄧家窪。蔣平指與門戶，悄悄說：「我先進去，然後二位老弟叩門。兩下一擠，他沒法跑了。」說著一跳進了牆頭，連個聲息也無。張龍在外叩門，只聽裏面應道：「來了！」開門時，趙虎兜胸就是一把，揪了個結實。武平安剛要掙扎時，覺得背後一人揪住頭髮，他那裏還能支持？立時綑住。三人又搜尋一遍，連個人影也無，惟有小小包裹，放在那裏。趙虎說：「別管他，且拿他娘的！」蔣爺道：「問他三公子現在何處？」武平安說：「已逃走了。」趙虎就用拳來打。蔣爺攔住道：「賢弟，此處不是審他的地方，先押著他走。」三人押定武平安到了破屋，又將劉豸、劉獬從地窖內提出，往回路便走。來至松林之內，天已微明，卻見跟張、趙的伴當，尋下山來。便叫他們好好押解，一同來至廟中，約了包旺，竟赴平縣而來。誰知縣尹已坐早堂，為宋鄉宦失盜之案。因有主管宋升聲言，窩主❷是學究❸方善先生，因有金鐲為證。正在那裏審問方善一案。只見門上進來稟道：「今有開封府包相爺差人到了。」縣尹不知何事，一面吩咐快請，一面先將方善收監。見四人到了面前，縣官站起，吩咐看座。包旺等坐下，先將奉命送公子赴開封府，路上如何住宿，因步月如何遇虎將公子背去的話，說了一遍。蔣爺又將武平安、劉豸、劉獬，拿獲了的話，說了一遍，並言俱已解到。縣官聽得已將凶犯拿獲，立刻吩咐帶上堂來。先問武平安，將三公子藏於何處？武平安道：「只因那晚無心中背了一個人來，誰知此人卻是包相的三公子包世榮，小人與他有殺兄之仇。因包相審問假公子一案，將小人胞兄武吉祥鍘死，小人意欲將三公子與兄祭靈。不想小人出來打酒買紙錁，小人姐姐就把三公子放

---

❷ 窩主：掩護盜賊收藏贓物的人。

❸ 學究：原是唐宋時考試科目的名稱，後來作為念書人的通稱。

開逃走了。我姐姐叫我外甥鄧九如找我，說三公子逃走了，小人一聞此言，急忙回來。我姐姐竟自縊吊死了。小人無奈，煩人將我姐姐抬了去埋了，偏偏我的外甥鄧九如，他也就死了。」

未知如何？且看下回分解。

第五十二回　感恩情許婚方老丈　投書信多虧寧婆娘

且說眾人聽了武平安之言，甚覺詫異。縣官問道：「鄧九如多大了？」武平安說：「今年纔交七歲。」縣官說：「他小小年紀，如何也死了呢？」武平安說：「只因埋了他母親之後，他苦苦的合小人要他媽。小人一時性起，就將他踢了一腳，他就死在山窪裏了咧！」又問劉豸、劉獬，也就招認，因貧起見，幫著武平安，每夜行劫是實，一齊監禁。縣官又向蔣平等商議，趕急訪查三公子下落。你道這三公子逃脫何方去了？他卻奔至一家，正是學究方善之家。方善乃是一個飽學的寒儒。家中只是上房三間，卻是方先生同女兒玉芝小姐居住，外有廂房三間做書房。那包世榮投到他家，就在這屋內居住。只因受了辛苦驚嚇，就染起病來，幸虧了方先生精心調治，方覺好些。一日方善上街，給公子打藥，在路上拾了一隻金鐲，拿至銀鋪內去瞧成色，恰被宋升看見，訛作窩家，扭至縣內，已成訟案。即有人送了信來。玉芝小姐一聽他爹爹遭了官司，那裏還有主意，只是哭哭啼啼。幸喜街上有個寧媽媽，這媽媽聽見此事，連忙來至方家，見玉芝已哭成淚人相似。寧媽媽好生不忍。方玉芝一見，如親人一般，就央求他到監中看視。那媽媽滿口應承，即到了平縣，那些衙役快頭，俱與他熟識，眾人一見，彼此頑頑笑笑，便領他到監看視。見了方先生，又向眾人說些浮情照應話，並問官府審的如何。方先生說：「自從到時，剛要過堂，不想為什麼包相公之事，就是包相爺之姪，故此未審。此時縣官竟為此事為難，無暇及此。」方善又問了問玉芝女兒，就從袖中取出一封字柬，遞與寧媽媽道：「我有一事相求。只因我家外廂房中，住的個榮相公，名喚世寶。我見他相貌非凡，而且又是讀書之人，堪與我女兒配偶。求媽媽玉成其事。」寧婆道：「先生現遇此事，何必忙在此一時。」方先生道：「媽媽不知，我家並無多餘的房屋；而且又無僕婦丫鬟，未免嫌疑。莫若把此事說定了，他與我有翁婿之誼，玉芝與他有夫妻之分，他也可以照料我家中，別人也就無可說了。我的主意已定，只求媽媽將此封字柬，與榮相公看了。倘若不允，就將我這一番苦心，向他說明，他再無不應之理。全仗媽媽玉成。」寧媽媽道：「先生只管放心。」方善又囑咐家中照料，寧婆一一應允。

急忙回來，先見了玉芝，說先生在監無事。又悄悄告訴他許婚之意，現在書信在此；說這榮相公人品學問，俱是好的。那玉芝小姐見有父命，也就不言語了。寧婆來至廂房門口，便高聲問道：「榮相公在屋裏麼？」只聽裏面道：「小生在此。」媽媽來至屋內，見相公伏枕而臥，雖是病容，果然清秀。便道：「老身姓寧，乃是方先生的近鄰。因玉芝小姐求老身往監中探望他父親，方先生卻托我帶一個字柬，給相公看。」說罷從袖中取出遞過，三公子拆開看畢，說道：「這如何使得？我受方恩公莫大之恩，尚未報答；況且又無父母之命，如何敢做？」寧婆道：「相公這話就說差了！此事本非相公之意，卻是出於方先生之心。他因家下無人，男女不便，有瓜李之嫌，是以托了老身多多致意。相公既說受他莫大之恩，何妨應允了此事，再商量救方先生呢？」三公子一想，難得方老先生這番好心，倒是應了的是。寧婆又道：「相公不必猶疑，這玉芝小姐，真是生的端莊美貌，且賢德過人。詩詞歌賦，無不通曉；女紅針黹，精巧非常。真是天配良緣呢！」三公子道：「多承媽媽勞心，小生應下就是了。只是遇難奔逃，不曾帶得聘禮，這便怎樣處？」寧婆道：「只要相公拿定主意，不可食言就是了。」三公子道：「大丈夫一言既出，如白染皂；何況受方夫子莫大之恩呢？」寧婆道：「相公實在說的不錯，只是如今想個什麼法子，救救方先生纔好。」三公子道：「若要救方夫子，極其容易。只是小生病體甫愈，不能到縣。若要寄一封書信，又怕無人敢去。」寧媽媽道：「相公若肯寄信，待老身與你送去如何？」三公子道：「媽媽送信，書信到了縣內，叫他開中門，要見縣官，當面投遞。若縣官不見，千萬不可將此書信落於他人之手。」媽媽說：「待我取了筆硯來，相公就寫罷！」說著話，就向那邊桌上拿了筆硯，取了封套信紙送與三公子。三公子拈筆在手，只覺得手顫，再也寫不下去，便道：「媽媽，我二天水米不曾進，心內空虛，如何提得起筆來？必須要進些飲食方可。」寧婆離了書房，來至玉芝小姐屋內，將話一一說了。玉芝聽了，做了盌素麵湯，滴上點香油兒。寧媽媽端至書房，向公子道：「湯來了。」公子掙扎起來，喝了兩口說：「很好。」及至將湯喝完，兩鬢額角已見微汗，登時神清氣爽，略略歇息，提筆一揮而就。

那寧媽媽是個精明老練之人——不戴頭巾的男人❶——惟恐書中有了舛錯，自己到了縣內，是要吃眼前虧的。他便搭訕著，袖了書信悄悄的到玉芝屋內，叫小姐看了。小姐看了，不由暗暗欣喜，深服爹爹的眼力不差。便把不是榮相公，卻是包公子，他將名字顛倒，瞞人耳目，以防被人陷害的話說了。「如今他這書上，寫著奉相爺諭進京，不想行到松林，遇了凶徒，險些被害等情。媽媽只管前去投遞，是不妨事的。這書上還要縣官的轎子接他呢！」婆子聽了，只樂得兩手連連亂拍，急忙忙來至書房，見了三

❶ 不戴頭巾的男人：有丈夫氣的婦女。

公子請罪道：「婆子實在不知是貴公子，多有簡便，望乞公子爺恕罪。」三公子悄言說：「媽媽千萬不可聲張！」寧婆道：「公子爺放心，這個院子內，一個外人沒有，再也沒人聽見。」說罷，寧婆便出去打扮的乾淨樸素，袖了書信，出門竟奔縣衙而來。

剛進衙門，只見從班房內出來了一人，見了寧婆道：「呀！老寧，你這個樣，來做什麼？別是又要找個主兒罷？」寧婆道：「你不要胡說！我且問你，今兒誰的班？」那人道：「今兒是魏頭兒。」一面說著，一面叫道：「魏頭兒！有人找你，這個可是熟人。」早見魏頭兒出來。寧婆道：「原來是派老舅該班的。好兄弟，姐姐勞動勞動你。」魏頭兒說：「又是什麼事？昨日進監探看老方，許了我們一個酒兒，還沒給我喝呢。今日又怎麼來了？」寧婆道：「姐姐今兒來，特為此一封信，可是要當面見你們官府的。」魏頭兒聽了道：「嗳呀！你越鬧越大咧！衙門裏遞書信或者使得；我們官府，也是你輕易見得的？你別給我鬧亂子了，這可比不得昨日是私情兒。」寧婆道：「好兄弟，姐姐是做什麼的？當見的，我才見呢！」旁有一人說：「老魏吓！你太膽小咧！他既這們說，想來有道理，你只管回去。」寧婆道：「有理，姐姐請你。」二人說話間，魏頭兒回稟了出來道：「官府叫你進去呢！」寧婆道：「你還得辛苦辛苦！這封書信本人交與我時，叫我告訴衙內，不開中門，不許投遞。」魏頭兒一聽，將頭一搖：「為你這一封信，要開中門，你這不是攪麼？」寧婆道：「你既不開中門，我就回去。」說罷，轉身就走。魏頭兒忙攔住說：「你別走了吓！如今已回明，你若走了，官府豈不怪我？這是什麼差事呢？你真這麼著，我擔不了吓！」寧婆見他著急，不由笑道：「好兄弟，你不要著急，你只管回去。此事要緊，不比尋常書信，必須開中門，方可投遞。管保官府見了書信，不但不怪，巧咧！咱們姐們，還有點彩頭呢！」

孫書吏在旁，聽他說話有因；又知道他平日為人，是不幹荒唐事的。就明白這書信，必有來歷。便道：「魏頭兒，再與他回稟一聲，就說他是這們說的。」魏頭兒無奈，復又進去，到了當堂。此時蔣、張、趙三位爺，連包旺四個人，正與縣官想主意呢！忽聽差役回稟，有一婆子投書。依縣官是免見。還是蔣爺機變，就怕是三公子的密信，便在旁說：「相見何妨？」去了半時，差役又來回稟說：「那婆子要叫開中門，方投此書。他說有要緊事。」縣官聽了此言，不覺沉吟，料定必有關係。吩咐道：「就與他開中門。看他是何等書信？」差役答應，開放中門。出來對寧婆道：「全是你纏不清。差點我沒吃上，快走罷！」寧婆不慌不忙，進了中門，直上大堂，手中高舉書信，來至堂前。縣官見婆子毫無懼色，手擎書信。縣官吩咐差役，將書信接上來。差人剛要上前，只聽婆子道：「此書須老爺親接。有機密事在內。」縣官聞聽，事有來歷，也不問是誰，就站起來，出了公座，將書信接過。婆子退在一旁。拆閱已畢，又是驚駭，又是歡喜。蔣平已經偷看明白，便向前道：「貴縣理宜派轎前往。」縣官道：「那是理當如此。」此時包旺已知有了公子的下落，就要跟隨前往；趙虎也要跟去。蔣平攔住道：「你我奉相爺命，各有專司，比不得包旺，他是當去的。咱們還是在此等候便了。」趙虎道：「四哥言之有理，咱們就在此等罷！」差役魏頭兒聽得明白，方纔放心。只見寧婆道：「婆子回稟老爺：就叫婆子引路，他們轎夫腿快，如何跟得上？與其空轎抬著，莫若婆子坐上；又引了路，又不誤事；又叫包公子看看，知是太老爺敬公子之意。」縣官吩咐：「既如此，你即押轎前往。」

未知後文如何？且看下回分解。

第五十三回　蔣義士二上翠雲峰　展南俠初到陷空島

且說縣官吩咐寧婆坐轎子去接，那轎夫頭兒，悄悄說：「老寧吓！你太受用了。你坐過這個轎嗎？」婆子說：「你閉著你那個嘴罷！就是這個轎，告訴你說，姐姐連這回坐了三次了。」衙夫頭兒聽說也笑了。此時包旺已經乘馬，又派四名衙役，跟隨簇擁著去了。縣官立刻升堂，將宋升帶上，說他誣告良人，掌了十個嘴巴，逐出衙外。即吩咐帶方善。方善上堂，太爺令去刑具，將話言明，又安慰了他幾句。方學究見縣官如此看待，心中快樂之極。縣官吩咐看座，大家俱各在公堂等候。不多時，三公子來到，蔣、張、趙三位，與縣官一齊迎出來了。縣官吩咐抬至堂上，蔣平等亦俱參見。三公子下轎，彼此各有多少謙遜的言語。公子向方善又說了多少感激的話。縣官將公子等讓至書房，備了酒席，大家遜坐。三公子與方善上坐，蔣、張、趙三人，左右相陪，縣官坐了主位。包旺自有別人款待。飲酒敘話，縣官說：「敝境出此惡事，幸將各犯拿獲。只有鄧九如不見屍身，武平安雖然已獲，此事還要細查。相爺臺前，還求公子善言。」公子滿口應承，卻又託付照應舍親方夫子，並寧媽媽。惟有蔣平等，奉相爺之諭，訪查韓彰之事，亦已說明；他三人還要上翠雲峰去，也不待席終，便先告辭去了。這裏方先生辭了公子，先回家看視女兒玉芝，又與寧媽媽道了謝。他父女歡喜之至，自不必說。三公子處自有包旺服侍，不必細表。

且說蔣平等三人，復又來至翠雲峰靈佑寺內，見了和尚，先打聽韓二爺來了不曾？和尚說：「三位來的不巧。韓二爺昨日就來與老母祭掃墳墓，今早就去了。」三人聽了一怔。蔣平道：「我韓二哥可曾提往那裏去麼？」和尚說：「小僧曾經問過。韓二爺說：『大丈夫以天地為家，焉有定向？信步行去。』不知去向。」蔣平聽了，半晌嘆了一口氣。張龍道：「四哥不必為難，咱們且在附近左右，訪查訪查。」蔣平無奈，只得說道：「小弟要到韓老伯母墳前看看，莫若一同前往。」說罷，三人離了靈佑寺，慢慢來至墓前，果見有新化的紙灰。蔣平對著荒坵，將身跪倒，拜了四拜。趙虎說：「既不遇著韓二哥，咱們還是早回平縣才是。」蔣平道：「今日天色已晚，趕不及了，只好仍在廟中居住，明早回縣便了。」三人回至廟中，同住在雲堂之內。次日早晨，即回平縣而去。你道韓二爺果真走了麼？他卻仍在廟中，故意告訴和尚，倘若他等找來，你就如此如此的對答，他卻在和尚屋內住了。偏偏此次，趙虎務叫蔣爺在雲堂同住，因此失了機會。且言蔣平三人回至平縣，見了三公子，說明未遇韓彰，只得且回東京，定於明日同三公子起身。縣官仍用轎子送三公子進京，已將旅店行李取來，派了四名差役。三公子卻先至方先生家，敘了翁壻之情，言明到了開封府，稟明相爺，即行約聘。又將寧媽媽請來道乏。然後大家方纔起身，竟奔東京而來。一日來至京師，進城之時，蔣、張、趙三人，一拍坐騎，先到了開封府。進署見過相爺，先回未遇韓彰，後言公子遇難之事，從頭至尾說了一遍。相爺叫他各自歇息去了。不多時，三公子來到，參見了包公，包公問他如何遇害。三公子又將已往情由，細述了一番。又將方善被誣，情願聯姻，姪兒因受大恩，擅訂姻盟的事，也說了一遍。包公疼愛公子，滿口應允，全在自己身上。三公子又贊平縣縣官，很為姪兒費心，不但備了轎子送來，又派四名差役護送。包公聽了立刻吩咐賞隨來的衙役轎夫銀兩，並寫回信道乏道謝。不幾日間，平縣將武平安三人，一同解到。包公又審訊了一番，與原供相符，便將武平安也用狗頭鍘鍘了，將劉獬、劉豸，定了個斬監候。此案已結，包公即派包旺齎了聘禮，即行接取方善父女，送至合肥縣包家村。將玉芝小姐交付大夫人好生看待；俟三公子考試之後，然後授室。自己具了稟帖回明了太老爺、太夫人、大兄嫂、二兄嫂，具言聯此婚姻，皆是自己主意。三公子又叫包興暗暗訪查鄧九如的下落。方老先生自到了包家村，獨獨與包老太爺合得來，這也是前生緣分。包公又派人買了一頃田，紋銀百兩，庫緞四疋，賞給寧婆，以為養老之資。

且言蔣平自那日來到開封府，到了公所，諸位英雄俱各見了，單單不見了南俠，心中就有些疑惑。連忙問道：「展大哥往那裏去了？」盧方道：「三日前起了路引，上松江去了。」蔣平一聽著急道：「大家為何不阻擋他呢？」公孫先生說：「劣兄攔至再三，展哥斷不依從。自己見了相爺，起了路引，竟自走了。」蔣平聽了，跌足道：「這又是小弟多話不是了。前次小弟說的等我找了韓二哥回來，作為內應原是實話，不料展大哥錯會了，當作激他的口語，竟自一人前去。眾位兄弟不知五弟做事，有些詭詐，展大哥此去若有差池，這豈不是小弟多說的不是了麼？昨在路上，又想了個計較，原打算我與盧大哥、徐三哥，約會著展兄同到茉花村，找著丁家二弟兄，大家商量個主意，不想展大哥竟自一人走了。」公孫策說：「依四弟怎麼樣呢？」蔣爺道：「再無別意，只好我弟兄三人，明日稟明相爺，且到茉花村見機行事便了。」大家一聽，深以為然。這且不言。

原來展南俠等了蔣平幾天，不見回來，自己暗想道：「蔣澤長話言帶激，我若真個等他，顯見我展某非他等不行。莫若回明恩相，起個路引，一人前去。」於是展爺即至包公跟前，回明此事。帶了路引，來至松江府，投了文書，見了太守。太守請至書房，展爺見這太守年紀不過三旬，旁邊站一個老管家。

正與太守談話時，忽見一個婆子把展爺看了看，便向老管家招手兒。管家退出，二人咬耳；管家點頭，便進來向太守耳邊說了幾句，回身退出。太守即請展爺到後面書房敘話。展爺不解何意，只得來至後面。剛然坐下，只見丫鬟僕婦，簇擁著一位夫人，見了展爺，連忙納頭便拜。太守等俱各跪下。展爺不知所措，連忙伏身還禮不迭，心中好生納悶。忽聽太守道：「恩人！我非別人，我姓田，名叫起元，賤內就是金玉仙，多蒙恩公搭救，脫離了大難。後因考試得中，即以外任擢用，如今已做了太守，皆出於恩公所賜。」展爺聽了，方才明白。即請夫人迴避，連老管家田忠，與妻楊氏，俱各與展爺叩頭，展爺並皆扶起。已備了酒席，飲酒之間，田太守因問道：「恩公到陷空島何事？」展爺便將奉命捉欽犯白玉堂一一說明。田太守吃驚道：「聞得陷空島道路崎嶇，山勢險惡，恩公一人如何去得？況白玉堂，又是極有本領之人。他既歸入山中，難免埋伏圈套。恩公須孰思之方好！」展爺道：「我與白玉堂雖無深交，卻是道義相通，平素又無仇隙。見他時也不過以義字感化於他。若省悟，同赴開封府，了結此案；並不是諄諄與他對壘，以死相拚的主意。」太守聽了略為放心。展爺又道：「如今奉懇太守，倘得一人熟識路徑，帶我到盧家莊，足感厚情。」太守連連應允。即叫田忠將觀察頭領余彪喚來。不多時，余彪來到，參見了太守，又與展爺見了禮。便備辦船隻，約於初鼓起身。展爺用畢了飯，略為歇息，急急扎束停當，別了太守，同余彪登舟，撐至盧家莊，到飛峰嶺下，將舟停住。展爺告訴余彪說：「你在此探聽，三日如無音信，即刻回府稟告太守。候過旬日，我若不到府中，即刻詳文到開封府便了。」余彪領命。

展爺棄舟登陸，此時已有二鼓，趁著月色，來至盧家莊。只見一帶高牆，極其堅固。又見大柵欄，推了推卻是鎖著。彎了腰檢著一塊石片，敲了幾下，高聲喝道：「裏面有人麼？」只聽應道：「什麼人？」

展爺道：「俺姓展，特來拜訪你家五員外。」裏面說：「莫不是南俠，稱御貓護衛展老爺麼？」展爺道：「正是。你家員外可在家麼？」裏面道：「在家！在家等了展老爺好些日子。且請少待，等我稟報。」

展爺在外獃等多時，總不出來一人。展爺一時性發，又敲又叫。忽聽從西邊來了一個人，聲音卻是醉了的一般，道：「你是誰吓？半夜三更，這們大呼大叫！你若等不得，你敢進來！」說罷他卻走了。展爺不由的大怒道：「這明是白玉堂吩咐，故意激怒於我。諒他縱有埋伏，吾何懼哉！」想罷將手扳住柵欄，上了牆頭。往下窺探，卻是平地。轉身落下，竟奔廣梁大門而來。仔細一看，卻是封鎖著，又到兩房屋裏看了看，連個人影兒也無。只得復往西去，又見一個廣梁大門與這邊的一樣。上了臺階一看，雙門大開，門洞底下，高懸鐵絲燈籠，上面有硃紅的「大門」二字；迎面影壁上挂著一個絹燈，上寫「迎祥」二字。展爺暗道：「姓白的必在此了。」一面邁步，一面留神，卻用腳尖點地而行。轉過影壁，早見垂花二門；這二門又比外面高了些。展爺只得上了臺階，進了二門，仍是滑步而行。正中五間廳房，卻無燈光。只見東角門內，隱隱透出亮兒來，不知是何所在？展爺即到東角門內，又有臺階，比二門又覺高些。展爺暗道：「他這房子是隨山勢蓋的。」上了臺階，往裏一看，東面一排五間平臺軒子，俱是燈燭輝煌，門卻開在盡北頭。展爺暗道：「這是什麼樣子？好好五間平臺，如何不在正中間開門？」到了北間，見開門處，是一個子口風窗。將滑子撥開，往懷裏一帶，覺得甚緊，只聽「咯噹嘟」亂響。開門時，見迎面有桌，兩旁有椅，早見一人進裏去了，並且看見衣衿，卻是松綠的花氅。展爺暗道：「這必是白老五不肯見我，躲向裏間去了。」連忙滑步跟入裏間，掀起軟簾，又見那人進了第三間，卻露了半面，頗似玉堂形景。又見一個軟簾相隔。展爺暗道：「到了此時，你縱然羞愧見我，難道你還跑得出這五間軒子去不成？」趕緊一步，已到門口。掀起軟簾一看，這三間卻是通連，燈光照耀真切。見他背面而立，頭戴武生巾，身穿花氅，露出了藕色襯衫，袍下官靴，儼然白玉堂一般。展爺呼道：「五賢弟請了。」呼之不應，及至向前一拉，卻是燈草做的一個假人。展爺說聲：「不好，吾中計也！」

未知如何？且看下回分解。

第五十四回 通天窟南俠逢郭老 蘆花蕩北岸獲胡奇

且說展爺纔待轉身，那知踏著鎖簧，登時翻了木板，落將下去。只聽一陣鑼聲，眾人嚷道：「得咧！得咧！」原來木板之下，半空中懸著一個皮兜子，四面皆是活套，再也不能掙扎。原來五間軒子，猶如樓房一般，早有人從下面開了槅扇，進來無數莊丁，將絨繩繫下。先把寶劍摘下，後把展爺細了。細縛之時，說了無數刻薄話兒。展爺一言不發。又聽一個莊丁說：「咱們員外同客飲酒，正入醉鄉。此時天有三鼓。暫且不必回稟。且把他押在通天窟內收起來。我先去找何頭兒，將寶劍交明，然後再去回話。」說罷，推推擁擁的，往南而去。去不多時，只見有個石門，卻是由山根開鑿出來的，雖是雙門，卻是一扇活的，那一扇是隨石的假門。假門上有個大銅環，莊丁上前用力把銅環一拉，上面有消息❶，將活門撐開，剛剛進去一人，便把展爺推進去。莊丁一鬆手，銅環往裏一拽，那一扇門就關上了。此門非從外面拉環，是再不能開的。展爺到了裏面，只覺得冷森森的寒氣逼人，原來裏面是個嘎嘎的形兒，全無抓手，用油灰抹亮，惟獨當中卻有一縫，望時可以見天。展爺明白，叫通天窟。借著天光，又見有一小橫匾，上寫「氣死貓」三個紅字，匾是粉白的。展爺到了此時，不覺長歎一聲道：「哎！我展熊飛枉受了朝廷的四品護衛之職，不想今日，誤中奸謀，被擒至此。」剛然說完，只聽有人叫苦，把個展爺倒嚇了

❶ 消息：機關上的樞紐。

一跳，忙問道：「你是何人？」那人道：「小人姓郭名彰，乃鎮江人氏。只因帶了女兒上瓜州投親，不想在那渡船遇見頭領胡烈，將我父女搶至莊上，欲要將我女兒與什麼五員外為妻。把我綑起來，監禁在此。」展爺聽罷，怒沖牛斗。郭彰又問了問展爺因何至此，展爺便說了一遍。

忽聽外面嚷道：「帶刺客！帶刺客！員外立等。」此時已交四鼓。早見石門已開，展爺氣忿忿的，邁開大步，跟莊丁來至廳房。見燈燭光明，迎面設著酒筵，上面坐一人，白面微鬚，卻是白面判官柳青；旁邊陪坐的，正是白玉堂。他明知展爺已到，故意的談笑自若。展爺見此光景，如何按納得住，雙眼一瞪，喝道：「白玉堂，你將俺展某獲住，便要怎麼？」白玉堂回過頭來，佯作吃驚道：「噯呀！原來是展兄！手下人如何回我說是刺客呢？實在不知。」連忙過來親解其縛，又謝罪道：「小弟實在不知展兄駕到。只說擒住刺客，不料卻是御貓，真是意想不到之事。」又向柳青道：「柳兄你不認得麼？此位就是南俠展熊飛，現授四品護衛之職，好本領，好劍法，天子欽賜封號御貓的便是。」展爺聽了冷笑道：「可見山野綠林，無知的草寇，不知法紀。你非吾上，亦非官長，何敢妄言刺客？我展某今日誤墮了你的奸術，竟自送葬在山賊強徒之手，乃展某之大大不幸！」白玉堂聽了此言，心中以為展爺是氣忿的話頭，他卻嘻嘻笑道：「小弟白玉堂，行俠尚義，從不打劫搶掠，展兄何故口口聲聲呼小弟為山賊盜寇？此言似乎太過。」展爺惡唾一口道：「你此言哄誰？既不打劫搶掠，為何把郭老兒父女搶來？硬要霸佔人家有壻之女為妻？那郭老兒不允，你便把他囚禁在通天窟內。似此行為，非強寇而何？還敢說『俠義』二字，豈不令人羞死！」玉堂聽了驚道：「展兄，此事從何而起？」展爺便將在通天窟遇郭老兒的話，說了一遍。白玉堂道：「既有胡烈，此事便好辦了。展兄請坐，待小弟立剖此事。」急令人將郭彰帶來。

不多時，郭彰來到，伴當對他指著白玉堂道：「這是我家五員外。」郭老連忙跪倒，向上叩頭。口稱：「大王爺爺饒命吓！饒命！」展爺一旁聽了呼他大王，不由哈哈大笑。白玉堂卻笑著道：「那老兒不要害怕，我非山賊盜寇，不是大王。」伴當在旁道：「你稱呼員外。」郭老道：「員外在上，聽小老兒訴稟。」便將以前的話，說了一遍。白玉堂道：「你女兒現在何處？」郭老道：「聽胡烈說，將我女兒送後面去，不知是何去處。」白玉堂立刻叫伴當去將胡烈好好喚來，不許提郭老之事，伴當奉命去了。

少時胡烈到來面有喜色。參見已畢，白玉堂已將郭老帶在一旁，笑容滿面道：「胡頭兒，你連日辛苦了。這幾日船上可有什麼事情沒有？」胡烈說：「並無別事。小人正要回稟員外，只因昨日有父女二人，乘舟過渡，小人見他女兒頗有姿色，卻與員外年紀相仿。小人見員外無家室，意欲將此女留下，與員外成其美事，不知員外意下如何？」說罷，滿面忻然。白玉堂聽了胡烈一片言語，並不動氣，反大笑道：「不想胡頭兒，你來了日期不多，如何深得我心呢！」原來胡烈弟兄兩個，兄弟名叫胡奇，皆係柳青新薦送過來的。胡烈道：「小人既來伺候員外，必當盡心報效。」白玉堂道：「好！好！真個難為你了。此事可是我素來有這個意思吓？還是別人告訴你的呢？還是你自己的主意呢？」胡烈此時惟恐別人爭功，連忙道：「是小人自己巴結的。不用員外吩咐，也無別人告訴。」白玉堂回頭向展爺道：「展兄可聽明白了。」展爺已知胡烈所為，便不言語。白玉堂又問：「此女現在何處？」胡烈道：「小人已將此女交小人妻子好生看待。」白玉堂忽然放下臉來，一腿將胡烈踢倒，緊掣了寶劍，將胡烈左腿砍傷，疼的個胡烈滿地打滾。上面柳青看了，白臉上青一塊，紅一塊，心中好生難受。白玉堂吩咐將胡烈搭下去，明日交松江府辦理。立刻喚伴當，到後面將郭老的女兒增嬌，叫丫鬟領至廳上，當面交與郭彰。叫伴當取了二十兩銀子，賞於郭老。又派了頭領何壽，帶領水手二名，用妥船將他父女二人連夜送至瓜州，不可有誤。郭老兒千恩萬謝而去。此時已交五鼓，這裏白爺笑盈盈的道：「展兄，此事若非兄臺被擒在山窟之內，險些兒壞了小弟的名譽。但小弟的私事已結，只是展兄的官事如何呢？展兄此來，必是奉相諭，叫小弟跟隨入都。但是我白某，就這樣跟了兄臺去麼？」展爺道：「依你便怎麼樣呢？」玉堂道：「也無別的。小弟既將三寶盜來，如今展兄必須將三寶盜去。倘能如此，小弟甘拜下風，情願跟隨兄臺上開封府去。如今定下十日為期，過了十日，展兄只可悄地回開封府去罷！」展爺道：「俺展熊飛，只定於三日內，就要得回三寶。那時不要改口。」玉堂道：「如此很好！若要改口，豈是丈夫所為？」說罷，彼此擊掌。白爺又吩咐伴當，將展爺仍送到通天窟內。

再說郭彰父女跟了何壽來到船艙之內，郭彰悄悄問女兒增嬌道：「你被掠之後，在於何處的？」增嬌道：「是姓胡的將女兒交與他妻子，看待頗好。」又問：「爹爹如何見的大王，就能夠釋放呢？」郭老便將在山洞內，遇見開封府護衛，號御貓的展老爺，「多虧他見了員外，也不知是什麼大王，分析明白，纔得釋放。」增嬌聽了，感念展爺之至。正在談論之際，忽聽後面聲言：「頭裏船不要走了，五員外還有話呢！快些攏住呀！」何壽聽了有些遲疑道：「方纔吩咐明白了，如何又有話呢？」只見那隻船來了，如射箭一般。及至「噗」的一聲，見一人跳上船來。卻是胡奇，手持利刃，怒目橫眉道：「何頭兒，且將他父女留下，俺要替哥哥報仇。」何壽道：「胡二哥，此言差矣！此事原是令兄不是，與他父女何干？你有什麼話，你找員外去。」胡奇聽了，一瞪眼，一聲怪叫道：「何壽，你敢不與我留下麼？」何壽道：「不留下，你便怎麼樣兒？」胡奇舉起樸刀，就砍將下來。何壽卻不曾帶利刃，提起一塊船板，將刀迎住。此時郭老父女，在艙內連聲喊叫救人。胡奇與何壽動手，究竟船板太笨，何壽看看不敵，可巧腳兒一跳，就勢落下水去。兩個水手一見，也跳在水內。郭彰在內著急。忽見上流頭趕下了一隻快船，船上有五六個人，喝道：「你這廝不知規矩！俺這蘆花蕩從不害人。你是後輩呀，如何擅敢害人，壞人名譽？俺來也！」將身子一縱，要跳過船來。不想船離太遠，一腳剛踏著船邊，胡奇將樸刀掤上，那人將身一閃，只聽得「咕咚」一聲，也落下水去了。船已臨近，上面跳過三人，將胡奇裹住，各舉兵刃。那胡奇力敵三人，全無懼怯。誰知那個先落下水的，探出頭來，見三個夥計，逼住胡奇；他便用兩手把胡奇的懷子骨❷揪住，往下一拉，只聽「噗咚」一聲，掉在水內。那人卻提定兩腳不放，忙用鉤篙搭住，拽上船來綑好。眾人七手八腳，連郭彰父女船隻駕起，竟奔蘆花蕩而來。原來此船乃丁家夜巡船，因聽有人呼救，急急向前救了郭彰父女。趕至泊岸，大家一同到了茉花村，先著人通報大官人、二官人。弟兄二人聽了，連忙來到待客廳上，先把增嬌交在小姐月華處，然後將郭老帶上來，細細追問情由，又將胡奇來歷問明，方知他是新近來的，怪不得不知規矩。正在訊問間，忽見丫鬟進來道：「太太叫二位官人進去。」

不知丁母為著何事？且看下回分解。

---

❷ 懷子骨：腳跟上面兩旁凸出的骨頭。

第五十五回　透消息遭困螺螄軒　設機謀夜投蚯蚓嶺

且說丁家弟兄聽見叫他二人說話，弟兄二人往後而來。原來郭增嬌來到月華小姐處，眾丫鬟圍著問他。郭增嬌便將為何被擒，如何遇展爺搭救。……剛說至此，跟小姐的親近丫鬟就追問：「姓展的是何處人？叫什麼名字？」增嬌道：「聽說是什麼御貓。現在也被擒困住了。」丫鬟聽至展爺被擒，急忙告訴了小姐。小姐暗暗吃驚，叫他悄悄回太太去。自己帶了增嬌，來至太太房中，太太又細細的問了一番。太太聽了此言，疼女兒之心遂盛，立刻叫他弟兄二人。兄弟二人來至太太房中，見小姐躲出去，丁母面上有些怒色，向二人問道：「你妹丈展熊飛來至松江，如今已被人擒住，你二人可知麼？」兆蘭道：「孩兒等實在不知。因方才問那郭老兒，始知展兄早已在陷空島呢！他其實未上茉花村來，孩兒等再不敢撒謊的。」丁母道：「我也不管你們知道不知道，那怕你們上陷空島跪門去呢，我只要我的好好女壻便了。倘有差池，我是不依的。」兆蕙道：「孩兒與哥哥明日急急訪查就是了。請母親安歇罷！」二人來至廳上，即派妥當伴當四名，另備船隻，將棕箱抬過來，護送郭老父女上瓜州。郭彰父女，千恩萬謝的去了。

此時天已黎明，大爺便向二爺商議道：「以送胡奇為名，暗暗探訪南俠的消息。」次日備了船隻，帶了兩個伴當，押著胡奇，並原來的船隻，來至盧家莊內。有人通知白玉堂。白玉堂已得了何壽從水內回莊，說胡奇替兄報仇之信。後又聽胡奇被北蕩人拿去，將郭彰父女救了。料定茉花村必有人前來。如今聽說丁大官人親送胡奇而來，心中早已明白，連忙迎出門來。各道寒暄，執手讓至廳房，又與柳青彼此見了。丁大爺先將胡奇交代，白玉堂自認失察之罪，又謝兆蘭護送之情，謙遜半回，大家就坐。便吩咐將胡奇、胡烈一同送至松江府究治，即留丁大爺飲酒暢敘。酒至半酣，丁大爺問：「五弟一向在東京，作何行止？」白玉堂就誇張起來。如何留柬寄刀，如何忠烈祠題詩，如何萬壽山殺命，又如何攪擾龐太師誤殺二妾，漸漸說至盜三寶回莊。「不想日下展熊飛自投羅網，已被擒獲。我念他是個俠義之人，以禮相待，誰知姓展的不懂交情，是我一怒，將他一刀……」剛說至此，丁大爺不由的失聲道：「噯呀！賢弟，你此事卻鬧大了。豈不知姓展的，他乃朝廷的命官，現奉包相爺之命前來。你若傷了他的性命，便是背叛，怎肯與你干休？此事豈不是你鬧大了麼？」白玉堂笑吟吟的道：「別說朝廷不肯干休，包相爺那裏得依，就是丁氏昆仲，也不肯與小弟干休罷！小弟雖然糊塗，也不至此。方纔之言，特取笑耳！小弟已將展兄好好看承，過候幾日，小弟將展兄交付仁兄便了。」丁大爺原是個厚道之人，被白玉堂這一番奚落，也就無話說了。白玉堂卻暗將他拘留在螺螄軒內，左旋右轉，再也不能出來。兆蘭卻也無可如何，又打聽不出展爺在於何處，如何光景，整整的悶了一天。到了掌燈之後，只見一老僕，從軒後不知由何處而來，帶領著小主，約八九歲，長的方面大耳，面貌頗似盧方。那老僕參見了丁大爺，又對小主說道：「此位便是茉花村丁大員外。小主上前拜見。」只見這小孩子，深深打了一恭，口稱：「丁叔父在上，姪兒盧珍拜見。奉母親之命，特來與叔父送信。」丁兆蘭已知是盧方之子，連忙還禮。老僕道：「小人名叫焦能，只因奉主母之命，特令小主跟來。主母說：『自從五員外回莊以來，每事任意而為，毫無商酌。』我家主母也不計較於他。誰知五員外把護衛展老爺拘留通天窟內；今聞得又把大員外拘留在螺螄軒內。此處非本莊人不能出入，恐怕耽誤日期，有傷護衛展老爺。故此特派小人送信。大員外須急急寫信，叫小人即刻送往茉花村，交付二員外，早為計較方好。」又聽盧珍道：「家母拜上丁叔父，此事須要找著我爹爹，大家共同計議方妥。」丁大爺連連答應，立刻修起書來，交給焦能，連夜趕至茉花村投遞。焦能道：「小人須打聽五員外安歇了，抽空方好到茉花村去，不然恐五員外犯疑。」丁大爺道：「既如此，隨你的便了。」又對盧珍道：「賢姪回去，替我給你母親請安。就說一切事體，我已盡知，是必趕緊辦理，再也不能耽延，勿庸掛念。」盧珍連連答應，同定焦能轉向後面，繞了幾個蝸角，便不見了。

且說丁兆蕙在家，等了哥哥一天，不見回來。至掌燈後，卻見跟去的兩個伴當回來，說道：「大員外被白五爺留住了，要盤桓幾日方回來。」二爺細揣此事，好生遲疑，這一夜何曾合眼？天未黎明，忽見莊丁進來報道：「今有盧家莊一個老僕，名叫焦能的，給咱們大員外送信來的。」不多時，焦能進來，參見已畢，將丁大爺的書信呈上。二爺開了一看，方知白玉堂將自己的哥哥拘留在螺螄軒內，不由的氣悶。心中一轉，又恐其中有詐，復又生起疑來：「別是他將我哥哥拘留住了，又來誆我去罷？」正在胡思，忽又見莊丁跑進來報道：「今有盧員外、徐員外、蔣員外，俱各由東京而來，特來拜望，務祈一見。」二爺連聲道：「快請！」自己也就迎了出來。彼此相見，各敘闊別之情，讓至客廳，焦能早已上來參見。盧方便問道：「你如何在此？」焦能將前來投書的話，一一回明。二爺又將展兄被擒的話，說了一遍。盧方剛要開言，只聽蔣平說道：「此事只好眾位哥哥們辛苦辛苦，小弟是要告病了。」二爺道：「四哥何出此言？」蔣平道：「咱們且到廳上再說。」大家也不謙遜，盧方在前，依次來至廳上，獻茶已畢。

蔣平道：「不是小弟推諉。一來五弟與我不對勁兒，我要露了面，反為不美；二來我這幾日肚腹不調，多半是痢疾，一路上，大哥、三哥盡知。就是眾哥哥們，也是暗暗去，不可叫老五知道。不過設個法子，救出展兄，取了三寶。至於老五不定拿住拿不住，他見事體不妥，還會上開封府自行投首呢。要是那們一行，不但展大哥沒趣兒，就是大家都對不起相爺，那纔是一網打盡呢！」二爺道：「四哥說的不差。五弟的脾氣，竟是有的。」徐慶道：「叫他吃我一頓好拳頭。」二爺笑道：「三哥又來了。你也要摸得著五弟呀！」盧方道：「似此如之奈何？」蔣平道：「小弟雖不去，真個的連個主意也不出麼？此事全在丁二爺身上。」二爺道：「四哥派小弟差使，小弟焉敢違命？只是陷空島的路徑不熟，可怎麼樣呢？」蔣平道：「現在焦能在此，先叫他回去，省得叫老五生疑。叫他於蚯蚓嶺接待丁二弟，指引路徑如何？」二爺道：「如此甚妙！但不知派我什麼差使？」蔣平道：「二弟！第一先救展大哥，其次取回三寶。你便同展大哥在五義廳等候；大哥、三哥，在五義廳西竹林等候；彼此會了齊，一擁而入，那時五弟也就難以脫身了。」大家聽了俱各歡喜，先打發焦能立刻回去，叫他知會丁大爺放心。務於二更時，在蚯蚓嶺等候丁二爺，不可有誤。焦能領命去了。

這裏眾人飲酒吃飯，看看的天氣已晚，大家俱各裝束起來。盧大爺、徐三爺先行去了，丁二爺吩咐伴當，務要精心伺候四老爺。蔣平道：「二弟只管放心前去，劣兄偶染微疾，不過歇息兩天就好了。」丁二爺別了蔣平，駕起小舟，竟奔蚯蚓嶺而來。到了臨近，辨了方向，與焦能所說無異，立刻棄舟上嶺，叫水手將船放至蘆葦深處等候。兆蕙上得嶺來，見蜒蚰小路，崎嶇難行，到了高峰之處，卻不見焦能在此，二爺心下納悶道：「此時已有二鼓，焦能如何不來呢？」就在平坦之地，趁著月色往前面一望，便見碧澄澄一片清波，光華蕩漾，不覺詫異道：「原來還有如此大水，竟自無路可通。」心中懊悔道：「早知此處有水，就不該在此約會。」忽見順流而下，有一人竟奔前來。丁二爺留神一看，早聽那人道：「二員外早來了麼？恕老奴來遲。」兆蕙道：「來的可是焦管家麼？」彼此相迎，來至一處，兆蕙道：「你如何踏水前來？」焦能道：「外面乃青石潭，此是我們員外，隨著天然形勢修成的。漫說夜看是水，就是白晝之間，遠遠望去，也是一片大水。但凡不知道的，早已繞著路，往別處去了。二爺請看，凡有波浪之處，全有石紋，這也是一半天然，一半人力湊成的景致，故取名叫做青石潭。」說話間，已經步下嶺來。到了潭邊，果然平坦大路，心中暗暗稱奇。焦能道：「過了青石潭，那邊有一個立峰石，穿過松林，便是上五義廳的正路，此處比進莊門近多了。員外記明白了，老奴也就告退了。」丁二爺道：「有勞管家指引。」只見焦能往斜裏小路而去。丁二爺放心前進，果見前面有個立峰石。過了石峰，但見松柏參天，黑黯黯的一望無際。隱隱的見東北一點燈光，忽悠忽悠而來，轉眼間，又見正西一點燈光，也奔這條路來。丁二爺便測度必是巡更人，暗暗隱在樹後，正在兩燈對面。忽聽那正西來的人道：「方纔員外派人送了一桌菜，一罈酒，給姓展的。我想他一個人也吃不了這些，也喝不了這些，我合李三兒商量商量，莫若給姓展的送進一半去，咱們留一半受用。誰知那姓展的不知好歹。他說菜是剩的，酒是渾的。罈子也摔了，盤碗也砸了，還罵了個河乾海涸❶。老七！你說可氣不可氣？」那東北來的人道：「六哥！如今我們那裏，還有個姓柳的呢，如今又添上茉花村的丁大爺，天天一塊吃喝，吃喝完了，把他們送往咱們那個瞞心昧己的窟兒裏，一時也不叫人家出來，又不叫人家走，彷彿怕洩了天機的相似。六哥！

❶ 河乾海涸：本是「乾乾淨淨」的意思，引申作「不留餘地」解釋。

你說五員外的脾氣兒，改的還了得麼？目下又合姓柳的、姓丁的吃喝著，偏偏姓柳的要瞧什麼「三寶」，故此我奉咱們五員外之命，特上連環窟去。」說罷，二人各執燈籠，分手而去。

不知他二人是誰？且看下回分解。

第五十六回　救妹夫巧離通天窟　獲三寶驚走白玉堂

且說那正西來的姓姚行六，外號兒叫「搖晃山」；那東北來的姓費行七，外號兒叫「爬山蛇」；他二人路上說話，不提防樹後有人竊聽。姚六走的遠了，這裏費七就被丁二爺追上，從後面一伸手將脖項掐住，按倒在地。道：「費七，你可認得我麼？」費七細細一看道：「丁二爺，為何將小人擒住？」丁二爺道：「我且問你，你知道通天窟在於何處？」費七道：「往西不遠，往南一梢頭便看見，隨山勢的山石門，那就是通天窟了。」二爺道：「既如此，我合你借件東西；將你的衣服腰牌，借我一用。」費七連忙從腰間遞過腰牌，將衣服脫下。丁二爺拿了他的搭包，綑了結實，把一塊衣襟塞住他口道：「小子！你在此等到天亮，橫豎有人前來救你。」丁二爺此時已將腰牌掖起，披了衣服，竟奔通天窟而來。果然隨山石門，那邊又有草團瓢三間，已聽見有人唱歌兒。丁二爺高聲呼道：「李三哥！李三哥！」只聽李三道：「誰吓？」出來將丁二爺一看道：「噯呀！少會呢！尊駕是誰吓？」二爺道：「我姓費行七，是五員外新挑來的。」說話間，已將腰牌取出，給他看。道：「我奉員外之命，因姚六回了員外說，姓展的將酒飯摔砸了，員外不信，叫我將姓展的帶去與姚六質對質對。」李三聽了道：「好兄弟，你快將這姓展的帶了去罷！他沒有一頓不鬧的。」丁二爺道：「員外立等，你不開門，怎麼樣呢？」李三道：「七兄弟！你把這邊假門的銅環，往懷裏一帶，那邊的活門就開了。」丁二爺上前拉住銅環，往懷裏一帶，輕輕的門就開了。李三道：「展老爺！我們員外請你呢！」只見裏面出來一人道：「你們員外又請我，難道我怕他不成？」丁二爺見展爺出來，將手一鬆，那石門已經關閉。二爺向前引路，走不多遠，便停住腳步，悄悄的道：「展兄你可認得小弟麼？」展爺猛然聽見，方細細留神，認出是兆蕙，不勝歡喜道：「賢弟從何而來？」二爺將眾兄弟俱各來了的話說了。悄悄的至五義廳東竹林內，聽見白玉堂又派親信的伴當白福，快到連環窟，催取三寶。展爺便悄悄的跟了白福而來，到了竹林衝要之地，展爺便煞住腳步，竟等截取三寶。

不多時，只見白福提著燈籠，提著包袱，一壁唱著，一壁回頭往後瞧，心中有些害怕。覺得身後「次拉拉」的響，將燈往身後一照，仔細一看，卻是枳莿扎在衣襟之上。口中嘟噥道：「我說是什麼響？怪害怕的，原來是他呀！」連忙放下燈籠，放下包袱，回身摘去枳莿。轉臉一看，燈籠滅了，包袱也不見了。這一驚非小，剛要找尋，早有人從背後抓住道：「白福你可認得我麼？」白福仔細看時，卻是展爺，連忙央告道：「展老爺，小人白福，不敢得罪你老。這是何苦呢？」展爺道：「你只管放心，我決不傷害你。須在此歇息再去。」說話間，已將雙手背翦❶。白福道：「怎麼，我這麼歇息嗎？」展爺道：「你這麼著不舒服，莫若爬下。」將他兩手往後一按，手卻往前一拎，白福如何站得住？早已爬伏在地。展爺見旁邊有一塊石頭，端起道：「我來與你蓋些兒，怕著了涼。」白福道：「呵呀！小人不冷，不勞展老爺疼愛，小人就折受死了。」展爺也不能不往他身上一擽，料他不能動了。便奔到樹根之下，來取包袱；誰知包袱卻不見了。展爺吃這一驚，可也不小，正在詫異間，只見那邊人影兒一晃。展爺趕步上前，

❶ 背翦：將兩臂扭於背後。

只聽「噗哧」一聲，那人笑了。展爺道：「我道是誰，原來是三爺。」展爺便問：「三弟幾時來的？」徐慶道：「小弟見展兄跟他下來，惟恐三寶有失，特來幫助。不想展兄只顧給白福蓋被，卻把包袱拋露在此，若非小弟收藏，這包袱又不知落於何人之手？」二人離了松林，竟奔五義廳而來。只見大廳之上，中間桌上設著酒席，丁大爺坐在上首；柳青坐在西邊；白玉堂坐在主位，左脅下掛著展爺的寶劍。他信口開言道：「小弟告訴二位兄長說，總要叫姓展的，服輸到地，連包相也得處分，那時節小弟心滿意足，方纔出這口惡氣。我只看將來，我那些哥哥們，怎麼對得過開封府？」說罷，哈哈大笑。徐爺聽了，中心按捺不住，一時性起，手持利刃，竟奔廳上而來。口中說道：「姓白的，先吃我一刀。」白玉堂正在那邊談的得意，忽見刀來，忙取腰間寶劍，不知何時失去。誰知丁大爺見徐爺進來之際，已將寶劍竊到手中。白玉堂因無寶劍，將身向旁邊一閃，將椅子舉起，往上一迎，只聽得「拍」的一聲，將椅背砍得粉碎。徐爺又轉刀砍來，白玉堂閃在一旁說道：「姓徐的，你先住手，我有話說。」徐爺聽了道：「你說！你說！」白玉堂道：「我知道拿住展昭，你會合丁家弟兄前來救他。但我有言在先，已向展昭言明：不拘時日，他如能盜回三寶，我必隨他到開封府去。他說只用三天，即要盜回。你明知他不能盜回三寶，恐傷他的臉面，今仗著人多，欲將他救出，三寶也不要了，也不管姓展的，怎麼回覆開封府。你們不要臉，難道姓展的也不要臉麼？」徐爺聞聽，哈哈大笑道：「姓白的，你還做夢呢？」即回身大呼：「展大哥，快將三寶拿來。」早見展爺托定三寶，進了廳內。笑吟吟的道：「五弟，劣兄幸不辱命，已將三寶取回，特來呈閱。」白玉堂忽見著展爺，手托三寶，更覺詫異；又見盧大哥、丁二爺在廳外站立。心中暗想道：「我如今要隨他們上開封府，又滅了我的銳氣；若不同他們前往，又失卻前言……。」正在為難之際，忽聽徐爺說道：「姓白的，事到如今，你又有何說？」白玉堂正無計脫身，聽見徐爺之言，他便拿起砍傷的椅子，向徐爺打來。徐爺急忙閃過，持刀砍來。白玉堂便將蔥綠氅脫下，從後身脊縫撕為兩片，雙手掄起，擋開利刃，急忙出了五義廳，竟奔西邊竹林而去。盧方向前說道：「五弟且慢！愚兄有話說。」白玉堂並不答話，直往西去。丁二爺見盧大爺不肯相強，他也就不好追趕，獨徐爺追趕去了。

且說柳青正與白五爺飲酒，忽見徐慶等進來，徐爺就與白五爺交著手，他二人出了大廳，就不見了。自己一想，我若偷偷兒的溜了，對不住眾人；若與他等交手，斷不能取勝。到了此時，說不得就溜之乎也！

盧爺便向展爺、丁家弟兄說道：「你我仍須到竹林裏，找尋五弟去。」展爺等說道：「大哥所言甚是。」正要前往，只見徐爺回來道：「五弟業已過了後山，去的影蹤不見了。」盧爺跌足道：「眾位賢弟不知，我這後山之下，乃松江的江岔子。越過水面，那邊松江，乃是捷徑之路，外人皆不能到。五弟在山時，他自己鍊的獨龍橋，乃是一根大鐵鍊，有樁二根，一根在山跟之下；一根在那泊岸之上；當中就是鐵鍊。五弟他因不知水性，他就生心暗鍊此橋，以為自己能夠在水上飛騰越過。不想他閒時製下，竟為今日忙時用了。」忽聽丁二爺道：「這可要應了蔣四哥的話。」大家忙問：「什麼話？」丁二爺道：「蔣四哥早已說過，他要自行投到，把弟兄們一網打盡。看他這個光景，當真的他要上開封府去呢！」丁大爺說道：「這倒不妨，還好幸虧將三寶盜回，二位兄長，亦可以交差蓋得過臉兒呢！」丁二爺道：「天已亮，莫若俱到舍下，與蔣四哥共同商量個主意才好。」盧爺吩咐水手預備船隻，同上茉花村去了。

且說白玉堂越過後牆，竟奔後山而來。到了山根之下，以為飛身越過，可到松江。仔細看時，這一驚非小，原來鐵鍊已斷，沉落江心。白玉堂又是著急，又是為難，又恐後面有人追來。忽聽蘆葦之中，「咿呀咿呀」，搖出來一隻小小漁船。白玉堂滿心歡喜，連忙喚道：「那漁船，快向這邊來，將俺渡到那邊，自有重謝。」只見那船上搖櫓的，恰是一個年老之人，對著白玉堂道：「老漢以捕魚為生，並不渡人。」白玉堂道：「老丈！你只管渡俺過去。到了那邊，我自然加倍的賞你，如何？」漁翁道：「既如此，千萬不可食言。」說罷，將船即搖至山根。

不知白玉堂上船不曾？且看下回分解。

第五十七回　獨龍橋盟兄擒義弟　開封府恩相保賢豪

且說白玉堂縱身上船，那漁翁搖起船來，撐至江心，卻不動了。便發話道：「大清早起的，總要發個利市❶。俗語說的是：『船家不打過河錢。』客官！有酒資拿出來，老漢方好渡你過去了。」白玉堂道：「老丈！你只管渡我過去，我是從不失信的。」漁翁道：「口說無憑，多少總要憑信的。」白玉堂暗道：「叵耐這廝可惡！偏偏我來的倉猝，並未帶得銀兩。」只得脫下襯襖道：「老丈！此衣足可典當幾貫錢鈔，難道你還不憑信麼？」漁翁接過，抖開來看道：「客官休怪！這是我們船家的規矩。」正說間，忽見那邊飛也似的趕來一隻漁船，口中嚷道：「好呀！清早起，發利市。」漁翁道：「什麼大利市！不過是件衣服。你看看可當多少錢鈔？」說罷，便將衣服擲過。那漁人將衣服抖開一看，道：「別管當多少，足夠你我吃酒的了。」漁翁道：「我正在思飲，咱們且吃酒去。」只聽「颼」的一聲，已然跳到那邊船上，登時飛也似的去了。白玉堂見他們去了，無奈何，自己將篙子拿起來撐船。可煞作怪！那船在江心打轉兒，白玉堂累的通身是汗。自己發恨道：「當初若練撐漁船，今日也不至於受他的氣了。」正在抱怨之際，忽見小船艙內出來一人，頭戴斗笠。猛將斗笠摘下，道：「五弟！久違了！世上無有十全的人，也沒有十全的事。你抱怨怎的？」白玉堂一看，卻是蔣平，穿著水靠，不由的氣沖斗牛。一聲

❶ 利市：得利。易兌卦：「為近市，利三倍。」

怪叫道：「呵呀！好病夫！那個是你五弟？」蔣平道：「哥哥是病夫，當初叫你練練船隻，你要練那出奇的頑意兒。如今你那獨龍橋，那裏去了？」白玉堂聽了此言，順手就是一篙，蔣平就順手落下水去了。白玉堂兩眼盡往水中注視，再將篙撥船時，動也不動，只急得他兩手紮煞。忽見蔣平露出頭來，把住船邊道：「老五吓！你喝水不喝？」白玉堂未及答言，船底兒已經朝天，把個錦毛鼠弄成水毛鼠了。蔣平恐他過於喝多水了，不是當耍的；又恐他不喝一點水兒，也是難纏的；莫若叫他喝兩三口水，趁他昏迷之際，將就著到了茉花村，就好說了。將左手揪住髮綹，右手托定腿窪，兩腳踏水，不多時，即到北岸。見有小船三四隻在那裏等候。船上共有十數人，見蔣平托定白玉堂，大家便喊道：「來了！來了！四老爺成了功了！上這裏來。」蔣爺來至切近，將白玉堂往上一舉，眾水手接過，便要控水。蔣平道：「不消！不消！你們大家把五爺寒鴉赴水的背剪了，頭面朝下，用木槓即刻抬至茉花村，趕到那裏就甦醒過來了。」眾水手七手八腳的綑了，用槓穿起，抬著個水淋淋的白玉堂，竟奔投茉花村而來。

且說展熊飛同定盧方、徐慶、兆蘭、兆蕙，相陪來至茉花村內。剛進門，二爺便問伴當道：「蔣四爺可好些了？」伴當道：「蔣四爺於昨晚二員外起身之後，也就走了。」眾人詫異道：「往那裏去了？」伴當道：「四爺說：『有約會等個人。』因此就去了。」眾人聽了，心中納悶。惟獨盧爺著急道：「他的約會，我焉得不知的？從來沒有提起，好生令人不解。」

大家來至廳上，丁大爺先要去見丁母。二爺吩咐伴當：「快去預備酒飯，我們俱是鬧了一夜的了。」伴當忙忙的傳往廚房。少時丁大爺出來，早見伴當調開桌椅，安放杯箸。上面是盧方，其次展昭、徐慶、兆蘭、兆蕙在主位相陪。剛然入座，忽見莊丁跑進來稟道：「蔣爺回來了，把白五爺抬來了。」眾人聽了，又是驚駭，又是忻喜，連忙離座出廳，俱各迎將出來。到了莊門，果見蔣四爺在那裏，吩咐把五爺放了，抽槓解縛。此時白玉堂已經吐出水來，雖然甦醒，尚不明白。盧方在那裏拭淚，惟獨徐、蔣二人，一個是怒目橫眉；一個是嬉皮笑臉。白玉堂見蔣爺，便要掙扎起來，道：「好病夫吓！我是不能與你干休的。」展爺連忙扶住道：「五弟且看愚兄薄面，此事始終皆由展昭而起。五弟如有責備，你就責備展昭就是了。」丁家弟兄連忙上前扶起。盧方說道：「五弟且到廳後去沐浴更衣，有什麼話，再說不遲。」白玉堂低頭一看，渾身連泥帶水，好生難看；又搭著處處皆濕，遍體難受得很。到了此時，也沒了法子，只得說：「小弟從命。」大家步入莊門，進了廳房。丁二爺叫小童掀起套間軟簾，請白五爺進內。只見澡盆、浴布、香皂、胰子、香豆麵，床上放著洋布的汗褡中衣❷，月白洋縐套褲，靴襪，綠花氅，月白襯襖絲縧，大紅綉花武生頭巾，樣樣皆是新的。又見小童端了一磁盆熱水來，放在盆架之上，請白老爺坐了。打開髮纂，先把髮內泥土洗去，然後用木梳通開，將髮纂挽好，紮好網巾。又見進來一個小童，提著一桶熱水，注在澡盆之內，請五老爺沐浴。兩個小童就出來了。白玉堂即將濕衣脫去，坐在矮櫈之上，周身洗了，用浴布擦乾，穿了中衣等件。又見小童進來，提著熱水，請五老爺淨面。然後穿了衣服，戴了武生巾。其衣服靴帽，尺寸長短，如同自己一樣，心中甚為感激。白玉堂仍只是惱恨蔣平，心中忿忿。忽見丁二爺進來道：「五弟沐浴已畢，請到廳上談話飲酒。」白玉堂只得隨出。見他仍是怒容滿面，盧方等立起身道：「五弟！這邊坐敘話。」玉堂也不言語，見方纔之人皆在，惟不見蔣平，心中納悶。只見丁二爺吩咐伴當擺酒，片刻工夫，已擺得整齊，皆是美味佳餚。丁大爺擎杯，二爺執壺道：「五弟

❷ 中衣：褲子。

想已餓了，且吃一杯，暖一暖寒氣。」說罷，斟上酒來，向玉堂道：「五弟請用。」玉堂此時只得接杯一飲而盡，又斟了一杯。給盧爺、展爺、徐爺，斟了酒，大家入座。盧方道：「五弟！已往之事，一概不必提了。無論誰是誰不是，皆是愚兄的不是。惟求五弟同到開封府，就是給為兄的做了臉了。」白玉堂一聽，氣沖牛斗，不好向盧方發作，只得說：「叫我上開封府，萬萬不能。」展爺在旁插言道：「五弟不要如此，凡事必須三思而行，還是大哥所言不差。」玉堂道：「我不管怎麼三思四思，橫豎我不上開封府。」展爺聽了玉堂之言，有許多的話要問他，又恐他有不順情理之言，還是與他鬧是不鬧呢？

正在思想之際，忽見蔣爺進來說：「姓白的，你這任性太過了！當初你向展兄言明，盜回三寶，你就同他到開封府去；如今三寶取回，就該同他前往才是；即或你不肯同他前往，也該以情理相求，為何竟自逃走？不想又遇見我，救了你的性命。又虧了丁家兄弟，給你換了衣服。如此看待，為的是成全朋友的義氣。你如今不到開封府，不但失信於展兄，而且對不住丁家弟兄，你義氣何在？」白玉堂聽了，氣的喊叫如雷說：「好病夫呀！我與你誓不兩立了。」站起來就奔蔣爺拚命。丁家兄弟連忙上前攔住道：「五弟不可，有話慢說。」蔣爺笑道：「老五呀！我不與你打架。就是你打我，我也不還手。打死我，你給我償命。我早已知道，你是沒見過大世面的；如今聽你所說之言，真是沒見過大世面！」白玉堂道：「你說我怎的沒見過大世面？」蔣爺笑道：「你說你到皇宮內院，忠烈祠題詩，萬壽山前殺命，奏摺內夾帶字條，大鬧龐府，殺了侍妾，這不過是你仗著有飛簷走壁之能，黑夜裏無人看見。如若是見過大世面，必須在光天化日之中，瞻仰過天子陞殿，那一番嚴肅整齊，令人悚然。就是有不服王化的，到了此時，也就骨軟筋酥。且慢說天子陞殿，就是包相爺陞堂問事，那一番的威嚴也令人可畏。那一番赤膽忠心為國為民一派的正氣，姓白的，你見了雖不至骨軟筋酥，也就威風頓減。我說你沒見過大世面，所以不敢上開封府裏去，就是這個緣故。」白玉堂不知蔣爺用的激將法，氣的他三尸神❸魂暴出，五陵豪氣飛空。說：「好病夫，你把白某看作何等樣人？慢說是開封府，就是刀山箭林，也是要走走的！」蔣爺笑道：「老五呀！這是你真話呀？還是仗著膽子說的呢？」玉堂喊道：「這也算不了什麼大事！也不便與你撒謊。」蔣爺道：「你既願意去，見了相爺，必須小心謹慎，聽包相爺的鈞諭，纔是丈夫所為。若是你仗著自己有飛簷走壁之能，血氣之勇，不知規矩，口出胡言大話，就算不了行俠尚義，就是個渾小子，也就不必上開封府去了。你就請罷！再也不必出頭露面了。」白玉堂是個心高氣傲之人，如何能受得這些激發之言？說：「病夫！如今我也不合你論長道短，俟到了開封府，叫你看看白某是見過大世面，還是沒見過大世面？那時再與你算帳便了。」蔣爺笑道：「好小子！敢做敢當，纔是好漢呢！」兆蘭說：「放著酒不吃，說這些作什麼呢？」丁大爺斟了一杯酒，遞給玉堂。丁二爺斟了一杯酒，遞給蔣平。二人一飲而盡，然後大家歸坐。

白玉堂向著蔣平道：「我與你有何仇恨？將我翻下水去，是何緣故？」蔣爺道：「五弟！你說話太不公道。你自己想一想，你做的事，那一樣兒不利害？那一樣兒留情分？甚至說話，都叫人摸不著。就是今日，難道不是你先將我一篙打下水去麼？幸虧我識水性，不然我就淹死了。怎麼你倒惱了我，我不冤死了麼？」說的眾人都笑起來了。展爺斟了一杯，向玉堂道：「五弟，此事皆因愚兄而起。今日當著仁兄賢弟，俱各在此，小弟說一句公平話。這件事，實係五弟性傲之故，所以生出這些事來。如今五弟

❸ 三尸神：道家謂人身有三尸神，在腦中、明堂（在眉心下一寸）中、腹胃中。

既願到開封府，無論何事，我展昭與五弟榮辱共之。五弟信得，就飲此一杯。」大家俱稱讚道：「展兄言簡意深，真正痛快。」白玉堂接杯一飲而盡，道：「展大哥，小弟與兄臺本無仇隙，原是義氣相投的。誠然小弟年少無知，如到開封府，自有小弟招承，決不累及吾兄。小弟屢屢唐突冒昧，蒙兄長海涵，小弟也要敬一杯，陪個禮纔是。」說罷，斟了一杯，遞將過來。大家說道：「理當如此。」展爺連忙接過一飲而盡。復又斟上一杯道：「五弟既不掛懷，五弟與蔣四兄，也要對敬一杯。」蔣爺道：「甚是，甚是。」二人站起來，對敬了一杯，眾人俱各大樂，彼此暢飲。酒飯已畢，外面已備辦停當。展爺進內，與丁母請安稟辭。臨別時，留下一封謝柬，是給松江府知府的，請丁家兄弟，派人投遞。丁大爺、丁二爺送至莊外，眼看著五位英雄，領著伴當幾人，蜂擁去了。一路無話。及至到了開封府，展爺便先見公孫策，商議求包相保奏白玉堂，然後又與王、馬、張、趙，彼此見了。眾人見白玉堂年少英雄，無不羨愛。白玉堂到了此時，也就循規蹈矩，凡事全仗展大爺提撥。展爺與公孫策見了包相，參見已畢，將三寶呈上。包公便叫將白玉堂帶至書房一見。展爺忙至公所，向白玉堂道：「相爺請五弟至書房相見。」白玉堂站起來就要走。蔣平上前攔住道：「五弟且慢！你與相爺是親戚？是朋友？」玉堂道：「各皆不是。」蔣爺道：「既無親故，你身犯何罪？就是這樣見相爺，恐於事理上說不過去。」白玉堂猛然省悟。

未知後事如何？且看下回分解。

第五十八回　錦毛鼠龍樓封護衛　鄧九如飯店遇恩星

且說白玉堂聽蔣平之言，猛然省悟道：「是呀！虧的四哥提撥，不然我白玉堂，豈不成了叛逆了？煩展兄快拿刑具來。」展爺吩咐伴當快拿刑具來。不多時，不但刑具拿來，連罪衣罪裙俱有，立刻將白玉堂打扮起來。此時盧方同著眾人，連王、馬、張、趙俱隨在後。展爺先至書房，掀起簾櫳，進內回稟。不多時，李才打起簾子，口中說道：「相爺請白義士。」只一句弄得白玉堂欲前不前，欲退難退，心中倒反不得主意。只見盧方在那邊打手式，叫他屈膝。他便來至簾前，屈膝而進，口中低低說道：「罪民白玉堂，有犯天條，懇祈相爺筆下超生。」說罷，匍匐在地。包相笑容滿面道：「五義士，本閣自有保本。」回頭吩咐展爺去了刑具，換上衣服看座。白玉堂那裏肯坐，包相把白玉堂仔細一看，不由的滿心歡喜。白玉堂看了包公，不覺的凜然敬畏。包公略為盤詰，白玉堂再不推諉，滿口應承。包公點了點頭道：「聖上屢次問本閣要五義士，並非有意加罪，卻是求賢若渴之意。五義士只管放心，明日本閣保奏，必有好音。」又對展爺道：「展護衛與公孫主簿，你二人替本閣好好看待五義士。」展爺與公孫先生，一一領命，同定眾人退了出來。到了公廳之內，大家就座，公孫先生道：「今日我等與五弟預為賀喜。候明日保奏下來，我們還要吃五弟喜酒呢！」白玉堂道：「只恐小弟命小福薄，無福消受皇恩。倘能無事，弟亦當備酒與眾位兄長酬勞。」徐慶道：「不必套話，大家也該吃一杯了。」伴當調開桌椅，安放酒杯牙箸。展爺與公孫先生還要讓白玉堂上座，卻是王朝、馬漢二人攔住道：「盧大哥在此，五弟焉敢上坐？還是盧大哥的首座，其下挨次而坐，倒是爽快。」徐慶道：「好！王、馬二兄吩咐的是，我是挨著趙四弟一處坐。」趙虎道：「三哥！咱們兩個就在這邊坐，不要管他們。來！來！來！且吃一杯。」說罷，一個執盞，一個提壺，二人就對喝起來。眾人見他二人如此，不覺大笑，也不謙讓了。彼此就坐，飲酒暢談，無不傾心。及至酒飯已畢，公孫策便回至自己屋內寫保奏摺，請包公看了，繕寫清楚，預備明日五鼓，謹呈御覽。

至次日，包公派展爺、盧大爺、王爺、馬爺，隨同白玉堂入朝。白五爺依然是罪衣罪裙，預備召見。到了朝房，包相進內遞摺，仁宗看了，龍心大悅，立刻召見包相。包相又密密保奏一番。天子即傳旨，派老伴伴陳琳，曉示白玉堂不必罪衣罪裙，只是平人服色，帶領引見。陳公公念他殺害郭安，有暗救自己之恩，見了白玉堂，又致謝了一番；然後明發上諭，叫白玉堂換了一身簇新的衣服，更顯得少年英俊。及至天子臨朝，陳公公將白玉堂帶領至丹墀之上，仁宗見白玉堂一表人物，歡喜非常，立刻傳旨，加封展昭實受二品護衛之職，其所遺四品護衛之銜，著即白玉堂補授，與展昭同在開封府供職，以為輔弼。白玉堂到了此時，心平氣和，惟有俯首謝恩。下了丹墀，見了眾人，大家賀喜。尤其盧方，更覺歡喜。至散朝之後，隨到開封府。此時早有報錄之人報到，大家俱知白玉堂得了護衛，無不忻然。白玉堂換了服色，展爺帶至書房，與相爺行參。包公又勉勵了多少言語。白玉堂果然設了豐盛酒席，酬謝知己。這一日群雄豪聚，大家開懷暢飲，獨有盧爺有些愁然不樂之狀，王朝道：「盧大哥，今日兄弟相聚，而且五弟封職，理當快樂，為何大哥鬱鬱不樂呢？」蔣平道：「大哥不樂，小弟知道。」馬漢道：「四弟，大哥端的為著何事？」蔣平道：「二哥你不曉得。我弟兄原是五人，如今四個人，俱各授職，惟有我二哥不在座中。大哥焉有不想念的呢？」蔣平這裏說著，誰知盧方那裏早已落下淚來。蔣平道：「大哥不用難過，此事原是我作的，我明日便找二哥去，如何？」白玉堂忙插言道：「小弟與四哥同去。」盧方道：「這倒不消。你乃新受皇恩，不可遠去。況且找你二哥，又不是私訪緝捕，要去多人何用？只你四哥一人足矣！」白玉堂說：「就依大哥吩咐。」盧方纔把愁眉展放，大家豁拳行令，快樂非常。到了次日，蔣平回明相爺，去找韓彰，自己卻扮了個道士行裝，仍奔丹鳳嶺翠雲峰而來。

且說韓彰自掃墓之後，打聽得蔣平等已經起身，他便離了靈佑寺竟奔杭州而來，意欲遊賞西湖。一日來至仁和縣，天色已晚，便在鎮店找了客寓住了。吃畢晚飯，剛要歇息，聽隔壁房中有小孩子啼哭之聲；又有個山西人，嘮哩嘮叨，不知說的什麼。只得出房來到這邊，悄悄張望。見那山西人左一掌，右一掌，打那小孩子，要他叫父親，偏偏那小孩子又不肯。韓二爺看那小孩子捱打可憐，不由的勸道：「朋友！這是為何？他一個小孩子家，如何禁得住你打呢？」那人道：「客官！你不曉得，這小娃娃是我在前途花了五兩銀子買來作乾兒的。一路上哄著他，他總叫我大叔。到了店裏，他不但不叫我老子，連大叔也不叫了。」韓二爺聽了道：「人生各有緣分。我看這小孩子很愛惜他。你若將他轉賣於我，我將原價奉還。」那山西人道：「既如此，微增利息，我便賣給客官。」韓二爺道：「這也有限之事。」即向兜肚內摸出五六兩一錠，額外又有一塊不足二兩，托於掌中道：「這是五兩一錠，添上這塊，算作利息。你道如何？」那山西人看著銀子，眼中出火道：「就是這樣罷！咱們人銀兩交，各無反悔。」說罷，他將小孩子領過來，交與韓爺，韓爺即將銀子遞過。這山西人接銀在手，頭也不回，揚長而去。

韓爺反生疑惑，只聽小孩子道：「真便宜他。」韓爺攜著手，來到自己屋內，慢慢問道：「你姓甚名誰？家住那裏？因何賣與山西人為子？」小孩子未語先流淚，道：「伯伯，我姓鄧，名九如，在平縣鄧家窪居住，只因父親喪後，與母親兩個度日。我有個二舅，名叫武平安，為人不端。一日背負一人，寄我家中，說是他的仇人，要與我大舅活活祭靈。不想此人是開封府包相爺的姪兒。我母親私行將他釋放，我母親就懸樑自盡了。我二舅便用棺木盛殮，抬在山窪掩埋。我一時思念母親，向我舅舅啼哭。誰知我舅舅將我踢打一頓，我就氣悶在地。不料後來甦醒過來，覺得在人身上——就是方纔那個山西人。一路上多虧他照應吃喝，來至此店，他何嘗花費五兩銀子？叫我叫他父親也不過轉賣之意，幸虧伯伯搭救。」韓爺聽了，方知此子就是鄧九如，見他伶俐非常，不由的滿心歡喜，又是歎息。當初在靈佑寺居住時，聽說不甚的確，如今聽九如一說，心內方纔明白。只見九如問道：「請問伯伯貴姓？因何在旅店之中？卻要往何處去？」韓爺道：「我姓韓名彰，要往杭州有些公幹。只是道路上帶你不便，待我明日將你安置個妥當地方，候我回來，再帶你上東京去便了。」九如道：「聽憑韓伯伯處置。」韓爺道：「賢姪放心。」又安慰他睡了。次日出了店門，惟恐小孩子家吃慣了點心，便向街上看了看，見路西有個湯圓鋪，就攜了九如，來到鋪內，揀了個座頭坐了。只見有個老者，端了一碗湯圓，瞅著九如，半晌嘆了一口氣。韓二爺問道：「你這老兒，為什麼瞅著我姪兒？」那老者道：「這位小相公，有些廝像。」韓爺道：「他像誰？」那老兒卻不言語，眼淚早已滴下。韓爺道：「他到底像誰？」那老者拭了淚道：「只因小老兒半生乏嗣，好容易生了一子，活到六歲上，不幸嗚呼哀哉了！今日看見小相公的面貌兒頗像。」韓爺聽了暗道：「我看此老頗覺誠實，而且老來思子；若九如留在此間，他必加倍疼愛。」便道：「老丈你貴姓？」那老者道：「小老兒姓張，乃嘉興府人氏，在此開湯圓店多年。」韓爺說：「我告訴你，他姓鄧，名叫九如，乃是我姪兒。只因目下我到杭州，有些公幹，帶著他行，路上甚屬不便。我意欲將這姪兒寄居在此，老丈你可願意麼？」張老兒聽了道：「客官既有公事，請將小相公留居在此，只管放心。」韓爺又問九如道：「姪兒，你的意下如何？我到了杭州，完了公事，即便前來接你。」九如道：「伯伯既有此意，就是這樣罷！」韓爺聽了，知他願意；又見老者歡喜無限，真是兩下情願，事最好辦。韓爺在兜肚內，摸出五兩一錠銀子來，遞與老者道：「老丈！這是些許薄禮，聊算我姪兒茶飯之資，請收了罷。」張老那裏肯受。

不知說些什麼話來？且看下回分解。

第五十九回　倪生償銀包興進縣　金令贈馬九如來京

且說張老見韓爺給了一錠銀子，連忙道：「軍官爺，這小相公每日所費無幾，何用許多銀兩呢？」韓爺道：「老丈若要推辭，便是嫌輕了。」張老道：「既如此說，小老兒就從命了。」連忙將銀接過。韓爺道：「煩老丈照應我這姪兒，務要小心。」對九如道：「姪兒耐性在此，我完了公事，即便回來。」九如道：「伯父只管放心料理公事，我在此不妨事的。」從此韓二爺直奔杭州，鄧九如便在湯圓鋪安身不表。

且說包興自奉相爺諭，送方善與玉芝小姐到合肥縣包家村。諸事已畢，在太老爺、太夫人前，請安叩辭，出了合肥縣，迤邐行來。一日路過一莊，但見樹木叢雜，房屋高大，極其凶險。包興暗暗想道：「此是何等樣人家？竟有如此的高大樓廈。」正在思索，坐下馬蹶個前失❶，不由的自己就掉下馬來了。那馬咆哮著跑入莊中去了。伴當連忙下馬攙扶，包興道：「你快進莊去將馬追來，我在此看守行李。」伴當領命進莊。去了不多時，喘吁吁跑回來道：「世上竟有如此不講理的。小人追入莊中，見一人肩上擔著一桿槍，拉著咱們的馬。小人上前討取，他將眼一瞪道：『你這廝如此的可惡！俺好好打的樹頭鳥，被你的馬一驚，俱各飛去了，你還來要馬？如若要馬時，須要還俺滿樹鳥兒，讓俺打的盡了，那時方還

❶ 蹶個前失：即「蹶前失」。指牲口在奔跑時，前足突然跪倒。

你的馬。俺太歲莊有空過的麼？如要此馬，拿五十兩銀子來取贖。』說罷，他將馬就拉進去了。」包興道：「此地係何處所管？」伴當道：「此處乃仁和縣地面，縣官姓金，名必正。」你道此人是誰？他便是顏春敏的至友，自服闋之後，歸部銓選，選了此處的知縣。他已曾查訪，此處有此等惡霸，屢要剪除，無奈吏役舞弊欺瞞，尚未發覺。包興聽了，來到縣衙，在科房略坐。不多時，請至書房相見。只見那位縣爺有三旬年紀，包興便將路過太歲莊，將馬遺失，本莊勒措不還的話，說了一遍。金令聽了，先賠罪道：「本縣接任未久，地方竟有如此惡霸，欺侮上差，實乃下官之罪。」說罷一揖。包興還禮。金令急忙喚書吏，派馬快前去要馬。書吏答應下來，金令卻與包興提起顏春敏是他好友，包興道：「原來如此！顏相公乃是相爺得意的門生，此時雖居翰林，大約不久就要提陞。」金令又要托包興寄信一封，包興一一應允。

正說話間，只見書吏去了不多時，復又轉來，悄悄回了老爺說話。金令便向包興道：「我已派人取馬，誠恐到了那裏，有些耽擱，貽誤公事。如今已吩咐將下官自己乘用之馬備上來，與上差暫騎了去。候尊騎要來，下官再派人送去。」說罷，只見差役已將馬拉進來。包興見此馬，比自己騎的馬，勝強百倍，而且鞍轡鮮明。便道：「既承貴縣美意，實不敢辭。」立起身來辭了金令。差役將馬牽至二堂之上，金令送至儀門，伴當接過馬來，出了衙門。剛出巷口，伴當趕上一步回道：「此處極鬧熱的鎮店。從清早直到此時，爺還不餓麼？」包興道：「我也有些心裏發空，咱們就在此找個飯鋪打尖罷。」伴當道：「往北去路西，會仙樓是好的。」包興道：「既如此，咱們就到那裏去。」不一時，到了酒樓門前。包興下馬，見當門一張桌空閒，便坐在那裏。抬頭看時，見那邊靠窗有二人坐在那裏，一個是碧眼紫髯，一個是少年英俊：俱是氣度不凡，令人好生羨慕。你道此二人是誰？那碧眼紫髯的，便是北俠，複姓歐陽名春，人皆稱他紫髯伯；那少年英俊的，便是雙俠丁大官人丁兆蘭，因奉母命，與展爺修理房屋，以為來春畢姻。

丁大官人與北俠原是素來聞名未曾見面的朋友，不期途中相遇，今約在酒樓吃酒。包興喊了堂官過來，問了酒菜，傳下去了。又見上來了主僕二人，相公有二十歲左右，老僕卻有五旬上下，與那二人對面坐了。不多時，堂官端上酒來，包興慢慢的消飲。忽聽樓梯聲響，上來一人，攜著一個小兒。卻見小兒眼淚汪汪，那漢子怒氣昂昂，就在包興的斜對面坐了。小兒也不坐，在那裏拭淚。包興看了又是不忍，又是納悶。早已聽見樓梯響處，上來了一個老頭兒，眼似銅鈴，一眼看見那漢子，連忙上前跪倒道：「求大叔不要動怒，小老兒雖然短欠銀兩，遲早的必要還清，分文不敢少的。只是這孩子，大叔帶他去不得的，他小小年紀，又不曉事，大叔帶他去怎麼樣呢？」那漢子端坐，昂然不理。半晌，道：「俺將此子帶去，做個當頭❷。俟你將帳目還清，方許將他領回。」那老頭兒著急道：「此子非是小老兒親生，乃是一個客人的姪兒，寄在小老兒鋪中的。倘若此人回來，小老兒拿什麼還他的姪兒？望大叔開一線之恩，容小老兒將此子領回。緩至三日，小老兒將鋪內折變，歸還大叔的銀子就是了。」說罷，只是叩頭。那漢子把眼皮兒一瞪道：「誰耐煩這些話？你只管折變去，三日後到莊取贖此子。」忽見那老僕過來，對著那漢子道：「尊客！我家相公要來領教。」那漢子將眼一瞪，道：「你家相公是誰？素不相識，見我則甚❸？」說至此，早有位相公來到面前，道：「尊兄請了，學生姓倪名繼祖。你與老丈為著何事？請

❷ 當頭：典押的東西。

道其詳。」那漢子道：「他拖欠我的銀兩，總未歸還。如今要將此子帶去見我莊主，作個當頭。相公你不要管這閒事！」倪繼祖道：「如此說來，是主管替主索帳了。但不知老丈欠你莊主多少銀兩？」那漢子道：「他原借銀子五兩，三年未還，每年應加利息銀五兩，共欠紋銀二十兩。」那老者道：「小老兒曾歸還過二兩銀，如何欠了許多？」那漢子道：「你縱然還過二兩銀子，利息是照舊的。豈不聞『歸本不抽利』麼？」這一句話，早惹起那邊兩個英雄豪傑，連忙過來道：「他除歸還過的，還欠你多少？」那漢子道：「尚欠十八兩。」倪繼祖見他二人滿面怒氣，惟恐生出事來。急忙攔住道：「些須小事，二兄不要計較於他。」回頭向老僕道：「倪忠！取十八兩紋銀來。」只見老僕向那邊桌上，打開包裹，拿出銀來，連整帶碎約有十八兩，呈與相公。倪繼祖接來，纔待要遞給惡奴，卻是丁兆蘭問道：「且慢！當初借銀兩時，可有借券？」惡奴道：「有！在這裏。」回手掏出，遞給相公，相公將銀兩付給。那人接了銀兩，下樓去了。此時包興見相公代還銀兩，料著惡奴不能帶去小兒，便過來將小兒帶至自己桌上，哄著吃點心去了。這邊老者起來，又給倪相公叩頭。繼祖連忙扶起問道：「老丈貴姓？」老者道：「小老兒姓張，在這鎮市之上，開個湯圓鋪生理。二年前，曾借太歲莊馬二員外銀五兩，是托此人說合的。他名叫馬祿。當初不多幾月，即歸還他二兩，誰知他仍按五兩算了利息！生生的詐去了許多，反累的相公妄費去銀兩，小老兒何以報答！請問相公，意欲何往？」倪相公道：「些須小事，何足挂齒！學生原欲上東京，預備明年科考，路過此處。」又見丁兆蘭道：「老丈！你不吃酒麼？」張老兒已眇見鄧九如在包興那裏吃點心，他也放了心，就在這邊同定歐陽春三人坐了。丁大爺一面吃酒，一面盤問太歲莊。

❸ 則甚：做什麼。

張老兒便將馬剛如何倚仗總管馬朝賢的威勢，強梁霸道，無所不為，每每竟有造反之心。丁大爺只管盤詰，北俠卻毫不介意，置若罔聞。此時倪繼祖主僕二人，業已用畢酒飯，彼此執手，他二人下樓去了。這裏張老兒也就辭了二人，向包興這張桌上而來。誰知包興早已問明了鄧九如的原委，只樂得心花俱開。暗道：「我臨起身時，三公子諄諄囑咐於我，叫我在鄧家窪訪查鄧九如，務必帶至京師，偏偏的再也訪不著！不想卻在此處相逢。」見張老兒過來道謝，包興連忙讓坐，一同吃畢飯，會鈔下樓，隨至湯圓鋪內。包興悄悄將來歷說明，如今要把鄧九如帶往開封府，意欲叫老人家同去。……

要知張老兒說些什麼，且看下回分解。

第六十回　紫髯伯有意除馬剛　丁兆蘭無心遇莽漢

且說包興對張老兒道：「老丈！你莫若跟隨鄧九如上東京，見了我家三公子。那時鄧九如必是三公子的義兒，你就照看他，吃碗現成飯如何？」張老兒聽了，滿心歡喜，將小孩子寄居於此的原由說了。包興暗想道：「原來韓爺也來到此處了。」張老兒夥計幫著把行李裝好，然後叫九如坐著車兒，張老兒卻在車邊。臨別又囑咐了夥計一番：「倘若韓二爺來，就說在開封府恭候。」包興乘馬，伴當跟隨，一直往開封府去了。

且說會仙樓上，自張老兒去後，丁大爺便向北俠道：「方纔眼看惡奴的形景，兄臺心下以為何如？」北俠道：「賢弟，咱們吃酒，莫管閒事。」丁大爺聽了暗道：「聞得北俠武藝超群，豪俠無比。如今聽他的口氣，是置而不論了。或者今日初遇，未免糊塗，也是有的。待我索性說明了，看是如何？」想罷，又道：「你我行俠尚義，理宜扶危濟困，剪惡除奸。若要依小弟的主意，莫若把他除卻，方是正理。」北俠聽了，連忙搖手道：「賢弟休得如此！豈不聞窗前有耳麼？」丁大爺聽了，便暗笑道：「好一個北俠，何膽小如此？惜乎我身邊未帶利刃，今晚叫他知道我雙俠的本領。」又轉念道：「今晚何不與他一同住宿，我暗暗盜了他的刀兒，好去行事。」主意已定，便道：「兄臺說的是，我們可要用飯罷？」北俠道：「劣兄早就餓了，特為陪著賢弟。」丁大爺回頭叫堂官，要了飯菜點心，不多時二人用畢，會鈔下樓。天剛正午，丁大爺便假裝醉態道：「小弟今日懶怠行路，意欲在此住宿一宵，不知兄臺意下如何？」北俠道：「未獲一見，今日幸會，理當多盤桓幾日為是。」丁大爺聽了，暗合心意。來到一座廟宇門前，二人進內，見有個跛足道人，說明暫住一宵，明日多謝香資。道人連忙答應，即引至一小院，三間小屋，極其僻靜。二人俱道甚好，放下行李。北俠將寶刀帶著皮鞘，掛在牆壁之上。到了晚上，那道人端了幾碗素菜，饅首米飯，二人燈下吃完。丁大爺因瞧不起北俠，有些怠慢。誰知北俠更有討厭之處：他吃飽了剛然喝了點茶，就張牙咧嘴的哈起氣來了。丁大爺看了更不如意，暗道：「這樣的酒囊飯袋之人，也敢稱個『俠』字！」卻順口兒道：「兄臺既有些困倦，何不請先安歇呢？」北俠道：「賢弟若不見怪，劣兄就告罪了。」說罷枕了包裹，不多時呼聲震耳。丁大爺不覺暗笑，自己也就盤膝打坐，閉目養神。

及至交了二鼓，丁大爺悄悄束縛，偷了寶刀，背在背後，只聽北俠的呼聲益發大了。連忙的出了屋門，越過牆頭，竟奔太歲莊而來。一二里路，少刻就到。看了看牆垣極高，也不用軟梯，飛身躍上牆頭。看時，原來此牆是外圍，裏面纔是院牆。落下大牆，裏面又有院牆，這院牆卻是用瓦擺就的古老錢。丁大爺窄步而行，到了耳房，貼牆甚近，意欲由房上進去。剛要縱身，覺得腳下磚一跳，低頭看時，磚已離位。若一抬腳，此磚必落。恐驚動了人反為不美，用腳尖輕輕的，將那塊磚穩住了，這纔上了耳房。又到大房，在後坡裏見僕婦丫鬟，往來行走，要酒要菜，彼此傳喚。丁大爺趁此刻兒，到了前坡，爬伏在房檐竊聽，只聽眾姬妾賣俏爭寵道：「千歲爺！為何喝了他們的酒，不喝我們的酒？奴婢是不依的。」又聽有男子哈哈大笑道：「你們放心，你們八個人的酒，孤❶家挨次兒都要喝一盃。」丁大爺聽了，暗

❶ 孤：君王自稱。此處馬剛因有造反之心，故自稱「孤」。

道：「怪不得張老兒說他有造反之心，果然他竟敢稱孤道寡起來。這不除卻，如何使得？」即用「倒垂勢」把住椽頭，身子向下一順，便抱住大柱，頭朝下，腳朝上，順流而下，手已扶地。到地轉身站起，瞧一瞧此時無人，隔簾往裏偷看。見上面坐著一個人，年紀不過三旬向外，眾姬妾繞著胡言亂語。丁大爺一見，不由的怒從心起，回手抽刀，竟不知寶刀於何時失去，只剩下皮鞘。猛然想起，要上耳房之時，腳下一跳，身子往前一栽，想必是那時將刀甩出去了。自己在廊下，手無寸鐵，難以站立。又見燈光照耀，只得退下。見迎面有塊太湖石，暫且藏於後面，往這邊偷看。只見廳上一時寂靜，見眾姬妾從簾下一個一個爬出來嚷道：「了不得了！千歲爺的頭，被那妖精取去了。」一時間鼎沸起來。

丁大爺在石後聽的明白，暗道：「這個妖精有趣，想是此賊惡貫滿盈，遭此凶報。我也不必在此了，且自回廟，再作道理。」將身一縱，出了院牆。又縱上外圍牆，輕輕落下。腳剛著地，只見一個莽漢❷，奔過來就是一棍。丁大爺閃身躲過，誰知大漢一連就是幾棍。虧的丁大爺眼快，雖然躲過，只苦手無寸鐵。正在危急，只見牆上坐著一人，擲下一物，將大漢打倒。丁大爺趕上按住，只見牆上那人，飛身下來。丁大爺細瞧，飛下的不是別個，卻是那膽小無能的北俠歐陽春，手中刀就是他的寶刀。丁大爺心中歡喜，又是佩服。只聽大漢道：「花蝴蝶呀！咱們是前生的冤孽，俺弟兄皆喪於你手。」丁大爺道：「這大漢好生無禮。那個是花蝴蝶？」大漢道：「難道你不是花蝴蝶麼？」丁大爺道：「我叫兆蘭。」大漢道：「如此說來，是俺認錯了。」丁大爺也就將他放起。大漢立起，撣了塵土，見衣服上一片血跡。道：「這是那裏來的血跡？」丁大爺一眼瞧見那邊一顆首級，便知是北俠取的馬剛之首，——方纔打倒大漢，

❷ 莽漢：粗魯漢子。

就是此物。忙道：「俺們且離此處，到那邊說去。」

三人一面走著，丁大爺問大漢道：「足下何人？」大漢道：「俺姓龍名濤。只因花蝴蝶花冲，將俺哥哥龍淵殺害，是俺懷仇在心，時刻要替俺兄報仇。無奈這花冲形蹤詭秘，譎詐多端，再也拿他不著。方才是我們夥計夜星子馮七告訴於我，說有人進馬剛家內。俺想馬剛家內姬妾甚多，必是花冲又相中了那一個了；因此持棍前來，不想遇見二位。尊駕莫非是茉花村丁大員外麼？」丁大爺道：「我便是丁兆蘭。」龍濤道：「俺久欲拜訪，未得其便，不想今日相遇。」又問：「此位是誰？」丁大爺道：「此位複姓歐陽名春。」龍濤道：「阿呀！莫非是北俠紫髯伯麼？」丁大爺道：「正是。」龍濤道：「妙極！俺要報殺兄之仇，本欲拜訪懇求幫助。不期今日幸遇，懇求二位幫助小人。」說罷，納頭下拜。丁大爺連忙扶起道：「何必如此？」龍濤道：「大官人不知，小人在本縣當個捕快差使，昨日奉縣尊之令，要捉捕馬剛。小人奉了此差，一來查訪馬剛的破綻；二來暗探花蝴蝶的行蹤，與兄報仇。無奈自己本領不濟，恐不是他的對手。故此求二位官人幫助。」北俠道：「馬剛他已遭天報，你也不必管了。只是這花蝴蝶，我們不認識他，怎麼樣呢？」龍濤道：「若論花冲的形景，也是少年公子模樣。卻是武藝高強，夜間出入。鬢邊必簪一枝蝴蝶，因此人皆喚他是花蝴蝶。每逢熱鬧場中，必要去遊玩。若見了美貌婦女，他必到人家採花。這廝造孽多端，作惡無數。前日還聞得他要上灶君祠去呢！小人還要上那裏去訪他。」北俠道：「灶君祠在那裏？」龍濤道：「在此縣東南三十里，也是個熱鬧所在。」丁大爺道：「既如此，這時離開廟日期，尚有半個月的光景，我們還要到家中去。倘到臨期，咱們俱在灶君祠會齊。」龍濤道：「大官人說的是。小人就此告別。」龍濤去後，二人離廟不遠，仍然從後面越牆而入。來到屋內，寬了衣服，丁大爺將皮鞘交付北俠道：「原物奉還。仁兄何時將刀抽去？」北俠笑道：「就是賢弟用腳穩磚之時，此刀已歸吾手。」丁大爺笑道：「仁兄真乃英雄，小弟甘拜下風。只不解馬剛的姬妾，何以聲言妖精。」北俠道：「凡你我俠義作事，不必聲張，總要機密。能夠隱諱，寧可不露本來面目。」丁大爺聽了，連聲道：「仁兄所言，最是有見。」北俠從懷中掏出三個東西，遞給丁大爺道：「賢弟，請看妖怪。」丁兆蘭接來一看，原來是三個皮套，做成鬼臉兒。不覺笑道：「小弟從今方知仁兄是兩面人了。」北俠亦笑道：「劣兄雖有兩面，也不過逢場作戲；殺了馬剛，其中還有一個好處。……」

未知北俠說出什麼話來？且看下回分解。

第六十一回　大夫居飲酒逢土棍　卞家疃偷銀驚惡徒

且說丁大爺問道：「其中有何好處？」北俠道：「那馬剛他既然稱孤道寡，不是沒有權勢之人。你若明明把他殺了，他若報了官，說他家員外被盜寇持械戕命，這地方官怎樣辦法？何況又有他叔叔馬朝賢在朝？如今改了面目，將他除卻；這些姬妾婦人見之，有枝添葉兒，必說這妖怪，青臉紅髮，來去無蹤，將馬剛之首取去。他縱然報官，你家來了妖怪，叫地方官，也是沒法的事。這不是好處麼？」丁大爺聽了，不由的讚不絕口。二人閒談多時，略為歇息，天已大亮。給了道人香資，二人出廟。丁大爺務必請北俠同上茉花村，暫住幾日，俟臨期再同上灶君祠會齊，訪拿花蝴蝶。北俠原是無牽掛之人，也不推辭，就同上茉花村去了。這且不言。

單說二員外韓彰，自離了湯圓鋪，竟奔杭州而來。沿路行去，聞得往來行人，皆盡笑說，以花蝴蝶設誓，當做罵話。韓二爺聽不明白，又不知花蝴蝶為誰？一時腹中饑餓，見前面松林內，酒幔兒高懸，因此步入林中。到了門前，只見門上懸一匾，寫著「大夫居」三字。韓爺進了前門，院中有兩張高桌；卻又鋪著幾片蘆蓆，設著矮櫈。那裏草房三間，有個老者在那裏打盹。韓爺就咳嗽一聲，那老者猛然驚醒問道：「客官吃酒麼？」韓爺道：「你這裏有什麼酒？」老者笑道：「鄉居野曠，無甚好酒。不過是白乾燒酒。」韓爺道：「你且煖一壺來。」老者去不多時，煖了一壺酒，外有四碟：鹽水豆兒、豆腐乾、吹簫麻化、薄脆。韓爺道：「還有什麼吃食？」老者道：「還有滷煮斜尖豆腐合熱雞蛋。」韓爺命再煖一角酒，一碟熱雞蛋來。老者答應，剛要轉身，見外面進來一人，年紀不過三旬，口中道：「竇老丈，快煖一壺酒來，還有事呢！」老者道：「吓！莊大爺往那裏去？為何這等忙？」那人嘆道：「噯呀！從那裏說起？我的外甥女巧姐不見了。我姐姐哭哭啼啼，叫我給姐夫送信去。」韓爺便立起身來讓坐，那人也還讓了。三言兩語，韓二爺便把那人讓至一處。那人甚是直爽，見老兒拿了酒來，他卻道：「竇老丈，我有一事，適纔見門外有幾只雛雞，在那裏刨食吃，我與你商量，你肯賣一隻與我們下酒麼？」竇老笑道：「那有不肯呢？只要大爺多給幾錢銀子就是了。」那人道：「只管弄好做成了，我給你二錢銀子如何？」老者聽說，有了二錢銀子，好生歡喜的去了。

韓爺與那人彼此就坐，各展姓字。原來此人姓莊名致和，就在村前居住。韓爺道：「方纔莊兄說，還有要緊事，不是要給令親送信去麼？不可在此耽擱了工夫。」莊致和道：「韓兄放心，我還要在近處地方訪查訪查呢！就是今日趕急送信與舍親，他也是沒法子。莫若我先細細訪查。」正說至此，只見外面進來了一人，口中說道：「老竇吓！給咱弄一壺熱酒。」他卻一溜歪斜坐在那邊桌上，腳登板櫈，立楞著眼瞅著這邊。韓爺見他這樣形景，也不理他。竇老兒縐著眉頭，端過酒去。那人摸了一摸道：「不熱呀！我要熱的。」竇老兒道：「很熱了。吃不到嘴裏，又該抱怨小老兒了。」那人道：「沒事沒事，你只管燙去。」竇老兒只得重新燙了來，道：「這可熱得很了。」那人道：「熱熱的很好，你給我斟上涼著。」竇老兒道：「這是做什麼呢？」那人道：「別管我，大爺是這個脾氣兒！我且問你，有什麼葷腥兒，拿一點給我吃。」竇老兒道：「我這裏大爺是知道的。鄉村鋪兒，那裏討葷腥來？無奈何，大爺將就些兒罷！」那人把醉眼一瞪道：「大爺花錢，為什麼將就呢？」說著話，就舉起手來；竇老兒見勢頭不好，便躲開了。那人來至草房門一嗅，覺得一陣香味撲鼻。便進了屋內一看，見鍋內煮著一只小雞，又肥又嫩。他卻說道：「好吓！現放著葷菜，你說沒有。」竇老兒忙道：「這是那二位客人，花了二錢銀子煮著自用的。大爺若要吃時，也花二錢銀子，小老兒再與你煮一隻就是了。」那人道：「什麼二錢銀子？大爺先吃下，你再給他們煮去。」說罷，拿過方盤來，將雞從鍋內撈出，端著往外就走。竇老兒在後面說道：「大爺不可如此。凡事有先後，這如何使得？」那人道：「大爺是性急的，等不得。叫他們等著去罷！」他在這裏說，韓爺在外已聽的明白，登時怒氣填胸。立起身來，將木盤一踢，連雞帶盤，全合在那人臉上。這雞是纔出鍋的，又搭著一肚子滾湯，只聽那人「嗳呀」一聲，撒了手，栽倒在地，登時滿臉上猶如尿泡裡串氣兒，立刻鼓起來了。韓爺還要上前，莊致和連忙攔住。韓爺氣忿忿坐下，那人卻也知趣，站起身來搭訕著走了。

這裏莊致和會過銀子，勸了韓爺，一同出了「大夫居」。這裏竇老兒將雞檢起來，將泥土洗了去，重新放在鍋裏煮了撈出，端在桌上。自己煖了一角酒，纔待要吃，只見韓爺從外面又進來。竇老兒一見，忙說道：「客官自用罷！」韓爺笑道：「俺不吃了。俺且問你，方纔這廝，他叫什麼名字？在那裏居住？」竇老兒道：「客官問他則甚？『好鞋不黏臭狗屎』❶，何必與他嘔氣呢！」韓爺道：「我不過知道他罷了，誰有工夫與他嘔氣呢！」竇老兒道：「客官不知，離此五里之遙，有一個卞家疃就是，他爹爹名叫卞龍，自稱『鐵公雞』，乃刻薄成家，真是一毛兒不拔。誰知他養的兒子更狠，方纔就是那人，他名叫卞虎，自稱外號『癩皮象』。他父子又慳吝，又強梁，就是他來吃酒，也是白喫，從來不知還錢。老漢又惹

❶ 好鞋不黏臭狗屎：好人不與壞人計較。

他不起，只好忍氣罷了！」韓爺又問道：「他那裏可有店房麼？」竇老兒道：「他那裏也不過是個村莊，那有店房？離他那裏不足三里之遙，有個桑花鎮，卻有客寓。」韓爺問明底細，竟奔桑花鎮而來。

找了寓所，到了晚間夜深人靜，悄悄離了店房，來至卞家疃。到了卞龍門首，躍牆而入。施展飛簷走壁之能，爬伏在大房之上，偷眼往下一看。見一個尖嘴縮腮的老頭子，手托天平，在那裏平銀子。左平右平，卻不嫌費事，必要銀子比法碼微低些方罷。共平了二百兩，然後用紙包了四封，用繩子結好，又在上面打了花押，方命小童抱定，提著燈籠，往後面送去。他在那裏收拾天平。韓爺趁此機會，卻溜下房來，在卡子門垛子邊隱藏。小童剛跨門檻，韓二爺將腿一伸，小童往前一撲，「咕咚」栽倒在地，燈籠也滅了。老頭子在屋內聲言道：「怎麼了？栽倒咧！」小童提著滅燈籠，來對著老頭子說道：「剛過門檻，不防就一交倒了。」老頭子道：「小孩子家，你到底留神吓！」說罷，來至卡子門，用燈一照，連紙包兒影子也不見了。老頭子急的兩眼冒火，小童兒慌的淚流滿面。老頭子暴躁道：「你將我的銀子藏於何處了？快快拿出來。如不然，就活活要了你的命。」正說著，只見卞虎從後面出來，問明此事，小童哭訴一番，卞虎那裏肯信。將眼一瞪道：「小鬼，你敢弄那樣戲法？咱們且向前面說去罷！」拉了小童，來至大房屋內。早見桌上用了法碼，押著個字帖兒，上面字有核桃大小。寫道：「爺爺路過汝家，知道你刻薄成家，廣有金銀，暫借銀子四封，改日再還。不可錯賴好人。如不遵命，請試爺爺的寶刀，免生後悔。」卞龍見了此帖，登時渾身發抖。卞虎將小童放下了，也就發起怔來，父子二人只得忍著肚子疼，還是性命要緊，不敢聲張。

要知後文如何？且看下回分解。

第六十二回　遇拐帶松林救巧姐　尋奸淫鐵嶺戰花冲

且說韓二爺揣了四封銀子，回歸舊路，遠遠聽見江西小車，奔松林而來。韓爺揀一株大樹，爬將上去隱住身形。不意車子到了樹下，「咯噔」的歇住，聽見一人說道：「白晝將貨物悶了一天，此時趁無著人，何不將他過過風呢？」又聽有人說道：「我也如此想，不然悶壞了。」答言的卻是婦人聲音。只見他二人從小車上，開了箱子，搭出一個小小人來，叫他靠在樹身之上。韓爺見了，知道他二人不是好人，暗暗的把銀子放在槎枒之上，將撲刀拿在手中，從樹上一躍而下。那男子猛見樹上跳下一人，撒腿往東就跑。韓爺那裏肯捨，趕上一步，從後將刀一搠，那人「噯呀」一聲，早已著了利刃，栽倒在地。韓爺撤步回身，看那婦人時，見他哆嗦寒戰。韓爺用刀一指道：「你等所做何事？快快實說。」那婦人道：「爺爺不必動怒，待小婦人實說。我們是拐騙兒女的。」韓爺說：「拐去男女，置於何地？」婦人說：「爺爺有所不知！只因襄陽王爺那裏，要排演優伶歌妓，收錄幼童弱女。凡有姿色的，總要賞銀五六百兩。我夫妻因窮所迫，無奈做此暗昧不明之事。不想今日遇見爺爺識破，只求爺爺饒命。」韓爺又細看那孩兒，原來是個女孩兒，愣愣怔怔的，便知道其中有詐。又問道：「你等用何物迷了他的本性？」婦人道：「他那泥丸宮有個藥餅，揭下來少刻就甦了。」韓爺聽罷，伸手便向女子頭上一摸，果有藥餅，連忙揭下，棄在道旁。又對婦人道：「你這惡婦，快將裙絲解下來。」婦人不敢不依，連忙解下遞給韓爺。韓爺將婦人髮髻一提，揀了一棵小小樹身，把婦女綑了個結實。翻身躥上樹去，揣了銀子，一躍而下。纔待舉步，只聽那女孩兒「噯呀」一聲，哭出來了。韓爺上前問道：「你此時可明白了。你叫什麼？」女子道：「我叫巧姐。」韓爺聽了，驚駭道：「你母舅可是莊致和麼？」女子道：「正是。」韓爺聽了，暗暗念佛，「無心中救了巧姐，又省我一番事。」又見天光閃亮，又恐有些不便。連忙說道：「我姓韓，與你母舅認識。少時若有人來，你就喊『救人』。叫本處地方送你回家就是了。拐你的男女二人，我已俱拿住了。」說罷，竟奔桑花鎮去了。

不多時，果然路上已有行人，見了如此光景，問了備細，知是拐帶的，立刻找著地方保甲，放下婦人，用鐵鍊鎖了，帶領女子同赴縣衙。縣官升堂一鞫即服。男子已死，著地方掩埋；婦人定案寄監。此信早已傳開了。莊致和聞知，急急赴縣，當堂將巧姐領回。路過「大夫居」，見了竇老，便將巧姐已找到的話說了。又道：「是姓韓的救的。難道就是昨日的韓客官麼？」竇老聞聽，好生歡喜，又給莊大爺煖酒作賀。因又提起：「韓爺昨日復又回來，問卞家的底細。誰知今早聞聽人言，卞家丟了許多銀子，莊大爺！你想這事詫異不詫異？」他二人只顧談論此事，不想那邊坐了一個道人，立起身來打個稽首，問道：「莊施主方纔說的這位韓客官，可是高大身軀，金黃面皮，微微有點黃鬚麼？」莊致和見那道人骨瘦如柴，彷彿是病起來的模樣，卻又目光如電，聲音宏亮，不由的起敬道：「正是。道爺何以知之？」那道人道：「小道素識此人，正要訪他。但不知他何方去了？」竇老兒聽至此，有些不耐煩，便沒有好氣的答道：「我這裏過往客人極多，誰耐煩打聽他往那裏去呢？」那道人也不理他，便對莊致和道：「小道與施主相遇，也是緣分。不知小道能蒙施主佈施兩角酒麼？」莊致和道：「這有什麼？道爺請過來，只管用，都在小可身上。」那道人便走過來。莊致和又叫竇老燰了兩角酒來。竇老瞅了道人一眼道：「明明是個騙酒吃的，這可等著主顧了。」原來這道人就是四爺蔣平，只因回明包相，訪查韓彰，扮了個雲遊道人的模樣，由丹鳳嶺慢慢訪查至此。一壁喝酒，一壁細問昨日之事。越聽越是韓爺無疑。喝酒畢，莊致和會了錢鈔，領了巧姐去了。

蔣平也出了「大夫居」。看看天晚，日色西斜，來至一座廟宇前。匾上寫著「鐵嶺觀」三字。只見山門放開，出來一個老道，手內提著酒葫蘆，看他已喝的似有醉態。蔣平上前稽首道：「無量壽佛！小道行路天晚，意欲在仙觀借宿一宵，不知仙長肯容納否？」那老道七斜❶著眼，看了看蔣平道：「我看你人小瘦弱，倒是個不生事的。也罷，你在此略等一等，我到前面沽了酒來，自有道理。」蔣平接口道：「不瞞仙長說，小道也愛吃一杯的。將酒器付與小道，待我沽來，奉敬仙長如何？」那老道聽了，滿面堆下笑來，道：「道友初來，如何倒要叨擾？」說著話，卻將一個酒葫蘆，遞給四爺。四爺接了過來，就把自己的漁鼓簡板，以及算命的招子，交付老道。老道又告訴他賣酒之處。蔣平答應一聲，去不多時，提了滿滿的一葫蘆，又買了許多酒菜回來。老道見了，好生歡喜，回身在前引路，將蔣平讓進，關了山門。見三間廂房，二人來到屋內，老道開櫃，拿了傢伙把蔣平新買的酒菜擺了，然後燰酒添杯，彼此對坐而酌。蔣爺自稱姓張；又問老道名姓。原來老道姓胡名和，觀內當家叫做吳道成，生得面黑如墨，自稱綽號鐵羅漢，一身好武藝。這胡和見了酒，如命的一般，連飲了幾杯，卻是酒上加酒，已經醺醺大醉。他卻順口說道：「張道兄，我有一句話告訴你，少時當家的來時，你可不要言語，讓他們到後面去，別

❶ 七斜：謂眼小一縫，醉眼矇矓的樣子。

管他們做什麼。咱們倆就在前邊給他個痛飲，喝醉了，就給他個悶睡。你道如何？」蔣爺道：「多承胡兄指示，但不知當家的所做何事？何不對我說說呢？」胡和道：「其實告訴你也不妨。我們這當家的，乃響馬出身，畏罪出家。新近他有個朋友來找他，名叫花蝴蝶，鬼鬼祟祟，不知幹些什麼。昨晚有人追下來了，竟被他們拿住，鎖在後院塔內，至今沒放。你說他們的事管得麼？」蔣平聽了，心中一動，問道：「他們拿住是什麼人呢？」胡和道：「如此如彼，這般這樣。」蔣平一聽，驚駭非常。

原來是韓二爺於前日夜救了巧姐之後，來至桑花鎮，到了寓所，便聽見有人談論花蝶。細細打聽，方纔知道是個最愛採花的惡賊，是從東京脫案逃走的大賊，怪不得人人以花蝶起誓。暗暗的忖度了一番，到了晚間，夜行打扮，悄悄的訪查。偶步到一處，有座小小的廟宇，借著月光初上，見匾上金字，乃「觀音菴」三字，便知是尼僧所住，剛然轉到那邊，只見牆頭一股黑煙，落將下去。韓爺暗道：「這事奇怪！一個尼菴，他們夜行人到此做什麼？必非好事，待我跟進去。」一飛身躍上牆頭，往裏一望，卻無動靜。便落下平地來，過了大殿，有個門兒虛掩，挨身而入，卻是三間茅屋。惟有東間明亮，早見窗上影兒，是個男子，巧在鬢邊插的蝴蝶，顫巍巍的在窗上搖舞。只聽花蝶道：「仙姑，我如此的哀懇，你竟不從，休要惹惱我的性兒。」又聽有一女子聲音道：「不依你就怎樣？」又聽花蝶道：「凡婦女入了花蝶之眼，再也逃不出去，何況你這女尼？我不過愛你容顏，不忍加害於你。若再不識抬舉，你可怨我不得了。」又聽女尼道：「我也是好人家的兒女，只因自幼多災多病，父母無奈，將我捨入空門。自己也要懺悔，今生修得來世。不想今日遇見你這邪魔，想是我的劫數到了！」花蝶道：「你這賤人，竟敢以死嚇我，我殺了你！」說至此，見燈光一晃，想是抽刀。韓爺一聲高呼道：「花蝶！休得無理。俺來擒你。」屋內花蝶猛聽外面有人叫他，吃驚不小。「噗」的一聲，將燈吹滅，掀了軟簾，奔至堂屋，刀挑簾櫳，身體往斜刺裏一縱，只聽「拍」的一聲，早見有一枝弩箭，釘在窗櫺之上。花蝶暗道：「幸喜不曾中了暗器。」二人正在交手，忽見牆上跳下一人，他身形極短，是條大漢，舉撲刀照花蝶劈來。花蝶躍上牆頭，韓爺一飛身，跟將上去，追將下來。這裏大漢出角門，順著牆也就往北追下去了。韓爺追花蝶有三里之遙，又見有座廟宇，花蝶飛身躍進，韓爺也就飛過去。見花蝶飛過裏牆，韓爺緊緊跟隨，追至後院一看，見有香爐角三座小塔，惟獨當中的大些，花蝶便往塔後隱藏，韓爺步步跟隨。花蝶左旋右轉，韓爺前趕後攔。二人繞塔多時，方纔見那大漢，由東邊角門趕將進來，一聲喊叫：「花蝶，你往那裏走？」只見花蝶將身一翻，手一撒，韓爺肩頭已然著了一下，雖不甚痛，覺得有些麻木。暗說：「不好！必是藥鏢。」急轉身躍出牆外，竟奔回桑花鎮去了。這裏花蝶打了韓彰，精神倍長。迎了大漢，纔待交手，又見那壁廂來了個雄偉胖大之人，卻是吳道成。因聽見有人喊，連忙趕來，幫著花冲，將大漢拿住，鎖在後院塔內。胡和不知詳細，他將大概略述一番，已經把個蔣爺驚的目瞪癡呆。

不知如何？且看下回分解。

第六十三回　救莽漢暗刺吳道成　尋盟兄巧逢桑花鎮

且說蔣四爺聽胡和之言，暗暗說道：「怪不得我找不著我二哥呢！原來被他們擒住了。」正在思想，忽聽外面敲門。胡和答應著，卻向蔣平擺手，隨後將燈吹滅，方出來開放山門。只聽有人問道：「今日可有什麼事麼？」胡和道：「什麼事也沒有。」又聽一人道：「他已醉了。你將山門好好的關了罷！」說著，二人往後邊去了。胡和關了山門，重新點上燈來，道：「兄弟，咱們喝罷！」蔣平把老道灌了個爛醉。蔣平脫了道袍，扎縛停當，將招子拿起，抽出三稜鵝眉刺，熄滅了燈光，悄悄出了東廂房，竟奔後院而來。果見有三座磚塔，忽聽有人嚷道：「你們將老爺綑縛在此，到底是怎麼樣？」蔣爺聽了，不是韓爺的聲音。悄悄道：「你是誰？我來救你。」說罷走至跟前，把繩挑去，輕輕將他二臂舒回。那大漢定了精神，方說道：「你是什麼人？」蔣爺道：「我姓蔣名平。」大漢失聲道：「嗳呀！莫不是翻江鼠蔣四爺麼？」蔣平道：「正是。」大漢道：「小人龍濤，自仁和縣灶君祠跟下花蝶，來到此處，原要與家兄報仇，不意反被他們拿住。昨晚有一個夜行人，進牆來幫助，不知那人是誰？」蔣平聽了，料是韓彰，便問道：「我二哥在那裏？」龍濤道：「並不曾會見什麼二爺。就是昨晚，也是夜星子馮七送的信，到觀音菴拿花蝶。爬進牆頭，卻見個細條身子的，與花蝶動手，是我跳下牆去幫助，後來花蝶跳牆，那人比我高多了，也就飛身跳牆，把花蝶追至此處。及至我爬進牆幫助，不知那人倒反越牆走了，因此我就被他們拿住了。」蔣平聽了暗想道：「據他說來，這細條身子的，必是我二哥。只是因何又越牆走了？走往何處去呢？」又問龍濤道：「你方纔可見二人進來，又往那裏去了？」龍濤道：「往西一面竹林之後，有一段粉牆，想必他們往那裏去了。」蔣平道：「你在此略等一等，我去就來。」

轉身來至竹林邊一望，但見粉壁光華，無門可入。蔣爺道：「看此光景，似乎是板牆，裏面必是個幽僻之所。」穿過竹林，來至牆根，仔細留神結搆鬥筍處，果然有些活動。伸手一摸，似乎活的。可巧手指一摸，只聽「咯噔」一聲，將消息兒滑開，卻是個轉身的門兒。蔣爺暗暗歡喜，挨身而入，早見三間正房，對面三間敞廳，兩旁有抄手遊廊，正房西間內燈光明亮，有人對談。澤長躡足潛蹤，悄立窗外，只聽有人道：「賢弟！你好想不開，一個尼姑，有什麼要緊。」這說話的，卻是吳道成。又聽花沖道：「大哥！你不曉得。自從我見他之後，神魂不定，廢寢忘餐，偏偏的那古怪性兒，決不肯依從。若是別人，我花沖也不知殺了多少，惟獨他竟會不忍。」蔣爺在外聽了，就要進去，心中一想，轉身來到門前，高聲呼道：「無量壽佛！」便抽身出來，往南趕行了幾步，藏在竹林隱密之處。此時屋內早已聽見。吳道成便立起身來，走到院中問道：「是那個？」並無人應。卻轉身見門已開，便知有人。連忙出了板牆，左右一看，何嘗有個人影？心中轉想道：「這是胡和醉了，不知來做什麼？看見此門已開，故此知會我們，也未可知。」心中如此想，腿下不由的往南去——這也是惡道惡貫滿盈——可巧走到蔣爺隱藏之處，撩開衣服，挺著大肚，在那裏小解。蔣爺在暗處看的真切，右手拿定鋼刺，復用左手按住手腕，說時遲，那時快，只聽「噗哧」一聲，在吳道成腹上搠了進去。將手腕一翻，鋼刺在肚子裏翻了一個身，吳道成那裏受得住，「噯呀」一聲，翻觔斗栽倒在地。蔣爺趁勢趕步，把鋼刺一陣亂攪，吳道成這纔成了道了。蔣爺抽出鋼刺，就在惡道身上擦抹血漬，仍奔院內。只聽花蝶問道：「大哥，是什麼人？」蔣爺一言不發，奔到了屋內。右手掀起軟簾，卻見花蝶立起身來，蔣爺就勢兒左手腕一翻，明晃晃的鋼刺，竟奔花蝶心後刺將過來。只聽「哧」的一聲響，把背後衣服劃開，腰間著了鋼刺。花蝶負痛跳至院內——也是這廝不該喪命，雖然刺著，卻不甚重，只僅劃開皮肉。蔣爺展步，跟將下來。花蝶已出板牆，蔣爺緊緊追趕。猛見花蝶跳出竹林，將手一揚，蔣四爺暗說：「不好！」把頭一扭，覺一物從耳邊過去，松牆上「拍」的一聲，蔣爺便不追趕。眼見花蝶過牆去了，蔣爺轉身來至中間塔前，見了龍濤，將方纔之事，說了一遍。龍濤不勝稱羨，蔣爺道：「咱們此時往何處去方好？」龍濤道：「我與馮七約定在桑花鎮相見。四爺何不一同前往呢？」蔣爺道：「也罷！且到前面取了東西，與你同去。」一同來至東廂房內，見胡和橫躺在床上。蔣爺穿上道袍，拿了魚鼓簡板，旁邊拿起算命招子，裝了鋼刺，一直竟奔桑花鎮而來。

及至到時，紅日已經東升。走到飯店門前，二人進去，揀了一個座頭，剛然坐下，只見堂官從水盆內提了一尾活跳跳的鮮魚來。蔣爺見了，連誇道：「好新鮮魚！堂官！你給我們一尾。」走堂的搖手道：「這魚不是賣的。」蔣爺道：「卻是為何？」堂官道：「這是一位軍官的。病在我們店裏，昨日交付小人銀兩，好容易尋了數尾，預備將養他病的；因此我不敢賣。」蔣爺聽了，心中輾轉道：「此事有些蹊蹺。鯉魚乃極發之物，如何反用他將養病呢？我二爺與老五最愛吃鯉魚，在陷空島時，往往心中不快，吃東西不香，就用鯉魚氽湯，拿他開胃。難道這軍官就是我二哥不成？」旁邊龍濤先要了點心，上來就是五六碟。少時，見堂官端著一盤熱騰騰的鯉魚，往後面去了。蔣爺悄悄跟在後面，去了多時，轉身回來，不由的笑容滿面。龍濤因問道：「四爺如何這等發笑？」蔣爺把那堂官喚進前來，問道：「這軍官來了幾日了?」堂官道:「前日出店賞月,於四鼓方纔回來,便得了病了。立刻叫我們三個夥計,到三處打藥,惟恐一個藥鋪趕辦不來。我們三下裏把藥抓了來了,小人要與軍官煎,他卻不用。小人見他把三包藥中,揀了幾味含在口內,說道:『你們去罷!有了藥,我就無妨礙了。』到了次日早起,小人過去一看,見那軍官爺病就好了,賞了小人二兩銀子買酒吃。外又交付小人一個錁子❶,叫小人務必要多找幾尾活鯉魚來,說我這病,非吃鯉魚不可。因此昨日出去了二十多里路,方纔找了幾尾魚來。不知軍官爺得的什麼病?」蔣爺聽了點了點頭,叫堂官且溫酒去。自己暗暗躊躇道:「據堂官說來,是在鐵嶺觀受了暗器了。只是叫人兩三處打藥,難道這暗器也是毒藥鏢麼?這明是秘不傳方之意。二哥吓!一個方兒什麼要緊。……」又一轉想,暗道:「不好!當初在文光樓上,我誆藥之時,原是兩丸,全被我盜去。如今二哥想起來,叫他這般費事,未嘗不恨我。……」想至此,只急得汗流滿面。龍濤在旁,見四爺先前歡喜,到後來沉吟納悶,此時竟手足失措。便問道:「四爺不吃不喝,到底為了何事?何不對我說說呢?」蔣爺嘆氣道:「不為別的,只為我二哥。」龍濤道:「二哥在那裏?」蔣四爺道:「便在這店後頭呢!」龍濤道:「四爺大喜!這一見了二爺,又完官差,又全朋友之義,還在這裏猶豫什麼呢?」說著,堂官又過來。蔣爺喚住道:「此時軍官的鯉魚,大約已吃完了。你作為收取傢伙去,我悄悄跟了你去。到了那裏,你合軍官說話兒,我作個不期而遇。倘若見了,你便溜去,我自有道理。」堂官不能不應。蔣爺跟著堂官,來至後院子內。

不知二人見了如何?且看下回分解。

❶ 錁子:金銀鑄成的小錠。

第六十四回　論前情感化徹地鼠　觀古蹟遊賞誅龍橋

且說蔣爺跟了堂官，來到後院之內。只見堂官說道：「大爺吃著這魚，可配口麼？」韓爺道：「很好！倏我好了，再謝你們。」剛說至此，只聽院內有人說道：「噯呀！二哥呀！你想死小弟了。」堂官聽了，往外就走。蔣四爺進了屋內，雙膝跪倒。韓爺一見，翻轉身面向裏而臥，理也不理。蔣爺哭道：「二哥！你惱小弟，小弟深知。只是小弟委曲，也要訴說明白，就死也甘心的。當初五弟所做之事，自己逞強逞能，不顧國家法紀，急的大哥無容身之地。若非小弟看破，大哥早已縊死在龐府牆外了。二哥你可知道麼？就是小弟離間二哥，也有一番苦心，二哥難道不知五弟做的事麼？若非遇見包恩相與諸相好，焉能保得住他毫無損傷？並且得官授職，又何嘗委曲他呢？你我弟兄五人，自陷空島結義以來，朝夕聚首，今日我四人俱受皇恩，難道就忘卻二哥麼？我弟兄在一處，已哭了好幾場。小弟此番前來，裝模作樣，扮成這番光景，遍找二哥，小弟原有一番存心，若是找著了二哥固好；若是尋不著二哥時，小弟也就出家，做個負屈含冤的老道罷了！」說至此，抽抽噎噎的哭起來了。他卻偷著眼看二爺，見著二爺用巾帕抹臉，知是動了心了。暗道：「有些活動了。」又說道：「天從人願，不想今日在此遇見，二哥反惱小弟，豈不把小弟一番心血倒埋沒了？小弟既見了二哥，把曲折衷腸訴明，小弟也不想活著了。找個無人之處，自己痛哭一場，尋個自盡罷了！」說至此，聲音咽啞，就要放聲。韓爺那裏受得？由不得轉過身來道：「你的心我都知道了。你誆我藥，為何將兩丸俱拿去？致令我昨日險些兒喪了性命，這不是做事太狠麼？」蔣爺聽了笑道：「二哥若為此事惱我，這可錯怪了小弟了。你老自想想：一個小荷包兒，有多大地方？當初若不將兩丸藥掏出，如何裝得下那封字柬呢？況小弟又不是未卜先知，能夠知道我二哥受藥鏢，必要用此解藥。若早知道，小弟偷時，也要留個後手兒，省的你惱恨我咧！」韓爺聽了，也笑起來了。伸手將蔣爺拉起來，問道：「大哥、三弟可好？」蔣爺道：「均好！」說畢，就在炕邊上坐了。韓爺便將與花蝶比較，「是我一時忽略，故此受了他的毒鏢，幸喜不重。趕回店來，急忙配藥，方能保得無事。」蔣爺聽了，也將鐵嶺觀遇見胡道洩機，「小弟只當是二哥被擒，誰知解救的是龍濤。」如何刺死吳道成，又如何反手刺傷了花蝶，他在鋼刺下逃脫的話，說了一遍。韓爺聽了，歡喜非常，道：「你這一刺，雖未傷他的性命，然而驚他一驚，多少受些傷，也是報了一鏢之仇。」二人正在談論，忽見外面進來一人，就給韓爺跪倒叩頭。蔣爺連忙扶起道：「二哥，此位便是捕快頭目龍二哥，他叫龍濤。」韓爺道：「久仰！久仰！恕我不能還禮。」龍濤道：「小人今日得見二員外，實小人之萬幸。務求你老人家早早養好了貴體，與小人報了殺兄之仇，這是天大之恩。」說罷，淚如雨下。蔣爺道：「龍二哥，你只管放心。俟我二哥身體強健，必拿花賊與令兄報仇。我也是要助拿此賊的。」龍濤感謝不已，從此蔣爺服侍韓爺，又有龍濤幫著，更覺周到。

不多幾日，韓爺傷痕已愈，精神復元。一日，三人正在吃飯之時，卻見夜星子馮七滿頭是汗，纔打二十里堡趕到此間，已然打聽明白：「姓花的因喫了大虧，又兼本縣出票，捕緝甚急，到處有線，難以居住，他已逃往信陽，投奔鄧家堡去了。」龍濤道：「既然如此，只好趕到信陽，再作道理。」便叫馮七參見了二位員外，也就打橫兒坐了，一同喫畢飯。韓爺問蔣四爺道：「此事如何區處？」蔣爺道：「花蝶這廝萬惡已極，斷難容留。莫若二哥與小弟同上信陽，將花蝶拿獲。一來除了惡患；二來與龍濤報了大仇；三來二哥到開封府，也覺有些光彩。不知意下如何？」韓爺點頭道：「你說的有理。」蔣澤長道：「二哥仍是軍官打扮，小弟照常道士形容。」龍濤道：「我與馮七做小生意，臨期看勢作事。還有一事，我與歐陽爺、丁大官人原有舊約。如今既上信陽，須叫馮七到茉花村送個信纔是。省得他們二位徒往灶君祠奔馳。」夜星子聽了，滿口應承，定準在誅龍橋西河神廟相見。龍濤又對韓、蔣二人道：「馮七這一去，尚有幾天工夫。明日我先趕赴信陽，請二員外多將養幾日，俱在河神廟會齊便了。」計議已定，夜星子便立刻起身，竟奔茉花村而去。

且言北俠與丁大官人來至茉花村，盤桓幾日，真是義氣相投，言語投機。一日提及花蝶，三人便要赴灶君祠之約，兆蘭、兆蕙進內稟明了老母。丁母關礙著北俠，不好推托，老太太便立了一個主意，連忙吩咐廚房，預備送行的酒席。北俠與丁氏弟兄歡天喜地，收拾行李。到了二鼓，剛然用完了飯，忽見丫鬟來報道：「老太太方纔說身體不爽，此時已經歇下了。」丁氏弟兄一聞此言，連忙跑到裏面看視。見老太太在帳子內，向裏和衣而臥，問之不應。半晌方說：「我這是無妨的，你們幹你們事去。」丁氏弟兄那裏敢挪寸步？伺候到四鼓之半，老太太方解衣安寢，二人纔暗暗出來，來至待客廳。誰知北俠聽說丁母欠安，也不敢就睡，獨自在那裏呆等。聽見丁氏弟兄出來，便問：「老伯母因何欠安？」丁大爺道：「家母有年歲之人，往往如此，反累吾兄掛心，不能安眠。」北俠道：「你我知己弟兄，這有什麼呢？愚兄方纔細想，此事也不甚要緊，二位賢弟，原可以不必上灶君祠去；何況老伯母今日身體不爽呢！」

說罷，各自安歇。

到了次日，大爺來至廳上，北俠先問：「老伯母後半夜可安眠否？」兆蘭道：「家母後半夜頗好。」正說話間，兆蕙亦到。忽見門上莊丁進來稟道：「外面有個姓馮的求見。」北俠道：「他來的很好，將他叫進來。」不多時，見一人跟莊丁進來，自說道：「小人夜星子馮七參見。」丁大爺問道：「你從何處而來？」馮七便將龍濤追下花蝶，觀中如何遇蔣爺搭救，刺死了吳道成，驚走了花蝶，又如何遇見韓爺，現今打聽明白，花冲走往信陽，大家俱定準在誅龍橋西河神廟相見的話，說了一遍。北俠道：「你幾時回去？」馮七道：「小人還要即刻趕到信陽，同龍二爺打聽花蝶的下落呢！」丁大爺道：「既如此，也不便留你。」回頭吩咐莊丁，取二兩銀子賞他。馮七叩謝了丁大爺。又對北俠道：「爺們去時，就在誅龍橋西河神廟相見。」北俠道：「我知道了。那廟裏方丈慧海，我是認得的，手談❶是極高明的。」馮七告別去了。北俠對丁氏弟兄道：「莫怪劣兄說，老人家既然欠安，二位賢弟斷斷不可遠離。我一人去到信陽，會同韓、蔣二人，再加上龍濤幫助，也可以敵得住姓花的了。二位賢弟以為何如？」兆蘭、兆蕙原因老母欠安，不敢擅離，今聽北俠如此說來，連忙答道：「多承仁兄指教，我二人惟命是從。」吩咐伴當，擦抹桌椅，調開座位，安放盃箸，擺上了豐盛酒席。酒飯已畢，北俠提了包裹，彼此珍重了一番，送出莊外，執手分別。

丁氏昆仲回莊不提。單說北俠出了茉花村，上了大路，竟奔信陽而來。一日來至信陽境界，猛然想起人人都說誅龍橋下有誅龍劍，今日何不順便看看？想罷，來到河邊僱船。船家迎將上來，道：「客官

---

❶ 手談：下棋。

要上誅龍橋看古跡的麼？待小人伺候爺上賞玩一番，何如？」北俠道：「很好。但不知要多少船價？」船家道：「有甚要緊。只要客官暢快喜歡了，多賞些就是了。請問爺上是獨遊還是要會客呢？可要火食不要呢？」北俠道：「也不會客，也不要火食，獨自一人要遊玩遊玩。把我渡過橋西，河神廟下船，便完事了。」船家聽了，沒有什麼想頭，登時怠兒慢兒的道：「如此說來，是要單座兒了。我們從早晨到此時，並沒開張。爺上一人，說不得走這一遭兒罷。多了也不敢說，破費爺上四兩銀子罷。」

不知北俠如何？且看下回分解。

第六十五回　北俠探奇毫無情趣　花蝶隱跡別有心機

且說北俠乃揮金似土之人，既要遣興賞奇，慢說是四兩，就是四十兩也是肯花的。北俠道：「四兩銀子有甚要緊？只要俺看了誅龍劍便照數賞你。」船家聽了，立刻精神百倍，道：「夥計，快搭跳板，攙爺上船。——到底靈便著些兒呀，喫飽了就發獃。」北俠道：「不用忙，也不用攙。俺自己會上船。」看跳板搭平穩了，略一墊步，輕輕來到船上。船家又囑咐道：「爺上坐穩了。小人就要開船了。」北俠道：「俺曉得。只是縴繩要拉的慢著些兒，俺還要沿路觀看江景呢。」船家道：「爺上放心。原為的是遊玩，忙什麼呢？」說罷，一篙撐開，順流而下，奔到北岸。縴夫套上縴板，慢慢牽曳。船家掌舵，北俠坐在舟中。清波蕩漾，蘆花飄颻，襯著遠山聳翠，古木撐青。一處處野店鄉村，炊煙直上；一行行白鷗秋雁，掠水頻翻。北俠對此三秋之景，雖則心曠神怡，難免幾番浩歎。想人生光陰迅速，幾輩英雄，而今何在？

正在觀覽歎惜之際，忽聽船家說道：「爺上請看，那邊影影綽綽便是河神廟的旗杆。此處離誅龍橋不遠了。」早見船家將篙一撐蕩開，悠悠揚揚，竟奔誅龍橋而來。到此水勢急溜，毫不費力，已從橋孔過去。北俠兩眼左顧右盼，竟不見寶劍懸於何處。剛然要問，只見船已攏住，便要拉縴上河神廟去。北俠道：「你等且慢。俺原為遊賞誅龍劍而來，如今並沒看見劍在那裏，如何就上河神廟呢？」船家道：

「爺上才從橋下過，寶劍就在橋的下面，如何不玩賞呢？」北俠道：「方才左瞧右瞧，兩旁並沒有懸掛寶劍，你叫我玩賞什麼呢？」船家聽了，不覺笑道：「原來客官不知古蹟所在之處。難道也沒聽見人說過麼？人人皆知：『誅龍橋、誅龍劍。若要看，須仰面。』爺上為何不往上看呢？」北俠猛省，也笑道：「俺倒忘了，竟沒仰面觀看。沒奈何，你等還將船撥轉。——俺既到此，再沒有不看看之理。」船家便有些作難道：「此處水急溜，而且回去是逆水。我二人又得出一身汗，豈不費工夫呢？」北俠心下明白，便道：「沒甚要緊。俺回來加倍賞你們就是了。」船家聽了，好生歡喜。便叫：「夥計，多費些氣力罷。爺上有加倍賞呢。」二人踴躍非常，用篙將船往回撐起。果然逆水難行，多大工夫，方到了橋下。北俠也不左右顧盼，惟有仰面細細觀瞧。不看則可，看了時未免大掃其興。你道什麼誅龍劍？原來就在橋下石頭上面刻的一把寶劍，上面有模模糊糊幾個蝌蚪篆字，真是耳聞不如眼見。及至身臨其境，只落得「原來如此」四個大字，毫無一點的情趣。

一直來到河神廟下船。北俠來到廟內，見有幾個人圍繞著一個大漢。這大漢地下放著一個筐籮，口中說道：「俺這煎餅，是真正黃米麵的，又有蔥，又有醬，咬一口噴鼻香。趕熱吓！趕熱。」滿嘴的趣話兒，旁邊也有買著吃的。再細看大漢時，卻是龍濤。北俠暗道：「他敢則早來了。」便上前故意的問道：「夥計！借光問一聲。」龍濤抬頭見是北俠，他卻笑嘻嘻的說道：「客官爺，問什麼？」北俠道：「這廟內可有單房？俺要等一個相知的朋友。」龍濤道：「巧呢，對勁兒！俺也是等鄉親的，就在這廟內落腳兒。俺是知道的，這廟內房間多著咧！好體面房子，雪洞兒似的，俺就是住不起。俺合廟內老道在廚房內打通腿兒。沒有什麼營生，就在柴鍋裏燀上了幾張煎餅，作個小買賣。你老趁熱，也鬧一張嚐嚐，包管噴鼻香。」北俠道：「不用，少時你在廟內，燂幾張新鮮的我吃。」龍濤道：「是咧！俺賣完了這個，再給你老燂幾張去。你老要找這廟內當家的，他叫慧海，是個一等一❶的人兒，好著咧！」北俠道：「承指教了。」轉身進廟，見了慧海，彼此敘了闊情。本來素識，就在東廂房住下。到了下晚，卻暗暗與龍濤相會，言花蝶並未見來。就是韓、蔣二位，也該來了，俟他們到來再做道理。

這日北俠與和尚在方丈裏下棋，忽見外面進來一位貴公子，衣服華美，品貌風流，手內提定馬鞭子，向和尚拱手。慧海連忙問訊❷，小和尚獻茶。說起話來，原是個武生，姓胡，特來暫租寓所，訪探相知的。北俠在旁細看，此人面上一副英氣，只是二目光芒，甚是不佳。暗道：「可惜這樣人物，被這一雙眼睛累壞了。而且印堂❸帶煞，必是不良之輩。」正在思索，忽聽外面嚷道：「王第二的，王第二的。」說著話，扒著門往裏瞧了瞧北俠，看了看公子。北俠早已看見是夜星子馮七。小和尚迎出來道：「你找誰？」馮七道：「俺姓張行三，找俺鄉親王第二的。」小和尚說：「你找賣煎餅的王二呀？他在後面廚房裏呢！你從東角門進去，就瞧見廚房了。」馮七道：「沒狗呀？」小和尚道：「有狗也不怕，鎖著呢！」馮七抽身往後去了。這裏貴公子已經說明，就在西廂房暫住，留下五兩定銀，回身走了，說遲會兒再來。慧海送了公子回來，仍與北俠終局。北俠因記念著馮七，要問他花蝶的下落，胡亂下完那盤棋，卻輸與慧海七子。站起身來，回到東廂房，卻見龍濤與馮七說著話出廟去了。北俠連忙做散步的形景，慢慢的

---

❶ 一等一：最高級，上上等。

❷ 問訊：出家人向人合掌行禮叫做「問訊」。

❸ 印堂：相家稱眉心中間為印堂。

來到廟外，見他二人在那裏大樹下說話。北俠一見，暗暗送目，便往東走，二人緊緊跟隨。到了無人之處，方問馮七道：「你為何此時纔來？」馮七道：「小人自離了茉花村，第三日就遇見花蝶。誰知這廝並不按站走路，二十里也是一天，三十里也是一天。他到處拉攏，所以遲至今日。他也上這廟裏來了。」北俠道：「難道方纔那公子，就是他麼？」馮七道：「正是。」北俠說：「怪不得我說那樣一個人，怎麼有那樣的眼光呢？原來就是他呀！怪不得說姓胡，其中暗指著蝴蝶呢！只是他也到此何事？」馮七道：「這卻不知。就是昨夜在店裏，他合店小二打聽小丹村來著，不知他是什麼意思。」北俠又問韓、蔣二哥。馮七道：「路上卻未遇見，想來諒也該到了。」龍濤道：「今日這廝既來至此，歐陽爺想著如何呢？」北俠道：「不知他是什麼意思，大家防備著就是了。」說罷三人分散，仍然歸到廟中。

到了晚間，北俠屋內卻不點燈，從暗中見西廂房內，燈光明亮。後來忽見燈光一晃，彷彿蝴蝶兒一般。又聽「噗」的一聲，把燈吹滅了。北俠暗道：「這廝又要鬧鬼了。倒要留神。」遲不多會，見槅扇忽起一縫，一條黑線相似出了門，背立片時，原來是帶門呢。見他腳尖滑地，好門道，好伶俐，「突突」往後面去了。北俠暗暗誇獎：「可惜這樣好本事，為何不學好？」連忙出了東廂房，由東角門輕輕來到後面。見花蝶已上牆頭，略一轉身，落下去了。北俠趕到，飛身上牆，往下一望，卻不見人。連忙縱下牆來，四下留神，毫無蹤跡。暗道：「這廝好快腿！果然本領不錯。」忽見那邊樹上，落下一人，奔向前來。北俠一看，卻是馮七，又見龍濤來道：「小子好快腿！」三人聚在一處，再也測度不出花蝶那裏去了。北俠道：「莫若你我仍然埋伏在此，等他回來。就怕他回來，不從此走。」馮七道：「此乃必由之地，白晝已瞧明白了。不然，我與龍二爺怎會專在此處等他呢？」北俠道：「既如此，你仍然上樹。

龍頭領！你就在牆根之下，我在牆內等他。裏外夾攻，再無不成功之理。」馮七聽了說：「很好，就是如此。我在樹上瞭高。如他來時，拋瓦為號。」三人計議已定，內外埋伏。

誰知等了一夜，卻不見花蝶回來。天已發曉，北俠來至前面，開了山門，見龍濤與馮七來了，彼此相見道：「這廝那裏去了？」於是同到西廂房，見槅扇虛掩。到了屋內一看，見北間床上，有個小小的包裹，打開看時，裏面有一件花氅、官靴、公子巾。北俠叫馮七拿著，奔方丈而來。早見慧海迎面出來問道：「你們三位，如何起得這般早？」北俠道：「你丟了人了，還不曉得嗎？」和尚笑道：「我出家人喫齋念佛，恪守清規，如何會丟人？別是你們三位有了什麼典故了罷？」龍濤道：「真是師傅丟了人咧！我三人代替師傅找了一夜。」慧海道：「王二！你的口音，如何會改了呢？」馮七道：「他也不姓王，我也不姓張。」和尚聽了好生詫異。北俠道：「師傅不用驚疑，且到方丈細談。」大家來至屋內，彼此就坐。北俠方將馮七、龍濤名姓說出；「昨日租西廂房那人，也不姓胡，他乃作孽的惡賊花冲，外號花蝴蝶。我們俱是為訪拿此人，到你這裏。」就將夜間如何埋伏，他自從二更去後，至今並未回來的話，說了一遍。慧海聞聽，吃了一驚。連忙接過包裹，打開一看，內有花氅一件、官靴、公子巾，別無他物。又到西廂房內一看，床邊有馬鞭子一把，心中驚異非常。道：「似此如之奈何？」

未知後文如何？且看下回分解。

第六十六回　盜珠燈花蝶遭擒獲　救惡賊張華竊負逃

且說紫髯伯聽和尚之言，答道：「這卻無妨。他決不肯回來了，只管收起來罷！我且問你，聞得此處有個小丹村，離此多遠？」慧海道：「不過三四里之遙。」北俠道：「那裏有鄉紳富戶以及菴觀娼妓無有呢？」和尚道：「有一菴觀，並無娼妓。那裏不過是個村莊，並非鎮店。若論鄉宦，卻有個勾鄉宦，因告老終養在家。極其孝母，家道殷實。因為老母吃齋念佛，他便蓋造了一座佛樓，畫棟雕梁，壯觀之甚。慢說別的，就只他那寶珠海燈，便是無價之寶。上面用珍珠攢❶成纓絡，排圍俱有寶石鑲嵌。」北俠聽了，便對龍濤道：「聽師傅之言，卻有可疑。莫若馮七你到小丹村暗暗探聽一番，看是如何？」馮七領命，飛也似的去了。龍濤便到廚房，收拾飯食。北俠與和尚閒談。忽見外面進來一人，軍官打扮，金黃面皮，細條身子，另有一番英雄氣概，別具一番豪傑精神。和尚連忙站起來相迎。那軍官一眼看見北俠道：「足下莫非歐陽兄麼？」北俠道：「小弟歐陽春。尊兄貴姓？」那軍官道：「小弟韓彰，久仰仁兄，恨不一見。今日幸會，仁兄幾時到此？」北俠道：「弟來三日了。」韓爺道：「如此說來，龍濤與馮七他二人也早已到此了。」北俠道：「龍濤來在小弟之先，馮七是昨日纔來。」韓爺道：「弟因來遲，多多有罪。」說著話，彼此就座。卻見龍濤從後面出來，便問：「四爺如何不來？」韓爺道：「隨

❶ 攢：積聚。

後也就到了。」正說之間，就見夜星子回來，見了韓彰道：「二員外來的正好！此事必須大家商議。」北俠問道：「你打聽得如何？」馮七道：「歐陽爺料事如見！這小子昨晚真個到小丹村去了。不知如何被人拿住，又不知因何連傷二命，他又逃脫走了。早間勾鄉宦業已報到官，還未出籤緝捕。」大家聽了，測摸不出，只得等蔣爺來，再作道理。

你道花蝶因何上小丹村？只因他要投奔神手大聖鄧車，猛然想起鄧車生辰已近，意欲盜了此燈，獻與鄧車。他那裏知道此燈有許多的蹊蹺。二更離了河神廟，一直奔到小丹村。到了佛樓之上，見寶燈高懸，明晃晃如白晝。卻有一根鎖鍊，這一頭兒，壓在鼎爐的下邊，須將香爐挪開，方能繫下寶燈。他便雙手攥住爐耳，運動氣力，往上一舉，只聽「吱」的一聲，這鼎爐竟跑進佛龕去了；爐下桌子上，卻露出一個窟窿。繫寶燈的鍊子，也跑上房柁去了。花蝶暗說：「奇怪！」正在發呆，窟窿之內，探出兩把撓鉤，將兩胯扣住。花蝶纔待掙扎，又聽下面連聲響亮，覺得撓鉤約有千斤沉重，往下一勒。花賊兩手一鬆，把兩胯扣了個結實。花蝶心中正在著急，只聽下面鈴鐺亂響，樓梯上來了五六個人，手提繩索，先把花蝶攏住，推擁下樓。主管吩咐道：「夜已深了，明早再回員外罷！你等拿賊有功，是誰的更班兒？」卻見二人說道：「是我們兩人。」主管一看是汪明、吳升，便道：「很好！就將此賊押在更樓上，你們好好看守。」原來勾鄉宦莊院極大，四角俱有更樓，每樓上更夫四名，輪流巡更，週而復始。如今汪明、吳升拿賊有功，免其坐更，叫他二人看賊。他二人喜歡無限，看著花蝶。忽聽下面叫道：「主管叫你們去一個人呢！」汪明道：「我去！你好生看著他。」回身便下樓去了。吳升在上面，忽見上來一人，凹面金腮，穿著一身皂衣，手持鋼刀。吳升要嚷，頭已落地。那人「噗」的跳上炕來道：「朋友，俺乃病太歲張華，奉了鄧大哥之命，原為珠燈而來。不想你已入圈套，待俺來救你。」說罷，挑開繩索，將花蝶背在身上，逃往鄧家堡去了。

及至走更人巡邏至此，見更樓下面，躺著一人，執燈一照，卻是汪明被人殺死。這一驚非小，連忙報與主管，前來看視。便問：「吳升呢？」大家說：「且上去瞧瞧。」見吳升身首異處，賊已不知去向。主管看了，連忙報與員外。員外聞聽，急起來看，問了一番，勾鄉宦無奈，只得據實稟報。如何拿獲鬢邊有蝴蝶的大盜，如何派人看守，如何更夫被殺，大盜逃脫的情節，一一寫明報到縣內。馮七把此事說明，大家聽了，說等四爺來時，再做道理。

晚間蔣爺趕到，大家彼此相見了，就把花蝶之事，述說一番。蔣澤長道：「水從源流，樹從根發。這廝既然有投鄧車之說，還須上鄧家堡去找尋，明日小弟就到鄧家堡探訪一番。如若掌燈時，小弟仍不回來，說不得眾位哥哥們辛苦辛苦，趕到鄧家堡方妥。」眾人俱各應允，飲酒敘話。眾人吃畢晚飯，各自安宿不提。到了次日，蔣平仍是道家打扮，竟奔鄧家堡而來。誰知此日正是鄧車生日。蔣爺來到門前，恰好鄧車送出一人來，卻是病太歲張華，因昨夜救了花蝶，聽花蝶說，近來霸王莊馬強與襄陽王交好，極其親密，意欲邀同鄧車前去。鄧車聽了，滿心歡喜，就教花沖寫了一封書信，特差張華前去投遞。不想花蝶也送出來，一眼瞧見蔣平，心內一動，便道：「鄧大哥，把那唱道情的叫進來。」那鄧車即吩咐家人，把那道者帶進來。蔣爺便跟著家丁進了門，見廳上鄧車、花蝶二人上座。蔣爺步上臺階，放下招子、漁鼓板兒，稽首道：「小道有禮了。不知施主喚進小道，有何吩咐？」花沖說：「我且問你，你姓什麼？」蔣平道：「小道姓張。」花沖說：「是你自小兒出家？還是半路兒呢？還是故意兒假扮出道家的樣子，要訪什麼事呢？你快快講來，要實實說。」鄧車道：「賢弟！你此問卻是為何？」花冲道：「大哥有所不知。只因小弟在鐵嶺觀被人暗算，險些兒喪了性命。在月光之下，雖然看不真切，見他身材瘦小腳步伶俐，與這道士頗相似。故此小弟倒要盤問盤問他。」蔣爺見花蝶說出真病，暗道：「小子真好眼力！果然不錯。倒要留神。」方說道：「小道原因家寒，毫無贍養，實是半路出家。仗著算命弄幾個錢喫飯。」花蝶提著一把枯籐鞭子來，湊至蔣平身邊道：「你敢不說實話麼？」蔣爺道：「實是半路出家的。施主何必追問呢？」花冲聽了，不由氣往上撞，將手一揚，就是幾下子。蔣四爺故意的「哎呀」道：「施主！這是為何？平空把小道叫進宅來，不分青紅皂白，就把小道亂打起來。我乃出家之人，這是什麼道理？」鄧車在旁看不過眼，向前攔住。……

不知鄧車說出什麼話來？且看下回分解。

第六十七回　紫髯伯庭前敵鄧車　蔣澤長橋下擒花蝶

且說鄧車攔住花沖道：「賢弟！不可。天下人面貌相同的極多，你知他就是刺你之人嗎？且看為兄分上。」花蝶氣沖沖的坐在那裏，鄧車便叫眾人帶道士出去。蔣平道：「無緣無故，將我抽打一頓，拿我東西硬留下不成。」家人道：「你有什麼東西？」蔣爺道：「我有鼓板、招子。」只聽花沖道：「不用給他，看他怎麼樣？」鄧車站起笑道：「賢弟何必留他東西？倒叫他出去說混話不好聽的。」一壁說，一壁將招子拿起。鄧車原想不到招子恁般沉重，又拿起仔細一看，就把鋼刺露出。鄧車看了，順手往外一抽，原來是一把極鋒芒的鋼刺。一聲：「噯呀！好惡道呀！快快與我綁了。」花沖早已看見鄧車手內，拿著鋼刺，連忙過來道：「大哥！我說如何？明明是刺我之人，大約就是這個傢伙。且慢慢拷打他，問他到底是誰？何人主使？為何與我等作對？」鄧車聽了，吩咐家人們：「拿皮鞭來。」蔣爺到此時，只得橫了心，預備捱打。先叫家人亂抽亂打了一頓。蔣爺渾身傷痕已經不少。花蝶問道：「你還不實說麼？」蔣爺道：「出家人並無菴觀寺院，隨方居住，難道就無個防身的傢伙麼？我這鋼刺，是防範歹人的，為何施主便遲疑了呢？」鄧車暗道：「是呀！自古呂祖尚有寶劍防身。他是個雲遊道人，毫無定止，難道就不准他帶個防身的傢伙麼？」花蝶道：「大哥請歇息去，待小弟慢慢的拷他。」回頭吩咐家人：「將他抬到前面空房內，高高吊起。」自己打了，又叫家人打。蔣爺先前還析辯，到後來索性不言語了。早有人悄悄告訴鄧車說：「那道士打的不言語了。」鄧車聽了，好生難安。想道：「花冲也太不留情了。這又不是他家，何苦把個道士活活的治死？難道我也不嫌個忌諱麼？」想罷，來到前面，只見花冲還在那裏打呢！再看那道士時，渾身衣服，抽的狼藉不堪，身無完膚。鄧車笑吟吟上前道：「賢弟，你該歇息歇息了。今日原是賤辰，難道為他耽誤了咱們的壽酒嗎？」一番話把個花冲提醒，忙放下皮鞭道：「皆因一時氣忿，就把大哥的千秋忘了。」轉身隨鄧車出來，吩咐家人好好看守，二人一同往後面去了。

這裏家人也有抱怨花蝶的：「給我們添差使，還要充二號主子！」又有可憐道士的：「自午間揉搓到這時，渾身打了個稀爛。」便有人上前問道士說道：「道爺，你喝點兒罷！」蔣爺哼了一聲，旁邊又有人道：「現放著酒，熱熱的，給他溫一碗，不比水強麼？」那個端了一碗熱騰騰的酒，二人把蔣爺放下了，一個在後面輕輕的扶起，一個在前面端著酒餵他。蔣爺一連呷了幾口，覺得心神已定，略喘息喘息，便把餘酒一氣飲乾。此時天已漸漸的黑下來了。忽聽家人說道：「二兄弟！我餓的受不得了。」那人答道：「大哥！我早就餓了。怎麼他們也不來替換？」蔣爺聽了，便插言道：「你們二位只管吃飯我四肢綑綁，又是一身傷痕，還跑得了麼？」兩個家人聽了道：「慢說你跑不了；你就是真跑了，這也不是我們正件差使，也不甚要緊。你且養養精神罷！」二人出了空房，將門倒扣，往後面去了。誰知歐陽春與韓彰在屋上瞭望，卻也找尋蔣平所在。找到前面空房之外，正聽見二人嚷餓，後來聽他二人往後面去了，北俠便進房內。蔣爺知道救兵到了。北俠將繩綁挑開，蔣爺悄悄道：「只是四肢綑的痲了，須把我夾著，安置個去處方好。」北俠道：「放心隨我來。」一伸臂膀，將四爺夾起，往東就走。過了夾道，出了角門，卻是花園。見那邊有一架葡萄架，北俠悄悄道：「四弟！在這架上罷！」將蔣爺雙手托起，輕輕放在架上，轉身從背後皮鞘內，將七寶刀抽出，竟奔前廳而來。

誰知看守蔣爺的二人，吃飯回來，見道士不見了，一時驚慌無措。忙跑到廳上報與花蝶、鄧車。他二人聽了，也無暇細問。花蝶提了利刀，鄧車摘下鐵彈弓，剛出廳房，早見北俠已到。鄧車扣上彈子，把手一揚，「颼」的就是一彈。北俠知他彈子有功夫，早已防備。見他把手一揚，卻把寶刀扁著一迎，只聽「噹」的一聲，彈子落地。鄧車見打不著來人，一連就是三彈，俱各打落在地。鄧車暗暗吃驚，在袋內掏出數枚，連珠出發，只聽「叮噹」猶如打鐵一般。旁邊花蝶看的明白，見對面這一人，並不介意，他卻腳下使勁一個健步，以為幫虎吃食，可以成功；不想忽覺腦後生風，覺著有人；一回頭，見是明晃晃的鋼刀，劈將下來。說聲：「不好。」將身一閃，翻手往上一迎，那裏知道韓爺勢猛力沉，他是翻腕迎的不得力。刀對刀，只聽「咯噹」一聲，他的刀早已飛起數步，落在塵埃。花蝶那裏還有魂咧！一伏身奔了角門，往後花園去了。慌不擇路，無處藏身，便到葡萄腳根下，將身一蹲。如何想得到架子上頭還有個人呢？蔣爺在架上，四肢剛然活動，猛聽腳步聲響，定睛細看，見一人奔到此處不動，隱隱頭上有黑影兒亂晃，正是花蝶。蔣爺手無寸鐵，暗道：「眼瞅見小子藏在此處，就罷了不成？我何不砸他一下子，也出出惡氣。」想罷，緊抱雙肩，往下一翻，正砸在花蝶身上。把花蝶砸得兩耳「嚶」的一聲，雙睛金星亂迸，說聲：「不好。」一挺身奔那邊牆根去了。此時韓彰趕到，蔣爺爬起身來道：「二哥！那廝往北跑了。」韓彰緊緊趕來，看看追上，花蝶將身一縱，上了牆頭。韓爺將刀一掤，花蝶業已躍下。忽見有人高嚷道：「龍濤在此。」「颼」的就是一刀。花蝶又轉身復往西跑，誰知早有韓爺攔住。花蝶只得奔板橋而來。剛到了橋的中間，卻被一人劈胸抱住道：「小子，你不洗澡麼？」二人便滾下橋去。花蝶不識水性，那裏還能掙扎？原來蔣平同韓彰躍出牆來，便在此橋埋伏。到了水中，他掐住花蝶的脖項，往水中連浸了幾口水，花蝶已經人事不知。此時韓爺與龍濤俱各趕上。蔣爺托起花蝶，龍濤提上木橋，與馮七將他綁好。蔣爺躥將上來道：「好冷！」韓爺道：「你等繞到前面，我接應歐陽兄去。」說罷，一躍身跳入牆內。

且說北俠刀磕鐵彈，鄧車心慌，已將三十二子打完，正在著急。韓爺趕到嚷道：「花蝶已然被擒，諒你有多大本領。俺來也！」鄧車聞聽，不敢抵敵，將身一縱，從房上逃走去了。北俠也不追趕，見了韓彰，言花蝶已擒，現在莊外。說話間，龍濤背著花蝶，蔣爺與馮七在後，來至廳前，放下花蝶。蔣爺道：「好冷！好冷！」韓爺道：「我有道理。」持著刀往後面去了。不多時，提了一包衣服來道：「原來姓鄧的並無家小，家人們也藏躲了，四弟來換衣服。」蔣平更換衣服之時，誰知馮七聽韓爺說後面無人，便去到廚房將柴炭抱了許多，登時點著烘起來。蔣平換了衣服出來道：「趁著他昏迷之際，且鬆了綁。那裏還有衣服，也與他換了。天氣寒冷，若把他凍死了，反為不美。」龍濤、馮七聽說有理，急忙與花蝶換妥仍綑綁，一壁控他的水，一壁向著火。小子鬧了個「水火既濟」。韓爺又見廳上擺著盛席，大家也都餓了，彼此就座，快吃痛飲。蔣爺一眼瞧見鋼刺，急忙佩在身旁，只聽花沖呻吟道：「淹死我也！」馮七出來，將他攙進屋內，蔣爺斟了一杯熱酒，來到花蝶面前道：「姓花的，你且喝一杯熱酒暖暖寒。明人不做暗事，叫你死而無怨。你做的事，玷污婦女名節，造孽多端，人人切齒，個個含冤。因此我等抱不平之氣，纔特前來要拿你。我便是陷空島四鼠蔣平，那是北俠歐陽春，那邊是我二哥韓彰，這邊是捕快頭目龍濤。大丈夫敢做敢當，方是男子。明晨將你解到縣內，完結了勾鄉宦家殺死更夫一案，將你解赴東京，任憑開封府發落。」花冲聽了，低頭不語。此時天已微明，便先叫馮七到縣內呈報去了。北俠道：「如今此事完結，我還要回茉花村去。因雙俠的令妹，於冬底還要與展南俠畢姻，面懇至再，是以我必須回去。」韓、蔣二人難以強留，只得應允。不多時縣內派了差役，跟隨馮七前來起解花蝶到縣，北俠與韓、蔣二人，同出了鄧家堡，彼此執手分別。北俠仍回茉花村，韓、蔣二人同到縣衙，惟有鄧車悄悄回家。聽說花冲被擒，他恐官司連累，忙忙收拾，竟奔霸王莊去了，後文再表。

不知花冲到縣如何？且看下回分解。

第六十八回　花蝶正法展昭完姻　雙俠餞行靜修測字

且說蔣、韓二位來到縣前，蔣爺先將開封府的印票拿出，投遞進去。縣官看了，連忙請至書房款待，問明底細，立刻升堂。花沖並無推諉，甘心承認。縣官急忙辦了詳文，派差跟隨韓、蔣、龍濤等，押解花沖起身。逢州過縣，皆是添役護送。一日來至東京，蔣爺先至公廳，見了眾位英雄，彼此問了寒暄。蔣平便將始末述了一遍，並說：「二哥押解著花沖，隨後就到。」大家歡喜無限。盧方、徐慶、白玉堂、展昭，相偕迎接韓彰。蔣爺連忙換了服色，來至書房，回稟包公。包公甚喜，即命包興傳出話來，如若韓義士到來，請到書房相見。此時盧方等已迎著韓彰，結義弟兄，彼此相見了，自是悲喜交集。南俠見了韓爺更覺親熱。暫將花沖押在班房，大家同定韓爺，來至公所，各通姓名相見。獨到了馬漢，徐慶道：「二哥！你拿箭誤傷的就是此人。」韓爺聽了，連連謝罪。馬漢道：「三弟！如今俱是一家了，你何必又提此事？」公孫先生道：「方纔相爺傳出話來，如若韓兄到來，即請書房相見。韓兄就同小弟先到書房要緊。」韓彰便隨公孫先生去了。這裏南俠吩咐備辦酒席，與韓、蔣二位接風。

不多時，公孫策等出來，剛至茶房門首，見張老帶著鄧九如，在那裏恭候。九如見了韓爺，忙向前深深一揖，口稱：「韓伯伯在上，小姪有禮。」韓爺見是個宦家公子，連忙還禮，一時忘懷，再也想不起是誰來。及見了張老，猛然想起道：「你二人為何在此？」包興便將在酒樓相遇，帶至開封，他家三公子奉相諭，將公子認為義子的話，說了一遍。韓爺聽了歡喜。大家笑著來至公所之內，見酒筵業已齊備，大家謙遜，彼此就座。公孫策道：「相爺見了韓兄，甚是歡喜。吩咐小弟速備摺子，就以拿獲花沖，韓兄押解到京為題，明早啟奏。大約此摺一上，韓兄必有好處。」盧方道：「全仗賢弟扶持。」韓爺又叫伴當將龍濤請進來，大家見了。韓爺道：「多承龍濤一路勤勞，方纔已回稟相爺，俟事畢之後，回去不遲。所有護送差役，俱各有賞。」龍濤道：「小弟仰賴二爺、四爺拿住花沖，只要報仇雪恨，龍濤生平之願足矣！」話剛至此，只見包興傳出話來道：「相爺吩咐，立刻帶花沖，二堂聽審。」公孫先生、王、馬、張、趙等聽了，連忙到二堂伺候去了。這裏飲酒敘說，南俠便問花沖事體，韓爺便訴說一番。正說之間，王、馬、張、趙等俱各出來，趙虎連聲誇道：「好人物！好膽量！就是他作事不端，可惜了。」眾人便問：「相爺審的如何？」王朝、馬漢道：「何用審問？他自己俱各說了。」不多時，公孫策出來道：「若論他殺害人命，玷污婦女，理應凌遲處死。相爺從輕，改了個斬立決。」龍濤聽了，心內暢快。到了次日，包公上朝遞摺，聖心大悅，立刻召見韓彰，也封了校尉之職。花沖罪名依議。包公就派祥符縣監斬。龍濤謝了韓、蔣二人，他要回去，韓爺、蔣爺二位贈了龍濤百金。所有差役，俱各賞賜，各回本縣。龍濤從此也不在縣內當差了。

這裏眾英雄聚在一處，快樂非常。盧方等又在衙門就近處，置了寓所，仍是五人同居。自鬧東京弟兄分手，至此方能團聚。不多幾日，丁大爺同老母、妹子來京，南俠早已預備了下處，眾朋友俱各前來看望，都要會會北俠。誰知歐陽春再也不肯上東京，同丁二爺在家看家，眾人也只得罷了。到了臨期，所有迎妝嫁娶之事，也不必細說。展南俠畢姻之後，就將丁母請來同居，每日與丁大爺、眾朋友，會同一處作樂。剛然過了新年，丁母便要回去，眾英雄與丁大爺義氣相投，戀戀難捨。這個送行，那個餞別，聚了多少日期，方纔起身。兆蘭隨著丁母同到家中，見了北俠，說起：「開封府的朋友，人人羨慕大哥，恨不得見面，抱怨小弟不了。」北俠道：「多承眾位朋友的愛惜，實在劣兄不慣應酬。如今賢弟回家，劣兄也要告辭了。」丁大爺道：「仁兄卻是為何？」北俠笑道：「劣兄有個賤恙，若要鬧的日子多了，便要生病，所謂勞人不可多逸。這些日子，已覺得心焦煩躁，如今須放我前去，庶免災纏病繞。」兆蘭道：「既如此，再屈留仁兄兩日。俟後日起身如何？」北俠只得應允。這兩日的歡聚，自不必說。到了這日，兆蘭、兆蕙備了酒席，與北俠餞行，並問現欲何往？北俠道：「還是上杭州一遊。」飲酒後，提了包裹，雙俠送至郊外，各道珍重，彼此分手。

北俠上了大路，散步逍遙，逢山玩山，逢水賞水。一日來至仁和縣境內，見一帶松樹稠密，遠遠見旗桿高出青霄。北俠想道：「這必是個大寺院，何不瞻仰？」來到廟前一看，見匾額上鐫著「盤古寺」三字，殿宇牆垣，極其齊整。北俠攏了包裹，步入廟中。上了大殿，瞻仰聖像，卻是三皇。纔禮拜畢，只見出來一個和尚，年紀不足三旬，見了北俠問訊，北俠連忙還禮。問道：「令師可在廟中麼？」和尚道：「在後面，施主敢是找師父麼？」北俠道：「我因路過寶剎，一來拜訪令師，二來討杯茶吃。」和尚道：「請到客堂待茶。」說罷，在前引路，來到客堂。和尚進內烹茶，不多一會，茶已烹到。早見出來個老和尚，年紀約有七旬，面如童顏，精神百倍。見了北俠，問了姓名。北俠一一對答，又問：「吾師上下？」和尚答道：「上靜下修。」二人一問一答，談了多時，彼此敬愛。看看天已晚了，和尚獻齋，北俠也不推辭。和尚更覺歡喜，便留北俠多盤桓幾日，北俠甚合心意，便住了。晚間無事，因提起手談，誰知靜修更是酷好，二人就在燈下下了一局，不相上下。萍水相逢，遂成莫逆。北俠一連住了幾天，這日早晨，忽見外面來了一個儒生，衣衫襤褸，形容枯瘦，手內持著幾幅對聯，望著二人一揖，北俠連忙還禮道：「有何見教？」儒者道：「學生貧困無資，寫得幾幅對聯，望祈居士資助一二。」和尚聽了，便立起身來，接過對聯，打開一看，不由的失聲叫好。

未知靜修說出什麼話來？且看下回分解。

第六十九回　杜雍課讀侍妾調姦　秦昌陪罪丫鬟喪命

且說靜修和尚打開對聯一看，見寫的筆法雄健，不由的連聲讚道：「好書法。」又往儒者臉上一望，見他雖然窮苦，卻是氣度不凡，不由的慈悲心一動。便叫儒者將字放下，吩咐小和尚帶到後面款待齋飯。儒者聽了，深深一揖，隨著和尚後面去了。北俠道：「我見此人頗有些正氣。」靜修道：「正是。老僧方纔看他骨格清奇，更非久居人下之客。」不多時只見進來一人，年紀四旬以外，和尚卻認得是秦家莊員外秦昌，連忙讓坐道：「施主何來？這等高興。」秦員外道：「無事不敢擅造寶剎。只因我這幾日，心神有些不安，特來懇求吾師一卜。」和尚笑道：「老僧是不會占卜的。員外說一個字來，我與你測一測。」秦昌道：「就是個『容』字罷。」靜修寫出來，端詳了多時道：「此字按意思說來，『有容德乃大』，『無欺心自安』。員外！此字拆開看，是個穴下有人口，若要不涵容，惟恐人口不利。這也是老僧妄說，員外休要見怪！」員外道：「多承吾師指教，焉有見怪之理？」說話間，秦昌將桌上的對聯，拉開一看，連聲誇贊：「好字！好字！這是吾師大筆麼？」靜修道：「老僧如何寫的來？這是方纔一儒者賣的。」秦昌道：「此人姓甚名誰？現在何處？」靜修道：「現在後面。他原是求資助的，並未問姓名。」秦昌道：「如此說來，是個寒儒了。我為小兒屢欲延師訓誨，未得其人。如今吾師何不代為聘請，豈不兩便麼？」靜修欣然應允。秦昌立起身來，忙將外面家僮喊進來，吩咐速到家將衣帽靴衫取來，並將馬快快備兩匹來。靜修將儒者請來。誰知儒者到了後面，用熱水洗去塵垢，更覺滿面光華。秦昌一見，歡喜非常，連忙延至上座，自己在下面相陪。原來此人姓杜名雍，是個飽學儒流，一生性氣剛直，又是個落落寡合之人。靜修便將秦昌延請之意說了，杜雍卻甚願意，秦昌樂不可言。少時，家僮將衣衫靴帽取來，秦昌恭恭敬敬，奉與杜雍。杜雍卻不推辭，將身上換了。

秦昌別了靜修、北俠，便與杜雍同行，來至莊前下馬。家僮引路，來到書房。獻茶已畢，即叫家人將學生喚出。原來秦昌之子，名叫國璧，年方十一歲。安人鄭氏，三旬以外年紀。有一妾，名叫碧蟾。丫鬟僕婦不少，其中有個大丫鬟，名叫彩鳳，服侍鄭氏的；小丫鬟名叫彩霞，服侍碧蟾的。外面有執事四人，進寶、進財、進祿、進喜。秦昌雖然四旬年紀，還有自小兒的乳母白氏，年已七旬將近。人丁算來，也有三四十口，家道饒餘。員外因一生未能讀書，深以為憾，故此為國璧諄諄延師，也為改換門庭之意。自拜了先生之後，一切餚饌，甚是精美，這秦員外每逢自己討取帳目之時，便囑咐鄭氏安人：「先生飯食要緊，不可草率。」或即安人不得暇，就叫彩鳳照料，習以為常。誰知早已惹起侍妾的疑忌來了。一日員外又去討帳，臨行囑咐安人與大丫頭：「先生處務要留神，好好款待。」員外去後，彩鳳照料飯食，叫人送至書房。碧蟾也便悄悄隨至書房，在窗外偷看。見先生眉清目秀，三旬年紀，儒雅之甚，不覺邪心頓起。也是應該有事，這日偏偏員外與國璧告了半天假，帶他去探親。碧蟾聽了此信，便親手做了幾樣菜，用個小盒盛了，叫小丫頭彩霞送至書房。不多時回來了，他便問：「先生做什麼呢？」彩霞道：「在那裏看書呢！」碧蟾道：「說什麼沒有？」丫鬟道：「他說：『往日俱是家僮送飯，今日為何你來？快去罷！』將盒放在那裏，我就來了。」碧蟾暗道：「奇怪，為何不吃呢？」他就三腳兩步來到書房，撕破窗紙，往裏一瞧，看見盒子依然未動，他便輕輕咳嗽。杜先生聽了，抬頭看時，見窗上撕了個窟窿，有人往裏偷看，卻是年輕婦人。連忙問道：「什麼人？」窗外答道：「你猜是誰？」杜先生聽這聲音，有些不雅。忙說道：「這是書房，還不退了。」窗外答道：「諒你也猜不著。我告訴你，我比安人小，比丫鬟大。今日因員外出門，家下無人，特來相會。」先生聽了發話道：「不要嘮叨，快迴避了。」外面說道：「你為何如此不知趣？莫要辜負我一片好心！這裏有表記❶送你。」杜雍聽了，登時紫漲了臉皮，氣往上撞，嚷道：「滿口胡說！再不退，我就要喊叫起來。」正在憤怒，忽見窗外影不見了，先生仍氣忿忿的，坐在椅子上。暗暗想道：「這是何說！可惜秦公待我這番光景，被這賤人帶累壞了。」你道碧蟾為何退了？原來他聽見員外已回來，故此急忙退去。

且言秦昌進內，更換衣服，便來到書房。見先生氣忿忿坐在那裏，看見那邊放著一個小小圓盒。剛要坐下，見地下黃澄澄的一物，連忙檢起，卻是婦女帶的戒指。一聲兒沒言語，轉身出了書房。仔細一看，卻是安人之物，不由的氣沖霄漢，直奔臥室去了。你道這戒指從何而來？正是碧蟾隔窗抛入的表記。杜雍正在氣忿之時，不但沒看見，連聽也沒聽見。秦昌來到臥室之內，不容分說，開口大罵：「你這賤人幹的好事！我叫你款待先生，不過是飲饌精心。誰叫你跑到書房？這還有個閨範麼？」安人說：「那個上書房去？是誰說的？」秦昌說：「現有對證。」便把戒指一扔。鄭氏看時，果是自己之物，連忙說道：「此物雖是我的，卻是兩個。一個留著自帶，一個已賞了碧蟾了。」秦昌聽畢，立刻叫彩鳳去喚碧蟾，不多時，只見碧蟾披頭散髮，彩鳳哭哭啼啼，一同來見員外。一見說：「彩鳳偷了我的戒指，去到

❶ 表記：留作紀念的東西。

書房陷害於我。」一個說：「我何嘗到姨娘屋內？這明是姨娘去到書房，如今反來訛我。」兩個你言我語，分爭不休，秦昌反倒不得主意，竟自分解不清。

安人與乳母悄悄商議此事，須如此如此，方能明白。乳母道：「此計甚妙。」便一一告訴秦昌，秦昌深以為是。到了晚間，天到二鼓之後，秦昌同了乳母來到書房，只見裏面尚有燈光，杜雍業已安歇。乳母叩門道：「先生睡了麼？」杜雍答道：「這是什麼道理？」乳母道：「我是姨娘房裏的婆子。因員外已在上房安歇了，姨娘派我前來，請先生到裏面有話說。」杜雍道：「這是什麼道理？白日在窗外聒絮了多時，怪道說『比安人小，比丫鬟大』，原來是個姨娘！你回去告訴他，若要如此鬧法，我是要辭館的了。豈有此理？」外面秦昌聽了，心下明白，便把白氏一拉，他二人抽身回到臥室。秦昌道：「再也不消說了，也不用往下問了。這『比安人小，比丫鬟大』一語，卻是碧蟾賤人無疑了。我還留他何用？若不急早殺卻他，難去心頭之火。」乳母道：「將他殺死，一來人命關天，二來醜聲傳揚，反為不美。」員外道：「似此如之奈何呢？」乳母道：「莫若將他鎖禁在花園空屋之內，或將他餓死，就完了事了。」秦昌深以為是。次日黎明，便吩咐進寶將後花園收拾了三間空房，就把碧蟾鎖禁。吩咐不准給他飯食，要將他活活餓死。

不知碧蟾生死如何？且看下回分解。

第七十回　秦員外無辭甘認罪　金琴堂有計立明冤

且說碧蟾素日原與家人進寶有染，今將他鎖禁在後花園空房，反倒遂了二人私欲。他二人卻暗暗商量計策說：「員外與安人雖則居在上房，卻是分寢。員外在東間，安人在西間。莫若你黿夜持刀，將員外殺死，就說安人懷恨，將員外謀害。告到當官，那時安人與員外抵了命。我掌了家園，咱們二人一生快樂不盡。強如你為奴，我是妾呢？」說的進寶心活，也不管天理昭彰，半夜裏持刀來殺秦昌。且說員外那日錯罵了安人，至今心中一想，原是自己莽撞。到了夜靜更深，來至西間，剛然坐下；彩鳳見員外來了，不便在跟前，只得溜出來。進了東間，摸了臥具，鋪設停當，一歪身躺在員外床上，竟自睡去。那裏知道進寶持刀前來，輕輕的撬門而入，黑暗之中，摸著脖項，狠命一刀。可憐彩鳳，竟被惡奴殺死。進寶以為得意，回到本屋之中，見一身的血跡，剛然脫下要換，只聽員外那裏連聲叫進寶。進寶聽了，吃驚不小，方知員外未曾殺死。一邊答應，一邊穿衣，來到上房。只因員外由西間陪罪回來，見彩鳳已被殺死在臥具之上，故此連連呼喚。見了進寶，便告訴他彩鳳被人殺死，進寶方知把彩鳳誤殺了。此時安人已知，連忙起來，大家商議。鄭氏道：「事已如此，莫若將彩鳳之母馬氏喚來，告訴他，多多給他銀兩，將他女兒好好殯殮是了。」秦昌立刻叫進寶告訴馬氏去。誰知進寶見了馬氏，挑唆女兒是秦昌因姦不遂，憤怒殺死，叫馬氏連夜到仁和縣報官。金必正大老爺因是人命重案，立刻前來相驗，果係刀傷。

金令吩咐將秦昌帶到衙中聽審，暫將彩鳳殯殮。回到衙中，先將馬氏細問了一番，馬氏也供出秦昌與鄭氏久已分寢，東西居住。他女兒原是服侍鄭氏的。金令問明，纔帶上秦昌來，問他為何將彩鳳殺死？秦昌當即回道：「小民將彩鳳誘至屋內，因姦不遂，一時忿恨，將他殺死。」你道他如何這般承認？他因一來說不出與妻子陪罪；二來惟恐官府追問因何陪罪，又叨頓出碧蟾之事。那時鬧得妻妾當堂出醜，其中再連累上一個先生，這個聲名傳揚出去，我還有得活頭麼？莫若我先把此事隱起，大約為買的丫頭因姦致死，也不至抵償的。金令見他滿口應承，反倒疑心。便問他：「凶器藏在何處？」答：「一時忙亂，忘卻擲於何處。」其詞更覺含渾。金令暗道：「看他這光景，又無凶器，其中必有緣故。須要慢慢訪查，暫且懸案寄監。」此時鄭氏已派進喜暗裏安置，秦昌在監，不至受苦。因他家下無人，僕從難以托靠，仔細想來，惟有杜先生為人正直剛強，便暗暗寫信，托付杜雍照管外邊一切事體，內務全是鄭氏料理。監中叫進寶四人，輪流值宿服侍。

一日靜修和尚到秦員外家取香火銀兩，順便探訪杜雍。剛然來到秦家莊，迎頭遇見進寶，和尚見了問道：「員外在家麼？杜先生可好？」進寶道：「師傅還提杜先生呢！原來他不是好人。因與主母調姦，秦員外知覺，大鬧了一場，杜先生懷恨在心，不知何時，卻暗暗與主母設計，將丫頭彩鳳殺死，反告了員外因姦致命，將員外陷在監牢。我此時便上縣內瞧我們員外去。」說罷，揚長去了。和尚聽了，不勝驚駭詫異，大罵杜雍不止。回轉寺中，見了北俠道：「世間竟有人面獸心之人，實在可惡！」北俠道：「吾師為何生嗔？」靜修和尚便將進寶之言，告知北俠。北俠道：「我看杜雍決不是這樣人。惟恐秦員外別有隱情。」靜修聽了，好生不樂，道：「秦員外為人，老僧素日所知，一生原無大過，何得遭此報應？可恨這姓杜的竟如此可惡！」氣憤憤的向後面去了。北俠暗暗想道：「此事有些荒唐。今晚倒要去探聽探聽。」想罷，暗暗裝束，將燈吹滅，虛掩門戶，彷彿是早已安眠，再也想不到他往秦家莊來。到了門前，天已初鼓，先往書房探訪，見有兩個更夫要蠟燭。書僮道：「先生上後邊去了。」北俠聽了，又暗暗來到正室房上，忽聽乳母白氏說道：「你等莫躲懶，好好烹下茶，少時奶奶回來，還要喝呢！」北俠聽了，暗想事有可疑，為何兩人俱不在屋內？且到後面看看，再作道理。剛然來到後面，見有三間花廳，槅扇虛掩，忽聽裏面說道：「我好容易得此機會，千萬莫誤良宵。我這裏跪下了。」又聽婦人道：「真正便宜了你，你可莫要忘了我的好處吓！」北俠聽至此，殺人心陡起。暗道：「果有此事！且自打發他二人上路。」背後抽出七寶刀，說時遲，那時快，推開槅扇，手起刀落。可憐男女二人，剛得片時歡娛，雙魂已歸地府。北俠將二人之頭，挽在一處，掛在槅扇屈戍之上。滿腔惡氣全消，仍回盤古寺。他道是杜雍與鄭氏無疑，那裏知道，他也是誤殺了呢？你道方纔書僮答應更夫說先生後邊去了，是那個後邊？原來杜先生出恭❶呢！

杜雍出恭回來，只見更夫跑來說道：「師老爺不好了！方纔我們上後院巡更，見花廳上有兩人，扒著槅扇往內瞧。我們怕是歹人，拿燈籠一照，誰知是兩個人頭！」杜先生道：「是男的？是女的？」更夫道：「我們沒有細瞧。」杜先生道：「既如此，你們打著燈籠，在前引路，待我看去。」到了花廳，更夫將燈籠高高舉起，杜先生戰戰哆嗦，看時，一個耳上有環，道：「噯呀！是個婦人。你們細看是誰？」

❶ 出恭：大便。明朝考場中有「出恭」「入敬」牌，應考的士子要外出大便，須領「出恭」牌。所以後來稱大便為「出恭」。

更夫看了半晌，道：「好像姨奶奶。」杜雍便叫更夫：「你們把那個頭往外轉，細看是誰？」更夫大著膽子，將頭扭一扭，一看，這個說：「這不是進祿兒嗎？」杜先生道：「你們要認明白了。」更夫道：「我認的不差。」杜先生道：「且不要動，這是要報官的。你們去找找四個管家，今日是誰在家？」更夫道：「昨日是進寶在監該班，今日應當是進財該班。因進財有事去了，纔給進寶送信去，叫他連一班。不知進祿如何被人殺了？此時就剩進喜在家。」杜先生道：「你們把他叫來。我在書房等他。」更夫答應，一個去叫進喜，一個引著先生來到書房。不多時，進喜到來，杜先生將此事告訴明白，叫他進內啟知主母。進喜急忙進去，稟明鄭氏。鄭氏正從各處檢點回來，聽了嚇的沒有了主意，叫問先生，此事如何辦理。杜先生道：「此事隱瞞不得，須得報官。你們就找地方去。」進喜立刻派人找了地方，來到後花園花廳看了，身不動道：「只好管家你隨我同去。」進喜嚇的半晌無言。杜先生知是地方勒索，只得叫進喜從內要出二兩銀子來給了地方，他纔一人去了。至次日金令來到，進喜同至後園。金令先問了大概情形，然後相驗，記了名姓，叫人將頭摘下。又進屋內去看，見男女二屍，下體赤露。知是私情。又見床榻上有一字柬，金令拿起細看，攏在袖中。又在床下搜出血衣一件，裹著鞋襪。問進喜道：「你可認得此衣與鞋襪是誰的？」進喜瞧了瞧，回道：「這是進寶的。」金令暗道：「如此看來，此案全在進寶身上。我須如此如此，方能了結此事。」吩咐暫將男女盛殮。即將進喜帶入衙中，立刻升堂，且不問進喜，也不問秦昌，吩咐帶進寶。兩旁衙役答應一聲，去提進寶。

進寶正在監中服侍員外，忽然聽見衙役來說：「太爺現在堂上呼喚。」進寶連忙同隨衙役，上了大堂。只見金令坐在上面，和顏悅色問道：「進寶！你家員外之事，本縣現在業已訪查明白。你既是他家的主管，你須要親筆寫上一張訴呈來，本縣看了，方好出脫你家員外罪名。」進寶原打算將員外謀死，如今聽縣官如此說，想是受了賄賂。無奈何說道：「既蒙大爺恩典，小人下去寫訴呈就是了。」金令吩咐書吏：「你同他去，給他立個稿兒，叫他親筆謄寫。速速寫來。」書吏領命下堂，不多時，進寶拿了訴呈，當堂呈遞。金令問道：「可是你自己寫的？」進寶道：「是求先生打的底兒，小人謄寫的。」金令接來細細一看，果與那字柬筆跡相同。將驚堂一拍，道：「好奴才！你與碧蟾通姦，設計將彩鳳殺死，如何陷害你家員外。還不從實招上來！」進寶一聞此言，驚慌失色道：「此……此……此事……小……小……小人不知。」金令吩咐掌嘴，剛然一邊打了十個，進寶便嚷道：「我說呀！我說！」兩邊衙役道：「快招！快招！」進寶便將碧蟾如何留表記，被員外檢著，錯疑在安人身上。又如何試探先生，方知是碧蟾，便將他鎖禁花園。「原是小人素與姨娘有染，因此暗暗定計要殺員外。不想秦昌那日偏偏上了西間去了，這纔誤殺了彩鳳。」一五一十，述了一遍。金令道：「如此說來，碧蟾與進祿昨夜被人殺死，想是你憤姦不平，將他二人殺了。」進寶磕頭道：「此事小人實實不知。昨夜小人在監內服侍員外，並未回家，如何會殺人呢？老爺詳察。」金令暗暗點頭道：「他這話是與字柬相符。只是碧蟾、進祿，卻被何人所殺呢？」你道是何字柬？原來進祿與進寶送信，叫他多連一夜。進寶恐其負了碧蟾之約，因此悄悄寫了一柬，托進祿暗暗送與碧蟾。誰知進祿久有垂涎之意，不能得手。趁此機會，方纔入港❷，恰被北俠聽見，錯疑在杜雍、鄭氏身上，故此將二人殺死。

不知金令如何定罪？且看下回分解。

---

❷ 入港：勾搭上手。

第七十一回 楊芳懷忠彼此見禮 繼祖盡孝母子相逢

且說金令審明進寶，將他立時收監，與彩鳳抵命，把秦昌當堂釋放。惟有殺姦之人，再行訪查，緝獲另結，暫且懸案。碧蟾、進祿，已死勿論。且說秦昌回家，感謝杜雍不盡，二人遂成莫逆。又想起靜修之言，杜雍也要探望，因此二人同來至盤古寺。靜修與北俠見了，彼此驚駭。還是秦昌直爽，毫無隱諱，將此事敘明。靜修、北俠方纔釋疑，始悟進寶之言，盡是虛假。四人這一番親愛快樂，自不必言。盤桓了幾日，秦昌與杜雍仍然回莊，北俠也就別了靜修，上杭州去了。沿路上聞人傳說道：「好了！杭州太守可換了，我們的冤枉可該伸了。」你道此人是誰？只因春闈考試，欽命包大人主考，到了三場已畢，見卷中並無包公姪兒。天子便問：「包卿，世榮為何不中？」包公奏道：「臣因欽命點為主考，臣姪理應迴避，因此並未入場。」天子道：「朕原為揀選人材，明經取士，為國求賢。若要如此，豈不叫包世榮抱屈麼？」即行傳旨，著世榮一體殿試。此旨一下，包世榮好生快樂。到了殿試之期，欽點包世榮的傳臚，用為翰林庶吉士。包公叔姪磕頭謝恩。赴瓊林宴之後，包公遞了一本，給包世榮告假，還鄉畢姻，三個月後，仍然回京供職。聖上准奏，賞賜了多少東西。包世榮別了叔父，帶了鄧九如，榮耀還鄉。至於與玉芝畢姻一節，也不必細述。

只因杭州太守出缺，聖上欽派了新中榜眼，用為編修的倪繼祖。繼祖奉了聖旨，即赴新任。你道倪繼祖可是倪太公之子麼？那僕人可就是倪忠麼？其中尚有許多原委。且說揚州甘泉縣，有一飽學儒流，名喚倪仁，自幼與同鄉李太公之女定為妻室。什麼聘禮呢？有祖傳遺留的一枝並梗玉蓮花，晶瑩光潤無比。拆開卻是兩枝，合起來便成一朵。倪仁視為珍寶，與妻子各配一枝。只因要上泰州探親，便僱了船隻。這船戶一名陶宗，一名賀豹，外有一個僱工幫忙的，名叫楊芳。不料這陶宗、賀豹乃是水上的強盜。如今倪仁僱了他的船，見李氏生的美貌，淫心頓起。賀豹暗暗與陶宗商議著，意欲劫掠了這宗買賣，他別的一概不要，全給陶宗，他單要李氏做個妻房。二人計議停當，又悄悄的知會楊芳。楊芳原是僱工人，不敢多言。一日來在揚子江，到幽僻之處，將倪仁抛向水中淹死，賀豹便逼勒李氏。李氏哭訴道：「因懷孕臨邇，俟分娩後再行成親。」多虧楊芳從旁解勸，賀豹只得罷了。楊芳看這婦人哭的可憐，動了惻隱之心。他便沽酒買肉，慶賀他二人一個得妻，一個發財。便殷勤勸酒。不多時把二賊灌的酩酊大醉，橫臥在船頭之上。楊芳便悄悄告訴李氏，叫李氏上岸，一直往東過了樹林，有個白衣菴，他姑母在這廟出家，那裏可以安身。此時天已五鼓，李氏上岸，不顧高低，拚命往前奔馳。忽然一陣肚痛，暗說：「不好！我是臨月❶身體，若要分娩，可怎麼好？」只得勉強奔往樹林，不多時，果分娩了。喜得是個男兒，連忙脫下衣衫，將孩兒包好，胸前就別了那半枝蓮花。不敢留戀，難免悲戚，急將小兒放在樹木之下。自己恐賊人追來，忙忙往東奔逃廟中去了。且說楊芳放了李氏，心下轉念道：「不好！他二人若是醒了，不見婦人，難道就罷了不成？不是埋怨於我，就是四下追尋。那時將婦人訪查出來，反為不美。——有

---

❶ 臨月：懷胎足月，將要生產。

了，莫若我與他個溜之乎也。及至他二人醒來，必說我拐了婦人遠走高飛，也免得他等搜查。」主意已定，東西一概不動，隻身上岸，一直竟往白衣菴而來。到了菴前，天已微明，向前叩門，出來了個老尼開門，問道：「是那個？」楊芳道：「姑母請開門，是姪兒楊芳。」老尼開了山門，楊芳來至客堂，尚未就座，便悄悄問道：「姑母，可有一個婦人，投在菴中麼？」尼僧問：「你如何知道？」楊芳便將灌醉二賊，私放李氏的話，說了一遍。老尼念一聲「阿彌陀佛」，道：「救人一命，勝造七級浮屠。惜乎你為人不能為徹。錯舛你也沒有什麼錯舛，只是他一點血脈，失於路上，只恐將來斷絕了他的祖上香烟。」楊芳追問情由，老尼便道：「那婦人已投在廟中，言於樹林內分娩一子，若被人檢去，尚有生路；倘若遭害，便絕了香烟，深為痛惜。是我勸慰再三，應許與他找尋，他方止了悲啼，在後面小院內將息。」楊芳道：「既如此，我就找尋去。」老尼道：「你要找尋，有個表記，他胸前有枝白蓮花，是玉的，那就是此子。」楊芳謹記在心，離了白衣菴，到了樹林，尋了一番，並無蹤跡。

楊芳訪查了三日，方才得了實信。離白衣菴有數里之遙，有一倪家莊，莊中有一倪太公，因五更趕集，騎著小驢兒來至樹林。忽聽小兒啼哭，連忙下驢一看，見是個小兒，放在樹林之下，身上別有一枝白玉蓮花。這老半生無子，見了此子，好生歡喜。連忙打開衣襟，將小兒揣好，也顧不得趕集，連忙乘驢回轉家中。安人梁氏見了此子，問了情由，夫妻二人歡喜非常，就起名叫倪繼祖。楊芳打聽得實信，同他姑母商量，要照應此子，故投到倪宅為僕，太公取名倪忠。倪忠便殷勤張羅諸事，不用吩咐。倪太公見他忠正樸實，諸事均託付於他。

一日倪忠對太公道：「小官人年已七歲，資性聰明，何不叫他讀書呢？」太公道：「我正有此意。

前次見東村有個老學究，學問頗好。你就揀個日期，我好送去入學。」於是定了日期，倪繼祖入學讀書，每日俱是倪忠護持接送。倪忠不時常到菴中看望，就只瞞過倪繼祖。剛念了有二三年光景，老學究便轉薦了一個儒流秀士，卻是濟南人，姓程名健才，太公請程先生教誨倪繼祖。繼祖聰明絕頂，過目不忘，把個先生樂的了不得。光陰荏苒，日月如梭，轉眼間，倪繼祖已然十六歲，程先生不知會太公，就叫倪繼祖報名去赴考，高高的中了生員。太公甚喜，酬謝程先生，自然又是賀喜，應接不暇。一日先生出門。倪繼祖也要出門閒遊閒遊，稟明倪太公，就叫倪忠跟隨。信步行來，路過白衣菴。倪忠道：「小官人，此菴有小人的姑母在此出家，請進去歇歇吃茶，小人順便探望探望。」倪繼祖道：「今日走了許多的路，也覺乏了，正要歇息歇息。」倪忠向前叩門，老尼出來迎接，讓至客堂待茶。當初李氏拜了老尼為師，每日在大士前虔心懺悔。這一日正從大士前禮拜回來，忘記了關小院之門，恰好倪繼祖信步來至院中，李氏見了倪繼祖的面貌舉止，儼然與倪仁一般，不由的落下淚來。誰知倪繼祖見了李氏落淚，可煞作怪，他只覺的眼眶兒發酸，樸簌簌也就淚流滿面。正在拭淚，只見倪忠與他姑母到了。倪忠道：「官人為何啼哭？」倪繼祖道：「我何嘗哭來！」嘴內雖如此說，聲音尚帶悲哽。倪忠又見李氏在那裏呆呆落淚，看了這番光景，他也拭起淚來。只聽老尼道：「善哉！善哉！此乃天性，豈是偶然？」倪繼祖聽了此言，遂詫異說：「此話怎講？」只見倪忠跪倒道：「伏乞小主人赦宥老奴隱瞞之罪，小人方敢訴說。」那倪繼祖見他如此，驚的目瞪口呆。又聽李氏說：「恩公快些請起，休要折受了他。」倪繼祖好生納悶，連忙將倪忠拉起。倪忠便把怎麼長，怎麼短，細說了一遍。李氏已然哭了個聲哽氣噎。倪繼祖聽了，向前抱住李氏放聲大哭。老尼與倪忠勸慰多時，母子二人方才止住悲聲。李氏道：「自蒙恩公搭救之後，在此菴中一十五載，不想孩兒今日長成。只是我兒，你可知當日表記是何物？」倪繼祖忙向那貼身裏衣之中，掏出白玉蓮花，雙手捧上。李氏一見蓮花，「噯呀」一聲，又大哭起來。

未知如何？且看下回分解。

第七十二回　認明師學藝招賢館　查惡棍私訪霸王莊

且說李氏一見了蓮花，覩物傷情，復又大哭起來。倪繼祖與倪忠商議，就要接李氏一同上莊。李氏連忙止住道：「吾兒休生妄想！為娘的再也不染紅塵了。原想著你爹爹的冤仇，今生再世，也不能報了。不料蒼天有眼，倪氏門中有你這根芽。只要吾兒好好攻書，得了一官半職，能夠與你爹爹報仇雪恨足矣！」倪繼祖見李氏不肯上莊，便哭倒跪下道：「孩兒不知親娘便罷！如今既已知道，也容孩兒略盡孝心。就是孩兒養身的父母不依時，自有孩兒懇求哀告。何況我那父母也是好善之家，如何不能容留娘親呢！」李氏道：「言雖如此，但我自知罪孽深重，一生懺悔不來。倘若再墮俗緣，惟恐不能消受，反要生出災殃。那時吾兒豈不後悔？」倪繼祖聽了李氏之言，心堅如石，毫無回轉，便放聲大哭道：「母親既然如此，孩兒也不回去了，就在此處侍奉母親。」李氏道：「孩兒不要啼哭，我有三件事，你若依從，諸事辦妥，為娘的必隨你去。」倪繼祖連忙問道：「那三件？請母親說明。」李氏道：「第一件：你從今後，要好好攻書，須要得了一官半職。第二件，你須將仇家拿獲，與你爹爹雪恨。第三件，這白玉蓮花，乃祖上遺留，是兩個合成一枝，如今你將此枝仍然帶去，須把那一枝找尋回來：三事齊備，為娘的必隨兒去。三事之中，若缺一件，為娘的再也不能隨你去。你們速速回去罷！省得你那父母在家盼望。」李氏將話說完，一摔手回後去了。這裏倪繼祖如何肯走，還是倪忠連攙帶勸，真是一步九回頭，好容易纔出院子門來。老尼後面相送，繼祖又諄囑了一番，方離了白衣菴，竟奔倪家莊而來。

主僕在路途之中，倪繼祖道：「方才聽母親吩咐三件事，仔細一想，做官不難，報仇容易，只是那白玉蓮花卻到何處找尋？」倪忠道：「據老奴看來，還是做官難。總要官人以後好好攻書要緊。」倪繼祖道：「我有海樣深的仇，焉有自己不上進呢？老人家休要憂慮。」倪忠道：「官人，這等呼喚，惟恐折了老奴的草料。」倪繼祖道：「你甘屈人下，全是為的我而起。你的恩重如山，我如何以僕從相待？」倪忠道：「官人若當著外人還要照常，不可露了形跡。」倪繼祖道：「我是曉得的。今日之事，千萬莫要洩漏，俟功名成就之後，再為言明。」倪忠道：「這不用官人囑咐，老奴十五年光陰，皆未洩露，難道如今倒隱瞞不住麼？」二人說話之間，來至莊前。倪繼祖見了太公、梁氏，俱各照常。自此倪繼祖一心想著報仇，奮志攻書，過了二年，中了鄉榜。又過了二年，明年是會試之年，倪繼祖與先生商議，打點行裝，一同上京考試。誰知到了臨期，程先生病倒，竟自嗚呼哀哉！因此倪繼祖帶了倪忠，悄悄到白衣菴，別了親娘，又與老尼留下銀兩，主僕一同進京。這才有會仙樓遇見了歐陽春、丁兆蘭一節。自接濟了張老兒之後，來至東京，租了寓所，靜等明春赴考。及至考場已畢，倪繼祖中了第九名進士。到了殿試，又欽點了榜眼。可巧杭州太守出缺，奉旨又放了他。主僕二人，拜別包公，衣錦回鄉，拜了父母，稟明認母之事。太公、梁氏聽了甚喜，一同來至白衣菴，欲接李氏在莊中居住。李氏因孩兒即刻赴任，一來莊中住著不便，二來自己心願不遂，決意不肯。因此仍在白衣菴與老尼同住。

倪繼祖無法，只得安置妥協，叫倪忠束裝就道。來至杭州，剛一接任，就收了無數的詞狀。細細看來，全是告霸王莊馬強的。這馬強就是太歲莊馬剛之弟，他倚仗總管馬朝賢是他的叔父，便無所不為。

他霸田佔產，搶掠婦女。家中蓋了個招賢館，接納各處的英雄豪傑；因此無賴光棍❶，投奔他家的不少。其中也有一二豪傑，因無處可去，暫且棲身，看他的動靜。現時有名的，便是黑妖狐智化，小諸葛沈仲元，神手大聖鄧車，病太歲張華，賽方朔方貂，其餘的無名小輩，不計其數。每日裏舞劍掄槍，比刀對棒，魚龍混雜，鬧個不了。獨有一個小英雄，心志高傲，氣度不俗，年十四歲，姓艾名虎，就在招賢館內做個館童。他見眾人之中，惟獨智化是個豪傑，而且本領高出人上，便時刻小心，諸事留神，敬奉智化為師。直感得黑妖狐歡喜非常，便把他收作徒弟，傳他武藝。誰知他心機活變❷，一教便會，一點便醒，不上一年，學了一身武藝。他卻時常悄悄的對智化道：「你老人家以後不要勸我們員外，不但白費唇舌，他不肯聽；反倒招的那些人，背地裏抱怨。說你老人家忑膽小了，搶幾個婦女，什麼要緊？要是這們害怕起來，將來還能幹大事麼？你老人家想想，這一群人，都不成了亡命之徒嗎？」智化道：「你莫多言，我自有道理。」他師徒只顧背地裏閒談，誰知招賢館早又生出事來。

原來馬強打發惡奴馬勇前去討帳，回來說：「債主翟九成，家道艱難，分文皆無。」馬強將眼一瞪道：「沒有就罷了不成？急速將他送官追究。」馬勇道：「員外不必生氣，其中卻有個極好的事情。方才小人到他家去，炕上坐著個如花似玉的女子，小人問他是何人，翟九成說是他外孫女，名叫錦娘。只因他女兒女壻亡故，留下女兒，毫無倚靠，因此他自小兒撫養，今年已交十七歲。真算得少一無二的了。」一句話，說的馬強心癢難撓，登時派惡奴八名，跟隨馬勇到翟九成家，將錦娘搶來。果然是嬝嬝婷婷女

❶ 光棍：潑皮，流氓。
❷ 活變：活潑。

子，身穿樸素衣服，頭上也無珠翠，哭哭啼啼，來至廳前。馬強見他雖然啼哭，那一番嬌柔嫵媚，真令人見了生憐，不由的笑逐顏開道：「那女子不要啼哭。你若好好依從於我，享不盡榮華，受不盡富貴。你只管向前些，不要害羞。」忽聽見錦娘道：「你這強賊，無故的搶掠良家女子，是何道理？奴今到此，惟有一死而已。」誰知錦娘暗暗攜來剪子一把，竟奔惡賊而來。馬強見勢不好，把身子一閃，剪子扎在椅背上。馬強「嗳呀」一聲：「好不識抬舉的賤人！」吩咐惡奴將他押在地牢。且說翟九成見錦娘被搶去，只急得嚎啕不止。回頭不見了剪子，暗道：「外孫女去到那裏一死相拚了！」忙到那裏探望一番，並無消息。又恐被人看見，自己倒要喫苦，只得垂頭喪氣回來。見路旁有株柳樹，他解下絲絛，就要自縊。

忽聽有人說道：「老丈休要如此，為什麼事輕生呢？」翟九成回頭一看，見一條大漢，碧眼紫髯，連忙上前哭訴情由，「……自思無路可活，難以對去世的女兒女壻。」北俠歐陽春聽了道：「他如此惡霸，你為何不告他去？」翟九成道：「我的爺！他有錢有勢，縱有呈子，縣裏也是不准的。」北俠道：「叫你上東京開封府去告他。」翟九成道：「哎喲！我這裏到開封府，路途遙遠，如何有許多的盤費呢？」北俠道：「我這裏有白銀十兩，相送與你如何？」翟九成道：「萍水相逢，如何敢受許多銀兩？」北俠道：「這有什麼要緊呢！只要你拿定主意。若到開封府，包管此恨必消。」說罷，從皮兜裏摸出兩個銀錁遞與翟九成。翟九成便撲翻身拜倒，北俠攙起。只見那邊一人，手提馬鞭道：「新任太守極其清廉，你何不到那裏去告狀？」北俠細看此人，有些面善，一時想不起來。又聽這人道：「你如若要告時，我家東人與衙中相熟，你看那邊林下坐的就是。」北俠先挺身往那邊一望，見一儒士坐在那裏，原來就是倪繼祖主僕。北俠認的不差，他卻躲開。倪忠帶了翟九成，見了倪繼祖太守，細細的問了一番，並給他寫了一張呈子。翟九成歡天喜地回家，五更時預備起身赴府告狀。誰知馬強又帶了惡奴出來，騎著高頭大馬，迎面便撞見了翟九成。九成一見，膽戰心驚，回身就跑。馬強一見連聲喊拿，早被惡奴揪住，連拉帶扯，來至馬強的馬前。馬強問道：「我把你這老狗！你叫你外孫女用剪子刺我！」吩咐惡奴快搜。惡奴等扯扯拉拉，早露出一張紙來，連忙呈與馬強。惡賊看了暗道：「好利害狀子！這是何人與他寫的？倒要留神訪查訪查。」吩咐惡奴二名，將翟九成送至縣內，立刻嚴追欠債。正在吩咐，只見那邊過來了一個乘馬之人，後面跟定一個老僕，惡賊一見，心內一動。

未知後文如何？且看下回分解。

第七十三回　惡姚成識破舊夥計　美絳貞私放新黃堂

且說馬強將翟九成送縣，正要搜尋寫狀之人，只見那邊來了個騎馬的相公，後面跟定老僕。看他等形景，有些疑惑，便想出個計較來。將絲韁一抖，迎了上來，雙手拱道：「尊兄請了，可是上天竺進香的麼？」原來乘馬的就是倪繼祖，順口答道：「正是，請問足下何人？」惡賊道：「小弟姓馬，在前面莊中居住。小弟有個心願，但凡有進香的，必要請到莊中待茶，——也是一片好善之心。」說著話，目視惡奴，眾家人會意，不管倪繼祖依與不依，便上前牽住嚼環，拉著就走。倪忠見此光景，知道有些不妥，只得在後面緊緊跟隨。不多時，來至莊前，過了護莊橋，便是莊門。馬強下馬先入，倪繼祖暗道：「我正要探訪，不想今日就遇見了他。惟恐不懷好意，且進去看他端的。」

馬強此時坐在招賢館，兩傍羅列坐著多少豪傑光棍。馬強道：「我遇見翟九成，搜出一張呈子，寫的甚利害，須要搜查寫狀之人。我立刻派人將他送縣，可巧來了一個斯文秀士。我想此狀必是他寫的，因此把他誆來。」說罷，將狀子拿出，遞與沈仲元。沈仲元看了道：「果然寫的好。但不知是這秀才不是？」馬強道：「管他是不是！把他弔起拷打就完了。」沈仲元道：「員外不可如此。他既是讀書之人，須要以禮相待，用言語套問。他如若不應，再行拷打不遲。」馬強道：「賢弟所論甚是。」吩咐請那秀士。此時惡奴等俱在外面候信，聽見說請秀士，連忙對倪繼祖道：「我們員外請你呢！」倪繼祖來至廳房，見中間廊下，懸一匾額，寫著「招賢館」三字，見馬強坐在上位，昂不為禮。兩旁坐著許多人物，看了去俱非善類。恰有兩個人站起，執手讓道：「請坐。」倪繼祖也只得執手回道：「恕坐。」便在下首坐了。眾人把倪繼祖留神細看，見他面龐豐滿，氣度安詳，身上雖不華美，卻也齊正，背後立定一個年老僕人。沈仲元問道：「尊姓大名？」倪繼祖答道：「姓李名世清。」智化問道：「到此何事？」繼祖答道：「奉母命前往天竺進香。」馬強聽了，哈哈笑道：「我且問你，既要進香，所有錢糧香袋，為何不帶呢？」繼祖道：「先已派人挑往天竺去了。故此單帶個老僕，賞玩途中風景。」沈仲元道：「賞玩途中風景，原是風雅人所為。至於調詞告狀，豈是讀書人幹的麼？」倪繼祖道：「此話從何說起？學生幾時與人調詞告狀來？」智化道：「翟九成，足下可認得麼？」倪繼祖道：「學生並不認得姓翟的。」智化道：「既不認得，且請到書房少坐。」便有惡奴帶領主僕出廳房，要上書房。剛剛的下了大廳，只見迎頭來了一人，頭戴沿毡大帽，身穿青布箭袖，腰束皮帶，足登薄底靴子，手提著馬鞭，滿臉灰塵。他將倪繼祖略略的瞧了一瞧，卻將倪忠狠狠的瞅了又瞅。誰知倪忠見了他，登時面目變色，暗說聲：「不好！這是冤家來了。」你道此人是誰？原來是陶忠，只因與賀豹醉後醒來，不見了楊芳與李氏，以為楊芳拐了李氏去了。過些時方知楊芳在倪家莊做僕人，改名倪忠，卻打聽不出李氏的下落。後來他二人又劫了些資財，賀豹便娶了個再婚老婆度日；陶忠卻認得病太歲張華，託他在馬強跟前說項，改名姚成。馬強即把他當做心腹之人，做了主管。聞知欽派杭州太守，乃是榜眼倪繼祖，又是當朝首相的門生，馬強心裏就有些不得主意。特派姚成扮作行路之人，前往省城，細細打聽明白了，回來好做準備。因此姚成行路模樣回來，偏偏剛進門，迎頭就撞見倪忠。

且說姚成到了廳上，參拜了馬強，又與眾人見了。馬強就問：「打聽的事體如何？」姚成道：「小人到了省城，細細打聽，果然欽派榜眼倪繼祖作了太守。自到任後，接了許多狀子，皆與員外有些關係。」馬強聽了，暗暗著慌，道：「既有許多狀子，為何這些日，並沒有傳我到案呢？」姚成道：「只因官府一路風霜，感冒風寒，現今才好，連各官稟見，俱各不見。小人因此就回來了。——方才那個斯文主僕是誰？」馬強便把誆來，並將翟九成之事，說了一遍。姚成道：「員外不知！那個僕人，我認得他，本名叫楊芳，只因投在倪家莊作了僕人，改名叫做倪忠。算來也有二十多年了。」沈仲元道：「不好了！員外！你把太守誆了來了。」馬強聽了此言，只唬得雙睛直瞪，半晌，方問道：「賢弟！你如何知道？」小諸葛道：「姚主管既認明老僕是倪忠，他主人焉有不是倪繼祖的？還有什麼難解的？」馬強聽了此言，倏然道：「可怎麼好？賢弟！你想個主意方好。」沈仲元道：「此事須要員外拿定主意。既已誆來，俟夜靜更深，把他請至大廳，大家以禮懇求。就說明知是府尊太守，故意的請到小莊，為分析案中情節。他若應了人情，說不得員外破些家私，將他買囑，要張印信甘結，將他榮榮耀耀，送至衙署。不但無人敢再告狀，只怕以後還有些照應呢！他若不應時，只好將他處死。暗暗知會襄陽王，舉事便了。」智化在旁聽了，連聲誇道：「好計！好計！」馬強聽了，便吩咐將他主僕鎖在空房。出了大廳，來至臥室，見了郭氏安人。他的娘子，就是郭槐的姪女。見丈夫愁眉不展，便問：「什麼事煩惱？」馬強便把已往情由，細說一遍。郭氏聽了道：「益發鬧的好了！竟把欽命黃堂太守弄在家內來了！我說你結交的全是狐群狗友，你總不信。我還聽見說，你又搶了個女孩兒來，名叫錦娘，險些兒沒被人家扎一剪子。你把這女子押在地窨裏，這如今又把個知府關在家裏，可怎麼樣呢？」馬強又將沈仲元之計說了。郭氏方不言語了。

此時天已初鼓，郭氏知丈夫憂心，未進飲食，便吩咐丫鬟擺飯。夫妻二人，對面坐了飲酒。誰知這些話，竟被服侍郭氏的心腹丫鬟聽了去了。此女名喚絳貞，年方一十九歲，乃舉人朱煥章之女。他父母原籍揚州府儀徵縣人氏。只因朱煥章妻亡之後，家業凋零，便帶了女兒上杭州投親，偏偏的投親不遇，就在孤山西泠橋租了幾間茅屋居住，立塾課讀。一日馬強經過門前，見絳貞生得端正，立刻將煥章交前任太守，說他欠銀五百兩，並有借券為憑。這太守明知朱煥章被屈，因受了惡賊重賄，只得交付縣內管押。馬強趁此時，便到煥章家內將朱絳貞搶來，意欲收納為妾。誰知不密，被安人知覺，將陳醋潑出，大鬧了一陣，把朱絳貞要去，作為貼己的丫鬟。馬強無可如何，不知暗暗賠了多少不是，方纔討得安人歡喜。朱絳貞原是聰明女子，便把郭氏哄的猶如母女一般。所有簪環、首飾、衣服、古玩，全是交他掌管。今日將此事俱各竊聽去了。暗自思道：「我爹爹遭屈，已及半年，何日是個出頭之日？如今我何不悄悄將太守放了，叫他救我爹爹？他焉有不以恩報恩的？」想罷，打了燈籠，一直來到空房前，可巧無人看守。也是吉人天相，暗中自有默佑。朱絳貞見屈戌倒鎖，連忙將燈一照，認了鎖門，腰間有幾把鑰匙，揀了個恰對投簧，鎖已開落。倪太守正與倪忠毫無主意，忽見開門進來個女子，將燈一照，卻與倪太守對面，彼此覷視，各自驚訝。朱絳貞又將倪忠一照，悄悄道：「快隨我來。」一伸手便拉倪繼祖往外就走，倪忠後面緊緊跟隨。不多時，過了角門，卻是花園。往東走了多時，見個高牆門兒，上面有鎖，並有橫閂。朱絳貞放下燈籠，用鑰匙開鎖，誰知鑰匙投進去，鎖尚未開，鑰匙再也拔不出來。倪太守在旁著急，叫倪忠尋了一塊石頭，猛然一碰，方纔開了，忙忙去閂開門。朱絳貞方說道：「你們就此逃了去罷！奴有一言奉問，相公如若果是太守，奴有冤枉上告。」倪太守到了此時，不得不說了。忙忙答道：「小生便是新任的太守倪繼祖，姐姐有何冤枉？快些說來。」朱絳貞道：「我爹爹名喚朱煥章，被惡賊誣賴，欠他紋銀五百兩，在本縣內押住，已然半載。又將奴家搶來。幸而馬強懼內，奴家現在隨他的妻子郭氏，所以未遭毒手。求大老爺到衙後，務必搭救我爹爹要緊，別無多言。你等快些去罷。」倪忠道：「姐姐放心，我主僕俱各記下了。」朱絳貞道：「你們出了此門，直往西北，便是大路。」主僕二人，纔待舉步，朱絳貞又喚道：「轉來！轉來！」

不知有何言語？且看下回分解。

第七十四回　淫方貂誤救朱烈女　貪賀豹狹逢紫髯伯

且說倪繼祖又聽喚轉來，連忙說道：「姐姐還有什麼吩咐？」朱絳貞道：「一時忙亂，忘了一事。奴有一個信物，是自幼佩帶不離身的。倘若救出我爹爹之時，就將此物交付我爹爹，叫我爹爹不必掛念。」說罷，遞與倪繼祖。倪繼祖接來，只見倪忠忙跑回來道：「快些走罷！」將手往胳肢窩裏一夾，拉著就走。倪繼祖回頭看來，後門已關。且說朱絳貞從花園回來，暗道：「一不做，二不休。趁此時，我何不到地牢將錦娘也放了？豈不妙哉！」連忙到了地牢。惡賊因這是個女子，不用人看守。朱小姐也是配了鑰匙，開了牢門，便問錦娘，有投靠之處沒有？錦娘道：「我有一姑母，離此不遠。」朱絳貞道：「我如今將你放了，你可認得麼？」錦娘道：「我外祖時常帶我往來。奴是認得的。」朱絳貞道：「既如此，你隨我來。」二人仍然來至花園後門。錦娘感恩不盡，也就逃命去了。朱絳貞小姐靜靜一想，暗說：「不好！我這事鬧的不小。」又轉想：「自己伏侍郭氏，他雖然嫉妒，也是水性楊花。倘若被惡賊哄轉，要討丈夫歡喜，那時我難保不受污辱。噯！人生百歲終須死，何況我爹爹冤枉，已有太守搭救。心願已完，莫若自盡了，省得耽驚受怕。但死在何地才好呢？有了，我索性縊死在地牢，他們以為是錦娘懸樑，及至細瞧，卻曉得是我。也叫他們知道，錦娘是我放的，由錦娘又可以知道那主僕也是我放的。我這一死，也就有了名了。」主意已定，來到地牢之中，將絹巾解下，拴好套兒，一伸脖頸，登時香魂飄渺。

且說馬強日間在招賢館將錦娘搶來，眾目所覩。早就引動了一人，暗自想道：「我若得此女，一生快樂，豈不勝似神仙？」後來見錦娘押在地牢，卻又暗暗歡喜道：「我何不如此如此呢？」你道此人是誰？乃是賽方朔方貂，這個人且不問他出身行為，但他這個綽號兒，知他是個不通的了。他不知聽誰說過，東方朔偷桃，是個神賊，便起了綽號，叫賽方朔。他又何嘗知道，是複姓東方名朔呢？這方貂等到二更之半，不見馬強出來，他便悄悄離了招賢館，暗暗到了地牢。黑影中正碰在吊死鬼身上，暗說：「不好。」也不管是錦娘不是。他卻右手攬定，聽了聽，喉間尚然作響，忙用左手順著身體摸至項下，把巾帕解開；輕輕把女子背起來，邁開大步，奔花園後門。及至來到門前，卻是雙扇虛掩，心中大喜。出得後門，一氣走了三四里之遙。剛然背至夾溝，不想遇見個打悶棍的，以為他背著包袱行李，冷不防就是一棍。方貂見棍臨近，一側身把手一揚夯住悶棍，即往懷裏一帶。那打悶棍的，栽倒在地，爬起來就跑。朱絳貞就在此時甦醒。

誰知那毛賊正在跑時，只見迎面來了一條大漢，攔住問道：「你是做什麼的？」真是賊起飛智，他就連忙跪倒道：「爺爺救命吓！後面有個打悶棍的，搶了小人的包袱去了。」原來此人卻是北俠，一聞此言，抽出七寶鋼刀，迎將上來。這裏方貂背著朱絳貞，往前正在走著。迎面來了個高大漢子，口中吆喝著，快將包袱留下。此時方貂以為賊的夥計，便在樹下，將朱絳貞放下，就舉那賊的悶棍打來。北俠將刀只一磕，棍已削去半截。方貂道：「好傢伙。」即抽出撲刀，斜刺裏砍來，只聽「噌」的一聲，撲刀分為兩段。方貂不敢戀戰，回身逃命去了。北俠也不追趕，誰知這毛賊見北俠把個賊戰跑了，便道：「多虧爺爺救命！幸喜他包袱撂在樹下。」北俠道：「既如此，隨我來。你就拿去。」那賊滿心歡喜，剛剛走至跟前，不防包袱活了，連北俠也嚇了一跳。連忙問道：「你是什麼人？」只聽道：「奴家是遇難之人，被歹人背至此處。不想遇見此人，他也是個打悶棍的。」北俠聽了，一伸手將賊人抓住道：「好賊！你竟敢哄我不成？」賊人央告道：「小人實實出於無奈，家中現有八旬老母。求爺爺饒命。」北俠揪住賊人，問女子道：「你因何遇難？」朱絳貞將以往情由，述了一遍：「如今無路可投，求老爺搭救搭救。」北俠聽了，回頭對賊人道：「你果有老母麼？」賊人道：「小人再也不敢撒謊。」北俠道：「你家住那裏？」賊人道：「離此不遠，不過二里之遙。」北俠道：「我對你說，我放了你，你要依我一件事。」賊人道：「任憑爺爺吩咐。」北俠道：「你將此女背到你家中，我自有道理。」賊人聽了，並不言語。北俠道：「你怎麼不願意？」將手一攏勁，賊人道：「嗳呀！我願意，我背就是了。」北俠道：「將他好好背起，不許回頭。」賊人道：「爺爺放心，我保管背的好好的。」便背起來，北俠緊緊跟隨，竟奔賊人家中而來。暫且不表。

再說太守被倪忠夾著肐膊，拉了就走。太守回頭看時，門已關閉，燈光已遠，只得沒命的奔馳。剛走一二里地，倪太守道：「容我歇息歇息。」倪忠道：「老奴也發了喘了！與其歇息，莫若款款而行。」倪太守道：「只是蓮花從何處而來，為何到了這女子手內？」倪忠道：「老爺說什麼蓮花？」倪太守道：「方纔那救命的姐姐，說他父親有冤枉，給了我一枝白玉蓮花作為信物。彼時就著燈一看，合我那枝一樣顏色，一樣光潤。我纔待要問，就被你夾著肐膊跑了。」倪忠道：「且自收好了，再作理會。只是這位小姐，搭救我主僕，此乃莫大之恩，休辜負了他這番好意。」他主僕絮絮叨叨，慌不擇路，原是往西北，卻忙忙誤走了正西，忽聽後面人馬聲嘶，猛回頭，見一片火光燎亮。倪忠著忙道：「不好了！有人追來了！老爺且自逃生，待老奴迎上前去，以死相拚便了。」說罷，一直往東竟奔火光而來。迎了有半里之遙，見火光往西北去了。原是這火光走的是正路，可見方才他主僕走的岔路。倪忠喘息喘息，仍然從西而來尋太守，又不好明明呼喚，他只叫：「同人在那裏？」只見迎面來了一人，答道：「同人在那裏？那個喚同人？」是個老者聲音。倪忠道：「我因有個同行之人失散，故此呼喚同人。」老者道：「既是同人失散，待我幫你呼喚。」於是也就同人同人呼喚多時，並無人影。倪忠道：「請問老丈，是從何方去的？」那老者歎道：「我老伴有個姪女，被人陷害。是我前去探聽，並無消息，因此回來晚了。」倪忠道：「我與同人也受了欺險，偏偏到此失散了。我沒有問老丈貴姓？」那老者道：「小老兒姓王名鳳山，動問老兄貴姓？」倪忠道：「我姓李，咱們找個地方歇息歇息方好。」王鳳山道：「你看那邊有個燈光，咱們且到那邊。」二人來至高坡之上，向前叩門，只聽裏面有婦人問道：「什麼人叩門？」外面答道：「我們是遇見打悶棍的了，望乞方便方便。」裏面答道：「等一等。」不多時，門已開放，卻是三間草屋，兩明一暗。將二人讓至床上坐了。倪忠道：「有熱水討盃吃。」婦人道：「水卻沒有，倒有村醪酒。」王鳳山道：「有酒更妙了。」不一時，婦人煖了酒來，拿兩個茶盌斟上。二人端起就喝，只見王鳳山說：「不好了！我為何天旋地轉？」倪忠說：「我也有些頭昏眼花。」說話時，二人栽倒床上，口內流涎。婦人笑道：「老娘也是伏侍你們的？這等受用！」說罷，拉下床來，他便坐在床上。

忽聽外面叫道：「快開門來。」婦人在屋內答道：「你將就著等等兒罷！就是這時候。要忙，早些兒來呀！不要臉的忘八。」北俠在外面聽了，問道：「這是你母親嗎？」賊人道：「不是，不是，這是小人的女人。」忽又聽婦人來至院中埋怨道：「這是你出去打槓子呢！好麼！把行路的趕到家裏來。若不虧老娘用藥，將他二人迷倒，孩兒吓！明日打不了的官司呢！」北俠外面聽了有氣道：「明是他母親，怎麼說是他女人呢？」賊人著急恨道：「快快開門罷！」北俠已聽見迷倒二人，就知道婦人也是個不良之輩。開開門時，婦人將燈一照，忽然瞧見北俠身量高大，手內拿著明晃晃的鋼刀，便不敢言語了。北俠進了門，順手將門關好，叫賊人將朱絳貞放在床上。只見賊夫婦俱各跪下，說道：「只求爺爺開一線之恩，饒我二人性命。」北俠道：「我且問你，此二人何藥迷倒？」婦人道：「有解法，只用涼水灌下，立刻甦醒。」北俠道：「既如此，快將他二人救醒。」賊人過去灌了。北俠見他夫婦俱不是善類，已定了主意道：「這蒙漢酒只可迷倒他二人，若是我喝了，決不能迷倒。你為我對一盃來試試看！」婦人聽了，先自歡喜，連忙取出酒與藥來，加料的合了一盃，溫了個熱。北俠對賊婦說道：「與人方便，自己方便。你等既可藥人，自己也當嚐嚐。」正說間，只見地下二人，甦醒過來，俱各坐起揉眼。北俠一眼瞧見，忙問道：「你可是倪忠麼？」倪忠道：「我正是倪忠。」一回頭看見了賊人，忙問道：「你不是賀豹麼？」賊人道：「楊夥計，你因何至此？」王鳳山便問倪忠道：「李兄你到底姓什麼？如何又姓楊呢？」北俠聽了且不追問，立刻催逼他夫婦將藥酒喝了，二人登時迷倒在地。方問：「倪忠，太守那裏去了？」倪忠就把誆到霸王莊，被陶宗識破，多虧一個被搶的女子，名喚朱絳貞，搭救我主僕逃生。不想有人追來，卻又失散的話，說了一遍。北俠尚未答言，只聽床上的朱絳貞說道：「如此說來，奴又是枉用心機了。」倪忠一看道：「噯呀！小姐如何也到這裏？」朱絳貞便把地牢又釋放了錦娘，及自己自縊的話說了一遍。王鳳山道：「這錦娘就是小老兒的姪女兒，也不料已被這位小姐搭救。此恩何以報答？」北俠在旁聽明此事，便道：「為今之計，太守要緊。事不宜遲，我還要上霸王莊去呢。等候天明，務必僱一乘小轎，將朱小姐就送在王老丈家中。倪主管！你須安置妥協了，急刻趕到本府，那時自有太守的下落。」倪忠與王鳳山一一答應。北俠又將賀豹夫婦綑綁了結實，別了眾人，竟奔霸王莊而來。

要知後事如何？且看下回分解。

第七十五回　倪太守途中重遇難　黑妖狐牢內暗殺姦

且說倪太守因見火光，倪忠情願以死相拚，已然迎將上去。自己只得找路逃遁。誰知黑暗之中，見有白亮亮的一條蚰蜒小路兒，他便順路行去。出了小路，卻正是大路，剛纔走了幾步，只見那邊一片火光，許多人直奔前來。倪太守心中一急，此時火光已臨近了，原來正是馬強。只因惡賊知道走了那主僕二人，這一驚不小。立刻吩咐備馬，一面打著燈籠火把，從家內搜查一番，卻見花園後門已開，方知道由內逃走。連忙帶了惡奴光棍，打著燈籠火把乘馬追趕，竟向西北大路趕去。追了多時，不見蹤跡，只得勒馬回來，不想在道旁巧遇倪太守，闖在馬強的馬前。馬強問道：「你如何竟敢私自逃脫了？」倪太守答道：「是你家娘子放了我的。」惡賊聽了，吩咐帶到莊上去。眾惡奴擁護而行。不多時，到了莊中，即將太守押在地牢，吩咐眾惡奴：「你們好好看著，不可再有失誤。」氣忿忿的，一直來到後面，見了郭氏，暴躁如雷道：「好吓！你這賤人，不管事輕重，竟敢擅放太守，是何道理？」只見郭氏坐在馬坑上，拿耳挖剔著牙兒，連理也不理。半晌，方問道：「什麼太守？你合我嚷！」馬強道：「就是那斯文秀士，與那老蒼頭❶。」郭氏啐道：「瞎扯臊❷！滿嘴裏噴屁！方才不是我合你一同吃飯嗎？誰又動了

❶ 蒼頭：僕人。

❷ 瞎扯臊：不害羞地胡言亂語。

一動呢?你見我離了這個窩兒嗎?」馬強聽了,猛然省道:「是吓!自初鼓吃了飯,直到三更,他何嘗出去呢?」馬強道:「錯怪了你了!」回身就走。郭氏道:「你回來。」馬強笑道:「是我暴躁了,再給你賠個不是。」郭氏道:「我且問你,你方纔說放了太守,難道他們跑了麼?」馬強道:「何嘗不是呢?是我們騎了馬,四下追尋,好容易單單的把太守拿回來了。」郭氏聽了,冷笑道:「好嗎!哥哥兒!你防著官司罷!」馬強問道:「什麼官司?」郭氏道:「你要拿,就該把主僕同拿回來呀!你為什麼把蒼頭放跑了?他這一去,不是上告,就是調兵。那些巡檢守備千把總,聽說太守被咱們拿了來,他們不合咱們要人?這個亂子,纔不小呢!」馬強聽了,急的搓搓手道:「不好!不好!我須和他們商量去呢!」說罷,竟奔招賢館對眾說了。

沈仲元聽了,並不答言。眾光棍道:「兵來將擋。莫若將太守殺之,以滅其口。明日縱有兵來,只說並無此事。員外你老要把這場官司滾出來,那纔算英雄好漢。即不然,還有我等眾人,齊心努力,將你老救出來。咱們一同上襄陽舉事,豈不妙哉!」馬強聽了,登時豪氣沖空。立刻喚馬勇前往地牢,將太守殺死,把屍骸撂於後園井內。黑妖狐聽了道:「我幫著馬勇前去。」馬強道:「賢弟若去更好。」二人離了招賢館,來至地牢。智化見有人看守,對著眾惡奴道:「你們只管歇息去罷!我們奉員外之命,來此看守。」眾人聽了,樂得歇息,一鬨而散。馬勇道:「倒是你老想的到。」進了地牢,智化在前,馬勇在後。智化回身道:「刀來。」馬勇將刀遞過。智化接刀,一順手先將馬勇殺了。回頭對太守道:「略等一等,我來救你。」說畢,提了馬勇屍首,來至後園,撂入井內。急忙忙轉到地牢一看,罷咧!太守不見了。智化這一急非小,猛然省悟道:「是了!這是沈仲元見我隨了馬勇前來,暗暗猜破,他必救出太守去了。且去看個端的。」隨即躍身上房，猶如猿猴一般，輕巧非常，來至招賢館房上。偷眼兒看了，並無動靜，而且沈仲元正與馬強說話呢！黑妖狐道：「這太守往那裏去了？且去莊外看看。」即抽身離了招賢館，蹲身越牆，來至莊外，留神細看。卻見一個影兒，奔入樹林中去了。

智化一伏身，追入樹林之中，只聽有人叫道：「智賢弟！劣兄在此。」黑妖狐仔細一看，歡喜道：「原來是歐陽兄麼？太守在那裏？」北俠道：「那樹林之下就是。」智化見了。三人計議於明日二更拿馬強，叫智化作為內應。倪太守道：「多承二位義士搭救。只是學生昨日起至五更，晝夜辛苦，實實的骨軟筋酥，而且不知道路，這可這麼好？」正說時，只聽得「嗒嗒」的馬蹄響，來至林前，跳下一個人，悄悄說道：「師父！弟子將太守之馬，盜來在此。」智化聽了是艾虎的聲音，說道：「你來的正好，快將馬拉過來。」北俠問道：「這小孩是何人？如何有此本領？」智化道：「是小弟的徒弟，膽量頗好。過來見過歐陽伯父。」艾虎唱了一個喏❸。北俠道：「你師徒急速回去，省得別人犯疑。我將太守送至衙署便了。」說罷，執手分別。智化與小爺艾虎回莊，便問艾虎道：「你如何盜了馬來？」艾虎道：「我因暗地裏跟你老到地牢前，見你老把馬勇殺了，就知道要救太守。弟子想恐太守膽怯力軟，逃脫不了，故此暗暗的備了馬來，原打算在樹林等候。不想太守與師父來的這般快。」智化道：「你還不知道呢！太守還是你歐陽伯父救的呢！」艾虎道：「這歐陽伯父，可惜黑暗之中，未能瞧見他老的模樣呢！」智化悄悄道：「你別忙！明日晚二更，他還來呢！」艾虎聽了，心下明白，也不往下追問。說話間，已到

❸ 唱了一個喏：即「唱喏」。古人相見時，雙手作揖，口中念頌詞，叫做「唱喏」，後世作揖，口中不念頌詞，亦稱「唱喏」。

莊前。智化道：「自尋門路，不要同行。」艾虎道：「我還打那邊進去。」說罷，「颼」的一聲，上了高牆，一轉眼就不見了。智化暗暗歡喜，也就躍牆來至地牢，重新往招賢館而來。說馬勇送屍骸往後花園井內去了。

且說北俠護送倪太守，在路上已將遇見了朱絳貞、倪忠的話，說了一遍。看看天亮，已離府衙不遠。北俠道：「大老爺！前面就是貴衙了，我不便前去。」倪繼祖連忙下馬道：「多承恩公搭救，為何不到敝衙？」北俠道：「我若到衙門，恐生別議。大老爺只管派著人，切莫誤了大事。離霸王莊南二里，有個瘟神廟，我在那裏專等。至遲掌燈，總要會齊。」倪太守謹記在心，北俠轉身就不見了。太守已來至衙前，門上等連忙接了馬匹，引到書房，有書房小童余慶參見。倪太守問：「倪忠來了不曾？」余慶稟道：「尚未回來。」伺候太守淨面更衣吃茶，捧了大紅漆盒，擺上小菜，極熱的點心，美味的羹湯。太守吃畢，在書房歇息。到了午刻，倪忠方才回來，已知主人先自到署，心中歡喜。各訴失散之後的情由。倪忠便將送朱絳貞到王鳳山家中，誰知錦娘先已到他姑母那裏。娘兒兩個見了朱絳貞，千恩萬謝，就叫朱小姐、錦娘同居一室。王鳳山有個兒子，極其儒雅，那鳳山恐他在家不便，卻打發他上縣，一來與翟九成送信，二來就叫他在那裏照應。「老奴見諸事安置停當，方纔回來。」太守把與北俠定於今晚捉拿馬強的話，也說了一遍。便傳飯來，安放停當，太守就叫倪忠同桌兒吃飯畢，然後倪忠出來問：「今日該值頭目是誰？」上來二人答道：「差役王愷、張雄。」倪忠帶領二人，來至書房，差役跪倒報名。太守吩咐道：「特派你二人帶領二十名捕快，暗藏利刃，不准同行，陸續散走，全在霸王莊南二里之遙，有個瘟神廟，那裏聚齊。只等掌燈時，有個碧眼紫髯的大漢來時，你等須要聽他調遣。如有敢違背者，回來我必重責，此係機密之事，不許聲張。倘有洩漏，惟你二人是問。」王愷、張雄領命出來，挑選精壯捕快二十名，悄悄預備了。且說馬強雖則一時聽了眾光棍之言，把太守殺了，卻不見馬勇回來，暗想道：「他必是殺了太守，心中害怕，逃走了。」胡思亂想，未免提心弔膽，叫家人備了酒席，在招賢館大家聚飲。眾光棍見馬強無精打彩的，知他為著此事。便把那作光棍，闖世路的話頭，來打動他。正說著，只見惡奴前來大聲說道：「回員外，……」馬強打了個冷戰：「怎麼，官兵來了？」惡奴道：「不是！南莊頭兒交糧來了。」馬強聽了，將眼一瞪道：「收了就是了，這也值的大驚小怪！」復又喝酒。

要知後事如何？且看下回分解。

第七十六回　割帳縧北俠擒惡霸　對蓮瓣太守定良緣

且說馬強擔了一天驚怕，到了晚間，見毫無動靜，心裏稍覺寬慰。對眾人說道：「今日白等了一天，並沒動靜，別是那老蒼頭也死了罷！」眾光棍道：「員外說的是。一個老頭子，有多大氣脈！連嚇帶累，準死無疑。你老可放心罷！」眾人只顧奉承，獨有兩個人明白：一個是黑妖狐智化，心內早知就裏，卻不言語；一個是小諸葛沈仲元，瞧著事情不妥，說肚腹不調，在一邊躲了。惡賊一天愁悶，卻拋於九霄雲外，端起大杯來，左一巡右一盞，不覺醺醺大醉，便往後邊去了。見了郭氏，說些安慰的話兒。喝茶談話，不多時，已交二鼓。二人剛要進帳安息，忽見軟簾「唿」的一聲，進來一人，光閃閃碧睛暴露，冷森森寶刀生輝。惡賊一見，骨軟筋酥，雙膝跪倒，口中哀求爺爺饒命。北俠道：「不許高聲。」惡賊便不言語了。北俠將帳子上絲縧割下來，將他夫婦綑了，用衣襟塞口。回身出了臥室，來至花園，將雙手一陣亂拍，見王愷、張雄帶了捕快，俱各出來。他等眾人皆是在瘟神廟會齊，見了北俠。北俠引著王愷、張雄認了花園後門，叫他們一更之後，俱在花園藏躲，聽拍掌為號。一個個雄糾糾氣昂昂，跟了北俠，來至臥室。北俠吩咐道：「你等好生看守凶犯，待我退了眾賊，咱們方好走路。」說話間，只聽前面一片人聲鼎沸，原來有個丫鬟，看見馬強、郭氏，俱各綑綁在地，到招賢館請眾寇，神手大聖鄧車、病太歲張華聽了，帶領眾光棍，各持兵刃，打著亮子❶，往後面而來。此時北俠在儀門那裏，持定寶刀，專等退敵。眾人見了，誰敢向前？鄧車道：「待我來。」伸手向彈囊中掏出彈子，扣上弦，拽開鐵靶弓。北俠早已看見，把刀扁著。只見一彈發來，北俠用刀往回裏一磕，只聽「噹啷」一聲，那彈反回來，把自己人打倒。鄧車連發，北俠連磕，此次非鄧家堡可比，那是黑暗之中，這是燈光之下，北俠看的尤其真切。左一刀，右一刀，磕的彈子猶如打嗄的一般，也有打在眾賊身上的，也有磕丟了的。病太歲張華以為北俠一人，可以欺負他，從旁邊溜步過去，「颼」的就是一刀。北俠早已提防，見刀臨近，用刀往對面一削，「噌」的一聲，張華的刀飛起去半截。眾賊見了，亂嚷道：「了不得了！」鬨的一聲，俱各跑回招賢館，將門窗戶壁關了個結實。

此時黑妖狐智化，已叫艾虎將行李收拾妥當了。師徒兩個，暗地裏瞭高，瞧到熱鬧之處，不由的暗暗叫好。見眾人一鬨而散，他師徒方從房上躍下，與北俠見了，問：「馬強如何？」北俠道：「已將他夫婦拿獲。」智化道：「郭氏無甚大罪，可以免其到府，單拿惡賊去就是了。」北俠道：「吾弟所論甚是。」即吩咐王愷、張雄等，單將馬強押解到府。智化又找著姚成，叫他備快馬一匹，與員外乘坐。姚成不敢違拗，急忙備來。艾虎背上行李，跟定智化、歐陽春一同出莊，彷彿護送員外一般。此時天已五鼓，離府尚有二十五六里之遙。北俠見艾虎甚是伶俐，且少年一團英氣，一路上與他說話，他又乖滑的很，把個北俠愛了個了不得。而且艾虎說他無父無母，孤苦之極，幸虧拜了師父，蒙他老人家疼愛，方學習了些武藝，這也是小孩子的造化。北俠聽了此話，更覺可憐他，回頭便對智化道：「令徒很好，劣兄甚是愛惜。我意欲將他認為義子螟蛉，賢弟以為何如？」智化尚未答言，只見艾虎撲翻身拜倒道：「爹

❶ 亮子：照明的東西。如蠟檯、燈籠、火把之類。

爹就請上受孩兒一拜。」說罷，連連叩首在地。北俠道：「就是認為父子，也不是這等草率的。」艾虎道：「什麼草率？只要心真意真，比那虛文套禮強多了。」說的北俠、智化二人都樂了。艾虎爬起來，快樂非常，三人就往前趨步趕上。眾人看看天色將曉，北俠見離府衙不遠，便與智化、艾虎煞住腳步。北俠道：「賢弟！你師徒意欲何往？」智爺道：「我等要上松江府茉花村去。」北俠道：「見了丁氏昆仲，務必代劣兄致意。」智爺道：「歐陽兄何不一同前往呢？」北俠道：「剛從那裏來的不久，原為到杭州遊玩一番，誰知遇見此事。今既將惡人拿獲，尚有招賢館的餘黨，恐其滋事。劣兄只得在此耽延幾時，俟結案無事，我還要在此處遊覽一回，也不負我跋涉之勞。後會有期，請了。」智化也執手告別，艾虎戀戀不捨，幾乎落下淚來。北俠從此就在杭州。

再言招賢館，眾賊聽了些時，毫無動靜，方敢掌燈，彼此查看，獨不見了智化；又叫館童艾虎，也不見了。大家暗暗商量，莫若咱們如此如此，搶上前去。眾人聽了，俱各歡喜。一個個登時抖起威風，出了招賢館，到了儀門，吶喊一聲道：「我等乃北俠帶領在官人役，因馬強陷害平民，刻薄成家，先搶了他的家私洩恨。」說到「搶」字，一擁齊入。此時郭氏多虧了丫鬟們鬆了縛綁，哭了多時，剛入帳內安歇；忽聽此言，那裏還敢出聲？一會兒聽不見聲音，方探出頭來一看。好苦！箱櫃抛翻在地，床下爬出兩個丫鬟。將僕婦婆子尋來，到了天明，仔細查看，所丟的全是金銀，別樣一概沒動。立刻喚進姚成，商議寫了失單，並聲明賊寇自稱北俠，帶領官役，明火執仗。姚成急急呈報縣內，郭氏暗想：「丈夫事體，吉少凶多。須早早稟知叔父馬朝賢，商議個主意。」便細細寫了書信一封，連被搶一節，並失單俱各封固。就派姚成連夜赴京去了。

且說王愷、張雄將馬強解到，倪太守立刻升堂，先追問翟九成、朱煥章兩案，惡賊皆言他二人欠債不還，自己情願以女為質，並無搶掠之事。又問：「你為何將本府誆到家中，押在地牢內？」馬強道：「大老爺乃四品黃堂，如何能到小人家內？」審問再三，總無口供。倪太守大怒，吩咐拉下去，打了四十大板。他是橫了心，再也不招。又調翟九成、朱煥章到案，與馬強當面對質。這惡賊一口咬定，是他等自願以女為質。忽見縣裏詳文，呈報馬強家中被劫，乃北俠帶領差役，明火執仗，搶去各物，現有原遞失單呈閱。太守看了，心內納悶，吩咐暫將馬強收監，翟九成回家聽傳，朱煥章留在衙中。又叫倪忠傳喚王愷、張雄二人來至書房，太守問道：「你等如何拿的馬強？」他二人更從頭至尾，述說了一遍。太守又問道：「他那屋內東西物件，你等可曾混動？」王愷、張雄道：「小人們當差多年，是知規矩的。他那裏一草一木，小人們是斷不敢動的。」太守吩咐二人暗暗訪查訪查，回來稟我知道。王、張領命去了。太守又叫倪忠請朱先生。不多時朱煥章來到書房，太守以賓客相待，把那枝玉蓮花拿出。朱煥章見了，不由的流淚滿面。太守將朱絳貞脫離了仇家，現在王鳳山家中居住的話，說了一遍。朱煥章反悲為喜。太守便慢慢問那玉蓮花的來由。朱煥章道：「此事已有二十餘年。當初在儀徵居住之時，舍間後門便臨著揚子江的江岔。一日見漂來一男子死屍，約有三旬年紀。是我心中不忍，因此備了棺木，打撈上來。臨殯葬時，學生給他整理衣服，見他胸中有玉蓮花一枝。心中一想，何不將此物留下，以為將來認屍之證。因此解下，交付賤荊收藏。後來小女見了，愛惜不已，隨身佩帶，如同至寶。太守何故問此？」倪太守聽了，已然落下淚來。只見倪忠上前道：「老爺！何不將那枝對對，看是如何？」太守一邊哭，一邊將衣解開，把那枝玉蓮花拿出來。兩枝合來，恰恰成為一朵，而且精潤光華，一絲也是不差。太守再也忍耐不住，手捧蓮花，放聲痛哭。朱煥章不解是何緣故？倪忠將玉蓮花的原委，略說大概，朱先生方纔明白，連忙勸道：「此乃珠還璧返，又得了先大人的歸結下落，其實可喜。」太守聞言，又深深謝了，就留下朱先生在衙內居住。倪忠暗暗一力攛掇說：「朱小姐有救命之恩，而且又有玉蓮花為媒，莫是千里婚姻，一線牽定。」太守亦甚願意，就託王鳳山為媒人，朱公慨然允許。王鳳山又託了倪忠向翟九成說錦娘與兒子聯姻，親上加親，翟九成亦欣然應允。霎時間都成了親眷，更覺親熱。太守又打點行裝，派倪忠接取家眷，把玉蓮花一對交老僕好好收藏，到白衣菴見了親娘，俱言二事俱已齊備，專等母親到任。

未知如何？且看下回分解。

第七十七回　倪太守解任赴京師　白護衛喬妝逢俠客

且說倪忠接取家眷去後，又生出無限風波，你道如何？只因由京發下文書，言太守倪繼祖詐害良民，結連大盜，今奉旨提解來京。馬強交大理寺嚴訊，倪繼祖著一同來京備質。倪太守遵奉來文，將印信等件，交代委署官員，即派差役，押解馬強赴京。倪太守將眾人遞的狀子案卷，俱各帶好，止派長班二人跟隨。一日來至京中，在大理寺報到。文老大人見此案人證到齊，便帶馬強過了一堂。馬強已得馬朝賢之信，上堂時一味刁口，說：「太守不理民情，殘害百姓，又結連大盜，夤夜打搶，現有失單報縣，尚未弋獲」等詞。文大人將馬強帶在一邊，又問倪太守此案端的。倪太守一一將前事說明。文彥博聽了，請太守且自歇息，倪太守退下堂來。老大人又將眾人遞冤單，看了一番原委，立刻又叫帶馬強逐件問去，皆是強辭狡辯。文大人暗道：「北俠打劫一事，真假難辨。須叫此人到案，方能明白。」叫人請太守細細問道：「這北俠又是何人？」太守道：「北俠歐陽春，因他行俠仗義，人皆稱他為北俠，就如展護衛有南俠之稱一樣。」文彥博道：「如此道來，這北俠決非打劫大盜可比。此案若結，須此人到案方妥。他現在那裏？」倪繼祖道：「大約還在杭州。」文彥博道：「既如此說，明日先將大概情形覆奏，看聖意如何？」就叫人將太守帶至獄神廟內，好好看待。

次日文大人遞摺之後，聖旨即下，欽派四品帶刀護衛白玉堂，訪拿歐陽春，解京歸案審訊。錦毛鼠參見包公，出來到了公所，大家與玉堂餞行。飲酒之間，四爺蔣平道：「五弟到了杭州，見署事的太守，將奉旨拿人的情節與他說了，卻叫他出張告示，將此事前後敘明。後面就提五弟雖則是奉旨，然因道義相通，不肯拿解，特來訪請。北俠若果在杭州，見了告示，他必自己投到。五弟見了他，以情義相感，也必隨你來京。若非如此，惟恐北俠不肯來京，倒費事了。」五爺聽了，暗笑蔣爺軟弱，嘴裏卻說道：「承四哥指教，小弟遵命。」飲酒已畢，叫伴當白福備了馬匹，拴好行李，告別眾人。盧方又諄諄囑咐：「路上小心！到了杭州，遂按你四哥的主意辦理。」白五爺只得答應，展爺與王、馬、張、趙俱各送出府門。主僕二人上馬，竟奔杭州而來。沿途無事。一日來至杭州，租了寓所，也不投文報到，每日叫伴當出去暗暗訪查，一連三四日，不見消息。只得自己喬妝，改扮了一位秀才模樣，頭戴方巾，身穿花氅，足下登一雙厚底大紅朱履，手中輕搖泥金摺扇，搖搖擺擺，出了店門，信步行來。見新開一座茶社，名曰「玉蘭坊」。此坊乃是官族的花園。走進裏邊，見亭樹橋梁，花草樹木，頗可玩賞。白五爺便在亭子上泡了一壺茶，慢慢消飲。忽聽竹叢中淅瀝有聲，霎時下起雨來。誰知越下越大，遊人俱已散盡，天已將晚。自己一想：「離店尚有二三里，又無雨具，倘雨再大起來，地下泥濘，未免難行。莫若冒雨回去。」急急會鈔下亭，過了板橋，順著樹陰之下，冒雨急行。猛見紅牆一段，卻是齊整廟宇，忙到山門下避雨，見匾額上提著「慧海妙蓮菴」。低頭一看，朱履已然踏的泥污，只得脫下。才要收拾收拾，只見有個小童，手內托著筆硯，口呼：「相公！相公！」往東去了。忽然見廟門開放，有一年少的尼姑，悄悄答道：「你家相公在這裏。」白五爺一見，心中納悶。誰知小童往東，只顧呼喚相公，並沒聽見。這幼尼見他去了，就關上門進去。

五爺見此光景，暗暗忖道：「他家相公在他廟內，又何必悄悄喚那小童呢？其中必有暗昧不明，待我看看。」站起身來，將朱履放在階石上，光著襪底飛身上牆，輕輕跳將下去。在黑影中細細留神，見有個道姑，一手托定方盤，裏面熱騰騰的菜蔬，一手提定酒壺，進了角門。有一段粉白的板牆，也是隨牆的板門，輕輕進去。白玉堂也就暗暗隨來，挨身而入，悄悄立於窗外。只聽屋內道：「天已不早了，相公多少用些酒飯，少時也好安歇。」又聽男子道：「誰要吃你的酒飯？你們到底是何居心？將吾拉進廟來，又不放我出去，成個什麼規矩？還不與我站遠些。」又聽女尼說道：「相公不要固執，這也是天緣湊合。難得今日『油然作雲，沛然下雨』。上天尚有雲行雨施，難道相公倒忘了雲情雨意麼？」男子道：「休得胡說！我是不能的。」白五爺窗外聽了，暗道：「此人倒也難得。」又聽一個女尼道：「且請吃這杯酒。」只聽「噹啷」一聲，酒杯落地碎了。尼姑嗔道：「我好意敬你酒，你為何不識抬舉？實告訴你吧，想走不能！現在我們後面，還有一個臥病在床的，那不是榜樣麼？」男子聽了著急道：「了弗得了！他們這裏要害人呢！救人吓！」白玉堂趁著叫喊，連忙闖入。一掀軟簾道：「兄臺為何如此喉急❶？」把兩個女尼嚇了一跳，那人道：「兄臺請坐！他們這裏不正經，了弗得的！」白五爺道：「這有何妨？人生及時行樂，亦是快事。他二人如此多情，兄臺何如此之拘泥？請問尊姓？」那人道：「小弟姓湯，名夢蘭，乃揚州青葉村人氏，只因探親，來到這裏，就在前村居住。可巧今日無事，要到玉蘭坊閒步閒步。因欲到彼題詠題詠，一時忘記了筆硯，因此叫小童回莊去取。不想落起雨來，承他一番好意，讓我廟中避雨，誰知不放我動身。甚的雲啊！雨啊！說了許多的混話。」白玉堂道：「這是吾兄之過了。」

❶ 喉急：著急。

湯生道：「如何是吾之過？」白玉堂道：「你我讀書人，接物待人，理宜從權達變，隨遇而安。」湯生乃搖頭道：「似這樣隨遇而安，吾是斷斷乎不能為的。」誰知尼姑見玉堂比湯生強多了，又見責備湯生，以為玉堂是個慣家，登時就把柔情都移在玉堂身上。他也不想想，玉堂從何處進來的？可見邪念迷心，竟忘其所以。

白玉堂再看那兩個尼姑，一個有三旬，一個不過二旬上下，皆有幾分姿色。只見那三旬的，連忙執壺，滿斟一杯，笑容可掬，捧至白玉堂跟前，道：「多情的相公，請吃這杯合歡酒。」玉堂接過來一飲而盡，卻哈哈大笑。那二旬的見了，也斟了一杯進前道：「相公喝了我師兄的，也得喝我的。」白玉堂也便在他手中喝了。湯生一旁看了道：「豈有此理！」二尼一邊一個伺候玉堂。玉堂問他二人，卻叫何名。三旬的說：「我叫明心。」二旬的說：「我叫慧性。」玉堂道：「明心，明心，心不明則迷；慧性，慧性，性不慧則昏。你二人迷迷昏昏，何時始了？」說著話，將二尼每人握住一手，卻問湯生道：「湯兄，我批的是與不是？」湯生正在煩悶，聽玉堂一問，便道：「呀！你還問吾？吾看你，也是心迷智昏了！」此話未完，只見兩個尼姑極叫道：「阿呀呀！疼死我也！放手！放手！禁不起了。」只聽白玉堂一聲斷喝道：「我把你這兩個淫尼，無端引誘人家子弟，該當何罪？你等害了幾條性命？還有幾個淫尼？快快講來！」二尼跪倒央告道：「菴中就是我們師兄弟兩個，還有兩個道婆，一個小徒。小尼等實實不曾害人性命，就是後面的周生，也是他自己不好，以致得了弱症。望乞老爺饒恕。」湯生連忙斂容起敬，又見二尼哀聲不止，疼的兩淚交流，心中不忍，卻又替他討饒。白玉堂道：「明日務要問明周生家住那裏，現有何人；急急給他家中送信，叫他速速回去，我便饒你。」二尼道：「情願！情願！老爺快些放手！小尼的骨節都碎了。」五爺道：「便宜了你等！後日俺再來打聽，如不送回，俺必將你等送官究辦。」說罷一鬆手，兩個尼姑扎煞兩隻手，猶如卸了拶子的一般。踉踉蹌蹌，跑到後面藏躲去了。湯生又重新給玉堂作揖，二人復又坐下攀話，忽見軟簾一動，進來一條大漢，後面跟著一個小童。小童手內提著一雙朱履，大漢對小童道：「那個是你家相公？」小童對著湯生道：「相公為何來至此處？叫我好找！若非遇見這位老爺，我如何進得來呢？」大漢道：「你主僕快些回去罷！」小童道：「相公穿上鞋走罷！」湯生道：「吾這裏穿著鞋呢！」小童道：「這雙鞋是那裏來的呢？」白玉堂道：「那雙鞋是我的。」將腳一抬，果然光著襪底兒呢！小童將鞋放下。湯生告別。

未知大漢是誰？且看下回分解。

第七十八回　紫髯伯藝高服五鼠　白玉堂氣短拜雙雄

且說白玉堂見湯生主僕出廟去了。對那大漢執手道：「請了。」大漢道：「請問尊兄貴姓？」白玉堂道：「不敢，小弟姓白名玉堂。」大漢道：「呵呀！莫非大鬧東京的白五弟麼？」玉堂道：「小弟草號錦毛鼠。不知兄臺尊姓？」大漢道：「劣兄複姓歐陽名春。」白玉堂登時雙睛一瞪道：「如此說來，北俠紫髯伯就是足下了。請問到此何事？」北俠道：「只因路過此廟，見那小童啼哭，問明方知他相公不見了。因此我悄悄進來一看，原來五弟在這裏竊聽，我也聽了多時。後來五弟進了屋子，劣兄就在五弟站的那裏，又聽五弟發落兩個淫尼。劣兄方回身，開了廟門，將小童領進，使他主僕相認。」玉堂聽了，暗道：「他也聽了多時，我如何不知道的？我原為訪他而來，如今既見了他，焉肯放過？須要離此廟，再行拿他不遲。」想罷，答言：「此處也不便說話，何不到我下處一敘？」北俠道：「很好。」二人離了慧海妙蓮菴，此時雨過天晴，月明如洗。北俠問道：「五弟到杭州何事？」玉堂道：「特為足下而來。」北俠便住步問道：「為劣兄何事？」白玉堂就將倪太守與馬強在大理寺審訊，供出北俠。「我是奉旨前來訪拿足下。」北俠聽玉堂之言，這樣口氣，心中好生不樂道：「如此說來，白五老弟是欽命了。歐陽春妄自尊大，多多有罪！請問欽命老爺，歐陽春當如何進京？望乞明白指示。」北俠這一問，原是試探白爺，懂交情不懂交情。白玉堂若從此拉回來，說些交情話，兩下裏商量商量，也就完了事了。

不想白玉堂心高氣傲，仗著自己的武藝，他便目中無人，答道：「此乃奉旨之事，只好屈尊足下，隨著白某赴京便了。」歐陽春微微冷笑道：「紫髯伯乃堂堂男子，就是這等隨你去，未免貽笑於人，尊駕還要三思。」五爺不辨輕重，反倒氣往上沖，說道：「大約合你好說，你決不肯隨俺前去。必須較量個上下。那時休怪俺不留情分。」北俠聽畢，也就按捺不住。北俠說道：「好好，正要領教領教。」白玉堂急將花氅脫下，摘了儒巾，脫下朱履，仍然光著襪底兒，搶到上首，拉開架式；北俠從容不迫，也不趕步，止於招架而已。五爺抖擻精神，左一拳，右一腳，一步緊似一步。北俠暗道：「我儘力讓他，他儘力的逼勒，說不得叫他知道。」只見白玉堂拉了個回馬式，北俠故意的跟了一步，白爺見北俠來的切近，回身劈面就是一拳。北俠將身一側，只用兩指看準脅下，輕輕的一點，白玉堂倒抽了一口氣，登時經絡閉塞，呼吸不通，嘴兒張著，說不出話，眼前銀星亂滾。北俠惟恐功夫大了，必要受傷，就在後心陡然擊了一掌，白玉堂經此一震，方轉過這口氣來。北俠道：「恕劣兄莽撞，五弟休要見怪！」白玉堂一語不發，竟自揚長而去。

來至寓所，悄悄越牆而入，來至屋中。白福見此光景，不知為著何事。五爺道：「你去給我烹一碗新茶來。」他將白福支開，把軟簾放下，進了裏間，暗暗道：「罷了！罷了！俺白玉堂有何面目回轉東京？悔不聽我四哥之言。」說罷，從腰間解下絲縧，登著椅子，就在橫楣之上，拴了個套兒。剛要脖項一伸，見結的扣兒已開，絲縧落下。復又結好，依然又開，如是者三次。暗道：「這是何故？莫非我白玉堂不當死於此地？」只覺後面一人，手拍肩頭道：「五弟，你太濁了。」白爺回身一看，見是北俠，手中托定花氅，卻是平平正正，放著一雙朱履。玉堂見了，羞的面紅耳熱。又自忖道：「他何時進來，我竟不知不覺。可見此人藝業比我高了。」原來北俠算計玉堂少年氣傲，回來必行短見，他就在後跟下來了。及至玉堂進了屋子，他卻在窗外悄立。後聽玉堂將白福支出去烹茶，北俠就進了屋內，見玉堂要行短見。正在他仰面拴套之時，北俠就從椅傍挨入，卻在玉堂身後隱住。白玉堂久慣飛簷走壁之人，竟未知覺，於此可見北俠的本領。當下北俠放下衣服道：「五弟你要怎麼樣？難道為此事就要尋死？豈不是要劣兄的命麼？你如要上弔，我們倆就搭連弔罷！」白玉堂道：「我死我的，與你何干？此話我不明白。」北俠道：「老弟！你可真糊塗了。你想想：你若死了，歐陽春如何對的起你的四位兄長？又如何去見南俠，與開封府的眾朋友？也只好隨著你死了罷！豈不是你要了劣兄的命了麼？」玉堂聽了，低頭不語。北俠急將絲縧拉下，就在玉堂旁邊坐下，低低說道：「五弟！你我今日之事，不過遊戲而已，有誰見來？何至於輕生！就是叫劣兄隨你去，也該商量商量。你只顧你臉上有了光彩，也不想想把劣兄置於何地？」玉堂道：「依兄臺怎麼樣呢？」北俠道：「劣兄倒有兩全其美的主意，五弟明日何不到茉花村，叫丁氏昆仲出頭，算是給我二人說合的。五弟也不落無能之名，劣兄也免了捕獲之醜。彼此有益，五弟以為如何？」白玉堂本是聰明特達之人，聽了此言，連忙深深一揖道：「多承令兄指教。實是小弟年幼無知，望乞吾兄海涵。」北俠道：「話已言明，劣兄不便久留，也要回去了。」說罷出了裏間，來至堂屋。白五爺道：「仁兄請了，茉花村再見。」北俠點了點頭，又悄悄道：「那頂頭巾合泥金摺扇，俱在衣服內夾著呢。」玉堂也點了點頭，剛一轉眼，已不見北俠的蹤影。

白爺暗暗誇獎：「此人本領勝吾十倍。」只見白福烹了一杯茶來。白玉堂道：「將茶放下，取個燈籠來。」白福放下茶，便回身取了燈籠。白玉堂接過，又把衣服朱履夾起，出了屋門，縱身上房，仍從後面出去。不多時只聽前邊打的店門響，白福迎了出去，叫道：「店家快開門，我們家主回來了。」小二連忙取了鑰匙，開了店門，只見玉堂仍是斯文打扮，搖搖擺擺進來。小二道：「相公怎麼這會才回來？」玉堂道：「因在相好處避雨，又承他待酒，所以來遲。」白福早已上前接過燈籠，引至屋內。茶尚未寒，玉堂喝了一杯，又吃了點飲食。吩咐白福，於五鼓備馬起身，上松江茉花村去。自己歇息，暗道：「北俠的本領，那一番的和藹氣度，實在別人不能的。而且方才說的這個主意，更覺週到，比四哥說的出告示訪請，又高一籌。那出告示，眾目所觀，既有『訪請』二字，已然自餒，那如何對人呢？如今歐陽兄出的這個主意，方是萬全之策。難怪展大哥與我大哥背地裏常說他好。」到了五鼓，白福起來收拾行李馬匹，到了櫃上，算清了店帳，主僕二人上茉花村而來。

話休煩絮。到了茉花村，先叫白福去回稟，自己乘馬隨後。離莊門不遠，見多少莊丁伴當，分為左右，丁氏弟兄在臺階上面立等。玉堂連忙下馬，伴當接過。丁大爺已迎接上來，攜手來至待客廳上，玉堂先與丁母請了安，然後歸坐。獻茶已畢，丁大爺問了開封眾朋友好，又謝在京時叨擾盛情。丁二爺卻道：「今日那陣香風兒，將護衛老爺吹來？」說的玉堂臉紅。丁大爺瞅了二爺一眼道：「老二，弟兄們許久不見，何不說說正經的，只是嘲嘔做什麼？」玉堂道：「大哥不要替二哥遮飾。本是小弟理短，無怪二哥惱我。自從去歲被擒，連衣服都是穿著二哥的。後來到京受職，就要告假前來；誰知我大哥因小弟新受職銜，再也不准動身。」丁二爺聽了暗道：「白老五比先前乖滑的多了，且看他目下這種事怎麼說法？」回頭吩咐擺酒，玉堂也不推辭。丁氏昆仲左右相陪。飲酒中間，問玉堂道：「五弟此次果是官差，還是私事呢？」玉堂道：「不瞞二位仁兄，實是官差。然而其中有許多原委，此事非仁兄賢昆仲不可。」丁大爺便道：「如何用我二人之處，請說其詳。」玉堂便將倪太守、馬強一案，供出北俠。「小弟奉旨，特為此事而來。」丁二爺問道：「可見過北俠沒有？」玉堂道：「見過了！」兆蕙道：「既見了便好說了。諒北俠有多大本領，如何是五弟對手？」玉堂道：「二哥差矣！小弟在先，原也如此想，誰知事到頭來不自由，方知人家之末技，俱是自己之絕技。慚愧的很，小弟輸與他來。」丁二爺故意詫異道：「這話愚兄不信。」玉堂便將與北俠比試，直言無隱，俱各說了。「如今請二位兄臺，將歐陽兄請來，那怕小弟央求他呢！只要隨小弟進京，便叨愛多多矣！」丁兆蕙道：「如此說來，五弟竟不是北俠對手了。」玉堂道：「誠然。」丁二爺道：「你可佩服呢？」玉堂道：「不但佩服，而且感激。就是小弟此來，也是歐陽兄教導的。」丁二爺聽了，連聲讚揚叫好，道：「好兄弟，丁兆蕙今日也佩服你了。」便高聲叫道：「歐陽兄，你也不必藏著了，請過來相見。」只見從屏後轉出三個人來，玉堂一看，前面走的就是北俠，後面一個三旬之人，一個年幼小兒。連忙出座，道：「歐陽兄幾時來到？」北俠道：「昨晚方到。」玉堂又問：「此二位是誰？」丁二爺道：「此位智化，綽號黑妖狐，與劣兄世交，通家相好。」原來智爺之父，與丁總鎮是同僚，最相契的。智爺道：「此是小徒艾虎，過來見過白五叔。」艾虎上前見禮。玉堂拉了他的手，細看一番，連聲誇獎。彼此敘坐：北俠坐了首座，其次是智爺、白爺，其次又是丁氏兄弟，下首是艾虎，大家歡飲。玉堂又提請北俠到京，北俠慨然應允。大家暢敘，彼此以義氣相投，披肝瀝膽。酒飯已畢，談至更深，各自安寢。到了天明，北俠與白爺一同赴京去了。

未知後事如何？且看下回分解。

第七十九回　智公子定計盜珠冠　裴老僕改妝扮難叟

且說眾英雄送了北俠、玉堂回來，在廳上閒坐。智化道：「我想此事關係非淺。仔細想來，全是馬強叔姪過惡，除非設法將馬朝賢一網打盡方妥。」丁二爺道：「智兄有何妙計？」智化道：「若要一網打盡，說不得卻要做一件欺心的事，生生的訛在他叔姪身上，使他贓證俱明，有口難分。我雖想定計策，只是題目太大，有些難作。」丁大爺道：「大哥你何不說出，大家計較計較呢？」智化道：「當初劣兄上霸王莊者，原為看馬強的舉動；因他結交襄陽王，常懷不軌之心。如今何不借題發揮，與國家除害？——然而其中有四件難事。」丁二爺道：「那四件？」智爺道：「第一要皇家的緊要之物。——這也不必推諉，全在我的身上。第二要一個有年紀之人，一個童女或童男，隨我前去。又要有膽量，又要有機變，又要受得苦。第三件，我等盜了緊要之物，還得將此物送在馬強家，藏在佛樓之內，以為將來的真贓實犯。……」丁二爺聽了，不由的插言說：「這第三件，算是小弟的了。第四件，又是什麼呢？」智化道：「惟有第四件最難，必須知根知底之人，前去出首；不但出首，還要單上開封府出首去。別的事情都好說，惟這第四件是最要緊的，成敗全在此一舉；此一著若是錯了，滿盤俱空。這個人竟難得的。」口裏說著，眼睛卻瞟著艾虎。艾虎道：「這第四件，莫若徒弟去罷！」智化將眼瞪一瞪道：「你小孩家，懂得什麼？如何幹得這樣大事？」艾虎道：「據徒弟想來，此事非徒弟不可。徒弟去了有三益。」丁二爺先前聽了艾虎要去，以為小孩子不知輕重。此時又見他說出三益，頗有意思，便問艾虎道：「你把三益說給我聽。」艾虎道：「第一，小姪自幼在霸王莊，所有馬強之事，小姪俱知。而且三年前，馬朝賢告假回來一次，那時我師父尚未到霸王莊呢！如今盜了緊要東西來，就說三年前，馬朝賢帶來的，與事更覺有益。第二，俗語說得好：『小孩兒嘴裏討實話。』小姪若到開封府舉發出來，叫別人再想不到這樣一宗大事，卻是小孩子作個硬證。此事方是千真萬真，的確無疑。第三益，師父教訓一場，小姪兒若借著這件事，大小留個名兒，這豈不是三益麼？」丁大爺、丁二爺聽了，拍手大笑道：「好！想不到他竟有如此的志向。」智化道：「二位賢弟且慢誇。他因不知開封府的利害，到了身臨其境，見了那樣子的威風，又搭著問事如神的包丞相，——他小孩子家有多大膽量？有多大志略？若話不投機，豈不耽誤了大事！」

艾虎聽了，不由的雙眉倒豎，二目圓翻，道：「師父特把弟子看輕了，他縱然是森羅殿，徒弟就是上劍樹，登刀山，再也不能改口。是必把忠臣義士搭救出來。」兆蘭、兆蕙聽了，嘖嘖稱羨。智化道：「且別說你到開封府；就是此時，我問你一句，你如果答應的出來，此事便聽你去。」艾虎笑嘻嘻道：「待徒弟跪下，你老就審吧！」他就直挺挺的跪在當地，智爺道：「你員外家中犯禁之物，可是你太老爺親身帶來的麼？」艾虎道：「回老爺，只因三年前，小的太老爺告假還鄉，親手將此物交給小人的主人。小人的主人叫小人托著，收在佛樓之上。是小人親眼見的。」智爺道：「如此說來，此物在你員外家中三年了？」艾虎道：「是三年多了。」智爺用手在桌上一拍道：「既是三年，你如何今日才來出首？講！」丁氏兄弟聽了這一問，登時發怔，暗想道：「這當如何回答呢？」只見艾虎從從容容道：「回老爺，小人今年才十五歲。三年前小人十二歲，毫無知覺，並不知道知情不舉的罪名。皆因我們員外犯罪在案，別人對小人說：『你提防著罷！多半要究出三年前的事來，你就是個隱匿不報的罪，要加等的。若出了首，罪還輕些。』因此小人駭怕，急急趕來出首，在大老爺臺下。」兆蕙聽了，只樂得跳起來道：「好對答！賢姪你起來罷。第四件，是要你去定了。」智爺道：「言雖如此，且到臨期再寫兩封信給他，也安置安置，方保無虞。如今把應用之物，開一個單兒來。」

丁二爺拿過筆硯，鋪紙提筆，智爺念道：「木車子一輛，大蓆簍子兩個，舊布被褥大小兩分，鐵鍋杓碟，黃磁大碗，粗傢伙要全，老頭兒一名，或幼童或幼女一名俱可，外有隨身舊布衣服行頭三分。」丁大爺在旁看了問道：「智大哥，要這些東西何用？」智爺道：「實對二位賢弟說，劣兄要到東京，盜取聖上九龍珍珠冠呢！只因馬朝賢乃四執庫的總管，此冠正是他管理。我們要扮做逃荒的模樣，到東京安準了所在。劣兄探明白了四執庫，盜此冠，須連冠並包袱等，全行盜來。似此黃澄澄的東西，如何滿路上揹著走呢？這就用著蓆簍子了。一邊裝上此物，上用被褥遮蓋；一邊叫幼女坐著。人不知不覺，就回來了。故此必要有膽量，能受苦的老頭兒，合那幼女。兩位賢弟想想，這二人可能有麼？」丁二爺道：「卻有個老頭兒，名叫裴福。他又有膽量，又能受苦。只因他為人直性無私，當初出過力，到如今給弟等管理家務。此人頗可去得。」智爺道：「如此說來，這事可辦了。」丁二爺道：「但見了他，切不可提出盜冠，單說馬強過惡，倪太守、歐陽兄被害，他必憤恨。那時再說出此計來，他就樂從了。」智爺聽了滿心歡喜，即吩咐伴當，將裴福叫來。不多時，見裴福來到，雖則六旬年紀，卻是精神滿足。先見了智爺，後又見了大官人、二官人。智爺說起馬強作惡多端，如何霸佔田地，如何搶掠婦女。又說出倪太守私訪遭害，歐陽春因搭救太守，如今被馬強京控，打了罣誤官司，不定性命如何。裴福聽至此，便怒髮沖冠道：「何不殺此惡賊？」二爺道：「老人家！不必著急。如今智大爺定了一計，要煩老人家上東京走一遭，不知可肯走否？」裴福道：「老奴豈有不肯？」智爺道：「必須要扮作個逃荒的樣子。我二人權作父子，還得要個小女孩兒。我們父子祖孫，一輩兒逃荒，你道如何？」裴福道：「此計雖好，只是大爺受屈，老奴不敢當。」智爺道：「這有什麼呢？逢場作戲罷咧！」裴福道：「這個小女兒卻也現成，就是老奴的孫女兒，名叫英姐，今年九歲，極其伶俐。久已磨著老奴要上東京逛去。莫若就帶了他去。」智爺道：「很好，就是如此罷！」商議已定，定日起身，丁大爺已按著單子，預備停當，俱各放在船上。待客廳備了餞行酒席，連裴福、英姐不分主僕，同桌而食。吃畢，智爺起身，丁氏兄弟送出莊外，瞧著上了船，方同艾虎回來。

智爺一路過了長江，至河南境界，棄舟登岸。裴福跨絆推車，智爺背繩拉牽，一路行來，到了熱鬧叢中，向人求吃。在路上也不敢耽擱。一日，到了東京，白晝間仍然乞討。到了日落西山，便有地面上官人，對裴福道：「老頭子！你這車子，這裏擱不住吓！趁早兒推開。」裴福道：「請問太爺，俺往那裏推吓？」官人道：「我管你吓！你愛往那裏推便往那裏推。」旁邊一人道：「叫他推到黃亭上去罷！那裏也不礙事。」便對裴福道：「老頭子，你睄過了鼓樓，有個琉璃瓦的黃亭子，那裏去好。」裴福謝了。智爺此時還趕著要錢，裴福叫道：「俺的兒呀！俗上黃亭子那行行兒去。」智爺聽了，將牽繩背在肩頭，拉著往北而來。走不多時，到了鼓樓，果見那邊有個黃亭子，便將車子放下。此時天已昏黑，又將被褥拿下，就在黃亭子臺階上鋪下。英姐困了，叫他先睡。到了夜靜更深，裴福悄悄問道：「大爺！

今已來至此地，可有什麼主意？」智爺道：「今日且過一夜。明日看個機會，晚間俺就探聽一番。」正說著，只聽那邊「噹噹噹」鑼聲響亮，二人便不言語。只聽巡更的道：「那邊是什麼？那裏來的小車子？」又聽有人說道：「你忘了，這就是那個逃荒的。地面上張頭兒，叫他在這裏。」說著話，打著鑼，往那邊去了。智爺與裴福方和衣而臥。到了次日，見一群人肩頭擔著鐵鍬鋤頭，又有抬著大筐繩槓，說說笑笑，順著黃亭子而來。智爺便迎了上去，道：「太爺們！捨個錢罷！」其中就有人發話道：「大清早起，也不睜開眼瞧瞧，我們是有錢的嗎？」又有人說：「這樣一個小夥子，什麼幹不得？卻手背朝下，合人要錢。」又聽有人說道：「只因他那老的老，小的小，累贅了。」

要知說話的是誰？且看下回分解。

第八十回　假作工御河挖泥土　認方向高樹捉猴猻

話說智爺正向眾人討錢，有人向他說話，乃是個工頭。此人姓王行大。恰好做活的人不夠用，抓一個是一個，便對智爺道：「夥計！你姓什麼？」智爺道：「俺姓王行二。你老貴姓？」王大道：「我也姓王。有句話對你說，如今紫禁城內挖御河，我瞧你這個樣兒，怪可憐的，何不跟我做活呢？一天三頓飯，額外還有六十錢，有一天算一天，你願意不願意？」智爺尚未答言，只見裴福過來道：「什麼錢不錢的？只要叫俺的兒子吃飽就完了。」王大把裴福瞧了瞧，問智爺道：「這是誰？」智爺道：「俺爹。」王大對著裴福道：「告訴你，皇上家不使白頭工。這六十錢，必是有的。你若願意，叫你兒子去罷！」智爺道：「爹吓！你老怎麼樣呢？」裴福道：「你只管幹你的去。身去口去，俺與小孫女，哀求哀求，也就夠吃的了。」王大道：「你只管放心。大約你吃飽了，把那六十錢拿回來，買點子餑餑餅子，也就夠他們爺兒兩個吃的了。」智爺道：「就是這們著。我就走。」王大便帶了他，奔紫禁城而來。不一時，來到紫禁城門，王頭兒遞了腰牌，註了人數，按名點進。到了御河，大家按檔兒❶做活。智爺拿了一把鐵鍬，撮的比人多，擲的比人遠，而且又快。旁邊做活的道：「王第二的，你這活計不是這麼做。」智爺道：「怎麼？」旁邊人道：「俗語說的：『皇上家的工，慢慢兒的蹭。』你要這麼做，還能吃的長麼？」

❶ 按檔兒：挨著次序。

智爺道：「做的慢了，他們給飯吃嗎？」旁邊人道：「都是一樣慢了，他能不給誰吃呢？」智爺道：「既是這樣，俺就慢慢的。」少時聽得王頭兒叫道：「王第二的上來罷，吃飯了。你難道沒聽見梆子響嗎？我告訴你，每逢梆子響是吃飯。若吃完了，一篩鑼就該做活了。天天如此，頓頓如此。」智爺道：「俺知道了。」王大帶到吃飯的所在，叫他拿碗盛飯。智爺果然盛了飯，大口小口吃了。一天三頓，皆是如此。到了散工時，王頭兒在紫禁城按名點數，出來一人，給錢一分。智化隨著眾人，回到黃亭子，拿了六十錢，見了裴福道：「爹吓！俺回來了，給你這個。」裴福道：「吃了三頓飯，還得錢，真是造化的。」王頭兒道：「明早我還從此過，你仍跟了我去。」智爺道：「是了。」裴福道：「叫你老分心，你老行好得好罷！」王頭兒道：「好說！好說！」回身去了。到了無人之時，又悄悄計議，說這一做工，倒合了機會，只要探明了四執庫，便可動手了。

一宿晚景已過。到了次日，又隨著進內做活。只聽人聲一陣一陣的喧嘩，只見那邊有一群人，都仰面望上觀瞧。智爺仰面一看，原來樹上有個小猴兒，項帶鎖鍊，在樹上跳躍。又見有兩個內相❷公公，急的只是搓手，道：「可怎麼好？算了罷，不用只是笑了。你們只顧大聲小氣的，嚷嚷的裏頭聽見了，叫咱家擔不是；叫主子瞧見了，那才是個大亂兒呢！這可這麼好呢？」智爺瞧著，不由的順口兒說道：「那值嗎呢❸工夫就拿下來了！」內相聽了，剛要說話，只見王頭兒道：「王第二的，你就只做你的活就完咧！多管什麼閒事呢？你上去萬一拿跑了，不是頑的。」剛說至此，只聽內相道：「王頭兒，咱家

❷ 內相：太監。

❸ 嗎呢：多大（北平土話）。

待你灑好兒的。這個夥計，他既說能上去拿下來，這有什麼呢？難道咱家還難為他不成？」王頭兒道：「老爺別怪我。我惟恐他不能拿下來，那時拿跑了倒誤事。」內相道：「跑了就跑了，也不與你相干。」王頭兒道：「是了，老爺，你老只管支使他罷！」內相對智化道：「夥計！咱家託你上樹，給咱家拿下來罷！」智爺道：「俺不會上樹吓！」內相回頭對王頭兒道：「全是你鬧的！他不會上樹咧！今晚上散工時，你這些傢伙別想拿出去咧！」王頭兒聽了著急，連忙對智老爺道：「王第二的，你能上樹，你上去給他老拿拿罷！不然，晚上我的鐵鍬鋤頭，不定丟多少，我怎麼交得下去呢？」智爺道：「俺先說下，上去不定拿得住；拿不住，你老不要見怪。」內相說：「你只管上去，跑了也不怪你。」智爺雙手一摟樹木，把兩腿一拳，猶如上面猴子一般。誰知樹上猴子見有人上來了，他連躥帶跳，已到樹杪之上。智爺且不管他，找了個大杈枒坐下，明是歇息，卻暗暗四下裏看了方向。見猴子蹲在樹梢，他卻詳端，見有個斜杈枒，他便奔到斜枝上面。那樹枝兒連身子亂幌，眾人下面瞧著，個個耽驚。只見智爺喘息了喘息，等樹枝兒穩住，將他腳丫兒慢慢的一抬，彀著搭拉❹的鎖鍊兒，將指頭一扎煞，攏住鎖鍊。又把頭上的毡帽摘下來，做個兜兒，腳指一拳，往下一沉，猴子在上面蹲不住，一陣亂叫，掉將下來。他把氈帽一接，猴兒正掉在氈帽裏面。連忙將氈帽沿兒一摺，就用鎖鍊綑好，銜在口內，兩手倒扒，順流而下，毫不費力。眾人無不喝采。智爺將猴兒交與內相，內相眉開眼笑道：「叫你受乏了，你貴姓吓？」智爺道：「俺姓王行二。」內相回手在肚兜內，掏出兩個一兩重的小元寶兒，遞與智爺道：「給你這個，你別嫌輕，喝碗茶罷！」又對王頭兒道：「咱家看他真誠實，明日頭兒給他找個輕鬆檔兒。咱家還要單敬

❹ 搭拉：低垂。

你一杯呢！」王頭兒道：「老爺吩咐，小人焉敢不遵？何用賞酒呢？」內相道：「說給你喝酒，咱家再不撒謊。你可不許分他的。」王頭兒道：「小人不至於那麼下作❺。他登高爬樹，耽驚受怕的得的賞，小人也忍得分他的？」內相點了點頭，抱著猴子去了。

這裏眾人仍然做活，到了散工，王頭兒同他到了黃亭子，把得銀子之事，對裴福說了。裴福歡天喜地，千恩萬謝。王頭兒道：「明日還是一早來找你。」說著，就去了。到了次日，一同進城，智爺仍然拿了鐵鍬，要做活去。王頭兒道：「王第二的，你且擱下那個，你這裏來看堆兒罷！我告訴你說，這是輕鬆檔兒，省得內相老爺來了……」剛說至此，只見他又悄悄的道：「來了！來了！」早見那邊來的，恰是昨日的小內相，捧著一個金絲纍就，上面嵌著寶石，蟠桃式的小盒子，笑嘻嘻的道：「王老二，你來了嗎？」智爺道：「早就來了。」內相道：「今日什麼檔兒？」智爺道：「叫俺看看堆兒。」內相道：「這就是了。我們老爺怕你還做活，一來叫我瞧瞧，二來給你送點心。你自嚐嚐。」智爺接過，打開盒子，見裏面皆是細巧炸食，拿起來攧了攧，又聞了聞，仍然放在盒內。內相道：「你為什麼不吃呢？」智爺道：「咱有爹。這樣好東西，俺拿回去，給我爹吃去。」內相聽了，笑著點頭兒道：「你是好的，倒有孝心。既是這樣，連盒子先擱著，少時我再回來取。」到了午間，只見昨日丟猴兒的內相，帶著送吃食的小內相，二人一同前來。王頭兒看見，連忙迎上來。內相道：「王頭兒！難為你，咱家聽說你叫王第二的看堆兒，很好。來！給你這個。」王頭兒接來一看，也是兩個小元寶兒。王頭兒道：「這有什麼呢？又叫老爺費心。」連忙謝了。內相道：「什麼話兒？說給你喝，焉有空口說白話的？王第二呢？」

❺ 下作：下流。

王頭兒道：「他在那裏看堆兒呢！」連忙叫道：「王第二的，你這裏來。」智爺過來，內相道：「聽說你很有孝心。早起那個盒子呢？」智爺道：「在那裏放著沒動呢！」內相道：「你拿來跟了我去。」智爺到那裏拿了盒子，隨著內相到了金水橋上。只聽內相道：「我家姓張，見你很好的，我家給你裝了一匣子小炸食，你拿回去給你爹吃。你把盒子裏的吃了罷！」小內相打開盒子，叫他拿衣襟兜著吃。智爺一壁吃，一壁說道：「好個大廟！蓋的雖好，就只門口短個戲臺。」內相聽了笑道：「你難道沒聽見說過皇宮內院嗎？要是大廟，難道門口兒就不立旗杆麼？」智爺道：「那邊不是旗杆嗎？」內相笑道：「那是忠烈祠合雙義祠的旗杆。」智爺道：「這個大殿呢？」內相道：「那是修文殿。」智爺道：「那後高閣呢？」內相笑道：「什麼後高閣呢！那是耀武樓。」智爺道：「那邊又是甚去處呢？」內相道：「我告訴你，那邊是寶藏庫，這是四執庫。」智爺暗暗將方向記明。又故意的說道：「這些房子蓋的雖好，就只短了一樣兒。」內相道：「短什麼？」智爺道：「各房上全沒有煙筒，是不是？」內相聽了，笑個不了，道：「你真嘔死人，笑的我的肚腸都斷了。你快拿了盒子去罷！咱家也要進宮去了。」智爺見內相去後，他細細的端詳了一番，方擕了盒子回來。到了晚間，散工來至黃亭子。及至天交二鼓，智爺扎縛停當，帶了百寶囊，別了裴福，一直竟奔內苑而來。

不知後事如何？且看下回分解。

第八十一回　盜御冠交託丁兆蕙　攔相轎出首馬朝賢

且說黑妖狐來至皇城，用如意縧越過皇牆，已至內圍。他便施展生平武藝，輕移健步，躍脊躥房，所過處，皆留暗記。一直來到四執庫的後坡，數了數瓦隴，便將瓦揭開，按次序排好，把灰土扒在旁邊。到了錫被四圍，用利刃劃開望板，也是照舊排好，早已露出了椽子來。又在百寶囊中，取出連環鋸，斜岔兒鋸了兩根，將鋸收起。便用如意縧上的如意鉤搭住，手握絲縧，剛倒了兩三把，到了天花板。揭起一塊，順流而下，滑步而行。引著火扇一照，見一溜朱紅槅子，上面有門兒，俱各黏貼封皮，鎖著鎖頭。每門上俱有號頭寫著，「天字一號」就是九龍冠。即伸舌兒舔濕封皮，慢慢揭下。又摸著鎖頭兒鎖門，配好鑰匙，將鎖開了。輕啟朱門，見有黃包袱包定，還有象牙牌子，寫著「天字第一號九龍冠一頂」。智爺請出，將包袱挽手打開，把盒子頂在頭上，兩邊挽手往自己下巴底下一勒，繫了個結實。然後將朱門閉好，上了鎖。恐有手印，又用袖子擦擦。回手百寶囊中，取出油紙包兒，用裏面糨子仍把封皮黏妥，用手按按。復用火扇照了一照，再無影跡。腳下卻又滑了幾步，彌縫腳蹤，方攏了如意縧，倒扒而上。到了天花板上，單手攏絲，腳下絆住，探身將天花板放下安穩。翻身上了後坡，立住腳步，將如意縧收起。安放斜岔兒椽子，抹了油膩子，絲毫不錯。搭了望板，蓋上錫被，將灰土俱皆按攏堆好，挨次兒穩了瓦。又從懷中取出小苕帚，掃了一掃灰土，紋絲兒也是不露。收拾已畢，離了四執庫，按舊路歸來，到處取了暗記兒。

此時天已五鼓了。把個裴福急的坐立不安，心內胡思亂想。忽見那邊影兒一閃，智爺過來，急急解下冠盒，裴福將蓆簍子揭開，智化安放妥當，上面用棉被褥蓋嚴。裴福悄悄問道：「如何盜冠？」智爺道：「功已成了，你老人家該裝病了。」到了天明，王頭兒來時，智化假意悲啼，說：「俺爹昨夜偶然得病，鬧了一夜，不省人事。俺只得急急回去。」王頭兒無奈，只得由他。英姐不知就裏，只當他祖父是真病了，他卻當真哭起來了。智爺推著車子，英姐哭哭啼啼，出了城門。到了無人之處，智化將裴福喚起，把英姐抱上車去，背起繩絆，急急趕路。離了河南，到了長江上船，一帆風順，到了鎮江口。

只見那邊有一隻大船，出來了三人，卻是兆蘭、兆蕙、艾虎，彼此見了，俱各歡喜。連忙上了大船，到了艙中，換了衣服，大家就座。雙俠便問：「事體如何？」智爺說明原委，甚是暢快。一日到了本府停泊，自有伴當莊丁接待，推小車一同進莊。來至待客廳，將蓆簍搭下來，安放妥當，飲酒接風。智化又問丁二爺，如何將冠送去？兆蕙道：「小弟已備下錢糧筐了，一頭是冠，一頭是香燭錢糧，就說奉母命，天竺進香。兄長以為如何？」智爺聽了甚為放心，到了夜靜更深，方將九龍珍珠冠請出來供上，大家瞻仰。此冠乃赤金纍龍，明珠鑲嵌。上面有九條金龍，前後臥龍，左右行龍，頂上有四條攪尾龍，捧著一個團龍。周圍珍珠，不計其數。單有九顆大珠，晶瑩煥發，光芒四射，再襯著赤金明亮，閃閃灼灼，令人不能注目。大家無不讚揚，真乃稀奇之寶。

到了五鼓，丁二爺帶了伴當，離了茉花村，竟奔中天竺而去。遲不幾日回來，大家迎至廳上，細問其詳。丁二爺道：「到了中天竺，就在周老茶樓居住。白日進了香，到了晚間，託言身體乏困，早早上樓安歇，趁空就到了馬強家中。佛樓之上，果有極大的佛龕三座。我將寶冠放在中間佛龕，左邊槅扇的後面，仍然放下黃緞佛簾，人人不能理會。安放妥當，回到周家樓上，已交五鼓。我便假裝起病來，叫伴當收拾起身，急急的趕回來了。」大家聽了，歡喜非常，惟有智爺瞅著艾虎，一語不發。但見小爺，從從容容說道：「丁二叔既將寶冠放妥，姪兒就要起身了。」兆蘭、兆蕙，聽了此言，倒替艾虎為難，也就一言不發。智化道：「艾虎吓！我的兒，此事全為忠臣義士起見，我與你丁二叔方涉深行險，好容易將此事做成。你若到了東京，口齒中稍有含糊，不但前功盡棄，只怕忠臣義士的性命，也就難保了。」丁氏兄弟道：「智大哥此話是極，賢姪你要斟酌。」艾虎道：「師父與二位叔父但請放心，小姪此去，頭可斷，此志不可回。」智爺道：「但願你如此。這有書信一封，你拿去，找著你白五叔，自有安置照應。」小俠接了書信，揣在裏衣之內，提了包裹拜別。三人送出莊外。艾虎道：「師父與二位叔父不必遠送，艾虎就此拜別了。」智化又囑咐道：「御冠在佛龕中間，左邊槅扇的後面，要記明了。」艾虎答應，背上包袱，頭也不回，揚長去了。正是：「有志不在年高，無志空活百歲。」

一日來到開封府，進了城門，且不去找白玉堂，他卻先奔開封府署，剛到衙門前，只見那邊驅逐閒人，說太師來了。艾虎暗道：「巧咧！我何不迎將上去呢？」他卻從人叢中鑽出來，迎轎跪倒，口呼冤枉。包公在轎內，見一個小孩子攔轎鳴冤，吩咐帶進衙門。左右答應一聲，將艾虎攏住。張龍上前道：「不要驚嚇於他。」問艾虎道：「你姓甚麼？今年多大了？」艾虎一一說了。張龍道：「你狀告何人？為著何事？」艾虎道：「大叔！你老不必深問，只求你老帶我見了相爺，我自有話回稟。」張龍聽了此言，暗道：「這小孩子竟有些意思。」忽見裏面相爺升了堂了，艾虎隨著張龍到了角門，報了名，將他帶至丹墀跪倒。艾虎偷眼往上觀瞧，見包公端然正坐，不怒自威，兩旁羅列衙役，甚是嚴肅，真如森羅殿一般。只聽包公問道：「那小孩子姓甚名誰？狀告何人？訴上來。」艾虎道：「小人名叫艾虎，今年十五歲，乃馬員外馬強的家奴。」包公又問道：「你到此何事？」艾虎道：「小人特為出首一件事。只因這種事，小人知情。聽見人說：『知情不舉，罪加一等。』故此小人前來，在相爺跟前出首。」包公道：「慢慢講來。」艾虎道：「只因三年前，我們太老爺告假還鄉……」包公道：「你家太老爺是誰？」艾虎伸出四指道：「就是四執庫的總管馬朝賢。他是我們員外的叔叔，小人的太老爺坐著轎到了家中，抬至大廳之上，下了轎，就叫左右迴避了。那時小人跟著員外，以為是個小孩子，卻不避諱。只見我們太老爺，從轎內捧出黃龍包袱來，對著小人的員外悄悄說道：『這是聖上的九龍冠，咱家順便帶來，你好好的供在佛樓之上。將來襄陽王舉事，就把此冠呈獻，千萬不可洩漏。』我家員外就接過來了，叫小人托著。小人端著沉甸甸的，跟了員外，上了佛樓。我們員外就放在中間佛龕的左邊槅扇後面了。」包公聽了，暗暗吃驚，連兩旁的衙役，無不駭然。只聽包公問道：「後來便怎麼樣？」艾虎道：「後來聽見有人說：『知情不舉，罪加一等。』小人也就告訴他們，他們都說沒事便罷，若有了事，你就是知情不舉。到了後來，小人員外拿進京了，就有人合小人說：『你提防著罷！員外這一到京，若把三年前的事兒，叨登❶出來，你就是隱匿不報的罪名。』小人聽了駭怕，因此趕至京中，把此事說明了，就與小人不相干了。」包公聽畢，忖度了一番，猛然將驚堂木一拍道：「我把你這狗才！你受了何人主使？竟敢在本閣跟前，陷害朝中總管。與我從實招來。」左右齊聲吆喝。

未知艾虎如何對答？且看下回分解。

---

❶ 叨登：拉扯。

第八十二回　試御刑小俠經初審　遵欽命內宦會五堂

且說艾虎聽包公問他是何人主使，心中暗道：「好利害！怪道人人說包相爺斷事如神。果然不錯。」他卻故意驚慌道：「沒有什麼說的。就算沒有這種事。等著我們員外說了，我再呈報罷！」站起身來，就要下堂。兩邊衙役見他小孩子不懂官事，連忙喝道：「此處何能容你亂跑？轉來跪下！跪下！」艾虎復又跪倒。包公冷笑道：「我看你雖是年幼頑童，眼光卻是詭詐。你可曉得本閣的規矩麼？」艾虎聽了，暗暗打個冷戰道：「小人不知什麼規矩。」包公道：「本閣有條例，每逢以下犯上者，俱要將四肢鍘去。如今你既出首你家主人，犯了本閣的規矩，理宜鍘去四肢。來哦！請御刑。」只聽兩旁發一聲喊，王、馬、張、趙將狗頭鍘抬來，擺在當堂，抖去龍袱，只見黃澄澄冷森森一口銅鍘，放在艾虎面前。包公命去鞋襪。張龍、趙虎上前，左右一聲吶喊，將艾虎丟翻在地，脫去鞋襪。張、趙將艾虎雙足托起，入了鍘口。王朝掌住鍘刀，手攏鬼頭把，面對包公，只等相爺一擺手。馬漢提了艾虎的頭髮，面向包公。包公問道：「艾虎，你受何人主使？還不快招麼？」艾虎故意哀哀的道：「小人就知駭怕，實實沒有什麼主使的。相爺不信，差人去取珠冠，如若沒有，小人情甘認罪。」包公點頭道：「且將他放下來。」馬漢鬆了頭髮，張、趙二人連忙將他往前一搭，雙足離了鍘口。王朝、馬漢將御刑抬過一邊。此時慢說艾虎心內落實，就是四義士等，無不替艾虎僥倖的。包公又問道：「艾虎！現今這頂御冠，還在你家主佛樓之上麼？」艾虎道：「回相爺，不是玉冠。小人的太老爺說：『是九龍珍珠冠。』」包公問實了，便吩咐將艾虎帶下來，該值的聽了，即將艾虎帶下堂來。早有禁子郝頭兒接下差使，領艾虎到了監中單間屋裏，道：「少爺！你且這裏坐罷！待我取茶去。」少時，取了新泡的蓋碗茶來。艾虎暗道：「他們這等光景，別是要想錢哩？怎麼打著官司的稱呼少爺？還喝這樣的好茶，這是什麼意思呢？」只見郝頭兒悄悄與夥計說了幾句話，登時擺上菜蔬，又是酒，又是點心，並且親自殷勤斟酒。鬧得艾虎反倒不得主意了。

忽聽外面有人聲音，郝頭兒連忙迎了出來，請安道：「小人已安置了少爺，又孝敬了一桌酒飯。」又聽那位官長說道：「好，難為你了，賞你十兩銀子，明日到我下處去取。」郝頭兒叩頭謝了賞。只見那位官長吩咐道：「你在外面照看，我合你少爺有句話說。呼喚時，方許進來。」郝禁子連連答應，轉身在監口攔人。你說此位官長是誰？就是白五爺，只因聽說有個小孩子告狀，到公堂之上一看，認得是艾虎，暗道：「他到此何事？」後來聽他說出原由，驚駭非常。又暗暗揣度了一番，竟是為倪太守、歐陽兄而來，不由的心中躊躇道：「這樣一種大事，如何擱在小孩子身上呢？」忽聽公座上包公發怒，說請御刑，白五爺只急得搓手，暗道：「完了！完了！這可怎麼好？」及至艾虎一口咬定，毫無更改，白五爺又暗暗誇獎道：「好孩子，真是從鍘口裏爬出來，方是男兒。」後來見包公放下艾虎，准了詞狀，只樂得心花俱開。便見了郝禁子囑咐道：「堂上鳴冤的，是我的姪兒，少時下來，你要好好照應。」郝禁子那敢怠慢，知道白五爺必來探監，為的是當好差使，又可於中取利。果然白五爺來了，就賞了十兩銀子，叫他在外瞭望。五爺便進了單屋，艾虎抬頭見是白五爺，連忙上前參見。五爺悄悄道：「賢姪！

你好大膽！竟在開封府弄玄虛，這還了得！我且問你，這是何人主意？因何賢姪不先來見我呢？」艾虎見問，將始末情由，述了一遍，道：「姪兒臨來時，我師父原給了一封信，叫姪兒找白五叔。姪兒一想，一來恐事不密，露了形跡；二來可巧遇見相爺下朝。因此姪兒就喊了冤了。」說著話，將書信從裏衣內取出，遞與玉堂。玉堂接來拆看，無非託他暗中調停，不叫艾虎吃虧之意。將書看畢，暗自忖道：「這明是艾虎自逞膽量，不肯先投書信，可見高傲呢！」便對艾虎道：「如今緊要關隘已過，也就可以放心了。方纔才我聽說你的口供，擬了摺底，相爺明早就要啟奏了。且看旨意如何，再作道理。你吃了飯不曾？」艾虎道：「飯倒不消，就只酒……」說至此便不言語。白五爺問道：「怎麼沒有酒？」艾虎道：「有酒。那點點兒，剛喝了五六碗就沒了。」白玉堂聽了暗道：「這孩子敢則愛喝。」便喚道：「郝頭兒，再取一瓶酒來。」郝禁子答應去了。白五爺囑咐道：「少時酒來，不可過於貪杯。知道明日是什麼旨意呢？你也要留神提防著。」艾虎道：「五叔說的是。姪兒再喝這一瓶，就不喝了。」白玉堂也笑了。又囑咐一番，方纔去了。

次日包相將此事遞摺奏了。仁宗看了，將摺留下，細細揣度，偶然想起：「兵部尚書金輝曾具摺二次，說朕的皇叔有謀反之意，是朕一時之怒，將他調貶。如何今日包卿摺內，又有此說呢？事有可疑。」即宣都堂陳琳，密旨派往稽查四執庫。陳公公領旨，帶領手下人等，傳了馬朝賢，宣了聖旨。馬朝賢不知為著何事，見是都堂奉欽命而來，敢不凜遵？只得隨往。一同上庫驗了封，開了庫門，就從朱稿「天字一號」查起。揭開封皮，開了鎖，拉開朱門一看；罷咧！卻是空的。陳公公問道：「這九龍珍珠冠那裏去了？」誰知馬朝賢張著嘴，瞪著眼，半晌，說了一句：「不……不……知道。」陳公公見他神色驚慌，便道：「本堂奉旨查庫，就為查此冠。如今此冠不見，本堂只好回奏，且聽旨意便了。」回頭吩咐道：「孩兒們！把馬總管好好看起來。」陳公公即時覆奏。聖上大怒，即將總管馬朝賢拿問，就派都堂審訊。陳公公奏道：「現有馬朝賢之姪馬強，在大理寺審訊。馬朝賢既然監守自盜，他姪兒馬強必然知情，理應歸大理寺質對。」天子准奏，將原摺並馬朝賢俱交大理寺。天子傳旨之後，恐其中另有情弊，又特派刑部尚書杜文輝、都察院總憲范仲禹、樞密院掌院顏春敏，會同大理寺文彥博，隔別嚴加審訊。

此旨一下，各部院堂官，俱赴大理寺。眾位堂官會了齊，大家俱看了原摺，方知馬朝賢監守自盜，其中有襄陽王謀為不軌的話頭，個個駭目驚心，彼此計議。范仲禹道：「少時都堂到來，固然先問這小孩子。真偽莫辨，莫若如此如此，先試探他一番如何？」大家深以為然，又都向文大人問了問馬強一案，審的如何。文大人道：「這馬強強梁霸道，俱已招來，惟獨一口咬定倪太守結連大盜，搶掠他的家私一節，已將北俠歐陽春拿到。原來是個俠客義士，倪太守多虧他救出，至於搶掠之事，堅不承認。下官問過幾堂，見他決非劫掠大盜，下官已派人暗暗訪查去了。如今既有艾虎，他是馬強家奴，他家被劫，他自然知道的，此事也可以問他。」大家稱是。忽見稟道：「都堂到了。」眾大人迎至丹墀，只見陳公公下轎，搶行幾步，與眾位大人見了。說道：「眾位大人早到了，恕咱家來遲。」彼此到了公堂之上，見設著五堂公位，大家挨次而坐。陳公公道：「眾位大人還沒有問問嗎？」眾人道：「專等都堂到來，我等已計議了一番。」便將方才商酌的話說了，陳公公道：「眾位大人高見不差。」吩咐先帶艾虎。左右一聲喊，接連不斷「帶艾虎！帶艾虎！」小爺在開封府經過那樣風波，如今到了大理寺，雖則是五堂會審，他卻毫不在意。上得堂來，雙膝跪倒。陳公公就先說道：「阿吓！咱家只道什麼艾虎呢？原來是個小孩子。你今年多大了？」艾虎道：「小人十五歲呢！」陳公公道：「你小小年紀，有什麼冤屈，竟敢告狀呢？」艾虎將昨日在開封府的口供，說了一遍。說罷，向上叩頭。陳公公聽了，對著眾人說道：「眾位大人，俱各聽明了。有什麼問的只管問。」只聽杜大人問道：「艾虎！你在馬強家幾年了？」艾虎道：「小人自幼兒在那裏。」杜大人道：「三年前，你家太老爺交給你主人的九龍冠，是你親眼見的麼？」艾虎道：「親眼見的。小人的太老爺，先給小人的主人，小人的主人，就叫小人捧著，一同到了佛樓，收在中間佛龕的槅扇後面。」杜大人道：「既是三年前之事，你為何今日才來出首？」艾虎道：「小人三年前方交十二歲，人事不知。今因小人主人遭了官事，惟恐說出這件事情來，小人如何擔得起『知情不舉，隱匿不報』的罪名呢？」范大人道：「這也罷了！我且問你，當初你太老爺交付你主人九龍冠時，說些什麼？」艾虎道：「小人就聽見我太老爺說：『此冠好好收藏，等著襄陽王舉事時，就把此冠獻上，必得大大爵位。』」范大人道：「如此說來，你家太老爺，你自然認得了。」一句話問的艾虎張口結舌。

未知後事如何？且看下回分解。

第八十三回　矢口不移心靈性巧　真贓實犯理短情屈

且說艾虎聽范大人問這一句話，艾虎暗暗道：「這可罷了！當初雖見過馬朝賢，我並未曾留心，然而又說不得我不認得。」想罷答道：「小人的太老爺，小人是認得的。」范大人聽了，吩咐帶馬朝賢，左右答應一聲，朝外就走。艾虎本因范大人問他認得不認得，心中有些疑心，只聽外面鐐鎖之聲，他卻跪著，偷眼往外觀看。看見有個年老的太監，雖然項帶刑具，到了丹墀之上，面上尚有笑容，及至到了公堂，他纔斂容息氣，而且見了大人們，也不跪報名，直挺挺站在那裏，一語不發。小爺心中省悟，只聽范大爺問道：「艾虎！你與馬朝賢當面對來。」艾虎故意抬頭一望道：「他不是我家太老爺。我家太老爺，小人是認得的。」陳公公在堂上笑道：「好個孩子，真好眼力！」又望著范大人道：「似這等光景，這孩子真認著馬總管無疑了，來呀！你們把他帶下去，就把馬朝賢帶上來罷！」左右將假馬朝賢帶下，不多時，只見帶上了個欺心背反，蓄意謀奸，三角眼中流淚，一片心術不正的總管馬朝賢來。左右當堂打去刑具，朝上跪倒。陳公公見這番光景，未免心生惻隱，無奈說道：「馬朝賢，今有人告你三年前告假回鄉時，你把聖上九龍珍珠冠，擅敢私攜回家。你要從實招來。」馬朝賢嚇的膽裂魂飛道：「此冠實是庫內遺失，犯人概不知情吓！」只聽文大人道：「艾虎！你與他當面對來。」艾虎便將口供述了一回道：「太老爺！事已如此，也就不必推諉了。」馬朝賢道：「你這小廝，著實可惡！咱家何嘗認得你來？」艾虎道：「太老爺如何不認得小人呢？小人那時纔十二歲，伺候了你老人家多少日子。太老爺時常誇我很伶俐，將來必有出息，難道太老爺就忘了麼？」馬朝賢道：「我縱然認得你，我幾時曾將御冠交給馬強的呢？」文大人道：「馬總管！你不必賴了。事已如此，好好招了，免得皮肉受苦。倘若不招，奉旨案件，我們就要動大刑了。」馬朝賢道：「犯人實無此事。大人如若賞刑，或夾或打，任憑吩咐。」顏大人便道：「束手問他，決不肯招。左右請大刑來！」兩旁發一聲喊，剛要請刑，只見艾虎哭著道：「小人不告了，小人不告了。」陳公公便問道：「你為何不告了？」艾虎道：「小人只為害怕，怕擔罪名，方來出首。不想如今害得我太老爺，偌大年紀受如此苦楚，還要用大刑審問，這不是小人活活的把太老爺害了麼？小人情願不告了。」陳公公聽了，點了點頭，道：「傻孩子，此事已經奉旨，如何由的你呢？」只見杜大人道：「暫且不必用刑，左右！將馬總管帶下去，艾虎也下去。不可叫他們對面交談。」左右分別帶下。

顏大人道：「下官方才說請刑者，不過威嚇而已。他有了年紀之人，如何禁的起大刑呢？」杜大人道：「下官有一個計較，莫若將馬強帶上堂來，如此如此，追問一番如何？」眾人齊聲說是，吩咐帶馬強，不許與馬朝賢對面。左右答應，不多時將馬強帶到。杜大人道：「馬強，如今有人替你鳴冤，你認得麼？」馬強道：「但不知是何人？」杜大人道：「帶那鳴冤的當面認來。」只見艾虎上前跪倒，馬強一看暗道：「原來是艾虎，這孩子倒有為主之心，真是好。」連忙稟道：「他是小人的家奴，名叫艾虎。」杜大人道：「他有多大歲數了？」馬強道：「他十五歲了。」杜大人道：「他是你家世僕麼？」馬強道：「他自幼兒在小人家裏。」杜大人道：「艾虎！快將口供訴上來。」艾虎便將口供訴完，道：「員外休怪，小人實在擔不起罪名。」馬強喝道：「我把你這狗才，滿口裏胡說。太老爺何嘗交給我什麼冠來？」陳公公喝道：「此乃公堂之上，豈是你呼嚇家奴的所在？太不懂好歹，就該掌嘴。」馬強跪爬了半步，道：「回大人，三年前小人的叔父回家，並未交付小人九龍珍珠冠，這都是艾虎的謊言。」顏大人道：「你說你叔父並未交付與你，如今艾虎說你把此冠供在佛樓之上，倘若搜出來時，你還抵賴麼？」馬強道：「如果從小人家中搜出此冠，小人情甘認罪。」顏大人說：「既如此，具結上來。」馬強欣然具結。眾位大人傳遞看了，叫把馬強仍然帶下去，又把馬朝賢帶上堂來，將結念與他聽，馬朝賢道：「犯人實無此事，如果從犯人姪兒家中搜出此冠，犯人情甘認罪。」也具了一張結，將他帶下去，吩咐寄監。

文大人又問艾虎道：「你家主人被劫一事，你可知道嗎？」艾虎道：「小人在招賢館，伏侍我們主人的朋友。」文大人道：「什麼招賢館？」艾虎道：「小人的員外家大廳，就叫招賢館。有好些人在那裏住著，每日裏耍槍弄棒，對刀比武，都是好本事。那日因我們員外誆了個儒流秀士來，說是新太守，就把他押在地牢裏。不知什麼緣故，那秀士又被人救了去了，小人的員外就害怕起來。那些人勸我們員外說沒事，如有事時，大夥兒一同上襄陽去。就是那天晚上，有二更多天，忽然來了個大漢，帶領官兵，把我們員外合安人，在臥室內就綑了。招賢館眾人聽見，一齊趕到儀門前救小人的主人。誰知那些人，全不是大漢的對手，俱各跑回了招賢館藏了，小人害怕，也就躲避了。不知如何被劫。」文大人道：「你可知什麼時候將你家員外起解到府？」艾虎道：「小人聽姚成說：『有五更多天。』」文大人聽了，對眾人道：「如此看來，這打劫之事，與歐陽春不相干的了。」眾大人道：「何以見得？」文大人道：「他原失單上報的，是黎明被劫。五更天大漢隨著官役，押解馬強赴府。如何黎明又打劫呢？」眾位大人道：

「大人高見不差。」文大人吩咐，帶原告姚成。誰知姚成聽見有九龍冠之事，知道此案大了，他卻逃之夭夭去了。差役去了多時，回來稟道：「姚成懼罪，業已脫逃，不知去向。」文大人擬了摺底，交付陳公公先行陳奏。到了次日，奉旨立刻行文到杭州，捉拿招賢館眾寇，並搜查九龍冠，即刻赴京。文書到了杭州，立刻知會巡檢守備，帶領兵弁，以為捉拿招賢館的眾寇，必要廝殺。誰知到了那裏，連個人影兒也不見了，只得追問郭氏。郭氏道：「就那夜俱各逃走了。」署事官先查了招賢館，搜出許多書信，俱是與襄陽王謀為不軌的話。又叫郭氏隨同到了佛樓之上，果在中間佛龕左邊槅扇後面，搜出御冠帽匣來。署事官連忙打開驗明，依然封好妥當，立刻備了黃亭子，請了御冠。因郭氏是個要犯硬證，故此將他一同解京。

眾位大人來至大理寺，先將御冠請出，大家驗明，供在上面，把郭氏帶上堂來，問道：「御冠因何在你家中？」郭氏道：「小婦人實在不知。」范大人道：「此冠從何處搜出來的？」郭氏道：「從佛樓中間龕內搜出。」杜大人道：「是你親眼見的麼？」郭氏道：「是小婦人親眼見的。」杜大人叫他畫供。吩咐帶馬強。馬強剛至堂上，一眼瞧見郭氏，吃了一驚，向上跪倒。范大人道：「馬強！如今在你家中，已搜出九龍冠來，你還敢抵賴麼？快與郭氏當面對來。」馬強聽了，問郭氏道：「此冠從何處搜出？」郭氏道：「佛樓之上，中間龕內。」馬強道：「那裏來的？」郭氏道：「你為何反來問我？你不放在那裏，他們就能從那裏搜出來麼？」文大人大喝道：「好逆賊！還不快招麼？」馬強只嚇得目瞪口呆，叩頭碰地道：「冤孽罷了！小人情願畫招。」左右叫他畫了招。顏大人吩咐將馬強夫妻帶在一旁，立刻帶馬朝賢上堂，叫他認明此冠，並郭氏口供，連馬強畫的招，俱各與他看了，只嚇得他魂飛魄散。又當面問了郭氏一番，說道：「罷了！罷了！事已如此，叫我有口難分，犯人畫招就是了。」左右叫他畫了招，眾位大人相傳看了，把他叔姪分別帶下去。文大人又問郭氏被劫一事，忽聽外面嘈雜，有人喊冤，只見衙役進來跪倒稟道：「外面有一老頭子，手持冤狀，口稱替倪太守鳴冤。」陳公公道：「既是替倪太守鳴冤的，將老頭兒帶上來。」不多時，見一老者上堂跪倒，手舉呈詞，口呼冤枉。顏大人將呈子從頭至尾，看了一遍，轉遞眾位大人看了，齊道：「此狀正是奉旨應訊案件，如今雖將馬朝賢監守自盜審明，尚有倪太守與馬強一案，未能質訊。今既有倪忠補呈伸訴，理應將全案人證提到，當堂審問明白，明日一並復旨。」陳公公道：「正當如此。」便往下問道：「你就叫倪忠麼？」

未知倪忠說些什麼？且看下回分解。

第八十四回　復原職倪繼祖成親　觀水災白玉堂捉怪

且說倪忠在公堂之上，便將奉旨上杭州接太守之任，如何暗暗私訪，如何被馬強拿去兩次，前前後後，細說一遍。「可憐小人的主人，遭這不明不白的冤枉，望乞眾位大人，明鏡高懸，細細詳查是幸。」范大人道：「你主人既有此冤枉，你如何此時方來伸訴呢？」倪忠道：「只因小人奉家主之命，前往揚州接取家眷，及至到了任所，方知此事，因此急急赴京師，替主鳴冤。」說罷，痛哭不止。文大人道：「倪忠的呈詞，正與倪繼祖、歐陽春、艾虎所供，俱各相符。惟有被劫一案，須問明白。」吩咐帶倪太守與歐陽春。不多時，二人上堂。文大人問太守道：「你與歐陽春，定於何時捉拿馬強？又於何時解到本府。」倪繼祖道：「定於二更帶領差役，捉拿馬強，於次日黎明方纔到府。」文大人又問歐陽春道：「既是二更捉拿馬強，為何次日黎明方到府呢？」歐陽春道：「原是二更就把馬強拿住。只因他家招募了許多勇士，與小人對壘，小人將他等殺退，於五更時方將馬強馱在馬上。因霸王莊離府衙二十五六里之遙，小人護送到府時，天已黎明。」文大人又叫帶郭氏上來問道：「你丈夫被何人拿住？你可知道麼？」郭氏道：「被個紫髯大漢拿住，連小婦人一同綑縛的。」文大人道：「你丈夫幾時離家的？」郭氏道：「天已五鼓。」文大人道：「你家被劫，是什麼時候？」郭氏道：「天尚未亮。」文大人道：「我看失單上，劫去許多物件，非止一人，你可曾看見麼？」郭氏道：「來的人不少，小婦人嚇的以被蒙頭，那裏還敢瞧呢？後來就聽見人說：『我們乃北俠歐陽春，帶領官役，前來搶掠。』因此小婦人失單上有北俠的名字。」文大人道：「搶掠之人，豈肯自己報名？那時招賢館的朋友，如何不見？」郭氏道：「就是那一夜的早起，小婦人因查點東西，不但招賢館內無人，連那裏的東西，也短了許多。回大人，我丈夫交的這些朋友，全不是好朋友。」文大人聽了，對眾人笑道：「列位聽見了，這明是眾寇打劫，聲言北俠與官役，移害於人。」眾人道：「大人高見不差，是眾寇打劫無疑了。」又把馬強帶上來，與倪忠當面對質。馬強到了此時，再無折辯，就一一招了。

文大人吩咐將太守主僕、北俠、艾虎，另在一處候旨。其餘案內之人，分別收監。共同將覆奏摺子擬定，連招供並往來書信，謹呈御覽。天子看了，卻將摺子留下，皆因仁宗為君，以孝治天下，其中關礙著皇叔趙爵，不肯深究。上諭說馬朝賢監守自盜，理應處斬。馬強搶掠婦女，私害太守，也定了斬立決。郭氏著毋庸議。倪繼祖官復原職。歐陽春義舉無事。艾虎雖以下犯上，因為御冠出首，著寬免。倪繼祖具摺謝恩，又隨了一個夾片，是述說倪仁被害，李氏含冤，賊首陶宗、賀豹，義僕楊芳一段情由，細細陳奏。天子看了，龍心大悅，即追封倪仁五品官銜，李氏誥封。倪太公也賞了六品職銜，隨任養老。義僕倪忠賞了七品承義郎，仍隨任服役。朱絳貞有玉蓮花聯姻之誼，奉旨畢姻。朱煥章恩賜進士，陶宗、賀豹，嚴緝拿獲，即行正法。倪繼祖磕頭謝恩，定日回任，又到開封府拜見包公，敦請北俠、小俠務必隨同到任。北俠難以推辭，只得同艾虎到了杭州，倪太守重新接了任後，拜見了李氏夫人與太公夫婦。李氏夫人依然持齋，另在淨室居住。倪太守又派倪忠隨了朱煥章同去，遷了倪仁靈柩，立刻提出賀豹正法，祭靈後念經破土安葬。即與朱老先生定了吉日，方與朱絳貞完姻，不必細說。北俠父子在任，太守敬如上賓。俟諸事已畢，他父子便上茉花村去了。

且說仁宗天子因洪澤湖水災，年年為患，屢接奏章，不是這裏傷了禾苗，就是那裏淹了百姓，消耗國課無數。這日單單召見包相商酌此事，包相便保舉顏春敏，才識諳練，堪勝此任。聖上即陞顏春敏為巡按，稽查水災，兼理河工民情。顏大人謝恩後，即到開封府，一來叩辭，二來討教治水之法。包公說了些治水之法，雖有成章，務必隨地勢之高下，總要堵洩合宜，方能成功。顏春敏又向包公要公孫策、白玉堂，前往幫辦一切，包公應允。次日上朝，包公奏明了，主簿公孫策、護衛白玉堂，隨顏春敏前去治水。聖上准奏，顏春敏謝恩，請訓即刻起程。一日來至泗陽城，即有知府鄒吉迎接。顏大人問了問水勢的光景，忽聽衙外百姓喧嚷，原來是赤堤墩的百姓，控告水怪。顏大人吩咐把難民喚進。不多時帶進四名鄉老，但見他等形容憔悴，衣衫襤褸，苦不可言。顏大人問道：「你們到此何事？」鄉老道：「小民每年遭了水災，已是不幸；不想近來水中又生了水怪，時常出來現形傷人。如遇腿快的跑了，他便將窩鋪❶拆毀，東西掠盡，害得小民等，時刻不能聊生。望乞大人捉拿水怪要緊。」顏大人安慰眾人散去。顏大人與知府談了多時，定於明日登西虛山觀水。知府退後，顏大人又與公孫先生、白五爺計議了一番。到了次日，乘轎至西虛山，知府伺候著。上了山頂，但見一片白茫茫，沸騰澎湃，由赤堤灣，浩浩蕩蕩漫至赤堤墩，順流而下，沖浸之處，不可勝數。百姓全在水浸之處，搭了窩鋪棲宿，那一番慘淡形景，令人不堪注目。

旁邊的白五爺便動了惻隱之心，暗想道：「黎民遭此苦楚，一個好窩鋪沒有，還有水怪侵擾。他既

❶ 窩鋪：草屋。

不傷人，如何拆毀窩鋪，搶掠東西呢？事有可疑。待今日夜間，倒要看個動靜。」他卻悄悄的知會了顏巡按，親領四名差役，暗暗來至赤堤墩，假作奉命查驗的光景。眾百姓俱各上前叩頭訴苦，白玉堂叫他們騰出一個窩棚，進去坐下，又叫了幾個老民，大家席地而坐。細細問了水怪的來蹤去跡，「可有什麼聲息沒有？」眾百姓道：「也沒有什麼聲息，不過嘔嘔亂叫。」白玉堂道：「你們仍在各窩鋪內隱藏，我好與你們捉拿水怪。」回手在兜肚內摸出兩個錁子，道：「你們將此銀拿去，備些酒來。餘下的你們糴米買柴。大家吃飽了，夜間務必留神。倘若水怪來時，你們千萬不可亂跑，我自有道理。」眾百姓聽了，歡天喜地，選腿快的，尋找酒食去；腿慢的整理現成的魚蝦；七手八腳，登時的端正好了。白五爺坐著吃酒，並問明水怪凶猛的情形，又問如何掃壩再也打築不起？眾鄉老道：「惟有山根之下水勢逆，到了那裏，是個漩渦。那點兒地方，不知傷害了多少性命！雖有行舟來往，到了那裏，沒有不小心留神的。」白五爺道：「漩渦那邊是什麼地方？」眾鄉老道：「過了漩渦，那邊二三里之遙，便是三皇廟了。」白五爺暗記在心。約有二鼓之半，只聽水面「忽喇喇」一聲響，白玉堂將身軀一伏，回手將石子掏出，見一物跳上岸來，是披頭散髮，面目不分，見他竟奔窩棚而去。白五爺好大膽，便悄悄尾在後面，忽聽窩棚內嚷了一聲道：「妖怪來了！」白玉堂在那物的後面，「颼」的就是一石子，正打在那物的後心之上。只聽「噗哧」一聲，那物往前一栽。猛見那物一回頭，白五爺又是一石子飛來，不偏不歪，又打在那物面門之上。只聽「拍」的一聲響，那怪「呵呀」了一聲，栽倒在地。白五爺急趕向前，將那妖怪按住。早有差役從窩棚中出來，一湧齊上，將妖怪拿住。抬在窩棚一看，見他「哼哼」不止，原來是個人，外穿皮套。急將皮套扯去，見他血流滿面，哀告道：「求爺爺饒命吓！」剛說至此，只聽那邊窩棚嚷道：

「水怪來了！」白玉堂連忙出來。只聽那邊喊道：「跑了！跑了！」聽見水面上「噗咚」、「噗咚」，跳下水去了。眾鄉老聚在一處，來看水怪，方知是人假扮水怪搶掠，一個個全要打水怪。白五爺攔道：「你等不要如此！俺還要將他帶到衙門，按院大人要親審呢！你等既知是假水怪，以後見了，務必齊心努力捉拿，押解到按院衙門，自有賞賚。」眾鄉民道：「如今既知他是假的，還怕他什麼？」到了天明，白五爺又安慰了眾人一番，方帶領差役，押解水賊，竟投按院衙門而來。

未知後文審辦如何？且看下回分解。

第八十五回　公孫策探水遇毛生　蔣澤長沿湖逢鄔寇

且說白玉堂到了巡按衙門，請見顏大人，將水怪說明。顏大人立刻升堂，審問了一番。原來是十三名水寇，聚集在三皇廟內。白日以劫掠客船為生，夜間假裝水怪，要將赤堤墩百姓趕散，他等方好施為作事。偏偏這些難民，惟恐赤堤墩的岸有失，故此雖無房屋，情願在窩棚居住，死守此堤，再也不肯遠離。白玉堂又將鄉老說的漩渦說了，公孫策聽了，暗想道：「這必是別處有壅塞之處，發洩不通，將水攻激於此，洋溢泛濫，掃壩不能築成。必須詳查根源，疏濬開了，水勢流通，自無災害。」想罷，回明按院，他要明日親去探水。顏大人應允。白玉堂道：「既有水寇，我想水內本領，非我四哥前去不可。必須急速具摺寫信，一面啟奏，一面稟知包相，方保無虞。」顏大人連忙稱是。即叫公孫策先生寫了奏摺，具了稟帖，立刻拜發起身。到了次日，顏大人派了兩名千總，一名黃開，一名清平，帶了八名水手，兩隻快船，隨了公孫策先生前去探水。少刻，忽見清平驚慌失色回來，稟道：「卑職跟隨公孫先生前去探水，剛至漩渦，卑職攔阻，不可前進。不想船頭一低，順水一轉，將公孫先生與千總黃開俱各落水不見了。卑職難以救援，特來在大人跟前請罪。」顏大人聽了，心中著慌，便問道：「這漩渦可有往來船隻麼？」清平道：「先前本有船隻來往，如今此處成了匯水之所，船隻再也不從此處過。黃開極力的攔阻，無奈公孫先生執意不聽。」顏大人無奈，吩咐知府多派水手前去打撈屍首，去了半天，再也不見蹤影。白玉堂道：「此必是水寇所為，只可等四哥來了，再做道理。」顏大人無法，只好靜聽消息罷了！

過了幾天，蔣平到了，見了按院。顏大人便將公孫策先生與黃千總溺水之事說了一遍。白玉堂將捉拿水怪一名，供出還有十二名水寇，在漩渦那裏三皇廟內聚集，作了窩窠的話，也一一說了。蔣平道：「此事須要訪查個水落石出。」吩咐預備快船一隻，仍叫清平帶到漩渦。蔣爺上了船，清平見他身軀瘦小，形如病夫，心中暗道：「這樣人從京中特特調來，有何用處？若遇見水寇，白白送了性命。」只見蔣爺穿了水靠，手提鵝眉鋼刺，吩咐水手搖到了漩渦。蔣爺將身體往前一撲，雙腳把船望後一蹬，側身入水，連個大聲氣兒也沒有。且說蔣平到了水中，運動精神，睜開二目，忽見著那邊來了一人，穿著皮套，一手提著鐵錐，一手亂摸而來。蔣爺便知他在水中不能睜目，急將鋼刺對準了那人的胸前「哧」的一下。可憐那人在水中連個「噯呀」也不能嚷，便就啞吧嗚呼了。蔣爺把鋼刺往回來一抽，一縷鮮血，順著鋼刺流出，「咕嘟」一股水泡翻出水面，屍首也就隨泡浪而去。話不重敘。蔣爺一連殺了三個，順著他等來路，搜尋下去，約有二三里之遙，便是堤岸。蔣平上得堤岸，邁步向前，果見一座廟宇，匾上題有「三皇廟」。蔣平悄悄進來一看，連個人影兒也沒有，左尋右尋，又找到了廚下，只聽裏面呻吟之聲，蔣爺向前一看，是個年老有病僧人。那僧人一見蔣爺，連忙說道：「不干我事。這都是我徒弟將那先生與千總放走，他卻也逃走了，移害於我。望乞老爺見憐。」蔣爺聽了，話內有因，連忙問道：「俺正為搭救先生而來。他等端的如何？你要細細說來。」老和尚道：「既是為搭救先生與千總的，想來是位官長了。恕老僧不能為禮了。只因數日前，有二人在漩渦落水，眾水寇撈來，將他二人控水救活。其中有個千總黃大老爺，不但僧人認識，連水寇俱各認得。追問那人，方知是公孫策老爺，原來是按院奏旨查驗水災，修理河工的。水寇聽了著忙，便將二位老爺交與我徒弟看守，留下三人，仍然劫掠行船。其餘的俱各上襄陽王那裏報信，或將二位官長殺害，或將二位官長解到軍山，交給飛叉太保鍾雄。自他等去後，老僧與徒弟商議，莫若將二位老爺放了，叫徒弟也逃走了。拚著這條老命，又是疾病的身體，不能逃脫，任憑他們怎樣。」蔣平連連點首，難得這僧人一片好心。問道：「這頭目叫什麼名字？」老僧道：「他自稱鎮海蛟鄔澤。」蔣平又問道：「你可知那先生合千總，往那裏去了？」老僧道：「我們這裏極其荒涼幽僻。一邊臨水，一邊靠山，單有一條路，崎嶇難行，約有數里之遙，地名螺螄灣。到了那裏，便有人家。」蔣平道：「若從水路到螺螄灣，可能去得麼？」老僧道：「不但去得，而且極近，不過二三里之遙。」蔣平道：「你可曉得水寇幾時回來？」老僧道：「大約一二日之間，就回來了。」蔣平問明來歷，道：「和尚你只管放心，包管你無事。明日即有官兵來捉拿水寇，你卻不要害怕。俺就去也！」說罷，回身出廟，來到大樹之下，穿了水靠，躥入水中。不多時，過了漩渦，挺身出來，見清平在那邊船上等候。連忙上船，悄悄對清平道：「千總即速回去稟見大人。你明日帶領官兵五十名，乘舟到三皇廟，暗暗埋伏。如有水寇進廟，你等將廟團團圍住，聲聲吶喊，不要進廟。俟他等從廟內出來，你們從後殺進。」清平道：「漩渦難過，如何能到三皇廟呢？」蔣平道：「先前水內有賊，用鐵錐鑿船，目下我將賊人殺了。我已打聽明白，公孫先生與黃千總，俱有下落，趁此時我去探訪一番。」清平聽說，心中大喜。只見蔣平復又躥入水內，直奔西北去了。清平這纔心服蔣爺了，吩咐水手，回轉按院衙門不表。

且說蔣爺在水內，正行之間，覺得水面上「唰」的一聲，連忙挺身一望，見一人站在筏子上，撒網捕魚。那人回頭見蔣爺穿著水靠，身體瘦小，就如猴子一般，不由的笑道：「你這個模樣，也敢在水內為賊？俺不加害於你，還不與我快滾麼？」蔣平道：「我看你不像在水面作生涯的，俺也不是在那水內為賊作寇的。請問貴姓？俺是特來問路的。」那人道：「你既不是賊寇，為何穿著這樣東西？」蔣平道：「俺素來深識水性，因要到螺螄灣訪查一人，故此穿了水靠，走這捷徑的路兒。」那人道：「你姓甚名誰？要訪何人？」蔣爺道：「俺姓蔣名平。」那人道：「你莫非翻江鼠蔣澤長麼？」蔣爺道：「正是，足下如何知道賤號呢？」那人哈哈大笑道：「失敬！失敬！」連忙將網收起，重新見禮道：「恕小人無知，休要見怪！小人姓毛名秀，就在螺螄莊居住。只因有二位官長，現在舍下居住，曾提尊號，說不日就到，命我捕魚時，留心訪問。不想今日巧遇。請到寒舍領教。」蔣爺道：「正要拜訪。」毛秀撐篙，將筏子攏岸拴好，肩擔魚網，手提魚籃。蔣爺將水靠脫下，用鋼刺也挑在肩頭，隨著毛秀來到螺螄莊中。舉目看時，村子不大，人家不多，一概是草舍籬牆，柴扉竹牖，家家曬著魚網。毛秀來到門前，高聲喚道：「爹爹開門，有貴客在此。」只見從裏面出來一位老者，鬚髮半白，年約六旬光景。問道：「貴客在那裏？」蔣爺連忙躬身道：「蔣平特來拜望老丈。」老者道：「小老兒不知大駕降臨，有失遠迎，多多有罪。請到寒舍待茶。」裏面公孫策與黃開就迎出來。大家彼此相見，甚是歡喜，一同來至茅屋。毛秀後面已將蔣爺的鋼刺水靠帶來，大家彼此敘坐，各訴前後。毛九錫是位高明隱士，而且頗曉治水之法，蔣爺聽了，心中甚為暢快。不多時，擺上酒席，雖非珍羞，卻也整理的精美，大眾圍坐，聚飲談心。蔣平也在此住了一宿。

次日提了鋼刺，仍然挑著水靠，辭別了眾人，言明剿除水寇之後，再來迎接。說畢出了莊門，仍至湖邊，著了水靠，仍舊入水中行走，直奔了漩渦而來。約著離漩渦將近，要往三皇廟中打聽水寇來否，只見迎面來了二人，手中俱拿著鋼刀，看他穿的衣服，知是水寇。心中暗道：「我正要尋找他們，不料他們趕著前來送命。」手把鋼刺，照著前一人心窩刺來。說時遲，那時快，這一個已經是傾身喪命。抽出鋼刺，復又將後來的那人刺一下，那一個也就嗚呼哀哉了。可憐這兩個水寇，連個手兒也沒動，糊裏糊塗的，都被蔣爺刺死，屍首順流去了。蔣爺剛要往前行走，猛然一槍順水刺來。蔣爺看見，把身體往斜刺裏一閃，便讓過了這一槍。原來在水內交戰，不比在船上交戰，兵刃來往，也無聲息。而且水內俱是短兵刃來往，再沒有用長槍的。原來迎面之人，就是鎮海蛟鄔澤，只因帶了水寇八名，仍回三皇廟，奉命把公孫先生與黃千總送至軍山。進得廟來，坐未暖席，忽聽外面聲聲吶喊：「拿水寇呀！好歹別放走一個呀！」眾賊聽了，那裏還有魂咧？也沒有個商量計較，各持利刃，一擁的往外奔逃。清平原命兵弁不許把住山門，容他們跑出來，大家追殺。清平卻在樹林中等候，一見眾人出來，就迎頭接住。鄔澤是有些本領，就與清平交手。眾兵一擁上前，先擒了四個，殺卻兩個，那兩個下水逃生——就是方纔被蔣平所殺的。後來鄔澤見幫手全無，虛提一槍，抽身跑到湖邊，也就逃下水去。他雖能在水內開目視物，卻是偶然。見蔣爺從那邊而來，順手一槍。蔣爺側身躲過，仔細看時，他的服色不比別個，而且身體強壯，「……這樣光景，定是鄔澤了，倒要留神。」鄔澤一槍刺空，心下著忙，手中不能磨轉長槍，須要重新端平方能再刺。只這點功夫，蔣爺已站立身後，揚起左手，攏住網巾，右手將鋼刺往鄔澤腕上一點。鄔澤覺得手腕上疼痛難忍，端不住長槍，沉落水底。蔣平水性精通，便把他項後抓住，狠命按住抽水，連浸了幾口。這鄔澤每日淹人當事，今日遇見硬對兒，也合他頑笑頑笑。誰知他不禁頑兒，不大的功夫，小子也就灌成水車一般。蔣爺知他沒了能為，要留活口，將網巾一提，兩足踏水，出了水面。忽聽岸上嚷道：「在這裏呢！」蔣爺見清平帶領兵弁，沿岸排開。蔣爺道：「船在那裏？」清平道：「那裏兩隻大船就是。」蔣爺道：「且到船上接人。」清平帶領兵弁，將鄔澤用撓鉤搭在船上，即刻控水。蔣爺便問：「擒拿的賊人如何？」清平道：「已然擒了四名，殺了二名，往水內跑了二名。」蔣爺道：「水內二名，俺已殺了。但不知我拿獲這人，是鄔澤不是？」便叫被擒之人，前來識認，果是頭目鄔澤。蔣爺滿心歡喜，吩咐兵弁押解賊寇，一同上船，俱回按院衙門而來。

要知詳細如何？且看下回分解。

第八十六回　按圖治水父子加封　好酒貪杯叔姪會面

且說蔣四爺與千總清平押解水寇回來，白五爺早已得信，連忙迎了出來，與蔣爺、千總見了。方知水寇已平，不勝大喜。同至書房，早見顏大人階前立候，蔣爺上前見了，同至屋中坐下，將擒獲水寇之事敘明，並提及螺螄莊毛家父子，為人極其高雅，頗曉治水之道。公孫先生說回稟大人，務要備禮聘請出來，一同治水。顏大人聽見了甚喜，即備上等的禮物，就派千總清平，帶領兵弁二十名，押解禮物，前到螺螄莊，一來接取公孫先生，二來即請毛家父子同來。清平領命而去。這裏顏大人立刻升堂，將鎮海蛟鄔澤帶上堂來審問，鄔澤是一句不敢隱瞞，俱實說了。原來是襄陽王因他會水，就派他在洪澤湖打擾，所有拆毀堤壩，俱是有意為之。要使鄉民不敢在此居住，行旅不敢從此經過，那時再派人來佔住了洪澤湖，也算是一個咽喉要地。且說顏大人立時取了鄔澤的口供，將鄔澤等交縣寄監收押。候河工完竣時，一同解送京中，歸部審訊。

剛將鄔澤等帶下，只見清平回來稟道：「公孫先生已然聘請得毛家父子，少刻就到。」顏大人吩咐備馬，同了蔣四爺、白五爺迎至湖邊，不多時船已攏岸，公孫先生上前參見，說毛九錫因大人備送厚禮，心甚不安。早有人伺候備用馬數匹，大家騎了，一同來到衙署，進了書房坐定。只見千總黃開進來請安請罪，顏大人不但不罪，反安慰了幾句。顏大人便問毛九錫治水之道。毛九錫不慌不忙，從懷中掏出一幅地圖來，雙手呈獻。顏大人接過來一看，只見上面一處處崎嶇周折，一行行字跡分明，地址闊隘遠近不同，水面寬窄深淺各異，何方可用掃壩，那裏應當發洩，界畫極清，宛然在目。顏大人看了心中大喜，不勝誇讚。又遞與公孫先生看了，如獲異寶一般，就將毛家父子留在衙署，幫同治水，等候綸音。公孫先生與黃千總，又到了三皇廟，與老和尚道謝，佈施百金，令人將他徒弟找回，酬報他釋放之恩。不多幾日，聖旨已下，即刻動工，按著圖樣，當洩當壩，果無差謬，不但國帑不至妄消，就是工程也覺省事。算來不過四個月光景，水平土平，告厥成功。顏大人工完回京，將鎮海蛟鄔澤並四名水寇，俱交刑部審問。顏大人遞摺請安，額外有個夾片，聲明毛九錫、毛秀、並黃開、清平的功績。聖上召見，顏大人面奏敘功，仁宗甚喜，賞了毛九錫五品頂戴，毛秀六品職銜，黃開、清平，俟有守備缺出，儘先補用。刑部尚書歐陽修審明鄔澤果係襄陽王主使，啟奏天子。原來顏春敏陞了巡按之後，樞密院的掌院，就補放刑部尚書杜文輝，所遺刑部尚書之缺，就著歐陽修補授。天子見了歐陽修的奏章，立刻召見包相計議，襄陽王已露形跡，須要早為剿除。包相又密奏道：「若要發兵，彰明較著，惟恐將他激變，反為不美。莫若派人暗暗查訪，須剪了他的羽翼，然後一鼓擒之，方保無虞。」天子准奏，即加封顏春敏為文淵閣大學士，特旨巡按襄陽，仍著公孫策、白玉堂隨往，加封公孫策為主事，白玉堂實授四品護衛之職，其所遺之職，即著蔣平補授，立即馳驛前往。誰知襄陽王此時已然暗裏防備，左有黑狼山金面神藍驍，督率旱路，右有飛叉太保鍾雄，督率水寨，與襄陽王成了鼎足之勢。

且說聖上一日忽想起北俠歐陽春，便召見包相，問及北俠。包相將北俠為人正直，行俠尚義奏明，天子甚為稱羨。包公下朝回衙，叫展護衛告訴此事，南俠回至公所，對眾英雄說了一番。只見四爺蔣平說道：「去訪北俠，還是小弟走一趟。原是閒著，討了此差，一來訪查歐陽兄；二來小弟也可以疏散疏散。豈不是兩得其便麼？」大家計議妥當，一同回了相爺。包公心中甚喜，即時付與了開封府的龍邊信票。蔣爺收了，別了眾人，意欲到松江府茉花村。行了幾日，不過是饑餐渴飲。一日天色將晚，到了來峰鎮悅來店，住了西耳房單間，歇息片時，飲酒吃飯畢，忽然要小解起來。剛剛的來至院內，只見那邊有人以指彈門，卻不聲喚。蔣爺將身一隱，暗裏偷瞧，見開門處，那人挨身而入，仍將門兒掩閉。蔣爺暗想道：「事有可疑，倒要看看。」飛身上牆，輕輕躍下，原來是店東居住之所。只聽有人說道：「小弟求大哥幫助幫助。方纔在東耳房，我已認明，正是我們員外的對頭，如何放得他過！」又聽一人答道：「言雖如此，怎樣替你報仇呢？」那人道：「小弟已見他喝了個大醉。莫若趁他醉，就將他勒死，撇在荒郊，豈不省事？」又聽答道：「索性等他睡熟了，再動也不遲。」蔣爺聽至此，抽身越牆而來，悄悄奔到東耳房。見掛著布簾兒，屋內燈光明亮，從簾縫兒往裏一看，見一人頭向裏面而臥，身量卻不甚大。蔣爺側身來至屋內，仔細看時，嚇了一跳，原來是小俠艾虎，見他爛醉如泥，呼聲震耳。暗道：「這樣小小年紀，貪杯誤事。若非我今日下在此店，險些兒把個小命兒喪了。」將燈吹滅，將身閃在門後，只聽外面有些個聲息。他一腳伸著，只見進來一人，腳下一絆，往前一撲。後面那人，急步跟到，正撞在前面那人身上。蔣爺將門一掩，從後轉出，也就壓在二人身上。卻高聲先嚷道：「別打我，我是蔣平，底下的他倆纔是賊呢！」

艾虎此時已醒，聽是蔣爺，連忙起身下床。蔣爺抬身，叫艾虎按住了二人。此時店小二聽見有人嚷賊，連忙打著燈籠前來，蔣爺就叫他將燈點上一照，一個是店東，一個是店東的朋友。蔣爺就教他拿繩子綑了二人。蔣爺坐下，便問店東道：「你為何聽信奸人的言語，要害我姪兒？是何道理？講！」店東道：「老爺不要生氣，小人名叫曹標，我這個朋友名叫陶宗，因他家員外被人所害，久欲報仇，事不遂心，投奔我來。皆因這位小客人下在我店內，喝酒醉了，不想被他認出，說是他家員外的仇人。因此央煩小人陪了他來作個幫手。」蔣爺道：「作幫手是叫你幫著來勒人，你就應他？」曹標道：「並無此事，不過叫小人幫著拿住他。」蔣爺道：「你二人商議，將他勒死，撇在荒郊。你還說：『等他睡了，再動手不遲。』你還想瞞得我麼？」曹標聽了，頓口無言。蔣爺道：「我看你決非良善之輩，包管也害的人命不少。」正說著話，叫艾虎上前將那人提起一看，「嗳呀，原來是你麼？」便對蔣爺道：「四叔，他不叫陶宗，他就是馬強告狀脫了案的姚成，後來惟恐連累於他，因而脫逃。」蔣爺聽了，連忙問道：「你既是姚成，因何又叫陶宗呢？」陶宗道：「我起初名叫陶宗，只因投在馬員外家，就改名叫姚成。後來恐有連累，只得又復了本名，仍叫陶宗。」蔣爺道：「可見你反覆不定，奸狡之人，連自己姓名都沒有準主意。」回頭便對店小二道：「你快去把地方保甲叫了來，就說我是開封府差來拿人的，叫他們快些來見我。」店小二聽了，那敢怠慢？不多時，進來了二人，朝上打了個千兒道：「小人不知上差老爺到來，望乞老爺恕罪。」蔣爺說道：「你們倆，誰是地方？」只聽一人說道：「小人王大是地方。他是保甲，叫李二。」蔣爺道：「你們這裏屬那裏管？」王大道：「此處地面，皆屬唐縣管。」蔣爺道：「你們官姓什麼？」王大道：「我們太爺姓何，官名至賢，請問老爺貴姓？」蔣爺道：「我姓蔣，奉包太師的鈞諭，訪查要犯。可巧就在這店內擒獲，我已綑縛好了在這裏。說不得你們辛苦辛苦，看守看守，明早我與你們一同送縣。見了你們官兒，是要即刻起解的。」二人同聲說道：「蔣老爺只管放心歇息去罷！小人們斷不敢徇私的。」蔣爺道：「很好。」說罷，立起身來，攜了艾虎的手，就上西耳房去了。

要知後事如何？且看下回分解。

第八十七回　為知己三雄訪沙龍　因救人四義撇艾虎

且說蔣爺立起身來，攜了艾虎的手，一步步就上西耳房來。兩個坐下，蔣爺方問道：「賢姪！你如何來到這裏？你師傅往那裏去了？」艾虎道：「說起來話長。只因我同著我義父，在杭州倪太守那裏住了許久。後來義父等太守完婚之後，方纔離了杭州，到茉花村住下。不想丁大叔父那裏早已派人上襄陽打探事情去了。不多幾日，回來說道：『襄陽王已知朝廷有些知覺，惟恐派兵征剿，他那裏預為防備：左有黑狼山，安排著金面神藍驍，把守旱路；右有軍山，安排下飛叉太保鍾雄，把守水路；兩路皆是咽喉緊要之地，倘若朝廷有什麼動靜，即刻傳檄飛報。』因此我師父與義父聽見此信，甚是驚駭。什麼原故呢？因為有個至好的朋友，姓沙名龍，綽號鐵面金剛，在臥虎溝居住。這臥虎溝離黑狼山不遠，一來恐沙伯父被賊人侵害；二來又怕沙伯父被賊人騙去入夥；大家商量，我師傅同我義父，並丁二叔三位，俱上臥虎溝去了；就把我交與丁大叔了。姪兒如何受得這寂寞呢？一連悶了好幾日，悄悄的偷了丁大叔五兩銀子做了盤費，我要上臥虎溝看個熱鬧去。不想今日住在此店，又遇見了對頭。」蔣爺聽了，暗道：「好小子！拿著廝殺對壘當熱鬧兒，真好膽量！但這歐陽兄、智賢弟為什麼不把他帶了去呢？」只聽艾虎問道：「蔣叔父今日此來，是為拿要犯，還是有別的事呢？」蔣爺道：「為奉相諭，找尋你義父。」艾虎道：「蔣叔父，如今意欲何往呢？」蔣爺道：「今既知你義父上了臥虎溝，明日將姚成送縣起解之後，我也上臥虎溝走走。」艾虎聽了歡喜道：「好叔叔！千萬把姪兒帶了去。若見了我師父與我義父，就說叔父把姪兒帶了去的，也省得他二位老人家嗔怪。」

蔣爺聽了暗道：「我看艾虎年幼貪杯，而且又是私逃出來的；莫若我帶了他去，一來盡了人情，二來又可找歐陽兄。只是他這樣，必須如此如此。」想罷，對艾虎道：「我雖把你帶了去，你只要依我一件事。」艾虎道：「你老只管說，是什麼事？姪兒無有不應的。」蔣爺道：「就是你的酒。每頓只准你喝三角，多喝一角都是不能的。你可願意麼？」艾虎聽了，半晌，方說道：「有三角可以解解饞，也就是了。」到了天色將曉，蔣爺與艾虎打了包裹，艾虎就背起行李，叫地方保甲，押著曹標、姚成，竟奔唐縣而來。到了縣衙，蔣爺投了龍邊信票，面見何縣令，將始末說明。就著縣內派差，押解赴京。縣官即刻辦了文書，並將護衛蔣爺上臥虎溝，帶了一筆。蔣爺辭了縣官，將龍票仍帶在貼身，與艾虎竟自起身去了。這裏縣令將二犯起解到京，來至開封府投文。包公升堂，用刑具威嚇的姚成一一供出，曾害過倪仁夫婦，即將姚成斃於鍘下，曹賊定罪充軍。此案完結不表。

再說蔣平、艾虎自離了唐縣，往湖廣進發。果然艾虎每頓三角酒。一日來至濡口雇船，船家富三，水手二名。蔣爺在船上賞玩風景，頗覺有趣。只見艾虎兩眼朦朧，掙扎坐著打盹，到後來放倒頭便睡。獨到喝酒之時，精神百倍，又是說又是笑；只要三角酒一完，「咯咚」就打起哈氣來了。蔣爺看了這番光景，也只好由他去便了。這日剛交申時光景，正行之間，忽見富三說道：「快些撐船，風暴來了。」水手不敢怠慢，連忙將船撐在鵝頭磯下，此處卻是珍玉口，極其幽僻，將船灣住，下了鐵錨。整飯食吃畢，已有掌燈之時，卻是風平浪靜，毫無一點動靜。蔣爺暗道：「為何船家他說有風呢？想必是他心懷不良罷！」正在犯疑，忽聽「喇喇」一陣亂響，果然大風驟起，波浪洶湧。幸喜不大功夫，天開月霽，夜色益發皎潔光明。

蔣爺獨坐船頭，覺得耳旁有人聲喚「救人」，順著聲音往西北一看，只見隱隱有個燈光閃灼。蔣爺暗道：「我何不救他一救呢？」慌忙跳在水內，踏水而行。忽見一人或上或下，從西北順流漂來。蔣爺將髮揪住，往上一提，一手把住腰帶，慢慢踏水奔到崖岸之上。幸喜功夫不大，略略控水，即便甦醒「哼哼」出來。蔣爺方問他名姓，原來此人是個五旬以外的老者，姓雷名震。蔣爺聽了，便問道：「現今襄陽王殿前站堂官雷英，可是本家麼？」雷震道：「那就是小老兒的兒子，恩公如何知道？」蔣爺道：「我是聞名，有人常題，卻未見過。請問老丈家住那裏？意欲何往？」雷震道：「小老兒住在襄陽的府衙後面，有二里之遙，地名叫八寶村。因女兒家內窮寒，是我備了衣服簪環，前往陵縣探望，因此雇了船隻。誰知船手是弟兄二人，一個米三，一個米七，他二人不懷好意，見我有這衣服箱籠，他說有風暴，船不可行，便藏在此處。他先把我跟的人殺了，小老兒喊叫救人，他卻又來殺我。我急將船窗撞開，跳在水中，多虧恩公搭救。」蔣爺道：「大約船尚未開。老丈在此略等，我給你瞧瞧箱籠去。」雷震聽了，連忙千恩萬謝。蔣爺跳在水內，將身一縱，來至有燈光的船邊，只聽二賊說道：「且打開箱籠看看，包管興頭的。」蔣爺身體往船邊一躍，道：「好賊！只顧你們興頭，卻不管別人晦氣了。」說著話，到船上。米七聽見，提了刀鑽出艙來。蔣爺抬腿就是一腳，恰恰踢在米七的腮頰之上，如何禁得起？身體一歪，栽倒在船上，手鬆刀落。蔣爺搶刀在手，照著米七一揤，登時了帳。米三在船上看的明白，說聲「不好」，就從破窗之處，竄入水內去了。蔣爺如何肯放？縱身下水，捉住賊的雙腳，往上一提，提到船上。進艙找著繩子，細縛好了將他臉面向下控起水來。蔣爺復又跳在水內，來至崖岸，背了雷震，送上船去。告訴他道：「此賊已然細縛住了，不要怕他。俟天亮時，另僱船隻便了。」說罷翻身入水，來到自己灣船之處，一看，罷了，蹤跡全無。敢則是富三見得了順風，早已開船去了。

蔣爺無奈，只得仍然踏水，回到雷震那裏船上，只聽雷老者顫巍巍的聲音道：「你動一動我就是一刀。」蔣爺知道他是害怕的，遠遠就答言道：「俺又回來了。」雷震聽了，一抬頭見蔣爺已然上船，心中好生歡喜。蔣爺道：「只因我的船隻不見，想是開船走了。莫如我送了老丈去如何？」雷震道：「有勞恩公！何以報答？」連忙取了一件衣服，與蔣爺換了，卻是四垂八卦的。蔣爺用絲縧束腰，將衣襟拽起。等到天明，用篙撐開，一腳將米三踢入水中，倒把老者嚇了一跳。蔣爺笑道：「這廝在水中做生涯，不知劫了多少客商！害了多少性命！如今遇見蔣某，算是他的惡貫滿盈。」雷震嗟嘆不已。

且不言蔣爺要送雷震上陵縣。再說小爺艾虎整整的睡了一夜，猛然驚醒，不見了蔣平，連忙出艙問道：「我叔叔往那裏去了？」富三道：「你二人同艙居住，如何問我？」艾虎聽了，慌忙出艙看視，見船頭有鞋一雙，不覺失聲道：「噯呀！四叔掉在水內了，別是你等有意將他害了罷？」富三道：「你這小客官，說話好不知輕重！昨晚風暴，將船灣住，我們俱是在後艄安歇的，前艙就是你二人。想是那位客官夜間出來小解，失足落水的。如何是我們害了他呢？」水手也說道：「我們既有心謀害，何不將小官人一同謀害呢？」又一水手道：「別是你這小客官，見那行李沉重，把他害了，反倒誣賴我們罷？」小爺聽了，將眼一瞪道：「豈有此理！滿口胡說！那是我叔父，俺如何肯害他？」水手道：「那可難說！現在包裹行李，都在你手內，你還賴誰呢？」小爺聽了，揎拳捋袖，就要打他們。富三忙攔道：「不要如此。照我看來，那位客官，也不是被人謀害的，也不是失足落水的，竟是自己投在水內的。大家想想：若是被人謀害，或是失足落水，焉有兩隻鞋放在一邊之理呢？」一句話說的眾人省悟，水手也不言語了。艾虎也不生氣，連忙回轉艙內，見包裹未動，打開時，衣服依然如故，連龍票也在其內。又把兜肚打開看了看，尚有不足百金，只得仍然包好。心中納悶道：「蔣四叔往何處去了呢？難道黌夜之間，摸魚去了？」正在思索，只聽富三道：「小客官！已到了停泊之處了。」艾虎無奈，只得束了兜肚，背了包裹，搭跳上岸，邁步上前。

未知後文如何？且看下回分解。

第八十八回　搶魚奪酒少弟拜兄　談文論詩老翁擇壻

且說艾虎一路上想起蔣爺在悅來店救了自己，蒙他一番好意，帶我上臥虎溝，不想竟自落水；如今弄得我一人，踽踽涼涼，不由的悽悽落淚。忽然想起蔣爺綽號翻江鼠，焉能淹得死呢？想至此，又不禁大樂起來。一路胡思亂想，千端萬緒，縈繞於心，竟錯過了宿頭。看看天色已晚，方覺得饑餓，欲覓飯食，無處可求。忽見燈光一閃，急忙奔至臨近一看，原來是個窩鋪，見有二人在那裏豁拳吃酒。他卻走至跟前，誰知豁拳的，卻是兩個漁人，猛見艾虎進來，便發話道：「你這後生，好生無理！我們在此飲酒作樂，你如何前來混攪？」艾虎道：「實不相瞞，俺是行路的。只因過了宿頭，一時肚中饑餓，沒奈何將就將就，留個相與罷！」說著話，他就要端酒碗。那漁人忙攔道：「你要吃食，也等我們吃剩下了，方好周濟於你。」艾虎道：「俺又不是乞兒花子，俺有銀兩，買你幾碗酒，你可肯賣否？」漁人道：「俺這裏又不是酒市，你要買前途買去。」說罷二人又豁起拳來。艾虎又伸手要拿酒吃，二漁人大怒道：「你這小廝好生撒懶！說過不賣，你卻歪纏❶則甚？」艾虎道：「你不賣，俺就要搶了。」漁人冷笑道：「你說別的罷了！你若說要搶，只怕我們此處，不容你放搶。」說罷，站起身來，出了窩鋪，揎拳掠袖道：「小廝！你搶個樣兒我看！」艾虎將包袱放下，笑道：「你不要忙，俺先與你說明：俺若輸了，任憑你

❶ 歪纏：無理取鬧。

等；俺若贏了，不消說了，不但酒要夠，還要管俺一飽。」那漁人也不答應，揚手就是一拳。艾虎將手接住，往旁邊一領，那漁人不知不覺，爬伏在地。這漁人一見氣忿忿的道：「好小廝，竟敢動手。」抽後就是一腳。艾虎往上一托，那漁人仰巴叉❷栽倒在地。二人爬起來，一擁齊上，小俠只用兩手左右一分，二人復又跌倒。一連三次，漁人知道不是對手，抱頭鼠竄而去。

艾虎見他等去了，先端起一碗飲乾，看中間盤內大魚大肉，滿心歡喜，一時間杯盤狼藉。正吃的高興，酒卻沒了，他便端起大盤來，囫圇吞的，連湯都喝了。站起身來，見上面掛著個大酒葫蘆，不由的滿心喜歡，摘將下來，復又回身，就燈一看，卻是個錫蓋。艾虎不知是轉螺螄的，左打不開，右打不開，一時性起，用力一掰，將葫蘆口摘將下來。他就口套口，匀了四五起飲乾。一鬆手「拍叉」的一聲，葫蘆正落在大盤子上，碰了個粉碎。艾虎提了包裹，出了窩鋪，也不管東南西北，信步行去。誰知飲酒後，又犯著風兒一吹，不覺的酒湧上來，才走二三里路程，再也掙扎不來。見路旁有個破亭子，也不顧塵垢，將包裹放下，做了枕頭，放身倒睡，酣呼如雷。正在睡濃之際，似乎覺得身上一陣亂響，有些疼痛，慢閃二目，天已大亮，見五六個人，各持木棒，將自己圍繞。猛然省悟，暗道：「這是那兩個漁人調了兵來了。這原是自己的不是，莫若叫他們打幾下子出出氣，也就完了事了。」

原來那兩個漁人，被艾虎打了，他兩個便知會了眾漁人，各各擎木棒，奔了窩鋪看時，不但魚酒皆無，而且葫蘆掰了，盤子碎了。一個個氣沖兩脅，分頭去趕，只顧奔了大路，那知小俠醉後混走，倒岔在小路去了。眾人追了多時，不見蹤影，只得大家漫散了。誰知走至破亭子，忽見他醉倒在那裏，眾人

❷ 仰巴叉：仰面跌倒。

就要動手。有個年老的道：「眾位不要混打，惟恐傷了他致命之處，不大穩便。須要將他肉厚處打，戒他下次就是了。」眾人依言，揀肉厚處，一陣亂打，見艾虎不動，大家猶疑，恐其傷了性命。那艾虎遲了半天，見他們不打了，方睜開眼道：「你們不打了麼？我要走了。」一翻身爬起，提了包裹，撣了撣塵垢，拱了手道：「請了！請了！」眾人圍繞著，那裏肯放？艾虎道：「你們為何攔我？」眾人道：「你搶了我們的魚酒，難道就罷了不成？」艾虎道：「你們不打我嗎？打幾下子出了氣，也就是了。還要怎麼？」漁人道：「你掰了我的葫蘆，碰了我的大盤，好好的還我。不然，想走不能。」艾虎道：「原來壞了你的葫蘆盤子。不要緊，俺給你銀子，另買一分罷！」漁人道：「只要我的原舊東西，要銀子做什麼？」艾虎道：「這就難了。人有生死，物有毀壞，業已破了，還能整得上麼？你不要銀子，莫若再打幾下，與你那東西報報仇。」說罷，放下包裹，復又躺在地下，鬧的眾人沒法想。只見那邊來了個少年的書生，向著眾人道：「列位請了！不知此人犯了何罪？你等俱要打他？望乞看小生薄面，饒了他罷！」說畢，就是一揖。眾人見是個斯文，連忙還禮道：「叵耐這廝饒搶了嘴吃，還把我們的傢伙毀壞，實實可惡。既是相公給他討情，我們認個晦氣罷了！」說畢，大家散去。

年少後生見眾人散去，再看時，見他用袖子遮了面，仍然躺著不肯起來。向前將袖子一拉，艾虎此時臊得滿面通紅，無可搭訕，「噗哧」的一聲，大笑不止。書生道：「不要發笑，端的為何？有話起來講。」艾虎無奈站起，揮去塵垢，向前一揖道：「慚愧慚愧，實在是俺的不是。」便將搶魚吃酒，以及毀壞傢伙的話，和盤托出。書生聽了，暗想道：「聽他之言，倒是個率直豪爽之人。」又看他滿面英雄，氣度不凡，問道：「請問尊兄貴姓？」艾虎道：「小弟姓艾名虎，尊兄貴姓？」那書生道：「小弟施俊。」

艾虎道：「原來是施相公。俺這不堪的形景，休要見笑。」施俊道：「『四海之內，皆兄弟也！』焉有見笑之理。」艾虎聽了，錯會了拜兄弟了，即便答道：「俺乃粗鄙之人，焉敢與貴客結為兄弟？既蒙不棄，俺就拜你為兄。」施俊聽了，知他是錯會意了，以為他鯁直可交，便問：「尊兄青春幾何？」艾虎道：「小弟今年十六歲了，哥哥你今年多大了？」施俊道：「比你長一歲，今年十七歲了。」艾虎道：「如此哥哥請上，受小弟一拜。」說罷，爬在地下就磕頭。施俊連忙還禮，二人彼此攙扶。小俠提了包裹，施俊伸手攜了艾虎，離了破亭，竟奔樹林而來。早見一小童，拉定兩匹馬，在那裏瞻望。施俊喚道：「錦箋過來，見過你二爺。」小童聽見相公如此說，不敢怠慢，上前跪倒，道：「小人錦箋與二爺叩頭。」艾虎從來沒受過人的頭，沒聽見稱呼過二爺，今見錦箋如此，喜出望外，連忙說道：「起來！起來！」回身在兜肚內，掏出兩個錁子，遞與錦箋道：「拿去買菓子吃。」錦箋卻不敢受，兩眼瞅著施俊。施俊道：「二爺既賞你，你收了就是了。」錦箋接過，復又叩頭謝賞。施俊道：「請問二弟意欲何往？」艾虎答道：「小弟要上臥虎溝尋我師父與義父。請問兄長意欲何往呢？」施俊道：「愚兄要上襄陽縣金伯父那裏。你我二人不能盤桓暢敘，如何是好？」艾虎道：「既然彼此有事，莫若各奔前程，後會有期。」說罷，二人又對拜了。錦箋拉過馬來，施俊扳鞍上馬，錦箋因艾虎在地下，他不肯騎馬，拉著步行。艾虎不依，務必叫他騎上馬，跟了前去。目送他主僕去遠，自己方扛起包裹，邁開大步，竟奔大路去了。

且說施俊父名施喬，字必昌，曾作過一任知縣，因雙目失明，告假還鄉。生平有兩個結義的朋友，頭一個便是兵部尚書金輝，因參襄陽王遭貶在家；第二個便是新調長沙太守邵邦傑。他三人雖是結義的朋友，卻是情同骨肉。施老爺知道金老爺有一位千金小姐，自幼兒見過好幾次，雖有聯姻之說，卻未納聘。如今施俊年已長成，莫若叫施俊去到那裏，明是託金相公看文章，暗暗卻是為結婚姻。這日施俊來至襄陽縣九雲山下九仙橋邊，問著金老爺的家，投遞書信。金公請至書房，見施俊品貌軒昂，學問淵博，那一派謙讓和藹，令人羨慕。金公好生歡喜，當下設席款待。飲酒之間，金公盤問了多少書籍，施俊對答如流，把個金公樂的了不得。喫飯已畢，就把施俊安置在書房中下榻，自己得意洋洋，往後面見了夫人。

不知有無話說？且看下回分解。

第八十九回　憨錦箋暗藏白玉釵　癡佳蕙遺失紫金墜

且說金公見了夫人何氏，盛誇施俊的人品學問。夫人聽了，也覺歡喜。原來夫人何氏，就是唐縣何至賢之妹，膝下生得兩個兒女：女名牡丹，今年十六歲；兒名金章，年方七歲。老爺還有一妾，名喚巧娘。且說金公將施公雙目失明，如今寫信前來，叫施俊在家讀書，雖是如此，書中卻有求婚之意。夫人道：「老爺的意下如何呢？」金公道：「當初施賢弟也曾提過，因女兒尚幼，並未聘定。不想如今施賢姪年紀長成，不但品貌端好，而且學問淵博，堪與我女兒匹配。」何氏道：「既如此，老爺何不就許了這頭親事呢？」金公道：「他既在此居住，我還要看他行止如何，慢慢再提不遲。」老爺夫人只顧議論，誰知小姐的丫頭，名喚佳蕙，是自幼兒服侍小姐的，因他素來聰明伶俐，生的俏麗，跟著小姐讀書習字，文理頗通。這日他正到夫人臥室，忽聽見老夫妻講論施俊才貌雙全，有許婚之意。他便回轉了繡房，對小姐嘻嘻笑道：「小姐大喜了！方纔我從太太那裏來，老爺正然講究施老爺打發小官人來，在我們這裏讀書，從著老爺看文章。老爺說他不但學問好，而且品貌極美，老爺太太樂的了不得，有意將小姐許配於他。小姐可不是大喜麼？」牡丹道：「你這丫頭！這些事，也是大驚小怪，對我說的麼？」佳蕙一團的高興，被小姐責了幾句，心中暗道：「莫非他不願意麼？」便悄悄偷到書房，把施俊看了個仔細，暗暗怪道：「老爺誇他，果然生的不錯。他既有如此容貌，必有出奇的才情。小姐若知道了，必定歡喜。

我何不如此如此，替他們成全成全豈不是好？」看官！他究竟小孩見識，不知輕重，以致弄出禍來。

當下佳蕙想罷，連忙回到自己屋內，拿出一方芙蓉手帕，暗道：「這也是小姐給我的，我就拿他做個引線。」立刻提筆，就在手帕上寫了「關關雎鳩，在河之洲」二句，摺疊了藏在一邊。到了午間，抽空兒袖了手帕，來到書房。可巧施俊午夢正長，錦箋也不在跟前，佳蕙悄悄的臨近桌邊，把手帕一丟，轉身時又將桌子一靠，施俊驚醒，朦朧二目，翻身又復睡了。誰知錦箋從外面回來，見相公在外面瞌睡，腕下卻露著手帕；慢慢抽出，抖開一看，異香撲鼻，上面還有字跡，卻是兩句詩經。心中暗想：「這手帕不是我們相公的。從何而來的？倒要查看查看。」到了次日，佳蕙來到了書房，見相公正在那裏開箱找書，不便驚動。抽身回來，只見一人迎面攔道：「好吓！你跑到書房做什麼來的？」佳蕙問道：「你是誰？」小童道：「我乃服侍相公的錦箋，你是誰？」佳蕙笑道：「我便是自幼服侍小姐的佳蕙。我且問你，昨日有塊手帕，你家相公可曾瞧了沒有？」錦箋想道：「原來手帕是他的。」說道：「姐姐不要性急，終久總要有女壻的。何必這們忙呢？」佳蕙紅了臉道：「兄弟休要胡說！只因我家小姐，待我恩深義重，又有老爺太太願意連姻之言，故此我纔取了手帕來，知會你家相公，叫他早早求婚，莫要耽誤了大事。」錦箋道：「姐姐既要知恩報恩，那手帕是不中用的。何不弄了真實著見的表記來？我相公那裏，有我一面承管。」壞事在此一句，所謂：「一言喪邦。」佳蕙聽了道：「兄弟放心！我們小姐那裏，有我一面承管。咱二人務必將此事作成，庶不負主僕情分。」說罷，佳蕙往後面去了。他二人正所謂一個兒半斤，一個兒八兩，皆是孩子氣，逞能弄巧，那知釀成大事，鬧了個天翻地覆，險些兒性命難保！

且說佳蕙自與錦箋說明之後，不料事有湊巧，這日牡丹小姐叫他收拾鏡妝，他見有精巧玉釵一對，暗暗袖了一枝，悄悄的遞與錦箋。錦箋回轉書房，得便開了書箱，瞧瞧無物可拿，見有一把扇子，拴的個紫金魚的扇墜，連忙解下來，就勢兒將玉釵放在箱內，卻把前次的芙蓉手帕打開，提筆寫上「窈窕淑女，君子好逑」二句，然後將扇墜包裹，得意洋洋，來見佳蕙道：「我說事成在我，姐姐不信。你看如何？」說罷，打開給佳蕙看了。佳蕙等的工夫大了，已然著急，忙忙接了過來，回首向衣襟一掖，轉身就去了。剛走了不多遠，只見巧娘的杏花兒（年方十二歲，極其聰明），看了佳蕙，問道：「姐姐那裏去來？」佳蕙道：「我到花園掐花兒去來。」杏花道：「掐的花在那裏？給我幾朵兒。」佳蕙道：「花尚未開，因此空手而回。」杏花兒道：「我不信。」說罷，拉住佳蕙不放。佳蕙心虛身邊有物，見他糾纏，便嗔怒道：「你這丫頭，拉拉扯扯，什麼意思？」說罷，將衣服一頓，揚長去了。杏花兒覺得不好意思，往地下一看，見有一個包兒，連忙檢起，攏在袖內，回轉姨娘房中。巧娘問道：「你往那裏去來？」杏花兒道：「可惡佳蕙！他掐了花來，我合他要一兩朵花不給，偏偏的他掉了一個包兒，我是再也不給他的了。」巧娘聞了忙問道：「你檢了什麼了？拿來我看。」杏花兒將包兒遞將過來。不想巧娘一看，便生出許多的是非來了。

只因金輝自從遭貶之後，將宦途看淡了。見有可以消遣處，十天半月，樂而忘返。誰知巧娘水性楊花，那裏挨得這寂寞？未免有些饑不擇食，悄地裏就與幕賓先生刮拉上了。一日正與幕賓在花園亭上，剛然入港，恰值小姐與佳蕙上花園焚香，將事沖散。偏這幕賓恐事要發覺，竟自逃走了。巧娘失了心上之人，因此把小姐與佳蕙恨入骨髓。如今見了手帕，又有紫金魚，正中心懷。便哄杏花兒道：「這個包兒既是檢的，你給我罷！我給你做件衫子如何？」杏花兒欣然應允。巧娘道：「我還要告訴你，此事也不可對別人說。等老爺回來，你千萬不要在跟前。我往後還要另眼看待與你。」杏花兒聽了歡喜，滿口應承。一日金公來到巧娘屋內，巧娘迎接就座，殷勤獻茶畢，他便雙膝跪倒道：「賤妾有一事稟老爺得知。」金公道：「你有何事？只管說來。」巧娘道：「只因賤妾檢了一件東西，事關重大。雖然老爺知道，必須訪查明白，切不可聲張。」說著話，便把手帕呈上。金公接過來一看，見裏面包著紫金魚的扇墜兒，又見手帕上字跡分明，寫著詩經四句，筆跡卻不相同；前二句寫的輕巧嫵媚，後二句寫的雄健草率。金公看畢，心中一動，便問：「此物從何處拾來？」巧娘道：「老爺千萬不要生氣！只因賤妾給太太請安回來，路過小姐那裏，拾得此物。」金輝聽了，登時無名火起，暗道：「好賤人！這還了得！」即將手帕金魚包好，攏在袖內。巧娘道：「老爺！此事與門楣有關，千萬不要聲張，必須訪查明白。」

不知後來金公如何辦理？且看下回分解。

第九十回　避嚴親牡丹投何令　充小姐佳蕙拜卲公

且說金輝聽了巧娘的言語，到了內書房安歇。到了次日，悄悄到了外書房一看，可巧施俊會文去了，金公便在書箱內搜出一枝玉釵，仔細留神，正是女兒的東西。轉身來至正室，見了何氏，問道：「我曾給過牡丹一對玉釵，現在那裏？」何氏道：「既然給了女兒，必是女兒收著。」金輝道：「要來我看。」何氏便叫丫鬟到小姐那裏去取，去了多時，只見丫鬟拿了一枝玉釵回來稟道：「奴婢方纔到小姐那裏取釵，小姐找了半天，在鏡箱內找了一枝。問佳蕙時，佳蕙病的昏昏沉沉的，不知那一枝那裏去了。」小姐說，俟找著那一枝，即刻送來。」金輝聽了，哼了一聲，將丫鬟叱退，對夫人道：「你養的好女兒。」何氏道：「女兒丟了玉釵，容他慢慢找去。老爺何出此言？」金公便將手帕扇墜擲與何氏道：「這都是你養的好女兒作的。」便在袖內把那一隻玉釵取出，道：「現有對證，還有何言支吾？」何氏見了此釵問道：「老爺，此釵從何處得來？」金公便將施生書箱內搜出的話，說了一遍。又道：「我看父女之情，給他三日限期，叫他尋個自盡，休來見我。」說罷，氣忿忿的上外面書房去了。

何氏見此光景，又是著急，又是傷心，忙忙來到小姐臥室，見了牡丹，放聲大哭。牡丹不知其詳，問道：「母親，這是為何？」夫人哭哭啼啼，將始末原由，述了一遍。牡丹聽畢，只嚇的也就哭將起來，道：「此事從何說起？女兒一概不知。」叫乳母梁氏追問佳蕙去，誰知佳蕙自那日遺失手帕扇墜，心中一急，登時病了。就在自己屋內床上，此時正在昏憒之際，如何答應上來。梁氏無奈，回轉繡房道：「問了佳蕙，他也不知。」何氏夫人道：「這便如何是好？」牡丹哭道：「爹爹吩咐孩兒自盡，不敢違拗。只是母親養了孩兒一場，未能答報，孩兒雖死，也不瞑目。」夫人聽至此，上前抱住牡丹道：「我的兒吓！你既要死，莫若為娘的也同你死了罷！」牡丹哭道：「母親休要顧惜女兒。現在我兄弟方交七歲，母親若死了，叫兄弟倚靠何人？豈不絕了金門香煙麼？」說罷也抱住夫人痛哭不止。旁邊乳母梁氏勸道：「我家小姐自幼閨門不出，斷無此事。或者是佳蕙那丫頭幹的，也未可知；偏偏他又病的人事不知。若是等他好了再問，惟恐老爺性急。莫如叫我男人悄悄僱上船一隻，兩口子同著小姐，帶佳蕙投到唐縣舅老爺那裏，暫住幾時。俟佳蕙好了，求舅太太將此事訪查真假。只是太太要擔些干係，遇便再求老爺便了。」夫人道：「只是你等路上，叫我好不放心。」梁氏道：「事已如此，吉人自有天相。」牡丹道：「我自幼從未離過母親，一來拋頭露面，二來違背父命，還是死了乾淨。」何氏夫人道：「兒吓！此計乃從權之道。你若果真死了，此事豈不是越發真了麼？」牡丹哭道：「只是孩兒捨不得母親奈何！」乳娘道：「此不過燃眉之急，日久事明，依然團聚，有何不可？小姐如若怕出頭露面，我更有一計在此，就將佳蕙穿了小姐衣服，一路上說小姐臥病，往舅老爺那裏就醫，小姐卻扮作丫鬟模樣，誰又曉得呢？」何氏夫人聽了道：「既如此很好，你們就急速辦理去罷！我且安置老爺去。」牡丹此時，心緒如麻，說道：「孩兒去了，母親保重要緊。」說罷大哭。這裏梁氏將他男子找來，名叫吳能，是個沒有出息的人。此事交給他，這纔把事情辦壞了。到了河邊，不論好歹，僱了船隻。又僱了小轎三乘，來至花園後門，奶娘梁氏，帶領小姐與佳蕙，乘轎至河邊上船。一篙撐開，飄然而去。

且說金輝氣忿忿離了上房，來到了書房內，此時施生已回，見了金公，上前施禮。金輝洋洋不睬。施俊暗道：「他如何這等慢待與我？想是嗔我在這裏擾他了。我又非倚靠他的，如何受他的厭氣？」便道：「小生離家日久，惟恐父母懸望，我要回去了。」金輝道：「很好，你早就該回去。」施俊聽了，立刻喚錦箋備馬。錦箋問道：「相公往那裏去？」施俊道：「狗才！叫你備馬，你備馬就是了。誰許你問？」錦箋見相公動怒，緊忙備了馬來。施生立起身來說道：「請了。」竟揚長而去。金輝將書籍看了一看，依然照舊；卻見一把扇子，是施生落下的，也不介意。便回至內屋，見何氏夫人哭了個淚人一般。金輝一語不發，坐在椅上嘆氣。忽見何氏夫人雙膝跪倒，口口聲聲：「妾身在老爺跟前請罪。」金公連忙問道：「夫人！端的為何？」夫人便將女兒上唐縣的情由，述了一遍。說罷哭倒在地。金公先前聽了，急的跺腳；後見夫人匍匐不起，究竟是老夫老妻情分上，過意不去，只得將夫人攙起來，道：「事已如此，我只好置之度外便了，從此不究。」那知小姐那裏生出事來。

只因吳能雇了一隻賊船，船家兄弟二人，乃是翁大、翁二，還有一個幫手王三。他等見有些細軟包袱，便起了不良之意。走不多時，翁大忽然說道：「不好了，風暴來了！」急急將船撐到幽僻之處，歇了一回，並無動靜。吳能道：「那暴風呢？」翁大道：「你來看呀！」吳能不知是計，剛到船頭，被翁大順手一推，「噗咚」一聲，落下水去。乳母船內聽著他男子被翁大推下水去，心中一急，連嚷道：「救人吓！救人吓！」王三奔過來就是一拳，乳母站立不穩，跌倒船內。又嚷道：「救人呀！救人呀！」牡丹此時在船內知道不好，用力將竹窗撞下，隨身跳入水中去了。翁大趕進艙來，見那女子跳入水內，一手將佳蕙拉住道：「美人不要害怕，俺合你有話商量。」佳蕙知是要死不得死，要脫不能脫，只急得通身是汗，病倒好了一半。外面王三將船撐開，佳蕙作急的高聲叫喊：「救人呀！救人！」忽見那邊飛也似來了一只快船，上面站著許多人道：「這船上害人呢！快上船進艙搜來。」翁二、王三見不是勢頭，「颼」的一聲，跳下水去。翁大便從窗口竄出，赴水逃生去了。可恨他三人，貪財好色，枉用心機，只落得赤手空拳，赴水而去。

且言眾人上船，其中有個年老之人道：「且看船內是什麼人？」說罷進艙看時，誰知梁氏藏在床下，此時方纔從床下爬出道：「眾位救我主僕一命，可憐我的男人，被賊人推在水內淹死，丫鬟著急，竄出船窗投水也死了。小姐又是疾病在身，難以動轉。望乞眾位見憐。」這人聽了道：「不要啼哭，待我回那老爺去。」轉身去了。梁氏悄悄告訴佳蕙，就此假充小姐，不可露出了馬腳。佳蕙點頭會意。那人去不多時，只見來了僕婦丫鬟四五個，攙扶假小姐，叫梁氏提了包裹，來到官船之上。只見有一位老爺，坐在上面問道：「那女子家住那裏？姓什麼？」假小姐向前萬福道：「奴家金牡丹，乃前任兵部尚書金輝之女。」只見那老爺立起身來，笑吟吟道：「原來是姪女到了。」假小姐連忙問道：「不知老大人為誰？請道其詳。」那老爺笑道：「老夫乃邵邦傑，與令尊有金蘭之誼。因奉旨改調長沙太守，故此帶了家眷前去赴任。今日卻好在此處停泊，不想救了姪女。」假小姐聽了，復又拜過了叔父。

不知說出什麼話來？且看下回分解。

第九十一回　死裏生千金認張立　苦中樂小俠服史雲

且說邵公問道：「姪女乘舟何往？」假小姐聞聽，便將身體多病，奉父母之命，前往唐縣就醫養病的話，說了一遍。邵老爺道：「這就是令尊的不是了。你一個閨中弱質，如何就叫奶公奶母，帶領去赴唐縣呢？理宜將姪女送回，奈因欽命緊要，難以遲緩。與其上唐縣，何不隨老夫上長沙？現有老荊同你幾個姊妹，頗不寂寞。俟你病好時，我再寫信與你令尊，不知姪女意下如何？」假小姐道：「既承叔父憐愛，姪女敢不從命！但不知嬸母在於何處？待姪女拜見。」邵老爺滿心歡喜，連忙叫僕婦丫鬟，攙著小姐，送至夫人船上。原來邵老爺有三個小姐，見了假小姐無不歡喜。從此佳蕙就在邵老爺之處將養身體。自那日開船，行至梅花灣的雙岔口，此處卻是兩條路，一股往東南，卻是上長沙；一股往東北，卻是綠鴨灘。

且說綠鴨灘內有漁戶十三家，內中有一人，姓張名立，是個極其本分的，有個老伴兒李氏。兩老口年皆四旬以外，無兒無女，每日捕魚為生。這日張老兒夜間撒網，覺得沉重，以為得了大魚，連喚：「媽媽，快來幫我一幫，這個行貨子可不小。」李氏上前幫著拉上船來，將網打開一看，卻是一個女屍，抱著竹窗一扇。張立連連啐道：「晦氣！晦氣！快些擲下水去。」李氏忙攔道：「大哥不要性急，待我摸摸，還有氣息沒有。」說著摸了摸胸前，兀的亂跳。說道：「還有氣息，快些控水。」不多時漸漸甦醒，問明來歷，原來，此女就是牡丹小姐，自落水之後，虧了竹窗托定，順水而下，漂流至此。自己心內明白，不肯說出真情，答言：「是唐縣宰的丫鬟，因要接金小姐去，手扶竹窗，貪看水面，不想竹窗掉落，自己隨窗落水。請問媽媽貴姓？」李氏一一告訴明白，又悄悄合張立商量道：「你我半生無兒無女。我今看見此女，生的十分俏麗聰明，何不將他認為女兒，將來豈不有靠麼？」張立道：「但憑媽媽區處。」李氏便對牡丹說了。牡丹連聲應允，李氏歡喜非常，急催大哥回莊，好與女兒換衣服。張立撐開船，來至莊內，李氏攙著牡丹，進了茅屋，找了一身乾淨衣服，叫小姐換了。自己烹茶燒水伏侍女兒，做了一碗熱騰騰的白水小米麵的疙瘩湯❶。小姐喝了半碗，登時將寒氣散出，滿身香汗如瀋。婆子在房越瞧越愛，如獲至寶一般。又見張立進來問道：「閨女這時候好些麼？」牡丹道：「請爹爹放心。」張立活了五十歲，還沒有人叫過他「爹爹」二個字，如今聽了這一聲，彷彿醍醐灌頂，哈哈大笑。此時天已發曉，李氏便合張立商議說：「女兒在縣宰處，必是珍饈美味慣了，千萬不要委屈了他。」張立便去賣魚買肉回來，老夫妻忙忙整理的五香八味，請女兒吃。一時同村人皆來看問，方知老夫妻得了義女，誰不喜歡？十二家漁戶，俱各前來賀喜。

其中有一人，姓史名雲，會些武藝，且膽量過人，是個見義敢為男子，因此這些漁人們，皆器重於他。凡遇大小事兒，或是他出頭，或是與他相商。他若定了主意，這些漁戶沒有不依的。如今要與張老兒賀喜，這十一家，三一群，五一夥，陸陸續續，俱告訴他張立得女兒的情由。史雲聽了拍手大笑道：「張大哥為人誠實，如今得了女兒，將來必有好報。列位與他賀喜很好，咱們莊上有了喜事，理應作賀。

❶ 疙瘩湯：俗呼麵塊為「麵疙瘩」。疙瘩湯即「麵塊湯」。

但只一件，我們皆是貧苦之人，家無隔宿之糧，誰是充足的呢？大家這一去，人也不少，豈不叫張大哥為難麼？依我倒有些主意：咱們原是魚行生理，大家以三日為期，全要辛辛苦苦，奮勇捕了魚來，俱各交在我這裏出脫。留下了咱們吃的，餘該賣的賣了錢，買調和沽酒，全有我呢！更有一宗要緊的，是日大家去時，連桌櫈務必俱要攜了去方好，不然張大哥那裏如何會有咱們吃的櫈桌傢伙呢？咱們到了那裏，大家動手，索性不用張大哥張羅，叫他夫妻安安穩穩樂一天。只算大家湊在一處，熱熱鬧鬧的吃喝一天就完了。別的送禮送物，皆是虛文，一概不用。眾人以為如何？」眾人聽罷，俱各歡喜道：「好極，好極，就是這樣罷！」眾人散了，史雲便到了張立的家中，將此事說明；又見了牡丹，果真是如花似玉的女子，快樂非常。張立便要張羅起來，史雲道：「大哥不用操心，我已俱各辦妥。老兄就張羅下燒柴就是了，別的一概不用。」張立道：「我的兄弟，這個事不容易，如何張羅下燒柴就是了呢？」史雲道：「我都替老兄打算下了，樣樣俱全，就短柴火，別的全有了。」張立深深謝了，史雲執手回家去了。

眾漁人果然齊心努力，辦事容易得很。真是爭強賭勝，竟有出去二三十里地捕漁去的，也有帶了老婆孩兒去的，也有帶了弟兄子姪去的。剛到了第二天，交至史雲處的魚蝦，真就不少。史雲裁奪著，各家平勻了，公平交易，換了錢沽酒買菜，全送至張立家中。張立見了這些東西又是歡喜，又是著急。史雲笑道：「老兄你不必管，今夜五鼓，咱們鄉親都來這裏，全是自己動手。你不用煩心，靜等著喝喜酒罷！」張立聽罷，哈哈大笑。正說話間，見有許多人，扛著桌櫈的，挑著傢伙的，背著大鍋的，又有倒換挑著調和的，還有合夥挑著菜蔬的，紛紛送來。老兒迎接不暇。史雲囑咐眾鄉親，明日早到，不要遲了。到了次日四鼓時，史雲與眾鄉親，俱各來到，史雲便分開腳色，誰挖燒火灶，誰做菜蔬，誰調座位，誰抱柴挑水，俱不用張立操一點心。樂的個張老兒出來進去，這裏瞧瞧，那裏看看，又如跳圈的猴兒一般。不多時天已大亮，陸陸續續，田婦村姑，俱各來了。李氏連忙迎出，彼此拂袖，道喜道謝。又見了牡丹，一個個咂嘴吐舌，無不驚訝。牡丹到了此時，也只好隨鄉入鄉，接待應酬，略為施展，便哄的眾人擠眉弄眼，拱肩搭背，不知如何是好。到了飯好之時，座兒業已調好，屋內是女眷，所有桌櫈，俱是齊全的，就是傢伙，也是挑秀氣的；外面院子內是男客，也有高桌，也有矮座，大盤小碗，一概不拘。這全是史雲的調停，真真也難為他。大家不論親疏，以齒為序，我拿櫈子，你拿傢伙，彼此嘻嘻哈哈，團團圍住，真是爽快。霎時間杯盤狼藉。雖非佳餚美味，卻是鮮魚活蝦，葷素俱有；左添右換，以多為盛；大家先前慢飲，後來有些酒意，便呼么喝六，豁起拳來。

恰好史雲與張立豁拳，張立叫了個「七巧」，史雲叫了個「全來」。忽聽外面接聲道：「可巧，俺也來了，可不是『全來』嗎？」史雲一看，見是個年幼之人，背著包裹，正在那裏張望。史雲「咄」的一聲道：「你這後生窺探怎的？」年幼的道：「在下因見你們飲酒熱鬧，不覺口內流涎，俺也要沽飲幾杯。」史雲道：「此處又非酒肆飯鋪，如何說『沽飲』二字？俺也不計較於你，快些去罷！」說畢，將要轉身。只見少年人一伸手，將史雲拉住道：「你說不是酒肆，如何有這些人聚飲？敢自你欺負我外鄉人麼？」史雲聽了，登時喝道：「你這小廝，好生無禮！俺饒放你去，你反拉我不放。說欺負了你，俺就欺負了你，待怎樣？」說著揚手就是一掌打來。年幼之人，微微一笑，將掌接住，往外一拉，只聽「咕咚」一聲，史雲仰面栽倒在地。心中暗道：「好大力量。」急忙起來，復又動手。只見張立出來勸道：「老弟休要錯會了意。這裏真不是酒肆飯鋪。這些鄉親，俱是給老漢賀喜來的。老弟如要吃酒，何妨請進，待老漢奉敬三杯。」年幼的聽見了酒，便喜笑顏開的道：「請問老丈貴姓？」張立答了姓名。他又問史雲，史雲便答道：「俺叫史雲，你待怎麼？」年幼的道：「史大哥，恕小弟莽撞，休要見怪！」說罷，便深深一揖到地。

未知如何？且看下回分解。

第九十二回　小俠揮金貪杯大醉　老葛搶雉惹禍著傷

且說史雲見年幼之人如此，鬧的到不好意思了。連忙問道：「足下貴姓？」年幼的道：「小弟艾虎，只因要上臥虎溝，從此經過，見眾人在此飲酒作樂，不覺口渴。既蒙賜酒，感領厚情，請了！」說罷，邁步就進了柴門，眾漁戶見張立、史雲，同了個年幼之人進來，大家一拱手。史雲偏將艾虎讓在自己一處，張立拿起壺來，滿滿斟了一杯，遞與艾虎。艾虎也不謙讓，連忙接過來，一飲而盡。史雲接過來，也斟了一杯，艾虎也就喝了。他又復與二人各斟一杯問道：「方纔老丈說府上賀喜，不知為著何事？」史雲代為說明。艾虎笑道：「理當賀的。」說罷，向兜肚內掏出兩錠銀子，遞與張立道：「些須薄禮，望乞收納。」張立如何肯接？艾虎強扭強捏的，揣在他懷內。張立無奈，謝了又謝，轉身來到屋內，叫的聲：「媽媽，這是方纔一位小客官給女兒的賀禮，好好收了。」李氏接來一看，見是兩錠五兩的錁子，不由吃驚道：「嗳喲！如何有這樣的重禮呢？」正說間，牡丹過來，張立便將客官送賀禮的話說了。牡丹道：「此人可是爹爹素來認得的麼？」張立道：「並不認的。」牡丹道：「既不認得，萍水相逢，就受他如此厚禮，令人難測。焉知他不是惡人暴客呢？據孩兒想來，還是不受他的為是。」張立道：「真是閨女想的周到。我就還他去。」仍將銀子接過，出外見了艾虎說道：「方纔老漢與我老伴言明，他母女說客官遠道而來，我等理宜盡地主之情，酒食是現成的，如何能受如此厚禮？」艾虎道：「這有甚要緊？難道俺的銀子，已經拿出，又收回麼？」史雲道：「我看艾客官是個豪爽痛快人，莫若張大哥從實收了罷，省得叫客官為難。」張立只得又謝了。史雲陪著艾虎，左一碗，右一碗。小俠漸漸醉了，前仰後合，靠著桌子垂眉閉眼。史雲知他酒深，也不驚動他，不多時，只聽呼聲震耳，眾漁人也都醺醺，獨有張立、史雲，喝的不多，仍是按座張羅。

忽聽外面有人喚道：「張老兒在家麼？」張立忙出來一看，吃了一驚，原來是黑狼山的嘍囉。自從藍驍佔住了此山，知道綠鴨灘有十三家漁戶，定了規矩，每日著一人值日，所有山上用的魚蝦，皆出在值日的身上。這日正是張立值日，他只顧賀喜，就把此事忘了。連忙告罪道：「是老漢一時忽略，望乞二位在頭領跟前，方便方便。明日我多備些魚蝦，補上就是了。」二嘍囉道：「我們全不管。你今日只好跟了我們去見頭領。有什麼話，你自己去說罷！」史雲出來道：「二位不要如此，委實張夥計今日有事，務求包容包容。」就把他得了女兒賀喜的話，說了一遍。二嘍囉道：「既如此，我們瞧瞧你這閨女去。」說罷，不容張立依不依，硬往裏走。到了屋內，見了牡丹，暗暗喝彩，轉身出來，忙忙的去了。

眾人見嘍囉去了，議論不休，史雲便合張立商議，莫若將這客官喚醒，叫他早些去罷，省得連累了他。張立聽了，將艾虎喚醒，說明原由。早有漁戶跑的張口結舌道：「不好了！葛頭領帶領人馬入莊了。」張立聽了，只嚇得渾身亂抖。艾虎道：「老丈不要害怕，有俺在此。」說罷，將包袱遞與張立，回頭叫道：「史大哥，隨俺來。」剛然出了柴扉，只見有二三十名嘍囉，簇擁著一個賊頭，騎在馬上，聲聲叫道：「張老兒，聞你有個如花似玉的女兒，正好與俺匹配，俺如今特來求親。」艾虎聽了，一聲咤叱道：「你這廝叫什麼？」馬上的道：「誰不曉得俺葛瑤明，綽號蛤蜊蚌子嗎？你是何人？竟敢前來多事。」

艾虎道：「我只當是藍驍，原是個無名的小卒。俺艾虎爺爺在此，你敢怎麼？」葛瑤明聽了，喝令嘍囉將他綁了，忽的上來了四五個，艾虎不慌不忙，兩隻膀臂，往左右一分，先打倒了兩個；一轉身，抬腿又踢了一個。眾嘍囉見小爺猛勇，又上來了十數個，心想以多為勝。那知小俠指東打西，躥南躍北，猶如虎入羊群，打了個落花流水。史雲在旁，見小爺英勇非常，不由的喝彩；自己早托定五股魚叉，猛然喊了一聲，一個健步，竟奔葛瑤明而來。原來這些嘍囉，以為漁戶好欺負，並未防備，皆是赤手而來，獨葛瑤明腰間繫著一把順刀，見眾嘍囉不是艾虎對手，剛然拔刀，史雲魚叉已到。連忙用刀一迎，史雲把叉往回裏一抽，誰知叉上有倒鬚鉤兒，早把順刀攏住。史雲力猛，「噹啷啷」順刀落地。葛瑤明說聲「不好」，將馬一帶，往莊外就跑，眾嘍囉大家也鼠竄而去。

艾虎打的高興，那裏肯放？上前將葛瑤明的刀檢起就追，史雲也便追下去了。俗云：「歸師勿掩，窮寇勿追。」如今小俠真是「初生犢兒不畏虎」❶，又仗著自己的本領，那把這一群山賊放在眼裏？看看來至山環之內，只見艾虎平空的栽倒在地，兩邊跑出多少嘍囉，將艾虎按住，綁綑起來。史雲見了，說聲「不好」，急轉身往回裏就跑，給莊中送信去了。你道艾虎如何栽倒？只因葛賊騎馬跑的快，先進了山環，便有把守的嘍兵，他就吩咐暗暗埋伏絆腳繩。小俠那裏理會？嘍囉拿了艾虎，葛瑤明業已看見，忙將嘍兵分為兩路，著十五人押著艾虎，同著自己上山。十五人回轉莊中，到張老兒家搶親。葛賊洋洋得意，將馬駝了艾虎，忙忙的入山。正走之間，只見一隻野雞打空中落下，葛瑤明上前檢起，早見有人嚷道：「快些將山雞放下，那是我們打的。」葛賊仔細一看，原來是個極醜的女子，約有十五六歲。葛

---

❶ 初生犢兒不畏虎：「犢」是小牛。這是說年輕人勇敢，不怕一切。

瑤明道：「這雞既是你的，你手無寸鐵，如何會打下野雞？」醜女子道：「原是我姐姐打的。如不信，你看那樹下站的不是？」葛賊轉臉一看，見一女子生的美貌異常，果然手握彈弓，在那裏站立。葛賊暗暗歡喜，「我老葛真是紅鸞星照命，這纔是雙喜呢！」對醜女子道：「你說你姐姐打的，我不信。叫你姐姐跟了我去，我們山後頭有雞，叫他打一個我看。」那邊女子大怒道：「你若不還，只怕你姑娘不容你過去。」說罷，拉開架式，就便動手，只聽葛瑤明「哎呀」一聲，仰面栽倒在地。掙扎著爬起來，早見兩眉攢中流下血來。醜女子已知是姐姐用鐵丸打的。不容他站穩，「颼」的一聲，飛起二七的金蓮，照正後心膛就是一腳，葛瑤明「噗咚」的一聲，嘴吃屎又躺下了。眾嘍囉一擁齊上，醜女子抬了抬手，一個個東倒西歪。葛賊知道女子利害，不敢抵敵，爬起來就跑。眾人見頭領跑了，咕嚕的一齊跑了。醜女子正在趕打嘍卒，忽聽有人高聲喝彩叫好。

不知後文如何？且看下回分解。

第九十三回　辭綠鴨漁獵同合夥　歸臥虎姊妹共談心

且說醜女子將嘍囉打散，單單剩下了綑縛的艾虎，在馬上瞧見那醜女子打這些人，猶如生龍活虎，不由的高聲喝彩。忽聽醜女子問道：「你是甚麼人？」艾虎道：「俺叫艾虎，是被他們暗算拿住的。」醜女子道：「有個黑妖狐，你可認得麼？」艾虎道：「智化是我師父，歐陽春是我義父。」醜女子道：「是艾虎哥哥到了。」連忙上前解了繩縛，艾虎下馬，深深一揖道：「請問姐姐貴姓？」醜女子道：「我名叫秋葵，沙龍是我義父。」艾虎道：「方纔用彈弓打賊的那是何人？」秋葵道：「那是我姐姐鳳仙，乃我義父的親女兒。」說話間，便招手道：「姐姐這裏來。」鳳仙見秋葵招手，方慢慢過來。秋葵道：「艾虎哥哥到了。」鳳仙聽了艾虎二字，不由的將艾虎看了一看，滿心歡喜，連忙向前萬福，艾虎還了一揖。忽聽半山中一聲叱吒道：「好兩個無恥丫頭，如何與男子見禮？」鳳仙、秋葵抬頭一看，見山腰裏，站有三個人，正是鐵面金剛沙龍，與兩個義弟：一名孟傑，一名焦赤。秋葵便高聲喚道：「爹爹與二位叔父這裏來，艾虎哥哥在此。」右邊的焦赤聽了道：「噯呀！艾虎姪到了。」他就「突突」跑下山來，嚷道：「那個是艾虎姪兒？想煞俺也。」

你道焦赤為何說此言語？只因北俠與智爺、丁二官人，到了臥虎溝，敘話說至馬朝賢一節，其中多虧艾虎如何少年英勇，如何膽量過人，如何開封首告，親身試鍘，五堂會審，救了忠臣義士，從此得了個「小俠」之名。說得個孟傑、焦赤，樂了個手舞足蹈。惟有焦赤心急，恨不得立刻要見艾虎，時刻在念，如今聽說到了，他如何不喜呢？艾虎聽了，也覺納悶道：「此人是誰呢？」只聽焦赤哈哈大笑，道：「好吓！果然不錯，這親事做定了。」說著話，沙龍、孟傑，俱各到了。原來北俠與智爺，聽見沙員外有個女兒，名叫鳳仙，一身的武藝，更有絕技是金背彈弓，打出鐵丸，百發百中，因此托丁二爺，在沙員外跟前求婚。沙龍想了一想，既是黑妖狐的徒弟，又是北俠的義子，大約此子不錯，也就有些願意了。彼時對丁二爺說道：「既承歐陽兄與智賢弟，願結秦晉，劣兄無不允從。但我有個心願，秋葵乃劣兄受了托孤重任，認為義女，我疼他比鳳仙尤甚。一來憐念他無父無母，孤苦伶仃；二來愛惜他兩臂，有五六百斤的膂力，——不過生的醜陋些。須將秋葵之事完結後，方能聘嫁鳳仙。求賢弟與他二人說明方好。」丁二爺就將此事暗暗告訴了。北俠、智爺二人聽了，滿口應承了。誰知後來孟、焦二人聽見有求親之說，他兩個便極力攛掇沙龍，笑道：「愚兄從來沒有見過艾虎，知他品貌如何？」故此今日焦赤見了艾虎，他就嚷道：「這親事做定了。」旁邊把個鳳仙羞的滿面通紅，背轉身去了。秋葵方對艾虎道：「這是我爹爹，這是孟叔父與焦叔父。」艾虎一一見了。沙龍見艾虎年少英勇，滿心歡喜，便問道：「賢姪為何來到此處？」艾虎一一說了，又道：「他等又派人仍去搶親，小姪還要回去搭救張老者的女兒。」焦赤聽了道：「好，俺同你走走。」從那邊拾起鋼叉，沙龍便把自己的齊眉棍遞與小爺，他二人邁開大步，轉身出來。方到山環，只見搶牡丹的嘍兵，抬定一個四方的東西，周圍裏著布圍，裏面隱隱有哭泣之聲。艾虎見了，輪開大棍，吼了一聲，一路好打。焦赤托定鋼叉，左右一幌，叉環亂響。一眾嘍兵，那裏還有魂呢？趕著放下轎子，逃命去了。

艾虎過來，扯去紅袱一看，原來是張桌子，腿兒朝上，綁著個女子，已然嚇的人事不省。只見山口外，哭進一個婆子來，正是李氏，口中嚷道：「天殺的吓！好好的還我女兒。如若不然，我也不活著了，我這老命，合你們拚了罷！」艾虎喚道：「媽媽，我已將你女兒截下了。」又見張立從那邊踉裏踉蹌來了，彼此見了，好生歡喜。此時李氏將牡丹繩綁鬆了，甦醒過來。恰好沙龍父女與孟傑大家迎了上來，見將女子截下，嘍囉逃脫。艾虎又帶了張立，見過沙龍，李氏帶了牡丹，見過鳳仙、秋葵；也是前生緣分，彼此傾心愛慕。鳳仙道：「姐姐何不隨我們上臥虎溝呢？料想山賊決不死心，倘若再來，怎生是好？」牡丹聽了，甚是害怕。秋葵轉身去見沙龍，將此事說了。沙龍便向張立道：「老丈！你回去告訴眾人，叫他等暗暗收拾收拾，俱各上臥虎溝便了。」艾虎道：「小姪同張老丈回去，我還有個包袱要緊。」孟傑道：「我也隨了去。」焦赤也要去，被沙龍攔住道：「賢弟，隨我回莊，且商議安置眾人之處。」便向秋葵道：「這母女二人，就交給你姐兒兩個。我們先回莊去了。」誰知牡丹受了驚恐，又綁了一程，如何轉動得來。秋葵道：「我背著姐姐走。」不多時，見駝艾虎的那馬，仍拴在那裏，秋葵將牡丹抱上馬去；鳳仙攏住嚼環，慢慢步行；牡丹心甚不安，李氏在後跟著，一路上竟奔臥虎溝而來。

那臥虎溝原是十一家獵戶，算來就是沙龍年長，武藝超群，為人正直，因此這十家皆聽他的調度。自藍驍占了黑狼山，他便將眾獵戶叫來，傳授武藝，以防不測。後來又交結了孟傑、焦赤，更有了幫手。誰知道綠鴨灘眾漁戶，已然輪流上山，供給魚蝦，便向眾人道：「俺臥虎溝既有沙龍，斷斷不准此例。眾位入山，大家留神，倘有信息，自有俺應付他。」不料藍驍那裏已知臥虎溝有個鐵面金剛沙龍，他卻親自來至臥虎溝，明是索取常例，暗裏要會一會沙龍。乃至見面，二人交手，藍驍幾乎喪命。幸而沙龍留情，藍驍心下明白，回馬一執手道：「沙員外！你的本領藍驍曉得了。」說畢，竟自回山去了。暗暗寫信與襄陽王，說沙龍本領高強，將來可做先鋒。他有意要結交沙龍，所有獵戶入山，一提臥虎溝三字，嘍囉再也不敢惹，因此沙龍的聲名遠震。如今又把綠鴨灘十三家漁戶，也歸臥虎溝來，從此黑狼山交魚蝦的例，也就免了。

再說沙龍同焦赤先到莊中，將西院的數間房屋騰出，安頓男子；又將裏間跨所，安頓婦女；俱是暫且存身。即日鳩工，隨莊修蓋房屋，俟告成時，再按各家分住。不多時牡丹母女與鳳仙姊妹，一同來到。鳳仙道：「就是將來房屋蓋成，別人俱各搬出去住，惟獨張家的姐姐，不許搬出去。就同張老伯仍住跨所，我們姊妹，也不寂寞。」牡丹謝了。且說沙龍正然吩咐殺豬宰羊，預備飯食，只見他姐妹領著李氏、牡丹上前重新見禮。沙龍還揖不迭，仔細瞧了牡丹，舉止安詳，禮數周到，決非漁家女子，必是大家的小姐。說道：「姪女到此，莫要見外。如若有應用的，只管合小女兒說聲，千萬不必拘束。」李氏也上前致謝了。鳳仙方將他母女領至後邊去了。

未知後文如何？且看下回分解。

第九十四回　赤子居心尋師覓父　小人得志斷義絕情

且說艾虎同了孟傑、張立，回到莊中，史雲便問事體如何？張立一一說了。艾虎又將大家上臥虎溝避兵的話，說了一遍。眾漁戶聽了，誰不願躲避！一個個忙忙碌碌，俱各收拾衣服細軟；所有粗重傢伙，都拋棄了。攜男抱女，攙老扶少，全都在張立家會齊。此時張立收拾妥貼，艾虎揹了包裹，提了齊眉棍，在前開路。孟傑與史雲做了合後，保護眾漁戶家口，竟奔臥虎溝而來。到了臥虎溝，沙員外迎至莊門，對著眾漁戶道：「只因房屋窄狹，不能按戶居住，暫且委屈眾位鄉親。男客俱在西院居住；所有女客，俱在後面，與小女同居。俟房屋造完時，再為分住。」眾人同聲道謝。沙龍、艾虎、張立，並史雲、孟傑、焦赤等，俱各來到廳上。艾虎開言問道：「小姪的師父、義父、丁二叔，在於何處？」沙員外道：「賢姪來晚了，三日前他二人已上襄陽去了。」艾虎聽了頓足道：「全是貪酒的不好。一路上若不耽延工夫，豈不早到了！」於是艾虎把特為尋找師父、義父，又將路上遇了蔣平，不料半途失散的話，說了一遍。好生後悔。不多時調開座位，放了杯箸，大家飲酒。那艾虎酒也不敢多喝。眾人用飯已畢，沙龍便叫莊丁將獵戶找來，吩咐道：「你等明日入山，要細細打聽藍驍有什麼動靜？急急回來稟我知道。」又叫莊丁將器械預備手下，惟恐山賊知道綠鴨灘漁戶，俱歸在臥虎溝，必要前來廝鬧。等了一日，不見動靜。到了第二日，獵戶回來說道：「藍驍那裏並無動靜，我等細細探聽，原來搶親一節，皆是葛瑤明所為，藍驍一概不知。現今葛瑤明稟報山中，說綠鴨灘的漁戶，不知為何俱各逃匿了，藍驍也不介意。」沙龍聽了，也就不防備了。獨有艾虎住了兩日，決意要上襄陽，沙龍阻留不住，只得於明日餞行起身。至次日艾虎打開包袱，將龍票拿出交給沙龍道：「此票乃蔣叔父的，奉了相諭，專為尋找義父而來。倘小姪去後，我那蔣叔父若來時，求伯父將此票交給蔣叔父便了。」沙龍接了龍票，命人拿至後面，交鳳仙好生收起。這裏眾人與艾虎餞行，大家開懷暢飲，臨行各人又敬一杯。艾虎卻提了包袱，與眾人執手拜別。大家一齊送出莊來，彼此執手，目送艾虎去遠了，大家方纔回莊。

艾虎上襄陽，算是書中節目，我且按下。如今且說蔣平，自救了雷震，同他到了陵縣。雷老丈心內感激不盡，給蔣平做了合體衣服，又贈了二十兩銀子盤川。蔣平致謝了，方告別起身，臨別時，又諄諄囑問雷英好，彼此一拱而別。蔣平便奔大路趕行。這日天色已晚，忽然下起雨來，一無鎮店，又無村莊，沒奈何冒雨而行。見道旁有個破廟，便走到裏面，誰知殿宇頹朽，仰面可以見天，處處皆是滲漏。轉至神聖背後看了看，尚可容身，他便席地而坐，屏氣歇息。到了初鼓之後，雨也住了，天也晴了，一輪明月，照如白晝。剛要動身，看看是何神聖，忽聽腳步之聲響，有二人說話。一個道：「此處可以避雨，咱們就在這裏說話罷！」一個道：「我們親弟兄，有什麼講究呢？不過他那話說的太絕情了。如今三哥是什麼主意，兄弟無不從命。」一人道：「皆因大哥應了個買賣，頗有油水，叫我來找你。」一人道：「甚等的買賣？這麼要緊？」一人道：「只因東頭兒玄月觀內，住著個先生，姓名喚李平山，要僱船上湘陰縣九仙橋去；額外還要找個跟役，一路上服侍服侍。大哥聽了，不但應了船，連跟役也應了。」一人道：「大哥也就胡鬧，我們張羅我們船就完了，那顧他僱人呢？」一人道：「老二！你到底不中用，沒有大哥有算計。大哥早已想到了，明兒就將我算做跟役人。他若中了意，不消說了，我們三人合了把兒❶更好；倘若不中意，難道老哥倆連個先生也服侍不住麼？故此大哥叫我來找你。去罷！『打虎還得親兄弟』，老二你別傻咧！」說罷，笑著去了。

你道此人是誰？就是害牡丹的翁二與王三，所題的大哥，就是翁大，只因那日害了奶公，未能得手，俱各赴水脫逃。但是逃在此處，惡心未改，仍要害人。那知被蔣四爺聽了個不亦樂乎！到了黎明，出了破廟，訪至玄月觀中，口呼：「平山兄在那裏？」李先生聽了道：「那個喚吾吓！」說著話，迎了上來道：「那位？那位？」見是個身量矮小之人，連忙彼此一揖道：「請問老兄貴姓，有何見教？」蔣爺聽了，是浙江口音，他也打著鄉談道：「小弟姓蔣，無事不敢造次。請借一步說話。」李先生便讓至房內，對面坐了。蔣爺道：「聞得尊兄要到九仙橋公幹，兄弟是要到湘陰縣找個相知，正好一路同行，特來附驥，望乞尊兄攜帶如何？」李先生道：「吾這裏正愁一人寂寞，得尊兄來到，是極好的了。」二人正議論之間，只見老道帶了船戶來見，說明了價，極其便宜。老道又說：「有一人頗為能幹老成，堪以服侍先生。」李平山道：「如今有了同伴，服役之人不用了。」蔣爺暗暗歡喜道：「少去了一個，我蔣某少費些氣力。」李先生收拾收拾，蔣爺幫著綑縛，甚是妥當。李先生大樂，以為這個夥計搭著了。

到了次日黎明，搬運行李下船，全虧蔣爺，李先生心內甚是不安，連連道乏稱謝。諸事已畢，翁大兄弟撐起船來，往前進發，沿路上蔣爺說說笑笑，把個李先生樂的讚揚不絕。忽聽「嘩喇喇」連聲響亮，翁大道：「風來了！風來了！快找避風所在呀！」蔣爺立起身來，就往艙門一看，只當他等說謊，誰知

❶ 合了把兒：一切言語動作彼此能湊合一致。

果起大風。便急急的攏船藏在山環的去處，甚是幽僻。忽聽外面鑼聲大響，幾隻官船，從此經過，因風大難行，也停泊此處。官船內出來一人，李平山見了，高聲喚道：「那邊可是金大爺麼？」那人抬頭往這裏一看，道：「那邊可是李先生麼？」李平山答道：「正是！正是！請問這位老爺是那個？」那人道：「怎麼先生不知道麼？老爺奉旨陞了襄陽太守。」李平山聽了道：「噯呀！有這等事！好極好極。奉求大爺在老爺跟前回稟一聲，說我求見。」那人回頭吩咐水手搭跳板，把李平山接過大船去了。原來此官非別個，卻正是遭過貶的正直無私的兵部尚書金輝，只因包公奏明聖上，先翦去襄陽王的羽翼。包公因金輝連上過兩次奏章，參劾襄陽王，在駕前極力的保奏。仁宗天子也念金輝正直，故此放了襄陽太守，那主管便是金福祿。蔣爺正在納悶，只見李平山從跳板過來，揚著臉兒，見了蔣平也不理，進客艙內去了。蔣爺隨後也進艙問道：「那邊官船，李兄可認得麼？」李平山將眼一翻道：「怎麼不認得？那是吾的好友。」蔣爺又問道：「是那位呢？」李平山道：「當初做過兵部尚書，如今放了襄陽太守，金輝金大人。吾對你說，吾如今要隨他上任，也不上九仙橋了。明早就搬行李，到那邊船上，你只好獨自上湘陰去罷！」蔣爺道：「既如此，這船價怎麼樣？」李平山道：「你坐船自然你給錢了，如何問吾呢？」蔣爺道：「原說是幫夥，彼此公攤。我一人如何拿得出呢？」李平山道：「那是我管不了的。」蔣爺聽了，暗道：「好小子！翻臉無情，這等可惡！」忽聽走的跳板響，李平山迎了出去，蔣爺卻隱在艙門後面側耳細聽。

不知說出些什麼？且看下回分解。

第九十五回　暗昧人偏遇暗昧事　豪傑客每動豪傑心

卻說蔣爺在艙門側耳細聽，原來是小童——就是當初服侍李平山的——手中拿個字簡來，道：「奉姨奶奶之命，叫先生即刻拆看。」李平山接過，映著月光看了，悄悄道：「吾知道了。你回去上復姨奶奶，說夜闌人靜，吾就過去。」原來巧娘與幕賓相好就是他。蔣爺聽在耳內，暗道：「敢則這小子還有這等行為呢！」又聽見跳板響，知道是小童過去。他卻回身歪在床上，假裝睡著。李平山喚了兩聲不應，也歪在床上裝睡。耐了多時，悄悄的起來，奔至艙門，又回頭瞧了瞧蔣爺，猶疑了半晌，方纔出了艙門。只聽跳板「咯咚咯咚」的亂響。蔣爺這裏翻身起來，脫了長衣，出了艙門。知平山已到了大船之上，他便將跳板輕輕扶起，往水內一順。他到第三船上窗板外細聽，果然聽見有男女淫慾之聲。蔣爺卻高高的嚷了兩聲道：「船上有賊了。」自己刺開水面下水去了。

金福祿立刻帶領多人，到了第三船，正見李平山在那邊著急，因沒了跳板，不能夠過到小船之上。金福祿見他慌張情景，不容分說，將他帶至船頭，回稟老爺。金公即叫帶進來。李平山哈著腰兒，過了艙門，見了金公，張口結舌。金公見他哈著腰兒，不住的將衣襟兒遮掩，又用手緊揑著開褉兒，仔細看時，原來他赤著雙腳。金公已然會意。忖度了半晌，主意已定，叫福祿等看著平山，自己出艙，提了燈籠，來到三船喚道：「巧娘睡了麼？」喚了兩聲，裏面答道：「敢則是老爺麼？」金公將艙門一推，進來用燈一照，見巧娘雲鬢蓬鬆，桃腮帶赤，問道：「老爺為何還不睡？」金公道：「原要睡來，忽聽有賊，只得查看查看。」隨手把燈球一放，卻好床前有雙朱履，金公只當不見，置而不問。巧娘上面說著話，下面卻用金蓮把朱履向床下一踢。金公明明知道，卻也不問。反言一句道：「我同你到夫人那邊。方纔嚷有賊，你理應問問安。回來，我也就在這裏睡了。」說畢，攜了巧娘手一同出艙，來到船頭，金公猛然將巧娘往下一推，「噗咚」的一聲，落在水內，然後「咕嘟嚕」冒了幾個泡兒。金公等他沉底，方纔嚷道：「不好了，姨娘落在水內了。」眾人俱各前來，叫水手救已無及。金公來到船頭，見了平山道：「我這裏人多，用你不著，你回去罷！」叫福祿帶到三船。誰知水手正在那裏找尋跳板。後來見水中漂浮，方從水中撈起，仍然搭好，叫平山過去。

李平山就如放赦一般，回到本船之上。進艙一看，見蔣平床上，只有衣服，卻不見人。暗道：「姓蔣的那裏去了？」忽聽後面嚷道：「誰？誰？誰？怎麼掉在水裏頭了？到底留點神吓！這是船上，比不得下店。我攙你一把兒。」然後方聽戰戰哆嗦之聲音，進了艙來。平山一看，見蔣平水淋淋身子打戰。問道：「蔣兄怎麼樣了？」蔣爺道：「我上後面去小解，不想失足落水，多虧抱住了後舵，不然險些兒喪了性命。」平山見他哆嗦亂抖，自己也覺發起禁來了。猛然想起下半截是光著的，連忙站起拿過包袱來，找出袴襪等件；又檢出了一分舊的給蔣平，叫他換下濕的來晒乾了，然後換了還吾。他卻拿出一雙新鞋來。二人彼此穿的穿，換的換。蔣爺卻將濕衣擰了，抖了抖，晾起來，只顧自己收拾衣服。猛回頭見平山愣愣呵呵❶坐在那裏，一會兒搓手，一會兒搖頭。蔣平知他為那葫蘆子，也不理他。蔣爺晾完了衣服，在床上坐下，故意問道：「先生為著何事煩惱呢？」平山道：「吾有吾的心事，難以告訴別人。吾問蔣兄，到湘陰縣什麼公幹？」蔣爺道：「原先說過，吾到湘陰縣找個相知的。先生為何忘了呢？」平山道：「吾此時精神恍惚，都記不得了。蔣兄既到湘陰縣找相知，吾也到湘陰縣找個相知。」蔣爺道：「先生昨晚說，不是跟了金太守上任麼？為何又上湘陰呢？」平山道：「蔣兄，他那裏人吾看著有些不相宜，所以昨晚上吾回復了他，吾不去了。」蔣爺暗笑道：「好小子，他還合我撇大腔兒呢！」又說道：「如此說來，這船價怎麼樣呢？」平山道：「自然是公攤的了。」蔣爺道：「很好，吾這纔放了心了。」當夜無話，到明日各自開船。

這一日平山在船上，咳聲嘆氣，無精打彩。到了日暮之際，翁大等將船藏在蘆葦深處內。蔣爺誇道：「好所在，這纔避風呢！」翁大等不覺暗笑。平山道：「吾昨夜不曾合眼，今日有些困倦，吾要先睡了。」蔣平道：「尊兄就請安置罷！包管今夜睡的安穩了。」平山也不答言，竟自放倒頭睡了。蔣爺暗道：「按理應當救他，奈因他這樣行為，無故的置巧娘於死地。我要救了他，叫巧娘也含冤於地下。莫若叫翁家弟兄把他殺了，與巧娘報仇；我再殺了翁家弟兄，與他報仇。豈不兩全其美麼？」正在思索，只聽翁大道：「兄弟！你來？我來？」翁二道：「有甚要緊？都使得！」蔣平暗道：「來咧！」他便悄地出來，爬伏在艙房之上。見竹桿上面晾了件棉襖，蔣爺慢慢的抽下來，攏在懷內。往下偷瞧，見翁二持刀進艙，翁大也持刀把守艙門。忽聽艙內竹床一陣亂響，蔣爺已知平山了結了，便一長身，將棉襖一抖，照著翁大頭上放下來，翁大出其不意，不知何物，一路混撕，偏偏的將頭裹住。蔣爺挺身下來，奪刀在手，翁

❶ 愣愣呵呵：懵懵懂懂。

大剛然露出頭來，已著了利刃；蔣爺復又一刀，翁大栽下水去。翁二尚在艙內找人，聽得艙門外有響動，連忙回身出來。說：「大哥！那瘦蠻子不見了。」話未說完，蔣爺道：「吾在這裏。」就將刀一顫，正戳在翁二咽喉之上，翁二「噯喲」了一聲兒就死了。蔣爺將他拖出，放在船頭。便進艙內將燈剔亮，見平山札手舞腳於竹床之上。蔣平暗暗的嘆息，便將平山的箱籠撬開，卻有白銀一百六十兩。蔣平道聲：「平山呀！平山！這銀子我卻不是白使了你的，我到底給你報了仇了，你也應當謝我。」說罷，將銀放在兜肚之內。重新將燈照了，通身並無血跡。他又將雷老兒給做的大衫摺疊了，又把自己的濕衣（也早乾了）摺好，將平山的包袱拿過來，揀可用的，打了包裹。收拾停當，出艙用篙撐起船來，出了蘆葦深處，奔至岸旁。一腳踏定泊岸，這一腳往後儘力一蹬，只見那船「哧」的一聲，離岸有數步多遠，飄飄蕩蕩，順著水面去了。

蔣爺邁開大步，竟奔大路而行。此時天光已亮，忽然刮起風來，揚土飛沙，難睜二目；又搭著蔣爺一夜不曾合眼，也覺得乏了；便要找個去處，歇息歇息。只見前面有片樹林，及至趕到跟前一看，原來是座墳頭，院牆有倒塌之處。蔣爺剛轉過來往裏一望，只見有個小童，正在那樹上拴套兒呢。蔣平看了嚷道：「你是誰家小廝，跑到我墳地裏上吊來？這還了得嗎？」小童道：「這們說，我可上那樹上死去纔好呢？」說罷，將絲絲解下，轉身要走。蔣爺道：「你轉身來，我有話問你。你小小年紀，為何尋自盡？說與我聽。」小童道：「我皆因活不得了，我纔尋死呀！」蔣爺道：「你且說來我聽。」小童就落下淚來，把已往情由，滔滔不斷述了一遍。說罷大哭。蔣爺聽了，暗說：「看他小小年紀，倒是有志氣的。」便道：「原來如此。你有了盤纏還死不死呢？」小童道：「若有了盤費，我還死？——我就不死了。」蔣爺回手在兜肚內，摸出兩錁銀子，道：「這些可以夠了麼？」小童道：「足以夠了，只有使不了的。」連忙接過來，爬在地下磕頭道：「多謝恩公搭救，望乞留下姓名。」蔣平道：「你不要多問，急早快赴長沙要緊。」

不知這小童是誰？且看下回分解。

第九十六回　連陞店差役拿書生　翠芳塘縣官驗醉鬼

且說蔣爺救了小童，竟奔臥虎溝而來。那小童的情由，看官不要性急，自有交代。我今先說蔣爺到了臥虎溝，見了沙員外，彼此言明。蔣爺已知北俠等上了襄陽，自己一想：「顏巡按同了五弟前赴襄陽，我正愁五弟沒有幫手。如今北俠等既上襄陽，安有不幫五弟之理呢？莫若我且回轉開封府，將北俠現在襄陽的話回稟相爺，叫相爺再為打算。」沙龍又將艾虎留下的龍票，當面交明白。蔣爺便回轉東京，見了包公，將一切說明。包公即行奏明聖上，說歐陽春已上襄陽，必有幫助巡按顏春敏之意。聖上聽了大喜道：「他行俠尚義，實為可嘉。」又欽派南俠展昭同盧方等四人，續往襄陽，俱在巡按衙門供職。俟襄陽平定後，務必邀北俠等一同赴京，再為陞賞。此是後話，慢慢再表。

回轉來再說小童之事。你道這小童是誰？原來就是錦箋，自施公子離了金員外之門，乘在馬上，越想越有氣，一連三日，飲食不進，便病倒旅店之中。小童錦箋見相公病勢沉重，即托店家請醫生調治，診了脈息，竟是夾氣傷寒之症。錦箋衣不解帶，日夜服侍，知相公沒多帶盤川，他又把艾虎賞的兩錠銀子換了，請醫生抓藥。好容易把施俊調治的好些了，又要病後的將養。馬又倒了一匹，錦箋心疼那馬，不肯售賣，就托店家僱人掩埋。誰知店家悄悄的將馬出脫了，還要合錦箋要工飯錢。——這明是欺負小孩子。再加這些店用房錢草料麩子，七折八扣，除了兩錠銀子之外，倒該下五六兩的帳。錦箋連急帶氣，他也病了。先前還掙扎著服侍相公，後來施俊見他那個形景，心中好生不忍，自己掙扎起來，倒要服侍錦箋。一來二去，錦箋竟自伏頭不起。施俊又托店家請醫生。醫生道：「他這病雖是傳染，卻比相公沉重，而且症候耽誤了，必須趕緊調治方好。」開了方子，卻不走，等著馬錢。施俊向櫃上借，店東道：「相公帳上欠了五六兩，如何還借呢？很多了，我們墊不起。」施俊沒奈何，將衣服典當了，開發了馬錢並抓藥。到了無事，自己到櫃上再行算帳，方知錦箋已然給了兩錠銀子。就知是他的兩錠賞銀。又是感激，又是著急。就合店東商量，將馬賣了完了還帳。剛剛剩下一兩，施俊也不計較。

這日自己拿了藥方出來抓藥，正要回店，卻是集場之日，可巧遇見了賣糧之人，姓李名存，同著一人，姓鄭名申，正在那裏吃酒。李存卻認識施俊，連聲喚道：「施公子那裏去？」施俊道：「一言難盡。」李存道：「請坐，請坐，這是我的夥計鄭申，不是外人。請道其詳。」施俊也就入了座，將前後情由述了一番。李存聽了道：「原來公子主僕都病了。卻在那個店裏？」施俊道：「在西邊連陞店。」李存道：「公子初愈，不必著急，我這裏現有十兩銀子，且先拿去，好生將養。如不夠了，趕到下集，我再到店中送些銀子去。」施生見李存一片志誠，趕忙站起，將銀接過來，深深謝了，提了藥包要走。只聽李存道：「申兄少喝些，你這銀褡褳怎麼好呢？」鄭申醉言醉語道：「怕什麼？醉了人，醉不了心。就是這一頭二百兩銀子，我還拿的動。何況離家不遠了呢？」施生問道：「在那裏住？」李存道：「往西去二里之遙，地名叫翠芳塘就是。」施生道：「既然不遠，你我送送他何妨？」李存道：「怎敢勞動公子？偏偏的我要到糧行算帳，莫若還是我送他回去，再來算帳。」鄭申道：「李賢弟，我胡鬧麼？真個我醉了？瞧瞧我能走不能走？」說著話，一溜歪斜往西去了。李存見他如此，便托付施生道：「我就煩公子送送他罷，俟下集我到店中道乏罷！」施生道：「只管放心，俱在我的身上。」說罷，趕上鄭申，搭扶著鄭申一同去了。真是：「是非只為多開口，煩惱皆因強出頭。」只因施生這一送，後來便脫不了干係。

且說鄭申見施生趕來，說道：「相公，你幹你的事。我是不相干的。」施生道：「那如何使得？我既受李夥計之托，焉有不送你去之理。」鄭申道：「我告訴相公說，我雖醉了，心裏卻明白。還記得相公，你不是與人家抓藥嗎？請問病人等著吃藥，要緊不要緊？況且我常來常去，是走慣了的。我那一天不醉？天天要人送，那得用多少人呢？到咧！這不是連陞店嗎？相公你要不進店，我也不走了。」正說間，忽見小二說道：「相公，你家小主管找你呢。」鄭申道：「巧咧！相公就請罷。」施生應允。鄭申道：「我也走咧！」施生進了店門，問問錦箋，心內略覺好些。施生急忙煎了藥，服侍錦箋吃了，果然夜間見了點汗。到了次日，清爽好些。施生託付店家請醫生去。錦箋道：「業已好了，還請先生看什麼？那有這些錢呢？」施生悄悄的告訴他道：「你放心。」便將李存之贈說了。不多時醫生來診脈開方，說道：「不妨事了，再服兩劑，也就好了。」施生方纔放心。仍然按方抓藥，給錦箋吃了，果然見好。過了兩日，忽見店家帶了兩個公人進來道：「這位就是施相公。」兩個公人道：「施相公，我們奉太爺之命，特來請相公說話。」施生道：「你們太爺請我做什麼呢？」公人道：「我們知道嗎？相公到了那裏，就知道了。」施生還要說話，只見公人「嘩嘩」一聲，掏出索來，套上了施生，拉著就走了。把個錦箋，只唬得抖衣而戰。細想相公為著何事，竟被官人拿去？說不得只好掙扎起來，到縣內打聽打聽。

原來鄭申之妻王氏，因丈夫兩日未曾回家，遣人去李存家內探問。李存道：「自那日集上散了，鄭申拿了二百兩銀子，已然回去了。」王氏聽了，不勝詫異，連忙親自到了李存家面問明白。現今人銀皆無，事有可疑，他便寫了一張狀子，此處攸縣所管，就在縣內，擊鼓鳴冤。說：「李存圖財害命，不知把我丈夫置於何地？」縣官即將李存拿在衙內，細細追問，李存方說出原由。因此派役前來將施生拿到了衙內。縣官方九成立刻升堂，把施生帶上來一看，卻是個懦弱書生，不像害人的形容。便問道：「李存曾煩你送鄭申麼？」施生道：「是！因鄭申醉了，李存不放心，煩我送他。及至李存走後，鄭申攔阻再三，他一定不要我送，因此我就回了店了。」方令道：「鄭申拿的是什麼？」施生道：「有個大褡褳，肩頭搭著，李存曾說道：『你這銀褡褳要緊。』鄭申還說：『怕什麼？就是這一頭二百兩銀子，算什麼事？』其實並沒看見褡褳內是什麼。」方令見施生說話，毫無推諉，不肯加刑，吩咐寄監，再行聽審。

錦箋打聽得相公犯人命，收在監中，以為斷無生理，急急跑回店內，大哭了一場。細想：「我聽說長沙新陞來一位太守，甚是清廉，我何不去替主鳴冤呢？」想罷，只得空身出了店，一直竟奔長沙。不料自己病體初愈，無力行走；又兼缺少盤川，偏偏的又遇了大風，因此進退兩難。一時越想越窄，要在墳塋上吊。可巧遇見了蔣平，贈他銀兩。他有了銀子，立刻精神百倍，趕奔長沙，寫了一張狀子，便告到邵老爺臺下。邵老爺見呈子上面有施俊的姓名，立刻升堂，將錦箋帶上來細問，果是盟弟施喬之子，便准了此狀。即刻行文到攸縣，將全案調來，就過了一堂，與原供相符。縣令方公隨後來到稟見，邵老爺面問：「貴縣審的如何？」方九成道：「卑職因見施生不是行凶之人，意欲到翠芳塘去查看一番，回來再為稟復。」邵太守點頭道：「如此甚好。」即派差役仵作跟隨方令到攸縣，來至翠芳塘，傳喚地方。方令先看了一切地勢，見西面有一村人家，便問：「這村有幾家人家？」地方道：「八家。」方令道：「鄭申住在那裏？」地方道：「就是西頭那一家。」方公忽見蘆葦之處，烏鴉飛起，復落下去。吩咐地方下蘆塘去看來。地方脫了鞋襪，進了蘆葦，不多時出來稟道：「見蘆塘之內，有一屍首。」方令又派差役二名下去，一同拉上來，叫仵作相驗。仵作回道：「屍首係死後入水，頦項有手扣的傷痕。」方令即傳鄭王氏廝認，卻是他丈夫鄭申。方令吩咐地方，將那七家主人，即刻同赴長沙候審。方令先就乘馬到府，將此事稟明。邵太守道：「貴縣且請歇息，我自有道理。」這一日，七家到齊。邵老爺升堂入座，方令將七家人名單呈上。邵老爺叫：「帶上來，不准亂跪，一溜排開，按著名單跪下。」那邵老爺從頭一個看起，挨次看完，便對眾人道：「你等就在翠芳塘居住麼？」眾人道：「是。」邵太守道：「昨夜有冤魂告到本府案下，名姓已然說明。今既有單在此，本府只用硃筆一點，便是此人。」說罷，提起硃筆，虛點一筆道：「就是他，無罪的只管起去；有罪的，仍然跪著。」眾人俱各起去。獨有西邊一人，起來復又跪下，自己犯疑，神色倉皇。邵老爺將驚堂一拍道：「吳玉，你既害了鄭申，還不從實招上來。」左右同聲喝道：「快招！快招！」

不知這吳玉招出什麼話來？且看下回分解。

第九十七回 長沙府施俊納丫鬟 黑狼山金輝逢盜寇

話說邵老爺當堂叫吳玉從實招上來。吳玉道：「小……小人沒有招的。」邵老爺吩咐：「拉下去打。」左右吶了一聲喊，即將吳玉拖翻在地，打了十數板。吳玉嚷道：「我招了。」左右放他起來道：「快說，快說！」吳玉道：「只因那一日，天色將晚的時候，小人剛然出來，就瞧著鄭申幌裏幌蕩，由東而來。我就追上前去，見他肩頭扛著個褡褳，裏面皷皷的。小人合他借款，誰知鄭申不肯借與我，還出口罵小人。小人一時氣忿，將他盡力一推，就栽倒了。那大褡褳落在地下，小人聽的聲音沉重，知道裏面必是資財。我就一屁股坐在鄭申胸脯之上。鄭申纔待要嚷，我將兩手將他咽喉一扣，使勁在地下一按，不大的工夫，鄭申就不動了。小人把他拉入蘆葦塘深處，不想冤魂告到老爺臺前。求老爺饒命吓！」邵老爺問道：「你將銀褡褳放在何處？」吳玉道：「那是二百兩銀子。小人將褡褳埋在缸後頭了，分文沒動。」邵老爺命吳玉畫了招，帶下去。即請方公派人將贓銀起來，全然未動。即叫屍親鄭王氏收領。李存與眾街坊釋放回家。獨有施生留在本府。吳玉定了秋後處決，派役押赴縣內監收。方公一一領命，即刻稟辭，回本縣去了。

邵老爺退堂，來至書房，將錦箋喚進來，細細盤問了一番。又問：「你家老爺的相知朋友，你可知道麼？」錦箋道：「小人的老爺有兩位盟兄，是知己朋友。一位是做過兵部尚書的金輝金老爺，一位是現在太守邵邦傑邵老爺。」旁邊書童，將錦箋衣襟一拉，悄悄道：「大老爺的官諱，你如何混說？」錦箋連忙跪倒：「小人實在不知，求大老爺恕罪！」邵老爺哈哈笑道：「老夫便是新調長沙太守的邵邦傑；金老爺如今已陞了襄陽太守。」即叫書童取了衣巾，同錦箋到外面與施俊更換。錦箋悄悄告訴施俊說：「這裏太守，就是邵老爺。方纔邵老爺說，金老爺也升了襄陽府太守。」施生聽了，心中甚喜，就隨了書童，來至書房以內，見了邵公，上前行禮。邵公站起相攙，施生又謝，多蒙庇佑。邵公便問已往情由，施生從頭述了一遍。說至與金公嘔氣一節，改說：「因金公赴任，不便在那裏，因此小姪就要回家。不想行至攸縣，我主僕便病了，生出這節事來。」邵公點了點頭，說話之間，飯已擺妥。邵公讓施生用飯，飯酒之間，邵公盤詰施生學問，甚是淵博，滿心歡喜。就將施生留在衙門居住，無事就在書房談論。因提起親事一節，施生言：「家父與金老伯言過，因彼此年幼，尚未納聘。」此句與佳蕙之言，暗暗相符。邵公聽了，便將路上救了牡丹的話，一一說了。「如今有老夫作主，一個盟兄之女，一個盟弟之子，可巧姪男姪女，皆在老夫這裏，正好成其美事。」施俊到了此時，也就難以推辭。

邵公大高其興，來到後面，與夫人商議。叫夫人辦理牡丹的內務，算是女家那邊；邵公辦理施生的外事，算是男家那邊的。夫人也自歡喜。到了佳期已近，本府合署官員，皆知太守有此義舉，俱各備了禮來賀喜。邵公難以推辭，只得領情。是日大排筵宴，請眾官員吃喜酒，熱鬧非常。把個施生打扮的錦團花簇，眾官員見了無不稱讚。就在衙門內東跨所做了新房，到了吉時，將二人雙雙送過去，成就百年之好。諸事已畢之後，邵老爺寫了兩封書信，差兩人送去：一名丁雄，送金公之信；一名呂慶，送施老爺之信；務必當面投呈。二人應諾，分投去了。這日錦箋後面去取東西，可巧佳蕙卻在廊下，用扇兒鬥鸚鵡呢。猛見了錦箋，他把扇子一遮，那知錦箋眼快，早認出是佳蕙，便高聲說了一個「佳」字。新娘連忙搖手道：「兄弟不要高聲。」錦箋便問：「你如何來到這裏？」佳蕙便將做事不密，叫老爺知道了，如何逼勒小姐自盡，如何奶母定計上唐縣，如何遇了賊船，生生的把個小姐投水死了，自己如何被邵老爺搭救，就冒了小姐之名。「如今鬧的事已做成，求兄弟千萬不要洩漏。只要你暗暗打聽，倘或小姐未死，我必要成全他二人之事，情願將正位讓他，決不負他的。如今卻洩漏不得。」錦箋只得應允，回到書房，見了施生，他卻一字不提。從此知道新娘是假小姐，他就暗暗訪查真小姐的下落。

且說丁雄與金公送信，從水面迎來，已見有官船預備。問時，果是迎接襄陽太守的。丁雄打聽的實，說金太守由枯梅嶺而來，他便棄舟乘馬，急急趕至枯梅嶺。先見有駝轎行李過去，知是金太守的家眷，後面方是太守乘馬而來。丁雄下馬，搶步上前請安，稟道：「小人丁雄，奉家老爺之命，前來投書。」金太守將馬拉住，問了邵老爺起居，伸手接了書信道：「管家乘上馬罷！俟我到驛，再答回信。」丁雄退下，自有金福祿等彼此敘言，不必細表。且說金公騎在馬上拆看，前面無非是請安話頭，看到施俊與牡丹完姻一節，心中好生不樂，暗道：「邵賢弟做事荒唐。兒女大事，如何硬作主張？此事太欠斟酌。」卻又無可如何，將書信摺疊，揣在懷內。正走之間，離赤石崖不遠，見無數的嘍囉，一字排開，當中有個黃眉金睛，濃眉凹臉，項下一部繞絲的黃鬚，坐下騎著一匹黃驃馬，手中拿著兩根狼牙棒，雄糾糾，氣昂昂，在那裏等候。金公心內驚惶，見丁雄撒馬過去答話，上來一隊嘍兵，將丁雄拖翻下馬。只見山賊「忽喇喇」縱馬跑過來，一聲叱吒道：「俺藍驍，特來請太守上山敘話。」說畢將棒往後一擺，嘍囉蜂擁上來，拉住金公坐下嚼環，不容分說，竟奔山中去了。金福祿等見了，嚇得四散奔逃。

且說這藍驍邀截了金公，正然回山，只見葛瑤明飛馬近前來，稟道：「小人奉命劫掠駝轎，已然到手。

不想遇見沙員外、孟傑、焦赤三人，將嘍囉趕散，仍將駝轎奪去，押赴莊中去了。」藍驍聽了大怒道：「沙龍欺吾太甚！」吩咐葛瑤明押解金公上山，急帶嘍兵前來接應。葛瑤明領命去了。藍驍帶領嘍兵，來至赤石崖下，早見沙龍與孟傑二人迎將上來。藍驍道：「沙員外，俺待你不薄，你如何管俺的閒事？」沙龍道：「非是俺管你的閒事，只因聽見駝轎內哭的慘切，俺豈有不救之理？」藍驍道：「員外有所不知。俺與金太守素有仇隙，知他從此經過，特特前來邀截，方纔已然搶獲上山。員外將他家眷搶奪回莊，不知是何主意？」沙龍道：「這就是你的不是了。金太守乃國家四品黃堂，你如何擅敢邀截？依俺說，莫若將太守放下山來，俺與你在太守跟前，說個分上，免得你吃罪不起。」藍驍聽了一聲怪叫：「噯呀！好沙龍，你欺吾太甚！俺如今合你誓不兩立。」說罷，拍馬掄棒打來，沙龍扯開架式抵敵，孟傑幫助相攻。藍驍見沙、孟二人步下躥跳，英雄非常，他便使個暗令，將棒往後一擺，眾嘍兵圍裹上來。二人毫不介意。殺了多時，誰知嘍兵格外多了，筐籮圈將沙龍、孟傑困在當中，二人漸漸的覺得乏了。原來葛瑤明將金公解入山中，招呼眾多嘍囉兵下山，層層疊疊的圍裹，所以人益發多了。葛賊正在分派，只見那邊來了個女子，卻是前次打野雞的。他一見了邪心陡起，催馬迎將上來道：「姣娘，往那裏走？」這句話剛才說完，只聽弓弦響處，「唧」的一聲，一個鐵丸打入眼眶之內。葛瑤明「哎呀」的一聲，栽下馬來。原來焦赤押解駝轎到莊，鳳仙、秋葵，迎接進去。焦赤就將藍驍現領嘍兵，在山中截戰的話說了。鳳仙姐妹聽了，甚不放心，就隨焦赤前來救應沙龍，不料剛才上山，就被葛瑤明看見，沖馬上來。鳳仙將他一彈，正中眼眶，葛賊從馬上栽了下來。秋葵趕上，將鐵棍一揚，只聽「拍」的一聲，葛瑤明登時了帳。

未知他姐妹後事如何？且看下回分解。

第九十八回　沙龍遭困母女重逢　智化運籌兄弟奮勇

且說秋葵掄開鐵棍，一陣亂打，打的嘍兵四分五落；鳳仙拽開彈弓，連珠打出，打的嘍兵東躲西藏；忽又聽東邊吶喊，卻是焦赤殺來，手托鋼叉，連嚷帶罵。裏面沙龍、孟傑，見嘍兵一時散亂，他二人奮勇往外沖突，裏外夾攻，嘍兵如何抵當的住？往左右一分，讓開一條大路，卻好鳳仙、秋葵接住。沙龍、焦赤，卻也趕到，彼此合在一處。只聽山岡上鼓聲如雷，山口外鑼聲震耳，又聽人聲吶喊：「拿下，別放走沙龍吓！大王有令，不准放冷箭吓！務要生擒。姓沙的，各處俱有埋伏，早些投降。」沙龍等聽了，不由的駭目驚心。原來藍驍暗令嘍兵困住沙龍，只要誘敵，不准交鋒，把他奈何乏了，將他制伏，作為自己的膀臂。故此他在高山岡上瞭望。吩咐四個頭領，按山口埋伏，他便擂起鼓來，各山口鑼聲相應，吶喊揚威，口口要拿沙龍。他在高岡之上，揮動令旗，沙龍投東，他便指東；沙龍投西，他便指西。沙龍父女，孟、焦二人，跑夠多時，不是石如驟雨，就是箭似飛蝗；跑來跑去，並無出路，只得五人聚在一處歇息商酌。

且不言沙龍等人被困，再說臥虎莊上，自焦赤押了駝轎進莊，所有漁獵人家的妻女，皆知救了官兒娘子來，誰不要瞧瞧呢？卻不敢上前。李氏受了鳳仙之託，一個人卻又張羅不過來，便到跨所，來喚牡丹道：「今日員外救了官兒娘子前來，媽媽一人張羅不過來，別人都不敢上前，女兒你若敢去，媽媽將你帶過去。我娘兒兩個，也有個替換。——你不願意就罷了！」牡丹道：「母親！這有什麼呢？孩兒就過去。」李氏歡喜道：「還是女兒大方。你把那頭兒抿抿，把大褂子罩上，我這裏烹茶，你就端過去。」牡丹果然將頭兒整理，換衣繫裙，不多時，李氏將茶烹好，見牡丹雖是布裙荊釵，卻勝過珠圍翠繞。李氏看了，樂得眉花眼笑，隨著出了角門。

李氏上前將簾掀起，牡丹端過茶盤，輕移蓮步，至屋內一看，覺得一陣心酸。忽聽小金章道：「噯呀！你不是我牡丹姐姐麼？想煞兄弟了。」跑過來雙膝跪倒。牡丹到了此時，手顫腕軟，「噹啷啷」茶杯落地，將金章抱住，癱軟在地。何氏夫人早已向前摟抱住牡丹，半日「哇」的一聲，方哭出來了。真是悲從心中出。慢說他三人痛哭，連僕婦丫鬟，無不下淚，在旁勸慰。窗外的田婦村姑，不知為著何事，俱各納悶。獨有李氏愣愣怔怔的，好容易將他母女三人攙起，何氏夫人一手拉住牡丹，一手拉住了金章，哀哀切切的，一同坐了。方問起與奶公奶母上唐縣，如何在這裏？牡丹哭訴遇難情由，剛說至張公夫婦撈救。猛聽的李氏放聲哭道：「噯呀！可坑了我了。」他這一哭，比方纔母女尤加慘切。他想：「沒有女兒的，怎生這樣的苦法？好容易認著一個，如今又被本家認去，可怎麼好？」越想越哭。何氏將他攙了過來，一同坐了，勸慰多時，牡丹又說：「媽媽只管放心，決不有負厚恩。」李氏這纔住了聲。金章見了姐姐穿的是粗布衣衫，立刻喚著何氏夫人，要他姐姐的衣服。李氏即刻到跨所取衣服，見張立拿茶葉要上外面去，李氏便將方纔母女相認的話說了。張立聽了，也無可如何。來至廳房，眾僕役等，見了道謝。張立連忙烹茶，忽見莊客進來說道：「你等諸位且至西廂房吃茶罷！我們員外的朋友到了。」眾僕役聽了，俱各出來躲避。只見外面進來了三人，卻是歐陽春、智化、丁兆蕙。

原來他三人到了襄陽，探聽明白趙爵立了盟書，恐有人盜取，因此蓋了一座沖霄樓，將此書懸於梁間。下面設了八卦銅網陣，處處設了消息，時時有人看守。後來聽說皇上欽派顏大人巡按襄陽，又是白玉堂隨任供職；大家計議，莫若仍回臥虎溝，與沙龍說明，同去輔佐巡按，幫助玉堂，又為國家，又盡朋情，豈不兩全其美？因此急急趕回來了。來至莊中，不見沙龍。智化連忙問道：「員外那裏去了？」張立說：「救了太守的家眷，藍驍劫截赤石崖，不但員外與焦、孟二位去了，連二位小姐也去了，打算救應，至今未回。」智化聽了，說道：「不好！此事不可遲疑，歐陽兄與丁賢弟務要辛苦辛苦。」丁二爺道：「我與歐陽兄都不認得路，如何是好？」張立道：「現有史雲，他卻認得。」丁二爺道：「如此快喚他來。」張立去不多時，只見來了七人，聽說要上赤石崖，同史雲全要去的。智化道：「很好，你等隨了二位去罷！不許逞強好勇，只聽吩咐就是了。歐陽兄專要擒捉藍驍；丁賢弟保護沙兄父女；我在家中，防備賊人分兵搶奪家屬。」北俠與丁二官人急急帶領史雲等七人，直奔赤石崖。來至赤石崖的西山口，見有許多嘍兵把守，北俠便向嘍囉說道：「守汛嘍囉聽真：俺歐陽春前來解圍，快快報與山主知道。」西山口的頭領不敢怠慢，急快報與藍驍。藍驍暗道：「好便好！如不好時，連他等也困在山內，索性一網打盡。」想罷傳呼頭領，把他等放進山口。

早見沙龍等正在那裏歇息，彼此相見，不及敘話。北俠道：「俺見藍驍去了，丁賢弟小心呀！」說罷，帶了七人，奔至山岡。藍驍迎了下來問道：「來者何人？」北俠道：「俺歐陽春特來請問山主，今日困住沙員外，是何道理？」藍驍道：「沙員外欺我太甚，所以將他困住。」北俠道：「你無故的截了皇家四品黃堂，這不成了反叛麼？」藍驍聽了大怒道：「歐陽春！你來端的為何？」北俠道：「俺今特來拿你。」說罷，掄開七寶刀，照腿砍來。藍驍急將鐵棒一迎，北俠將手往外一削，「噌」的一聲，將鐵棒狼牙削去。藍驍暗說：「不好！」又將左手鐵棒打來。北俠盡力往外一磕，又往外一削，迎的力猛，「颼」的一聲，棒已飛出數步。藍驍幌了兩幌，北俠趕上，一手掀住他的皮鞓帶，將他往上一提，藍驍已離鞍心。北俠將身一轉，連揹帶扛，往地下一鬆手，「咕咚」一聲，栽倒在地。史雲等上前擒住，登時綑縛起來。且說丁兆蕙，與沙員外等，早望見山岡之上歐陽春動手，大家奮勇殺奔西山口來。嘍兵如何抵擋的住一群猛虎？發了一聲喊，各自逃生去了。丁兆蕙先著鳳仙、秋葵回莊，然後與沙龍復又來到山岡。此時北俠已追問藍驍，金太守在於何處。藍驍只得說出已解山中。即著嘍兵將金輝、丁雄，放下山來。北俠就著史雲帶同金太守先行回莊。至西山口，叫孟、焦二人也來押解藍驍，上山剿滅巢穴去了。

要知後文如何？且看下回分解。

第九十九回　見牡丹金輝深後悔　提艾虎焦赤踐前言

且說史雲引著金公、丁雄，來到莊中。莊丁報與智化，智化同張立迎到大廳之上。金太守致謝搭救之恩。智化先言夫人公子無恙，使太守放心。略略吃茶歇息，即叫張立引太守來到後面，見了夫人公子。此時鳳仙姊妹已知母女相認，正在慶賀，忽聽太守進來，便同牡丹上跨所去了。夫人迎出屋來，上前請安，金公拉起，來至屋內。金公略說山王邀截的情由，何氏又說恩公搭救的備細。忽聽金章道：「爹爹！如今卻有喜中之喜了。」太守問道：「此話怎講？」何氏恭人便將母女相認的事說出。太守詫異道：「豈有此理！難道有兩個牡丹不成！」說罷，從懷中將邵老爺書信拿出，遞給夫人看了。何氏道：「其中另有別情，當初女兒不肯離卻閨門，是乳母定計，將佳蕙扮做小姐，女兒改了丫鬟。不想遇了賊船，女兒赴水傾生，多虧了張公夫婦撈救，認為義女。老爺不信，請看那兩件衣服，方纔張媽媽拿來，是當初女兒投水穿的。」金公拿起一看，果是兩件丫鬟服色。暗暗忖度道：「如此看來，當初手帕金釵，原從巧娘手內得來，焉知不是那賤人作弄的呢？就是書箱翻出玉釵，我看施生也並不懼怕，仍然一團傲氣，其中必有情弊。是我一時氣惱，不辨皂白，竟把他二人委屈了。」未免心中愧悔。便問何氏道：「女兒今在那裏？」何氏道：「纔在這裏，聽說老爺來了，他就上他乾娘那邊裏去了。」金公想起逼他自盡之時，原係自己太過，不覺女兒情長起來。便叫張媽媽引路，老夫妻同到跨所之內，見女兒居然的布裙荊釵，回想當初珠圍翠繞，不由的痛澈肺腑。道：「牡丹我兒，是為父的委屈了你了。」牡丹見了金公，早已淚流滿面，雙膝跪下，哭倒在地。金公連忙扶起道：「以前之事，全是做爹爹的不是，再休提起了。」又向何氏道：「夫人！快些與女兒更換了衣服，我到前面致謝恩公去。」說罷，抽身仍至大廳。

只見莊丁進來報道：「我家員外同眾位爺們到了。」智化與張立迎到莊門。剛到廳前，見金公立等，見了眾人，連忙上前致謝。沙龍見了，便請太守與北俠進廳就坐。智化問及剿滅巢穴如何。北俠道：「我等押了藍驍入山，將錙重俱散與嘍兵，所有寨棚，全行放火燒了。現在把藍驍押來，放在西院，叫眾人看守。特請太守老爺發落。」太守道：「多承眾位恩公的威力。既將賊首擒獲，下官也不敢擅專；俟到任所，即行具摺，押赴東京，交包相爺那裏，自有定見。」當下眾人計議，大家嚴加防範藍驍，並定了保護太守到任。諸事商妥，酒筵擺設齊備，大家入座飲酒。只見張立悄悄與沙龍附耳。沙龍出席，來至後面，見了鳳仙、秋葵，將牡丹之事一一敘明。沙龍道：「如何？我看那女子舉止端方，決不是村莊氣度，果然不錯。」秋葵道：「如今牡丹姐姐不知還在咱們這裏居住，還是要隨任呢？」沙龍道：「自然是要隨任，跟了他父母去。豈有單把他留在這裏之理呢？」秋葵聽了，哭著奔到後面，見了牡丹，一把拉住道：「噯呀！姐姐吓！你可快走了，我們可怎麼好吓！」說罷，放聲大哭，牡丹也就陪哭起來了。何氏夫人過來拉著秋葵道：「我的兒！你不要啼哭。你捨不得你的姐姐，那知我心內還捨不得你呢？等著我們到了任所，急急遣人來接你。實對你說，我很愛你這實心眼兒，為人憨厚。你若不憎嫌，我就認你為乾女兒，你可願意麼？」秋葵聽了，登時止住淚道：「這話果真麼？」何氏道：「有什麼不真呢？」秋葵便立起身來，道：「如此，母親請上，待孩兒拜見。」說罷立時拜下去，何氏夫人連忙攙起秋葵。

便吩咐丫鬟道：「快拿你家小姐的簪環衣服來。」牡丹重行梳洗起來。不多時，梳妝已畢，換了衣服，更覺鮮豔非常。牡丹又將簪珥贈了鳳仙姐妹許多，二人深謝了。

且說沙龍來到廳上，復又執壺斟酒，大家歡笑暢飲。酒飯已畢，金公便要了筆硯來，給邵邦傑細細詳寫了一信，連手帕並金魚玉釵，俱各封固停當，交與丁雄，叫他回去，就托邵邦傑將此事細細訪查明白。賞了丁雄二十兩銀子，即刻起身，趕赴長沙去了。沙龍此時已到後面，秋葵將何氏夫人認為乾女兒之事說了，又說：「牡丹小姐還要請太守與你老一同拜見。」沙龍便來到廳上，請了金公，來到後面，牡丹出來，先拜謝了沙龍。沙龍見牡丹花團錦簇，真不愧千金之態度，滿心歡喜。牡丹又與金公見禮，金公連忙攙起。見牡丹依然是閨中打扮，雖然喜歡，未免有些悽慘。牡丹又帶了秋葵，與義父見禮。沙龍也就叫鳳仙見了。旁邊把個張媽媽瞅著眼兒熱了，眼眶裏不由的流下淚來。早被牡丹看見，便對金公道：「孩兒性命，多虧了乾爹乾媽搭救，纔有今日。而且老夫妻二人無兒無女，孤苦隻身，求爹爹務必將他老夫妻帶到任上，孩兒也可以稍為報答。」金公道：「正當如此。」就叫他老夫妻收拾收拾，明日隨行便了。張媽媽聽了，這纔破涕為笑。

沙龍又同金公來到廳上。金公見設筵豐足，未免心甚不安。沙龍道：「今日此筵，可謂四喜俱備。大家坐了，待我說來。」仍然太守首座，其次北俠、智爺、丁二官人、孟傑、焦赤，下首卻是沙龍與張立。焦赤先道：「大哥快說四喜。若說是了，有一喜俺喝一碗如何？」沙龍道：「第一，今日太守一家團聚，又認了小姐，這個喜如何？」焦赤道：「好！可喜可賀。俺喝這一碗。」沙龍道：「這第二，就是賢弟說的了。今日坐著歐陽兄、智賢弟在此，就把女兒大事定了，從此我三人便是親家了。一言為定，所有納聘的禮節再說。」焦赤說：「好吓！這纔痛快呢！這二喜，俺要喝兩碗，一碗陪歐陽兄、智大哥，一碗陪沙兄長，你三人也要換杯兒纔是。」說的大家笑了，果然北俠、智爺、沙員外，彼此換杯。焦赤已然喝了兩碗。沙龍道：「三喜是明日太守榮任高陞，這就算餞行的酒席如何？」焦赤道：「好！俺也喝一碗。」孟傑道：「這第四喜，不知是什麼？倒要聽聽。」沙龍道：「太守認了小女為女，是乾親家；歐陽兄與智賢弟，定了小女為媳，是新親家；張老丈認了太守的小姐為女，是新親家。通盤算來，今日乃我們三門親家大會齊兒，難道算不得一喜麼？」焦赤聽了，卻不肯飲酒。丁二爺道：「焦二哥！你為何這碗不喝？」焦赤道：「他們親家鬧他們的親家，管俺什麼相干？這酒俺不喝他。」丁二爺道：「焦二哥！你莫要打不開算盤，將來這裏的姪女兒過了門時，他們親家爹爹對親家爺，我們還是親家叔叔呢！」說的大家全笑了。彼此歡飲。飯畢之後，大家歇息。到了次日，金太守起身，智化隨任，獨有鳳仙、秋葵，與牡丹三人，不忍分別，好容易方纔勸止。智化又諄諄囑咐，好生看守藍驍，俟摺子到時，即行押解進京。北俠又提撥智化一路小心，大家珍重，執手分別。上任的上任，回莊的回莊，俱各不表。

要知後文如何？且看下回分解。

第一百回　探形蹤王府遣刺客　趕道路酒樓問書童

且說小俠艾虎自離了臥虎溝，要奔襄陽。他因在莊上三日未曾飲酒，頭天就飲了過量之酒，走了半天就住了。次日也是如此。到了第三日，猛然省悟道：「不好！若要如此，豈不又像上臥虎溝一樣麼？倘若再要誤事，那就不成話了。從今後酒要檢點纔好。」偏偏的起得早了，不辨路徑，只顧往前進發，及至天明，遇見行人問時，誰知把路走錯了。理應往東卻岔到東北，有五六十里之遙。幸喜此人老成，的的確確告訴他由何處到何鎮，再由何鎮到何堡，過了何堡幾里，方是襄陽大路。艾虎聽了，躬身道謝，自己暗道：「這是怎麼說？起了個五更，趕了個晚集。這半夜的工夫白走了。」那知他就在此一錯上，便把北俠等讓過去了。

這日到了襄陽，各處店寓詢問，俱云不知。他那知北俠等三人，恐怕招人疑忌，全在古廟野寺存身。小俠尋找多時，心內煩躁，只得找個店寓住下。次日便在各處訪查。到處聽人傳說，新放來一位巡按大人姓顏，是包丞相的門生，為人精明，辦事梗直。倘若來時，大家可要把冤枉伸訴。又有悄悄低言談論的，他卻聽不真切，他便裝作磕睡，側耳細聽，漸漸的聽在耳內。原來是講究如何立盟誓，如何蓋沖霄樓，如何設銅網陣。一連探訪了三日，到處講究的，全是這些。心內早得了些主意，因知銅網陣的利害，不敢擅入。他卻每日在襄陽王府左右，暗暗窺伺，或在對過酒樓瞭望。這日正在酒樓之上飲酒，卻眼巴巴的瞧著對過，見府內往來行人出入，也不介意。忽然來了二人，到了府前下馬，將馬拴在樁上，進府去了。有頓飯的工夫，二人出來，各解絲繮，一人扳鞍上馬，一人剛纔認鐙。只見跑出一人一招手，那人趕到跟前，附耳說了幾句，形色甚是倉皇。小俠見了，心中有些疑惑，連忙會鈔下樓，暗暗跟定二人，來至雙岔路口。只聽一人道：「咱們定準在長沙府關外十里堡鎮上會齊便了。」各自加下一鞭，往東西而去。他二人只顧在馬上交談，執手告別，早被艾虎一眼看出，暗道：「敢是他兩個呀？」你道他兩個是誰？原來俱是招賢館的舊相知：一個是陡起邪念的賽方朔方貂，自從在夾溝被北俠削了他的刀，他便逃脫，也不敢回招賢館，卻直奔襄陽，投在奸王府內；那一個是機謀百出的小諸葛沈仲元，只因捉拿馬強之時，他卻裝病，不肯出頭，後來見他等心生搶劫，大家計議投奔襄陽，自己想：「趙爵久懷異心，將來國法，必不赦宥。我何不將計就計，也上襄陽，托在奸王那裏，做個內應？一來與朝廷出力，二來為百姓除惡，豈不大妙？」

但凡俠客義士，行止不同。若是沈仲元尤難，自己先擔個從奸助惡之名，而在奸王面前，還要隨聲附和，屈己從人。若無出色的本領，如何做得呢？他仗著自己聰明，智略過人，他把事體看透，猶如逢場作戲，這纔是真正俠義。即如南俠、北俠、雙俠，到處濟困扶危，誰不知是行俠尚義？這卻倒容易。若沈仲元，決非他等可比。他卻在暗中調停，不露聲色，隨機應變，譎詐多端。到了歸結，恰在俠義之中，豈不是個極難之事呢？他的慧心靈機，真不愧稱「小諸葛」三字。他這一次隨了方貂同來，卻有一件重大的事。只因藍驍被人擒拿之後，將錙重分散嘍兵，其中就有無賴之徒，惡心不改，急急趕赴襄陽，稟報奸王。奸王聽了，來至集賢堂與大眾商議道：「孤家原寫信一封與藍驍，叫他將金輝邀截上山，說他歸順，如不依允，即行殺害。免得來至襄陽，又要費手。不想藍驍被北俠擒獲。列位可有什麼主意？」其中卻有明白的說道：「縱然害了金輝，也不濟事。現今聖上欽派顏春敏巡按襄陽，而且長沙又改調了邵邦傑，這幾個皆非尋常之人。若要加害，索性全然害了，方為穩便。如今卻有一計害三賢的妙策。」奸王聽了，滿心歡喜，問道：「何為一計害三賢？請道其詳。」這明公道：「金輝必由長沙經過，長沙關外十里堡，是個迎接官員的去處。只要派個有本領的人，去到那裏，黌夜之間，將金輝刺死。倘若成功，邵邦傑的太守，也就作不牢了。金輝原是在他那裏住宿，既被人刺死了，焉有本地太守無罪之理？我們把行刺之人，深藏府內。卻辦一套文書，迎著顏巡按呈遞。他做襄陽巡按，襄陽太守被人刺死了，他如何不管呢？既要管，又無處緝拿行刺之人，聖上必然見罪。那時慢說他是包公的門生，就是包公的兒子，也就難以迴護了。」奸王聽畢，哈哈大笑道：「妙極！妙極！就派方貂前去。」旁邊早驚動了一個大明公沈仲元，見這明公說的揚揚得意，全不管行得行不得，不由的心中暗笑：「惟恐萬一事成，豈不害了忠良？莫如我亦走走。」因此上前說道：「啟上千歲！此事重大，方貂一人，惟恐不能成功，待小臣幫他同去如何？」奸王更加歡喜，便道：「你等到御廄中，自己選擇馬匹去。」二人領命，就到御廄內選了好馬，告別出來。剛要上馬，奸王又派親隨之人，出來吩咐道：「此去成功不成功，務要早日回來。」二人答應，騎上馬各要到下處，收拾行李；所以來至雙岔口，言明會齊的所在，各回下處去了。

那時艾虎看得真切，急急回到店中，算還了房錢，直奔長沙關外十里堡而來。猶恐追不上快馬，他便日夜兼行，卻是艾虎預先到了。歇息了一夜，次日便要訪查那二人的下落。出了旅店，在街市閒遊，果然見個鎮店之所，熱鬧非常。自己散步，見路東接官廳懸紅結彩。仔細打聽，原來是本處太守邵老爺，與襄陽太守金老爺，是至相好；皆因太守上襄陽赴任，從此經過，就此邵老爺預備的這樣整齊。艾虎打聽這金老爺後日纔到公館，艾虎聽在心裏，猛然省悟道：「是了，大約那兩個人，必要在公館鬧什麼玄虛。後日我倒要早早的應候他。」

正在揣度，忽聽有人叫道：「二爺那裏去？」艾虎回頭一看，認得是錦箋，艾虎道：「你今到此何幹？」錦箋道：「說起來話長。二爺無事，請二爺到酒樓，小人再慢慢細稟。」艾虎即同錦箋上了路西的酒樓，揀個僻靜的桌兒坐了。錦箋不肯坐，艾虎道：「酒樓之上，何須論理，你只管坐了好講話。」錦箋便在橫頭兒坐了。博士過來要了酒菜，艾虎便問施公子。錦箋道：「現在邵太守衙門居住。」艾虎道：「你主僕不是上九仙橋金老爺那裏，為何又到這裏呢？」錦箋即將投奔九仙橋始末原由，說了一遍。後來如何病在攸縣，又遇了官司，如何要尋自盡，卻好遇見蔣爺，給了兩錠銀子，方能奔到長沙；邵老爺如何與我家公子完姻。艾虎聽了拍手道：「好，這位邵老爺，辦事爽快，如今俺有了盟嫂子。」錦箋道：「二爺不知，這其中又有了事了。」艾虎道：「還有什麼事？」錦箋又將如何派丁雄送信，昨因丁雄回來，金老爺那裏寫了一封信來，說他小姐因病上唐縣就醫，乘舟玩月，誤墮水中。「現時小人的這位主母，是個假的。」艾虎聽了，詫異道：「這假的又是那個呢？」錦箋又將以前自己同佳蕙做的事，一五一十的說了。艾虎搖頭道：「你們這事做得不好呀！難道邵老爺見了此書，就不問麼？」錦箋道：「焉有不問的呢？將我家爺叫了過去，把書信給他看了，另外還有一包東西。我家爺便到臥室，見了假主母，將這東西給他看了，——就是芙蓉帕金魚和玉釵。我家爺因見帕上有字，便問是誰人寫的？假主母方說道，這前面是他寫的。」艾虎道：「他到底是誰？」錦箋笑道：「二爺，你道這假主母是誰？就是佳蕙。」

艾虎問道：「佳蕙如何冒稱小姐呢？」錦箋又將對換衣服說了。艾虎說：「這就是了。後來怎麼樣呢？」錦箋道：「這佳蕙說：『前面字是妾寫的，這後面字是你寫的。』我家爺仔細看了，認出是小人筆跡，立刻將小人叫進去。三曹對案這纔都說了，全是小人與佳蕙彼此對偷的，我家爺與金小姐一概不知。我家爺將我責備一番，便回明了邵老爺。邵老爺全不怪我，反說我是有良心的，只可惜了小姐薄命傾生。誰知佳蕙自那日起，痛念小姐，飲食俱廢。我家爺也是傷感。因此叫小人備辦祭禮，趁著邵老爺明日迎接金老爺去，他二人要對著江邊遙祭。」艾虎聽了，不勝悼嘆，他那裏知道綠鴨灘給張公賀得義女之喜，那就是牡丹呢？錦箋說畢，又問小俠意欲何往。艾虎不肯明言，托言往臥虎溝去，又轉口道：「俺既知你主僕在此，俺倒要見一見盟嫂。你先去備辦祭禮，我在此等你，一路同往。」錦箋下樓，去不多時回來，艾虎會了錢鈔下樓，竟奔衙署。相離不遠，錦箋先跑了去報知施生，施生歡喜非常，連忙來至衙外，將艾虎讓進書房內。彼此歡聚，自不必說。

到了次日，打聽邵老爺走後，施生見了艾虎，告過罪，暫且失陪。艾虎已知為遙祭之事，也不細問。施生同定佳蕙、錦箋，坐轎的坐轎，騎馬的騎馬，來至江邊，擺下祭禮，換了素服。施生與佳蕙拜奠，佳蕙哀哀戚戚的痛哭；施生也是慘慘悽悽淚流不止。只見江中來了一幫官船，卻是家眷行囊；船頭上艙門口，一邊坐著一個丫鬟，裏面有個半老的夫人，同著一位小姐，還有一個年少的相公。那船漸漸近岸，他們都望岸邊瞭望，見施俊背了手兒，佳蕙持羅帕拭淚。小姐看了多時，對相公說道：「兄弟！你看那夫人的相貌，好似佳蕙。」小相公尚未答言，夫人道：「我兒！世間面貌相同者頗多。他若是佳蕙，那廂必是施生了。」小姐方不言語。原來此船正是金太守的家眷。何氏夫人早見岸邊祭奠之人，正是施生與佳蕙；因金公脾氣，不敢造次相認，所以說了一句，「世間面貌相同者多。」船已過去，到了停泊之處，早有丁雄、呂慶，在那裏伺候迎接。僕婦丫鬟上前攙扶，棄舟乘轎，直奔長沙府衙門去了。不多時，金老爺亦到，只見邵太守同著合署官員，俱在那裏等候。二位太守彼此相見，歡喜不盡。同到公廳之上，先敘了些彼此渴想的話頭，然後擺上酒餚，方問及完姻一節。邵老爺將佳蕙、錦箋，始末根由，說了一遍，金公方纔大悟。二人暢飲闊敘，酒飯畢後，邵老爺告別坐轎回衙。此時施生早已回來，不見了艾虎，好生著急，忙問書童。書童說：「艾爺不知向何方去了。」施生來至臥室，卻又不見了佳蕙。不多時，丫鬟來回道：「奶奶叫回老爺知道，方纔接得金太守家眷，誰知金小姐依然無恙，奶奶在那裏伺候小姐呢！俟諸事已畢，回來細稟。」施生聽了，暗自歡喜。忽聽邵老爺回來，至東跨所安歇，施生陪坐。邵老爺道：「今日面見金兄，俱已說明。金兄不但不怪你，反倒後悔；還說明日叫賢姪隨到任上完姻。賢姪理應見見為是。」施生喏喏連聲，回轉臥室，卻好佳蕙回來，把牡丹遇救的話，一一說了。施生安睡不提。

且說金公在公館內，與智化談了許久，智化恐金公勞乏，便告退了。原來智化隨金公來，到處留神。每夜人靜，改換行裝，內外巡查幾次。此時天已二鼓，智化扎抹停當，由公館後面，悄悄往前巡來，將至卡子門旁，猛抬頭見倒廳有個人影，往前張望。智爺一聲也不言語，反將身形一矮，兩個腳尖兒沾地，「突突」的順著牆根，直奔倒座東耳房而來。到了東耳房，將身一躬，腳尖墊勁，便上了東耳房。抬頭見倒座北耳房，高了許多，也不驚動倒座上人，且往那面觀看。見廳上有一人爬伏兩手，把住椽頭，兩腳撐住瓦隴，倒垂勢往下觀瞧。智爺暗道：「此人來的有些蹊蹺，倒要看看。」只見背後又過來一人，短小身材，極其伶俐。見他將爬伏那人左腳登的磚一抽，那人腳下一鬆，猛然一跐，急將身形一長，重新將腳按了一按，復又爬伏。本人卻不理會。這邊智化看的明白，見他將身一長，揹的利刀，已被那人兒抽去。智化暗暗放心，止於防著對面那人而已。轉眼間，見爬伏那人，從正房上翻轉下來，趕步進前，回身剛欲抽刀，誰知剩了皮鞘。暗說：「不好。」轉身纔待要走，只見迎面一刀砍來，急將腦袋一歪，身體一側，「噗哧」左膀著刀，「阿呀」一聲，栽倒在地。艾虎高聲嚷道：「有刺客。」早有人接聲道：「對面房上還有一個呢！」艾虎轉身，竟奔倒座，卻見倒座上的人，跳到西耳房，身形一幌，已然越過牆去。艾虎卻不上房，就從這邊一伏身躥上牆頭，隨即落下。腳底尚未站穩，覺得耳畔涼風一股，他卻一轉身，將刀往上一迎。只聽「咯噹」一聲，刀對刀，火星亂迸。只聽對面人道：「好！真正伶便。改日再會。請了！」一個健步，腳不沾地，直奔樹林去了。

艾虎如何肯捨，隨後緊緊追來。到了樹林，左顧右盼，不見個人影。忽聽有人說道：「來的可是艾虎兒麼？有我在此。」艾虎驚喜道：「正是！可是師父麼？賊人那裏去了？」智爺道：「賊已擒了。」忽聽那邊有人道：「智大哥，小弟若是賊，大哥你呢？」智爺連忙追問，原來正是小諸葛沈仲元，即行釋放。便問一問現在那裏，沈仲元將在襄陽王處說了。艾虎早已過來，見了智爺，又見了沈仲元。沈仲元道：「此是令徒嗎？怪道『能將手下無弱兵』，好個伶俐身段。只他那抽刀的輕快，與越牆的躲閃，真正靈通之至。」智化道：「好是好，未免有些鹵莽，欠些思慮。幸而松林之內，是劣兄在此，倘若賢弟令人在此埋伏，小徒豈不吃了大虧麼？」說的沈爺也笑了。艾虎卻暗暗佩服，智爺又問說：「賢弟，你在襄陽王那裏作什麼？」沈爺道：「有好幾個去處，都被哥哥兄弟佔了，就剩個襄陽王。說不得小弟任勞任怨罷了。再者他那裏一舉一動，若無小弟在那裏，外面如何知道呢？」智爺聽了嘆道：「似賢弟如此用心，在我等之上。」沈爺道：「分什麼上下？既不能匡君澤民，止於借『俠義』二字，了卻終身而已。」智爺稱是。又託沈爺道：「倘有大事，務祈相助。」沈爺滿口應允。彼此分手回襄陽去了。

智化與艾虎來至公館，此時已將方貂綑縛，金公正在那裏盤問。方貂仗著血氣之勇，一一據實說來。金公錄了口供，叫人帶下去，令人看守。然後智爺帶了小俠，拜見金公，將來歷說明。金公感激不盡。到了次日，回拜邵太守，金公就把昨夜拿住刺客的話說了。邵老爺立刻帶上方貂，略問了一問，口供相符，即行文到縣寄監，更加防範，以備押解東京。邵公叫請智化、艾虎相見，金太守請施生來見。不多時施生先到，拜見金公，金公認過不已。只見智爺同小俠進見，邵太守以客禮相待。施生見了小俠便道：「賢弟！你往那裏去來？叫劣兄好生著急。」大眾道：「你二位如何認得？」施生將結拜情由說了。小俠道：「小弟此來，是為捉拿刺客的。」大家駭異問道：「如何知道有刺客呢？」小俠將探襄陽府，聽見二人說的話，因此趕來。恐先說了，走了風聲。飯酒間，金公邀施生隨任完姻。施生道：「離家日久，要回去探望二老，稟明父母，再到任所。今且叫佳蕙隨任，不知大人以為如何？」金公應允。智化道：「公子回去，這幾日路程，恐有不便。叫小徒隨行，可保無事。」艾虎道：「願往。」施生道：「又要勞動賢弟。」計議已定，金公告別。施生送了回來，邵太守吩咐丁雄，備下行裝盤費，交代路上小心。艾、施二人謝了，主僕三人，竟奔長洛縣施家莊去了。金牡丹事收煞完了。後面不過是施生完姻，一妻一妾，和美非常，我就一言交代。此是七俠五義的歸結。還有熱鬧的正文：卻是顏巡按到襄陽；智化探銅網陣；白玉堂三探沖霄樓；群雄戰襄陽；小俠至陷空島、茉花村、柳家莊三處報信；柳家五虎奔襄陽；

艾虎收三寇；柳龍結拜雙雄；盧珍單刀鬪陣；丁蛟、丁鳳探山；小弟兄襄陽大聚會，設計救群雄，共議破襄陽；設圈套捉拿奸王，施妙計掃除眾寇，押解奸王夜赴開封府，肅清襄陽郡，鍘斬奸王；包公保眾虎，金殿同封官；紫髯伯辭官出家；白玉堂魂救按院；顏春敏奏事封五鼠；包太師聞報哭雙俠；眾英雄開封大聚首，群俠義公廳同結拜……多少熱鬧節目，不能一一盡述，俱在小五義書上，便見分明。詞曰：

日日深杯酒滿，朝朝小圃花開，自歌自舞自開懷，且喜無拘無礙。
青史幾番春夢？紅塵多少奇才？不須計較與安排，領取而今現在。

中國古典名著

專家校注考訂　古典小說戲曲大觀

世俗人情類

紅樓夢
脂評本紅樓夢
金瓶梅
老殘遊記
平山冷燕
品花寶鑑
野叟曝言
綠野仙踪
禪真逸史
海上花列傳
九尾龜
醒世姻緣傳
三門街
花月痕
孽海花
魯男子
遊仙窟　玉梨魂（合刊）
筆生花
浮生六記
玉嬌梨
好逑傳
啼笑因緣

公案俠義類

水滸傳
兒女英雄傳
三俠五義
七俠五義
小五義
續小五義
蕩寇志
綠牡丹
羅通掃北
楊家將演義
萬花樓演義
粉妝樓全傳
七劍十三俠
包公案
海公大紅袍全傳
施公案

歷史演義類

三國演義
東周列國志
東西漢演義
隋唐演義
說岳全傳
大明英烈傳

神魔志怪類

西遊記
封神演義
濟公傳
三遂平妖傳
南海觀音全傳　達磨出身傳燈傳（合刊）

諷刺譴責類

儒林外史
官場現形記
文明小史
鏡花緣
二十年目睹之怪現狀
何典　斬鬼傳　唐鍾馗平鬼傳　（合刊）

擬話本類

拍案驚奇
二刻拍案驚奇
喻世明言
警世通言
醒世恒言
今古奇觀
豆棚閒話　照世盃（合刊）
石點頭
十二樓
西湖佳話
西湖二集
型世言

著名戲曲選

竇娥冤
漢宮秋
梧桐雨
琵琶記
第六才子書西廂記
牡丹亭
荊釵記
荔鏡記
長生殿
桃花扇
雷峰塔

三俠五義

石玉崑／原著　張虹／校注　楊宗瑩／校閱

《三俠五義》是敘述包公斷案、安邦保民及眾多俠士行俠仗義、除暴安良的故事。它結合公案小說與俠義小說的特點，藉由流暢的口語文字，生動刻劃每個人物的性格。情節則回回環環相扣，跌宕起伏，極具引人入勝的藝術效果。欲知包公如何明察秋毫、俠士如何鏟奸除惡，絕不能錯過此書。